KB178633

여성주의 고전을 읽는다

계몽주의에서 포스트모더니즘까지, 두 세기의 사상적 여정

한정숙 엮음
고정갑희
김수진
배은경
이순예
임옥희
조선정
홍찬숙

이상의 도서관 41

한길사

여성주의 고전을 읽는다

계몽주의에서 포스트모더니즘까지, 두 세기의 사상적 여정

엮은이 한정숙
지은이 고정갑희 김수진 배은경 이순예 임옥희 조선정 한정숙 홍찬숙
펴낸이 김언호

펴낸곳 (주)도서출판 한길사
등록 1976년 12월 24일
주소 10881 경기도 파주시 광인사길 37
홈페이지 www.hangilsa.co.kr
전자우편 hangilsa@hangilsa.co.kr
전화 031-955-2000~3 **팩스** 031-955-2005

CTP출력·인쇄 예림 **제본** 예림바인딩

제1판 제1쇄 2012년 3월 2일
제1판 제4쇄 2020년 10월 20일

값 22,000원

ISBN 978-89-356-6535-8 03800

• 잘못 만들어진 책은 구입하신 서점에서 바꿔드립니다.
• 이 도서의 국립중앙도서관 출판시도서목록(CIP)은 서지정보유통지원시스템 홈페이지(seoji.nl.go.kr)와 국가자료공동목록시스템(www.nl.go.kr/kolisnet)에서 이용하실 수 있습니다.
(CIP제어번호: CIP2012000852)

IDEAL LIBRARY

고전으로 살펴본 여성주의 사상의 역사

• 들어가는 글

이 책은 여성학과 여성주의의 주요 고전에 대한 해설서이다. 객관적인 어감으로는 여성학이 좀더 중립적인 입장에서 양성관계를 분석하는 학문이라는 느낌을 주고 여성주의는 좀더 실천지향적인 이념체계라는 느낌을 줄 수 있을 것이다. 그러나 여성학이 여성주의의 발달을 바탕으로 하여 성립하였고 일반적으로 양성관계, 섹슈얼리티, 성별과 사회의 문제 등을 여성주의적 시각에서 다루는 경향이 있기에, 여성학의 고전은 곧 여성주의의 고전을 의미한다고 보아도 큰 오류는 아니라고 생각한다. 근대 여성주의 이론이 주로 서양에서 발전해왔기에, 이 책에서는 현재까지의 연구자들의 역량을 생각하여 서양의 고전들을 살폈다.

그동안 한국 독서계와 여성주의 고전의 관계는 평탄하지 않았다. 사실, 이 관계의 역사는 일반적으로 짐작하는 것에 비하면 그리 짧은 것은 아니다. 한국어 사용자들에게 서구의 근대적 사회정치사상이 전파되고 관심을 끌기 시작하던 시기에 여성주의도 함께 소개되었고 극히 일부 지식인들 사이에서나마 관심을 끌게 되었다. 일제강점기 식민지 지식인들은 양성평등과 자유연애, 새로운 가족관계를 주장하는 여성주의자들의 일부 저작을 새로운 사회사상의 핵심적인 부분으로 여기기까지 했다. 예컨대 이광수는 소설 「무정」(1917)에서 주인공 이형식이 스웨덴 여성주의자 엘렌 케이의 전기를 읽었다고 언급하였으며, 해방 직후의 상황을 그린 염상

섭의 소설 「두 파산」에는 해방 전에 옥임이라는 여성이 엘렌 케이의 숭배자였다는 구절이 나온다. 케이의 저서인 『아동의 세기』(1901), 『연애와 결혼』(1911), 『연애와 윤리』(1912) 등은 동아시아 지식인들의 필독서가 되었다.[1] 1917년 러시아혁명 후에는 자유주의적 여성주의뿐 아니라 사회주의적 여성주의도 큰 관심을 끌었다. 프리드리히 엥겔스, 아우구스트 베벨, 클라라 체트킨 등 마르크스주의 사상가들의 여성론이 소개되었고 특히 알렉산드라 콜론타이는 양성평등과 가족관계에 대한 새로운 이념을 전파하는 혁신적인 여성 저자로서, 급진파 지식인들 사이에서 주목받았다. 콜론타이의 소설집 『자유로운 사랑(일벌의 사랑)』에 수록된 작품인 「바실리사 말리기나」는 『적연』(赤戀), 곧 '붉은 사랑'이라는 제목으로 번역되어 식민지 조선의 일부 독자들에게도 탐독되었다. 분방하고 능동적인 삶을 살았던 여성지식인 허정숙이 '조선의 콜론타이'라는 별명을 얻게 된 것도 콜론타이에 대한 지식인들의 관심이 그만큼 높았음을 방증하는 현상이겠다. 그런가 하면 나혜석이나 김일엽 같은 신여성에게는 「인형의 집」 노라의 이미지가 대입되곤 하였다.

이처럼 여성주의 고전에 대한 지식이 전파된 것은 이미 한 세기가 되었지만 그 내용은 상당히 제한되어 있었던 것으로 보인다. 콜론타이만 하더라도 그녀의 여성해방론 전체가 아니라 자유연애론만 과도한 관심 속에 부각되었을 뿐이다. 한국에서는 여성참정권이 해방 후 선물로 주어졌기 때문에 여성운동가들이 참정권 요구를 내걸 일도 없었지만, 참정권운동을 통해 여자들이 조직화하고 여성운동의 역량을 축적하는 경험도 할 수 없었다. 여자들이 스스로 의제를 설정하고 외부와의 대결 속에서 자기정체성과 자기인식을 확고히 해가는 체험을 할 계기가 없었던 것이니, 외적 행운이 언제나 내적 결실의 강화만을 가져다주는 것은 아니었다.

게다가 현대 한국사회의 특성상 상당한 기간 동안 전쟁과 분단, 독재라는 절박한 상황 속에서 여성문제를 부각시키고 여성주의의 주장을 강력히 내세울 분위기가 형성되기 어려웠다. 여성단체들이 축첩제 폐지, 기생관광 철폐 등의 의제를 내걸고 활발하게 활동하기는 했지만 여성지위의 근본적 변화와 여성해방을 지향하는 여성주의적 주장에 대해서는 사회 전체적으로 관심을 쏟을 여유가 없었다. 서유럽에서 여성주의 제2의 물결이 일었던 1960년대에도 한국의 여성계는 그 직접적 영향 아래 들지는 않았다. 여성주의 제2의 물결을 한국과는 거리가 있는 현상으로 관망했다고 하는 편이 어울릴 것이다. 학생운동, 환경운동, 평화운동 등 다른 분야에서도 서구 68혁명의 영향이 한국 시민사회에 그 당시 직접 미치지는 않았던 것과 마찬가지다. 한국에서는 군사독재 아래서 일반 민주주의의 회복이 시민사회의 가장 중요한 과제로 여겨지고 있었기 때문이다. 시몬 드 보부아르의 『제2의 성』이 이미 1960년에 한국어로 번역 출판되기는 하였지만[2] 그 독자층은 상당히 제한되어 있었던 것으로 보인다. 또한 독서행위가 있었더라도 이것이 바로 여성주의적 사상과 운동의 전개로 이어졌는지는 아직 확인할 수 없다.

그러나 여성운동의 세계 시간과 한국 시간의 격차는 비교적 빠른 속도로 극복되었다. 한국사회에서 이념적 · 실천적으로 여성주의가 본격적으로 태동하기 시작한 것은 1970년대 후반부터라고 보아야 할 것이다. 1980년대 초부터는 민주화운동과 여성운동의 발전이 거의 같은 속도로 이루어졌다. 그리고 한국 여성주의의 빠른 성장에 힘입어 여성주의, 여성학과 관련된 많은 책들이 출판되기 시작하였다. 이효재 교수가 편찬한 『여성해방의 이론과 현실』(창작과 비평, 1979)이 여성학에 관심을 가진 독자들의 필독서로 읽혔고 그 외에도 여성주의의 여러 흐름을 정리하여 소개하는 책들이 속속 출판되었다. 줄리엣 미첼의 『여성의 지위』가 이형랑, 김상희 씨의 번역으로 출판(동녁, 1984)되었고, 앨리슨 재거 · 폴라 로텐버그 스트럴 편저 『여성해방의 이론체계』(풀빛, 1983)도 신인령 교수의 번역으로 출판되었는데 이 책들은 그 후 한동안 한국 독자들에게 여성주의의 흐름 혹은 유형에 대한 의견을 거의 고정시켜놓는 역할을 했을 정도로 영향력이 컸다.

그런 한편 군부정권 아래서 여성주의 관련 서적 상당수가 불온서적으로 취급받아 금지되기도 하였다. 1980년 이후 신군부 정권은 지식인들의 비판적 사유 형성과 발전에 기여하는 책들은 모두 금지하려는 경향을 보였다. 5공 시절인 1985년 5월 8일 사법당국이 발부한 압수수색영장의 대상이 된 책들 가운데는 미첼의 저서 번역본인 『여성의 지위』 『여성해방의 논리』와 재거 · 스트럴의 『여성해방의 이론체계』, 일본 학자 미즈다 다마에(水田珠技)의 저서를 번역한 『여성해방사상의 흐름』 등 여성학 관련 서적이 다수 포함되어 있었다.[3] 이 책들은 1987년에도 계속 금서로 지정되어 있었으며 여기에 중국 여성해방운동을 다룬 몇 권의 책이 새로 금서로 추가되었다.[4]

여성주의 관련서적들이 사회전체의 민주화, 인간화를 향한 정신적 열망과도 관련이 있다는 생각이 일반화되면서 여성학과 여성주의 고전들도 더욱 활발한 번역 소개의 대상이 되었다. 보부아르의 『제2의 성』은 첫 번역 이후 각기 다른 역자들의 번역으로 몇 군데 출판사에서 출판되었다.[5] 케이트 밀레트의 『성의 정치학』, 존 스튜어트 밀의 『여성의 예속(종속)』 등이 번역되었으며 베티 프리단의 주저도 『여성의 신비』라는 제목 아래 출판되었다. 1980년대 후반부터는 베벨의 『여성과 사회주의(여성론)』를 비롯하여 마르크스주의 여성론의 주요저서들도 번역 소개되었다. 근대 여성주의의 출발점을 이룬다고 할 수 있는 메리 울스턴크래프트의 주저인 『여권의 옹호』의 본격적 소개는 오히려 늦어서, 2000년대에 와서야 비로소 두 종의 번역서가 출판되었다.

이렇듯 여성주의의 주요저서들이 우여곡절과 탄압까지 겪으면서 한국어로도 적지 않게 소개되었지만, 이 책의 필자들은 여성학, 여성주의의 입문자들에게 여성주의 고전의 내용을 접근하기 쉽게 안내해주는 책은 충분치 않다고 생각했다. 여성주의의 고전들 역시 그것이 집필된 시대적 · 사상사적 배경을 이해하지 않으면 정확하게 이해하기 어려운 부분들을 가지고 있다. 울스턴크래프트의 『여권의 옹호』를 읽는 독자는 장 자크 루소에 대한 공격을 불편하게 여길 수도 있을 것이며 『제2의 성』을 읽는 독자들은 그 분량과 세부내용의 지적 깊이에 먼저 압도당할 수도 있을 것이다. 베벨의 저서가 가지는 사상사적 의미도 바로 이해하기는 어려울 수 있다. 필자들 자신도 여성학의 고전들을 정독하면서 그 의미를 정리해보자는 생각을 하게 되었다.

여성주의 두 세기를 이끌어온 열 명의 사상가들

이 책은 18세기 말 선구적 여성주의에서 20세기 말, 21세기 초 포스트모던 여성주의에 이르기까지, 여성주의 두 세기를 이끌어온 열 명의 여성학 고전 저자들을 선정하여 그들의 대표 저작을 살펴보았다. 분석 대상이 된 저서가 출판된 시기를 기준으로 하여 연대순으로 글을 배치하였기 때문에, 이 책은 고전으로 살펴본 여성주의 사상의 역사라고 해도 무리가 아닐 것이다.

사상사적 스펙트럼으로 볼 때 울스턴크래프트와 밀, 프리단은 자유주의적 여성주의자로, 엥겔스, 베벨, 콜론타이는 사회주의적 여성해방론의 대표자로, 슐라미스 파이어스톤은 급진적 여성주의자로, 뤼스 이리가라이, 주디스 버틀러는 포스트모던 여성주의자로 대강이나마 분류할 수 있을 것이고 보부아르는 사회주의적 여성해방론에 가깝기는 하되 학문적 방법론에서는 좁은 분류가 어울리지 않는다고 본다. 시기적으로는 18세기 인물이 한 명(울스턴크래프트), 19세기 인물 세 명(엥겔스, 밀, 베벨), 20세기 저자가 여섯 명(콜론타이, 프리단, 보부아르, 이리가라이, 파이어스톤, 버틀러)이다. 그 중에서도 이리가라이, 파이어스톤, 버틀러 등은 생존해 있는 현역저자들이다. 이들의 저작은 여성주의의 현황과 쟁점을 살피는 데 중요한 자료가 되리라 생각하여 포함시켰다. 근대 여성주의의 선구자라 일컬어지는 두 인물이 울스턴크래프트와 올랭프 드 구즈인데, 울스턴크래프트는 주저 『여권의 옹호』를 남겼지만 올랭프 드 구즈로 말하자면 그녀가 쓴 「여성과 여성시민의 권리선언」이라는 선언문 형태의 짧은 글이 여성주의와 관련된 대표적 문헌이다. 여성의 기본 인권과 정치적 · 경제적 · 사회적 권리를 주장하는 이 글의 의미는 독자들에게 특별한 어려움 없이 문면 그대로 전달될 수 있으리라 보아 이 책의 구성에서는 제외했다. 검토된 저자 열 명 가운데 엥겔스, 밀, 베벨은 남성 저자이고 나머지 일곱 명은 여성 저자다.

세 남성 저자를 여성주의자라 부를 수 있을지에 대해서는 논자마다 의견이 다르겠으나 이들이 여성학과 여성주의의 형성 및 발전과정에서 문제의 설정, 논리, 대안 제시 등과 관련하여 지대한 역할을 했음은 누구도 부인하지 못할 것이다. 오늘날에는 정신분석학을 비롯한 각 분야에서의 논의가 여성 저자들에 의해 여성학 이론을 위한 방법론적 근거로 활용 혹은 참고되는 경우를 제외하고 남성 저자가 여성학, 여성주의와 관련하여 직접 논의에 개입해서 주요저자로 떠오르는 일은 거의 찾아보기 어려운데, 이는 20세기 초까지의 경향과 크게 대비된다고 하겠다.

이 책의 필자들은 독자와 함께 책을 읽어가면서 이야기를 나눈다는 생각으로 글을 썼다. 구성이나 접근법에서 열 편의 글이 모두 동질적이지는 않다. 엮은이는 글을 의뢰하면서 분량, 체제, 전개방식을 모두 필자들에게 일임했으며, 따라서 어떤 글은 추상성이 좀더 높고 다른 글은 분석 대상인 책의 내용을 소개한다는 본분에 좀더 충실하며, 체제도 상이하다. 엮은이는 단지 책과 필자 그리고 독자의 자유로운 정신적 대화가 가능해지는 것을 유일한 조건으로 설정해두었을 뿐이다.

1장은 근대 여성주의의 선구자라 불리는 메리 울스턴크래프트(Mary Wollstoncraft, 1759~97)의 저작 『여권의 옹호: 정치적 · 도덕적 주제에 대한 비판과 함께』(*A Vindication of the Rights of Woman: with Strictures on Political and Moral Subjects*, 1792)에 대한 해설이다.

서양의 시민계급은 근대 시민사상의 핵심인 보편적 천부인권론을 무기로 하여 정치적 · 경제적 · 문화적 주체가 되었다. 그러나 자연권과 시민권을 말하는 어떤 문서에서도 인간과 시민은 곧 남성을 의미했고, 여성에 대한 구절은 없었다. 울스턴크래프트는 인간과 시민의 생득권을 열렬하게 옹호하면서, 아울러 그 인간이란 여성과 남성을 동등한 자격으로 포함한다는 것을 마찬가지로 강력하게 주장하였다.

글쓴이 한정숙은 울스턴크래프트의 첫 주저인 『인권의 옹호』와 『여권의 옹호』가 연속선상에 있다고 보고 있다. 울스턴크래프트는 프랑스혁명의 정신을 옹호하는 전형적인 계몽시대 여성지식인이다. 이는 그녀가 여성의 이성적 능력을 근거로 하여 여성과 남성의 평등, 같음을 강조하고 있다는 데서 드러난다. 그녀에 따르면 현실에서는 여성과 남성의 차이가 드러나고 있지만 이는 생래적인 것이 아니라 여성에 대한 편향적인 담론과 교육의 결과 만들어진 것이다. 곧 여성을 감성적인 존재이자 남성을 사랑하는 존재라고만 규정해온 담론들이 현실에서 여성의 존재방식을 왜곡시켜왔다는 것이다. 울스턴크래프트는 이 점에서 루소의 『에밀』에 그려진 여성상을 신랄히 비판하기도 하였다.

한정숙은 울스턴크프래프트가 이런 점에서 생물학적 결정론을 거부하고 사회적 요인을 중시하는 『제2의 성』의 선구자라고 보고 있다. "여자는 여자로 태어나는 것이 아니라 여자로 되어간다"라는 보부아르의 유명한 명제를 사실상 선취했다는 것이다.

그런 한편 글쓴이는 울스턴크래프트가 여성과 남성의 동등권, 생래적 동등성을 강조하기 위해 여성과 남성이 차이가 있되 동등할 수 있다는 것에는 전혀 주의를 기울이지 않았음을 지적한다. 울스턴크래프트가 최초의 근대 여성주의자였다는 것이 그 이유이자 그 변명이 될 것이다. 그녀의 한계는 후배들이 극복하고 나아가야 할 것이기 때문이다. 울스턴크래프트는 현실 속 여성들의 여러 부정적인 모습을 다루면서 이를 넘어서기 위해 여성교육의 올바른 철학을 확립할 것을 촉구하기도 했다.

2장은 존 스튜어트 밀(John Stuart Mill, 1806~73)의 『여성의 종속』(*The Subjection of Women*, 1869)에 대한 해설이다. 이 책은 남성 저자에 의해 씌어진 자유주의적 여성주의의 고전이다. 『자유론』과 『정치경제학 체계』의 저자로 유명한 밀은 진보적 자유주의자로서 19세기 영국의 사회개혁을 위해 진력한 인물이다.

글쓴이 조선정은 이 책의 배경과 정신을 두 개의 축을 중심으로 하여 설명한다. 하나는 『자유론』이라고 하는 사회사상서에서 표명된 인간의 자유에 대한 옹호이다. 『자유론』은 19세기 영국에서는 개혁을 위한 주장이었다. 밀은 당대 영국에서 "효율과 경쟁을 내세워 개별성을 억압하는 자본주의적 경제 질서의 횡포, 다수결의 원리로 축소되고 포퓰리즘으로 변질된 민주주의의 위기, 행복추구와 자기실현의 가치를 망각하고 관습에 복종하도록 유도하는 문화적 야만이 결합하여 만들어낸 노예적 습성이 자유를 훼손하고 있다"고 비판하면서 이를 바로잡고자 하였다. 그는

"교육을 통한 개인의 성장, 개별성의 공평한 발현, 그리고 편견과 관습에 대한 저항"으로 이를 넘어서고자 하였다. 이러한 그의 견해는 『여성의 종속』에서도 반영되고 있다.

다른 하나의 축은 해리엇 테일러와의 사랑 및 지적 협력이었다. 밀은 남성과 여성을 둘러싼 불평등한 사회적 관계를 만들어낸 원리가 잘못된 것이고, 인간사회의 발전을 가로막는 중대한 장애물 중 하나이며 이것이 완전 평등의 원리로 대체되어야 마땅하다고 선언한 다음 자신의 주장을 전개하였다. 그는 여성의 종속이 부당하다는 것을 분석한 후 결혼제도의 억압성과 폭력성을 공개하였다. 특히 가정 공간이 은밀한 사적 영역으로 신성화되면서 그곳이 감추어진 폭력의 온상이 될 수 있음을 짚으면서 아내의 법적지위 개선을 촉구했다.

조선정은 진보적 자유주의 개혁자로서의 밀의 구상은 빅토리아시대 시민계급의 세계관을 넘어서는 것은 아니었다고 보면서도 밀의 의미가 그대로 사장되어서는 안 된다고 여긴다. 밀의 사상이 여전히 흥미로운 것은 진보적 사유의 정당성을 훼손하는 듯한 타협적이고 절충적인 현실인식이 그 정당성과 공존하는 데 있다는 것이다. 조선정의 평가에 따르면 '여성주의 자체가 모순과 함께 진화해온 것'이기 때문이다. 19세기 여성주의의 과제가 21세기인 오늘에는 이미 완전히 해결된 그 무엇인가가 되어버린 것이 아닌 한, 밀의 『여성의 종속』도 다시 읽히고 논의될 수밖에 없을 것이다.

3장은 유물론에 바탕을 두고 사회주의적 여성론을 좀더 구체화시킨 아우구스트 베벨(August Bebel, 1840~1913)의 저서를 살핀다. 1879년에 첫 출판된 이 책의 원래 제목은 『여성과 사회주의』(*Die Frau und der Sozialismus*)이다. 1980년대 후반에 한국어 부분역본이, 그리고 1990년대 전반에 완역본이 동일한 옮긴이의 번역으로 출판되었는데 번역본의 제목은 모두 『여성론』이었다. 한국어본의 옮긴이이자 이 책에서도 집필을 맡은 이순예는 이 번역본의 제목을 그대로 사용했다. 한국어 독자들에게 알려져 있는 제목을 존중한 것으로 보인다.

이 글은 베벨의 『여성론』의 내용을 구체적으로 소개하기보다는 이 책의 성립을 촉발하였던 서구 시민사회 내 양성관계와 이 책이 지향하였던 사회주의적 여성주의에 관한 이론적 구성에 초점을 맞추고 있다. 글쓴이에 따르면 서구 근대 시민(부르주아) 사회에서 확립된 성별 분업과 공적/사적 영역 분리에 따라 여성이 사적 공간에 갇히는 과정이 완료되었다. 베벨의 『여성론』은 여성을 노동하는 존재로서 호명하고 불러낸 책으로서 의미를 가진다. 그러나 글쓴이는 이러한 베벨의 노력과 그 역사적 의미는 인정하나, 이것이 19세기적 사회주의의 체계 내에서 다시 여성에 대한 자연주의적 태도와 결부되고 말았음을 비판적으로 바라본다. 이순예의 견해로는 베벨이 남성 사회주의자였던 사실은 "사회주의 전망에서도 성적 존재로서의 여자는 여전히 객체일 뿐이었음을 환기시키는 데" 좋은 소재다.

이순예는 이를 이렇게 평가한다. "인간에게 심어진 '자연스러운' 본성이 억눌리지 않고 '자연스럽게' 발현되면 모두가 모두에게 '친구'일 수 있다는 가정은 사회주의 전망에서 가장 확고한 것이었고, 자본주의의 억압에 맞서는 가장 강력한 기제였다. 19세기에는 인간중심주의와 자연이 오늘날 우리가 인지하는 것만큼 그렇게 큰 간격을 이루지 않았던가 보다. 하지만 이는 분명 내적 불일치이며, 그럼에도 불구하고 완벽한 체계를 구사하여 한때 지구상에 현실사회주의로 모습을 드러내기도 하였다. 남성 사회주의자가 선의를 발휘하여 쓴 『여성론』은 이런 불일치가 어떻게 해서 조화로운 결합으로 둔갑할 수 있었는지 우리에게 알려주는 귀한 자료이다."

이런 점에서 3장은 베벨의 『여성론』이 그 자체로서 현실에 대한 아주 쓸 만한 대안을 제공한 책이라기보다 양성관계에서 여전히 고려하고 넘어서야 할 점은 무엇인가, 양성 간 근본적 이해와 오해의 지점은 무엇인가에 대해 반드시 짚고 넘어가야 할 생각거리를 제공하는 책임을 보여준다.

4장은 프리드리히 엥겔스(Friedrich Engels, 1820~95)의 저서 『가족, 사유재산, 국가의 기원』(*Der Ursprung der Familie, des Privateigenthums und des Staats*, 1884)을 해설한 글이다. 글쓴이 홍찬숙은 이 책을 엥겔스 역사관의 핵심을 정리한 이론서라고 보는 동시에, 특히 가족제도와 관련하여 여성해방의 문제를 역사유물론의 중심에 놓음으로써 마르크스주의 여성이론의 핵심을 제시한 저서라고 평가한다.

홍찬숙에 따르면 이 책에는 '사적소유'와 '계급투쟁'이 자본주의 시대의 원동력일 뿐 아니라 세계 역사발전의 원동력이라고 보는 마르크스주의 역사의식인 '역사유물론'이 제시되어 있다. 또한 이 책은 사적소유와 계급 문제가 '가족'과 '국가'라는 사회제도의 분화를 통해 유기적 체계를 갖추고 재생산된다고 설명함으로써 근대사회학적 인식(사회유기체론)의 단초를 보여준다. 1860년대까지만 해도 가족이란 아무런 역사적 발전도 거치지 않았다고 보는 것이 일반적이었다. 그런데 엥겔스는 바흐오펜, 루이스 모건 등의 저서를 통해 가족제가 기술문명 및 소유관계에 따라 변화한다는 인식을 확고히 하게 되었다. 여성학의 관점에서 엥겔스의 책이 가지는 의미는 그가 여성종속의 원인과 그 극복전망에 대해 말했다는 데 있다.

이 책은 베벨의 『여성론』과 더불어 19세기 사회주의가 낳은 가장 영향력 있는 여성론 저서이다. 엥겔스의 책이 나중에 나왔는데 그 집필 의도 중의 하나가 바로 베벨의 영향력을 막아보려는 것이었다. 베벨의 책이 당대에 베스트셀러가 되자 엥겔스가 베벨에 대해 사상투쟁을 벌인 것이라고 할 수 있다. 베벨도 사회주의를 지향하고 여성노동을 강조하기는 했지만, 당시의 일반적인 분위기와 마찬가지로 역사를 통틀어 남녀가 평등한 적은 없었다고 보았다. 즉 여성은 유사 이래로 항상 남성에게 종속되었다는 입장을 취했던 것이다. 엥겔스는 이것이 위험하다고 여겼고 애초에는 남녀가 평등한 세계가 있었다고 보는 자신의(그리고 마르크스의) 주장을 펼쳤다.

홍찬숙에 따르면 이 책은 계급발생과 계급재생산에 있어서 성별격차를 부각시킴과 아울러 그 같은 성별격차는 구조화된 것이며, 또 역사적으로 구성되었다고 설명한다. 엥겔스는 여성억압을 매개하는 자체적 영역(가족)이 존재함을 강조했기 때문에, 마르크스주의의 경제중심주의를 비판하는 현대 여성주의 학자들에게도 풍부한 이론적 자양분을 제공했다. 인간 재생산이 물질생산 못지않게 사회적 의미를 갖는 행위이며 또한 가족관계가 생산관계 못지않게 '사회적'인 관계라는 여성주의자들의 인식을 뒷받침해주게 되었다는 것이다. 유물론자이자 역사에 대한 경제적 해석의 이론가인 엥겔스의 책이 현대의 급진적 여성주의와도 만나서 논의를 풍부하게 하는 데 기여하고 있음을 이 분석을 통해 알 수 있다.

홍찬숙은 더 나아가, 엥겔스의 책이 현대문명의 지속가능성에 대한 논의에서도 중요한 시사를 던져준다고 본다. 즉 엥겔스가 내다보았던 여성들의 '자유의 세계'는 출산기능과 성별분업에 의한 여성노동이 '가족'이라는 사유화된 집단으로부터 해방되어 공동체적 의미와 가치를 돌려받는 것과 관련되며, 출산기능과 여성노동의 공동체적 가치가 인정되어야 비로소 여성 개인들이 남성과 동등한 주체로 인정받을 수 있다는 것이다. 이는 출산과 육아문제가 사회적 존속과 관련하여 초미의 관심사로 떠오르고 있는 한국사회에서 분명 다시 한 번 짚어보아야 할 문제라고 생각한다.

5장은 러시아혁명 전후시기에 사회주의 여성해방론의 이론가이자 실천가로서 활약했던 알렉산드라 콜론타이(Aleksandra M. Kollontai,

1873~1952)의 저작들에 대한 분석으로, 어느 한 권에 초점을 맞추기보다 초기부터 후기에 이르기까지 저작들을 두루 살펴보면서 그녀의 여성해방론을 개관하는 쪽을 택했다.

글쓴이 한정숙은 여성문제에 대한 콜론타이의 태도를 다음과 같이 특징지을 수 있다고 본다. 즉 콜론타이는 참정권운동이나 여성의 법적 지위 향상에 주력하는 자유주의적 여성주의자들에 맞서는 상황에서는 사회주의적 여성주의의 원칙을 강경하게 옹호하면서, 여성문제의 경제적 기초를 강조하고 여성문제는 사회주의를 통해서만 해결될 수 있다고 강조하였다. 그러나 이 같은 대결 상황이 아닌 경우에는 경제적 계급관계와 별개로 존재하는 여성문제의 독자성—물론 콜론타이는 여성문제가 계급을 초월하여 존재한다고 명시적으로 말한 적은 단 한 번도 없지만—을 인정하고 여성의 인격적 독자성, 여성 특유의 심리, 여성연대 등의 중요성을 꾸준히 제시하였다. 즉 그녀는 자본주의 테두리 내에서는 여성문제 해결이 가능하지 않고 사회주의 내에서만 여성문제가 해결된다고 보기는 하였으되 사회주의 체제 내에서도 자동적으로 해결되는 것이 아니라 여성들 자신의 자각과 연대가 이루어져야 한다고 보았다.

또한 일반적으로 자유연애의 주창자로 알려진 콜론타이는 사회주의 건설기에 격동적 분위기 속에서 사랑의 올바른 방법을 묻는 젊은이들을 위해 상호 존중과 사랑에 바탕을 둔 '날개 달린 에로스'론을 내놓기도 하였다. 그녀는 사회주의 사회에서도 양성관계는 정성을 들여 다듬고 가꾸어가야 할 인간관계임을 숙지하고 있었던 것이다. 한정숙은 콜론타이의 이와 같이 복합적이고 다면적인 통찰력을 부각시키고자 하였다.

6장은 시몬 드 보부아르(Simone de Beauvoir, 1908~86)의 『제2의 성』(*Le Deuxième Sexe*, 1949)에 대한 해설이다. 새삼 강조할 필요가 없

는 20세기 여성학의 고전이다. "여자는 여자로 태어나는 것이 아니라 여자로 되어간다"는 구절로 유명한 이 책은 글쓴이 배은경의 표현을 빌리자면 여성주의의 두 번째 물결에 다양한 언어와 개념, 발상, 논쟁거리를 제공하는 이론적 저수지 역할을 했다.

보부아르는 실존주의 철학의 즉자(卽自)/대자(對自), 주체/객체, 자아/타자, 초월/내재라는 이분법을 활용해서 남성과 여성의 관계, 특히 여성이 '제2의 성'으로 자리매김되는 것을 증명하고자 했다. 그녀는 주체란 반드시 객체를 타자화함으로써만 주체로 선다고 말하면서, 사회적으로 남성은 주체(대자존재), 여성은 객체(즉자존재)로 존재하고 있다고 논증하였다. 그리고 주체-타자 관계는 서로를 타자화하는 상대적이며 상호적인 특성을 내포하고 있는데, 남-녀 관계에서만큼은 이 상호성이 부인될 뿐 아니라, 여성 스스로가 타자의 자리에 순응하는 경향이 있다고 보았다. 생물학적으로 여성이라는 성별을 가진 사람들이 사회적으로 인정받는 '여성'이 되려면 여성성이라는 것을 자신의 본질인 것처럼 갖추어야 하지만, 실제로 그 여성성이라는 것은 여성들의 '본질'이 아니라, 여성을 타자로 위치짓는 방식으로서 사회적으로 만들어지고 여성들에게 강요된 것에 불과하다는 것이다.

그런데 보부아르는 '여자는 여자로 태어나는 것이 아니라 형성된다'라고 주장하면서도, 여성의 '본질'로서의 생물학적 측면의 존재에 대해서는 강력히 옹호하는 입장을 취하였다. 즉 '불변의 여성적인 것'이나 '진실로 여성적인 것'이라는 것은 문명에 의해 만들어진 것이고 이것이 여성들에게 내면화됨으로써 여성억압이 유지되고 있다고 주장하면서도, 다른 한편 불변하는 여성성의 근원으로서의 생물학적 본질은 "있다"고 강변하기도 했다. 이 점이 포스트모더니즘의 여성주의와 어떻게 연결될 수 있을지는 천착해볼 문제이다.

『제2의 성』이 현대 여성주의의 영원한 고전으로까지 불리고 있는 것은 이 책을 쓸 때 여자인 자신을 깊이 알아가고자 하는 열망이 보부아르에게 있었고 그녀가 진지하고 철저하게 자신의 주제를 향해 나아갔기 때문이다. 이는 '여자란 누구인가'라는 문제를 붙들고 정직하게 고금의 언설과 담론과 사유들을 붙들고 씨름하는 인간은 '여자는 만들어진 존재이다'라는 것을 인식할 수밖에 없고, 이 현실태를 어떻게 넘어서야 할 것인가에 대해 고투할 수밖에 없다는 것을 보여준다고 하겠다.

7장은 베티 프리단(Betty Friedan, 1921~2006)의 『여성성 신화』에 대한 소개와 분석이다. 이 책은 원제가 *Feminine Mystique*(1963)이며 한국에서 두 번 번역 출판되었는데, 모두 『여성의 신비』라는 제목으로 번역되었다. 프리단은 2차 대전 전까지만 해도 여성운동가들의 노력이 결실을 거두어 여성들의 사회 활동이 활발하게 이루어졌으나 종전 이후 여성성 신화가 전파되면서 젊은 여성들은 전업주부가 되어 도시 교외의 멋진 집에서 자녀, 남편과 함께 행복한 삶을 살 것을 꿈꾸었다고 보았다. 실제로 미국의 많은 중산층 여성들이 외형적으로는 그러한 삶을 살고 있었다. 프리단은 이러한 외적 풍요와 안정 가운데 여성들의 심각한 정체성 위기가 깃들어 있었다고 보고 이를 면밀히 추적하고 분석해갔다.

『여성성 신화』는 1950년대 후반~1960년대 전반 미국 사회에 대한 경험적 관찰에 기초하여 전업주부의 존재위기를 기술하고 분석하며, 미국 사회의 테두리 내에서 해법을 찾는 철저히 미국적인 책이다. 프리단은 여성이 사회적으로 인정받는 직업, 자신만의 창조적인 일을 찾아야 하고, 이를 뒷받침하기 위한 여성 교육과 재교육이 이루어져야 한다고 보았다. 이것이 그녀가 내놓은 여성 정체성 위기에 대한 해법이었다. 프리단은 미국의 중산층 여성을 분석대상으로 삼으면서 이들에 대한 재교육과 이들의 각성을 통해 상황이 개선될 수 있다고 보았지만, 사회 전체의 변화에 대해서는 거의 언급하지 않았다. 그런 의미에서 이 책의 분석범위와 해법에 대한 논의는 좁은 테두리 내에 묶여 있다고 할 수 있다. 그러나 이 책이 불러일으킨 미국발 자유주의적 여성주의는 68혁명 이후 고조된 급진적 여성주의와 더불어, 여성주의의 두 번째 물결이 여러 사회에서 여성의 의식, 양성관계, 젠더와 관련된 사회 제도를 바꾸어놓게 하는 데 기여했다. 한정숙은 『여성성 신화』의 영향, 이 책을 둘러싼 논쟁 등을 아울러 살펴봄으로써 더 심층적인 독서를 원하는 독자들을 위해 참고사항을 제시하고자 하였다.

8장은 슐라미스 파이어스톤(Shulamith Firestone, 1945~)의 『성의 변증법』(*The Dialectic of Sex*, 1970)에 대한 해설이다. 이 책은 급진적 여성주의의 신호탄이었다. 1960년대 후반에 대두하여 이후 강력한 흐름을 형성한 급진적 여성주의는 가부장제에 기초한 법적·정치적 구조와 사회·문화적 제도가 여성억압의 한 원인일 뿐만 아니라 생물학적인 성(性)이 여성의 정체감과 억압의 주된 원인이라고 주장한다. 이 장의 집필자인 고정갑희에 따르면 급진적 여성주의의 초기 행동가들은 모든 여성억압의 원형을 파이어스톤이 말한 '성의 변증법'에서 찾고 있다.

이 책에서 파이어스톤은 여성억압의 핵심에 출산을 놓고 출산으로부터의 자유를 주장했다. 그녀는 생물학적 가족과 그것을 받쳐주는 결혼제도, 그것에 바탕을 두고 여성에게 맡겨진 양육, 그리고 여성과 어린이의 유대 등이 여성을 자유롭지 못하게 하고 어린이를 자유롭지 못하게 한다고 보았다.

고정갑희에 따르면 『성의 변증법』은 성 계급(sex class)에 관한 책이기도 하다. 파이어스톤은 여성은 성적 계급이며, 이는 생물학적 현실로부터 직접적으로 발생했다고 보았다. 파이어스톤은 이를 넘어서기 위해 엥겔스와 마르크스의 유물변증법에서 방법론을 가져와 성의 변증법을 전개했다. 곧 '성의 변증법'은 생물학적 계급투쟁을 주장하는 것이다.

그러나 고정갑희의 지적대로 여성을 일괄적으로 한 계급으로 말하고 있는 그녀의 '성 계급' 개념은 생물학적 근본주의자의 것이란 비판을 받을 수 있다. 또한 생명공학 기술과 기계문명에 대한 파이어스톤의 낙관도 문제를 내포하고 있다. 가사노동을 대신해줄 기계와 생식, 출산을 담당할 테크놀로지가 없다면 파이어스톤의 사색은 불가능하다. 고정갑희는 더 나아가, 파이어스톤은 사이버네이션과 사이버네틱 사회주의를 목표로 성 계급적 모순을 해결하는 성혁명(+계급혁명+문화혁명)을 이루어야 된다는 입장을 표명하지만 성적 혁명과 경제적 혁명(사회주의 계급)을 나누어 말함으로써 성 계급이라는 개념이 갖는 지점의 모호성을 드러내기도 했다고 평가한다. 성적 모순이 바로 계급적 모순이 되는 지점을 더 치밀하게 연결해야 한다는 것이다.

9장은 『하나이지 않은 이 성』(*Ce sexe qui n'en est pas un*, 1977)을 중심으로 뤼스 이리가라이(Luce Irigaray, 1932~)의 여성주의 이론을 살핀 글이다. 글쓴이 김수진은 이리가라이를 프랑스 페미니즘의 대표자로 본다. 프랑스 페미니즘은 육체 · 섹슈얼리티 · 언어의 관계를 탐구하며, 프로이트 · 라캉의 정신분석학에서 받은 강한 영향을 보여주는 것이 특징이다. 프랑스 페미니즘의 논자들은 남성과 여성의 불평등 문제를 동일성의 범주가 아니라 차이라는 범주를 통해 사유하고, 문화적 · 사회학적 범주로서의 젠더(gender)가 아니라 섹슈얼리티와 주체성에 관련된 성적 차이를 주로 다룬다.

『하나이지 않은 이 성』에서 이리가라이는 서구 가부장제의 (남성)자기-단일 중심주의를 드러내고 새로운 성적 차이의 존재론을 예비하면서 자율적인 여성 상징화 가능성을 전망하고 있다. 그녀는 프로이트와 여성 분석가들 및 라캉의 논의를 중심으로 여성을 규정하는 정신분석학적 담론을 비판적으로 재독해하면서 성적 일원론의 팔루스중심성을 논파한다. 그녀는 상징계의 남성중심주의에 의해 여성억압이 지속되어왔음을 분석하면서, '여성 스스로를 말하는 여성주체'를 기대하고 기다린다. 이 '아직 오지 않은, 미래에 올 여성주체'는 인간의 상호관계를 중시하는 여성적 언어 속에서 그 단초를 드러내고 있다.

이리가라이는 여성주체성을 새로 탄생시키기 위해서는 여성의 상징적 자율성을 발견하고 만들어가야 한다고 본다. 여기서 그녀는 어머니를 부각시킨다. 즉 여성 자율성을 위해, 한편으로는 여성에게 강요되는 어머니 역할에 굴복하지 말 것을 권하면서도 다른 한편으로 "문화의 기원을 위해 제물로 바쳐진 어머니를 또 다시 죽여서는 안 된다"고 호소한다. 그리고 모녀관계로 상징되는 여성 유대와 결속감을 강화하기 위해 노력할 필요성을 역설한다.

김수진은 이리가라이의 이 같은 주장이 실천적 차원에서는 한국에서 전개된 부모 성 함께 쓰기 운동과 호주제 폐지 운동과도 일맥상통하는 것이라 보면서 그 연관성에 주목한다. 여성이 남성과 다른 자신의 고유의 성차에 대해 자부심을 가지고 더 나아가 여성연대의 강화를 통해 스스로 사회적으로도 인정받는 주체로 자리매김해야 한다고 보는 이리가라이의 여성주의는 20세기 말, 21세기에 관계론적 여성주의가 힘을 얻으면서 더욱 주목받고 있다고 하겠다.

10장은 『젠더 트러블』(*Gender Trouble*)을 중심으로 주디스 버틀러(Judith Butler, 1956~)의 젠더 이론과 여성주의 철학을 살펴보고 있다. 글쓴이 임옥희는 1990년에 출판된 『젠더 트러블』이 여성주의 이론에서 패러다임의 전환을 가져다주었으며 후기 여성주의의 논의의 물길을 바꿔놓았다고 소개한다. 1990년대 이전의 여성주의 담론에서 계급/인종/젠더의 범주가 중심이었다면, 이 책을 경계로 포스트페미니즘 담론은 섹스/젠더/섹슈얼리티 범주로 전환되었다는 것이다.

버틀러는 여성의 자연화, 혹은 생물학적인 존재론화에 저항하여 안정된 섹스/젠더의 토대를 흔들어놓는다. 보부아르와 같은 사회구성주의 여성주의자들은 생물학적인 결정론에서 벗어나기 위해 생물학적인 개념을 뜻하는 섹스와 사회문화적으로 구성된 대상을 의미하는 젠더를 이분법적으로 구분하지만 버틀러는 이러한 기본전제 자체가 물화된 표면과 심층의 본질이라는 오래된 이분법과 다르지 않다고 보았다. 그녀는 본질로서의 섹스를 해체하고자 한 것이다. 버틀러는 푸코의 권력 담론의 연장선상에서 계급적 불평등, 인종적 차별, 성차별보다는 주체 형성 과정에 작용하는 권력과 욕망이라는 문화적 담론을 강조하였다. 버틀러는 예컨대 이성애적인 욕망 자체도 끊임없는 규율화에 의해 사회적으로 재생산된 것이라고 본 것이다. 그리하여 고정된 실체로서의 섹스/젠더 개념을 전제하는 성적 정체성, 혹은 정체성의 정치학을 부정하면서 양성구유, 퀴어 등의 개념에 주목하게 되었다.

버틀러 이후 포스트페미니즘에 이르면 여성으로서 공유하는 일반적 '경험'이나 '보편적인' 여성의 정체성을 주장하는 것은 소박한 본질주의라고 비판받는다. 포스트페미니즘은 차이의 담론들, 즉 섹스, 젠더, 성차, 섹슈얼리티, 게이, 레즈비언, 트랜스젠더, 퀴어와 같은 범주들을 강조하는 방향으로 나아가고 있다. 버틀러는 젠더라는 것 자체도 한 인간이 반복수행을 통해 힘겹게 획득하는 것이라고 이해하였다. 그리고 젠더가 사실은 한 개인 내에서도 다양하게 드러날 수 있다는 것을 말하기 위해 '젠더의 가장무도회'라는 개념을 도입하기도 하였다.

그런 한편 글쓴이 임옥희는 버틀러의 이 같은 논의가 성적 취향, 성정체성을 포함하여 주류적 규범과 일치하지 않는 성질을 가졌다는 이유로 고통을 겪고 있는 현실 속의 약자들에게 어떠한 힘이 되어줄 수 있는가 하는 물음을 던질 수 있으며, 이에 대한 비판도 만만치 않게 제기되고 있다는 것을 아울러 지적한다.

이렇듯, 여성주의 이론은 18세기 말 계몽주의적 평등론에서 시작하여 넓은 스펙트럼을 보이며 발전해왔다. 발생기 여성주의에서는 천부적 인권론에 입각하여 여성과 남성의 인격적 동동권을 확립하는 것 자체가 가장 중요했다. 이는 우선적으로는 개인으로서의 여성의 인간적 존엄성을 인정받기 위한 논리였다. 즉 남성주체와의 동일시에 바탕을 두고 '여자도 (남성과 같은) 사람이다'라는 명제를 가장 원론적 수준에서 확립하는 것이 이 시기의 과제였다.

19세기에 여성론은 유물론 및 자유주의와 각각 결합했다. 유물론과의 결합을 통해서는 가족, 경제제도, 국가 내 여성의 지위가 심층적으로 분석될 수 있게 되었다. 이를 통해 인간은 시장이 여성노동을 어떻게 호출하고 배제하는지도 인식할 수 있게 되었고 여성과 사회의 동시적 해방에 대한 논의도 발전시킬 수 있게 되었다. 그러나 이 담론체계 속에서도 여성은 문화적으로는 섹슈얼리티에 대한 자연주의적 담론이 드리운 그늘 아래 여전히 대상성의 영역에 놓여 있었다. 자유주의적 여성주의는 사회 내 여성의 법적 · 제도적 지위 향상에 주력했다. 이 담론체계에 따르면 여성은 사회체제를 바꾸지 않고도 기존질서에 편입되어 근대적 시민권의 담지자가 될 수 있었다. 실제로 19세기 말, 20세기를 거쳐 오면서 이 분야에서는 적지 않은 진전이 이루어졌다. 여성은 국민국가 내에서 시민권자가 되어갔다. 그러나 여전히 영혼과 정신과 몸의 고통이 계속되었다.

20세기에는 여성들 자신의 이름으로 여성의 정체성을 철학적으로 탐색하는 작업이 심화되었다. 남성의 주체성에 대비되는 여성의 타자성이 어디에 근원을 두고 있는가에 대한 탐색은 『제2의 성』에서의 철학적 논의, 『성의 변증법』에서의 '생물학적 요인론'으로까지 이어졌다. 그리고 68혁명이라는 문화혁명을 거치면서 여성은 남성과 같아지기를 갈망하지 말고 여성으로 살아야 한다고 주장하는 여성/남성 차이론이 등장하였다. 남성주체의 절대성이 붕괴하게 된 것이다. 여성주의는 여성이 남성과 같아지기를 갈망했다가 '여성임으로써 인간임'을 주장하는 것으로 나아갔다. 이에 그치지 않고 성의 구분 자체를 비본질적인 것으로 여기며 '성별 경계 넘어서기'를 주장하는 논의가 가장 최근의 담론지형 속에서 개진되고 있다.

이렇듯 담론적 전복과 재전복의 지적 향연이 이어지는 궤적 속에서 여성주의는 당대의 가장 중요한 정치, 사회, 문화 이론과 결합하였고 그 내용은 더 다양해지고 풍부해졌다. 여성주의 고전들을 따라 읽다보면 여성주의가 근대 사상사의 큰 흐름과 조우할 뿐 아니라, 최근의 포스트모더니즘에서 보듯, 지적 패러다임의 근본적 변화의 가장 중요한 한 축을 담당하기까지 한다는 것을 알 수 있을 것이다. 이 책이 그러한 인식에 조금이라도 기여할 수 있기를 바랄 따름이다.

이 책은 서울대학교 여성연구소 10주년을 기념하는 의미로 기획되었다. 내용 중 상당부분은 2007~8년 서울대학교 여성연구소에서 개최한 집중집담회에 토대를 두었다. 집담회는 2007년에는 '위대한 여성과의 지적 대화'라는 제목으로, 2008년에는 '여성학 고전 읽기: 여성 · 노동 · 계급'이라는 제목으로 열렸는데, 서울대 여성학 협동과정의 배은경 주임교수와 당시 서울대 여성연구소 부소장이었던 이재인 박사가 주도하여 조직한 학술행사였다. 집담회가 진행되던 시기에 여성연구소 소장직을 맡은 김세균, 김혜란 교수도 집담회를 성공적으로 이끄는 데 큰 힘이 되어주었다.

그 후 이 집담회의 발표 내용을 체계화하고 발전시켜 여성연구소 10주년을 기념하는 학술적 성과물로 내놓자는 의견이 나왔다. 집담회에서 발표한 연구자들 다수가 이 기획에 참여하는 데 동의했고, 당시에 다루어지지 않았던 울스턴크래프트의 『여권의 옹호』와 밀의 『여성의 종속』에 대한 글도 추가하기로 했다. 이 두 저자가 여성주의의 형성과 발전과정에서 차지하는 비중을 생각하면 당연한 제안이었다. 따라서 이 두 꼭지를 쓸 필자를 새로 찾아야 했는데, 다행히 『여성의 종속』에 대한 해설을 위해서는 준비된 필자가 있었다. 조선정 교수는 원고청탁이 다급한 상황에서 이루어졌음에도 선뜻 집필을 수락했을 뿐 아니라 가장 먼저 원고를 완성하여 엮은이 측에 넘겨주었다. 울스턴크래프트에 대해서는 다급한 청탁이라는 실례를 무릅써도 크게 허물이 되지 않을 만한 지인 가운데 필자를 확보하지 못해 결국 연구소 소장인 한정숙이 집필하기로 결정하였다. 다른 분들도 모두 집담회 때 해당 고전을 읽고 발표했기 때문에 집필을 위한 기본 바탕은 충분히 확보하고 있었으나 엮은이 측에서 글의 체제와 문장을 다듬고 정리할 시간을 충분히 드리지 못했기 때문에 역시 다급한 상황에서 집필에 임할 수밖에 없었다.

한국의 여성학 전공자들이 그리 많지 않은 상황에서 현재 대부분 '동시다수 과제수행'(멀티태스킹)의 역할을 수행하고 있는데 그렇기 때문에 서로가 서로에게 과제를 의뢰하고 그 가운데 누군가는 그 과제의 이행을 다급하게 재촉하는 역할을 떠맡아야 하는 상황이 드물지 않게 벌어지곤 한다. 이 책의 발간에 이르는 과정도 그러한 분위기를 수반했음을 고백할 수밖에 없다. 이런 사정 속에서도 여성학의 발전이라는 사명감 속에서 글을 완성해주신 필자들께 깊은 감사를 드린다.

이 책의 발간에 물심양면으로 도움을 주신 분들이 많다. 우선 집담회의 조직자였던 배은경 교수와 이재인 박사는 사실상 이 책의 공동편자라고 할 수 있다. 여성학 고전에 대한 지식과 애정 그리고 여성학 고전 읽기가 가져올 교육적 효과에 대한 확신을 바탕에 두고 집담회를 주도하였던 두 분의 아이디어와 기획력 없이는 이 책은 성립할 수 없었을 것이다. 여성연구소의 홍찬숙 박사는 원고의 수합, 검토 과정에서 노력을 아끼지 않았다. 엥겔스에 대해 석사논문을 작성한 후 지금까지 여성학과 여성문제에 대해 기본적인 관심의 끈을 놓지 않고 있는 홍 박사가 책의 발간을 도와주었다는 것은 엮은이의 입장에서 크나큰 행운이었다. 최은영 연구원 역시 원고수합을 위해 노력해주었기에 아울러 감사의 뜻을 전한다. 연구소의 전·현직 실무자들인 임국희, 김원정, 이호숙, 최기자 연구원의 꼼꼼한 일처리도 책의 발간에 도움이 되었음을 아울러 밝혀둔다. 연구소 창설 당시부터 오늘에 이르기까지 주도적 역할을 해온 정진성 교수도 격려를 아끼지 않았다. 그 같은 정신적 지원은 이 책의 발간에 크나큰 자산이었다. 이러한 모든 노력에도, 준비시간이 충분치 못했던 데서 비롯되는 여러 가지 미비점은 적지 않을 것이다. 여건이 허락하는 한 부족한 점은 보완해나갈 계획이다.

이 책의 여러 글에서 제시된 문제의식이 한국 사회에서 여성학의 기본지식을 가지고자 하는 독자들, 교육현장에서 이 책을 활용하고자 하는 분들, 양성평등의 실현을 위해 노력하고자 하는 분들에게 도움이 되기를 바란다. 아울러 독자들께서도 이 책의 부족한 점에 대해서는 비판하고 지적해주시기 바란다.

2012년 2월

한정숙

메리 울스턴크래프트, 『여권의 옹호』

근대 페미니즘의 출발

한정숙 ▌ 서울대 교수 · 서양사학

울스턴크래프트는 인간의 권리, 여성의 권리 그리고 시민교육의 미래를 위해 자신의 경험에 바탕을 두고 글을 썼다. 그녀의 여성주의는 인간이 동등한 이성과 권리를 갖고 태어났지만 성별에 따른 불평등한 교육과 편견체계 아래 다르게 형성되어간다는 통찰에 바탕을 두었다.

한정숙

독일 튀빙겐 대학교에서 혁명기 러시아의 경제사상사 연구로 박사학위를 받았다. 부산여대(현 신라대), 세종대 교수를 거쳐 지금은 서울대 서양사학과 교수로 있으며, 서울대 여성연구소 소장을 역임했다. 주로 러시아 역사에 관한 논문을 발표해왔고, 저서에는 『여성은 이렇게 말했다』를 비롯해 공저인 『한 러 관계 사료집』 『유라시아 천년을 가다』 『러시아는 우리에게 무엇인가』 등이 있다. 또한 『노동의 역사』 『봉건사회』 『유랑시인』 『영국 노동계급의 형성』(공역), 『비잔티움 제국사』(공역) 등 서양사에 관한 여러 책을 번역하였다.

근대 여성주의의 어머니, 울스턴크래프트

메리 울스턴크래프트(Mary Wollstonecraft, 1759~97)는 그 주변 인물들 때문에라도 18세기 말, 19세기 초 유럽 문화사에서 완전히 무명의 존재로만 남아 있을 수는 없는 인물이었다. 『프랑켄슈타인』을 쓴 작가 메리 셸리의 어머니이자 유명한 낭만파 시인 퍼시 비시 셸리의 장모로서, 무정부주의자 윌리엄 고드윈(William Godwin, 1756~1836)의 아내로서, 문학사 · 사상사에 큰 족적을 남긴 유명 인사들과의 관계 속에서 이름이 거론될 수밖에 없는 존재였다.[1] 또한 19세기에서 20세기 전반에 걸쳐 로버트 사우디, 조지 엘리엇, 버지니아 울프 등 뛰어난 문인들이 그녀를 높이 평가하는 글을 남겼다. 그러나 1951년 랄프 와들이 그녀의 전기를 발표[2]하기 전까지 20세기 전반의 대부분 독자들은 그녀 자신도 많은 정치, 사회평론, 교육론과 소설을 집필했으며 당대의 대문필가, 논객들과 거침없는 논쟁을 전개한 사상가, 문인, 논객이었다는 사실을 거의 알지 못하고 있었다.

그런 그녀가 1970년대에는 근대 여성주의의 어머니로 불리게 되었다.[3] 울스턴크래프트의 재발견이 이루어진 70년대에는 그녀에 대한 관심이 얼마나 강렬했던지 6년 사이에 전기가 여섯 종 출판되었다.[4] 그 이후 울스턴크래프트와 『여권의 옹호』(*A Vindication of the Rights of Woman*, 1791)[5]를 거론하지 않고 여성주의의 역사를 이야기할 수 없음은 상식이 되어버렸다.[6] 울스턴크래프트는 올랭프 드 구즈(Olympe de Gouges, 1748~93)와 더불어 근대 페미니즘의 두 선구자로 일컬어지게 된 것이다.

이러한 운명의 반전을 생전의 울스턴크래프트나 그녀 당대의 인물들은 거의 예상하기 어려웠을 것이다. 울스턴크래프트는 고단하고 기복 많은 삶을 산 후 서른여덟의 나이로 세상을 떠났고, 사망 후 남편 고드윈이 펴낸 『울스턴크래프트 회상록』[7]이 뜻하지 않게 성적으로 방종한 여자라는 오명을 불러일으켰기에 이후 그녀의 이름은 오랫동안 불명예스러운 기운 속에 덮여 있었다.[8] 그리고 그녀의 글보다는 그녀의 삶이 사람들에게 더 많은 호기심을 불러일으키는 경향도 있었다.

그런데 수월치 않은 삶은 울스턴크래프트의 사상을 낳은 근본 동인이었다. 그녀의 사상과 삶은 불가분하게 얽혀 있었다. 그녀는 유년 시절 이래 자기 삶의 경험을 하나도 허투루 흘려보내지 않았고, 딸로서, 자매로서, 연인으로서, 교육자로서 경험한 삶의 쓰라리고 아픈 기억을 그대로 글 속에 녹여냈다. 그것은 18세기 중산층 여성이 인간으로서, 여성으로서 겪는 삶의 상처였다. 계몽사상과 프랑스혁명의 시대 속에서 그녀는 시대의 자식으로 사상을 흡수했지만, 여성인 자신은 또 다시 차별받는 현실 속에 있음을 절감해야 했다. 어쩌면 이처럼 삶의 직접성에서 비롯된 문필활동이 논객 울스턴크래프트의 재발견을 가져온 결정적인 요인이었을 것이다. 20세기 후반 여성주의 제2의 물결 속에서 여성들은 삶 속의 정치, 삶으로서의 정치를 인식하면서 이에 대한 통찰을 두 세기 앞서 제공했던 선배 여성주의자의 삶과 사상에 주목하게 되었던 것이다.

울스턴크래프트는 인간의 권리를 위해, 여성의 권리를 위해, 시민교육의 미래를 위해 자신의 경험에 바탕을 두고 글을 썼다. 그 바탕에 흐르는 것은 평등한 개인들의 동등권에 대한 신념과, 이 동등권을 지켜 성숙하고 이성적인 인간을 형성해야 한다는 정신이었다. 이는 계몽사상 시대와 프랑스혁명기를 풍미한 천부인권론, 자연권 사상에 바탕을 둔 것이었고, 더 나아가 19세기에 꽃피우게 될 자유주의적 개인주의와도 연결되는 것이었다. 그녀의 여성주의는 인간은 동등한 이성과 동등한 권리를 가지고 태어났지만 성별에 따른 불평등한 교육과 편견체계 아래서 다르게 형성

1797년경 존 오피(John Opie)가
그린 근대 페미니즘의 선구자
울스턴크래프트의 초상.

되어간다는 통찰에 바탕을 두고 있다.

근대 시민사상의 보편적 천부인권론을 무기로 하여 시민계급은 정치적 · 경제적 · 문화적 주체가 되었다. 그러나 자연권과 시민권을 말하는 어떤 문서에서도 인간과 시민은 곧 남성을 의미하였고, 여성에 대한 구절은 없었다.[9] 울스턴크래프트는 인간과 시민의 생득권을 열렬하게 옹호하면서, 아울러 그 인간이란 여성과 남성을 동등한 자격으로 포함한다는 것을 마찬가지로 강력하게 주장했다.

이 글은 울스턴크래프트의 가장 유명한 저작 『여권의 옹호』를 중심으로 하여 발생기 근대 여성주의의 특징을 이해하고자 하는 시도이다. 첫 부분에서는 울스턴크래프트의 삶의 주요 국면들을 짚어서 그녀의 삶의 경험이 사상 형성과정에 미친 영향을 이해하고자 한다. 두 번째 부분에서는 그녀의 주요 저작 중 하나인 『인권의 옹호』(*A Vindication of the*

Rights of Men, 1790)를 살펴봄으로써 그녀의 보편적 인권론이 여성의 권리론과 어떻게 연결되는지 살펴보고자 한다. 세 번째 부분에서 『여권의 옹호』의 내용을 살펴본 다음 네 번째 부분에서는 여성주의의 역사에서 울스턴크래프트의 사상이 점하는 위치와 의미를 짚어보도록 한다.

울스턴크래프트의 삶: 여성으로서의 모든 경험

울스턴크래프트는 성장기에 자신의 가족 내에서 겪은 경험의 의미를 매우 중시하였다. 그녀의 전기적 사항들을 알게 되면 이 경험이 여성주의자로서 사상 형성에 직접적인 영향을 주었을 것이라고 생각하는 것이 전혀 무리가 아니다. 울스턴크래프트는 1759년 영국 런던의 스파이털필즈에서 비교적 유복한 소시민 계급 집안에서 태어났다. 아버지 에드워드 존은 부친에게 재산을 물려받은 지주였고 어머니 엘리자베스(결혼 전 성은 딕슨)는 아일랜드 소시민 집안 출신이었다.[10] 당시 영국은 명예혁명 이후 입헌군주제를 확립해가는 중이었고 산업혁명 직전의 사회경제적 변동기에 있었다. 로크, 버클리, 흄 등 경험론을 중시하는 사상가들이 그 전에 이미 철학사의 중요한 저작을 내놓았고, 영국 계몽주의의 지적 토대가 마련되고 있었다.

울스턴크래프트는 장차 이 모든 사조들을 흡수하면서 지적 논쟁의 최첨단에서 활동하게 될 터였다. 다른 한편으로, 질라 이젠스틴의 견해로는 울스턴크래프트가 저술활동을 했던 시절은 유럽여성들의 경제적, 사회적 지위가 그 이전보다 오히려 쇠퇴하던 시기였다. 이는 산업화의 진전에 따라 시민계급의 여성들이 생산노동을 비롯한 공적 활동으로부터 유리된 채 가정이라는 사적 영역 속에 유폐되기 시작했음을 의미한다.[11] 혁명적 사상이 전파되던 시기에 지위 하락을 경험하는 집단 출신의 문필가가 급진적인 사상을 가지게 되는 것은 놀라운 일이 아닐 것이다.

메리의 할아버지 에드워드 울스턴크래프트는 비단 직조 장인으로서 자신의 능력으로 부를 일구어 자손에게 상당한 유산을 물려준 견실한 재산가였다. 그러나 남성 선조들의 재산은 메리에게 거의 아무 도움도 되지 않았다. 메리가 다섯 살 나던 해 할아버지가 사망하자 아버지 에드워드 존은 가장 큰 몫의 유산을 물려받아 지주 노릇을 하며 살 수 있었다. 손자 세대 가운데는 메리의 두 살 위 오빠인 장손 에드워드가 많은 유산을 물려받았다. 그러나 여자 후손들에게는 돌아온 것이 없었다. 메리도 할아버지의 유산을 한 푼도 받지 못했다. 할아버지는 자기 딸의 의붓딸인 외손녀에게는 단 1실링만을 물려주었다.[12]

메리의 아버지는 재산 관리에 유능한 인물이 아니었다. 가족을 이끌고 이곳저곳으로 이사 다니면서 자기 부친이 물려준 재산을 깎아먹기 시작했으며 재산은 계속 줄어들었다. 아버지가 사망했을 때 이번에도 메리를 비롯한 딸들은 유산을 전혀 물려받지 못했다. 아버지는 재산관계에서뿐 아니라 인간관계에서도 변덕스럽고 전제적인 태도로 가족 위에 군림했다. 별다른 이유 없이 가족들을 학대했고 큰딸인 메리를 때리기도 하였다.[13] 메리는 후일 "나에게는 결코 아버지가 없었다"는 한마디로 아버지에 대한 그녀의 관계를 정리했다.[14]

메리는 또한 두 살 위인 오빠 에드워드가 맏아들이라는 이유로 온갖 혜택을 누리는 것을 지켜보아야 했다. 그녀는 이미 생애의 아주 이른 시기부터 가족관계에서 여성이라는 이유로 중대하고도 근본적인 차별을 겪었으며, 이 속에서 같은 여성인 어머니에게서도 보호를 받을 수 없다는 아주 원초적인 체험을 하였다. 어머니 엘리자베스는 남편의 폭력과 횡포 앞에서도 순종적이고 수동적인 복종의 자세만을 취했고 딸 메리의 고통을 감싸주거나 위로해주지 못했다. 어머니는 자기 괴로움 속에서 딸인 메리에게 냉담했다. 그러한 어머니의 태도 때문에 메리는 같이 억압받는 여성 가족구성원으로서의 연대의식을 가질 수 없었다. 메리는 어머니에게서 단순히 여성의 종속적 지위뿐 아니라 현실 속 여성의 약함, 무력함을 뼈저리게 인식하게 되었다.[15]

메리는 자신이 어린 시절 집밖에서 활발하게 노는 것을 좋아했으며 인형을 싫어하고 남자형제들이 하는 놀이를 함께 했다고 회고했다.[16] 그녀의 의식적 선택이었는지 타고난 성품이 그러했는지는 판단할 근거가 없다. 어쨌든 메리는 유년 시절부터 여성에게 속하는 것이라고 이야기되고 요구되는 것을 거부하는 경향을 보였다. 그녀는 보호받기보다 보호하는 사람이 되고자 하였고, 아버지의 폭력 앞에서 어머니와 다른 가족들을 보호하고자 애썼다.[17]

메리는 1768년부터 비벌리라는 도시에서 살게 되었으며 이곳에서 여동생들과 함께 여학교에 다니기 시작했다. 학교에서는 바느질, 음악 등 규수교육을 시켰지만 프랑스어, 읽기와 쓰기, 산수의 기초 등도 배울 수 있었다.[18] 메리는 자신이 받은 공교육에 대해 어느 정도 만족스러워했던 듯, 후일 『여권의 옹호』에서 국민교육에 관해 논하면서 폐쇄적인 기숙학교에 비해 지방의 통학식 공립학교들이 훨씬 유용하다고 거듭 강조했다.[19] 메리는 비벌리에서 문학작품을 읽고 신문을 읽으며 사회문제에도 관심을 가지게 되었고 제인 아든이라는 동년배 여자친구와 우정을 나누며 편지를 주고받기도 하였다. 1775년에 비벌리를 떠나 혹스턴으로 옮겨온 그녀는 이웃인 클레어 목사부부의 배려 아래 독서의 범위를 넓혔으며, 그들의 소개로 파니(프랜시스) 블러드를 만나 절친한 사이가 되었다. 메리보다 두 살 위인 파니는 몸은 약하지만 비범한 지적 · 예술적 재능을 지닌 젊은 여성으로, 그림 그리기와 수놓기로 가족의 생계를 책임지고 있었다. 첫눈에 파니에게 매료된 메리는 그녀를 향해 '영원한 우정'을 품게 되었다. 교양과 학식이 풍부한 파니와의 교류를 통해, 다소 엉성한 교육을 받은 데 불과했던 메리도 지적 도약을 이룰 수 있었다.[20)]파니와의 관계는 편지 왕래와 공동체적 삶을 통해 파니의 죽음에 이르기까지 계속되었다.

메리는 독립된 삶을 누리기 위해 열아홉 살의 나이에 부모의 집을 떠났다. 처음에는 도슨 부인의 집에 반려인(companion)으로 들어가 생활했고, 한때 어머니의 위중한 병 때문에 집으로 돌아와 간호를 하다가 어머니가 사망한 후에는 부모의 집에 영원한 작별을 고하고 자립적인 삶을 본격적으로 영위하기 시작했다. 아버지가 곧 재혼하였고 오빠인 에드워드도 결혼 후 여동생들을 데리고 사는 것을 좋아하지 않았기 때문에 그녀로서는 현명한 선택을 한 셈이었다. 메리는 가정교사를 하다가 여성들의 생활공동체를 구상하고 실행에 옮겼다. 계기 중의 하나는 여동생인 엘리자가 유복한 상인과 결혼했다가 출산 직후 심한 우울증을 앓게 된 일이었다. 메리는 엘리자로 하여금 집을 나오게 한 다음 엘리자와 또 다른 여동생 에베리나, 절친한 벗인 파니와 함께 여학교를 세웠다. 독립적인 삶, 유용한 삶이 무엇보다 중요했던[21)] 그녀에게 학교 운영은 그 꿈을 실현할 길이었다.

학교는 비교적 잘 운영되었지만 2년 남짓 만에 문을 닫게 되었다. 오랜 구혼자가 있던 포르투갈로 가서 결혼한 파니는 출산 후 아이와 함께 1785년에 사망하였는데, 메리가 병중의 파니를 만나기 위해 몇 달에 걸쳐 포르투갈 여행을 하는 동안 학교운영이 회복할 수 없을 정도로 난조를 겪게 되었기 때문이다. 파니의 사망 후 여성공동체의 계획은 깨져버렸고 메리는 지인들의 주선에 따라 아일랜드로 가서 귀족인 킹스버러 남작 집안의 자녀들을 위한 가정교사로 일하게 되었다. 가정교사 생활에서 그녀는 최상층 귀족 여성들의 삶을 좀더 면밀히 관찰할 수 있었고, 이와 아울러 가난한 피고용인으로서 귀족들에게 멸시당하면서 평등의식을 더욱 강화하기도 하였다. 킹스버러 남작 부부의 맏딸로, 울스턴크래프트의 가르침을 받았던 마거릿 킹(후일의 마운트 카셀 자작부인)은 열렬한 공화파 문인이 되었다.[22]

그 사이 메리는 리처드 프라이스, 새뮤얼 존슨 등 유명한 문필가들과도 교류하였고, 차츰 그 자신도 문필가로서 활동하겠다는 생각을 품게 되었다. 1787년에는 최초의 저작인 『여성교육론』(*Thoughts on the Education of Daughters*)[23]을 발표하여 좋은 반응을 얻었다. 그 후 활발한 문필작업을 펼칠 수 있게 되었는데, 출판업자인 조셉 존슨의 협력이 큰 도움이 되었다.[24] 두 번째 저작인 소설 『메리』(*Mary, A Fiction*, 1788)는 자전적 내용을 담고 있다. 이 작품은 고드윈의 평가처럼 사건은 별로 없으며,[25] 폭력적인 아버지와 약한 어머니에게서 보살핌을 받지 못한 딸이 강한 여성으로 성장하면서 절친한 친구와 우정을 나누는 이야기가 주를 이룬다. 울스턴크래프트의 성장기 가정환경과 파니 블러드와의 관계가 소설이라는 형식 속에서 그려지고 있는 것이다. 이 소설에서 여주인공 메리는 친구 앤이 죽은 다음 결혼을 하기는 하지만, 결국 자신도 약해져가는 건강상태 속에서 "결혼하는 일도 없고 결혼 당하는 일도 없는 별세계"(that world where there is neither marrying, nor giving in marriage)로 가게 되리라고 예상한다.[26] 이 우울한 서술 속에는 당시의 결혼제도에 대한 울스턴크래프트의 회의적인 태도가 드러나 있다.

그밖에도 울스턴크래프트는 많은 외국 책을 번역하고 소설을 썼는데, 고드윈의 평가로는 1787년에서 1790년에 이르는 3년은 그녀의 삶에서 문필활동의 우수성보다 '타인을 돕고 유용한 존재가 되고자 하는' 지향성이 더 두드러지게 빛을 발한 시기였다.[27] 그녀는 곤경에 처한 남동생들과 자매들을 지원하기 위해 진력하면서도 자신은 극도로 검소한 생

활을 했다. 또한 어머니를 잃은 일곱 살짜리 여자아이를 돌보아주기도 했다.[28)]

문필가로서 울스턴크래프트의 활동에서 결정적인 전기는 프랑스혁명과 더불어 찾아왔다. 최초의 주저 『인권의 옹호』를 집필하게 된 것이다. 1789년 프랑스혁명이 일어나자 그녀는 기존 질서가 붕괴되고 그 속에서 새로운 질서가 형성되는 것을 기대를 가지고 지켜보고 있었다. 그녀의 벗이자 정신적 후원자의 하나였던 리처드 프라이스 또한 프랑스혁명의 지지자였는데, 그는 이 혁명을 영국의 명예혁명에 비견하면서 두 혁명 모두를 긍정적으로 평가하였다. 이에 대해 에드먼드 버크(Edmund Burke)가 『프랑스혁명에 대한 성찰』(*Reflections on the Revolution in France*, 1790)을 출간하여 프랑스혁명과 프라이스를 비판하였다. 이에 대한 반발로 울스턴크래프트는 버크에 대한 반론을 집필하고 발표하였다. 이것이 곧 『인권의 옹호』이다.

버크에 대한 반론으로 가장 잘 알려지고 가장 큰 인기를 모은 저작은 토머스 페인의 『인간의 권리』(*Rights of Man*, 1791)일 테지만, 가장 먼저 출판된 반론은 바로 울스턴크래프트의 『인권의 옹호』였다. 버크가 프랑스혁명을 신랄하게 비판하고, 특히 그녀의 절친한 후원자 프라이스를 공격대상으로 삼은 데 분개한 울스턴크래프트는 엄청난 집중력을 발휘하여 아주 빠른 속도로 글을 써내려갔고, 그 성과물은 버크의 저작이 출판된 지 단 28일 후에 세상의 빛을 보았다. 그전까지 그녀의 저작이 통념상 '여성적'인 주제(젊은 여성의 교육, 성장과정)를 다루었다면, 『인권의 옹호』는 '공적' '정치적' '남성적' 주제를 다룬 것이었다.[29)] 익명으로 출판된 이 책은 프랑스혁명 지지자들 사이에서 호의적인 평가를 받았고, 울스턴크래프트는 문필활동에 대해 자신감을 가질 수 있게 되었다. 재판을 찍을 때는 울스턴크래프트 자신의 이름을 내걸 수 있다.

고드윈이 회상록에서 썼듯이, 『인권의 옹호』의 성공은 그녀를 다음 저작인 『여권의 옹호』로 이끌었다고 할 수 있다.[30] 프랑스의 여성 문인 올랭프 드 구즈가 「인간과 시민의 권리선언」의 형식과 문체를 그대로 빌려와 「여성과 여성시민의 권리선언」을 작성했던 것과 유사한 순서를 밟았다고 할 수 있다. 울스턴크래프트는 인간 일반의 권리를 옹호하는 글을 쓴 다음, 이 논리를 딛고 서서 여성의 권리를 옹호하는 글을 썼다. 그런데 후자가 『인권의 옹호』보다 분량이 훨씬 더 많았으며, 저자의 대표작이 될 운명이었다.

이 무렵 울스턴크래프트는 스위스 출신 화가 헨리 푸슬리(Henry Fuseli)에게 강한 호감을 느꼈지만 그가 기혼자였기 때문에 둘의 관계는 진전될 수 없었다. 그녀는 법률, 제도 때문에 인간과 인간 사이의 순수한 감정이 제약받아야 한다고는 결코 생각하지 않았다. 그러나 푸슬리와 부인의 애정이 유지되고 있었기 때문에 그녀로서는 사랑을 실현할 길이 없었다. 한편 울스턴크래프트는 1791년 11월 미래의 남편이 될 윌리엄 고드윈을 처음으로 만났다. 두 사람은 토마스 페인이 주선한 저녁식사 자리에서 대면했는데, 고드윈의 회고로는 당시 둘 다 상대에게서 별다른 호감을 느끼지 못했던 듯하다.[31]

1792년 울스턴크래프트는 프랑스로 떠났다. 고드윈의 생각으로는 푸슬리와의 관계를 청산하기 위해서였다고 한다.[32] 이곳에서 그녀는 더 치명적인 관계에 들어서게 되었다. 미국인 작가이자 외교관, 사업가였던 길버트 임레이(Gilbert Imlay, 1754~1828)와 사랑에 빠져 결혼하게 된 것이다. 결혼은 처음에는 임시방편적이었다. 프랑스혁명이 급진화하면서 영국정부의 관계가 더욱 악화되자 프랑스 정부는 자국에 거주하는 모든 영국시민을 몇 개월 동안 수감하겠다는 방침을 발표하였다. 영국시민인 울스턴크래프트는 체포·투옥을 피하기 위해 미국시민인 임레이와

서류상으로 부부관계를 맺고자 하였고 임레이의 동의로 이것이 실행되었다. 그녀는 한동안 임레이 부인이라는 이름을 사용하게 되었다.[33] 그런데 이 결혼은 울스턴크래프트 편에서는 곧 열렬한 사랑에 바탕을 둔 것으로 전환되었다. 성장기에 따뜻한 애정에 바탕을 둔 가족관계를 경험하지 못했던 그녀는 정열적으로 남편을 사랑했으며 남편도 자신에게 애정과 헌신을 보여줄 것을 기대하였다. 그러나 임레이에게 그녀와의 결혼은 그다지 큰 의미가 없는 것이었다. 1794년 5월 딸 프랜시스(파니)가 태어났으나 관계는 호전되지 않았다. 임레이는 사업상의 이유를 대며 가족을 떠나 있는 적이 많았다. 그는 1795년에는 영국에 거주하면서 젊은 여배우와 내연관계를 맺었으며 그런 상태에서 부인과 딸을 영국으로 불러들였다. 이처럼 표피적이고 무심한 남편의 태도에 좌절한 울스턴크래프트는 넉 달 사이에 두 번이나 자살을 기도했다. 1795년 5월 말의 첫 번째 자살기도 때는 임레이의 신속한 개입으로 목숨을 건졌고,[34] 10월 초 비가 억수같이 쏟아지는 한밤중에 퍼트니에서 템스 강에 투신하였을 때는 다른 사람들에게 발견되어 다시 살아났다.[35]

앞서 쓴 『여권의 옹호』에서 울스턴크래프트는 여자들을 향하여 사랑과 감정에 너무 집착하지 말아야 한다고 충고했었다. 그러나 진정한 사랑을 항상 그리워하고 인간과 인간 사이의 교감에 애타하던 그녀인지라 남편 임레이의 무관심과 냉대는 그녀의 인간적 자존심을 크게 손상시켰던 것으로 보인다. 임레이는 그녀에게 끊임없이 관계개선을 약속해놓고 실제로는 여배우와의 관계를 전혀 정리하지 않았다. 여러 차례에 걸친 애원과 관계복원 시도 끝에 임레이의 마음을 되돌릴 수 없음을 깨달은 울스턴크래프트는 결국 그와의 관계를 청산하였다. 이는 지워버릴 수 없는 쓰라린 상처를 안겨주었지만 그 후에도 그녀는 임레이에 대해 악의를 품지 않았고 다른 사람이 자기 앞에서 그를 폄하하는 것을 싫어했다.[36]

임레이와의 관계 때문에 두 번이나 자살을 시도할 정도로 극심한 고통을 받고 있는 동안에도 울스턴크래프트는 문필활동을 중단하지 않았으며, 글의 수준도 일정하게 유지하였다. 이 시기에 쓴 『노르웨이에서 보내는 편지』는 고드윈이 특히 높이 평가한 글이기도 했다.[37)]

울스턴크래프트와 고드윈은 1796년 1월에 다시 만났고 그해 4월 이후 차츰 상대에 대한 호감을 키워가게 되었다. 이들의 관계는 고드윈이 말한 대로 하자면 '가장 순수하고 가장 정제된 스타일의 사랑'으로 발전해 갔다.[38)] 우정이 사랑으로 변한 것이었다. 울스턴크래프트는 아이를 가지게 되었고 두 사람은 1797년 4월 결혼을 공표하였다. 고드윈은 영국 정치사상사에서 가장 급진적인 인물로 평가받는 무정부주의자였고, 결혼제도에 반대해온 인물이었다. 그는 개인의 독자적 사고와 인격의 독립성을 대단히 중시했는데, 사람들이 공동생활을 하는 것 자체가 이러한 독자성, 독립성을 해치는 것이라 여겼다.

결혼에 대한 고드윈의 태도도 이것과 연결되어 있었다. 그는 1793년에 출판된 저서 『정치적 정의에 대한 탐구』에서, 당시 유럽에서 행해지고 있던 결혼이란 철없는 젊은이들이 정열에 들떠서 성급하게 하는 것이고 사기이며 최악의 독점 체제라고 주장하며 결혼을 폐지해야 한다고 주장한 바 있다. 그는 결혼은 인간의 감정변화를 고려하지 않는 것이고, (한 남자가 한 여자를 독점함으로써 다른 남성의) 시기심과 질투를 불러일으키며, 박애심의 발현을 가로막는다고 보기도 했다.[39)] 그렇기에 그 자신이 책이 나온 지 불과 3년 후에 결혼하게 되자 이 결혼이 일반적인 결혼과는 다르다는 것을 애써 설명하지 않을 수 없었다. 고드윈은 울스턴크래프트와 함께 살면서도 서재를 다른 곳에 두고 작업함으로써, 자신이 원칙을 결코 완전히 저버린 것이 아님을 보여주고자 하였다.[40)] 부부가 서로 간섭하지 않는 생활을 영위한다는 이상 자체는 유지하고자 한다는 것을 입증하려고 꽤나 열심히 노력했던 셈이다.

몇 개월 동안 울스턴크래프트-고드윈 부부는 친밀함과 우정에 바탕을 둔 행복한 결혼생활을 영위했던 것으로 보인다. 8월 31일 울스턴크래프트는 해산의 기미를 느끼고 자리에 누웠으며 9월 1일 딸을 출산하였다. 아기도 메리라는 이름을 가지게 되었다. 그러나 출산 후 태반이 완전히 제거되지 않은 바람에 건강이 치명적으로 손상된 산모는 다시는 자리에서 일어나지 못하였다. 의료기술이 충분히 발달하지 않았던 당시로서는 어떻게 손을 써볼 수 없었다. 부인의 병세 악화를 지켜보면서도 속수무책이었던 남편 고드윈, 임레이와의 사이에서 태어난 큰딸 파니와 갓 태어난 아기 메리를 남기고 메리 울스턴크래프트는 출산 후 10일 만인 1797년 9월 10일 38세의 나이로 세상을 떴다. 마지막 작품인 소설 『여성학대; 마리아』(*The Wrongs of Woman; or Maria*)를 미처 완성하지 못한 상태였다. 고드윈은 사상가로서 집필활동을 계속하며 부인에 대한 회상록을 남겼다. 부인을 추모하고 자신의 마음을 달래기 위해 쓴 이 회상록이 울스턴크래프트에게 성적으로 방종한 여자라는 오명을 덮어씌우게 되고 이 오명이 두 세기나 계속되게 될 줄은, 슬픔에 젖은 남편은 전혀 예상하지 못했을 것이다. 큰딸 파니는 가정사에 시달리다 젊은 나이에 자살로 삶을 마감했다. 생후 열하루 만에 어머니를 잃은 작은딸은 후일 시인 퍼시 비시 셸리와 결혼하여 메리 셸리로 불리게 되고 『프랑켄슈타인』의 저자로서 문학사에 이름을 남기게 되었다.

인간의 미덕은 이성에 기초한다: 『인권의 옹호』

『인권의 옹호』는 울스턴크래프트가 버크의 『프랑스혁명에 대한 성찰』에 대한 반론으로 쓴 책이다. 이러한 사정과 제목에서 짐작할 수 있듯이 이 책은 프랑스혁명과 인권을 옹호하고 있다. 버크에게 보내는 편지 형식을 취하고 있는데 그를 향한 비판과 풍자의 글맛이 아주 맵다. 이미 언급했듯이, 버크는 『프랑스혁명에 대한 성찰』에서 주로 리처드 프라이스를 비판하였다. 영국 근대 보수주의의 원조가 가장 못마땅하게 여긴 것은 프라이스가 명예혁명, 미국혁명, 프랑스혁명을 동렬에 놓고 찬양했다는 점이었다. 버크 자신은 명예혁명과 미국혁명은 긍정적으로 보았지만 프랑스혁명에 대해서는 부정적인 견해를 표명하였다. 국왕과 귀족세력을 압박하고(버크의 『성찰』은 루이16세 부부가 아직 처형당하기 전에 집필되었다) 수도원의 재산을 몰수한 프랑스 국민의회의 정책은 버크의 눈에 지나치게 과격한 것으로 보였다.

프라이스가 인민은 통치자를 선택할 권리를 가진다고 주장하면서 명예혁명을 그 예로 거론했던 데 대해 버크는 이를 정면으로 반박하는 입장을 취하였다. 명예혁명은 인민이 그들의 의지로 통치자를 선택한 것을 의미하는 일이 아니었다는 것이다. 버크는 프랑스혁명이 아니라 영국의 헌정질서를 모범으로 삼아야 한다고 주장했다. 그는 정부는 자연권에 의해 형성된 것이 아니라고 보았으며,[41] 인민이 가진 자유와 권리는 추상적 원리에 입각하여 요구될 수 있는 것이 아니라 과거로부터 상속받은 것에 국한한다고 주장했다.[42] 즉 인민은 옛날부터 지정상속 유산으로서 전해져 내려온 권리와 자유만을 가질 수 있다는 것이었다.

인간의 권리를 내세워 과거를 부정해서는 안 되며 변화를 추구하더라도 프랑스혁명과 같은 방식이 아니라 점진적인 개혁을 해나가야 한다는 것이 버크의 견해였다. 그의 주장은 프랑스혁명에서 발표된 「인간과 시민의 권리선언」이 보편적이고 생득적인 권리를 제창하고 있는 데 대한 반박으로 읽힐 수 있었다. 이는 구체적으로는 세습군주정에 대한 옹호론을 의미하였다.[43]

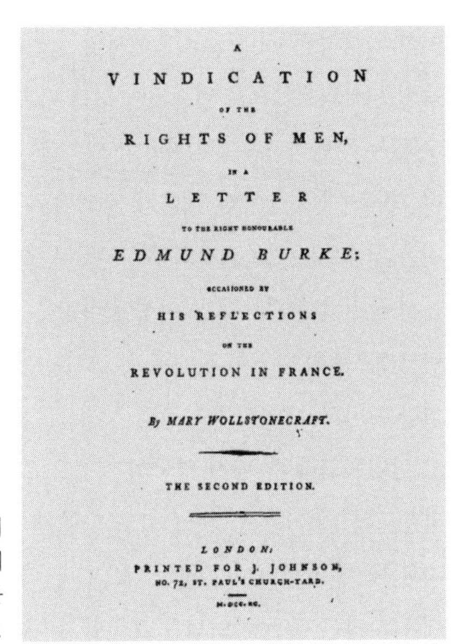
A
VINDICATION
OF THE
RIGHTS OF MEN,
IN A
LETTER
TO THE RIGHT HONOURABLE
EDMUND BURKE;
OCCASIONED BY
HIS REFLECTIONS
ON THE
REVOLUTION IN FRANCE.

By MARY WOLLSTONECRAFT.

THE SECOND EDITION.

LONDON:
PRINTED FOR J. JOHNSON,
NO. 72, ST. PAUL'S CHURCH-YARD.
M.DCC.XC.

1790년 출간된 최초의 주저 『인권의 옹호』는 보편적 이성론에 바탕을 두고 인권과 평등을 옹호하기 위해 씌어졌다.

인간은 태어나면서부터 신성불가침의 권리를 부여받는다고 믿고 있던 울스턴크래프트에게 버크의 논의는 '분노'를 불러 일으켰다.[44] 그녀와 돈독한 관계를 유지하고 있던 프라이스가 버크의 주된 공격 대상이었다는 점도 불만스러울 수밖에 없었다. 그녀가 보기에 버크가 옹호하는 영국의 헌정질서는 인간이 무지하던 시기에 만들어진 제도들을 쌓아놓은 잡동사니 더미일 뿐이었다.[45] 이태숙의 평가에 따르면 울스턴크래프트는 영국 헌정을 포괄적으로 인식하려는 의도를 지니지는 않았지만 병사 징발제, 형법, 사냥법 등 구체적인 인권 유린 제도를 고발하여 영국 체제의 부당성을 드러냈다. 그녀의 공격은 고도로 추상화되면서 초월적 지위를 확립해가던 영국 헌정 전체에 크게 영향을 미치지는 못했지만 구체적인 제도에 대한 그녀의 비판은 결코 완전히 무시될 수 없는 것이었다.[46]

울스턴크래프트는 과거 전통에 대한 맹목적인 복종에 맞서서 인간의 이성과 생득권(birthright)으로서의 인권을 내세웠다. 그녀는 인간의 생득권은 사회계약으로 연결되어 있는 다른 어떤 개인의 자유와도 양립할 수 있는 시민적 · 종교적 자유를 의미한다고 정의했다.[47] 그녀가 보기에 버크가 인간의 생득적 인권 대신 과거로부터 물려받은 자유를 옹호하는 것은 실제로는 기득권자의 재산권을 옹호하는 것에 지나지 않았다. 여기에서 급진적 정치사상가, 이성에 바탕을 둔 평등권의 옹호자로서의 울스턴크래프트의 담론이 전개된다. 그녀는 재산의 보호가 영국식 자유의 정의라고 비꼬고, 이로써 보장되는 재산은 실제로는 부자의 재산일 뿐이라고 단언하였다.[48] 당시 영국의 형법으로는 절도죄를 범한 사람은 단 몇 파운드의 돈을 훔친 것만으로도 사형에 처해질 수 있었다.[49] 사람을 납치한 데 대한 형벌보다 훨씬 가혹했다. 과거의 영국 역사는 그녀가 보기에는 수많은 봉건적 악덕을 포함한 것이었다. 그러므로 단지 시간이 흘렀다는 이유만으로 과거 역사의 범죄를 신성시하고, 자신들의 실정 때문에 혁명을 야기했던 군주들을 혁명의 희생이 되었다는 이유만으로 성자처럼 여기는 것은 어리석은 일이라고 주장했다.[50] 버크가 애지중지하는 영국의 헌정제도 대신 울스턴크래프트는 (프랑스혁명 주도자들이 실시한 것과 같은) 선출된 대표를 통한 국정 개입과 부의 재분배(대토지를 분할하여 소농장으로 전환하는 것, 삼림의 분배 등)[51]를 옹호했다.

'사슴의 목숨을 사람의 생명보다 더 중하게 여기는'[52] 기존 제도와 재산제도를 존중하라고 요구하는 버크에 대한 그녀의 비판은 재산상속을 비롯한 세습제 일반에 대한 비판으로 이어졌다. 기존 가족제도 또한 비판의 붓끝을 피해갈 수 없었다. 울스턴크래프트는 기존 가족제도 내에서 부모자녀 관계가 불평등하고 부모가 자식을 노예처럼 대하는 까닭은 재산상속이라는 미끼가 있기 때문이라고 주장했다.[53] 특히 당시 영국의 장자 상속제를 비판하면서, 장남인 오빠가 부모의 모든 재산을 상속받았기 때문에 자신은 가난에 시달려야 했던 경험을 염두에 두고 쓰라린 심정으로 이 내용을 쓰고 있다.[54] 가족제도가 재산상속을 위한 제도인만큼 그녀의 견해로는 결혼 또한 재산의 영속화라는 목적에 따라 이루어지는 것이며 이는 여성도덕에 치명적인 악영향을 미칠 수밖에 없다. 여자들이 재산을 위해 결혼한 다음 진정한 사랑은 혼외관계에서 찾으려 들기 때문이다. 울스턴크래프트는 자연과 이성에 부합하는 재산 보호의 유일한 형태는 상속이 아니라, 인간이 재능과 근면으로써 획득한 재산을 자기가 선택한 사람에게 물려주는 것이라고 주장했다.[55]

『인권의 옹호』에서는 재산 세습이라는 목적 아래 형성된 기존 가족제도가 자녀와 부인을 억압한다는 생각이 선언적 수준에서 제시되기는 했지만, 논의가 깊이 있게 전개되지는 않았다. 그 대신 울스턴크래프트는 인간에게 요구되는 미덕과 덕성에 대한 논의로 나아갔다. 그녀는 인간의 신성한 권리와 이성을 찬미하는 대신 감정을 불신하는 입장을 글에서 자주 드러냈다. 양도할 수 없는 불가침의 인권과 이성을 가진 존재로서 인간에게 요구되는 것은 계몽된 자기애(enlightened self-love)요, 계몽된 자기존중(enlightened respect for oneself)이다.[56] 그녀는 인간 정신이 이성 이외의 다른 힘(예를 들어 종교)에 의해 좌우될 때 인간의 정신은 비루해지고, 강자에 대한 예속과 약자에 대한 폭정 같은 불평등이 나타난다고 보았다. 그리고 오로지 평등한 인간들 사이에서만 사회가 형성될 수 있고 우정이 형성될 수 있다고 주장했다.[57]

울스턴크래프트는 인간의 미덕도 이성에 기초한다고 보았는데, 흥미로운 것은 그녀가 당시의 현실에서 인정하는 미덕은 '남성적' 미덕이었다는 사실이다. 즉 그녀는 인간에게 가장 중요한 미덕은 자비심, 우정, 관대함이라고 보았는데, 그녀의 견해로는 이러한 미덕은 남성적인 것이었다. 여성은 앞에서 말한 것과 같은 불합리한 가족제도와 결혼제도 때문에 미덕을 갖출 기회를 가지지 못하였다. 적어도 현실 속에서 나타나는 여성적 특질, 여성에게 요구되는 도덕 등은 울스턴크래프트의 기준에는 크게 못 미치는 것이었다.[58]

『인권의 옹호』는 인간의 생득권을 옹호하기 위해 집필된 저작이었으되, 실질적으로는 계몽적 이성의 옹호가 훨씬 더 강하게 전면에 드러나 있었다. 이 책에서 울스턴크래프트는 이성과 감정을 대비시키고 이성에 바탕을 둔 미덕을 남성적 미덕으로 설정했다. 적어도 현실에서는 여성은 사랑에 더 집착하는 경향을 보인다는 것이 그녀의 진단이었다. 그러나 이것은 생래적 차이를 의미하는 것은 아니었다. 그녀는 여성도 '남성적' 미덕을 가지기를 원하였기 때문이다. 그러나 여성과 남성의 차이에 관한 논의는 『인권의 옹호』에서 주된 논점은 아니었다. 보편적 이성론에 바탕을 두고 인권과 평등을 옹호하는 것이 그녀의 주된 논점이었다. 보편적 이성론과 평등론에 바탕을 두고 여성의 권리를 옹호하는 작업은 이다음에 이루어질 터였다.

인간으로서 여성의 권리를 요구하다: 『여권의 옹호』

『여권의 옹호』는 『인권의 옹호』 가 발표되고 나서 열 달 후에 출판되었다. 집필을 시작한지 단 여섯 주일 만에 완성된 저작으로,[59] 이 시기 울스턴크래프트의 필력이 절정에 달했음을 알 수 있다.

앞에서 살펴보았듯, 계몽사상의 옹호자였던 울스턴크래프트는 여성의 권리도 이성 옹호의 차원에서 옹호했다. 즉 인간은 이성의 담지자이고 여자도 인간이기에 이성의 담지자인 만큼, 이성을 가진 존재로서 여성의 권리를 인정하라고 요구했다. 인간의 보편적 속성과 가치를 중시하는 입장이었으므로, 여성적 가치를 중시하지 말고 여자를 인간으로 대해달라는 것이 울스턴크래프트의 가장 강력한 요구였다.

『여권의 옹호』는 원래 두 권으로 구상되었다. 1권을 먼저 출판하면서 말미에 2권에 대한 힌트를 첨부한 것도 이 책을 두 권으로 펴낼 계획이 있었기 때문이었다. 그러나 2권은 완성되지 못했다. 따라서 오늘날 단일한 저작으로 읽히고 있는 『여권의 옹호』는 약간 논의가 덜 된 듯한 느낌을 주지 않는 것도 아니다. 불행한 사랑, 두 번의 자살시도, 출산 후유증으로 인한 사망 등 젊은 나이에 그녀가 휘말렸던 극적인 삶이 이 책을 애초 구상대로 완성하는 것을 막았던 것이다.

현존하는 『여권의 옹호』는 총13장으로 이루어져 있다. 서문은 프랑스 혁명 당시 오툉의 주교였으며 오랫동안 프랑스 외교를 좌지우지한 인물인 탈레랑[60]에게 보내는 편지 형식으로 씌어져 있다. 울스턴크래프트는 그가 1791년 여성교육은 오로지 가사교육에만 국한되어야 한다는 의견을 프랑스 국민의회에 제출한 데 대하여 반박할 필요를 느꼈다. 이 책의 1장은 인간의 권리에 대한 일반론이고 2~5장은 여성의 본성에 대한 기존 논의를 검토하면서 이를 반박하고 있으며, 6~8장은 여성에 대한 통념이 여성의 성격과 태도 형성에 미치는 악영향을 분석하고 있다. 9~12장은 교육에 대한 논의로 부모의 의무, 여성교육, 국민교육의 방안을 제시하고 있으며, 13장에서는 기존의 여성관이 강요됨으로써 여성들이 지니게 된 단점들이 어떠한 것인가를 다시 분석하고 있다.

인간은 이성적 존재다: 울스턴크래프트는 인간은 이성적 존재라는 명제에서 모든 논의를 시작한다.

> 인간을 짐승보다 우월한 존재로 만들어주는 것은 무엇인가? 그 대답은 절반이 전체보다 더 적다는 것만큼이나 명백하다. 즉 그것은 이

A

VINDICATION

OF THE

RIGHTS OF WOMAN:

WITH

STRICTURES

ON

POLITICAL AND MORAL SUBJECTS.

BY MARY WOLLSTONECRAFT.

PRINTED AT BOSTON,
BY PETER EDES FOR THOMAS AND ANDREWS,
FAUST's Statue, No. 45, Newbury-Street.
MDCCXCII.

계몽사상의 옹호자였던
울스턴크래프트는 『여권의 옹호』를 통해
이성을 가진 존재로서 여성의 권리를
인정할 것을 요구했다.

성이다.

한 사람을 다른 사람보다 높은 위치로 올려주는 자질은 무엇인가? 그것은 미덕이다라고 우리는 지체 없이 대답한다.

정열은 무슨 목적으로 주어졌는가? 인간이 짐승과 싸움으로써 짐승에게는 없는 높은 수준의 지식을 획득할 수 있게 하기 위해서라고 경험은 속삭이는 목소리로 답한다.

따라서 우리 본성의 완성과 행복의 능력은 개인을 구분해주고, 사회를 한데 묶는 법률의 방향을 제시해주는 이성, 미덕, 지식의 정도에 따라 평가되어야 한다. 인류를 집단적으로 고찰할 때, 지식과 미덕도 이성의 행사로부터 자연스럽게 흘러나온다는 사실 또한 부정할 수 없다.[61]

울스턴크래프트는 책 전체를 통하여 이성의 중요성을 거듭 강조한다.

이성이 만인의 속성이고 만인이 이를 동등하게 가지고 있으며 이성이 인간을 인간답게 만들어준다는 주장은 되풀이하여 등장한다.[62]

> 이성은 요컨대 향상을 위해 불가결한 힘이다. 더 적절하게 표현하자면 진실을 식별하는 힘이다. 모든 개인은 이 점에서 그 자신이 하나의 세계이다. 개별적 존재로 본다면 어떤 사람이 다른 사람보다 더 뛰어날 수도 있다. 그러나 이성의 성질은 누구에게나 동일할 수밖에 없다.[63]

남성과 여성은 이성의 담지자로서 평등하다: 계몽사상과 프랑스혁명의 시대에 활동한 여성 지식인 울스턴크래프트는 인간이 이성을 가진 존재라는 점에서 성별 차이가 있을 수 없다고 생각했다. 여성과 남성이 이성의 담지자로서 동등한 존재일진대 여성과 남성이 추구해야 할 미덕이 상이한 것일 수 없다. 여성과 남성의 미덕은 정도에서는 차이가 있을지 몰라도 질적으로는 동일한 것일 수밖에 없다. 만약 '여성의 미덕'과 '남성의 미덕'이 다르다면 미덕 자체가 한낱 상대적 개념이 되어버린다.[64] 울스턴크래프트가 보기에 이는 진실의 개념에도 배치된다. 만약 어떤 계급 사람들이 엄격히 진실에서 도출되지 않은 다른 어떤 규칙에 따라 교육받아야 하도록 만들어졌다고 한다면, 그때의 미덕이란 한낱 인습의 문제가 되어버리고 말 것이기 때문이다.[65] 여성과 남성의 행동은 동일한 원칙에 바탕을 두어야 하며 동일한 목적을 가져야 한다.[66]

울스턴크래프트는 『인권의 옹호』에서 자비심, 우정, 관대함을 가장 중요한 미덕이라 손꼽았거니와, 『여권의 옹호』에서는 고대의 영웅주의에서 보였던 덕목을 중시했다. 인간이 추구해야 할 미덕, 예컨대 진실함이라든가 영웅적 미덕에서도 남녀 차이가 없다. 그녀는 평범하되 적당한 지성, 신체적 건강함, 의무감과 미덕을 갖춘 한 여성이 결혼 후 남편과 사별하고 인격적으로 더 성숙해가는 상황을 상상하며 이렇게 썼다.

> 불운으로 인해 영웅적 자질(heroism)을 갖추게 된 그녀는 본능적 욕망이 희미하게 대두할 때마다 그것이 사랑으로 발전하기 전에 처음부터 눌러버리고 삶의 절정기에 자신이 여성이라는 사실을 잊어버리고 산다.[67]

감성, 사랑 등 여성적 특질로 중시되고 있던 자질의 가치를 높이 평가하지 않았던 울스턴크래프트였기에, 그녀가 가장 싫어한 것은 '남성은 이성적 존재이고 여성은 감성적 존재'라는 이분법적 사고였다.[68]

> 감성(sensability)이란 무엇인가? '민첩한 감각, 민첩한 지각능력, 섬세함'이라고 존슨 박사는 감성을 정의했다. 내가 보기에 이는 가장 정교하게 세련된 본능을 의미할 뿐이다. 감각에서도 물질에서도 신의 형상은 흔적조차 찾아볼 수 없다는 것이 내 판단이다. 일흔 번씩 정련하기를 일곱 번을 거듭해도 이것들은 여전히 물질일 뿐이다. 지적인 것은 거기 없다.[69]

그녀는 종교도 감정과 취향의 문제가 아니라고 보았다. 감정, 정열 등을 중시하는 것이 바람직하지 않다는 그녀의 주장은 버크에 대한 비판에서도 찾아볼 수 있었다. 버크가 감정, 애착, 사랑 등을 내세워 전통에 대한 향수를 자극한다고 보았기 때문이다. 더구나 현실에서는 여성이 감수성과 사랑, 감정의 담지자로 여겨지고 있었다. "지식이란 생각을 일반화할 줄 아는 능력을 의미한다. …… 그런데 여성에게는 이 능력을 가지는 것이 거부되고 있다."[70] 여성도 이성의 담지자임을 확인하는 것, 이것이 울스턴크래프트의 여권옹호론의 출발점이다.

현실 속 여성은 약하다: 그런 동시에 울스턴크래프트는 현실에서 여성은 남성보다 열등하다고 보았다. "여성과 남성의 미덕은 질적으로 같고, 정도에 있어서 남성의 미덕이 더 크다" "비록 여성이 천부적으로 남성보다 더 열등하다고 할지라도"[71] "현재 드러나고 있는 모습으로 보아 여자가 더 열등하다는 것을 솔직하게 인정하면서"[72] 등과 같은 표현을 그녀의 글에서는 자주 찾아볼 수 있다. 울스턴크래프트는 여성이라는 성 전체의 현재 상태가 문제이지, 뛰어난 소수의 여성이 중요한 것은 아니라고 보았다.[73]

이 점에서 울스턴크래프트의 여성문제 접근법은 역사 속에서 뛰어난 여성들의 선례를 들면서 여성의 장점을 주장하고 여성인권을 옹호했던 14세기 말~15세기 초의 여성문인 크리스틴 드 피장과 차이를 보인다.[74] 특히 『여권의 옹호』의 마지막 장은 여성들이 얼마나 약하고 어리석은 모습을 드러내고 있는지를 상론하고 있다. 울스턴크래프트는 여자들의 단점을 다음과 같이 들었다.

1. 미신에 기울어지는 성질을 가지고 있다.
2. 감상적이다—감상적 소설들을 즐겨 읽는다.
3. 외모, 의복에 집착한다—원시인의 특징 중 하나.
4. 사랑에만 몰두한다—보편적 인간애와 정의감이 부족하다.
5. 무지하여 제대로 된 자녀교육을 하지 못하고 어리석음을 범한다.[75]

이런 논조를 보면서 현대의 어떤 연구자는 울스턴크래프트가 여성혐오적인 비난의 목록에 가세하는 것처럼 보인다고 평하고 있다.[76] 그러나 여성의 현상적 열등성을 인정하는 논의는 이 당시까지는 여성주의적 경향의 문인, 지식인들 사이에서 널리 찾아볼 수 있었다. 울스턴크래프트는 여성이 남성보다 뒤떨어지는 것이 부분적으로는 생래적인 신체적 원인에 기인한다고 보았다. 남성의 체구가 더 크기 때문이다.

> 나는 신체적 힘 덕분에 남성이 천부적으로 여성보다 더 우월해 보일 수 있다는 것을 받아들이고자 한다. 이것이야말로 성별 우위를 내세울 수 있는 유일하게 그럴 듯한 근거이다.[77]

남성의 신체적 힘이 우위의 근원이다. 그러나 여성은 미덕의 성질에서는 결코 남성에 뒤지지 않는다. 그럼에도 여성이 남성보다 뒤지고 있는 것이 현실이라고 한다면 그것은 결코 천부적 성질 때문이 아니다. 여자들의 약함, 열등함은 강요된 것이고 만들어진 것이다.

> 나는 한편으로는 현재 드러나고 있는 모습으로 보아 여자가 더 열등하다는 것을 솔직하게 인정하면서도, 남자들이 이 같은 열등성을 한층 강화시켜 여자들이 거의 이성적 존재(rational creatures)의 수준 이하로 떨어질 지경으로 만들어놓았다는 것만은 지적하고자 한다. 여자들의 능력이 펼쳐지고 여자들의 미덕이 힘을 얻게 하라. 그런 다음에 여성 전체가 지적 스케일에서 어디쯤 위치하는지 결정하라.[78]

여성억압적 담론과 교육: 울스턴크래프트의 견해로는 여성과 남성의 미덕에 차이가 있는 것은 아니다. 그런데도 여성은 어리석고 약한 존재가 되어 있다. 그 이유는 무엇인가? 울스턴크래프트는 여성의 단점은 여성에 대한 억압에서 비롯된다고 보았다.

나는 여성의 어리석음은 대부분 남성의 전제적 횡포에서 비롯한다고 확고하게 믿는다. 교활함은 오늘날 여성의 성격의 일부를 이루고 있다는 것을 인정하긴 하겠지만 나는 그 못지않게 이것이 억압에서 생겨난 것이라는 사실을 밝히고자 거듭 노력했다.[79)]

그것은 무슨 의미일까? 울스턴트래프트는 여자는 남자를 즐겁게 해주고 결혼해서 남자들의 애완물이 되어야 하는 존재라고 하는 지배적 관념 때문에 여자의 단점이 형성된 것이라고 보았다. 그녀의 판단으로는, 이러한 관념은 담론을 지배하는 남성논객들이 유포한 것이다. 그들은 여성은 남성을 기쁘게 해주는 존재라고 믿었기 때문에 여성은 사랑에만 관심을 쏟으면 된다고 보았다는 것이다.[80)] 그녀는 타락한 현 사회가 여성의 이성을 억누르고 감성만을 예리하게 강화시킴으로써 그들을 노예로 만들었다고 비판했다.[81)]

결혼하는 일도, 결혼 대상으로 주어지는 일도 없는 세상에서 여자들이 과연 어떠한 존재방식을 가지게 될 지는 말해준 사람이 없다. 왜냐하면 도학자들은 삶의 기본 바탕을 볼 때 남자들은 다양한 상황에 따라 미래에 대비하는 것이 마땅하다고 입을 모아 권하면서도, 여자들에게는 일관되게 단지 현재를 위한 준비를 어떻게 하라고 조언하는 데만 목소리를 모으고 있기 때문이다. 이러한 근거로 여자들은 부드러움, 고분고분함, 애완견 같은 애정이야말로 여성의 주요한 미덕이라고 하는 권고를 끊임없이 받는다. 그리고 어떤 저자는 자연이 내키는 대로 작용하면 다양한 일이 가능하다는 것을 무시한 채, 여자가 우울해 하는 것은 남자 같은 짓이라고 주장하기도 한다. 여자는 남자의 장난감이나 딸랑이로 만들어졌으며 남자가 머리 쓰는 일에서 벗어나 재미를

느끼고 싶어할 때면 언제라도 이 딸랑이가 그의 귓전에 즐거운 소리를 내주어야 한다는 것이다.[82)]

인간의 보편적 성질, 자질과는 별도로 여성에게는 어린 시절부터 '여성적 자질'이 강요된다.

여자들은 교활함이라고 부르는 편이 좋을 인간의 결함에 대한 약간의 지식, 기질의 연약함, 외적 복종, 소녀적 자질에 대한 세심한 주의 등을 갖추면 남자의 보호를 받을 수 있다는 이야기를 어린 시절부터 계속 듣고 이에 더하여 어머니의 실례를 통해 이러한 것을 배운다. 게다가 여자들은 외모가 아름답기만 하다면 최소한 그들의 삶에서 20년 동안은 다른 어떤 것도 필요하지 않다.[83)]

우리 여자들에게 단지 부드러운 집짐승이나 되라고 충고하는 사람들은 우리를 얼마나 심하게 모욕하는 것인가![84)]

울스턴크래프트는 문학작품을 비롯한 문헌 속에서 이러한 여성관이 재생산되어왔음을 지적하였다. 『실락원』을 지은 위대한 시인 존 밀턴(John Milton)을 비롯해서 알렉산더 포프(Alxender Pope)와 같은 영문학사의 대가들도 순종적이고 부드러운 여성을 찬미하였는데 그녀가 보기에 이는 여성에게서 영혼을 빼앗는 일이나 다름없었다. 그러나 특히 공을 들여 비판한 것은 장 자크 루소(Jean-Jaques Rousseau)의 여성관이었다. 그녀는 루소의 영향력 큰 교육철학서 『에밀』에서 제시되는 여성관을 논박하는 데 수고를 아끼지 않았다.

울스턴크래프트는 루소의 영향력 큰 교육철학서 『에밀』에 드러나는 남성중심적 시각을 통렬히 비판했다.

루소는 선언하기를 여자는 결코, 단 한번도, 스스로 독립적인 존재라고 느껴서는 안 되며, 자신의 천부적 교활함을 발휘하면 안 된다는 두려움을 늘 의식하면서 살아야 하고, 남자가 쉬고 싶어할 때면 언제든지 더 매혹적인 욕망의 대상, 더 달콤한 동반자가 되기 위해 스스로 애교덩어리 노예로 변해주어야 한다고 한다. 그는 이 주장들을 자연의 섭리에서 이끌어냈다고 내세우면서, 한 술 더 떠서 여성의 성격과 관련해서는 복종이라는 큰 가르침을 철두철미하게 주입시켜야 하기 때문에 모든 인간 미덕의 주춧돌인 진실과 강인함의 함양에도 어느 정도는 제한을 둘 필요가 있다는 식으로 넌지시 말하기까지 한다.[85)]

루소는 에밀이라는 남성주체의 형성을 위해 그에게는 자연의 순리에 가장 적합하고 고상한 교육이념에 입각한 교육을 베풀면서 그의 짝이 될 처녀 소피를 위해서는 '여성적 특질'을 함양할 별개의 교육 원칙을 내놓았다. 위의 인용문은 울스턴크래프트가 보기에 루소의 여성관의 정수를 보여주는 것이었다.

울스턴크래프트는 여성이 허약한 외양을 가지게 된 것은 다름 아닌 이런 식의 교육 때문이라고 보았다. 루소에서 포다이스(James Fordyce, 1720~96)[86]와 그레고리(John Gregory, 1724~73)[87]에 이르기까지 여성교육에 관한 책을 쓴 모든 (남성)저자들이 여자들을 나약하고 남자에게 의존적인 존재로 만드는 데 기여했다는 것이다.[88]

여자는 여자로 만들어진다: 울스턴크래프트는 여자는 여성적 자질을 강요받음으로써 여자로 만들어진다고 보았다. 그녀는 인간의 성격은 타고나는 것이라기보다 삶의 과정에서 형성되는 것이라고 생각했는데, 존 로크(John Locke)를 비롯한 영국 경험주의 철학의 짙은 영향을 여기서 엿볼 수 있다.[89] 울스턴크래프트의 주장으로는 여성의 성격형성은 여성이 어떤 일을 하도록 요구받는가 하는 것과 직결된다.

> 상층계급 사람 가운데 뛰어난 능력을 가지거나 보통 정도의 자질이라도 가진 남자들은 정말 만나기 힘들지 않은가? 그 이유는 분명히, 그들이 태어난 상황이 부자연스러운 것이라는 데 있다. 인간의 성격은 개인이나 계급이 추구하는 일에 의해 형성된다. 신체의 기능은 필요에 의해 연마되지 않으면 계속 무딘 채로 남아 있을 뿐이다. 이 같은 주장은 여성에게도 마찬가지로 적용될 수 있을 것이다. 왜냐하면 여성은 진지한 업무에 종사하는 일이 드물고 쾌락만을 좇다보니, 상층집단의 성격이 그렇게 시들시들한 것과 다를 바 없이 여성의 성격도 시시해지는 것이다.[90]

> 여자들의 감각(senses)은 불타오르는 반면 그들의 이성은 무시된다. 그래서 결국 그들은 감수성(sensibility)이라는 멋들어진 이름으로 불리는 감각의 먹잇감이 되고 순간순간 불어 닥치는 감정의 돌풍으로 부풀어 오른다. 그러므로 그들은 본성에 더 가까운 상태에 있을 때에 비해 훨씬 더 열악한 조건 아래 놓여 있는 것이다.[91)]

여자들은 교육을 받지 않고 사랑에 목을 매게 된다. 여자들은 외모에 신경을 쓰고 사랑타령만 하게 되는데, 기혼여성이라도 사랑 때문에 자녀 교육을 소홀히 하고 불륜을 저지르기도 하고 사랑을 놓고 어머니가 딸과 경쟁하기까지 한다. 울스턴크래프트는 특히 당시의 상류층 및 중산층 여성들의 삶에서 이와 같은 경향을 찾아냈다. 여성은 오로지 남성을 사랑하는 존재로서만 의미를 가진다고 교육을 받는데 결혼 후 어느 정도의 시간이 지나면 사랑이 식어버릴 수밖에 없기 때문이다. 그렇게 되면 삶에서 다른 목적과 존재이유를 알지 못하는 여자들은 새로운 사랑을 찾아 나설 수밖에 없게 된다.

여성이 자신들의 즐거움을 위해 봉사해줄 것을 바라는 남성들은 여성이 이 범위를 벗어나지 않는 한 여성과 여성의 미덕을 찬양하고 떠받든다. 여성에 대한 과장된 찬양이 행해진다. 울스턴크래프트가 보기에 밀턴의 다음 시구는 그러한 예에 속했다.

> 그녀가 행하고 말하려는 그 모든 것
> 가장 지혜롭고 덕스럽고 분별 있고 으뜸일세,
> 모든 드높은 지식도 그녀 앞에선
> 빛을 잃네. 그녀와 나누는 대화에는 지혜 깃들고
> 권위와 이성이 그녀를 받드네.

(밀턴, 『실낙원』, viii 549~554)

울스턴크래프트는 이 모든 예찬이 여성의 '아름다움'에 바탕을 둔 것임을 상기시켰다. 결코 여성 일반에 대한 찬미가 아님을 간파한 것이다. 그리고 '여성을 예속시키는 그릇된 관념'을 비판하면서[92] 여성을 위해 만들어진 번잡한 예절이 오히려 여성 종속을 유지시키는 역할을 한다는 점도 지적했다.

> 통탄스러운 것은 여자들이 자잘한 대접을 받으면서 체계적으로 타락한다는 점이다. 남자들은 이런 대접을 여성들에게 해주는 것이 남성답다고 생각하지만 실제로는 뻔뻔스럽게도 그렇게 함으로써 그들 자신의 우위를 더 굳건히 할 뿐이다. 자기보다 열등한 사람에게 고개를 숙이는 것은 굴욕스러운 일이 아니니까 말이다. 사실 이러한 격식들은 너무나 우스꽝스러워, 숙녀가 한두 걸음만 움직이면 자기 손으로 직접 할 수 있을 텐데도 남성분이 대신 황급하게 그리고 진지한 열성을 기울여 손수건을 집어 올리거나 출입문을 닫거나 하는 광경을 보면 나는 얼굴근육을 어떻게 처리해야 좋을지 몰라 애를 먹을 정도다.[93]

여성들은 이러한 대접을 받으면서 응석받이가 되어버린다. 그리고 전제군주나 왕 같은 태도를 보인다. 물론 남성이 떠받드는 한에만 그렇다. 그런 점에서 여성을 지나치게 떠받드는 것도 여성의 인간적 성숙을 위해 바람직하지 않다. 그렇지 않으면 여성은 노예나 같은 처지가 된다. 그래서 여자들은 남편의 노예가 아니면 독재자(전제적 지배자의 총신 같은 유형의 인간들)가 된다.[94] 이런 맥락에서 울스턴크래프트는 애나 아이킨(Anna Laetitia Aikin)의 다음과 같은 시구(「노래」Song V)를 인용했다.

아름다움의 제국에는 중간이 없나니,
여성은 노예 아니면 여왕이어서
숭배 받지 않으면 경멸받나니

아름답지 않은 여성은 노예나 마찬가지기 때문에 경멸당하고 억압받는다. 그러나 아름다운 여성도 자기 의지대로 살지 못하기 때문에 억압받는 것은 마찬가지다. 왜냐하면 미모는 절대권력이나 마찬가지인데, 권력자는 타락할 수밖에 없기 때문이다.

남성의 즐거움을 위해 남성적인 것과 여성적인 것을 구분하고 여성적 미덕을 강조하는 것이 여성에 대한 차별과 억압을 낳는다고 본 울스턴크래프트는 남녀 구분이 없었으면 좋겠다고까지 말한다.

> 나는 사랑으로 행동이 활력에 넘치게 된 경우를 제외하고는 사회에서 남녀간의 구분이 없어져버리기를 진심으로 바란다. 내 분명히 확신하건대 이 구분이야말로 흔히 여성에게 갖다 붙여지곤 하는 나약함의 근원이기 때문이다. 여자들이 공력을 기울여 교양을 쌓아야 마땅함에도 오성을 등한시하는 것도 이 때문이요, 영웅적 미덕보다 우아함을 선호하는 것도 이 때문이다.[95)]

울스턴크래프트는 여성을 비주체적인 존재로 만들어 억압하는 것이 여성의 타락을 낳는다고 보았다. 남자들이 여자들을 응석받이로 만들어서 여자들이 노력을 하지 않으며 지적 발전에 힘쓰지도 않는다는 것이다. 그녀의 통찰은 다음과 같이 이어진다.

> 흔히 숙녀라고 불리는 여자들은 모임에서 다른 사람의 반박을 받는

일도 없고 신체적으로 힘든 일도 일절 해서는 안 된다. 이러한 여자들에게서는 만일 미덕을 기대한다고 해도 인내심, 고분고분함, 명랑함, 융통성 같은 단지 소극적 의미의 미덕만을 기대할 수 있을 뿐이다. 이러한 미덕은 지성의 치열한 발현과는 어울릴 수 없다. 게다가 여자들은 자기네들끼리 함께 지내는 일이 더 많고 전적으로 혼자 있는 일은 드물기 때문에 열정보다는 다감한 기분의 영향을 받기 쉽다. 단순한 희망에 열정의 힘을 부여하고 상상력으로 대상을 확대하며 이를 가장 바람직한 것으로 만들 수 있으려면 홀로 있으면서 성찰하는 힘을 갖추어야 한다.[96)]

울스턴크래프트는 계몽사상 시대인으로서 이성의 보편성을 신뢰하고 있었다. 그녀는 칸트에 대해 언급한 적이 없지만, 사실 그녀가 여성에게 요구하는 것은 칸트가 인간 일반에게 기대하는 것과 다르지 않다. 칸트가 『계몽이란 무엇인가』에서 인간은 스스로에게 부과한 미성숙의 상태를 벗어나 스스로 사고하는 주체가 되어야 한다고 요구하고 있듯, 울스턴크래프트는 여성에게 사고를 통해 성숙한 인격적 주체가 될 것을 기대하였다. 이를 위해 여성도 고독과 성찰에 익숙해져야 한다고 동료여성들에게 호소했다. 울스턴크래프트의 여성주의가 칸트적 성격을 가진다는 것은 여성이 다른 어떤 인간(남성)의 삶을 위한 수단이 되고자 하지 말고 인간으로서 스스로 목적인 존재가 되어야 한다고 한 그녀의 요구와 기대에서도 알 수 있다. '목적으로서의 인간'이라는 이상이 훼손되고 여성이 수단으로 될 때 여성존재의 왜소화가 초래된다.

여성억압에서 비롯되는 정신적 타락에 대한 울스턴크래프트의 분석은 거침이 없었다. 그녀는 어머니가 성적 매력의 면에서 딸을 시기하는 데로까지 나아간다고 지적했다. 독립적인 지성을 갖출 교육을 받지 못한 채 남자를 즐겁게 해주는 일에서만 행복을 찾는다고 배워온 어머니는 딸에게 좋은 모범이 되거나 딸의 친구가 되어주지 못할 뿐 아니라 심지어 여성적 매력을 놓고 딸과 경쟁하기까지 한다고 통탄했다.[97)]

울스턴크래프트의 여성주의는 계급적인 면에서는 분명히 한계가 있었다. 자신이 가까이서 접할 수 있었던 중상층 여성들의 삶을 관찰하고 분석하는 데 주력했기 때문에 그녀의 평가는 기층여성의 삶과는 거리가 있는 경우가 많다. 예컨대 여자들의 성향이 세습귀족이나 부자들의 태도와 비슷하다고 하는 주장이 그러하다.[98)]

> 아마도 남자들은 교육에 대한 잘못된 견해, 즉, 교육이란 점점 완성을 향해 나아가는 인간을 형성하기 위한 첫걸음이 아니라 단지 생활을 위한 준비일 뿐이라고 보는 생각 때문에 이러한 오류에 빠졌을 것이다. 여성의 행동방식의 잘못된 체계는 관능적 오류라고 부를 수밖에 없는 이 같은 오류에 바탕을 두고 이루어져왔으며, 이 체계가 여성 전체에게서 존엄성을 박탈하고, 피부색에 상관없이 모든 여성을 땅 위에 예쁘게 피어난 꽃으로나 여기게 한다. 남자들은 항상 이러한 어법으로 여성을 그려왔으며, 심지어 양식이 뛰어난 여자들조차 소위 여자답지 않다는 평판을 얻을까 두려워하여 이 같은 감성적 태도를 스스로 받아들였다. 이리하여 엄밀히 말하자면 여성은 오성을 가지지 못한 존재로 여겨져 왔으며, 생활을 해가는 데 필요한 재기와 꾀로 격상된 본능이 그 자리에 대신 들어선 것이다.[99)]

결혼은 합법적 매춘인가

여성의 종속을 비판하는 울스턴크래프트의 견해는 아마도 가장 충격적이고, 후대에도 가장 큰 논란을 야기했다고 할 주장, 곧 현존 결혼제도에 대한 거리낌 없는 비판으로 이어졌다. 그녀는 여성이 남성의 정부가 아니라 동료가 되도록 준비를 갖추지 않는 한, 결혼은 여자에게 신성한 것일 수 없으며[100] '합법적 매춘'에 지나지 않는다고 주장했다. 매춘이라는 것이 무엇인가. 울스턴크래프트는 여성이 생계를 부양해주는 남자에게 자신의 인신을 파는 것을 매춘이라 이해했다. 남자들은 아무리 궁핍해도 좀처럼 매춘을 생업으로 삼지는 않는 데 반해 여자들은 순결을 잃고 나면 매춘으로 빠지는 일이 많다. 남자가 먹여살려주기를 기대하도록 교육받아왔고, 자신의 인신을 이 같은 부양에 대한 대가로 제공하는 것을 당연한 일로 여겨왔기 때문이다.[101] 이와는 별개로, 울스턴크래프트의 규정에 따르면 수많은 여자들은 독립된 생계를 영위할 능력이 없고, 또한 사랑이라는 미덕 혹은 정열에만 헌신해야 한다고 교육받아왔기에, 오로지 결혼에 목을 매어 자신의 인신을 팔아왔다.

> 세상에서 입신하고 즐거움을 좇아 돌아다닐 자유를 얻기 위해 여자들은 모험에 찬 결혼을 할 수밖에 없다. 그들의 시간은 이 목적을 위해 바쳐지고 그들의 인신은 흔히 합법적 매춘의 대상이 된다.[102]

그녀는 여성이 처한 어려움을 논하면서 통상적인 의미의 매춘과 이른바 합법적 매춘을 같은 선상에 놓고 호명하였다(common and legal prostitution).[103] 그리고 여성이 자유롭고 독립적이지 못한 상태에서 맞이하는 현행 결혼제도 아래서 여성은 교활한 의지에서 자행되는 야비한 속임수들 때문에 왜소해지고, 억압 때문에 소심한 존재가 된다고 주장하였다.[104]

급진적 사회사상에서는 결혼제도 자체에 대한 비판이 자주 등장한다.

앞에서도 언급했듯, 윌리엄 고드윈은 결혼제도 자체를 거부했기에, 자신이 울스턴크래프트와 결혼한 것에 대해 변명하고 정당화하는 데 상당한 노력을 기울여야 했다. 반면 울스턴크래프트는 결혼 자체를 원칙적으로 비판했다거나 결혼제도 자체의 해체를 요구했다고 보기는 어렵다. 오히려 『여권의 옹호』에서 그녀의 사회사상은 온건한 편이어서 신과 가정의 중요성을 자주 내세우고 있다. 그녀는 가정적이었고, 이상적인 결혼생활의 상을 제시하는 데 관심이 있었다. 결혼이 사회의 결속을 공고히 해주는 접착제와 같은 것이 되어야 한다고 보았고, 여성과 남성은 동반자로서 우정을 나누어야 한다고 생각했다.[105]

이런 점에서 '합법적 매춘'론은 결혼에 대한 급진적 비판이라기보다 결혼생활의 원칙적 중요성을 긍정하면서도 현실 속 여성이 이상적 결혼을 통해 이상적 가정을 꾸릴 준비를 하기 어렵다는 점을 지적한 것에 더 가깝다. 또한 충격적인 주장에 비해 논리 자체는 치밀하지 않다. 그녀의 주장은 여성이 이성에 바탕을 둔 능력을 발휘하고 남성과 대등한 관계에서 우정을 나누는 경우에 한해서 결혼의 의미를 인정하면서, 그렇지 않은 경우를 그녀가 생각해낼 수 있는 가장 부정적인 용어일 매춘에 빗대어 합법적 매춘이라고 칭하고 있는 듯하다.

울스턴크래프트가 여성이 섹슈얼리티를 제공하고 남성이 경제적 부양을 책임지게 되어 있던 전통적 가족제도에 대해 본질을 꿰뚫는 그야말로 날카로운 지적을 하고 있음은 분명하다. 그러나 이는 영국 중산층 여성 엘리트의 과도한 이성숭배에서 비롯된 주장이라고 할 수 있다. 그녀는 지적 능력이 뛰어나지 않거나 사회활동을 할 여건이 되지 않는 여성의 결혼생활에 대해서도 합법적 매춘이라 칭할 수 있었을까. 공적 생활을 하지 않거나 남편과 불평등한 관계에 있는 여성이라 할지라도 가사의 책임자, 자녀의 양육자 등의 역할을 한다면 여성의 존재방식은 섹슈얼리티의 제공자로서만 규정될 수 있는 것은 결코 아니다. 울스턴크래프트의 주장은 탁월한 문제제기라는 한 면을 가지는 한편, 전업주부의 삶에 대해 모욕이 될 수도 있다는 다른 면을 가지기도 한다.

여성은 목적지향적이지 않다: 울스턴크래프트는 이른바 여성적 미덕이란 것을 별로 신뢰하지 않는다. 현대 여성주의자들 사이에서라면 여성의 긍정적 속성으로 여겨질 만한 성격도 그녀에게는 부정적인 것으로만 여겨질 뿐이다. 고분고분함, 순종적 태도 등과 같이 전통적으로 남성과의 관계에서 여성에게 요구되어온 자질을 맹목적으로 받아들이는 것을 거부하는 것은 그렇다 치더라고 다른 성질까지 거부하는 점에서는 '구부러진 것을 펴려고 반대쪽으로 쇠를 구부리는' 울스턴크래프트의 모습이 보인다. 예를 들어 그녀는 이렇게 말한다.

> 남자는 여행을 시작할 때 대개 여행 목적지를 염두에 둔다. 여자는 중간에 일어나는 일, 도중에 일어날 지도 모르는 이상한 일 등을 더 많이 생각한다. 여자는 자기가 일행들에게 어떤 인상을 주는가에 더 신경을 쓴다.[106)]

목적지향적이고 성취지향적인 남성과 관계지향적이고 과정중시적인 여성에 대한 평가이다. 울스턴크래프트는 목적지에 도착하는 것 자체에 관심이 있는 남성과 여행과정 중에서 일어나는 일 및 일행과의 관계를 더 중시하는 여성을 구분한 후 전자를 높이 평가한다. 이 부분에서 그녀는 개인주의적 여성주의자로서의 면모를 더 두드러지게 보인다. 여성성의 긍정적 의미를 중시하는 '관계론적 여성주의'(relational feminism)[107)] 에서는 정반대로 평가할 부분이라고 할 수 있다. 또한 여성문화를 그 자체로서 중시하는 시각에서 보더라도 울스턴크래프트는 여성의 삶의 독자적 가치를 인정하지 않는 여성주의자로 비칠 수 있다. 가치의 위계서열을 중시하고 중심과 주변을 엄격히 구분하는 근대주의자로서의 모습이 엿보인다. 어쨌거나 울스턴크래프트는 여성의 현 상태에 관한 한 긍정적으로 볼 만한 것이 없다고 보았다. 그리고 그 현 상태는 남성 담론가들이 만들어놓은 것이다. 울스턴크래프트는 여성을 감정, 감각만의 존재로 만들지 말고 차라리 생긴 그대로 두라고 촉구한다.

이 점에서 울스턴크래프트는 여성적인 것의 특질을 중시하여 차이의 정치학을 확립하려는 20세기 후반 이래 여성주의의 경향과 다른 모습을 보인다. 그녀에게는 남성과 여성의 차이가 아니라 남성과 여성의 동등함, 평등함을 확립하는 것이 무엇보다 중요했다. 인격의 평등을 확립하는 것이 울스턴크래프트에게는 가장 중요한 과제였다. 인격의 평등 위에 차이의 정치학을 주장하는 것과는 출발점이 아예 달랐다고 할 수 있다. 20세기의 여성주의자들은 울스턴크래프트가 남녀동등권을 주장함으로써 얻어진 제도적 평등이라는 출발점 위에서 다시 출발하고 있는 것이다.

남녀동등권을 위한 울스턴크래프트의 제안

여성을 위한 올바른 교육이 필요하다

울스턴크래프트는 여성의 억압은 여성이 남성을 즐겁게 만드는 존재로서 오로지 남녀 간의 사랑만을 삶의 존재이유로 삼기를 강요받는 데서 비롯된다고 거듭 주장하였다. 이 억압을 벗어나기 위해 여성 스스로 취해야 할 태도는 사랑지상주의에서 벗어나는 것이다. 여성은 위성적 존재가 아니라 자신의 삶의 방향을 스스로 결정할 수 있는 주체가 되어야 한다. 울스턴크래프트는 여성이 사랑받는 데만 집착하기보다 존경받을 수 있는 존재가 되기 위해 노력해야 한다고 권한다. 아울러 그녀는 사랑보다 우정이 더 바람직하다고 말한다. 그녀는 삶의 상당 기간 동안 파니 블러드라는 여성 친구와의 관계를 가장 중요하게 여겼고 이 친구와 더불어 여성들의 공동체를 형성하고자 시도했다. 그러한 만큼, 그녀가 우정을 거론할 때 독자는 여성들 간의 우정과 연대에 대한 권고를 먼저 떠올릴 수도 있을 것이다. 그러나 『여권의 옹호』에서 우정은 부부 사이에도 필요한 미덕으로 내세워진다.

> 나약함은 상냥한 마음을 불러일으키고 남자의 오만한 자존심을 충족시킬지는 모른다. 그러나 열망에 가득 차 있고 존경받을 만한 가치가 있는 고상한 마음은 보호자의 주인다운 어루만짐으로 충족되지는 못한다. 애정은 우정의 대체물이 되기에는 빈약하다.[108]

> 신체를 강건히 하고 자신의 판단력을 행사하는 여성은 가족을 경영하고 여러 가지 미덕을 발휘함으로써 남편의 비굴한 종이 아니라 친구가 될 것이다.[109]

> 사랑은 바로 그 본성상 일시적인 것일 수밖에 없다. 사랑이 영구적인 것이 될 수 있는 비결을 찾는 것은 '철학자의 돌'[110]을 찾는 일 혹은 만병통치약을 구하는 일만큼이나 허황된 노릇이 될 것이다. 게다가 그 발견은 인류에게 그 못지않게 쓸모없거나 오히려 유해한 일이 될 것이다. 사회의 가장 신성한 연대는 우정이다.[111]

이러한 생각에 바탕을 두고 울스턴크래프트는 부부는 의무에 충실해야 하며 서로 사랑에만 탐닉해서는 안 된다고 권했다.[112] 여성이 남성에게 사랑받는 것만을 삶의 유일한 목표로 삼는 태도를 넘어설 해결책은 여성교육에 있다. 울스턴크래프트는 여성이 남성의 이성에 의존할 것이 아니라 여성 자신의 정신을 계발해야 하며 그래서 남성이 아니라 이성에 복종해야 한다고 주장했다.

> 여자들이 진정으로 이성적 존재로 활동할 능력을 가지고 있다면—나는 가정법을 써서 말한다. 왜냐하면 이성이 건전한 빛을 제공해줄 텐데 굳이 내가 선언을 해서 압박을 주고 싶지는 않으니까 말이다—그들로 하여금 노예 취급을 받지 않게 하라. 인간과 관련을 가질 때 인간의 이성에 의존하는 짐승과 같은 취급을 받지 않게 하라. 그들의 정신을 가꾸고 그들에게 건강하고 숭고한 원칙의 고삐를 주어, 그들이 오직 신에게만 의지하는 느낌을 가짐으로써 의식의 존엄성을 가질 수 있게 하라. 여성을 타인의 즐거움에 더 부합하는 존재로 만들기 위해 여성이라는 성 전체를 도덕론에 내맡길 것이 아니라 필요에 따라 행동하도록 여성을 남성과 함께 가르치라.[113)]

> 나는 남성을 동료로서 사랑한다. 그러나 남자의 왕홀(王笏)은 진정한 것이건 찬탈한 것이건, 나에게는 미치지 않는다. 개인의 이성에 따라 판단했을 때 내가 그에게 신실함을 다짐할 필요가 있다고 생각하지 않는 한 말이다. 그리고 그렇게 신실함을 다짐할 때도 그 복종은 남사가 아니라 이성에 바치는 것이다. 예측 가능한 인간의 행동은 자기 이성의 작동에 따라 규제되어야 한다.[114)]

울스턴크래프트는 당시 여성들이 집착하고 있던 그러한 사랑은 존경 대신 감정적 흥분이고, 절대군주정에서 조장되는 예속적 근성과 마찬가지로 강한 성격을 파괴한다고 보았다. 그녀의 권고는 "여성이여, 사랑에 매달리지 말고 존경받는 여성이 되라"는 것이었다. 그리고 여성도 미덕을 가진 존재가 되기 위해서는 자유를 누릴 필요가 있음을 강조하였다. 시민혁명기에 정치적 주권자로서 시민에게 요구되던 미덕을 여성에게도 요구한 것이다. 이런 맥락에서 울스턴크래프트는 여성의 교육은 남성과 동일한 것이어야 한다고 보았다. 또한 당시의 폐쇄적인 여자기숙학교의 교육방식이 여성들을 비독립적이고 감정과잉적인 존재로 만들고 있다고 비판하면서 남녀공학을 실시해야 한다고 주장했다. 남녀공학은 여성을 위해서만 유용한 것이 아니라 양성 모두의 발전을 위해 필요하다고 보았다.[115] 그리고 여성에게도 체육교육을 실시해서 건강한 신체를 만들게 해야 한다고 요구했다.

> 여성도 단지 도덕적 존재일 뿐 아니라 이성적 존재일진대, 절반만 인간인 요상한 존재, 루소가 원한 것과 같은 야생의 변덕쟁이가 되라는 교육을 받을 것이 아니라 남성과 동일한 교육을 통해, 인간적 미덕(완성)을 획득하도록 노력해야 한다.[116]

울스턴크래프트가 보기에는 여성이 보다 합리적으로 교육받지 못하는 한 인간 일반의 미덕과 지식의 향상도 계속 저지된다는 점에서 여성 교육은 필요한 것이었다. 그녀는 여성이 노예 아니면 전제적 지배자 같은 삶을 살며 오성의 함양을 저지당하는 것은 이성의 진보를 지체시키며 시민 정부 체제의 발전까지도 가로막는 일이라고 보았다.[117] 여성이 남자의 욕구를 충족시켜주거나 남편의 식사수발, 의복시중을 해줄 하녀가 되기 위해 태어난 존재가 아닌 만큼, 딸을 교육시키고자 하는 부모는 여성의 아름다움이니 우월성이니 하는 잘못된 관념 때문에 여성건강을 손상

시키는 일이 없도록 유의해야 한다는 충고도 하고 있다.[118]

> 남자들은 그들의 관심을 끄는 여러 가지 직업에 종사하고 일을 추구하며 열린 마음을 가지도록 성격을 연마하는 데 반해 여자들은 한 가지 일에만 갇혀 있고 생각 또한 그들이 가진 가장 하잘 것 없는 부분에 끊임없이 쏠려 있어, 그들의 시야가 일시적인 것을 넘어 확장되는 일이 거의 없다. 그러나 그들의 오성이 마치 독재자의 지배처럼 지금 그들을 예속시키고 있는 남성의 자존심이나 관능의 지배로부터 해방되고 나면, 여성이 약하다느니 어쩌느니 하는 구절을 접할 때 우리는 아마 이상하게 여기며 놀라 마지않을 것이다.[119]

여성이 제대로 교육을 받는 것은 가정을 위해서나, 민주적이고 합리적으로 행동하는 시민들로 이루어진 사회의 형성을 위해서나 필수적으로 요청되는 일이었다.

> 여자들이 좀더 체계적인 방식으로 교육을 받으면 그들도 다양한 업무에 종사할 수 있게 되고 그렇게 되면 통상적 의미의 매춘이나 합법적 매춘에서 벗어날 수 있을 것이다. 남자들이 정부의 직책을 맡듯이 여자들도 그저 생계나 유지하려고 결혼하고선 그에 따르는 의무를 소홀히 하는 그런 일은 없어질 것이다. 또한 가상하게도 자신의 생계를 해결하기 위해 돈을 버는 여성이 매춘으로 생활해야 하는 저 버림받은 가련한 여인들과 비슷한 처지로 몰락하는 일도 없을 것이다.[120]

울스턴크래프트는 여성이 자기 자신에 대한 존중심을 가지고 정치활동이나 도덕적 분야에 활발히 참여하거나 문학, 과학에 정진하기를 원했다.[121] 그녀는 여성이 인간으로서 자신의 지적 관심사와 공적 관심사를 추구하는 것 속에서 인격적 완성을 향해갈 수 있고 그동안 여성적 결함으로 여겨져온 왜소함과 나약함을 넘어설 수 있다고 보았다. 여성에게 인간이 되라고 촉구하고 있었던 것이다.

여성의 경제적 독립

그러나 울스턴크래프트는 여성이 교육을 받기만 하면 문제가 해결된다고 보지는 않았다. 당시 여자들이 처한 어려움의 하나는 교육받은 여성들도 취직할 데가 없다는 점이었다. 중산층 출신의 여자 가정교사들은 고용주들에게 경멸이나 부당한 처우를 받고 있었지만, 그나마 그밖에는 교육받은 여성이 종사할 일거리가 거의 없었다. 울스턴크래프트 자신도 가정교사로서 인격적 굴욕을 겪은 일이 한두 번이 아니었기에 마음속으로 절절한 회한을 느끼며 이들의 고충에 대해 기술하고 있었음에 틀림없다. 경제적 독립 없이는 여성은 여성으로서의 의무를 다할 수 없다.

> 결혼이 사회의 결속을 공고히 해주는 접착제와 같은 것이 되려면 인간은 누구나 동일한 모범을 따라 교육을 받아야 한다. 그렇지 않으면 남녀 간의 교제는 결코 동반자 관계라고 불릴 수 없을 것이다. 또한 여성은 계몽된 시민이 되고, **남성으로부터 독립하여 자신의 생활비를 벌 수 있을 만큼 자유로운 존재가 되기 전까지는** 결코 그들 고유의 의무를 다할 수 없을 것이다. 오해를 피하기 위해 덧붙이자면, 남자들이 서로 독립적인 것과 같은 그런 방식으로 남성과 여성이 서로 독립적인 존재가 될 때까지는 말이다.[122] (강조는 글쓴이의 것임.)

울스턴크래프트는 여성도 의사, 농장 운영자, 가게 주인이 되어 독립적으로 생활하게 되기를 염원하였고 간호사뿐 아니라 의사도 되기를 바랐다.[123] 그녀는 여성이 직업과 정치활동을 비롯한 일체의 공적활동에서 제약을 받지 않기를 바랐다. 이런 면에서 자유주의자로서의 모습이 전형적으로 드러난다. 그런 한편 울스턴크래프트는 여성과 관련하여 외모지상주의가 판을 치고 있음도 지적했다. 어려운 상황에서도 예쁜 여자들만 동정을 받는다는 것이다. 그러니 사실 울스턴크래프트는 여성이 나약하고 외모에만 신경을 쓴다고 비판했지만, 이러한 사태를 낳는 근본원인도 누구보다 잘 알고 있었다. 즉 그녀는 외모지상주의가 여성의 대상화, 여성에 대한 억압의 직접적 표현임을 간파하고 있었다. 다만 그러한 사회적 분위기를 비판하면서도 그 못지않게 여성 스스로가 이 같은 구조에 협력하고 공조하여 구조를 악화시키고 있는 것을 지적하면서 여성 자신의 자각을 촉구하였던 것이다.[124]

잘 교육받은 여성이 좋은 어머니, 좋은 시민이 된다

울스턴크래프트가 이성적 주체로서의 여성됨을 강조할 때 독자는 중성인으로서의 여성, 명예남성으로서의 여성에 대한 논의가 전개된다고 받아들일 수도 있을 것이다. 김용민은 이를 다음과 같이 평한다. "울스턴크래프트는『여권의 옹호』에서 신의 섭리라고 여겨질 수 있는 완전한 문명을 기준으로 여성에게 행복을 가져다줄 수 있는 교육제도를 기획하고 있다. 그녀에게 자연, 다시 말해 인간 본성에 대한 탐구와 정의는 별로 중요하지 않은 것으로 나타난다. 남녀의 본성이 어떠하든지 간에 국가가 관리하는 남녀공학 교육제도 아래서 바람직한 '중성적 문명인'이 생겨난다면 그녀의 교육목표는 달성되는 것이다."[125] 그러나 울스턴크래프트의 여성은 결코 여성판 로빈슨 크루소거나 고립된 중성인으로 남지 않았다. 그녀의 저서에는 "현숙한 부인, 성실한 어머니"[126] "다정한 부인이자 합리적인 어머니" 등의 구절들이 등장하는데, 이는 어쩌다 부수적으로 끼어든 것이 아니었다. 그녀의 여성론에서 여성이 합리적으로 교육을 받는 것은 단지 여성 개인을 위해서만 필요한 것이 아니라 좋은 아내, 훌륭한 어머니가 되기 위해 필요한 덕목이기도 했다. 특히 중시한 것은 어머니로서의 역할이었다. 울스턴크래프트는 '삶의 도덕적 의무'를 중시했는데 여성은 미덕 있는 어머니로서 의무를 다해야 하며 이를 위해서는 오성이 필요하다고 생각했다.[127] 또한 여성이 매혹적인 연인이 아니라 "다정한 부인이자 합리적인 어머니"가 되어야 한다고 생각했는데, 이는 결국 근대 영국판 현모양처 교육론이라고 해도 과언이 아니다.

울스턴크래프트는 당대의 중상층 가정의 삶에서 여러 유형의 잘못된 부모자식 관계들을 관찰하였다. 많은 경우 부모가 자녀에게 전제적 권력을 부리면서 이를 사랑이라 이름붙이고 있다는 것이 울스턴크래프트의 판단이었다.[128] 인간적으로 성숙하지 않은 어머니의 맹목적인 자식 사랑도 비판대상이었다. 이러한 어머니는 자식을 자기편으로 만들려고 들다가 오히려 자식을 망쳐버린다.

> 모든 상황에서 편견의 노예인 여성은 계몽된 모정을 발휘하는 일이 드물다. 왜냐하면 그러한 여성은 자기 자녀를 돌보지 않거나 아니면 지나친 익애로 그들을 망치기 때문이다. 게다가 일부 여자들의 자녀사랑은 인간성의 불꽃을 모조리 말살해버리기 때문에, 내가 전에 말한 대로 아주 동물적 성격을 띠는 경우가 비일비재하다.[129]

스스로 인격적으로 성숙하지 않은 어머니의 맹목적인 자녀 익애도, 비정한 자녀 방치도 거부하면서 울스턴크래프트는 좋은 어머니가 되기 위해 여성은 지각과 정신적 독립성을 구비해야 한다고 주장했다. 그녀가 보기에 자녀가 자기를 사랑해주기를 원해서 남편을 허수아비로 만들어 놓고 그에 맞서 몰래 자녀 편을 드는 어머니는 바보 같은 존재일 뿐이다.

> 여성의 오성이 확대되지 않고, 자기 행동에 대한 통제력을 가질 수 있게 되어 그녀의 성격이 더욱 확고해지지 않는다면, 이 여성은 자기 자녀를 제대로 다룰 충분한 지각이나 자제력을 결코 가질 수 없을 것이다.[130]

남녀 사이에서 열렬한 사랑이 가라앉을 때 자녀는 느슨해진 애정의 줄을 다시 부드럽게 조여주며, 자녀를 함께 돌봄으로써 서로 새로운 호감을 가질 수 있게 되는 만큼, 자녀는 남녀 애정의 보증자이기도 하다. 울스턴크래프트는 그런 만큼 자녀를 보모와 같은 고용인의 손에서 자라게 하지 말라고 권했다.

울스턴크래프트는 부모의 태도도 이성에 바탕을 두어야 하며 자녀에게 맹목적인 복종을 요구해서는 안 된다고 주장했다. 억압적인 부모에 대한 자녀의 공경이라는 것은 단지 재산을 상속받고자 하는 이기적인 마음의 소산일 뿐이라고 냉철하게 분석했다.[131] 이렇게 함으로써 그녀는 남녀 간의 사랑에 대해서나 부모자식 간의 관계에 대해서나 사랑의 이름으로 관계를 신비화시키고 그 속에 내재한 억압과 복종의 윤리를 영속화시키는 일체의 덮개를 벗겨버렸다. 울스턴크래프트는 인간세상의 부모-자식 관계는 본능적이고 원초적인 애정과 집착에 바탕을 두어서는 안 되며, 부모는 자녀의 마음(heart)을 형성하고 오성을 확장하기 위해 끊임없이 노력해야 할 의무를 가진다고 보았다. 이렇게 할 때에만 부모자식 간에 변치 않고 지속되는 신성한 우정관계가 형성될 수 있다는 것이다.[132]

나아가 울스턴크래프트는 부모가 지녀야 할 바람직한 태도는 자녀의 사고가 성숙하지 않은 동안에만 자녀를 이끌고 그 후에는 자녀의 독자적 사고를 존중하는 것이라고 보았다.[133] 권위주의적인 부모-자식 관계에 대한 울스턴크래프트의 반성과 대안 제시는 민주적인 가족에 대한 논의에서 반드시 참고해야 할 사항이기도 하지만, 여성의 삶의 방식에 대한 그녀의 문제의식과도 다시 연결되었다. 울스턴크래프트가 억압적인 부모는 자녀의 인격적 성숙을 가로막는다고 보면서 그 예로서 드는 것은 그녀가 아주 싫어했던 당시 영국 상류층 여성들의 생활방식이었다. 순종을 강요받고 자란 상류층 딸들이 결혼 후 간통을 하거나 자녀교육을 소홀히 하면서도 자기네 자녀들에게는 오히려 또다시 순종을 강요하는 경향을 드러낸다는 것이다. 비민주적인 가족관계 속에서 순종만을 강요받으며 성장하는 데서 여성의 정신적 미성숙이 비롯되고 이 결함을 그녀가 어머니로서 자녀에게 다시 물려줌에 따라 '억압적 가족-여성과 자녀의 예속'이라는 구조가 대를 이어 계속된다고 그녀는 분석하였다.

울스턴크래프트는 결국 여성이 좋은 어머니가 되기 위해서는 좋은 교육을 받고 남편에게서 독립한 존재가 되어야 한다고 강조하였다.[134] 여기서 우리는 울스턴크래프트의 여성주의가 시민의 양성이라는 필요와 결부된 것임을 다시 한 번 확인할 수 있다. 교육은 독립적 인격체로서 성숙한 여성의 형성을 위해서도 필요하지만, 이는 또한 여성이 어머니로서의 의무를 제대로 이행하는 데 필요한 것이기 때문에 장려되기도 한다. 여성은 독립된 인격이면서 가족에 속하는 존재이고 사회에 속하는 존재다. 가족에 속하며 어머니로서의 의무를 다해야 하는 존재로서의 여성은 이 의무를 제대로 이행하기 위해 필요한 교육을 공교육 체제 내에서 받아야 한다. 여성이 가족(자녀, 남편, 부모)의 건강을 위해 해부학, 의학 지식을 배워야 한다는 울스턴크래프트의 주장[135]도 이 맥락에서 나온 것이다. 여성이 제대로 교육을 받는 것은 가정을 위해서나, 민주적이고 합리적으로 행동하는 시민들로 이루어진 사회의 형성을 위해서나 필수적으로 요청되는 일이었다. 울스턴크래프트는 이를 위해 여성이 이성적 존재가 되어야 한다는 것을 다시 한 번 강조하였다.

> 내가 내리고자 하는 결론은 명백하다: 여성을 이성적 존재, 자유로운 시민으로 만들라. 그리하면 그들은 곧 양처현모가 될 것이다. 남자들이 남편이자 아버지로서의 자기네 의무를 게을리하지 않는 한 말이다.[136]

울스턴크래프트의 한계와 유산

『여권의 옹호』에서 여성에게도 이성이 무엇보다 중요하며, 사랑과 감성은 부차적인 것이라고 이렇게도 강조했던 울스턴크래프트이기에, 이 저작이 발표된 지 불과 3, 4년 후 그녀가 임레이와의 불행한 사랑에 고통받다가 두 번이나 자살시도를 했다는 것은 모순되게 보일 수도 있다. 그녀는 임레이에게 보낸 편지에서 그도 자신에게 사랑을 보여줄 것을 간절히 부탁했다. 그리고 그의 무정함 때문에 겪는 마음의 고통을 수많은 편지에서 호소했다. 런던에서 임레이와 그의 정부의 집을 방문했다가 겪은 고통에 대해 그녀는 "어젯밤과 같은 일을 겪기보다는 차라리 수천 번의 죽음을 겪는 편이 나아요"라고 썼다. 분명히, 집착처럼 보일 수 있는 태도이다.[137] 두 번째 남편이었던 고드윈은 이런 격정적인 기질을 『젊은 베르테르의 슬픔』의 베르테르에 비교하였다. 작은 충격에도 큰 상처를 받는 예민한 성격의 소유자였다는 것이다.[138] 그녀 자신은 감성에 큰 의미를 두지 않았지만, 실제로는 감수성을 중시하고 이에 큰 중요성을 부여했던 18세기 후반, 이른바 '감수성의 시대'(The Age of Sensibility)에 영국 식자층을 매료했던 지적 · 정서적 분위기[139)]가 그녀를 더욱 격정적인 이야기의 주인공으로 만들어갔을지도 모른다.

울스턴크래프트는 재산세습을 위한 결혼제도의 문제점을 인식했고, 여성의 결혼을 합법적 매춘이라고 비판하는 급진성을 보였으면서도 논의를 유물론적으로 전개하지는 않았다. 결혼제도의 문제점을 비판하였지만 단지 문제제기의 수준에 머물러 재산상속을 위한 일부일처제나 여성의 성적 억압에 대한 논의를 그리 밀도 있게 전개하지는 않았고 남성이 여성을 쾌락의 대상으로 삼음으로써 여성 자신도 방종해진다는 점에 더 중점을 두었기 때문이다.

울스턴크래프트는 여성이 좋은 어머니가 되는 것을 가장 중요한 의무라고 보았으며 이를 위해 좋은 교육을 받아야 한다고 보았다. 따라서 그녀의 논의는 아주 급진적인 방식으로 진전되다가 갑자기 기세가 급격히 꺾여서 자녀교육론으로 선회하였다. 여성교육론도 좋은 어머니가 되기 위한 교육론에 흡수되었다. 그녀는 이성 중심의 사고에서 출발하여 여성교육론으로 나아갔고 교육받은 여성이 합당한 직업을 얻거나, 좋은 어머니가 되는 것에서 미래를 찾았다. 이런 점에서는 그녀의 논의는 존 스튜어트 밀과 해리엇 테일러가 『여성의 종속』에서 전개한 자유주의적 여성주의와 큰 차이를 보이지 않았다고 할 수 있다.

그러나 주체적인 여성의 탄생을 염원한 울스턴크래프트의 논의는 부부학, 부모학으로 발전하였고, 자녀교육에 대한 관심은 교육학으로 확대되었다. 근대 공교육의 원리에 대한 그녀의 논의는 귀 기울여 들을 만하다. 그녀의 교육론은 인간교육론 일반에 바탕을 두고 여성교육의 필요를 역설하는 것으로 나아갔다. 불필요한 호기심이나 상대 성에 대한 환상을 조장하는 분리교육 대신 남녀공학이 원칙적으로 필요하다는 주장에 대해서는 찬반론이 엇갈려왔으나, 현대에 이르러서는 많은 사회가 이를 수용하고 있다.

울스턴크래프트가 여성의 결점을 지나치게 강조하지 않았는지 불만스럽게 여기는 여성주의자가 있을 수도 있겠지만, 여성을 억압하면서 쾌락의 대상으로 삼는 상황에서 발생하는 여성의 왜곡된 심리나 행동방식에 대한 그녀의 냉정한 분석에는 귀 기울일 필요가 있다. 메리 푸비는 울스턴크래프트가 여성의 신체성에 대해 격렬한 반감을 드러냈으며 여성이 성적 · 신체적 욕구를 가지고 있음을 인정하기를 계속 회피했다고 비판하였다.[140] 이는 울스턴크래프트가 자신이 집중적으로 관찰한 18세기 후반 영국 중상류층 여성의 특정한 생활방식을 여성의 생활방식 일반과 동일시하는 데서 비롯된 문제일 수 있다. 그녀가 관찰한 여성들은 공적 · 사회적 역할이 주어지지 않고 가정에서도 가사 의무, 자녀 양육 의무조차 돌볼 필요가 없는 상황에서 사적 감정의 충족에만 몰두하는 것으로 보였지만, 다른 사회와 상황 속의 여성들은 오히려 성적 억압상황에 놓여 있는 것이 더 일반적이었다. 따라서 울스턴크래프트의 고찰범위에는 한계가 있을 수 있겠지만, 여성이 성적 대상화되는 현상에 대한 비판의 의미는 부정할 수 없으리라 생각한다.

다른 한편 울스턴크래프트는 포스트모더니즘적 페미니즘에서 오히려 각광받을 만한 주장을 내놓기도 하였다. 즉 여성의 신체성에 대해 전반적으로 무관심한 태도를 보였지만, 어머니로서의 여성에 관한 한 신체성을 적극적으로 인정한 것이다. 그녀는 어머니의 의무를 중시하면서 모유 수유를 권장했는데, 어머니와 자식 사이의 애정을 강화시켜주는 길이 될 수 있다고 보았기 때문이었다.[141]

고드윈은 『여권의 옹호』를 '대담하고 독창적인 저작'이라고 평가했다.[142] 또한 이 책에서 찬란한 상상력과 미묘하게 떨리는 감정을 발견할

철학자이자 정치평론가였던 고드윈은
결혼제도에 반대했지만, 서로의 독립된
생활을 보장한다는 조건하에
울스턴크래프트와 부부의 연을 맺었다.

수 있다고 호평했다.[143] 그 외에도 고드윈은 울스턴크래프트의 천재성을 인정하고 높이 평가하는 구절을 자주 썼다.[144] 그렇다면 그 천재성을 어디에서 가장 먼저 인정해야 할 것인가. 그것은 울스턴크래프트가 오늘날의 관점에서는 구식으로 보일지 몰라도 그녀의 시대로서는 가장 앞선 인물, 곧 선구자였다는 데서 찾아야 한다. 우선, 울스턴크래프트는 여성의 모든 현재적 특징은 여성이 받는 교육에 의해 만들어진 것이라고 보았다는 점에서 '제2의 성'론의 원저작권라고 할 만하다.

또한 울스턴크래프트는 명백한 근대적 자아의식의 소유자였다. 그녀의 저작 곳곳에서 드러나는 이 근대의식을 두고 가장 체계적인 울스턴크래프트 전기저자의 한 사람인 재닛 토드(Janet M. Todd)는 이렇게 쓰기도 했다. "울스턴크래프트의 저작에서 거대한 '나'(I) 의식은 때로는 짜증스럽기까지 하다. 그러나 그것은 어쨌든 부인할 수 없을 만큼 명백히 근대적이다."[145] 율리우스 카이사르는 어느 시골 마을을 지나면서 "소의 꼬리가 되기보다는 닭의 머리가 되겠다"고 말했다는데, 울스턴크래프트도 그와 같은 자아의식의 소유자였는지 모르겠다. 그녀는 "나는 사랑과 우정에 대해 좀 특이한 생각을 가지고 있다. 나는 첫 번째 자리를 차지하거나 아니면 차라리 아무것도 아니거나 해야 한다"라고 말했다.[146] 울스턴크래프트는 단순히 자기 자신을 내세우고자 했던 인물이 아니라 자기가 속한 성, 곧 여성이 근대적 주체가 되어야 한다는 것을 계몽사상 시대의 어법과 논리로 주장한 최초의 여성 저자 가운데 한 사람이었다.

사후 이른바 '부도덕한 행실' 때문에 전통을 중시하는 보수주의자, 남성중심주의자들의 맹렬한 비난을 사기도 했지만, 다른 한편으로 그녀는 여성주의 제2의 물결 이후 일부 여성주의자들에게 강력한 비판을 받기도 했다. 이성과 계몽을 중시했던 그녀의 여성주의에 대해, 이는 자신을 백인 부르주아 남성과 동일시하려는 백인 부르주아 여성의 인종적 · 계급적 편향을 드러낸다는 비판이 제기된 것이다.[147] 계몽사상의 세례를 받은 그녀가 보편적 이성의 이름으로 여성의 권리를 확립하려 한 것이 남성적 합리성을 지향한 것이라고 비판하는 것은 그녀가 살았던 시대의 과제를 고려하지 않는다는 점에서 시대착오적인 면도 분명 가지고 있다 할 것이다. 반면 라자니 수단이 울스턴크래프트의 여성주의는 영국 국민의 정체성 형성의 담론과 직결된 것으로서 외국인 혐오주의 혹은 반외국인 정서(xenodophy)를 드러내면서 영국 제국주의의 이익에 일관되게 복무했다고 평했던 것은 경청할 만한 부분이 있다.[148]

사실 울스턴크래프트의 여성교육론이 강건한 국민을 길러내는 어머니라는 상을 염두에 두고 형성되었다는 것은 분명하다. 울스턴크래프트는 "어린이들이 진정한 애국심의 원리를 이해할 수 있게끔 교육시키고자 한다면 그들의 어머니는 애국주의자가 되어야 한다"고 적극 주장하기도 했다[149] 이런 점을 보아도 그녀의 저작이 국민형성기 특유의 지적 풍토의 소산이라는 점을 부인할 수는 없을 것이다. 울스턴크래프트는 시민을 이상적인 인간으로 여겼기에 여성 또한 바람직한 시민이 되고 완전한 시민권을 얻기를 바란 여성주의자였다. 프랑스의 올랭프 드 구즈와 마찬가지로 그녀도 어쩔 수 없는 프랑스혁명 시대의 딸이었던 것이다. 게다가 『여권의 옹호』에서 이슬람 교도에 대한 심한 편견을 드러낸 점 같은 것은 오늘날의 관점에서 보아 분명 아쉽기 짝이 없다.[150] 그런데, 이슬람을 폄하하는 발언은 그 자체가 이슬람을 겨냥하거나 이슬람에 대한 반감을 조장하기 위한 목적에서 나온 것은 아니고, 유럽 내 반여성주의를 비판하는 담론 속에서 부차적으로 끼어들어 있을 뿐이라는 점을 고려해야 한다. 또한 영국인 저자 버크에 맞서 프랑스혁명을 열렬하게 옹호했던 것을 생각하면 외국인 혐오주의라는 고압적인 용어를 그녀의 이름 위에 굳이 덧씌울 필요는 없다고 보인다.

프랑스혁명기의 유럽인 여성이었던 울스턴크래프트는 인간과 시민의 생득권을 열렬하게 옹호하면서, 아울러 그 인간이란 여성과 남성을 동등한 자격으로 포함한다는 것을 마찬가지로 강력하게 주장했다. 그녀는 여성도 남성과 마찬가지로 사회의 정회원, 곧 모든 공적 권리와 의무의 주체인 시민이 될 수 있어야 한다고 믿었다. 그래서 여성과 남성의 차이를 말하기보다 여성과 남성의 평등, 곧 생득적 동등권을 말하는 데 역점을 두었다. 이는 여성이 기본 인권, 기본적 시민권을 얻는 단계까지는 필수적이었음을 누구도 부인할 수 없을 것이다. 비록 그녀가 전략적으로 사고한 것은 아니었겠지만, 후대의 여성주의자들은 그녀의 여성주의를 단계론의 관점에서 파악하고 그 역사적 의미를 충분히 인정할 수 있을 것이다.

존 스튜어트 밀, 『여성의 종속』

자유로운 삶을 위한 실천으로서 평등, 혹은 그 어려움

조선정 ▌서울대 교수 · 영문학

밀이 말한 자유는 남성과 여성을 아우르는 '인간'의 자유였다. 그는 '인간'이라 써놓고 '남성'으로 읽는 구습을 정면에서 비판한 드문 남성 지식인이었으며, 평등의 원리를 천명하고 그 토대에서 여성참정권운동을 주도함으로써 빅토리아 시대 여성운동의 절정기를 이끈 지도자였다.

조선정

연세대 영어영문학과를 졸업하고 서울대 영어영문학과에서 석사학위를 받았다. 미국 텍사스 A&M 대학에서 19세기 영국 여성작가인 제인 오스틴, 샬럿 브론테, 조지 엘리엇의 소설을 중심으로 본 여성주체의 형성에 대한 연구로 박사학위를 받았다. 서울여대를 거쳐 현재 서울대 영어영문학과에서 가르치고 있다.

제인 오스틴의 소설을 통해 영국 페미니즘 담론과 근대성의 관계를 역사화하는 논문을 써왔다. 최근에는 뱀파이어 서사, 모성서사, 한국소설, 여성영화, 다문화주의에 관한 글을 발표하고 있으며, 장기적으로는 영국여성사, 여성문학, 근대성이라는 세 개의 영역을 관류하는 개념으로서 '주체'에 대해 연구하고 있다. 또한 『오만과 편견』에 구현된 여성적 글쓰기를 주제로 한 책을 집필 중이다.

빅토리아 시대 여성운동을 이끈 남성지식인

1789년 바스티유 감옥의 습격으로 시작된 프랑스혁명의 거대한 소용돌이는 유럽을 혁명과 반혁명의 열기 속으로 몰아넣었다. 영국의 지식인들은 지지와 환멸을 오가면서 추이를 지켜보았고, 프랑스혁명이 일깨운 자유와 평등과 박애의 이상을 영국의 정치와 문화 속에 실현할 길을 모색했다. 영국은 일찍이 1688년 명예혁명을 통해 근대적 의회정치와 대의민주주의의 기초를 닦았지만, 산업혁명과 자본주의 경제발전에 따른 본격적인 인구이동과 급속한 도시화의 흐름을 제대로 반영하지 못한 낡은 정치제도에 발이 묶여 있었다. 혁명을 통한 급격한 체제변혁 대신 점진적인 변화의 길에 오른 영국은 19세기 내내 활발한 정치적 논쟁과 사회적 토론 끝에 선거법을 비롯한 다양한 개혁법안을 통과시키면서 체제를 정비해간다. 누가 선거권을 가질 것인가의 문제뿐 아니라 노동, 교육, 재산, 결혼, 위생에 이르기까지 자본주의 산업사회가 배태한 무수한 권리와 의무의 문제를 법적으로 체계화하고 제도화하게 된다.[1)]

19세기 영국을 대표하는 사상가 존 스튜어트 밀(John Stuart Mill, 1806~73)의 삶은 바로 이러한 개혁의 역사를 총체적으로 조망할 수 있는 한 권의 책과 같다. 그는 1806년에 태어나 1873년에 사망할 때까지 철학가와 정치가로 왕성하게 활동하며 개혁진영의 목소리를 대변했다. 1859년에 발표한 『자유론』(*On Liberty*)은 밀의 자유주의 개혁이념을 집약한 저서로서, 인간의 자율성에 대한 담대한 신념을 미래지향적인 통찰로 묘파한 고전이다. 그가 평생 붙잡고 있었던 화두인 자유, 그리고 자유에 대한 헌신과 자유를 쟁취하기 위한 투쟁은 혁명 대신 개혁을 선택한 영국사회가 어떤 철학적 토대와 비전 위에 서 있었는지를 대표적으로 보여준다.

그가 말한 자유는 남성과 여성을 아우르는 '인간'의 자유였다. 밀은 법조항 속에서 '사람'으로 통용되던 단어인 'man'을 중립적인 단어 'person'으로 교체할 것을 주장했다. '인간'이라 써놓고 '남성'으로 읽는 구습을 정면에서 비판한 드문 남성지식인이었다. 여성사에서 빼놓을 수 없는 고전의 반열에 오른 『여성의 종속』(*The Subjection of Women*)을 써서 평등의 원리를 천명했고 그 토대에서 여성참정권운동을 주도함으로써 빅토리아 시대 여성운동의 절정기를 이끈 지도자였다.

이 글은 밀의 『여성의 종속』을 소개하고 그의 페미니즘 사상을 오늘의 시선으로 재조명하려는 작업이다. 우선 밀의 일생을 간략하게 살펴보고, 그의 대표작 『자유론』과 『여성의 종속』의 연결고리를 짚어볼 것이다. 다음으로 19세기 영국사회가 경험한 여성억압의 현실을 재구성해보고, 이어서 『여성의 종속』의 구체적인 내용을 검토할 것이다. 그리고 『여성의 종속』의 성취와 한계를 설명하고, 마지막으로 자유주의 페미니즘의 유산과 전망을 논의하고자 한다.

자유주의 개혁사상가 밀의 실천적 삶

밀이 남긴 『자서전』(*Autobiography*)은 그의 인생의 궤적을 상세하게 담고 있다. 밀의 아버지는 중간계층 출신의 지식인으로 저명한 정치경제학자들과 친분이 두터웠다. 밀은 세 살 때부터 아버지에게 고전어, 역사, 문학, 철학, 경제학을 배웠다. 널리 알려진 대로 일종의 영재교육을 받은 셈이다. 이는 당연히 밀 개인의 놀라운 재능에 대한 주석이지만, 나아가 밀의 시대가 누렸던 비옥한 지적 풍토를 암시한다. 1823년 열일곱 살의 밀은 동인도회사에 서기로 취직하여 실무를 익히게 되는데, 이곳은 그가 퇴직할 때까지 평생직장이었다. 스무 살 때부터 『에든버러 리뷰』를 비롯

19세기 영국을 대표하는 자유주의 개혁사상가 밀(왼쪽)과 그의 '영혼의 반려자'였던 부인 해리엇(오른쪽).

한 유수의 잡지에 철학논문을 기고하면서 『웨스트민스터 리뷰』의 창간에 힘을 보탠다. 유망한 저술가들과 토론회를 주도하면서 런던 지식인들 사이에서 두각을 나타내기 시작할 무렵, 밀은 심한 신경쇠약을 앓게 된다. 이때 무기력과 우울을 문학의 힘으로 극복했다는 일화는 『자서전』의 가장 유명한 대목 중 하나인데, 그는 이 시기가 인생 최대의 위기였으며 문학을 통해 '감정'에 눈뜨지 못했더라면 이 위기를 넘길 수 없었으리라고 술회한다.

1830년 스물다섯 살의 밀은 존 테일러의 부인인 스물세 살의 해리엇 테일러(Harriet Taylor, 1807~58)를 만나 첫눈에 "깊고 강한 감정, 투철하고 직관적인 지성, 그리고 남달리 명상적이고 시적인 성품을 가진 여성"[2]임을 알아본다. 밀과 해리엇의 우정은 이십 년 동안 유지되었고, 결국 존 테일러가 죽은 지 2년이 흐른 1851년에 (밀의 가족의 반대를 감수한 채) 결혼에 이르렀다. 결혼생활은 1858년 해리엇의 죽음으로 마감된다. 이듬해 밀은 해리엇과 함께 저술해왔고 마지막 교정까지 함께 보려고 준비해두었던 원고를 정리해서 발표하는데, 이것이 『자유론』이다. 이 책의 첫머리에서 밀은 영혼의 반려자였던 해리엇을 기리며 "진리와 정의에 대한 높은 식견과 고매한 감정으로 나를 한없이 감화시켰던 사람, 칭찬 한마디로 나를 무척이나 기쁘게 해주었던 사람, 내가 쓴 글 중에서 가장 뛰어나다고 할 수 있는 것은 모두 그녀의 영감에게서 나온 것이기에 그런 글을 나와 같이 쓴 것이나 마찬가지인 사람, 함께했던 사랑스럽고 아름다운 추억 그리고 그 비통했던 순간을 그리며 나의 친구이자 아내였던 바로 그 사람에게 이 책을 바친다"[3]는 애정 어린 헌사를 남긴다.

밀은 1843년에 첫 저작 『논리학 체계』(*A System of Logic*)를, 1848년에 해리엇과의 지적교류의 첫 결과물인 『정치경제학 원리』(*Principles of Political Economy*)를 잇달아 출판했다. 두 저서 모두 성공적이었던 덕분에 『자유론』이 나올 무렵 밀의 인지도와 영향력은 꽤 높았다. 1860년대에 밀은 참정권에 집중적으로 관심을 가진다. 『대의정부론』(*Considerations on Representative Government*)에서 보편적 참정권을 주장하는 동시에 교육과 소양을 갖춘 시민성을 강조하여 참정권을 누릴 자격에 대한 논쟁을 촉발한다. 1863년에 펴낸 『공리주의』(*Utilitarianism*)는 공리주의 특유의 도식적인 양적 접근법을 극복하기 위한 시도로 평가받는다. 사상가로서 경력이 절정에 이른 1865년 밀은 웨스트민스터 지역구에서 출마하여 하원의원으로 정계에 입문한다. 3년 동안 원내의 진보적 자유주의를 대변하면서 열정적으로 정치활동을 펼친다. 공직을 그만둔 후 1869년 『여성의 종속』을 출간하고, 그 후 프랑스에 머물다가 열병으로 사망해 해리엇과 함께 아비뇽에 묻혔다.

『자유론』은 프랑스혁명 이후 유럽의 대의 민주주의의 성과를 일별하는 것으로 시작한다. 밀은 선거에 의해 다수를 획득한 정치세력이 권력을 잡는 제도를 무조건 신뢰한다면, 다수에 통합되지 않는 "개별성"(individuality)을 보살피지 못하게 되고 따라서 개인의 자유가 위기에 처한다고 지적한다. 엄밀한 논증과 풍부한 사례로 무장한 저서이지만 막상 가장 기억에 남는 것은 시적인 비유를 동원해 자유의 가치를 설득하는 다음 대목이다. "인간은 본성상 모형대로 찍어내고 그것이 시키는 대로 따라하는 기계가 아니다. 그보다는 생명을 불어넣어주는 내면의 힘에 따라 온 사방으로 스스로 자라고 발전하려는 나무와 같은 존재이다."[4] '내면의 힘'이란 개별적이고 고유한 것이기 때문에 표준화하거나 일반화할 수 없다. 각자 품은 서로 다른 내면의 힘은 각자 삶을 살아가는 과정을 통해 각자의 방식대로 발현될 수밖에 없고, 그것이 궁극적인 최선이다. 밀에 따르면, 내면의 힘을 왜곡시키는 영국사회의 심각한 병폐는 다수의 횡포와 관습의 전제로 인한 개인성의 말살과 자유의 위축이다. 다른 의견을 가질 자유와 그것을 표현할 수 있는 자유가 보장되어야 개별성이 발달한다. 개별성은 개인의 행복과 사회의 발전의 초석이다. 국가나 중앙정부의 불필요한 개입과 통제를 줄이고, 개인의 자유와 선택과 자발성을 존중해야 한다. "국가가 시민들의 내면적 성장과 발전을 중히 여기기보다는 사소한 실무 행정능력이나 세세한 업무처리를 위한 기능적 효율을 우선하다면"[5] 생명력 없이 기계적으로 움직이는 죽은 국민만 남게 된다.

『자유론』을 관류하는 밀의 문제의식은 당대 영국의 현실이 자유의 의미와 가치를 이해할 능력을 상실했다는 것이다. 효율과 경쟁을 내세워 개별성을 억압하는 자본주의적 경제질서의 횡포, 다수결의 원리로 축소되고 포퓰리즘으로 변질된 민주주의의 위기, 행복추구와 자기실현의

ON

LIBERTY

BY

JOHN STUART MILL.

PEOPLE'S EDITION.

LONDON:
LONGMANS, GREEN, READER, AND DYER.
1878.

1859년에 발표한 『자유론』은 밀의 자유주의 개혁이념을 집약한 저서로, 인간의 자율성에 대한 담대한 신념을 미래지향적인 통찰로 묘파한 고전이다.

가치를 망각하고 관습에 복종하도록 유도하는 문화적 야만이 결합하여 만들어낸 노예적 습성이 자유를 훼손한다고 밀은 맹렬하게 규탄한다. 이런 날선 비판에도 불구하고, 밀은 획일성의 물신을 타파하고 개별성의 문화를 창조할 수 있을 것으로 낙관했을 뿐 아니라 언제나 인간에게 최선과 최고가 가능하다는 믿음을 놓지 않았다. 그가 말년에 엄정한 이론가에서 정치적 활동가, 특히 여성운동의 지도자로 운신의 폭을 확장한 것은 『자유론』에 표명된 그의 신념과 희망에 비추어보면 놀랄 일이 아니다. 교육을 통한 개인의 성장, 개별성의 공평한 발현 그리고 편견과 관습에 저항할 필요성에 대한 밀의 굳건한 믿음은 이 믿음에 질곡이 되는 열악한 사회현실을 개선시키고 억압받는 사람들을 위한 더 나은 문화적 환경을 창출하려는 구체적 실천으로 확산될 운명이었다. 불평등으로 점철된 결혼의 실상과 기혼여성의 고통에 주목한 것은 우연이

아니다.[6)]

밀의 의회활동은 소수자의 권리를 옹호하고 보편적 참정권을 확대하는 방향으로 수렴된다. 예컨대 대중 집회를 금지하는 법안에 반대하고, 아일랜드의 지주를 보호하는 법안을 공격하면서 소작인에게 영구적으로 토지 관리권을 줄 것을 주장하고, 자메이카 폭동을 조사하는 위원회에서 영국이 식민지에서 행사하는 폭력을 비판했다. 그리고 무엇보다도 선구적으로 여성의 투표권을 주창하고 끈질기게 옹호했다. 해리엇의 딸 헬렌 테일러(Helen Taylor, 1831~1907)와 함께 여성참정권연합을 발족시켰고, 의회연설과 대중연설을 떠맡았을 뿐 아니라 많은 사람들에게 편지를 써서 여성참정권의 정당성을 홍보했다.

여성참정권을 핵심적인 의제로 삼고 밀고나갈 수 있었던 원동력은 『여성의 종속』이 생생하게 웅변하는 바, 평등이 인간의 자유로운 삶에 필수적이라는 평생의 신념에서 나왔다. 이는 걸출한 여성 해리엇을 흠모한 영민한 청년 밀의 순수한 열정에서 싹텄고, 사회개혁이 진정으로 자유를 향유할 줄 아는 평등한 개인들에 의해 완성될 수밖에 없으리라고 믿으면서 그녀와 함께 『자유론』을 집필했던 원숙한 사상가 밀의 통찰에서 발전되어온 것이다. 1860년대 말 영국의 여성참정권운동은 밀의 자유주의 사상 그리고 그것의 완성에 영감의 원천을 제공한 해리엇 테일러라는 탁월한 여성에게 철학적 원리를 빚진 셈이다.

빅토리아 시대에 여성으로 산다는 것

19세기 영국 여성운동의 흐름을 말할 때, 전반기에는 여성교육의 필요성에 집중했고 후반기에는 고용권, 재산권, 양육권, 건강권, 선거권 등의 영역으로 반경을 넓히면서 정치세력화에 눈뜨기 시작했다고 평가하곤 한다. 중반으로 넘어오면서 선거법 개정을 둘러싼 정치적 논쟁이 가열되자 여성운동도 여러모로 정치색이 짙어진 경향을 보인 것이다. 그렇다고 해서 19세기 영국 여성운동사를 단일한 직선적 발전사로 편리하게 이해할 필요는 없다. 운동의 시기가 명확하게 나뉘지도 의제가 반드시 차별화되지도 않으며, 한 세기의 역사를 연대기 순으로 정리하는 일에도 무리가 따른다. 이런 시대 구분이 적절하지 않다는 것은, 예컨대 이미 1830년대부터 유니테리언 교도(Unitarianism), 즉 정통 기독교의 삼위일체론을 부정하고 신격의 단일성을 주장하는 급진적 교파를 중심으로 사회주의 사상과 여성참정권을 논의한 지적 전통이 면면히 흐르고 있었다는 연구결과가 뒷받침한다. 이런 역사를 환기하는 것은 밀의 페미니즘을 그의 천재성으로 편리하게 환원하지 않기 위해서 필요한 일이다.[7] 『여성의 종속』은 진공에서 창조되지 않았고 또 완벽하지도 않다. 그것은 밀의 시대의 정치적 맥락과 사상적 지형 속에서 나왔으며, 여성운동의 이념을 완성한 결정체가 아니라 복잡하게 진화하는 여성운동의 한 국면을 포착한 저서로서 의미를 가진다.

밀의 페미니즘이 어디에서 온 것인가를 추적하려면 로크와 루소의 자유주의적 사회계약론으로 잠시 거슬러 올라가야 한다. 르네상스 이후 근대 역사는 공간의 분할과 구획의 역사이기도 한데, 18세기 영국에서는 공적 공간과 구별되는 사적 공간으로서 '가정'의 구축과 경영이 초미의 관심사였다. 공적 활동에서 배제된 여성이 가정을 차지했지만, 역설적이게도 가정의 실질적인 지배자는 오직 남편이며 그가 절대적인 권한을 행사한다. 평등한 개인 간의 계약이라는 공식은 사적인 영역인 가정생활에는 적용되지 않았다. 시민사회에서는 만인이 평등하지만, 가정에서는 차이와 차별이 온존한다.[8]

여성이 (남성과 다르게) 어떠해야 하는지에 대한 담론이 폭발적으로 증가하면서, 여성의 행동규범을 규정하는 품행지침서가 일상화된다. 가정 공간과 여성의 역할을 신성화한 '가정 이데올로기'가 여성교육담론의 근간을 이룬다. 18세기 상류계층 교육받은 여성작가들, 이를테면 해나 무어(Hannah More)는 여성이 제대로 교육을 받아서 훌륭한 딸, 아내, 어머니가 되어 공동체에 기여해야 한다고 설파했다. 이들에 의해 자생적인 여성운동의 맹아가 싹텄다는 사실은 주목할 만하지만, 이들의 담론은 도덕주의와 애국주의의 함의에 물들어 있었다. 자애로운 어머니, 현명한 아내, 관대한 주인마님의 역할을 잘 수행함으로써 사회 발전에 기여할 수 있다고 가르쳤던 여성작가들은 가정이라는 사적 영역과 사회라는 공적 영역을 나누고 가정 공간에서 아내를 남편의 지배를 받아야 하는 열등한 존재로 규정하는 가정 이데올로기의 궤도를 벗어나지 못했다.

울스턴크래프트는 가정을 지키는 '여성다운' 여성이라는 우상을 비판하는 선봉에 선 페미니스트다. 1792년에 나온 『여권의 옹호』는 여성교육의 필요성을 주장하면서도 기존 논의에서 벗어나 처음으로 평등을 제기했다는 점에서 기념비적이다. 『여권의 옹호』는 타고난 여성의 본질을 거부하고 '만들어진' 여성성을 정면에서 비판한 근대 최초의 본격적인 페미니스트 저서다. 울스턴크래프트는 여성의 본질로 거론된 자질, 이를테면 감상성, 무지, 사치, 나약함과 같은 부정적 측면 그리고 순종, 겸손, 온유, 인내와 같은 긍정적 측면이 동전의 양면처럼 서로 밀착되어 있다고 지적한다. 이는 여성의 본질을 비이성적인 존재로 정의하는 데서 나온 쌍생아다. '여성다운' 여성은 여성의 실제 모습이 아니라 반복학습과 강요된 매너의 결과로 나타난 허구의 이미지에 불과하다. 울스턴크래프트는 남성과 여성이 모두 신으로부터 이성을 부여받은 존재이므로 신 앞에 평등하다고 주장했다. 그리고 이성은 자유의 토대이고 이성이 발휘되기 위해서는 교육이 필요하다고 역설했다. 21세기의 시선으로 본 『여권의 옹호』는 그다지 과격하지도 전복적이지도 않지만, 울스턴크래프트가 관습적으로 주어진 '여성다운' 여성상을 거부하고 '여성은 그렇지 않다'고 외친 대가로 치러야 했던 불명예는 수십 년 지속되었다.[9)]

빅토리아 여왕이 재위한 1837년부터 1901년까지, 여왕을 권력의 정점에 둔 정치체제의 상징성과는 별개로 일반 여성의 삶은 철저하게 사적인 영역인 가정으로 제한되었다. 교육의 기회가 부실했고, 자본주의 경제가 창출한 다양한 일자리와 전문직업의 세계로부터 차단되어 공적 영역에 참여할 수 없었고, 사적 공간에서조차 신체의 자유를 누리지 못했다. 이른바 '집안의 천사'보다 더 적절하게 여성의 지위를 요약한 표현은 없을 것이다. 1854년에 발표되어 19세기 후반에 큰 인기를 끌면서 열풍을 일으킨 코벤트리 팻모어(Coventry Patmore)의 유명한 시 「집안의 천사」(The Angel in the House)는 기다림과 헌신과 복종으로 남편을 섬기며 거기서 자신의 기쁨을 얻는 '완벽한' 아내를 소개한다. 이를테면 "지칠 줄 모르는 사랑으로 사랑하네/ 슬프게도 홀로 사랑할 때/ 열정적인 의무 때문에 사랑은 더 높이 고양되네/ 돌 주변에 풀이 더 크게 자라듯이"라는 구절을 보라. 아내의 존재이유는 오직 남편에 대한 사랑에 달려 있다. 그것이 자연의 섭리라는 것을 '풀'을 동원한 비유가 잘 보여준다. 팻모어의 여성은 '여성다운' 섬세함과 예민함을 가졌으며 오염되지 않은 순수를 간직한 존재로서, 공적 활동을 마치고 집으로 돌아온 아버지와 남편과 오빠와 아들을 위무할 의무를 진다.[10)] 1879년 노르웨이의 극작가 헨릭 입센(Henrik Ibsen)이 쓴 걸작 『인형의 집』은 바로 집안의 천사, 그 질긴 악령을 죽여 없애는 일이 근대 여성운동의 첫걸음이라는 것을 통렬하게 보여준다.

집안의 천사 이데올로기는 주로 중산층 여성에게 해당되는 것처럼 보인다. 임금노동, 육아노동, 가사노동의 굴레에 묶여 있는데다 일상적인 가정폭력과 학대에 노출된 노동계급 여성의 경우, 집안의 천사라는 이미지는 누릴 수 없는 사치였다. 일자리를 찾아 도시로 몰려든 거대한 익명의 대중인 노동계급을 건전한 시민으로 교육시키는 일은 19세기 영국사회가 맞닥뜨린 막중한 과제였다. 노동계급의 음주문화, 여가문화, 가정생활로부터 폭력을 추방하자는 데에 강력한 공감대가 있었다. 정치인들이 여성에게 투표권을 주는 법안에 코웃음을 치는 와중에도 매 맞는 아내를 구제하는 법안을 열렬하게 지지했던 것은 노동계급의 교화라는 대의가 얼마나 큰 위력을 발휘했는지 잘 보여준다.[11] 아내를 학대하는 일이 '천박한' 노동자의 가정에서만 일어난다는 편견은 여성운동에 도움이 되지 않는다. 부부는 일심동체라는 관습법적 이데올로기가 사회 전반에 워낙 강하게 뿌리내린 상황에서, 남편의 폭력을 노동계급의 문제로 축소하는 것은 안이하다. 집안의 천사 이데올로기를 전면에 내세워 점잖은 중산층 가정의 신화를 재생산하면서 은밀하게 자행되는 가정폭력을 얼마든지 숨길 수 있기 때문이다. 집안의 천사든 매 맞는 아내든, 가정 공간에서 남성권력이 여성의 노예화를 기반으로 행사되는 한 여성의 지위는 위태로울 수밖에 없다.

1836년 이혼소송으로 영국을 떠들썩하게 했던 캐롤라인 노튼(Caroline Norton) 스캔들은 결혼생활의 불평등한 구조가 계급에 상관없이 여성의 삶을 파괴한다는 점을 적나라하게 보여준다. 명문가의 딸 캐롤라인은 관례대로 귀족과 결혼했으나 불행한 결혼생활을 견디지 못하고 남편을 떠난다. 남편은 비열한 음해공작을 펼치면서도 끝까지 이혼해주지 않는다. 그녀는 원고료도 남편에게 빼앗겼고 자식을 만날 수도 없었다. 그녀는 자신의 불행을 계속 글로 써서 대중에게 알렸다. 의회가 이혼법 개정을 심의할 때 이혼절차의 불평등을 조목조목 비판하는 글을 보냈다. 아내에게 재산권이 있으며 아내도 이혼소송에서 법률대리인을 선임할 수 있는 권리를 가진다는 내용의 법안이 통과된 데에는 그녀의 꿋꿋한 투쟁이 어느 정도 촉매 역할을 했다. 그녀는 끝까지 이혼을 얻어내지 못했고 1875년 남편이 죽고 나서야 결혼생활에서 풀려난다.

캐롤라인 노튼은 이혼소송에 결부된 특정한 이슈에 대해 단호한 입장을 취한 당찬 여성이었지만, 빅토리아 시대 여성운동에 한 획을 그을 만한 비전을 가진 페미니스트는 아니었다. 프랑스혁명의 소용돌이를 겪은 이후 영국의 평균적 지식인들이 그랬듯이 그녀 역시 '과격하다'(radical)는 딱지가 붙을까봐 걱정했고, 여성은 남성보다 열등한 이차적 존재로 태어났고 남녀평등 사상은 어리석다고 분명히 밝히기도 했다.[12] 그녀가 평생 여성억압의 폐해를 고스란히 겪으면서도 근본적인 불평등 구조를 인식하기 힘들었던 것은 그만큼 이데올로기적 내면화가 강력했음을 반증한다. 여성이 아버지, 남편, 오빠, 아들보다 열등한 존재라는 것을 마치 우주의 섭리요 신의 창조원리처럼 신봉하는 풍토에서 평등을 발설하는 것은 반역이고 저항이고 혁명이었다. 실로 울스턴크래프트가 복권되기까지, 그리고 밀의 자유주의 평등사상이 열매를 맺기까지, 많은 시간이 흘러야 했고 많은 투쟁이 뒷받침되어야 했다.

빅토리아 시대 여성은 정치권력, 경제력, 문화자본, 교육과 자아실현의 모든 영역에서 소외되어 있었기 때문에, 가정폭력뿐 아니라 공권력의 폭력에도 매우 취약했다. 공권력이 공공보건이라는 명분을 내세워 여성의 몸의 권리를 침해했던 단적인 사례는 1864년부터 1869년까지 개정을 거듭한 이른바 '성병관리법'(Contagious Diseases Acts)이다.[13] 창녀로 의심되는 여성을 연행하여 강제로 검사를 실시한 후 환자로 판명나면 격리수용하는 것이 법안의 뼈대이다. 마구잡이 연행의 인권침해 요소는 강제검사방법의 비전문성과 잔인성에 비하면 사소하달 정도로, 여성의 몸을 유린하는 끔찍한 진료방식은 격렬한 사회적 분노를 일으켰다. 법안의 취지는 성병에 걸린 창녀를 잘 관리해서 가정의 아내와 아이들을 전염의 위험으로부터 보호한다는 내용이었지만, 이 위선적인 변명 뒤에 숨은 것은 '건강한' 창녀를 군대에 안정적으로 공급하려는 국가적 책략이다. 여성의 몸에 국가권력의 폭력이 작동하는 이런 행태는 여성의 섹슈얼리티를 통제하는 가정 이데올로기가 국가적 스케일로 노골화한 것이다.

앞서 언급한 대로 영국은 19세기에 걸쳐 선거구를 개편하고 투표권을 확대하는 정치개혁을 실시한다. 1832, 1867, 1884년, 세 번에 걸친 선거법 개정이 완료될 때까지도 여성에게 보편적 참정권은 허용되지 않았다. 1928년에 스물한 살 이상 '모든' 성인에게 투표권이 주어지면서 보편적 참정권이 실현되기까지[14] 국소적이고 부분적으로 여성의 투표권이 허용되긴 했지만, 기본적으로는 여성이 정치에 개입하거나 참여할 수 없다는 통념이 강력했다. 이에 맞서 싸우면서 밀은 누가 누구를 대체하거나 대변한다는 것이 불가능하기 때문에 각자가 자신의 목소리를 내서 투표하는 것만이 유일한 원칙이라고 끈질기게 주장했다. 아버지와 남편과 오빠와 아들을 통해 의견을 표명하는 것이 아니라 본인이 직접 나서서 자신의 권리를 행사하는 것이 옳다고 믿었다. 이러한 밀의 믿음은 『자유론』에서 표명한 개별성, 평등, 자유의 원리에서 발전되어왔다. 울스턴크래프트가 프랑스혁명의 이상에 고무된 지식인들이 내세우는 인권이 오로지 남성의 권리만 의미한다고 개탄하면서 여성의 권리를 환기한지 60년이 지난 후에 영국사회는 비로소 밀의 목소리를 빌려 보편적이고 포괄적이며 성 인지적인 틀에서 인권을 말할 수 있게 된 것이다.

평등, 정의, 호혜, 우정의 이름으로

『여성의 종속』은 "남성과 여성을 둘러싼 오늘날의 사회적 관계, 다시 말해 한쪽이 다른 한쪽에 법적으로 종속되어 있는 상태를 만들어낸 원리는 그 자체가 잘못된 것이고, 인간사회의 발전을 가로막는 중대한 장애물 중 하나이다. 이것은 완전 평등의 원리로 대체되어야 마땅하다"[15]는 선언으로 시작한다. 그리고 밀은 이 선언이 실현되기 힘든 것은 사람들의 마음속 깊이 뿌리 내린 편견과 오해 때문이라고 덧붙인다. 평등의 원리에 이성적으로 설득되더라도 감정적으로 수긍하기 힘들어하는 대중의 심리를 정확하게 읽은 것이다.

1장에서 밀은 평등의 원리를 거부하는 다양한 입장들을 소개하면서 거기에 일일이 반박한다. 첫째, 현재의 체제가 존속하는 데에는 정당한 이유가 있지 않겠느냐는 반론에 대해 밀은 현재의 체제는 지배를 합법화하는 장치이며 이러한 강자의 법칙과 힘의 논리는 진보와 해방의 거대한 물결 앞에 굴복할 것이라고 반격한다. 둘째, 남성의 지배가 자연스럽다는 의견에 대해서는 힘을 가진 자의 관점에서는 모든 지배가 자연스럽게 보인다고 꼬집는다. 또 지배와 종속의 문제를 '자연스럽다'는 식의 주관적이고 감정적이고 두루뭉술한 언어로 다루는 태도를 비판한다. 셋째, 여성이 지배체제에 자발적으로 순응한다는 인식에 대해서 밀은 여성이 자발적인 노예가 되어주기를 바라는 남성의 욕망의 반영일 뿐이라고 일축한다. 사실 이런 왜곡된 인식 탓에 여성이 지배에 아무리 저항해도 곧이곧대로 드러날 수 없지 않은가. 넷째, 남성과 여성이 타고난 본성 때문에 현재의 지위에 놓이게 되었다는 주장에 대해 밀은 본성을 누구도 제대로 알 수 없기 때문에 무엇이 본성에 맞는지를 판단할 수 없다고 말한다. 밀에 따르면, 남성과 여성의 차이를 설명하고 입증하는 일은 (의사나 과학자가 조금 할 수 있을지 몰라도) 아무도 자신 있게 할 수 없다. 여성이 일을 하고 생각을 표현할 기회를 가지지 못했기 때문에 여성 자신도 스스로에 대해 모른다. 그러므로 이제부터라도 여성이 활발하게 활동하면서 본성을 드러내야 한다. 다섯째, 사회유지를 위해 여성이 결혼해서 아이를 낳고 살림을 꾸릴 수밖에 없고 또 그렇게 만들어야 한다고 말하는 남자를 밀은 목화생산을 위해 노예를 부릴 수밖에 없다고 믿는 노예주나 전쟁을 위해 징병을 할 수밖에 없다고 믿는 지배자에 비유한다. 필요악이라는 이유를 내세워 강경하게 말하지만 그런 태도 뒤에는 상대방에 대한 두려움과 자신감의 결핍이 숨어 있다고 밀은 지적한다. 결론적으로 말해, "태어나면서부터 짊어지게 된 운명의 굴레에 얽매여 죽을 때까지 꼼짝도 못한 채"[16] 살아야 하는 시대는 지났고 "여성의 전반적인 지위가 올라가느냐 내려가느냐를 따져보는 것이 한 민족 또는 한 시대의 문명 발전 정도를 측정하는 가장 확실하고 정확한 기준이 된다"[17]고 믿는 시대가 왔으므로 여성억압은 청산해야 마땅한 구시대 유물이다.

밀은 1장에서 여성의 종속이 부당하다는 것을 명석한 논리로 조목조목 분석한 후에, 2장에서는 결혼제도의 억압성과 폭력성을 적나라하게 공개한다. 밀은 가장 가까운 관계를 맺은 두 사람 사이에서 발생하는 지배와 종속의 구조를 제도적인 측면과 심리적인 측면과 윤리적인 측면에서 다각도로 조명한다. 특히 가정 공간이 은밀한 사적 영역으로 신성화되면서 그곳이 감추어진 폭력의 온상이 될 수 있음을 정확하게 짚는다. 남편을 선택할 자유가 없는 상황에서 여성은 아버지의 뜻에 따라 결혼한다. 아내는 잠자리를 거부할 권리가 아예 없고, 정당한 사유가 있어도 먼저 이혼을 요구할 수 없다. 아이는 법적으로 남편에게 귀속되며 한 푼의 재산도 가질 수 없다면 아내의 법적 지위는 노예나 몸종보다도 못하다.

밀은 결혼생활을 개선하기 위한 해결책으로 "인생의 동반자들끼리 서

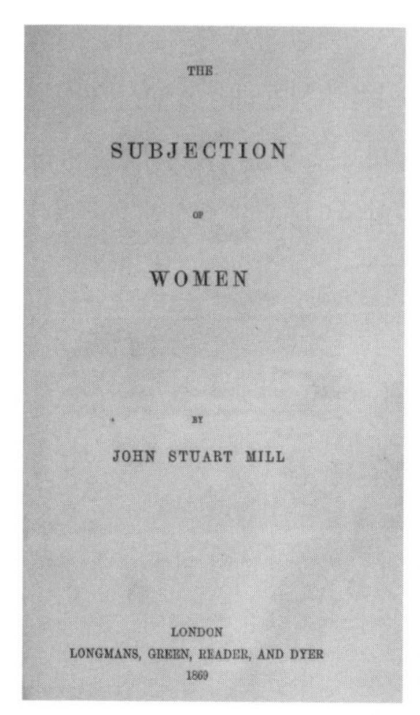
THE

SUBJECTION

OF

WOMEN

BY

JOHN STUART MILL

LONDON
LONGMANS, GREEN, READER, AND DYER
1869

밀의 자유주의 페미니즘 사상이 집약된 『여성의 종속』은 여성사에서 빼놓을 수 없는 고전이 되었다. 그가 말한 자유는 남성과 여성을 아우르는 '인간'의 자유였다.

로 합의해서 권한과 책임을 만족스럽게 나눠가지는 것은 불가능한 일이라며 미리 두려워할 필요가 없음"[18]을 깨닫고 발상을 전환해야 한다고 촉구한다. 그렇게 된다면 남성은 "훨씬 덜 이기적이고 보다 희생적인 존재"[19]로 거듭나게 된다. 남성은 고질적인 지배욕과 두려움을 부추기는 "자기숭배"를 포기하고 "오직 모든 인간은 평등하다는 실제 감정만"[20]을 가지고 아내와의 관계를 풀어가게 된다. 밀은 결혼제도의 부조리를 거침없이 비판하지만 결혼제도가 진정한 도덕교육의 장이 될 수 있다고 거듭 주장한다. 상대방을 평등한 인간으로 대접할 줄 아는 것 자체가 도덕적 경험이다. 다른 사람과 평등하게 살아갈 수 있는 능력이야말로 최고의 덕목이다. 평등하게 서로를 보살피는 결혼생활을 통해 행복한 삶의 가치를 배운다면 이 세상에 결혼만큼 훌륭한 학교는 없다.

3장에서 밀은 평등의 원리가 가정 공간을 넘어 공적 영역에도 침투해야 한다고 역설한다. 여성이라는 이유만으로 사회활동을 원천적으로 봉쇄당한다는 것은 말이 안 된다. 여성은 남성보다 못한 게 없다. 철학, 과학, 예술방면에서 정상급의 작품을 남긴 여성이 없는 것은 여성이 그럴 기회를 가지지 못했고 그런 전통이나 역사를 아직 만들지 못한 탓이다. 자신을 위해 양질의 시간을 마음껏 쓸 수 있는 여성은 매우 드문데다가, 명성을 얻거나 혹은 최고가 되려는 야망을 억압하는 분위기에서 동기부여가 될 리도 없다. 여성의 환경을 고려하지 않고 여성의 본성을 선험적으로 주어진 불변의 바탕으로 일반화하는 것은 옳지 않다. 예를 들어, '여성의 뇌가 더 작다' '여성은 독창성이 부족하다' '여성은 감정적이라 가사노동 이외의 일을 진득하게 할 수 없다' 등 검증될 수 없는 통념은 여성이 겪어온 불평등과 차별을 전혀 고려하지 않은 채 의도적으로 여성을 비하하는 사이비 담론에 불과하다.

3장 초반에서 밀은 평등의 원리를 설명하는 가장 초보적인 사례로 투표권을 잠시 언급한다. 설사 여성이 공직을 맡을 수 없다 하더라도 기본적인 자기보호를 위해 공직자를 선출할 수는 있어야 한다. 이것은 논란의 대상조차 못 되는 당연한 인간사회의 합의여야 한다고 밀은 단호하게 밝힌다. 만약 투표권을 계속 박탈한다면 평등의 원리에 앞서 정의의 원리가 훼손될 것이라고 경고한다. 여성은 아버지와 남편과 오빠와 아들을 통해 대신 의견을 표명할 수 있으므로 직접 투표를 할 필요가 없다는 반대파를 의식한 듯 밀은 스스로 직접 투표하여 자신의 복지를 챙기는 것만이 유일한 자기보호의 길이라고 주장한다. 이는 나중에 밀이 의회연설에서 세금을 내는 개인 누구나 투표할 수 있어야 한다는 전통적인 공화주의 정치원리를 환기하면서 투표는 '권리'보다 앞서는 '정의'라고 말한 것을 예견케 한다.[21] 평등의 원리에서 출발한 밀의 개혁담론이 정의의 원리를 향해 중심축을 조금씩 이동한다는 점이 흥미롭다. 정의를 언급함으로써 밀은 양성평등 자체가 맹목적인 추구의 대상이 되는 것을 피하고 그럼으로써 평등의 원리에 예민하게 반응할 반대파의 저항에 효과적으로 대응할 수 있는 협상력을 높인다.

4장에서 밀은 개혁에 무슨 의미가 있는가라는 회의론에 대해 인류 역사가 진보하려면 노예제를 그냥 둘 수 없다고 단언한다. 여기에서 밀은 정의에 대한 후속논의를 발전시킨다. 우선 특권의 철폐를 통해 "출신이 아니라 능력이 모든 권력과 권위의 유일한 원천"[22]이 되는 정의로운 세상을 제안한다. 다음으로 여성인력의 활용을 통해 인류의 진보에 필요한 인적 자원을 확보할 수 있다는 희망을 피력한다. 밀은 평등한 부부관계가 실질적으로 남편에게 유리할 것이라고 전망한다. 교육과 사회참여의 기회를 전혀 누리지 못하고 가정 공간에 갇힌 아내가 어쩔 수 없이 사소한 일상적 욕망과 편협한 세계관에 매몰되어 있다면 그런 상태에서 남편에게 베풀 수 있는 자원이 아무 것도 없고, 이 부부에게 유대감이나 일체감은 생기지 않을 것이다. 상대방을 열등한 상태에 내버려두는 것은 장기적으로 자신을 갉아먹는 결과가 되고, 따라서 더 나은 삶은 불가능하다. 여기에서 밀은 여성이 충분히 교육받고 능력을 발휘하고 산다면 남성의 발전에 도움이 되고 또 그럼으로써 사회 전체의 자원이 풍성해진다는 공리주의적 논리를 도입한다. 이 역시 반대파의 저항을 약화시키기 위해 논리적 우회로를 만든 것으로 볼 수 있다.

밀이 그리는 이상적인 부부관계는 "높은 수준의 능력과 소질을 비슷하게 갖추고 그 생각과 지향하는 목표가 똑같은 두 사람이 상대방에 대해 일정 정도 비교 우위를 지닌 까닭에 서로를 바라보면서 많은 것을 배울 수 있는 특혜를 누릴 뿐 아니라 자기 발전 과정에서 한편으로는 지도하고 다른 한편으로는 지도받는 즐거움도 만끽할 수 있는"[23] 상태이다. 이제 과거의 기사도적 정신에서 나오는 여성에 대한 배려와 보호를 현대적이고 합리적이고 또 지속가능한 평등의 원리로 대체할 때가 되었다.

마지막으로 밀은 여성이 느끼는 행복을 강조한다. 행복의 원천은 자유, 즉 개별적 독립성을 가진 개인이 권력에 억압당하지 않고 스스로 실천하는 자유에서 나온다. 그리고 자유로운 개인이야말로 이기적이고 외롭고 탐욕스러운 자아이기는커녕 "도덕적이고 정신적이며 사회적인 존재"[24]이다. 평등의 원리를 천명하면서 시작한 『여성의 종속』은 평등한 결혼생활, 그리고 여성의 사회진출이라는 두 축을 쟁점으로 하는 사회개혁 프로젝트로 마무리된다. 그 저변에 면면히 흐르는 것은 전근대적 잔재라 할 힘의 원리를 근대적이고 민주적인 평등의 원리로 대체하고자 하는 열망이다. 이 열망을 견인하는 철학적 원리는 『자유론』에서부터 밀의 사상적 원류로 자리 잡은 자유이다. 이 자유는 누구나 멋대로 행동할 수 있다는 식의 획일주의적 방임이 아니라 평등한 개인이 개별적인 삶을 살되 오로지 그런 방식으로만 서로를 북돋아줄 수 있는 사회적 관계망을 창출할 수 있는 미래지향적인 해방의 가능성을 함축한다.

여성해방의 전도사 밀의 성취와 한계

『여성의 종속』의 가장 두드러진 성취는 가정 공간의 권력관계를 탈신비화한 것이다. "한 집안의 우두머리 입장에서 본다면, 가정은 분명 제멋대로 살며 무서울 정도로 횡포를 부리고 끝없이 방탕한 생활을 하며 구제할 수 없을 정도로 이기적인 사람이 똬리를 틀 수 있는 온실과도 같다"[25]고 지적하면서 가정에서 남성이 누리는 절대적인 권력을 비판한다. 여성의 지위가 부속품이나 장식품으로 전락한 전제주의적 공간에서 '가정불화'라든가 '부부갈등'이라는 어휘는 존재하지 않는다. 남성의 권위를 정점으로 한 위계질서에서 여성은 침묵을 강요당하므로 충돌이나 불협화

음이 생길 가능성이 아예 막혀 있기 때문이다.[26] 밀은 남성의 일방적인 권력행사와 여성의 노예화를 기본으로 한 가정생활의 풍속도, 거기에 내려앉은 위선과 침묵을 과감하게 비판한다. 그리고 합의, 자유, 평등, 정의, 진보, 행복 등의 새롭고 희망에 찬 어휘로 망가진 결혼제도를 재활시킬 가능성을 타진한다.

『여성의 종속』의 핵심은 평등한 파트너십에 기반을 둔 결혼생활, 그리고 여성의 자유로운 사회진출이다. 만약 『여성의 종속』의 주요 독자가 남편이라고 가정한다면, 밀의 메시지는 분명하다. 지배욕과 폭력으로 얼룩진 결혼생활의 부도덕함을 청산하라, 더 이상 아내를 노예처럼 부리지 말고 정당하게 대우하라, 여성이 남성과 공평하게 교육의 기회를 누리게 하라, 그리고 여성이 다양한 직업세계에서 실력을 발휘할 수 있도록 지원하라는 것이다. 남성에게 기존의 (특권으로 인식하지도 못한 채 누려왔던) 특권을 모두 내어놓고 맨 처음 출발선에 서서 시작하라는 말과 같은데, 특혜와 권위와 자기숭배에 익숙한 빅토리아 시대 남성의 평균적 정서를 감안하면 밀의 메시지가 가진 압박의 무게는 실로 대단했을 것이다.

마치 남성독자의 부담감을 상쇄하기라도 할 것처럼, 남성의 편견에 영합함으로써 여성독자를 당혹스럽게 만드는 면도 있다. 예컨대 여성도 공적 영역에 진출해야 한다고 강조하다가 어느 순간 남편이 돈을 벌어오고 아내가 가사노동을 전담하는 것이 가장 바람직하다고 주장하는 대목이 그렇다. 이는 20세기 페미니스트 진영으로부터 가장 신랄하게, 그리고 예외 없이 비판받는 대목이다. 한편으로 여성의 사회참여를 주창하고 다른 한편으로 여성의 가사노동 전담에 따른 성별 노동 분업을 옹호하는 것처럼 들리기 때문이다.

사실 밀은 아내의 재산권을 지지하는 맥락에서 성별 노동 분업을 언급한다. 결혼하면서 가져간 재산은 계속 자신의 소유로 남아 있어야 한다고 주장하면서, 가져간 재산이 없는 경우라도 아내는 나가서 돈을 벌어올 필요가 없이 살림과 육아를 맡고 남편이 자기 몫의 일을 해 수입을 가져오도록 평등하게 계약을 맺는 것이 합리적이라고 말한다. 여성에게 경제력과 재산권이 필요하다고 주장하는 맥락에서, 그렇지 못할 경우에도 결혼을 통해 안정된 삶을 살 수 있도록 부부가 서로 도와야 한다는 것이다. 여성의 재산권을 보장하되, 보장할 재산이 없을 때라도 아내가 빈곤 때문에 고통스럽지 않도록 남편이 성실하게 돈을 벌어야 하며, 육아를 대신해줄 것도 아니면서 아내를 돈벌이로 내모는 것은 잘못이라는 게 밀의 입장이다. 한쪽이 과도하게 부담을 지거나 피해를 보는 관계를 타파하고 평등한 계약에 바탕을 둔 역할분담과 상호의존의 관계로 나가려고 할 때, 남편은 돈을 벌어오고 아내는 가사노동을 맡는 경우가 관례적이라고 진술한 것뿐이다. 밀의 논의는 어디까지나 평등하고 호혜적인 결혼생활에 초점이 맞춰져 있다. 밀의 의도는 성별분업을 정당화하는 데 있다기보다 무책임한 남편에게 의무를 일깨우는 데 있다. 평등의 원리를 딱딱하게 반복하는 것보다는 평범한 가정의 역할분담 모델을 제공함으로써 남편을 효과적으로 설득할 가능성을 노린것이다.

이렇게 관대하게 보더라도, '남편은 밖에서 아내는 안에서' 각자 할 일을 해야 한다는 통념을 거의 자동적으로 답습하는 점은 문제적이다. 성별분업의 현실을 근본적으로 비판하지 못한 것은 밀의 페미니즘이 가진 역사적 한계를 정직하게 보여준다. 이는 밀의 결혼관을 어떻게 평가할 것인가라는 문제와 연동한다. 밀은 결혼제도를 부정한 적이 없다. 제도 운영의 문제를 지적하고 원활한 운영을 위한 개선방안을 조언하기에 바빴다. 밀이 꿈꾸는 이상적인 결혼생활은 자유로운 두 영혼이 결합하여 서로에게 배우고 서로 발전하도록 보살피는 관계를 이루는 것이다. 잠자리에서부터 재산관리에 이르는 결혼생활의 모든 국면에서 일방적인 권력행사에 위한 억압, 복종, 희생이 추방되고 상호합의를 기반으로 한 신뢰, 배려, 호혜가 통용되는 관계를 추구한다. 이렇게 완벽한 평생의 반려자와 맺는 관계는 아마 최고 수준의 우정일 것이다.[27] 밀이 제안하는 우정 어린 부부관계는 이미 잘 교육받고 충분히 성숙한 빅토리아 시대 중산층에 적용될 맞춤형 모델이다. 이 모델은 중산층의 말랑말랑한 도덕관에 부합하고, 유난히 재산권에 집착하는 데서 암시되었듯이 그 계급의 이해관계를 대변한다. 밀은 결혼제도의 타락에 대한 신랄한 비판이 무색하게도 결혼제도에 대한 굳건한 믿음을 견지한다. 어찌 보면 결혼제도를 수호하기 위한 최선의 전략으로, 말하자면 제 살을 깎아내는 과감한 비판을 시도한 것이다. 그 결과 특정한 결혼생활의 모델이 보편적인 결혼제도로 등치되고, 그 과정에서 애초에 화두였던 결혼제도의 근본문제는 은폐된다.

21세기 페미니스트의 시선으로 따지고 들면 밀의 결혼관은 금방 그 한계를 드러낸다. 이를테면, 밀의 결혼관에 사랑이 없다고는 말할 수 없겠지만 섹스와 관능이 없는 것은 분명하다. 밀의 관심사는 기혼여성으로 제한되고, 비혼 여성에 대해 철저하게 무심하다. '남편의 재산은 남편에게 아내의 재산은 아내에게'라는 주장도 결혼 전 소유한 재산에만 해당되며, 결혼 후 함께 모은 재산에까지 해당되지 않는다. 모든 위대한 사상가들이 그렇듯이 밀은 자신의 시대를 거대한 역사적 전환기로 이해했고 소멸하는 가치와 떠오르는 가치의 역학관계를 치열하게 사고했다. 밀은 전제와 독재의 잔재를 청산하고 그 자리에 절차적 민주주의를 정착시키고 평등과 자유의 원리를 전파하고자 했다. 불필요한 권위와 낡은 관습에서 벗어난 개별적이고 자율적인 주체들의 자유로운 개인주의를 꿈꾸었다. 일상생활에서 권위와 관습의 영향을 가장 많이 받는다고 할 수 있는 결혼생활의 실상을 비판하고 평등한 부부관계를 주창한 것은 선진적이고 파격적이지만, 그의 결혼관은 구태를 벗어나지 못한다. 빅토리아 시대 결혼생활의 경험을 면밀하게 관찰하고 그 부조리를 신랄하게 비판하고서도, 결혼제도의 지속성을 선험적인 당위로 전제함으로서 그가 항상 강조한 변화와 진보의 열린 전망을 제한하는 결과를 초래하고 만다.

밀의 결혼관 못지않게 시대적 한계를 드러내는 것은 그의 여성관이다. 울스턴크래프트는 신 앞의 평등을 말했지만 밀은 더 이상 신의 권위를 필요로 하지 않는다. 밀은 철저하게 근대적인 이성을 토대로 자유와 평등의 원리를 말한다. 그런데 밀은 여성이 남성보다 열등하지 않다는 것을, 즉 여성과 남성이 평등하다는 것을 말끔하게 증명하지 못한다. 증명할 수 있는 사안이 아니지만, 밀은 다양한 입장을 가진 많은 사람들의 반응을 의식하면서 줄기차게 이 문제에 매달렸고, 그 과정에서 여성의 본성에 관한 모순된 진술을 내놓는다. 여성의 본성을 어떤 범주에서 다루어야 할지 알지 못했기 때문에 방법론적 난관을 자초한 것이다. 특히 3장에서 밀의 논리의 혼란은 극에 달하고, 이 때문에 후대의 비평가들에게 표적이 되었다.[28]

밀은 여성의 본성이 남성의 본성과 같은지 혹은 다른지를 설명하느라 경험과 당위를, 과거와 미래를, 특수와 일반을 뒤섞는다. 앞서 언급했듯이, 밀은 여성의 본성이 남성의 본성과 다르다는 관념을 비판하면서 여성의 본성은 아무도 알 수 없다고 말한다. 그리고 잠시 후 역사상 극소수의 여성이 발휘한 재능에 주목하여 여성도 잘할 수 있다고 주장한다. 애초에 역사의 경험에 기대어 여성의 본성을 일반화해서는 안 된다고 주장해놓고, 나중에 여성의 본성이 발휘된 역사를 다시 불러내 분석하는 일종의 자기모순에 빠진 셈이다. 밀은 여성의 본성에 대한 경험론적 일반화를 비판하는 것과 여성의 본성이 훌륭하게 발휘된 역사적 경험을 언급하는 것 사이에 괴리를 보지 못한다. 밀의 의도는 검증되지도 않고 명확히 알 수도 없는 본성을 빌미로 여성이 할 수 있는 일의 종류에 제한을 두어서는 안 된다고 주장하는 것인데, 이 주장은 은연중에 여성도 잘할 수 있다는 암시를 함축한다. 본성을 알 수 없다고만 말해서는 여성에게 재능을 발휘할 기회를 왜 주어야 하는지 설득할 수 없고, 여성 독자를 격려하기 위해서라도 역사상 여성이 재능을 발휘한 경험을 소환하게 된다. 어느새 여성의 본성은 '알 수 없다'에서 '남성과 평등하다'로 전이되고, 평등이 발화되는 그 순간 평등한 주체들 사이의 차이가 다시 회귀한다.

이러한 밀의 모순에는 복잡한 함의가 내장되어 있다. 여성이 열등하지 않다는 것을 증명하는 데 실패하는 순간, 밀은 여성성에 관한 중요한 질문, 그 자신은 물론 누구도 산뜻하게 해결하지 못했으나 근대 페미니즘의 진화에 결정적으로 공헌한 중요한 질문을 제기한다. 그것은 여성과 남성의 차이를 어떻게 이해할 것인가와 직결된다. 여성이 남성보다 열등하지 않다는 것을 설득하기 위해서는 평등을 말해야 하는데, 바로 그렇게 하면서 어쩔 수 없이 여성의 편에 서서 (부정하려고 했던) 차이를 부각시키게 되거나 또는 자칫 자신이 혐오하는 기계적이고 획일적인 (그런 점에서 정확하게 개별성의 자유를 말살하는) 평등으로 회귀하게 된다. 결국 어떤 식으로든 평등은 남성과 여성의 차이로 번역되어 말해질 수밖에 없고, 그렇게 되는 순간 평등은 증명할 수 없는 아포리아가 되고 만다. 밀이 직면한 이 어려움은 신 앞의 평등이라는 간편한 논리로 무장했던 울스턴크래프트는 겪을 필요가 없었던 새로운 종류의 이론적 난관이다. 신의 자리를 없애고 대신 근대적 · 자율적 주체의 자유롭고 평등한 관계를 내세움으로써 밀의 담론은 주체들 사이의 차이를 말할 수밖에 없는 운명에 결박된다. 밀의 페미니즘에 아로새겨진 것은 그의 시대가 던진 '성차'에 관한 질문이다. 성차를 단번에 수용해서도 거부해서도 여성 주체를 온전히 말할 수 없다. 여성의 본성에 대한 밀의 혼란과 모순은 근대 페미니즘의 내적 구조를 떠받치고 있는 평등과 차이의 함수를 되비춘다.

자유주의 페미니즘의 유산 혹은 그 미래

밀의 혼란과 모순에 반영된 시대적 한계는 그의 페미니즘을 자유주의 페미니즘이라는 큰 맥락에서 총체적으로 재평가하도록 유도한다. 자유주의 페미니즘은 복잡한 역사적 변용을 거치면서 그 정의가 매우 혼탁해졌지만, 기본적으로 합리적 이성과 자기결정권을 획득한 개인주체를 신봉하는 서구 근대의 여성해방 사상을 아우르는 포괄적인 개념이다. 밀의 페미니즘은 남성과 여성이 타고난 능력에 차이가 없으므로 동등한 인격체로 봐야 한다는 데에 머물지 않는다. 오히려 남성과 여성은 물론 모든 사람이 다 달라서 표준화하기 불가능하기 때문에 각자 스스로를 드러내고 자신의 이익을 대변하는 것이 최선이라고 본다. 모든 개인은 자아를 실현할 자유를 평등하게 가지고 있으며, 개인의 자아실현에 타인이 혹은 국가권력이 방해를 하는 것은 자유의 근본원리에 위배된다. 바로 이런 맥락에서 밀은 가정 공간에서 여성의 노예화를 신랄하게 비판하고 여성의 교육과 사회진출을 옹호했고, 또 여성 스스로 자신의 이익을 투표를 통해 대변해야 한다고 역설했다. 따라서 밀에게 참정권이란 자유와 평등의 사상을 실천할 가장 직접적인 정치적 절차이다.

밀은 해리엇을 떠나보내고 원고를 정리하여 『자유론』을 출판하고 곧 이어서 『여성의 종속』을 완성한다. 원고는 1869년 그가 의회활동을 접고 프랑스로 은퇴하기 전까지 8년을 기다려야 했다. 여성해방이 진지하게 공론화될 환경이 조성될 때가 무르익기를 기다리면서 출판시기를 조율했음을 짐작케 하는 대목이다. 책은 나오자마자 정치인, 지식인, 여성

1900년대 초 영국의 여성참정권 운동가들. 밀은 자유와 평등의 원리가 여성의 참정권 확보를 통해 실현될 수 있다고 믿었다.

운동가들에게 폭넓게 읽혔고 미국과 유럽으로 팔려나가 큰 반향을 불러 일으켰다. 밀은 직전까지 의정활동을 하면서 여성참정권에 매달렸고 이 의제가 논의될 수 있는 틀을 짜놓고 의회를 떠났다. 그리고 스스로 닦아 놓은 변화의 기반 위에 『여성의 종속』을 올려놓음으로써 반대파와의 싸움에 마지막 승부수를 던진 셈이다. 밀은 『여성의 종속』의 3장에서 짤막하게 투표권을 언급하는데, 이 구절이야말로 밀의 페미니즘의 요체를 이룬다. 그의 궁극적인 관심사는 참정권에 있었고, 그런 점에서 그는 19세기 자유주의 페미니즘의 한 분수령을 이룬다.[29]

동시에 밀은 투표의 주체가 단지 투표권을 가진 객체로 전락할 위험, 그리고 참정권이 페미니즘의 다양한 이슈를 한꺼번에 흡수하는 블랙홀처럼 강력해질 위험을 충분히 경계하지 않았다는 점에서 자유주의 페미니즘의 한계를 보여준다. 『여성의 종속』에서 결혼생활이 얼마든지 개선될 수 있다고 확고하게 믿었듯이 밀은 자유와 평등의 원리가 참정권 확보를 통해 완전하게 실현될 수 있다고 굳게 믿었다. 이러한 밀의 이상주의는 역설적으로 제도와 체제와 국가의 순기능에 대한 신뢰와 연결된다. 『자유론』에서부터 밀은 자유와 평등이 일상생활에서 발현되는 문화적 풍토를 촉구했지만, 점점 장기적인 문화혁명보다는 단기적인 정치적 해결에 더 무게를 두는 쪽으로 진화한다. 전략적으로 유리하고 그 실현가능성도 높기 때문이다.

『여성의 종속』 3장에서 투표권을 언급하는 대목을 보면, 밀은 투표권이 남성에게 덜 위협적으로 느껴질 것이라고 예측한 듯하다. 위에서도 지적했지만 밀은 여성의 투표권을 정의의 차원에서 설명한다. 약간은 원론적으로, 다시 말해 날카로운 이해관계의 충돌을 연상하지 않는 부드러운 화법으로 접근한다. 남편의 자기숭배를 가차 없이 비판하고 아내를 함부로 다루지 말 것을 촉구할 때라든가 여성도 공적 활동을 얼마든지 잘 할 수 있다는 과감한 직설로 남성을 불편하게 만들 때의 어조와 사뭇 다르다. 나쁜 남편으로 낙인이 찍힌 독자의 입장에서 볼 때, 특권을 포기하고 아내를 존중하는 좋은 남편이 되라는 요구보다 여성에게 투표권을 주어야 한다는 주장이 어쩌면 더 온건하고 상식적으로, 그래서 수용할 수 있을 것처럼 여겨질 수 있다.[30] 여성참정권은 정치적 이슈이고 정치적인 해결이 가능한 사안이다. 반면에 자기숭배를 버리고 아내를 존중하고 여성에게 사회활동에 참여하도록 배려하는 일은 간단하지 않다. 여성혐오와 여성억압에 길들여진 무의식을 점진적으로 교정해가면서 평등의 원리와 자유의 정신을 함양하는 문화적 힘을 길러야 하는 일이다.

투표권 획득이라는 정치적 해결을 통해 먼저 유리한 환경을 만들고 그것이 가져올 문화적 환경의 변화를 희망했으리라고 긍정적으로 해석할 수 있겠지만, 그렇다면 그의 페미니즘이 지나치게 전략적으로 법적 테두리 안에서 문제를 해결하는 데에 우선순위를 두는 것은 아닌지 그리고 참정권을 마치 만병통치약처럼 신봉하면서 막상 실제 여성운동의 현장에서 여성들과 교감하고 연대하기를 잊은 건 아닌지 냉정하게 물을 필요도 있다. 이미 거론한 바 있는 성병관리법의 경우, 조세핀 버틀러(Josephine Butler)를 중심으로 광범위한 법안폐지운동이 조직되었고 밀 역시 초창기에 법안폐지를 지지했다. 그러나 폐지운동이 구체적인 성과를 내지 못하는 사이 밀은 자신이 전력투구하고 있었던 참정권운동이 성병관리법 폐지운동과 혼동될 것을 염려해 미온적인 태도로 돌아선다.[31] 그럴 수밖에 없는 것이, 성병관리법 폐지운동 진영이 여성의 섹슈얼리티를 억압하는 국가폭력을 비판하는 방향으로 나간다면 밀을 사상적 지주로 한 참정권운동 진영은 국가권력의 순기능을 전제로 하기 때문에 이 두 진영의 노선 사이에는 화해하기 힘든 긴장 요소가 잠복되어 있다. 결국 조세핀 버틀러가 회고하듯이, 성병관리법 폐지운동을 통해 페미니스트들은 여성의 몸에 대한 권리를 지켜야한다는 것과 함께 그 권리를 여성들 스스로 직접 싸워서 쟁취해야 한다는 것을 배워야 했다. 주체로 만들어달라고 부탁할 것이 아니라 직접 싸우는 과정에서 스스로 주체가 되는 법을 배워야 했던 것이다.

밀이 투표권 획득이라는 단일한 사안에 몰입하면서 당대 여성운동의 다양한 분파와 대화하고 소통하기를 거부했다는 비판도 이런 맥락에서 파생했다.[32] 실제로 밀의 희망과 다르게 투표권 획득은 더디게 진행되었고 그 사이 교육과 이혼과 재산에 관련하여 남녀차별을 개선하기 위한 다른 법안들이 먼저 정착되었다. 투표권 획득이 가장 초보적이고 절실하다던 밀의 확고한 믿음은 배반당하고, 현실에서는 교육과 이혼과 재산에 관한 여성의 평등한 권리가 점진적으로 확보된 후에야 투표권이 성취되었다.

예컨대, 플로렌스 나이팅게일(Florence Nightingale)과 밀이 주고받은 편지 속에 드러난 이들의 견해차는 옳고 그름의 문제를 떠나 당대 여성운동 내부에 다양한 입장이 경쟁하면서 존재했다는 사실을 새삼 일깨운다.[33] 이른바 '백의의 천사'의 원조로서 빅토리아 시대 직업여성의 아이콘이었던 나이팅게일은 참정권 캠페인에 동참해달라는 밀의 끈질긴 요구에 쉽게 응하지 않았고, 투표권 획득보다 시급하게 개선해야 할 분야가 많다는 의견을 굽히지 않았다. 밀은 당대 여성운동 내부의 차이와 다양성을 쉽게 용납하지 못했다. 그리고 기존 여성운동의 전통이 낳고 기른 조직과 여성인력을 신뢰하지 않았다. 『여성의 종속』에서 여성운동의 주체를 불신하는 듯한 발언도 찾을 수 있다. 예컨대 자선사업에 참여하는 여성들의 운동방식이 동정심에 쉽게 자극을 받는다든가 길게 내다보지 못하고 즉각적으로 영향력을 행사하고 싶어한다고 비판한다. 이런 문제를 지적하는 것은 밀의 공헌에 흠집을 내려는 시도가 아니다. 그가 공헌하고자 했던 페미니즘 내부의 단순치 않은 역학관계와 시대적 맥락을 총체적으로 파악함으로써 그의 성취를 복잡 미묘한 그대로 평가하고자 할 따름이다.

밀의 사상이 아직도 흥미로운 것은 진보적 사유의 정당성 때문이 아니라 그 정당성을 훼손하는 듯한 타협적이고 절충적인 현실인식이 그 정당성과 기묘하게 공존하기 때문인지도 모른다. 밀은 종종 자유와 평등의 원리를 끝까지 밀어붙이기보다는 그랬을 때 있을 수 있는 현실의 부작용을 고려해 타협적인 우회로를 제시했다. 필요에 따라 경험적 차원과 선험적 차원을 뒤섞어 논리를 전개하는가 하면, 자유와 평등의 원칙을 능숙하게 공리주의적 기율로 치환하곤 했다. 현장의 여성운동가들과 교류했으나 참정권 획득의 대의에 도움이 되지 않는 분파와 결별하기를 망설이지 않았다. 자유에 대한 급진적인 입장을 가졌으되 무정부주의적 함의를 철저하게 차단했고, 평등을 지지하지만 '탁월한' 개별성을 편애했고 평범한 다수에 대한 공포를 숨기지 않았다. 실현 불가능할 것 같은 평등과 자유의 이상을 열렬히 지지하다가 바로 다음 문단에서 재산권이라는 가장 개인적이고 현실적인 사안에 집착하기도 했다. 이러한 밀의 비일관성은, 아마추어 지식인의 허술한 오류 같은 것이 아니라, 그 자체로 밀의 독특한 스타일을 이룬다. 페미니즘에 관한 한, 그는 고지식한 순수이론가도 열정적인 골수선동가도 아니며, 성실하게 판세를 읽는 신중한 전략가에 가장 가깝다.

물론 페미니즘은 유리한 전략을 선택해온 역사가 아니며 오히려 모순과 함께 진화해왔다. 복잡하고 이질적이고 다면적인 페미니즘의 역사는 전략적인 노선변경이나 운동 안팎의 이합집산이나 대중의 반응과 같은 지엽적인 요소들로 축소될 수 없다. 밀의 페미니즘을 그저 전략적 자유주의로 폄하하는 것도 페미니즘의 역사를 빈곤하게 만들 뿐이다. 밀의 사상은 '전략'과 '자유주의'와 '페미니즘'이 결합한 무슨 합집합 같은 것이 아니라 나름의 생명력을 가진 하나의 페미니즘으로 대접받아야 한다. 우리가 그 페미니즘의 한계를 말할 수 있는 것은 그것이 다 극복되어서가 아니라 그것이 아직도 화두이기 때문이다. 성차를 두고 벌어지는 평등과 차이의 함수는 현재진행형이며, 그것의 의미는 결코 완결적이지 않다. 평등과 차이에 대해 말하는 순간 이미 평등과 차이는 다시 쓰이고 그 의미가 갱신된다. 그렇게 자유주의 페미니즘은 또 다른 페미니즘의 얼굴로 귀환한다.

밀과 해리엇의 페미니즘으로

마지막으로, 이 글의 처음으로 돌아가 밀과 해리엇의 관계를 생각하면서 글을 맺고자 한다. 밀은 해리엇에게 존경어린 헌사를 바쳤지만 동시대인들은 물론 후대 연구자들도 해리엇을 독립적인 사상가로 진지하게 생각하지 않았고 '빅토리안 페미니스트'의 목록에 등재하는 정도의 관심만 보였다. 밀의 사상이 전반적으로 재조명된 20세기 중반으로 접어들면서, 하이에크(F.A. Hayek)를 필두로 해리엇의 영향력을 적극적으로 평가한 연구서가 나왔다. 한편, 밀의 사회주의에 대한 시각이 해리엇의 영향을 받았을 것이라는 추측을 제외하고는 실제 밀의 저술 작업에 해리엇의 입김이 크게 작용했다고 볼 수 없다는 주장을 파페(H.O. Pappe) 같은 연구자가 강력하게 제기했다. 해리엇에 대한 연구는 1960년대 이후 현재까지 별다른 진전이 없고, 그녀가 남긴 글과 편지를 엮은 전집 한 권이 1998년 출판된 것만이 눈길을 끈다.

밀이 해리엇을 만나기 전부터 여성문제에 관심이 깊었다는 사실에 대해서는 이견이 없으며, 해리엇의 영향력을 고려하더라도 밀의 지위가 흔들릴 가능성은 없다. 다만, 여성이 아내나 여동생 또는 딸의 자리에서 남성지식인의 학술/저술활동을 돕는 조용한 조력자의 역할을 했던 오랜 가부장적 관행 자체가 본격적으로 여성사 연구에서 다루어진다면 밀의 페미니즘은 '밀과 해리엇'의 페미니즘이라는 이름으로 언젠가 다시 씌어질 오래된 미래일 것이다.

아우구스트 베벨, 『여성론』

다시 물질과 노동으로

이순예 ▌이화여대 강사

편견에 맞서 싸우는 일과 사회주의 이념을 전파하는 일-여성이 현대사회의 동등한 구성원이 되기 위한 전제조건을 거론하면서 베벨은 이 두 가지가 결국은 하나로 모아진다고 역설했다. 바로 노동자가 자신의 노동으로부터 소외되지 않는 사회를 구성하는 일이었다.

이순예

독일 빌레펠트 대학교에서 독일 철학적 미학의 발전과정을 연구하고 박사학위를 취득했다. 서울대학교와 이화여자대학교에서 강의했다. 그동안 『아도르노와 자본주의적 우울』 『예술, 서구를 만들다』 『예술과 비판, 근원의 빛』을 썼고, 『여성론』 『케테 콜비츠』(공역), 『발터 벤야민』을 번역했다. 아도르노 강의록 시리즈 한국어 번역출간을 기획하고 『부정변증법 강의』를 번역했다.

'산업화' 라는 서구 계몽의 가장 강력한 요청을 기꺼이 받아들인 한국사회가 정작 민주시민사회를 구성하는 과정에서 퇴행의 조짐마저 보이게 된 까닭은 개발독재가 주민들을 총동원하면서 내세웠던 '잘살아 보세' 라는 구호를 사회구성원 모두가 내면화한 데 있다고 생각한다. 독일 역시 산업화와 민주화가 서로 엇박자를 이루며 파시즘이라는 야만을 문명사회에 불러들인 경험이 있다. 독일 인문학을 연구하면서 민주시민사회 구성이라는 서구 계몽의 기획이 생산력 증대와 개인의 자유 신장이라는 두 계기 사이의 긴장으로 점철되어 있음을 확인하였다. 산업화는 민주화의 충분조건이 아니며, 오히려 특정한 조건하에서는 반민주적 결과를 불러올 수도 있다. 파시즘 기간의 박해를 이론적 천착의 방패막이로 삼은 독일 프랑크푸르트학파를 연구하고 있다.

'사회주의 성경'으로 널리 읽힌 베벨의 금서

"여성이 완전한 동등권을 갖지 못하도록 저해하는 편견들에 맞서 싸우고 현실에서 사회주의 이념들을 실현시키는 것이 여성에게 사회적 해방을 가져다주는 유일한 길이라는 견지에서 사회주의 이념의 전파가 이 책의 목적이다."[1)]

편견에 맞서 싸우는 일과 사회주의 이념을 전파하는 일—여성이 현대사회의 동등한 구성원이 되기 위한 전제조건을 거론하면서 아우구스트 베벨(August Bebel, 1840~1913)은 이 두 가지 일이 결국은 하나로 모아진다고 역설했다. 바로 노동자가 자신의 노동으로부터 소외되지 않는 사회를 구성하는 일일 터인데, 그 선결조건으로 그는 자본주의적 노동관계의 타파를 요청했다. 1902년 11월 15일 『여성론』 제34판 서문을 쓰면서 베벨은 이 책이 그러한 목적을 추구하는 내용을 담고 있음을 분명히 밝혔다.

선반공 출신으로 고등교육의 기회를 갖지 못했던 베벨은 독학으로 혁명적인 사상을 내재화한 사회주의 노동운동가였다. 1867년 북독일 지방의회 의원으로 선출된 그가 보불전쟁(1870~71)에 반대하고 파리코뮌에 대한 연대의지를 표명하자, 당국은 내란죄와 국가원수모독죄를 적용하여 그를 감옥에 가두었다(1872). 이때 수감생활을 하면서 집필한 책을 1879년 세상에 내놓았는데, 일단은 에른스트 엥겔(Ernst Engel)이라는 가명을 사용하고 『통계학 제5권』(*Statistik* 5. *Heft*)이라는 아주 엉뚱한 제목을 붙여서 불법적인 경로를 통해 유통시킬 수밖에 없었다. 이 책은 사회주의자 규제법(1878~90)이 발효되는 기간 내내 금지된 책으로 오히려 유명세를 얻어 사람들 사이를 파고들었다. 규제법이 철폐된 직후 개정판을 내놓을 때는 이미 제9판이었고, 저자가 1913년 세상을 떠날 때까지 53판을 찍으면서 '사회주의 성경'으로 널리 알려졌다. 1909년에 15개 국어로 번역되었고 1973년 동독에서 제62판이 나온 이 책은 마르크스주의 이념을 표방한 저서들 중에 가장 많이 읽힌 책으로 꼽힌다.

'여성과 사회주의' 혹은 '여성론'

이런 목적과 배경을 지닌 이 책의 독일어 제목이 『여성과 사회주의』(*Die Frau und der Sozialismus*)라는 사실은 너무도 당연해 보인다. 그런데 이 독일어 제목은 한국어로 옮겨지는 과정에서 『여성론』이라는 지극히 자연주의적 편향을 지닌 단어로 축소되고 말았다. 솔직히, 번역작업을 담당했던 본인이나 출판인 모두 그처럼 '축소'를 하게 만든 사회적 힘에 대해 진지하게 생각해본 적은 없었다. 1987년 4월 첫 판이 나올 당시는 전두환 정권이 막바지에 이르러 세칭 87년 체제를 여는 6월 항쟁 직전의 부산스러움을 뚜렷이 감지할 수 있었던 때였다. 이 부산스러움은 서적출판이라는 담론생산 부분 담당자에게 다양한 신호로 작용했다. 한편으로는 독재 정권하에서 금지되었던 이념서적들에 대한 관심을 공론장에 적극적으로 반영시키려는 움직임이 활발하게 일어나 이미 '출판운동'이라는 개념마저 등장한 터였다. 또 다른 일부에서는 이 시기만 지나면 특별한 제한 없이 사상서들을 낼 수 있는 시절이 도래할지도 모르니 좀 기다려보자는 의견도 있었다. 『여성론』은 기다리는 대열에 서기로 했다. 그러면서도 무언가 할 수 있는 여지가 있다면 게으름은 피우지 말아야 한다고 생각해서였을까? 사회주의적 전망을 담은 4부만 뺀 나머지는 책으로 묶어냈다. 공연히 '귀찮은 일' 만들지 않는 현명함을 발휘하면서도 예전의 금서를 냈다는 자부심을 챙기는 결정이었다.

선반공 출신 노동운동가 베벨은
독일 사회민주당 창당인 가운데
한 사람이었으며 40년 넘게 최고의
영향력을 발휘한 대중적 지도자였다.

그런데 시간이 지날수록 바로 이 '현명한' 판단이 한국 여성운동과 페미니즘의 발목을 잡는 판단이었고, 세월이 아무리 지나도 변하지 않는 이 '현명함' 때문에 한국사회의 여성억압 구조가 바뀌지 않는 것은 아닌가 하는 의구심이 늘어났다. 이 의구심이야말로 번역작업을 담당했던 필자에게는 1990년대 이후 한국사회의 변화를 바라보는 원점이었다. 출발하고 보면 항상 다시 돌아와 있는 그 지점 말이다. 번역출간 당시 대학원생이었던 필자는 박사학위를 받은 전문인이 되었다. 여성의 사회참여 비율과 사회적 지위 상승의 관점에서 보면 그 사이 상황이 많이 개선되었다는 분석이 나온다. 하지만 한국 여성들이 20년 전보다 정말 더 행복한 삶을 살고 있는가에 대해서는 매우 회의적이다. 오히려 더 열악해진 측면이 있다는 판단을 가지고 있다.

그 원인을 한마디로 요약하자면, 전근대적 가부장질서의 강화로 정리할 수 있다. 이는 한국사회의 전반적인 재봉건화와 맞물린 현상이다. 그런데 이 '재봉건화'를 주도한 사회세력이 바로 '여성'이라는 범주로 묶이는 사람들, 즉 그런 이름으로 묶여서 힘을 발휘하는 집단이라면 어떻게 해야 하는가? 실제로 그렇게 볼 수밖에 없는 일들이 그동안 너무도 많이 일어났다. 한국여성들이 늘 짊어져온 옛날 그 방식대로의 '현명함'을 이런 견지에서 한번 반성해볼 필요가 있다고 여긴 까닭이다. 이런 생각에 따라 이 글에서는 베벨이 제시한 사회주의적 전망 자체에 대한 논의보다는 이를 수용하는 한국 공론장의 태도를 중심으로 『여성론』 출간의 의의를 생각해보고자 한다.

전망을 향한 시선을 차단한 '현명함'

사회주의 노동운동가의 책을 번역출간하면서 현명하게 취사선택하여 볼 수 있는 것은 보도록 하자는 제안은 출판사가 했지만, 그런 제안을 할 수 있었던 것은 이 책이 '여성' 범주를 다루었기 때문이었다. 만일 일반적인 노동운동을 다룬 책이거나 마르크스주의 이론서였다면 그런 방식의 취사선택은 불가능했을 것이다. 출간을 아예 포기하거나 아니면 일단 낸 후 그 파장을 감당하는 수순을 밟았을 것이다. 하지만 '여성' 범주를 다룬 책을 내면서 굳이 '귀찮은' 파장을 감당할 것까지는 없었다. 사회주의적 전망은 정통 마르크스주의 서적들로 하는 편이 더 효율적이며, 그런 일에 역량을 결집할 필요가 있다는 생각을 했던 것이다.

여성 범주는 계급착취가 여성에게도 마찬가지로 일어남을 여성에게 계몽하여 여성들을 각성시키는 데 집중하면 될 일이었다. 실제로 이 책의 1, 2, 3부는 자본주의 사회에 여성이 '노동하는 인력'으로 참여해야 하고 그 노동을 통해 변혁에 동참해야 함을 역설하는 내용이므로 충분히 계몽의 효과를 노릴 수 있는 내용이기는 했다. 하지만 당시 한국사회는 '여성의 사회노동 참여'를 지금과는 성격이 다른 사회구성에의 열망으로 직접 견인해낼 터전을 급속도로 잃어가고 있던 중이었다. 여성의 사회노동이 이미 자본주의 사회에서 살아남기 위한 필연으로 자리 잡은 상태였고, 자기실현과 미래에의 전망을 확보하지 못한 채로 자본주의적 노동관계에 편입된 여성노동자들은 신속하게 사회의 주변부로 밀려나고 있었다.

따라서 이런 상태에서 만일 이 책의 소망스러운 계몽효과를 기대한다면, 즉 '변혁에 동참하는 여성'으로 여성노동자를 견인해내려 했다면, 저임금과 장시간 노동, 살인적인 노동 강도 등을 강요하는 현재의 자본주의적 관계와는 다른 방식으로 구성되는 사회에 대한 전망을 제시하는 편이 훨씬 효과적이었을 것이다. 하지만 이런 전망을 내보였던 4부는 1993년에야 책에 수록되어 나왔고, 당시는 이미 사회주의적 전망에 파산선고가 내려진 다음이었다. 그러고는 포스트모더니즘 광풍에 휩쓸려 들어온 성 담론이 공론장을 뒤덮어 여성노동의 사회적 의미와 여성의 인격적 독립성에 관한 담론은 공론장에서 사라지고 말았다.

돌이켜보면 조건의 차이, 즉 한국의 1980년대는 결코 독일의 19세기와 같은 조건을 노동자들에게 제공하고 있지 않았다는 사실에 좀더 주목했어야 옳았다는 아쉬움이 든다. 20세기에 비해 19세기는 개인이 노동관계에 편입되면 그 관계 속에서 사회의 모순관계를 터득할 기회를 얻게 된다는 생각을 비교적 일관되게 견지할 수 있을 만한 상황이었다고 여겨진다. 노동자들을 조직하는 노동운동도 20세기의 한국보다 훨씬 활발했고 조직차원에서 실시되는 노동자 교육도 효율적이었을 것이므로, 사회노동에의 참여가 여성해방의 핵심으로 부각될 수 있었다. 하지만 한국사회는 그런 '고전적인' 견해를 무참하게 부숴버리는 관계들로 이미 채

워진 상태였다. 그러므로 만일 진정으로 현실을 바꾸어야 한다는 논지를 사회화시킬 의도였다면, 현재의 억압을 드러내는 일 못지않게 변화된 상황을 '꿈꾸는' 상상력에 더 많이 의지할 필요가 있지 않았을까?

1987년 당시 한국사회에 필요했던 것은 정작 함께 묶여 나오지 못한 4부였다. 저자 베벨의 19세기적 의도대로 사회주의 이념실현이라는 구체적인 목표를 적시하지 못했기 때문에 아쉽다는 것은 아니다. 다시 말하지만 이 책은 20세기 후반 한국에서 출간되었다. 따라서 이 조건의 차이에 대해 보다 적극적으로 사유하지 않은 게으름이 반성의 대상이다. 사회주의 전망의 실현이 목적이라는 이 책을 20세기 한국의 독자들에게 한번 읽어보라고 권할 근거를 찾아냈어야 했다.

무엇 때문에 실현가능성이 거의 없어 보이는 이 '옛날의 전망'을 읽어야 하는가? 혁명적 파괴 자체가 목적일 수는 없지 않은가? 그렇다면 그 무엇보다도 자본주의적이지 않은 인간관계를 한번 꿈꾸어보도록 하는 데서 책 발간의 의의를 찾을 수 있지 않았을까? 그래서 '지금과는 다른 세상'에 사는 사람들은 분명 다른 생각을 하면서 살 것이라는 상식을 유포시키는 데 발 벗고 나섰어야 했다. 지금이야 '화폐를 통한 교환'이 인류가 이제껏 발견한 질서수립 방식들 중에서 가장 세련된 것이라고 기려지면서 화폐가 한껏 의기양양해하고 있지만, 언젠가 우리는 이런 방식에서 탈피하여 다른 방식의 사회를 조직할 수도 있는 일 아닌가? 이런 생각을 '꿈'에서나마 하도록 책은 독자들의 상상력에 날개를 달아주어야 했다. 그래서 책을 읽고 나면 이런 궁금증을 갖는 사람들도 나와야 했다. 사람이 달라져야 세상도 바뀌는 것이 아닌가.

물론 90년대에 새로운 사회를 향한 무척 매력적인 상상력이 많은 사람들의 머리와 가슴을 휘어잡았더라도, 한국의 자본주의가 전복되는 일은 결코 발생하지 않았을 것이다. 하지만 그런 상상력, 즉 일이나 인간관계에서 자본주의적 질서와는 다른 방식의 질서를 꿈이라도 꿔본 사람들이 많고, 그처럼 '아주 다른' 관계에 대한 의식이 사회화되어 담론의 일부를 이루었다면, 그 '다른' 생각의 일부가 계속 사람들 생각의 일부를 점하는 사회가 되었을 가능성도 아주 없지는 않았다. 그랬다면 자유롭게 생각하는 사람들이 지금보다는 조금 더 많은, 그래서 명실상부하게 다원적인 면모를 지닌 시민사회로 한국사회가 발전했을지도 모르는 일이다. '책'이란 그러한 일을 하는 데 적당한 물건이 아닌가?

『여성론』을 번역출간하면서 이 책을 여성노동자들이 읽고 혁명적 노동자가 되었으면 좋겠다고 생각한 적은 단 한 번도 없었다. 읽는 사람들은 당연히 교양층이고, 20세기 자본주의 사회에 살면서 책에 대한 구매력을 획득한 계층에 속할 것이었다. 따라서 고려해야 할 사항은 그런 사람들이 19세기에 나온 책을 고르는 경우, 충족하고자 하는 지향이 좀 남다를 것이라는 전제 단 한 가지밖에 없었다. 그리고 이전 시대의 금서를 골라 소개할 요량이면, 무엇보다도 현재와는 다른 질서에 대한 관심, 그런 방향으로 사유를 진전시키고자 하는 열망 등을 적극 반영했어야 했다. 그들의 관심과 열망이 하나의 특정한 패러다임을 이루어 공론장을 점령해야 한다는 믿음도 필요했다. 이러한 믿음을 통해서만 새로운 패러다임은 공론장에 모습을 드러낼 수 있기 때문이다. 그 패러다임을 공론장의 한구석에 등록시키는 일을 베벨의 책은 한국사회에서 수행했어야만 했다. 그래서 이 책의 존재가 차츰 그런 열망을 더 촉발시키는 계기가 되도록 도모했어야 했다.

원점에서 과거 행적을 바라보았을 때 드는 회한이다. 그래서 서울대 여성연구소가 마련해준, 오래 전 번역한 책에 대하여 다시 살펴보는 이 기회를 책 제목과 같은 사소한 문제로 시작할 생각이 들었던 것이다. 또한 무엇보다도 '여성'이라는 단어가 그 자연주의적 편향 때문에, 한국의 가부장제하에서 철저하게 가부장제의 원칙에 따라 이루어지는 성별분업의 구조에 편입된 여자들을 생물학적으로 동일하다는 이유 하나로, 그래서 미래지향적 전망은 삭제한 채, 묶어낸 범주 이상이 되지 못했음에 새삼 관심이 쏠렸던 것이다.

원제의 절반을 차지하는 '사회주의'라는 말은 어디로 갔는가? 독일어 die Frau를 '여성'이라고 번역하고 der Sozialismus를 '론'으로 뭉뚱그려 하나로 붙였다면, 번역서의 제목을 붙이면서 저자의 의도를 조금도 고려하지 않은 처사가 아닐 수 없다. 그런데 실제로 그랬다. 혼란기의 부산스러움을 새로운 전망을 모색하는 힘으로 견인하고자 함이 저자의 의도였을 터인데, 여성 특유의 '현명함'을 발휘하여 미래로 향하는 시선을 차단시켜버린 것이다. 그 덕분에 이 책은 여성의 본질을 밝히는 책이 아닌데도, 마치 여성에 관해 무언가를 해명해주는 책인 양 한국사회에서 수용되었다. 여성이 처한 사회관계와 노동관계의 변화를 역설하는 책에서 그 '변화'를 빼버린 탓이다. 과거와 현재가 어떠했는가를 살펴보는 일은, 그로부터 이끌어내야 할 변화를 전제하지 않는다면, 현실을 본질로 굳히는 우를 범하기 십상이다. 그런 견지에서 이 책은 무엇보다도 여자들 사이의 분화—계층·계급적 관점에서 그리고 역할 및 성적 지향 면에서—과정을 간과하는 이후의 흐름에 일조하였다는 비판에서 자유롭지 못하다. 90년대 이후 한국사회에서 '여성' 범주에 대한 자연주의적 접근을 거스르는 담론이 자취를 감춘 사정을 이제부터라도 진지하게 재검토할 필요가 있다.

시민사회의 스위트 홈과 성역할 분담

일부 연구자들에 의해 투사된 이른바 모계제 사회를 제외한다면 한 공동체 내에서 여자의 삶이 온전한 지위를 보장받았던 적은 없었다. 특히 시민사회에서 여자는 불편하기 그지없는 존재로 매우 모순에 찬 지위를 허용받고 있을 뿐이다. 역사적으로 보면, 부계제 사회로 이행된 이후 여자라는 인간의 '성적 능력'에 대한 사회적 처분권이 차츰 남자에게로 넘어가는 과정이 심화되었음을 확인할 수 있다. 하지만 시민사회로 진입하기 이전 전통사회에서는 가부장에 의한 통제가 보다 직접적으로 이루어진 반면, 성적능력을 인격과 결부시켜 통제하는 방식[2]은 아직 확립되지 않은 상태였다. 따라서 전통사회에서 여성에 대한 통제는 시민사회에서보다는 오히려 느슨한[3] 편이었음이 사실이다.

물론 체계가 개인을 포섭해 들인다는 견지에서 통제 자체가 강화되는 추세는 문명이 진전될수록 남녀 모두에게 적용되는 일반적인 현상이기는 하다. 생존을 위한 자연의 이용이 자본주의적 관계를 통해 실현되는 강도가 나날이 높아가는 현대사회에서 누구에게나 해당되는 사안이기 때문이다. 따라서 여성의 성적능력에 대한 자본주의적 통제를 이러한 일반론의 관점에서 설명해도 일단은 큰 무리가 없어 보이는 것이 사실이다. 하지만 그러한 자본주의 세계체제를 떠받들고 있는 남녀의 관계에 초점을 맞추어보면, 자본주의에 의해 가부장제가 해체되거나 최소한 느슨해졌다는 일부의 주장에 동의할 수 없는 부분이 많다. 오히려 남자들이 전통적인 방식이 아닌, 시민적인 방식으로 여자의 성을 통제함으로서 시민사회로 들어와서 오히려 여자가 자신의 성에 대한 결정권을 보다 근본적으로 박탈당했다는 판단마저 든다.

사정이 이렇게 된 데는 무엇보다도 여자의 사회적 존재가치를 '성적능력'에서 찾은 시민사회의 기획에 원인이 있다. 가부장 중심의 전통사회이든, 동반자 관계를 내세우고 핵가족을 꾸리는 시민사회이든, 어느 사회에서나 여자는 성적능력 이외에도 항상 노동력을 사회에 제공해왔다. 하지만 두 사회는 사회구성 원칙이 서로 다른 만큼, 여성의 노동능력과 성 능력을 사회화시키는 방식에서 차이를 보였다. 전통사회에서는 여자가 사회의 공적영역에 참여하지 않았다. 가부장이 대리인이었다. 가부장이 확보한 대가족 영토 안에서만 움직일 수 있었던 여자는 노동능력과 성 능력 모두를 가부장의 처분권에 내맡기고, 공적영역에서는 완전히 배제된 존재로 살았다. 사회적 무존재가 여자의 존재방식이었던 것이다.

가부장 역시 자신이 확보한 영토 안에서 생산과 재생산을 모두 해결하고 있었으므로, 가부장에 종속된 여자는 종속됨으로써 사회적으로 분열되지 않을 수 있었다. 여자가 전통사회에서 감수했던 사회적 무존재는 이러한 분열로부터 여자를 차단시키는 방패막이기도 했다. 이것이 이른바 '가부장적 보호'라는 개념의 내포일 것이다. 여성의 삶이 '분열'이라는 존재론적 개념의 지배를 받게 된 것은 시민사회의 성립과 더불어서이다. 일종의 자유, 가부장의 예속으로부터 벗어날 가능성을 시민사회가 여자에게도 일단은 허용했기 때문이다.

하지만 전통사회의 가부장이 아닌 시민남성을 동반자로 맞아들여야 했던 여자의 운명은 간단치 않았다. 시민사회가 공생활과 사생활을 분리시키는 이원적인 구조로 구성원들을 체계에 통합시키는 원칙을 고수하였기 때문이다. 시민사회는 신분을 구현하던 가부장을 반드시 시민적 개인으로 탈바꿈시켜야 했고, 이를 위해 생산을 담당하는 공적 영역과 재생산을 담당하는 사적 영역을 철저하게 구분하는 방식을 택했다. 시민사회에서 개인의 분열은 필연적이다. 그리고 분열된 존재로서만 개인은 일반시민이 될 수 있다.

시민사회에서는 사장이나 말단직원 모두 사생활의 독립성을 사회적으로 보장받는다. 반면 시민사회는 공적 영역에서의 위계질서와 분배과정에는 '평등'의 이념을 적용시키지 않는다. 생산성 증대를 위해 업무는 철저하게 조직의 규율에 따라 추진되어야 했다. 그리고 분배의 부당한 관행에 대해서도 특별한 조치를 취하지 않았다. 이런 시민사회가 구성원들 사이의 평등을 보장하는 방법은 딱 한 가지이다. 바로 사생활의 이념이다. 시민사회는 공적 영역의 조직원리가 사적 영역에 침투하지 못하도록 하는 데 단호함을 보였다. 따라서 이 사적 영역도 나름의 원칙에 따라 구성되는 독자성을 갖는 영역이어야 했다.

사생활의 토대인 남녀의 결합이 느슨할 수 있는 시절은 이제 지나갔다. 봉건적 체계의 직접적인 보호막을 벗어나 독자적인 결속을 유지하려면 '좀더' 강력한 수준이 아닌, '절대적인' 매개가 있어야 했다. 시민사회는 예전부터 남녀의 마음을 사로잡아온 '사랑'을 소환했다. 생물학적 관능에 정신성을 결합시킨 개념이다. 그리고 이 '사랑'은 자본주의 사회에서 공적 영역을 지배하는 '화폐교환'과는 철저하게 분리되는 원칙으로 이해되어야 했다. 공생활과 사생활의 분리는 사랑을 절대화[4]시킴으로서만 가능했다.

그런데 일은 일이고 사랑은 사랑이라는 시민사회의 구성 원칙은 핵가족을 전제로 하는 것이다. 한 남자와 한 여자가 결합하여 가정생활을 누리는 가운데 제각기 나뉜 부분들을 하나로 모을 수 있다는 '스위트 홈'의 이념이 없었다면, 시민사회는 좀처럼 버텨내기 어려웠을 것이다. 전통사회의 영향이 절대적인 시민사회 초기에 생산을 담당할 능력은 전적으로 남자에게 집중되어 있었다. 그리고 자본주의 초기단계에서 생산은 엄청난 긴장을 요구했다. 자본가는 파산 가능성에 시달렸고 노동자는 장시간 노동과 저임금으로 고통받았다. 자본주의 사회에서의 생산력 증대는 재생산 영역에서의 정서적 수요[5]도 사회구성에 필수적인 요인으로 등록시켰다. 생산이든 재생산이든 이제는 모두 '선택과 집중'의 강도 높은 교육이 필요한 영역으로 탈바꿈되었다.

핵가족 구도하에서 이 전문성을 남녀가 '역할분담'이라는 방식으로 수용했음은 역사적으로 매우 현실적인 해결책이었다. 생산은 남자가 전담하고 재생산은 여자가 전담한다는 '합의'가 이루어진 것처럼 선전을 한 시민사회는 처음에는 당연히 그 역할분담이 '자연'에 기초한 성역할 분담이므로 여자가 수용해야 한다는 논리를 개발했다. 하지만 차츰 사회적 합의에 따라 역할을 대행할 뿐, 생물학적 자연이 결정적인 것은 아니라는 논리에 의지해 성역할 분담을 지속시켜야 하는 상황에 직면했다. 무엇보다도 공적 영역에서 생산 활동을 하는 여자가 늘었다는 사정이 있었다. 생물학과 인지과학은 여기에 부응하는 연구결과들을 다수 내놓았다. 젠더 개념이 등장했고, 여성학은 이 개념을 열정적으로 유포시킴으로서 성역할 분담을 근간으로 하는 시민사회의 유지에 크게 기여했다.

여성 범주의 자연주의적 편향 그리고 예술

이러한 발전과정에서 여자에게 결정적이었던 것은 전통적으로 담당했던 재생산 영역을 시민사회에서도 물려받으면서 가부장의 통제가 아닌 시민사회의 통제를 받게 되었다는 점이다. 제도를 매개로 하는 간접적인 것으로서 통제의 성격이 달라졌고, 직접적인 가부장의 통제에서 벗어나는 자유를 누리는 대신 여성시민으로서 감당해야할 의무가 발생한 것이다. 그런데 자유의지를 지닌 여자라는 자연인이 여성시민이 되는 방식은 재생산 영역을 담당하는 경로를 통해서다. 이는 자유의지를 지닌 남자가 생산 활동에 참여함으로서 시민이 되는 방식과는 근본적으로 다른 것이다. 자신이 담당하는 공적영역이 그대로 시민적 권리의 근거가 되는 남자는 사생활의 핵심을 이루는 성을 사적 영역에 그대로 둘 수 있었다. 하지만 사생활에서의 재생산을 담당하는 여자는 그 사적 영역을 통해 시민으로서의 권리를 인정받아야 하는 딜레마에 빠졌다. 결국 성적 존재로서 공론장에 등장할 수밖에 없었다.

전통사회에서 여자는 사회적으로 '무존재'였다. 그런데 시민사회가 되자 생물학적 자연으로의 추락이라는 운명이 기다리고 있었다. 시민사회의 구성 원리에 따르면, 생산을 담당하는 남자에게 요구되는 정신능력과 재생산을 담당하는 여자의 자궁능력은 동등해야 한다. 하지만 유사 이래로 자연을 통제하면서 우월감을 향유했던 정신이 시민사회가 되었다고 해서 자신의 관성을 그만둘 리 없다. 더구나 시민사회 역시 전통사회를 극복하기 위해 표방한 원리원칙을 지키기 않았다. 자본주의의 생산력주의에 무릎을 꿇을 수밖에 없었던 시민사회는 남자에게 할당한 생산영역에 더 큰 가치를 부여하고 정신이 자연을 지배하는 관성을 가속화시켰다. 가부장 지배는 계속되었다.

남녀의 성역할 분담 역시 근대 시민사회의 특징인 사회적 분화과정의 한 양태로 파악할 수 있다. 하지만 앞에서 지적했듯이 남녀의 분화는 교환과 사회적 가치평가로부터 배제된 영역이 필요했던 시민사회의 근본 구도에서 시작되었다는 점에서 공적 영역 내에서 진전되는 직능과 직업별 분화와는 성격이 완전히 다른 것이다. 교환되지 않는 절대가치를 실현하는 존재가 시민사회에는 절대적으로 필요하다. 하지만 교환과 그 결과로서의 배제가 구성 원리인 시민사회에서 이 절대가치는 실질적인 권리를 확보하지 못한다. 배제의 역학을 계속 작동시켜야 유지되는 시민사회에서 절대가치는 배제된 채로 사회구성에 참여해야 하는 모순에 빠진다. 구조적으로 교환상대를 찾을 수 없는 절대가치이므로 해결책은 비교적 손쉬웠다. 현실공간에서는 실재하지 않는 이미지로 환원시키면 되는 것이다. 사생활 영역은 시민사회에서 이미지가 됨으로써 자본주의적 교환관계 속에서 계속 교환되지 않는 지위를 유지할 수 있었고, 그 담당자

에드거 드가(Edgar Degas, 1834~1917),
「거울 앞의 장토 부인」(Madame Jeantaud au mirror, 1875년경).

여자들은 차려입고 밖에 나가기 전에 자신의 내면과 정직하게 만나야 한다.
드레스와 망토 그리고 모자의 조합은 현존재의 조건들을 말해주기에 충분하다.
이 너울을 들춰내고 그 안에 무엇이 들어앉아 있는지 들여다보기 위해서 거울 앞에 한번
똑바로 서보기만 하면 된다. 거울 속에 나타난 유령은 지금 시민사회에서 여자가 이미지로
살아가는 존재임을 증명하기 위해 외출하려고 한다. 자신의 살을 그처럼
'무'(無)로 만들어내는 드레스와 망토 그리고 모자의 조합이 마음에 들었는가?
의상과는 어울리지 않는 표정으로 거울 속의 얼굴은 그렇지 않다고 말하는 듯하다.
그렇다면 그런 조합을 만들어내는 조건들에 대해 파고들 일이다.
새로운 삶의 형식들을 창출하기 위한 출발점이다.

로 설정된 여자도 마찬가지 지위를 부여받았다. 사생활은 공생활과 근본적으로 다르다는 시민사회 구성 원칙은 여자라는 생명체로부터 공간적 실재를 박탈함으로서 훼손되지 않을 수 있었다. 시민사회가 유지되려면 사회 밖에서 '자연'의 위상을 유지하고 있는 여자가 반드시 필요한 것이다. 이 여자가 시민이 되는 길은 자신의 자리가 사회 밖에 있음을 명시하는 방법뿐이다. 여자시민은 시민사회라는 비우호적인 조건 속에서도 남자가 자기 삶의 주체로서 자유의지를 발휘할 가능성이 보증되어 있음을 가시화시키는 이미지가 되었다.

남녀의 성역할 분담이 시민사회를 구성하기 위한 구분과 배제의 원칙으로 굳어짐에 따라 나타난 가장 치명적인 결과는 남녀의 인격형성이 판이한 양태로 굳어졌다는 사실이다. 남자는 자연을 지배하는 정신으로서의 근대적 정체성을 흔들림 없이 유지할 수 있었다. 하지만 성적 존재로서 자신의 내부에 있는 자연을 다스려야 하는 과제는 무척 어렵고 성공할 확률도 적었다. 그래서 '생각하는 사람'은 실존적 · 존재론적 분열에 괴로워했고, 무수한 예술가들이 이 문제에 매달렸다. 이 '분열'이라는 근대적 과제를 위해 시민사회는 예술에 특별한 지위를 부여했다. 그 결과 모든 것이 비교되고 교환되며 유용해지기를 요청받는 사회에서 그 모든 요구를 거부하고 자신의 원칙에만 충실할 수 있는 예외적인 존재, 자율적 예술이 등장했다. 예술은 개별시민이 분열이라는 병을 앓게 된 까닭이 인간으로서 자유의지를 포기하지 않았기 때문이라는 사정을 간파했다. 그래서 이 자유의지에 발목을 잡는 자연에서 벗어나 다시 자유를 회복하는 프로그램을 해결책으로 내놓았다.[6]

이 프로그램을 실행하기 위해서는 사회에 자연이 계속 공급되어야만 했다. 여자들은 대체로 적극적이었다. 그런데 문제는 이 프로그램이 여자들에게는 분열을 극복할 통로를 차단함으로써만 작동되는 것이라는 데 있었다. 여자에게는 분열을 앓을 가능성이 주어지지 않는 것이다. 프로그램에 따라 파괴해야 할 자연을 자기 속에 가지고 있으므로 파괴 이후의 고통을 면제받기 때문이다. 고통을 모르는 여자는 시공간을 초월해 순수할 수 있고, 순수해서 자연의 속성을 그대로 유지할 수 있는 존재이다. 여자는 사회에서 남자 옆에 있다가 다시 자연으로 돌아가는 순환의 고리에 갇히게 되었다. 정신으로의 비상이라는 과업을 수행할 남자와 자연의 순환질서에 내재하는 여자 사이에는 갈수록 깊은 골이 패게 되었다. 본질적인 차이를 고수해야 하는 남녀는 차이가 분명히 인지되도록 하기 위해 갈수록 더욱 '다른 점'을 자신의 정체성으로 끌어들였다.

정신과 자연 모두 자신의 관성을 강화한 결과는 의사소통의 어려움으로 드러났다.[7] 갈등이 증폭되고 정신의 자연지배는 더 큰 폭력의 양상을 띠게 되었다. 여자에게 인격형성이라는 개념을 허용하지 않은 시민사회는 고통을 모르는 여성들로부터 무궁무진한 에너지를 주입받겠다는 당찬 포부를 내비쳤었다. 하지만 고통을 감싸 안는 어머니가 아닌, 뻔뻔스러운 여자도 있을 수 있다는 사실에는 경악했다. 여자가 남자의 인격형성 프로그램에 참여하지 않는 동안에는 어떤 존재로 살아야 하는지에 대해서 시민사회는 사실 대책이 없는 편이었다. 확실한 것은 파괴할 자연을 자기 내부가 아니라 외부에서 찾는 여자는 절대로 용납할 수 없다는 한 가지 사실밖에 없었다. 그렇다고 정신능력을 전혀 돌보지 않아 더불어 이야기할 수준이 못 되는 여자 역시 공론장에서 매우 불편한 것도 사실이었다. 정신과 자연을 모두 일정한 정도로는 가지고 있다가 상황에 따라 적절한 배분을 구사해주기를 바랐다고 할 수 있다. 이런 시민사회에서 살아남기 위해 여자들은 '현명해질' 수밖에 없었다. 지나치게 뻔뻔스럽지도 않고, 그렇다고 어머니의 자리만을 보전하고 있지는 않을 필요가 있었다. 실제로 여자들은 모든 면에서 '적당해지는' 균형감각을 발휘하면서 살아왔다. 앞에서 거론한 한국여자들의 '현명함'은 이러한 시민사회의 요구를 충실하게 수용한 결과에 해당한다.

여자, 노동하는 존재

19세기는 시민적인 성역할 분담이 사회의 주도원리로 확고하게 자리 잡은 터였고, 문학과 예술은 이를 인간의 본성으로 굳히는 데 심혈을 기울이던 시대였다. '여성성'이라는 개념의 내포가 구체적으로 자리 잡힌 시기라고 하겠다. 이러한 시기에 '여성(성적존재로서의 여자)'이 아닌 '노동하는 여자'를 화두로 쓴 이 책이 출간되었음은 진정 대단한 사건이었다. 여기에서 21세기에 사는 여자의 관심을 끄는 것은 바로 이 '관점의 전환'이다. 저자의 의도였던 사회주의적 전망의 실현은 19세기라는 시간 속에 그냥 묶어두더라도, 저자가 제기한 '노동하는 존재로서의 여자'는 과거라는 시제로 종결되는 사안이 아니기 때문이다. 앞에서도 말했듯이 여자가 일을 하지 않았던 적은 없었으며, 실제로는 늘 노동을 통해 공동체 내에서 구체적인 지위를 인정받았음도 사실이다. 시민사회가 겉으로 여성의 본질 운운하면서 진실을 외면하는 경우가 있기는 하지만, 사회구성 원리에 내재한 모순을 해결하기 위한 나름의 필요성 때문일 뿐, 정작 여자들이 사회에 나와서 일을 해주기를 간절히 바라고 있음이 사실이다. 시민사회의 본질적 모순인 실재와 이미지의 불일치가 여자의 지위를 파악하는 데에서도 드러나고 있는 것이다.

한 공동체 속에서 성 능력과 노동능력을 가진 존재로 살아간다는 점에서 여자와 남자는 차이가 없다. 시민사회라는 인류역사의 특정한 단계에서 역할분담이 '차이'라는 규범으로 고정되었을 뿐이다. 이 차이의 규범화를 주도한 것은 가부장질서였다. 전통사회로부터 기득권을 넘겨받은 가부장질서는 생물학적 다름을 빌미로 여자에게 '타자'의 지위를 부여하였고, 그 결과 시민사회는 여자에게 이중의 구속일 수밖에 없는 구조로 정착되었다. 성관계를 통해 여자를 자연으로 추락시킨 남자들이 그런 자연을 노동관계에서 정당한 교환의 대상으로 취급하지 않을 것이 너무도 분명하기 때문이다. 이러한 시민사회에서 여자의 지위가 당착일 수밖에 없음은 앞에서 서술한 대로이다. 베벨이 타파해야겠다고 생각한 여자에 대한 편견은 바로 이 당착에서 비롯되는 한계들이다. 2부와 3부에서 이 문제를 집중적으로 다루면서 베벨은 시민사회가 이 당착을 풀 수 없다는 결론에 도달한다. 집권층이 정치력을 발휘하거나 사회적 타협 등과 같은 시민사회가 세련시킨 제도들로 해결될 수 있는 문제가 아니기 때문이다. 시민사회 구성원리 자체에서 비롯되는 내재적인 문제로서 이에 대해서는 앞에서 충분히 서술했다고 여겨진다.

여자에게 타자의 몫을 부여한 사회를 바꾸는 것이 그 타자의 굴레에서 벗어나는 지름길이라는 점에는 의문의 여지가 없을 것이다. 베벨이 제시한 지름길의 전망은 사회주의였다. 그렇다면 사회주의적 전망에 대해 모두가 유보적인 21세기에 베벨의 책은 무슨 의미를 지니는 것일까? 전망과 더불어 분석마저 폐기해야 하는 것일까? 21세기의 사유는 이런 단선적인 인과론에서 벗어나는 것이어야 할 것이다. 여자가 더 이상 남자의 타자로 살지 않겠다는 의지를 분명히 밝힌다면, 대안은 이제부터라도 충분히 찾을 수 있는 일 아닌가? 베벨의 유지를 이어받아 사회주의 이념을 실현하는 과업에 매진한 사람들이 이룩했던 공동체가 우리에게 남겨준 반성의 자료들도 충분하다. 19세기에 비해 21세기는 활용할 수 있는 자료들이 질과 양 면에서 모두 훨씬 풍부하다. 인간의 사유능력도 더 세련되었을 것이다. 정말로 어려운 점은 방향을 설정하는 일일 터인바, 이런 견지에서 여자들이 앞으로 어떻게 살고 싶은가에 대한 전망을 좀더 구체적으로 드러낼 필요가 있다고 여겨진다.

지금까지 '여성'이라는 범주의 자연주의적 편향에 대해 비판적으로 검토한 결과, 우리는 여성을 성적 존재로 규정하지 않는 담론이 매우 큰 역할을 할 수 있다는 판단을 이끌어낼 수 있다. 19세기 유럽 노동운동 시기에 씌어진 이 책은 엥겔스의 『가족, 사유재산 국가의 기원』과 더불어 우리에게 사유의 출발점을 확실하게 보여주는 미덕을 갖는다. 이제부터는 여자가 노동하는 존재임을 공식화시키는 사회를 꿈꾸도록 하자는 운동을 전개할 수도 있을 터이니 말이다.

이렇게 하여 이 책의 제목을 『여성론』으로 정한 1987년의 결정이 얼마나 큰 오류였는지가 분명해졌다. 당시 깨달음이 없었던 책임이야 어디까지나 번역자와 출판자의 몫이지만 사회적으로는 우리 공론장의 미성숙 탓이기도 하다. 제목을 고르는 일은 솔직히 큰 고민 없이 진행되었다. 이미 일본판의 제목이 『婦人論』으로 나와 있었기 때문이었다. 당시에도 물론 '부인'이 가부장제 패러다임에 갇힌 단어라는 생각을 하긴 했다. 하지만 곧바로 일본에서는 그 단어가 우리와는 많이 다른 의미로 사용되는가 보다고 추측만 했다. 그러면서 우리말 '여성'은 가부장질서를 타파하는 전망을 구현할 수 있겠다는 순진한 생각도 했다. 근거 없는 믿음이었고, 근본적으로 잘못된 생각이었다.

19세기 사회주의 전망의 내적 부정합성

인간으로 태어난 이상, 누구든 공동체의 구성원으로 살아갈 운명에서 벗어날 수 없다. 여자 역시 마찬가지이다. 이 점에서 시민사회는 그동안 매우 뻔뻔스러웠다. 공동체와 직접 운명공동체로 묶인 남자와 그 남자와 사랑으로 맺어지는 여자라는 운명론을 발굴하여 구성원들을 기만해왔기 때문이다. 우리는 앞에서 이러한 기만이 시민사회의 구성원리에서 비롯되는 것임을 확인했다. 바로 공동체 유지를 위한 필연이었던 것이다. 그래서 여자는 '현명한' 시민으로 살면서 시민사회의 기만을 무화시키는 역할을 떠맡아야만 했다. 공동체 유지가 우선이었던 시절이었다. 그런데 차츰 이제껏 운명이라고 설파되어온 삶의 관성에서 벗어나 보겠다는 여자들이 많아졌고, 어느덧 가능성도 훌쩍 높아진 시대를 맞이하게 되었다. 하지만 운명을 바꾸는 일은 생각보다 쉽지 않다. 그리고 구조적인 변혁을 동반하므로 엄청난 혼란이 뒤따른다. 여자가 공동체 유지를 위해 성 능력만이 아니라 노동능력도 제공한다는 사실을 거듭 강조하는 까닭은 바로 이 혼란을 헤쳐갈 확고한 지침이 필요하기 때문이다.

이미지가 난무하는 시민사회에서 '노동하는 여자'를 확인하는 작업은 '여자'라는 인간에게 물질성을 부여할 유일한 길이다. 현실에서 이미지는 독립변수가 아니다. 따라서 여자 역시 물질적인 토대 위에서만 독립적인 구성원으로 공동체의 일원이 될 수 있음을 반드시 명시할 필요가 있다. 시민사회에서처럼 자연으로부터 부여받은 신체적 차이 때문에 한 개인이 공동체의 실질적인 구성원이 되는 과정에서 배제되는 사태가 발생하는 경우, 그 배제의 역학을 사회 구성원리로부터 설명해내는 작업이야말로 문제해결의 의지를 가장 확실하게 천명하는 방법일 것이다.

베벨이 19세기에 여자에 관한 책을 쓰면서 성이 아닌 노동을 중심으로 분석과 전망을 내놓은 일차적인 동인은 그가 직접 밝힌 바대로 사회주의 이념을 전파하기 위해서였다. 그의 경우, 사회주의는 현실극복 과정에 확실한 지침과 뚜렷한 전망을 제시하는 나침반이었다. 하지만 21세기를 사는 우리에게 사회주의는 베벨에게서와 같은 의미를 지닐 수 없다. 산업자본주의 시대의 모순과 고통에서 우리가 벗어났기 때문이 아니다. 20세기 내내 지속되었던 이념적 갈등이 남긴 소중한 교훈 때문이다. 우리는 19세기적인 현실극복 방법이 항상 유효하지만은 않다는 사실을 인정하지 않으면 안 된다. 따라서 이 책도 베벨의 의도와는 다른 방향에서 접근할 필요가 있다.

베벨은 사회주의를 위해서 자본주의를 비판하고 그 비판의 일환으로 자본주의를 분석한 책을 썼지만, 우리의 독법은 베벨의 이념을 자본주의 분석 그 자체를 독립시키는 힘으로 전환시키는 것이다. 그러면 이 책은 여전히 녹슬지 않은 분석력을 발휘하게 된다. 사회주의가 자본주의를 분석대상으로 만드는 지렛대 역할을 떠맡게 되는 것이다. 사실 이런 지렛대가 없었다면, 아무리 탁월한 이론가라 하더라도 현재 자신이 발 딛고 살아가는 세상을 객관적인 분석의 대상으로 만들어 현미경 앞에 올려놓는 일은 불가능했을 것이다. 현실을 전체적으로 조망하기 위해서는 현실적인 이해관계를 벗어난 한 지점을 확보할 필요가 있을 터인 바, 베벨의 경우는 찬란한 이념으로 설정된 사회주의가 그 '밖'의 역할을 유감없이 해냈던 것이다. 덕분에 현재 우리가 살고 있는 자본주의를 분석한 기본 설계도가 전해 내려오게 되었다. 19세기 사회주의자들이 남긴 인류의 유산이다.

> 인류가 보편타당한 관점을 확립하는 일에 성공하여 그것을 문화연구 방향의 지침으로 삼을 수만 있게 된다면, 새로운 사실들이 수없이 밝혀져, 과거와 현재의 인간관계가 완전히 새롭게 조명될 것이다.[8)]

이처럼 확실한 '관점'에 서서 기존의 편견들을 불식하고 새로운 관계들을 확인하는 방법으로 자본주의 현실에 접근했을 때, 기존과는 전혀 다른 관계에서 파악해야 할 대상으로 떠오른 것이 바로 여자들의 현실이었으며, 베벨은 이 새로운 분석대상을 사회주의 전망에 포함시키기 위해 심혈을 기울였다.

이와 같은 19세기 사회주의자 베벨의 입장표명을 접하면서 다른 차원으로 관심을 발전시킬 수밖에 없는 우리는 그 사이 현실이 많이 변했다는 이유를 주로 든다. 이 변한 현실에는 인류가 스스로에 대해 그전과는 비교할 수 없을 정도로 많은 정보를 가지게 된 사정도 포함될 것이다. 달라진 환경에서 살면 사람들도 변하게 마련이다. 새 사람은 생각이나 행동은 물론 자신의 욕망에 대해서조차 옛날과는 '다른' 태도를 취한다. 물론 옛날에도 사람들은 늘, 꾸준히 달라졌다. 하지만 21세기의 특징은 그 '다름'을 발생시키는 요인이 19세기보다 훨씬 많아진 지식과 정보라는 사정에 있다. 따라서 우리는 어쩔 수 없이 사회주의 전망을 여타의 전망들과 비교하는 입장에서 검토할 수밖에 없다. 현재의 입장에서 바라보니 그처럼 강력한 현실극복 의지를 고취하는 이론이 한때 발산했던 대중적 흡인력이 무척 의심쩍어지기도 한다. 높이 치켜세울수록 화려하게 빛났던 그 깃발, 유토피아가 도래할 수밖에 없다고 믿었던 사람들의 절박했던 순간들이 오히려 명징하게 눈앞에 펼쳐지기 때문이다.

19세기 이후 인류의 문명이 걸어온 역사를 익히 알고 있는 21세기의 우리는 이로부터 일말의 '지혜로움'을 얻어낼 필요가 있을 것이다. 이론화 작업에서는 의지와 논리를 선명하게 구분하는 지혜 말이다. '실천상의 미덕'을 앞세워 이론과 의지 사이에 드러나는 부정합성을 봉합하는 것이 마치 대단한 창의성을 발휘하는 태도인 듯 권장되었던 시절이 있었다. 하지만 이처럼 어긋나는 부분을 봉합했기 때문에 오늘날 이론들이 불신임당하고 있는 것은 아닌지, 한번 심각하게 고려해볼 필요가 있다.

다시 한 번 정리하자면, 사회주의는 자본주의적 교환관계에서 벗어나는 삶이 가능할 수 있다는 전망을 제시하고, 그 과정에 여자들이 주체적으로 참여함으로서 독립적인 인격체가 될 수 있음을 강조했다. 이런 전망대로라면, 사회주의는 여자에게 새로운 삶의 형식을 열어갈 큰 기회였다. 하지만 사회주의는 여자가 독립적으로 살 수 있는 사회 즉 변화된 사회가 역사의 마지막 단계가 되어서야 비로소 실현된다고 이야기한다. 그 '마지막' 단계란 바로 시간이 정지된 상태로서 인류가 문명이라는 이름으로 지배관계를 지구상에 끌어들이기 이전, 즉 '자연'을 회복한 상태를 뜻한다. 이런 상태를 마지막이라 칭할 수밖에 없었던 까닭은 계급지배의 소멸에 사회주의 전망의 핵심이 놓여 있기 때문일 것이다. 그리고 이러한 자연 상태에서만 지금껏 인간들을 억눌렀던 불합리한 관행이 모두 정지된다는 논리도 설득력을 얻을 수 있었다.

억압과 착취가 지양된 사회를 시간이 정지된 상태와 동일시하는 사회주의자들은 이를 인간본성의 회복으로 이해했다. 그들은 자신들의 지향대로 이 소망에 자본주의 분석을 직접 연결시켰다. 그래서 자본주의 극복은 계급지배를 종식시키기는 결과를 가져올 것이므로, 노동운동에 열심히 매진하면 마침내 모든 지배로부터 해방된 삶을 살 수 있게 된다는 매우 구체적인 전망을 내놓게 되었다. 사회주의는 노동자들의 마음을 얻을 수 있었고, 노동운동은 사회적인 성과를 거두었다. 하지만 다른 한편으로는 사회주의 전망이 일종의 종말론으로 굳어지는 결과도 초래했다. 그 종말론적 기대 속에서 사회주의자들은 애써 역사라는 무대에 처음 등장시킨 '노동하는 여자'를 다시 '성적 존재로서의 여성'으로 돌려보내는 우를 범하고 말았다.

물론 19세기 노동자들에게 계급지배와 함께 온갖 사회적 구속이 사라진 세상은 당연히 어머니의 품 같은 것일 수밖에 없었다는 사정이 있었을 것이고, 여자의 입장으로 치자면 항상 '현명하게' 살아온 터에 이 문제라고 해서 당시의 상황을 충분히 배려하는 이해심을 발휘 못할 이유가 없기는 하다. 하지만 19세기 당시 인류가 상상할 수 있었던 '더불어 삶'

의 최고단계가 끝내 '어머니 대지'와 같은 시원적인 표상을 넘어설 수 없었음은 여자에게 비극이었다.

결국 자본주의 극복을 자연스러운 인간본성 회복으로 이해하고 싶었던 사회주의자들의 지향 때문에 사회주의 역사철학이 그토록 큰 대가를 치른 것이라 할 수 있겠는데, 바로 자연주의로 전락한 목적론 때문이었다. 어쩔 수 없이 내적 부정합성을 떠안은 채 대중화의 길로 들어선 사회주의 전망은 끝내 그 부정합성 때문에 역사현실에서 부정당하는 운명을 겪게 된다. 현실극복의 역사철학과 자연주의는 본질적으로 서로 다른 지향과 동력을 지닌 것으로서 현실적으로도 철저하게 어긋날 수밖에 없는 관계를 이룬다. 그럼에도 19세기에 모습을 드러낸 인류의 유토피아 기획은 이 어긋남을 매끄럽게 봉합했는데, 사실 봉합이라기보다는 투쟁의지에 자연주의라는 당밀을 입힌 것에 더 가까웠다. 하지만 바로 이 봉합지점이야말로 사회주의 이론에서 사람들의 마음을 사로잡는 가장 강력한 요인이었다. 그래서 투철한 현실극복 의지를 가지도록 독려하는 역사철학이 그토록 큰 대중적 흡인력을 실제로 발휘할 수 있었던 것이다. 하지만 그 목적론을 '어머니의 품'과 같은 이른바 '자연'으로 설정한 기획이 실행과정에서 자가당착에 빠질 수밖에 없음은 이미 현실역사가 증명한 대로이다. 그렇게 된 논리적인 이유로는 무엇보다도 자연주의가 역사철학을 실현하는 동력으로 심각하게 제한된 채 도구적으로만 끌어들여진 내적 부정합성을 지적해야만 할 것이다. 이론과 실천의 결합을 이론적으로 완성하려는 의지가 불러온 당착이 아닐 수 없다.

『여성론』에 관한 글을 쓰면서 사회주의 역사철학의 자연주의적 편향을 강조하는 이유는 이 회귀본능을 현실극복 의지에 결합시키기 위해 자연으로서의 여성이 '다시' 소환되고 있기 때문이다. 이러한 소환은 시민사회에서만 시행된다고 믿고 싶지만, 사회주의 전망에 드러나는 강력한 자연주의적 편향 앞에서는 어쩔 수 없이 저자 베벨의 성적 정체성에 주목하게 된다. 바로 지금까지 서술한 당착을 베벨이 책의 핵심구도로 사용하고 있기 때문이다. 그는 자본주의에서 사회주의로의 이행은 전적으로 이성의 진보로 설정하면서, 그 진보의 결과는 자연사적 과정으로 이해된 근원으로의 회귀로 이야기하는데, 이 조합에 대해 나는 아무런 유보 없이 '남성중심적 시각'이라는 표식을 붙인다. 이런 방식의 '부조리한' 결합은 성적 존재로서의 남자가 '생각하는 사람'으로서의 근대적 정체성을 계속 유지할 수 있기 위해 반드시 필요한 사상누각이기 때문이다. 이성적인 존재로서 생각하는 남자는 자연을 지배함으로서만 현실세계에서 자신의 존재를 지속시킬 수 있다. 남성은 여성을 계속 지배해야 한다. 그러므로 여자는 자연 상태를 벗어나면 안 된다. 자연을 계속 지배하면서 그 자연의 출발점인 '근원'으로 돌아갈 매개자를 여성인 타자에게서 찾는 구도, 근대의 이성적 구조물을 베벨 역시 고수하고 있는 것이다. 특히 베벨이 속하는 서구의 지적전통에 따르면 이성과 자연은 대립되는 개념으로서 문명은 이성의 자연지배 과정으로 설정되어 있다.

생산력주의와 도구적 사유의 관성

그렇다고 해서 베벨이 남성 사회주의자였다는 사실을 책 내용 전체에 대입시켜 분석할 생각은 없다. 하지만 사회주의 전망에서도 성적 존재로서의 여자는 여전히 객체일 뿐이었음을 환기시키는 데는 더할 나위 없이 좋은 소재가 아닐 수 없다. 실제로 이 책의 구성을 보면, 여자 역시 노동하는 인간임을 부각시키는 전반부와 자연으로서의 여성적 특질을 모순 없는 사회의 일상적인 관계들에 대입시키는 후반부로 나뉘어 있다. 여자는 사회주의 역사철학의 실현과정에 동참하기를 요청받기는 했지만, 그것이 실현된 사회에서는 그 사회의 자연적 속성을 보증해야만 하는 임무를 담당해야만 하는 처지가 되는 것이다. 이 점은 현실사회주의 사회에서도 이중부담에 시달려야 했던 여자의 지위를 미리 '이론적'으로 설명해준다. 사정이 이렇게 된 근본적인 이유는 일차적으로 사회구성에 관한 이론을 발전시키면서 남자와 여자를 독립적인 두 변수로 설정하는 구도가 그만큼 어렵다는 데 있을 것이다. 어쩌면 불가능한 일일지도 모른다. 인류의 상상력이 현재와 같은 수준에 계속 머무는 한, 남녀가 평등한 세상은 영영 돌아오지 않을 것이 분명하다.

베벨이 활동했던 19세기 중반 독일 노동운동 내부에서는 여성노동을 금지해야 한다는 주장도 적지 않은 편이었다. 여자가 임노동에 참여함으로써 임금하락을 초래한다는 논리였는데, 베벨은 사회주의 전망을 노동운동에 관철시킴으로서 노동자들이 임노동 관계 자체를 극복대상으로 바라보도록 도모했다. 특히 3부는 이러한 목적을 위해 씌어졌다고 할 수 있다. 그러다가 4부에 이르러 새로운 사회를 위한 상상력을 펼치기 시작하면서부터 저자의 논조는 급격하게 변하는데, 그 단절의 근거를 베벨 스스로는 다음과 같이 정당화한다.

입장이 아주 다른 사람이라도 자신이 직접 과학적으로 연구해보면, 우리와 똑같은 결론에 이르리라고 확신한다. 여성의 완전한 해방과 남녀평등권의 획득은 우리 문화가 목표로 하는 발전과제 중 하나이다. 지상의 어떤 권력도 이의 실현을 막을 수는 없다. 그러나 여기에는 무엇보다 인간에 대한 인간의 지배—자본가의 노동자 지배—를 종결지을 일대 변혁이 전제되어야 한다. 그러면 드디어 인류는 최고의 자기발전 단계에 도달할 것이다. 인간이 수천 년 전부터 꿈꾸고 갈망해왔던 '황금시대'가 마침내 도래하는 것이다. 계급지배가 영원히 자취를 감

추고 이와 더불어 여성에 대한 남성의 지배도 완전히 사라질 것이다.[9]

위 인용문에서 '우리'라고 지칭한 연구자에 속하는 인류학자로 베벨이 바로 앞에서 인용한 바흐오펜(Johan J. Bachofen)의 글은 '황금시대'를 다음과 같은 자연사적 순환으로 설명하고 있다.

국가발전의 막이 내리면, 그때부터 인간다운 삶이 시작되고 사람들은 마침내 인간 본래의 평등했던 상태로 돌아간다. 그리고 인간이 어머니라는 존재로 인하여 생성, 소멸의 순환과정을 계속 하듯, 모든 세상사에 이 어머니적 속성이 그대로 적용된다.[10]

이 두 인용문은 우리의 우려를 확인시켜주기에 충분하다. 앞에서 지적했던 논리적 부정합성을 그대로 드러내는 문장들이기 때문이다. 베벨 역시 19세기에 일반적이었던 진보관에 기울었을 것이며, 따라서 생산력이 증가하면 인간들 사이의 갈등도 많이 해결될 수 있으리라 확신했을 것이 틀림없다. 그런 입장이라면 계급지배 종식으로 '황금시대'가 당연히 도래하리라 믿고 싶은 마음을 스스럼없이 글로 옮길 수 있다고 여겨진다. 하지만 20세기를 겪은 우리는 베벨처럼 스스럼없는 마음가짐으로 유토피아를 기대할 수 없음을 아주 잘 알고 있다. 현실사회주의에서도 사정이 별로 다르지 않았었다는 경험론에 설득당해서가 아니다. 그보다는 계급지배 종식을 위해서라도 생산력이 일정한 수준 이상으로 발전해야 한다는 사회주의 전망의 생산력주의가 더 큰 걸림돌로 보이기 때문이다.

이 요인은 사회주의 전망을 현실에서 실천했던 지역의 정치적 · 경제적 발전과정을 보면서 서구의 지식인들이 이전과는 전혀 다른 틀로 문제를 바라보도록 하는 데 결정적으로 기여했다. 생산력이 발전해도 분배의 문제는 여전히 남는다는 분석은 현실적으로 아무런 도움이 되지 못한다. 이런 방식의 문제설정은 그러므로 어쩔 수 없이 생산력 발전을 위해 매진하는 것 이외에는 달리 도리가 없다는 해결책을 이미 그 안에 담고 있기 때문이다. 그렇다면 이제는 생산하고 분배받는 구체적인 '한 사람'의 입장에서 한번 문제를 바라볼 필요도 있을 것이다. 일을 하는 동안 사람은 그 일을 통해 인성이 변하며, 어떤 분배관계에 처해 있느냐에 따라서도 사람의 심성은 달라진다.

근대로 접어든 이후 생산력을 증대시키기 위해서 인간이 지불한 대가는 실로 적은 것이 아니었다. 이른바 '도구적 사유'에 길들여져야만 했던 것이다. 이 개념, 독일 비판이론 진영에서 발전시킨 '도구적 사유'라는 개념은 무엇보다도 문제를 다른 방식으로 설정하는 데 매우 유용하다. 생산력 증대를 위해 도구적으로 사유할 수밖에 없었던 인간이라면 목표를 달성했다고 해서 하루아침에 달라지지 않는다는 사실을 동시에 하나의 논리로 엮어낼 수 있기 때문이다. 마주하고 있는 대상에 대해 도구적인 태도를 취하고 지침대로 움직여야만 했던 노동자는 생산현장을 떠난 후에도 도구적 사유의 관성에서 벗어나지 못한다. 채플린의 영화 「모던 타임스」에 나오는 우스꽝스러운 주인공처럼 말이다. 반면, 자본주의 노동관계가 개인에게 요구하는 정서적 부담에 굴복하지 않고 제한적이나마 부드러운 감정을 계속 유지하고 살면, 이탈리아 영화 「철도원」의 주인공처럼 외톨이가 되어 술에 빠지는 수밖에 없다. 그러한 사정은 생산노동에서 면제된 사람들에서도 마찬가지로 나타나는데, 부유층은 과소비와 탈세라는 방식으로 도구적 사유의 관성을 이어간다. 배곯지 않고 헐벗지 않으면 사람들 사이에 평화가 찾아오리라는 19세기 이상주의자들의 생각은 그냥 옛날일로 되고 말았다. 이와 더불어 생산력주의와 황금시대를 과정과 결과로 결합시켰던 유토피아 기획도 과거의 일로 밀려날 수밖에 없는 것이다.

현재 우리의 입장에서는 베벨이 '보편타당'하다고 믿은 관점이 인간 관계들을 재구성하는 과정에서 보여준 한계들을 어떻게 이해하느냐가 관건일 것이다. 20세기 학문은 이러한 결과 앞에서 자기반성을 진행하지 않을 수 없었고, 앞의 인용문에서 표명된 바와 같은 이른바 '관점주의' 자체를 불신임하는 논리를 발전시켰다. 관점주의란 새로운 사실들을 확인하는 과정에서 해당 관점에 부합하는 요소들을 선별하여 취합한 후, 그 결과로 관점의 옳음을 증명하는 논증방식을 두고 하는 말이다. 독일 프랑크푸르트학파의 비판이론가들이 주장하는 '동일화하는 사유'에 해당한다고 할 수 있겠는데, 미리 정해진 관점에 부합하는 내용들만 현실에서 취한다는 뜻이기도 하다. 사회주의 전망의 타당성 여부에 대해 현실사회주의가 역사의 뒤안길로 사라졌다는 사실을 들어 부정적인 태도를 취하는 것 역시 이 동일화하는 사유의 결과이다.

미래에 대해서는 케인스의 말처럼 "우리는 정말 모른다"[11]가 맞을 것이다. 이야말로 19세기에 인류의 보다 나은 미래를 위해 헌신적으로 일했던 사회주의자들로부터 우리가 배워야 할 교훈이 아닐 수 없다. 하지만 베벨의 관점주의를 비판한다고 해서 그가 지녔던 사회주의 전망이 과거 한때 많은 사람들의 마음을 사로잡았다는 사실 자체마저 부정할 수는 없을 것이다. 사회주의자들은 현실의 고통을 변화의 동력으로 탈바꿈시킬 수 있는 힘을 발휘했다. 그들이 그런 힘을 발휘할 수 있었던 까닭은 현실에서 고통받고 있는 사람들을 중심으로 사유했기 때문이었다. 이 사실 자체에 대해서만큼은 누구도 부정할 수 없을 것이다. 명백히 인간중심적인 사유였다.

'독립적인 여자'와 인간중심주의의 재검토

이 인간중심주의가 오늘날 재검토의 대상이 되었다. 21세기에 19세기 사회주의자들의 인간중심주의를 그대로 반복한다면, 이 역시 '동일화하는 사유'의 관성에서 벗어나지 못하는 처사일 것이다. 과거 한때 진정성을 지녔던 태도라고 해서 미래에도 반드시 관철되어야 하는 것은 아니다. 조건이 변화되었음을 인정하지 않으면, 강압밖에 되지 않는다. 19세기의 사회주의자들이 진정성을 가지고 '보편타당한' 관점이라고 여겼던 것을 오늘날 그 '보편타당성'이 훼손된 상태에서 고찰하는 우리에게는 그들이 '동일화'시키느라 간과했던 지점들이 드러날 수밖에 없다. 21세기의 우리들에게는 이 지점들을 제대로 들여다봐야 할 의무가 있다.

앞에서 지적했듯이 사회주의에 내재한 비정합성은 바로 역사철학적 목적론을 일종의 근원으로의 회귀로 설정했다는 데 있었다. 자본주의적 관계로 짜인 현실을 사회주의적인 관계로 바꿔야 한다는 전망은 기본적으로 사회현실이 자연 상태가 아니라는 전제에서 출발한다. 그런데 그처럼 노력해서 도달해야 할 상태는 일종의 '자연'으로 이해되고 있다. 인간에게 심어진 '자연스러운' 본성이 억눌리지 않고 '자연스럽게' 발현되면 모두가 모두에게 '친구'일 수 있다는 가정은 사회주의 전망에서 가장 확고한 것이었고, 자본주의의 억압에 맞서는 가장 강력한 기제였다. 19세기에는 인간중심주의와 자연이 오늘날 우리가 인지하는 만큼 그렇게 큰 간격을 이루지 않았던가 보다. 하지만 이는 분명 내적 불일치이며, 그럼에도 불구하고 완벽한 체계를 구사하여 한때 지구상에 현실사회주의로 모습을 드러내기도 했다.

남성 사회주의자가 선의를 발휘하여 쓴 『여성론』은 이런 불일치가 어떻게 해서 조화로운 결합으로 둔갑할 수 있었는지 우리에게 알려주는 귀한 자료이다. 사회주의는 당시 사람들에게 익숙한 여성상을 미래의 유토피아 기획에 동일화시켰다. 혁명의지와 결합한 전통적인 여성상은 노동운동이 억압적인 현실을 새로운 체계로 동일화시키는 과정에서 강력한 추진력을 발휘했다. 이런 동일화과정 때문에 사회주의가 인류의 역사에 또 하나의 '체계'를 실현시켰을 뿐이라는 분석도 가능하다. 이처럼 사회주의 전망이 처음부터 유토피아 기획과는 거리가 멀었다는 판단을 내리는 근거는 이 전망에서도 여자가 주체로 대접받지 못하였기 때문이다. 구성원들을 필요에 따라 재단하는 권리를 갖는 것은 '체계'라고 이름 붙여진 조직체뿐이다.

사회주의가 여자에게 노동하는 존재였다가 다시 자연으로 돌아가야 하는 지위를 부여하면서도 그처럼 당당할 수 있었던 것은 사회적 약자로서의 처지를 충분히 고려한다는 선의와 자부심 때문이었다. 시민사회에서 성적 존재로서 타자의 위치를 부여받는 여자와 사회적 약자로서 사회주의 평등이념의 수혜자가 되는 여자, 인류의 역사에서 여자는 이제껏 이 두 가능성밖에 누리지 못하였다. 어느 쪽이 더 나은가? 대답하기 어려운 문제이며, 필요하지도 않은 물음이다. 왜냐하면 여자가 이런 선택지 앞에서 고민해야 하는 세상은 분명 여자에게 좋은 세상이 아닐 것이기 때문이다. 노동능력과 성 능력을 사회에 제공하는 여자가 남자와 마찬가지로 사회구성의 주체로 되어야 한다는 사실에 타협의 여지가 있을 수 없다. 여자는 앞으로 두 번 다시 '현명한' 존재가 되지 말아야 한다. 독립적인 존재가 되어야 한다.

선하고 진실했던 사회주의자 베벨의 책이 지닌 한계는 우리가 하지 말아야 하는 일이 무엇인가에 대한 확실한 가르침을 준다. 우리는 지금까지 지배적이었던 이른바 인간중심주의로는 여자를 독립적인 주체로 사유할 가능성이 없음을 시인해야 한다. 자연주의와 더불어 생산력주의도 거부해야 한다는 점이 베벨의 책을 분석하는 과정에서 드러난바, 우리가 과거의 고전을 현재의 지적 자산으로 계승해야 이유는 바로 이런 '확인'에 있을 것이다. 베벨의 가르침에 따라 '독립적인 여자'를 인간중심주의를 재검토하는 지렛대로 삼는다면, 19세기 자애로웠던 가부장이 역사적 한계에 갇혀 할 수 없었던 일을 더 이상 미룰 수 없게 된 오늘날의 시점에서 한번 제대로 추진해볼 수도 있을 것이다. 사실 사회주의 체제가 가부장적 성격을 지니게 된 데에는 경제적 억압이 해결되면 이성의 분석능력이 불필요하게 될 것이라는 일종의 신비주의가 한 몫을 하고 있었다고 보아야 한다. 근대의 고단함을 감당하면서 살아야 했던 과거 세대의 희망이었을 터인데, 21세기는 이 문제에 관한 한 한 치의 환상도 허용하지 않는다. 이성의 폐해를 다스리기 위해서라도 인간은 자신의 이성능력을 지금보다 훨씬 더 세련되게 연마해야 하는 시대가 된 것이다.

현재 한국사회에서 급속도로 진행되고 있는 가부장제의 현대화 역시 여자들에게 더욱 세련된 이성능력을 발휘할 것을 요구한다. 사회 전체의 부가 증가하면 여자에게도 더 많은 몫이 배분될 것이므로 여자도 생산과정에 적극 참여해야 한다는 생각에 대해 그동안 여자들 스스로 별다른 이의를 제기하지 않았다. 부지런함을 미덕으로 여기면서 참으로 열심히 일했다. 그런데도 갈수록 이중부담은 줄어들지 않는다. 더욱 슬픈 일은 이중부담이 이전보다 훨씬 자연스러워져서 그것이 가부장제의 유산이라는 사실마저 사람들의 기억에서 사라져버리고 있다는 사실이다. 열심히 일하는 여자들은 더욱 철저하게 가부장제 구조 속으로 편입되었다. 노동대가로 얻은 화폐를 상품화된 가사노동 구입을 위해 기꺼이 지불하면서 '소비의 주체' 운운으로 자신과 사회를 기만했다. 구매력이 사회적 권력으로 부상하는 한국사회의 흐름과 더불어 사회의 상층부로 진입한 여성들은 한국사회의 가부장질서를 수호하는 첨병이 되었다.

그들의 전투는 실로 절박했고 그리고 마침내 승리했다. 그런데 그들은 누구를 향해 전투를 벌였던가? 같은 여자들이다. 지난 몇 년간 여자의 공직 참여 비율을 늘리기 위해 시행된 할당제가 현실적으로 어떻게 진행되었는지를 들여다보면 이 점은 단적으로 드러난다. 결정권이 가부장한테 있는 구조에서 집안에 며느리를 들이는 방식으로 진행된 것이다. 그런 며느리들의 사회참여에 의해 한국사회는 갈수록 자연주의적 속성을 깊이 떠안는 중이다.

세련된 소비생활로 화사한 외관을 공론장에 도입하는 구매력 있는 여자들을 가장 반기는 사람들은 바로 현대적인 가부장들이다. 고학력 여자들이 자신의 노력으로 획득한 구매력의 대부분을 가부장질서 유지를 위해 지불하는 한국의 현실은 무척 슬프다. 배운 여자들이 갈고 닦은 지적 능력을 '현명하게' 사용하지 않기로 결정하는 순간, 아마도 이 슬픈 현실을 타개하는 움직임이 시작될 것이다. 무슨 일에서든 결자해지의 원칙은 관철되어야 한다.

가부장질서의 울타리마저 무너진 생산현장에서 저임금에 시달리는 기층여성들은 대체 누구를 위해 그토록 장시간 노동을 해야 하는 것인지—8, 90년대에는 이런 문제들을 두고 심심치 않게 논란이 벌어지곤 했다. 여자들도 관심을 가지고 사회적 부의 창출과 분배에 대해 이야기를 했었다. 그런데 며느리와 딸들이 사회의 상층부로 진입한 이후, 사회 전반적으로 이런 문제에 대한 관심 자체가 사라졌다. 여자들도 배워서 현명해진다면 충분히 부와 명예를 누릴 수 있다는 신화가 등장했기 때문이다. 현명한 여자가 가부장질서를 강화시키는 구조에 대해서는 앞에서 여러 차례 언급한 대로이다.

산업혁명 이후 생산력주의는 지구에서 살아가는 사람들의 삶의 모습을 근본적으로 변화시켰으며, 아울러 가장 강력한 후원자이기도 했다.

그리고 마침내 인간이 편리한 삶을 누릴 수 있는 구체적 가능성으로 사람들의 마음을 사로잡고 말았다. 이 가능성에 모두 다 참여할 수 없음이 오늘날 우리가 풀어야 할 문제이다. 다른 한편으로 생각해보면, 인간이 스스로 추진해온 생산력주의의 결과에 대해서도 사유할 수 있다는 사실 자체가 대견하기도 하다. 인간은 자신의 이성능력에 대해 자부심을 가질 만하다. 이성은 승리했다. 하지만 인간에게 행복을 가져다주지 못했다. 처음에 약속하고 시작한 일인데도 말이다. 이성이 자신의 약속을 지킬 능력이 없음을 간파한 이상, 우리는 이성을 감시할 의무를 져야 한다. 이성의 활동 결과 비약적으로 발전한 사회적 부의 처분권을 두고 다시 새롭게 논의를 시작해야 옳은 것이다. 소유권에 제한을 가하는 일은 그러면 무엇에 의지해서 진행해야 하는가? 지금까지 살펴본 바에 따라 우리는 한 가지 확실한 결론을 내릴 수 있다. 남녀의 차이를 재분배과정에 적용시키지 말아야 한다는 사실이다. 한국 사회의 경우, 가부장질서의 철폐는 분배 시스템의 재정비와 깊이 관련되어 있다.

여성성 개념과 민주주의라는 전망

근대 시민사회에서 여자가 지적인 일에 종사한 지도 이미 오래다. 그리고 여자에게 자궁만 있는 것이 아니라 두뇌도 있다는 사실은 더 이상 증명이 필요한 사안이 아니다. 증명할 필요가 있는 문제가 있다면, 여자들이 지적능력을 사용하여 어떤 전망을 열어가야 보다 나은 사회를 구성하고 더 행복한 삶을 영위할 수 있겠는지 그 당면한 요청 앞에서 여자들이 정말 현실을 극복할 의지가 있는지를 확인할 필요성이다. 누구든 더 행복한 상태를 원한다는 전제에서 보면, 이는 물어야 할 문제가 아닐 수도 있다. 하지만 실현 가능성을 함께 고려하였을 때에는, 행복을 추구하는 의지가 가능성에 대한 분석을 동반해야만 한다는 사실을 절대 소홀히 할 수 없다.

베벨의 『여성론』은 더 나은 삶을 위한 과거의 노력이 남긴 유산이다. 이 책을 우리가 오늘날 다시 읽는다면, 과거의 노력을 새로운 전망을 위한 사유의 나침반으로 활용할 가능성을 찾기 위해서일 것이다. 그 나침반은 바로 인류의 역사에서 단 한 번 존재하였던 세속적 유토피아 기획을 파탄내고 만 지점을 정확하게 지시하고 있다. 진보관과 종말론의 결합으로 구축된 이 기획은 미래의 어느 시점으로 설정한 유토피아를 건설의 동력으로 삼아 일단 실행단계에 들어갈 수 있었지만, 사회구성원들로 하여금 진보의 도정에서도 유토피아적 종말을 경험하게 하지는 못했다.

근본적인 한계였다. 본래 원인과 결과의 관계로 설정된 유토피아였기 때문이다. 하지만 도래한 유토피아가 아닌, 미래의 유토피아를 지금 노력하고 있는 진보의 역군들이 신뢰할 수 있도록 해서 계속 진보의 도정으로 나아가도록 해야 했고, 그래서 그들에게 익히 알려져 있는 자연회귀식의 종말론을 끌어들이는 방식으로 이 당착을 타개했다. 자연회귀의 구체성을 담보하는 사회적 타자로서 여성이 '활용'된 것은 이 기획을 입안하고 추진한 진보의 역군이 근대남성이었다는 점에서 당연한 귀결이었다. 기획을 입안하는 주체는 다른 성에게 진보를 위해서는 '노동하는 여자'가 되기를 요구했다가, 유토피아적 표상을 위해서는 '여성으로 구현된 자연'의 위상을 떠맡으라고 주문하였다. 이 과정에서 '남자가 아닌 인간'은 유토피아 기획의 실현을 가능하게 하는 사회적 기제가 되어 여자와 여성으로 분열될 수밖에 없었다. 분열된 채로 '남자가 아닌 인간'은 유토피아 기획의 내적 부정합성을 봉합하는 사회적 타자가 되었다.

이 책의 내용을 분석한 끝에 우리가 거머쥔 이 새로운 나침반은 인류의 역사에서 '더 나은 삶'을 위한 기획과 더불어 인간의 성적 분화가 사회적 필연성을 띠고 개인에게 적용되었음을 확인시켜준다. 근대 자본주의 기획 역시 '성장'을 위한 노동력 재생산의 토대로 '단란한 가정'을 설정하고 그 '단란함'에 자본주의적 경쟁으로부터 고립된 섬의 위상을 부여하였다는 점에서 사회주의 유토피아 기획과 마찬가지의 자연주의적 편향을 노정한다고 할 수 있다. 감정노동의 육화인 세련된 여성이나, 자연사적 순환의 인격화인 어머니나 결국은 '남자가 아닌 인간'의 성적 능력에 대한 사회적 통제의 결과라는 점에서 이데올로기적 차이를 찾기 힘들다. 모두 불합리한 사회적 기획의 매끄러운 실현을 위한 장치였던 것이다.

이 새로운 나침반으로 그동안 한국의 공론장에서 진행되었던 '성 담론'도 한번 재조명할 필요가 있을 것이다. 이 담론을 통해 현재 한국사회에서 여자를 설명하는 규정들로 사용되는 개념 중 하나인 '여성성' 개념이 가다듬어졌다고 할 수 있다. 이 글에서는 『여성론』을 다시 읽는 입장에서 쓰는 까닭에 현실극복 의지와 관련하여 살펴보는 선에서 그쳤고, 본격적인 논의는 진행되지 않았다. 따라서 이 개념에 결부된 자연주의적 편향을 극복의지를 좌절시킨 핵심요인으로 부각시키는 편향을 보이고 말았다. '남자가 아닌 인간'에서 '자궁'을 갖고 태어났다는 생물학적 특성을 추출하여 '성적 존재로서의 여성'을 사회적 실체로 만드는 일은 사실 낭만주의 예술론에서 가장 열정적으로 추진되었다. 낭만적인 태도를 현실에서 관철시키기 위해 그야말로 실체적인 타자가 필요했기 때문이었다.

마무리하는 글을 쓴 뒤에 다시 덧붙이는 글로 논의를 연장한 까닭은 필자의 논의에서 드러나는 일정한 편향에 대한 이론적 근거를 제시하기 위함이다. 20세기 성 담론의 이론적 토대가 독일 18세기 낭만주의 성 담론에 있음을 살펴봄으로서 성 담론의 자연주의적 근원을 제시할 수 있었다. '성적 존재로서의 여성'이 사회적 기관으로 굳어지는 데 낭만주의가 가장 결정적이었지만, 그 역시 역사적 발전의 결과라는 측면에서 전사(前史)도 간략히 다루었다. 어쩔 수 없이 보론은 호흡이 매우 빠른 글이 되었다. 예술론의 성격을 띠게 된 까닭에 문화적 차이에 의한 낯섦 역시 독자들에게 부담으로 될 수 있을 것이다.

이 글을 쓰면서 필자는 과거의 논의에서 우리가 무엇을 배울 수 있는가를 집중적으로 고민했다. 『여성론』에서 배우는 바가 있다면, 철저하게 자기중심적인 사유를 했던 근대 사상가들에게서조차 여자의 사회적 역할과 존재에 대한 논의가 사회구성체의 성격과 발전경향에 대한 사유와 결합되어 있음에 대한 확인이다. 남자들은 여자를 항상 거시적인 전망에서 다루고 자신의 사적 필요와 사회발전을 결합시키는 교활함을 발휘했다. 어떤 양태이든 '여성성'은 사회발전과 사회질서 유지를 위해 타자를 고안해내고 배제시켜야 하는 사회적 필요에 의해 도출되고 발전된 개념이었던 것이다. 이 개념을 생물학적 특성으로 환원시키는 논의로 발전시킨 일부 페미니즘 조류에 대해서는 따라서 유감을 표명하지 않을 수 없다. 남성 근대주의자의 의도를 그대로 떠받든 결과를 초래했기 때문이다.

이런 결론을 도출하는 데 도움을 준 이론적인 토대는 이 개념이 독일 이상주의 문화지형에서 발생하였고 근대 시민사회 형성과 직결되어 있음을 보여주는 독일 관념철학과 마르크스주의 전망이다. 살펴본 결과 대단히 여성을 위하는 듯 알려져온 '여성성'이라는 개념이 근대 사회구성체 형성과 직결된 것이고, 어떤 구성체이든 사회에서 여자가 타자로 참여할 가능성만을 부여하는 개념임을 확인하였다. 짧은 지면에서 논의하느라 성급한 일면은 있지만, 이러한 구도에 편입된 여자의 '본성'에 대한 규정이 한국사회에서 가부장제가 강화되는 현실을 설명하는 이론적 배경으로 일정한 설득력을 확보할 수 있다는 확신은 있다.

앞으로 우리가 '여성성' 개념에 대한 논의를 계속한다면, 이제는 그 개념의 발생근거인 민주주의의 문제와 반드시 함께 고민해야만 할 것이다. 여성을 자연으로 되돌려 놓으려 했던 사회주의 전망이 사라진 지금 우리에게 남은 전망은 민주주의뿐이기 때문이다. 뒤이어지는 논의에서 밝혀질 새로운 사항은 여성성 개념의 단초가 고대의 직접민주주의 제도에 뿌리를 두고 있다는 사실이다. 전형적인 근대남성이었던 낭만주의자 프리드리히 슐레겔(Friedrich Schlegel, 1772~1829)이 고대 민주주의 사회의 한계를 그리스 문화의 '여성적 특질'에서 찾는 연구를 진행한 적이 있는데, 이어질 보론에서는 그의 논문 두 편을 살펴볼 것이다.

* * *

보론: 오, 자궁이여! 그대는 어쩌다 남자들이 불러주는 꽃이 되었나?

예술, 근대 시민사회의 문화적 상징체계

'사랑하는 남자' 베르테르가 죽어야 했던 이유는 일부일처제의 요청을 '직접적'으로 받아들였기 때문이었다. 그는 사랑할 대상을 자유롭게 선택할 수 있었지만, 선택의 조건까지 자신의 의지대로 창출해낼 수는 없었다. 알베르트가 자신보다 먼저 로테를 만났다는 '우연' 앞에서 현실적으로 좌절하였고, 그 좌절을 온몸으로 받아들였다. 총을 집어 정수리를 겨눌지언정 우연 따위의 하찮은 이유로 '사랑하는 마음'을 포기해야 한다고는 여기지 않았다. 우연을 온몸으로 받아들이는 선택을 한 결과 그 우연은 운명이 되었다. 이 선택 능력으로 베르테르는 사랑을 구출할 수 있었다. 운명은 결혼과 죽음을 가르면서 자유로울 수 없는 조건을 제공하는 시민사회의 기만을 상쇄시켰다. 사랑하는 남자의 죽음을 딛고 시민사회는 구성원들을 계속 부추길 수 있게 되었다. 자유는 누구에게나 주어져 있으므로 찾아서 누리라고. 죽음으로 영원해지는 사랑은 시민사회를 유지시키는 강력한 버팀목이 되었다. 시민사회는 운명적 사랑이라는 성애의 선택권을 통해 도덕을 사회구성 과정에 편입시킬 수 있었다. 도덕은 시민들의 일상생활을 통제하는 규범이 되었다.

혈통을 중심으로 꾸려지던 신분제 사회에서 벗어나 능력중심의 사회를 구성하자고 요청하면서 시민사회는 자유로운 개인들의 선택을 사회제도의 토대로 삼는 전략을 택하였는데, 이 전략은 이중적인 의미에서 매우 성공적이었다. 무엇보다도 구성원에게 자유를 보장한다는 이념적 만족을 누리면서 다른 한편으로는 구조적인 모순을 개인에게 전가할 여지도 남겨둘 수 있었기 때문이다. 시민사회의 제도들은 모순투성이인 채로 정착되었다. 일부일처제 결혼을 토대로 하는 핵가족은 그 어떤 제도보다도 강력한 통합력을 발휘하였다.

이러한 근대 시민사회의 기만을 간파한 '강력한 남자' 파우스트는 자신이 바로 사회 그 전체일 수 있다고 확신했다. 사회가 제공하는 조건에 그냥 갇혀버린다면 생각하는 남자로서 근대인의 본분을 다했다고 말하기 어려울 것이다. 사회구성 원리를 꿰뚫어 볼 만한 정신능력을 소유하고 있는 근대인은 그 원리 자체에 대한 처분권도 갖는 법이라고 여겼다. 이 처분권의 현실적 실행을 담당할 기구가 필요했던 파우스트에게는 조건의 지배를 받지 않는 악마가 필요할 뿐이다. 그는 악마를 고안해내었다. 악마를 만들어낸 근대인은 시간과 공간의 한계를 극복하고 마침내 승리를 거둔다. 생각하는 남자로서의 정체성은 유지한 채 그레트헨의 품속에서 피와 살을 확인할 수 있었다. 하지만 이러한 근대인의 조작과 실행은 확인의 순간을 실현시킬 뿐, 그 이상의 성공을 가져다주지는 못한다. 정신의 조작과정에서 철저하게 배제되었던 피와 살 즉 자연이 불가

항력으로 되돌아오기 때문이다. 피와 살의 확인과정은 피와 살을 잉태시킨다는 자연의 논리 앞에서 정신은 무기력할 따름이다. 정신의 조작대상이었던 그레트헨은 조작의 결과를 감당할 능력이 없다. 영아살해는 근대정신의 프로그램이다.

생각하는 남자는 그냥 온전한 근대인이 되고 싶었을 따름이었다. 의도하지는 않았지만 그처럼 참혹한 파괴를 자행하고 나니, 마음이 무거웠다. 사랑하는 마음이 어떤 것인지 충분히 파악했고, 그 조건이 어떻게 마련되는지도 알게 된 근대인은 마침내 파괴를 피할 방도를 강구해야겠다고 마음먹었다. 그렇다고 근대사회의 근간을 뒤흔들 생각은 없었다.

길은 의외로 손쉽게 찾아졌다. 상징체계를 통해 피와 살의 요구를 '간접화'시키는 방법이다. 사랑과 일부일처제의 요청을 담당할 공론장을 열 필요가 있었다. 일부일처제의 불합리를 자신의 욕구와 몸에 대한 직접적 폭력으로 경험한 근대남성들은 문화적 상징체계의 수립에 박차를 가하였다. 피와 살의 욕구가 세련되는 과정을 수용자가 그대로 추체험할 수 있도록 하는 일이 상징체계의 성패를 가를 관건이었다. 사적 욕구가 공적 영역으로 넘어오는 그 경계선상의 긴장을 진정하게 전달해주는 매체로서 예술작품들만한 것이 없었다. 시민사회는 예술이라는 이 새로운 기관의 탄생에 환호하였다. 욕구와 요청의 간접화를 보장하기 위해 일단 여타의 사회관계들로부터 격리될 필요가 있었고, 독자적인 의사소통방식을 발굴해야 했다. 자율적인 예술은 선택의 자유가 불가피하게 불러일으키는 폭력을 흡수하는 완충제로 기대이상의 역할을 수행하였다. 아울러 독자적인 체계로서 시민사회 내에서 입지를 굳히는 작업에도 소홀하지 않았다.

안티케 예술의 조화미에 주목한 근대인, 슐레겔

절대(絕對)와 무한(無限)을 추구하던 프리드리히 슐레겔은 안티케 예술이 구현하는 조화의 이상에 마음이 흔들리는 뜻밖의 경험을 하였다. 낭만주의자답게 내면의 깊은 충동으로 외부세계의 경계들을 쉬지 않고 넘어가 신적인 궁극에 도달하겠다는 신조로 살던 그가 소포클레스의 비극작품들 앞에서는 순간적으로 멈칫하지 않을 수 없었던 것이다.[12] 이 뜻밖의 기쁨 앞에서 매우 당혹스러웠지만, 그렇다고 모든 장애물에 맞서 싸우며 신적인 것을 추구해온 삶의 궤적을 돌이켜야겠다는 마음은 아니었다. 슐레겔에게 이 사실은 분명했다. 하지만 그래도 기쁜 순간이 찾아와서 매우 놀랐고, 자신에게 그런 일면이 있는 줄 모르고 살아왔는데 새로운 자신을 발견하게 되어 신께 감사드린다고 하였다. 그런데 슐레겔은 순간적으로 자신의 내면에 깃든 조화의 경지를 노력의 결과가 아닌 완벽한 예술품이 준 선물로 파악하였다. 하지만 제대로 받는 일 역시 수용자의 몫이 아닐 수 없다. 이러한 마음가짐으로 슐레겔은 뜻밖의 기쁨을 준 안티케의 예술을 연구하였다.

무엇보다도 늘 들끓는 내면의 전복충동으로 안식(安息)을 모르던 자신에게 다감한 한계들, 섬세한 균형, 절도(節度) 등을 체험하게 해준 안티케 예술에 대해 경탄과 의아함이라는 복잡한 감정을 가지고 있던 슐레겔은 고대 희랍인들의 문화적 특성에 주목하면서 고대인들이 어떻게 인간성을 발전시켜왔는지 추적하였다.[13] 고대인들은 일단 자연아(自然兒)들이었다. 맨손으로 자연력과 맞서 싸워야 했던 그들은 완벽함과 단호함을 기르게 되었고, 그 결과 그들의 역사에는 자유와 운명을 둘러싼 이야기가 방대하게 펼쳐졌던 것이다. 그런데 인간과 자연이 맺을 수 있는 그 모든 관계가 순수하고도 초보적인 양태로 드러나는 희랍 고대역사에서 특징적인 점은 이 문화가 조화상태의 성취에서 정점을 맞고 있다는 사실이다. 이는 슐레겔 즉 유럽의 근대인들에게는 매우 낯선 현상인데, 더 나은 상태를 향해 무한히 진보하는 것을 인간의 역사로 이해한 탓이다.

순환의 역사는 행복한 합일의 표상을 허락하고 근대의 진보는 이런저런 혼동과 분절을 불러일으키지만, 바로 그런 결함으로부터 지성의 지배 영역을 확장해나갈 희망이 생겨나는 법이라는 것이 근대인들의 생각이었다. 그 찬란했던 고대문화가 갑작스럽게 쇠락한 이유도 바로 지성이 부족했던 탓이라고 여겼다. 진보사관으로 본 안티케 예술의 한계이다. 지성을 뒤로 물리고 본능으로 자연을 대했다가 자연 속에서 끝맺음을 하는 순환의 한가운데에서 자연과 인간이 하나로 어우러지는 합일의 경지가 꽃피웠던 시절이 한때 지상에 있었을 뿐인 것이다. 그 비할 데 없이 탁월하고 말할 수 없이 진귀한 작품들의 보고(寶庫)를 이러저러한 귀금속류의 수집품을 대하듯 거리를 두고 바라보는 근대인들은 비난받아 마땅하지만, 고대와 슐레겔의 시대인 근대 사이에 가로놓인 간극은 어쩔 수 없는 것이 사실이다. 이 점을 인정해야만 한다. 인간은 분열되었고, 예술과 삶은 서로 별개의 것이 된 터이다.

그런데 놀랍게도 예술과 삶이 서로 어우러진 상태에서 조화롭게 살았던 사람들이 있었으니 옛날 고대인들이 그랬다. 아직 지성이 부족했던 때였다. 인간의 지성이 요즈음처럼 그렇게 훨씬 앞서나가지 않았던 당시에는 예술의 광채가 약동하는 인류 모두에게 직접 파고들 수 있었던 것이다. 마치 삶의 부드러운 불꽃이 영혼이 깃든 육신을 관통하듯이. 하지만 지성을 충분히 갖춘 근대인은 자신이 직접 경계들을 넘어서야 한다. 근대인의 눈에 비친, 회복할 수 없는 찬란함의 실체를 슐레겔은 주로 안티케의 문학작품들을 통해 이야기하고 있지만, 조형예술에서도 조화의 찬란함은 빛난다.

이런 조화의 부드러움이 어떻게 발생했는지를 추적하는 슐레겔의 지

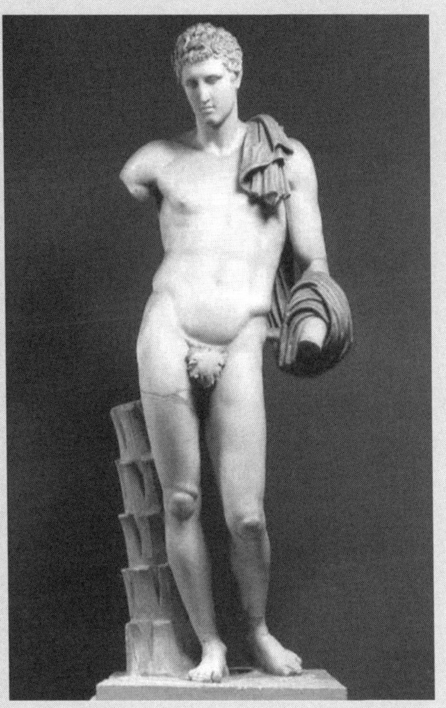

왼쪽부터 「밀로의 비너스」(Venus of Milos, 기원전 2세기경),
「안드로스의 헤르메스」(Hermes of Andros Statue, 기원전 4세기경).

이 두 육체는 비너스가 여성이고 헤르메스는 남성이라는 점을 이야기하려는 의도를
전혀 내보이지 않는다. 어떻게 하면 살에 내면의 풍경이 드러나도록 할 수 있을까를
고민할 뿐이다. 그래서 남자의 살과 여자의 살은 비슷한 표정을 하게 되었다.
모두 자신의 살과 아주 편안한 관계를 유지하는 가운데 자신이 존재함을 드러내는 것이다.
부드럽게 내면을 주시하면서 정신은 가볍게 자신의 살을 의식한다.
이런 방식으로 자신의 살을 의식하는 정신은 자신이 어떤 성에 속하는지 굳이
적극적으로 내세울 필요를 느끼지 않는다.*

* 이순예, 『예술, 서구를 만들다』, 167쪽.

성은 정말 탁월하고, 안티케 예술작품들만큼이나 빛난다. 자연에 긴박해 살던 사람들이 자연을 지배하는 기계로 되지 않고 인간성을 확대발전시켜나가는 그 지난한 과정을 자유의지의 실현과정으로 파악하면서 인간이란 사랑의 힘으로 자연을 인간화하는 동물이라는 견해를 피력하는데, 이러한 슐레겔의 관점은 그저 살아남는 것이 목적일 수 없는 인간이라는 생물의 다층적 면모를 온전히 드러내주는 미덕을 발휘한다. 자연을 자기화하겠다는 인간의 의지가 대상에 대한 무제한의 포획으로 되지 말아야 할 이유를 슐레겔은 바로 인간 자신의 내적 필요에서 찾는다. 그리고 조화미를 구현한 예술작품들에서 향락과 탐닉을 통해 동물성을 유지하면서도 그 향락을 삶의 목적으로 만들지 않는 자유의지를 읽어낸다. 인간은 자연 속에서만 현실적인 존재를 유지할 수 있는 동물이다. 따라서 자연법칙과 인간의 법칙은 무한히 갈등할 수밖에 없다. 바로 이 끝나지 않는 갈등이 인간의 존재조건이다. 이런 조건에서라면 자연법칙에 매몰되지 않는 자유로운 향락만이 자기 자신을 수단으로 만들지 않는 유일한 길이다.

이 자유로운 향락이 바로 사랑이며, 그 대상이 인간이라는 점에서 사랑은 향락의 최고단계이다. 그리고 사랑이란 서로 주고받음을 의미한다. 주고받음의 최고치는 아마도 지성과 욕구충동의 관계에서 찾아볼 수 있을 것이다. 지성은 지식의 한계 너머에 빈 간극이 존재하고 있음을 안다. 인간의 충동은 그저 넘쳐날 뿐이다. 흘러넘친 과잉으로 벌어진 간극을 메운다. 그래서 더 고차원의 존재에 대한 표상을 발생시키는 결과를 낳는다. 자연의 향락은 아무래도 덧없다. 순식간에 지나가버리고는 열망의 가시만 더 깊이 가슴에 심어놓는다. 이런 자연이 조화롭게 되도록 하는 것은 사랑의 선물이다. 예술 속에서 자연과 사랑이라는 두 무한자가 만나며, 새로운 전체를 이룬다. 자유와 운명을 일치시켜 삶에 왕관을 부여한다. 소포클레스의 작품에는 사랑의 힘과 자연의 충일함이 결합되어 있고, 예술의 법칙 아래 정돈되어 있다. 여기에서 인간은 자신의 현존을 완성하며, 충족된 합일의 경지에서 휴식을 취한다.[14)]

'남성적 지성'의 타자로서 '여성적 아름다움'

한마디로 안티케의 예술작품들이 구현하는 조화미의 이상(Ideal)이란 바로 인간이 자연을 향유하는 방식 중 특정한 양태에 해당한다는 이야기이다. 이러한 슐레겔의 주장에 우리는 마음으로부터 깊은 동의를 보낼 수 있고, 이러한 논리를 도출해내는 그의 지적 작업에는 경의마저 표할 수 있다. 하지만 그 조화미의 이상에 왜 하필이면 '여성적'이라는 이름을 붙이는지, 그 배경이 의심스럽고 근거가 의아할 따름이다.

슐레겔이 위의 논리를 도출한 글은 1794년에 쓴 「아름다움의 한계들에 대하여」이다. 그는 같은 해에 진행한 「그리스 작가들에게서 드러나는 여성적 특질에 대하여」라는 후속연구에서 위와 같은 자연향유 방식이 '여성적' 특질이라고 자못 비장하게 선언하고 나선다. 이 '여성적'이라는 개념을 슐레겔은 조화미의 이상을 도출해내는 선행연구에서는 언급한 적이 없으며, 더구나 그런 방식의 향유가 인간이 타고난 생물학적 특성과 관련된다는 생각을 조금도 내비치지 않았다. 요즈음 사람들은 '사랑'이라는 단어가 나오면 그 일의 담당자로서 여성을 떠올리는 데 익숙해져 있지만, 사랑이 조화미의 핵심 계기임을 강조하는 슐레겔의 문장은 요즈음의 구분법에 따르자면 오히려 '남성적'인 편향을 보인다. 지나치게 '정신성'을 강조하고 있기 때문이다. 자유의지라고 하지 않았는가! 그리고 앞에서 헤르메스 상에서도 볼 수 있듯이 운명이라는 이름으로 불리는 자연강제와 이에 굴하지 않고 내면의 뜻을 따르려는 자유의지의 합치된 형태가 꼭 여성에게서만 일어난다고 할 수 없는 사정이 분명한데도 슐레겔은 후속연구에서 '여성적'이라는 개념을 사용하였다. 왜 그랬을까?

그러면 여기에서 잠깐 슐레겔의 후속연구를 살펴보자. 슐레겔이 탁월한 지성의 소유자임은 이 논문에서도 유감없이 드러난다. 예술작품을 대하는 안목의 빼어남은 말할 것도 없지만 고대 희랍사회에서의 삶을 이해함에서 사회구성체의 면모를 전반적으로 파악하고 그 토대 위에서 예술의 발전을 논의하고 있는 슐레겔의 텍스트를 읽으면 우리는 예술이 사회구성원들과 '직접적'으로 교류했던 그 시절의 일면을 엿볼 수 있게 된다. 희랍문명의 발생단계에서 정신이 자연과 직접 겨루는 가운데 획득한 첫 형식은 호메로스의 서사시에 뚜렷한 흔적을 남겼는데, 바로 전투와 모험을 일삼는 '영웅'[15]이다. 누구의 도움도 받지 않고 오직 타고난 분석능력을 사용할 용기를 발휘하여 신화의 세계를 빠져나오는 오디세우스가 대표적일 것이다. 이 서사시의 세계는 아직 이상적인 아름다움에 도달하지 않았다. 자연의 충실한 묘사가 관건인 호메로스의 세계가 지나고 오랜 시간이 흐른 후에 사교성과 인본성이 만개한 시절이 열려 그리스 민족의 도약기에 접어들었고, 도시국가 아테네의 고전비극 시대가 열렸다.

> 성격의 본원적이고 순수한 완전성(여기에서 말하는 것은 윤리에 국한되지 않는다)은 ……풍부함, 하모니 그리고 완성 이 세 가지를 갖는다. ……이 세 가지 모두가 하나의 성격에 합쳐져서 그래서 성격이 완전하게 묘사되면 최고의 미가 발생한다. 이 최고단계는 소포클레스에게서 도달해 있으며, 남성의 성격들에서나 여성의 성격들에서나 공히 나타나 있다. 왜냐하면 남성적 성격의 완전성과 미는 본질적으로 여성의 그것과 다르지 않기 때문이다. 단지 드러나는 방식에서만 아주 다르다.[16]

이처럼 슐레겔은 근본적으로 인간은 누구나 아름다움의 이상에 도달할 수 있는 자질을 타고났다는 견해를 가지고 있었다. 바탕은 같은데 표현방식에서만 차이가 날 뿐인 것이다. 그렇다면 이제부터는 어떻게 다르고 어떻게 해서 다르게 되는 것인지에 대해서 차분하게 이야기를 전개해야 하지 않았을까? 하지만 슐레겔은 해야 할 이야기는 하지 않고 그저 이렇게 선언한다. "근본적으로 최고의 미가 아름다운 예술의 최고목적이며, 여성 인물들의 특질에서 그리스 문학은 이 목적에 도달했다."[17] 그는 차이를 추적하지 않고 대신 "우리에게 전해진 작가들에서 일련의 흥미로운 여성인물들을 시간순서로" 살펴보는 연구방법을 택했는데, 그래서 "여성적 특질에서 드러나는 아름다움의 희랍적 이상이 어떻게 점차적으로 형성되고 완성되었다가 다시 타락하는지 전체적인 그림"[18]을 그릴 수 있게 되었다고 연구결과를 보고한다.

그렇다면 '여성적 특질'을 도출해내면서 여성인물만을 추적했다는 이야기가 아닌가? 남녀의 특질들에 대한 비교연구는 전혀 수행하지 않고도 이른바 '아름다움'에 '여성적'이라는 형용사를 배타적으로 붙일 수 있다고 선언하는 자신감은 대체 어디서 나오는 것일까? 슐레겔이 안티케 예술의 '아름다움'에 매료되고 인간성이 그토록 고귀한 경지에 도달할 수 있다는 사실에 진실로 경탄하는 마음을 가졌음은 분명한 사실로 보인다. 그리고 남성인 자기 자신에게도 그런 일면이 있음을 깨닫는 순간 역시 경험했을 것이다. 그래서 내심 무척 기쁘기도 했을 것이다. 하지만 그에게는 조화의 경지에 직접 오르기 보다는 그런 경지에 '이름을 붙이는' 역할이 더 중요했다. 자신에게도 조화와 합치의 '아름다운' 순간이 찾아올 수 있다는 사실보다는, 그런 사실을 발견하고 규정하는 능력에 더 본질적인 가치를 부여하고 있었기 때문이다.

이런 의미에서 슐레겔은 전형적인 근대인이었다. 망망대해를 분석능력으로 헤쳐 나가는 최초의 근대인 오디세우스는 근대남성의 역할모델이다. 영웅이 모험하는 심정으로 연구에 임해야 한다. 탐험으로 발견해낸 사실에 안주하는 순간 모험은 중단된다. 모험가인 이상 희랍문명과 예술을 지적으로 탐험한 끝에 발견해낸 이 '부드러움'을 직접 자신에게 적용할 수는 없었다. 하지만 아름다움이 보편적 인간성에 해당함은 분명한 사실이므로 자신과의 연관을 완전히 떼어낼 수도 없었다. 결국 자기를 발견하는 계기 즉 타자로 삼기로 한다. 슐레겔에 의해 '여성적 아름다움'은 '남성적 지성'의 타자로 공식 등록되었다. "우리는 희랍문학이 결코 충족할 수 없고, 충족시키려 하지도 않았던 요구를 그 문학에 제기해서는 안 된다. 철학적 예술 혹은 윤리의 철학사에 해당하는 요구들 말이다. 흥미로운 개별인간을 충실하게 묘사하는 것은 아름다운 예술의 목적이 아니다"[19] 구체적인 개인을 탐구하는 '철학적인 작업'은 근대인의 몫이고, 고대인은 아직 지성이 충분히 발달하지 못한 단계에서 '이상화된' 순간을 형상적으로 포착할 수 있을 뿐이다. 그 이상화된 미를 '여성적'이라고 명명하는 슐레겔의 의도는 명백하다. 지적으로 한 단계 더 진보해서 적극적으로 사유할 줄 알며 무한으로 뻗어나가는 근대에 '남성적'이라는 이름을 붙이기 위해서이다.

물론 슐레겔은 이러한 명명에 제대로 된 '논리적 근거'를 제공했다. 그리고 그가 구성한 논리는 오늘날 통용되는 여성성과 남성성 개념의 토대를 이루고 있다. 그런데 슐레겔의 연구진행 방식을 들여다보면, '자연과 자유의 합치' 즉 '조화'를 '여성적'이라고 규정하기 위해 얼마나 자의적으로 개별사안들을 취사선택하는지, 놀라게 된다. 소포클레스가 창조한 여성인물 안티고네를 "그녀의 성격은 신성이다. 신적인 것이 인간에게서 가시적으로 되면, 최고의 아름다움이 나타나는 것이다"[20]라고 평가한 데 대해서는 그의 견해로 충분히 인정해줄 수 있다. 그리고 공감할 수도 있다. 이러한 미적 기준을 가지고 있는 그에게 아이스퀼로스의 클뤼템네스트라가 마음에 안 드는 사정도 이해 못할 것은 없다. 영웅적인 면모를 지니고 있는 여자이기 때문이다.

트로이 전쟁에서 돌아온 아가멤논을 살해한 이 여인은 자신의 행위에 대하여 당당하게 책임을 지고, 자기 확신에서 우러나는 태도를 취한다. 슐레겔의 문학적 안목은 아이스퀼로스의 작품에서 이 여성인물이 매우 성공적으로 형상화되었음을 파악한다. 하지만 소포클레스의 수준에는 아직 못 미친, 그 전 단계에 해당하는 작품으로 자리매김될 뿐이다. '여성적'이지 못하기 때문이다. 이처럼 슐레겔의 문학적 안목과 미적 기준이 충돌하는 현장을 우리는 호메로스의 서사시 연구에서 훨씬 자주 접하게 된다. 미네르바와 비너스는 서로 다툴 때는 거칠고 천박해서 모욕적이기까지 하다. 그런데 비너스가 울면서 아버지 제우스에게 하소연하는 장면에서는 다시 고귀해진다고 '평가'한다. 페넬로페는 아이처럼 솔직해서 현명하다는 추앙을 받는 경우이다. 느닷없이 나타난 오디세우스를 보고 도망가는 시녀들과 달리 혼자 남아 그를 돕는 나우시카는 왜 아름다운가? 자기를 생각하지 않고, 상황을 판단하지 않고 오직 무구한 심장에 들어온 인상에 따라 행동하기 때문이다.

호메로스의 작품에 등장하는 여성인물들에서는 '여성적 특질'이 이토록 '초보적인' 수준이거나, 아니면 예외적으로 나타난다. 그러다가 소포클레스의 작품에 이르면 엘렉트라, 이스메네, 안티고네 같은 경우를 통해 여성적 특질의 문학적 이상이 완성된다. 슐레겔은 이러한 희랍적 이상의 완성이 아테네 민주정과 깊은 관련이 있다고 분석한다. 민주주의와 더불어 '여성적인 조화의 이상'이 만개한 비극작품들이 창작되었다가 희랍문명이 쇠퇴함과 더불어 풍속과 예술에서 절도와 고요함이 사라졌다는 평가이다. 이 '무절제'의 작품들을 내놓은 작가의 대표격은 에우리피데스이고 아리스토파네스에 이르면 말기적 증상이 극에 달한다.

희랍문명이 최고봉에 올랐다가 곧 쇠락의 길을 걸었음은 역사적 사실로서 이를 고대문명의 한계로 파악하는 슐레겔의 역사관에는 일말의 진실이 내포되어 있을 것이다. 하지만 이른바 '여성성'을 최고봉에 오른 희랍문명의 특질로 명명하기 위해 슐레겔은 그런 특질을 제대로 구현하지 않는 여성인물들에 대해서는 '고귀하지 못하다'라고 하면서 '아직 미숙한 단계이다'라고 하거나 아니면 '너무 나아갔다'라는 틀을 뒤집어씌운다. 그리고 찬란했던 희랍문명의 쇠락을 안타까워하는 심정에서인지, 그 '지나친' 여성인물들을 분석하면서는 마치 여자들이 일탈적이어서 세상이 망했다는 식의 태도를 취한다. 에우리피데스가 창조한 인물 메데아(Medea)와 페드라(Phaedra)는 무절제에 선과 힘을 결합한 채 등장한다. 악덕과 유혹적인 매력을 결합하여 경탄할 만한 것으로 만들 줄 아는 여자들이 나타나다니 참으로 개탄스러운 일이 아닐 수 없다. 에우리피데스는 메데아와 페드라가 스스로 자신들의 아름다운 순간을 망쳐버리도록 하였는데, 결정적인 오류는 인물들이 철학을 하도록 하였다는 데 있다. 여자가 철학을 하다니! 그런데 에우리피데스도 아름다움에 대한 능력이 없는 작가는 아니다. 이피게니에는 '여성성'을 탁월하게 구현하고 있다. 하지만 쇠퇴기의 작품이므로 '예외적'[21]인 현상에 불과하다. 성 파업을 주도하는 아리스토파네스의 리시스트라테는 여자가 얼마나 무절제하고 타락할 수 있는 지를 보여주는 일례이다. 여자들이 모여 여성의 지배와 남성의 복종을 의결하고, 사랑에서의 평등과 동등을 주장하면서 재화와 남성을 공유하겠다고 선언하는 것은 한마디로 미친 짓인 것이다. 이처럼 무제한으로 감성을 분출시키느라 그 넘치던 힘을 다 소진시켜버려 놀라울 만큼 빠르게 망해버리고 말았다.[22]

풍속과 예술이 절도와 고요함을 상실하고 완전성에서 무절제로 넘어간 몰락의 시간에는 영혼의 엄청난 폭식의 결과가 단계적으로 나타나지 않는다. 단번에, 알아채지 못하는 순간에 돌이킬 수 없이 덮친다. 공화국이 야심과 감성으로 미덕을 버린 후, 짧은 기간에 정치적 · 도덕적 활기를 잃자 조화미가 문학의 목적이기를 포기하면서 윤리적 인간을 더 이상 대상으로 삼지 않게 되었다. 성격과 격정이 마치 죽은 소재처럼 다루어졌다.

이와 같은 문화적 야만의 시기는 고대 희랍사회의 몰락으로 인해 오래 가지는 않았지만, 몰락은 전성기의 아름다움 역시 휩쓸어간 터라 고전적 절도와는 거리가 먼 로마제국의 팽창주의가 지중해 전역을 지배하게 되었다. 그 아름다운 이상이 상실되어 참 안타까운 노릇이지만, 그래도 그런 이상이 정말 어떠했는지 알 수 있게 해주는 자료들이 남아 있으니 이 기록들에서 '아름다웠던 한때'를 복원하는 작업을 수행할 필요가 있다. 고대인들에 비해 탁월한 지성을 갖춘 근대인은 조그마한 암시만 주어져도 전체를 복원할 능력이 있다. 이런 확신으로 슐레겔은 고대의 유산에 대한 연구를 속개한다.

고귀한 창부 디오티마의 탁월함

「디오티마에 대하여」[23]는 한 편의 대화를 통해 고대 희랍전성기 사회를 재구성한 탁월한 지적 작업이다. 단초는 플라톤의 『향연』에 나오는 소크라테스의 이야기이다. 사랑을 주제로 이야기를 주고받던 중 차례가 되자 소크라테스는 예전에 디오티마와 이런 대화를 나눈 적이 있다면서 사람들에게 들려주었는데, 슐레겔은 플라톤이 대화편에 이 대화를 실은 의도[24]를 살려 고대 조화미가 현실적인 작용력을 발휘했던 구체적인 여성을 다음과 같이 기리고 있다.

> 아스파지아의 우아미와 사포의 영혼을 드높은 독립심으로 결합시킨 디오티마는 그 성스러운 마음으로 완성된 인간성의 표상이 된다.[25]

여기에서도 슐레겔은 여성성의 구현이라는 말을 하지 않는다. 인간성이 완성되었다는 표현으로 한 여자의 탁월함을 기리는데, 이러한 결론에 이르기까지 슐레겔은 약간 까다로운 문제를 해결해야만 하였다. 디오티마가 대체로 창부로 알려져 있기 때문이다. 이 문제를 해결하는 슐레겔의 지적능력은 다시 한 번 우리의 감탄을 불러일으킨다. 아울러 전혀 다른 관점에서 남녀의 성역할 분담을 고찰할 단초를 제공한다.[26]

사실 슐레겔의 출발점은 그토록 탁월한 여인이 창부라는 이름을 얻은 데 대한 불편한 심정이었다. 따라서 먼저 희랍사회에서의 창부를 연구하였다. 연구를 통해 터득한 사실은 여자들의 열악한 지위와 그 원인이었다. 여자들은 철저하게 사회로부터 격리되었고, 가사노동에 매몰된 채 집안에 머물러 있어야 했다. 그 결과 교육받을 권리와 사교의 권리를 박탈당했다. 교육과 사교는 슐레겔이 인간성 형성에서 무엇보다도 중요하게 여기는 요인인 까닭에 이런 사회에서라면 여자들이 세련되지 못한 상태에 있을 수밖에 없다. 그런데 이따금 탁월한 여자들이 있었다고 기록에 나오는 것을 보면 특별한 예외가 있었음이 틀림없다.

그 예외적 존재란 창부일 수밖에 없었다. 밖으로 나다니면서 뛰어난 남자들과 교제했으니, 대화상대가 될 만한 교육을 받았을 것이라는 결론을 내릴 수밖에 없기 때문이다. 슐레겔은 이런 결론을 뒷받침할 만한 사료들을 찾아냈다. 그런데 페리클레스의 정부로 알려진 아스파시아의 경우만 해도 웅변과 정치력으로 권력을 행사했었다고 하니 창부치고는 무척 탁월했나 보다고 치부할 수 있었다. 그런데 대철학자인 소크라테스와 더불어 차원 높은 대화를 나눈 디오티마는 아무래도 요령부득일 뿐 아니라, 완전한 인간성의 표상으로 치켜세워야 하는 여인네를 창부로 두기가 좀 그랬던지 슐레겔은 디오티마가 피타고라스학파의 일원이었음에 틀림없다고 '추정'하면서 그 근거를 이리저리 둘러댄다. 고급 창부로 누릴 수 있는 일반적인 교양습득 이외에도 '학문적인' 훈련을 한 여인으로서 디오티마는 현대적인 이분법으로 지칭되는 남성적 특성과 여성적 자질을 모두 갖추고 있던 인물이었다는 것이다.

이런 논리를 구성하는 슐레겔의 분석 작업에서 눈에 띄는 점은 조화의 이상이 상징체계로 등장한 배경으로 아테네의 민주정을 지목하고 그 토대 위에서 논리를 전개하는 혜안이다. 그래서 솔론의 개혁을 자세하게 다룬다.[27] 솔론 개혁의 핵심은 부의 집중을 억제하는 데 있었던바, 그러기 위해 재산을 상속받은 여자시민의 결혼에 관청이 개입하는 좀 기이한 조치들도 나왔다. 결혼이 재산가들을 연결해 거대가문이 등장하는 것을 막기 위함이었다.[28] 이처럼 정의와 공평함의 지혜를 가지고 있었던 솔론에게 당연히 여자들에게도 공생활에의 참여와 교육을 허용할 마음이 없을 수 없었다. 하지만 이는 당시 "아테네의 개념에 위배되는지라"[29] 관철시킬 수 없었다고 슐레겔은 정리한다. 그러면 여성교육과 공생활에의 참여가 왜 아테네 민주시민의 개념에 위배되었는가? 무엇보다도 당시 민주정의 성격에서 원인을 찾아야 할 것이다. 남자 자유인만이 '시민' 자격으로 민주적인 의사결정 과정에 참여하고 권력을 행사했다는 것은 그 남사시민이 일정한 수준의 사유재산을 소유한 가부장이라는 물적 토대 위에서 재산권과 사생활 영역의 처분권을 대변하는 모양새이기 때문이다. 더구나 직접 민주주의로 진행되는 매우 초보적인 의결과정에서 이 '눈에 보이는' 질서가 흐트러지면 사회의 근간이 무너지는 혼란이 초래될 것이다. 따라서 여자는 공생활로부터 격리될 필요가 있었다.

슐레겔의 관점에 따르면, 교육과 사교로부터의 제외는 이처럼 정치질서를 지키기 위한 데 따른 부차적인 것이었다. 하지만 엄연히 존재하는 사생활 영역을 남자들이라고 해서 공론장에서 논하지 않을 수 없었고, 더구나 '완전한 인간성의 실현'을 위해서는 남녀가 서로 교류할 필요가 있었다. 그래서 사생활에 속하는 사람들 중 공적영역으로 넘어와 그 사생활을 '대변'하는 역할을 하는 사람들이 필요했다. 이들이 바로 현대적인 용어로 '창부'라고 일컬어지는 사람들로, 안티케의 특수층 여성들을 '부당하게도' 오늘날 '창부라고 부르는 것이다. 고귀한 디오티마를 연예인으로 부른다면 슐레겔은 다시 화를 내겠지만, 사생활을 공론장에 불러내 온다는 그 '역할'에 입각해서 보자면, 자본주의 사회에서 문화산업을 담당하는 연예인에 해당한다고 할 수 있다.

'생각하는 남성'이 부여한 타자의 정체성

페미니즘의 입장에서 보면 전형적인 근대주의자여서 흔히들 말하는 '마초'의 범주에 들어갈 슐레겔이 한국 페미니즘이 화두로 내세우는 '여성성'의 이론적 기초를 이처럼 착실하게 닦아놓았다는 사실은 참 대단한 역설이 아닐 수 없다. 슐레겔이 지적으로 매우 탁월해서 사태를 정확하게 분석했기 때문인지, 아니면 오히려 역사적 우연에 더 가까웠는지 정확하게 그 지분을 따지기는 힘들지만, 여하튼 18세기에 운명을 스스로 개척하겠다는 의지로 서구인들이 계몽세상을 연 후, 근대문명은 사생활과 공생활을 여자와 남자의 '고유한' 영역으로 환원시켜 이분법적 체계를 구축하는 데 박차를 가하면서 발전해왔다. 이러한 분업체계는 산업사회를 발전시키는 데 무척 효율적이었다. 남자가 현실세계의 냉혹한 경쟁에 전 존재를 걸고 뛰어들 수 있도록 사생활만큼은 존재의 최후 보루로서 끝까지 버텨주는 '자연'의 성질을 유지하고 있어야 했는데, 이를 '본성'으로 못 박는 역할분담론이 나왔으니 그 이상의 해결책이 있을 수 없었기 때문이다.

'스위트 홈'에 남은 여자의 '여성성'은 남자가 공생활을 시작하는 원인이자 다시 회귀할 수 있는 '근원'이었다. 살아남기 위한 사투를 벌이는 남자의 입장에서 부드러운 여성성은 정서적 안정을 위한 필요 이상이었다. 존재론적 근거, 즉 밥벌이 하는 동안 소외와 분열을 감수할 수밖에 없는 근대인들에게 다시 '자연'을 접할 수 있게 해주는 '통로'였던 것이다. 남자를 '생각하는 사람'으로 명명한 근대인은 여자에게 '자연'의 위상을 지시함으로서 존재근거를 온전하게 확보할 수 있었다. 하지만 근대인 역시 여자의 자궁을 빌려 이 세상에서 생각하는 사람이 되었음을 인정하지 않을 도리가 없었다. 그래서 남자도 자연의 일부라는 사실을 완전히 망각하지 않을 계기를 마련해두어야 했고, 일이 끝나면 가정으로 돌아가는 시스템을 발굴한 것이다.

자신을 진정한 근대주의자로 평가했던 슐레겔은 개념으로 대상을 '명명'하는 칸트적인 단계에 머물지 않았다. 명명된 대상과도 직접 소통할 수 있다는 자심감에 충만했던 그는 마침내 남녀가 '자연'을 주고받는 '일 끝난 뒤'의 삶, 즉 성생활에서 진행되는 소통과정마저 직접 지휘하고 명명하는 작업을 한다. 소설 『루친데』[30]를 쓴 것이다. '아름다운' 고전예술이 지닌 한계를 넘어서 더 많은 지성을 직접 삶의 영역에 투입시켜야 한다는 의지를 앞세운 낭만주의 예술은 타자의 물자체 그 깊숙한 속으로까지 계몽의 빛을 거침없이 투사한다. '어두운 대륙'을 밝은 세상으로 불러낸 슐레겔은 모든 감각기관을 총동원해 확인한 결과를 낱낱이 기록하였다. 이런 방식의 계몽에 대해 근대사회는 웬일인지 일단 '외설'이라는 명칭으로 별도 관리한다. 슐레겔 역시 이 소설 때문에 예정된 교수직을 박탈당하는 고초를 겪었지만, 근대인으로서 자존감은 한층 더해갔다.

슐레겔은 여자라는 인류의 절반이 생물학적 속성에 갇혀 '여성'으로

「지옥의 문」(La Porte de l'Enfer, 1880~88) 팀파눔에 위치한 오귀스트 로댕(Auguste Rodin, 1880~1917)의 「생각하는 사람」(Le Penseur, 19세기경).

인식의 열매를 따먹은 결과를 응시하면서 자신이 정신적 존재임을 확인하는 사람은 '생각하는 남자'가 되었다. 머리를 아래로 내리고 육체를 살로 직접 확인해서 현재의 느낌이 의식에 흐르도록 하는 사람은 '느끼는 여자'가 되었다. 지옥을 본 뒤 자기생각에 빠져 있기는 둘 다 마찬가지인데, 그 생각이 몸에 미치는 영향은 전혀 딴판이다. 이렇게 하여 안티케 시절 비너스와 헤르메스에게서 볼 수 있었던 정신과 살의 연대는 끝났다. 그 대신 근대의 기획이 사람의 살에 찍혀 나왔다.

어떤 자세를 취하고 있든 자신이 상대방에 대한 타자임을 의식하는 가운데 자신의 정체성을 확인하느라 달리 겨를이 없기는 두 사람 모두 마찬가지이다. 그래서 이토록이나 달라졌단 말인가? 성정체성을 확인하기 위해 서로 반대방향으로 치달은 결과이다. 생각하는 남자는 살을 억눌러 제압하고 느끼는 여자는 정신을 포기함으로써 살의 느낌을 살렸다. 남녀 양성의 시민적 분화는 이런 방식으로 살을 얻었고, 살을 입은 정신이 구체적인 사회관계에서 자신을 관철할 수 있게 되었다. 남성성과 여성성의 분화는 자연지배의 프로그램에 따라 활동하는 정신이 성사시킨 근대적 분열의 근간을 이룬다.*

그런데 이 근대의 분열은 그 극복 역시 프로그램이다. 따라서 두 사람은 사랑을 해야 한다. 자기 속에 갇혀 있다가 상대방을 바라보니 참으로 낯설다. 느끼는 여자는 낯선 시선을 받는 살을 더욱 낯설게 느끼면서 점점 더 자기 살 속으로 파묻혀들고, 생각하는 남자는 그렇게 달아나는 여체를 낯선 대상으로 포착한다. 그녀에게 가기 위해서

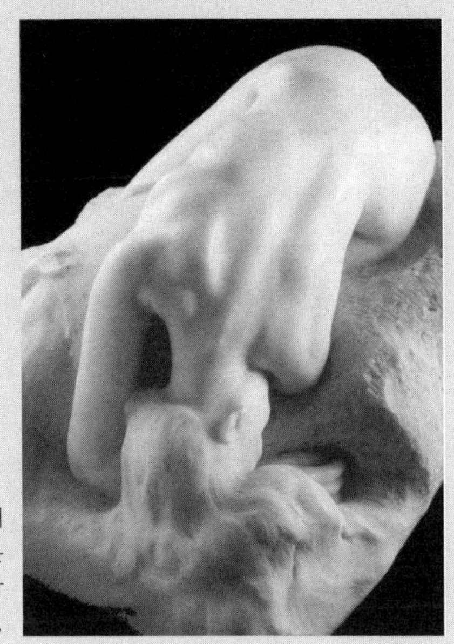

「지옥의 문」을 위해
구상되었으나 포함되지는 않은
로댕의 대리석 조각
「다나이드」(La Danaide, 1889).

우선 대상을 분석하기로 한다. 계속 차이를 파헤쳐 들어가다가 끝내 들어갈 수 없는 부분이 있음을 터득한다. 뼈와 살은 자신도 가지고 있으므로 몸소 확인한 차이를 '여체의 부드러움'으로 명명할 수 있었다. 자신에게는 없는 자궁은 그야말로 '어두운 대륙'이다. 두뇌의 분석능력이 적용될 수 없는 이 '물자체'를 그냥 미지의 영역으로 남겨둔다면, 생각하는 능력을 타고난 근대인이라 할 수 없다. 여태 생물학적 기능만 담당해온 결절을 펜으로 활용해 물자체의 영역을 파고든다. 펜의 움직임에 따라 어두운 대륙은 서서히 계몽된다. 펜을 가지고 있는 남자는 계몽의 결과를 '인식'한다.

근대인의 소명을 다한 남자는 인식된 결과와 더불어 펜을 거두어들인다. 펜이 지나간 곳에는 다시 어두움만 남는다. 계몽의 빛이 비추었다가 사라진 그곳은 현상계에서 무(無)이다. 절대적 무. 이 물자체는 여전히 어두운 대륙인 채 여자에게 남는다. 하지만 남자의 시야에 들어왔다. 계몽이 승리를 거둔 것이다. 눈에 보이는 모든 것에 이름을 붙여야 한다는 강박에 사로잡힌 근대인은 자신은 도저히 알 수 없는 이 '어두운 대륙'을 여성 정체성의 근원이라 '규정'한다. 프로이드의 지적 작업에 의해 자궁은 물자체의 영역에서 문화의 영역으로 이전되었다. 꽃처럼 온갖 수식부들을 거느리게 되었다. 두뇌의 처분권에 종속된 자궁은 자본주의 문화산업의 마르지 않는 샘으로 되어 21세기 시민의 눈과 귀를 쉴 새 없이 두드려댄다.

* 이순예, 『예술, 서구를 만들다』, 168~169쪽 내용 재구성.

타자화되는 과정을 '자신의 지성을 사용할 용기'[31]를 발휘하여 과감하게 기록했다. 그가 남긴 안티케 예술에 대한 미학적 연구와 소설작품에 따르면 '여자'가 '여성'으로 되는 과정은 남성주체가 타자인 여성을 어떤 계기로 현실에서 '사용할' 필요가 있었는가에 따라 양태를 달리했다. 아테네 민주정처럼 여자를 시민사회에서 완전히 '없는' 존재로 분리시켜야 했을 때에는 남성시민이 온전한 인간성을 구현할 수 있도록 해주는 계기이면 충분했다. 욕구충동이 과도해지지 않도록 내적 제어의 가능성을 확신시켜줄 부드러운 여성성을 이상으로 추앙했다. 하지만 여자가 사생활을 담당하는 '동등한' 시민으로 참여하는 근대 시민사회에서는 여자라는 존재 자체가 사회구성에서 배제되지 않는다. 역할분담에 의한 사회적 수행의 결과만 배제될 뿐이다. 결국 여자는 사회적 역할수행의 결과 사회적 존재를 박탈당하는 위치에 처하게 되고, 이러한 분열의 결과 남자 역시 지성을 사용하는 역할과 자연으로 회귀하는 존재 사이에서 분열되는 운명을 피할 수 없게 된다.

슐레겔의 소설 『루친데』의 탁월함 그리고 선진성은 이러한 근대적 운명에 처한 남녀가 소통하는 방식의 '유효한' 형태를 제시했다는 데 있다. 분열이라는 근대적 병을 앓는 남성주체는 더 이상 완전한 인간성을 추구할 여유가 없다. 분열을 직접 뛰어넘어 자신을 회복할 필요가 절실했고, 계속 분석능력이 요구되는 공생활 영역에 머물러야 하는 운명도 직시했다. 이러한 상황에서 슐레겔이 제시한 해법은 그 분석능력이 적용되지 않는 최후의 단단한 단위를 통해 분석하는 자신을 초월하는 길이었다. 슐레겔의 소설은 분석되지 않는 최후의 단위를 찾아 나선 구도자의 모험에 해당된다. 19세기의 오디세우스는 자연의 도전을 한층 쉽게 극복한다. 문명이 진보한 결과 자연을 파트너로서 침대에 데리고 들어올 수 있었기 때문이다. 이 모험에서 근대인은 완전히 승리한다. 계몽의 빛을 더 이상 투사할 수 없는 그 최후의 단위 앞에서 절망하기는커녕 진정한 파트너의 필요성을 확인하면서 다시 자신에게로 돌아와 생각하는 사람이 될 수 있다는 안도감에 환호했다.

여류 소설가 도로테아[32]와의 연애라는 전기적 사실을 토대로 쓴 이 소설은 모든 것을 몸소 확인하고 명명하는 진정한 근대주의자 슐레겔이 남성주체에게 자기초월의 반성능력이 있음을 확인시켜주면서 그 능력을 적극 활용하라고 독려하는 메시지를 담고 있다. 슐레겔의 낭만적 지성은 시민사회에서 물적으로는 존재하지만 역할로서는 배제된 여자에게 유적 본질로서의 '물'(物)인 자궁의 위상을 부여하여 사회적으로 통합시켰다. 이 '물'은 현실생활에서는 한없이 작아지는 근대인에게 어쨌든 자신이 빛을 투사하는 주체임을 확인시켜주는 역할을 한다. 근대남성으로서는 자신을 회복하기 위해 가장 절실하게 소용되는 계기가 아닐 수 없다. 슐레겔은 마지막 단위인 자궁을 타자의 정체성으로 추켜세우면서 드디어 근대가 갈라놓은 사람들 사이의 분열과 분화를 극복했다고 '설파'할 수 있었다. 너무 직접적이었는지 한때 외설로 분류되었지만, 20세기 들어와서는 너무도 당연한 문화적 흐름을 형성하더니, 뒤늦게 서구화의 대열에 뛰어든 21세기 한국사회에서는 가장 힘 있는 소통방식으로 자리 잡았다.

프리드리히 엥겔스, 『가족, 사유재산, 국가의 기원』

여성 억압의 물적 토대를 찾다

홍찬숙 ▌서울대 여성연구소 책임연구원

엥겔스는 가족제도가 역사유물론의 지배를 받으며 진화하는 것이라고 보았다. 그는 마르크스주의 여성해방의 핵심이 되는, 다음과 같은 결론을 도출한다. "여성해방의 첫째 조건은 여성 전체가 사회적 노동에 복귀하는 것이며, 그러기 위해서는 개별가족이 사회의 경제적 단위로 되지 않아야 한다."

홍찬숙

사회학자. 서울대학교 영어영문학과와 이화여자대학교 대학원 여성학과를 졸업하고 독일 뮌헨의 루드비히막시밀리안 대학교에서 사회학 박사학위를 받았다. 현재 서울대학교 여성연구소 연구교수로 있다.

지은 책으로 『개인화: 해방과 위험의 양면성』(근간), 『독일 통일과 여성』(공저, 2013 문화체육관광부 우수학술도서)이 있고, 옮긴 책으로 『세계화 시대의 권력과 대항권력』 『자기만의 신』 『장거리 사랑』이 있다. 또 「위험과 성찰성: 벡, 기든스, 루만의 사회이론 비교」「루만과 벡의 근대성 이론 비교: 자기대면과 주체의 문제를 중심으로」 등 다수의 논문을 발표했다. 번역했다.

이중의 삶을 살았던 시대의 참여관찰자

프리드리히 엥겔스(Friedrich Englels, 1820~95)는 이중의 삶을 살았던 사람이다. 그의 삶의 이중적 측면은 역설적으로 그의 일관된 정치 성향과 활동에 동일하게 기여했다. 최상류층 호사취미인 여우사냥을 즐겼던 사업가 엥겔스의 재력과 사업능력이 없었다면 자본주의 전복을 꿈꾼 공산주의 혁명가 엥겔스도 존재하지 않았을 것이다. 또 물심양면으로 그의 지원하에 저술된 칼 마르크스의 『자본』(*Das Kapital*) 역시 집필되지 못했을 것이다. 그를 '과학적 사회주의'의 이론가로 내세웠던 소비에트 사회도 존재하지 않았을 것이고 공산주의 혁명은 아마도 전혀 다른 형태로 이루어졌거나 또는 이루어지지 못했을 것이다. 무엇보다도 계급사회와 동일시되는 '문명사회'의 도래와 함께 여성이 '세계사적 패배'를 겪었고, 그럼으로써 역사적으로 여성의 예속이 시작되었다고 설명한 마르크스주의적 (시쳇말로) '구성주의' 여성해방이론도 존재하지 않았을 것이다.

현대 서구의 비판적 사상가들 사이에서 엥겔스는 크게 환영받는 인물이 아니었다. 한때 대학교수를 꿈꿨던 철학박사 마르크스가 조심스럽고 유려한 문장으로 시대의 모순을 갈파하고 저술했던 것에 무한히 감동받았던 지식인들조차도 엥겔스의 거친 문장과 논리적 비약에 대해서는 냉담한 태도를 보였다. 반면에 서구의 비판적 사상가들이 명백히 등을 돌렸던 스탈린 치하의 소련에서 엥겔스는 마르크스주의를 자연과학적이고 명쾌하게, 거기다 군사적 지식까지 곁들여서, 대중적으로 이해 가능하도록 설명한 친절한 이론가로 추앙받았다. 마르크스와 엥겔스의 생전에조차도 방대하고 읽기 어려운 『자본』보다 핵심만 추려서 명쾌하게 테제로 제시하는 엥겔스의 저술들이 공산주의 확산에 더욱 크게 기여했다고 한

사업가이자 공산주의 혁명가로서 이중의 삶을 살았던 프리드리히 엥겔스.

다. 또 그만큼 마르크스주의의 스탈린주의적 왜곡에 대해 엥겔스가 모든 책임을 뒤집어쓰는 '희생'을 엥겔스는 사후에도 감내해야 했다.

절친한 친구이자 그 이상이었던 마르크스와 엥겔스는 사상적 동료이자 혁명동지였고, 문필가와 스폰서의 관계였다. 엥겔스는 매우 헌신적이고 열정적인 스폰서여서 마르크스의 저술과 사상, 혁명이론의 확립을 위해 자신의 일생을 쏟아 부었을 뿐 아니라, 혁명이론의 확산에 누를 끼칠 만한 마르크스의 약점들이 적대세력에 의해 이용되지 않도록 온몸을 던져 희생했다. 마르크스에 대한 엥겔스의 희생적인 태도는 오랫동안 일종의 '불가사의'로서, 또는 '혁명적 동지애'로서 사람들 입에 오르내렸지만, 엥겔스를 마르크스 사상의 성실한 스폰서로 이해한다면 그렇게 불가사의한 것만은 아님을 알 수 있다. 엥겔스는 자신의 꿈이었지만 현실적으로는 직접 수행할 수 없었던 작업을 마르크스에게 위임했고 마르크스가 그것을 잘 해내도록 물심양면으로 지원하고 격려했으며, 대화와 조언뿐 아니라 독촉도 하고, 적대세력을 제거해주기도 했다.

엥겔스의 아버지가 형제들로부터 자신의 사업권을 보호하기 위해 맨체스터에서 외국인 에르멘과 동업을 했듯이 엥겔스 역시 자신의 혁명 사업을 위해 첫인상은 변변치 못했으나 천재적 능력을 가진 '시커먼 트리어 친구' 마르크스와 유럽을 돌며 일종의 동업을 했다. 당시에는 상인이나 사업가들이 가난한 예술가와 문필가들의 스폰서가 되는 일이 드물지 않았다. 혁명가라고 해서 스폰서를 찾지 못할 이유가 무엇이겠는가? 게다가 혁명은 예술이나 문필작업에 비해 훨씬 막대한 자원이 요구되는 대형 사업이 아닌가?

그러나 엥겔스는 단순히 마르크스의 스폰서로 만족하지 않았고, 마르크스주의 이론 정립을 위해 스스로 '핵심적 정보제공자'(key informant)의 역할을 떠맡았다. 자신이 직접 관찰할 수 없는 영역으로 인도해줄 또 다른 핵심적 정보제공자들을 발굴하기도 했다. 당시 국제교역의 핵심에 있던 자본가로서 엥겔스는 당대 자본주의의 논리를 직접 체험하며 간파할 수 있었고 사업능력 역시 출중했다. 자본의 움직임을 꿰뚫어보아 돈을 많이 벌어서 호화로운 사교생활을 하고 마르크스 일가를 먹여 살렸을 뿐 아니라, 자본주의에 대한 생생한 지식과 통계, 자료들을 마르크스의 집필을 위해 제공했다.

스스로가 자본주의의 핵심 정보제공자가 되기 이전에 엥겔스는 자신이 쉽게 접근할 수 없는 계급(노동자계급)의 세계로 자신을 인도해줄 핵심적 정보제공자들을 이미 확보했다. 엥겔스가 사업을 배우기 위해 맨체스터에 있는 아버지와 동업자의 회사(에르멘과 엥겔스 면방직회사)로 왔을 때, 얼마 지나지 않아 아일랜드 출신의 면방직 여성노동자 자매와 그들의 사촌을 알게 되고 그 중 한 명(메리 번스)과는 사랑하는 사이가 된다. 문맹이었지만 엥겔스를 만나기 이전부터 차티스트 운동에 참여하고 있던 번스 자매와 사촌은 엥겔스와 함께 생활하면서 그를 아일랜드 면방직 노동자들의 폐쇄적인 생활세계로 인도하는 길잡이 역할을 했다. 이러한 참여관찰에 기초해서 엥겔스는 1845년 최초의 저작 『영국 노동자계급의 상태』(*Die Lage der arbeitenden Klasse in England*)를 집필한다.

본인은 자본가의 사교세계에서, 연인은 노동자의 폐쇄적 세계에서 생활하는 전대미문의 이중적 삶을 살았던 엥겔스의 생활방식은 (이 점을 제외하면) 완벽한 동지였던 마르크스를 비롯해서 그 누구에게도 이해받지 못하는 것이었다. 번스 자매와의 관계는 철저히 비밀에 부쳐져서 엥겔스가 맨체스터를 떠났다가 돌아오면서 중단되고 재개되는 과정을 겪으면서도 공개되지 않았다. 이후 엥겔스가 맨체스터의 사업가 생활을 완전히 접고 런던 생활을 시작하면서 번스 자매와의 반려관계가 양지로 드러나게 된다.

엥겔스의 성과 사랑, 여성관

번스 자매와 엥겔스의 음지 생활은 당시 시대상황으로서는 불가피한 측면이 있었다고 한다. 우리가 쉽게 상상할 수 있듯이 당시에는 자본가들에 의한 여공 성추행이 빈번하게 일어나서 여성노동자와 공장주의 관계는 스캔들 감이었다고 한다. 엥겔스가 속해 있는 이중의 세계 모두에서 여성노동자와의 연애는 부담이 될 수밖에 없었다. 자본가의 세계에서 여성노동자와의 교제는 가문의 품위를 떨어뜨리는 결코 용납될 수 없는 일이었고 노동자나 사회주의자들의 관점에서도 그것은 추잡한 욕망에 사로잡힌 무책임한 작태일 뿐이었다.

그녀들의 일생 동안 지속된 엥겔스와의 관계는 당시 영국의 혼인관습을 보여주는 것이기도 하다. 첫 연인이었던 메리 번스는 외모가 출중하고 유머감각이 뛰어난 여성이었으며 누구보다도 열성적인 차티스트였다. 엥겔스는 언니인 메리와 연인이 되었다가 맨체스터를 떠나면서 관계가 중단되지만, 맨체스터로 돌아온 이후 관계가 재개되어 그녀가 죽을 때까지 연인관계를 유지했다. 그녀가 죽은 후에는 당시 영국의 풍습대로 동생인 리디아 번스와 반려관계를 맺었다. 리디아와도 그녀가 죽을 때까지 반려관계가 지속된다. 처음에는 비공개 관계였으나 런던으로 이주한 후에는 공개적으로 부부처럼 생활했다. 리디아의 임종 순간에 엥겔스는 자신의 소신에는 어긋나지만 리디아가 소망했기 때문에 목사를 불러 침대 맡에서 결혼식을 올렸다.

엥겔스는 여우사냥을 즐기는 정력적이고 매력적인 부유층 남성이었을 뿐 아니라 술과 여자를 좋아하는 바람둥이로 알려져 있다. 최근에 『엥겔스 평전』(*Marx's General: The Revolutionary Life of Friedrich Engels*, 2010)을 출판한 영국의 역사학자 트리스트럼 헌트에 따르면 엥겔스는 큰 키에 탄탄하고 날씬한 몸매, 희고 곱상한 얼굴을 한 귀공자풍의 체력 좋은 터프가이였다고 한다. 곱상한 얼굴을 남성적으로 보이고 싶어서 당대에는 터부였던 '수염 기르기'를 공개적으로 천명하는 등 반항적인 청년기를 보내기도 했다. 사업을 배우기 위해 고향을 떠난 후 여동생에게 써 보낸 자상하고 활달한 편지들을 보면 그의 거침없고 자신만만하면서도 다정한 성격이 드러난다.

노블레스 오블리주를 실천하는 칼뱅주의 개혁파의 명망 있는 사업가 가문 출신인 엥겔스는 어린 시절 피고용자나 장인들과도 스스럼없이 어울리는 생활을 했고, 성인이 되어서는 노동자 애인을 가질 만큼 파격적인 대인관계를 향유했다. 특히 그의 여성관은 매우 독특해서, 도도하고 잘난 부르주아 여성들을 아주 싫어했다고 한다. 무엇보다도 얌전한 척하고 순진한 척하는 교양 있는 태도를 아주 싫어해서 투박하고 직설적인 여성노동자들과 주로 연애를 했다. 당시 여성참정권을 주장했던 '콧대 높은' 여권주의자들을 싫어했던 것은 어찌 보면 당연한 노릇이다.

맨체스터를 떠난 다음 혁명을 따라 유럽을 돌다가 무장봉기에 실패한 후 프랑스에 머물게 되는데, 이때 엥겔스는 술과 연애에 탐닉하는 파리 시절을 보낸다. 이 시기에 대해서는 마르크스 가족들조차 언급하고 싫어하지 않을 정도로 향락에 빠진 생활을 했던 것 같다. 맨체스터로 돌아와서 번스 자매와 재결합하기 전까지 엥겔스의 여성편력은 매우 다채로웠던 것 같다. 청년기에 그는 매매춘에 대해 거부감이 없었고, 한때 사상적 스승이었으나 이후 사상적 경쟁자가 된 동지의 아내를 유혹해서 동거하다 떠나는 등 과감한 자유연애주의자였다. 엥겔스는 이후에도 그러한 행적에 대해 반성하거나 후회한 흔적을 남기지 않았다고 한다.

엥겔스는 부르주아로 살았지만 그가 이념뿐 아니라 실생활에서까지 결코 용납할 수 없었던 부르주아 제도는 두 가지였던 것 같다. 그것은 부르주아 여성이라는 사회적 구성물과 부르주아 결혼제도이다. 그는 부르주아 여성보다 번스 자매와 같은 노동자계급 여성에게서 배울 것이 많다는 표현을 자주 했고, 결혼제도를 혐오했다. 그뿐 아니라 가족제도를 혐오했던 것 같다. 결혼과 가족제도에 대한 혐오는 마르크스와 함께 작성한 『공산당 선언』(*Menifest Der Kommunistischen Partei*, 1848)에서 부르주아 결혼을 매매춘에 비유한 것을 볼 때 가장 잘 드러난다. 또 말년에 쓴 『가족, 사유재산, 국가의 기원』(*Der Usprung der Familie, des Privateigenthums und des Staats*, 1884)에서도 드러나듯이, 그는 가족과 관련된 모든 제도적 규정에서 자유롭고 순수하게 성적인 결합만으로 유지되는 이성애를 꿈꾸는 연애지상주의자이기도 하다.

실제로 엥겔스에게는 자녀가 없었다. 번스 자매를 비롯한 여러 여성과 동거했으나 마르크스를 보호하기 위해 자신의 아들로 입적한 프레디 데무트(마르크스와 하녀 사이에서 태어난 아들) 외에 엥겔스의 자녀는 존재하지 않았다. 엥겔스는 피 한 방울 섞이지 않은 마르크스의 딸들과 사위들을 자신의 가족처럼 돌보고 후원했으며, 자신의 말년을 동반해준 가정부에게도 재산을 나누어 상속했다. 반면에 아들로 입적된 프레디에게는 애정이 없었을 뿐 아니라 유산 한 푼 남겨주지 않았다. 자녀는 없었지만 그는 죽는 순간까지 열심히 일을 했고 재산을 유지했다. 죽을 때는 자신을 화장해서 잔해를 뿌릴 장소까지 정해줌으로서 세상에서 자신의 흔적을 말끔히 지워버렸다. 엥겔스는 오직 그의 저술들과 마르크스의 저술, 공산주의 혁명이라는 '정신'의 형태로만 기억될 수 있을 뿐이었다. 생물학적 족적을 완전히 지워버린 이 독특한 공산주의자의 행적은, 아마도 공산주의를 꿈꾼 한없이 자유로운 정신의 소유자였지만 기업가의 장남으로 태어난 생물학적 운명으로부터는 결코 벗어날 수 없었던 그가 선택했던 '자유'가 아니었을까 싶다.

프롤레타리아 식 사랑과 성관계

위에서도 말했듯이 엥겔스가 부르주아 라이프스타일에서 가장 참을 수 없었던 것은 사랑과 성의 영역이었다. 혁명을 후원하기 위해 그는 사업가로서 살았고, 혁명동지들을 위해 파티를 열어 포도주와 맥주를 대접했으며, 그런 파티가 가능할 만큼 큰 집에서 살았다. 당시 이미 주거지가 부촌과 빈촌으로 갈라지고 있는 상황에서 그의 집은 전망 좋은 부촌에 자리 잡고 있었고, 자신뿐 아니라 마르크스와 그 일가가 신분에 맞는 생활을 할 수 있도록 지원을 끊지 않았다. 그러나 유독 사랑과 성의 측면에서 그는 현실과 타협하지 않고 소신을 지킨 것처럼 보인다. 젊은 시절의 성적 편력을 반성하거나 그로 인해 고뇌하는 흔적을 남기지는 않았지만, 번스 자매와 관계를 재개한 이후 엥겔스는 바람둥이의 면모를 청산하고 관계에 매우 충실한 모습을 보였다. 또 리디아의 소원을 들어주기 위해 자신의 소신을 접고 결혼식까지 하면서 죽어가는 그녀를 위로하지 않았던가?

그러나 번스 자매와 그와의 관계가 어떤 성격이었는지를 아무도 알 수 없게 된 데에는 엥겔스가 기여한 바가 크다. 리디아의 죽음 후 그는 자신과 리디아 사이에서 오간 편지 등 그녀의 생활을 짐작하게 해줄 만한 서류들을 불태워버리도록 지시했다. 그녀가 문맹이어서 어차피 다 자기가 써준 것이나 다름없다는 이유에서였다. 또한 첫 반려자이자 프롤레타리아의 세계를 가르쳐준 계급적 스승격인 메리 번스에 대해서 역시 아무런 기록도 남아 있지 않다. 그녀의 출생년도조차 확인되지 않는다. 당시로서 그와 번스 자매와의 관계가 매우 이례적이어서 누구에게도 이해받지 못하는 것이었다고는 하지만, 『자본』 저술과 출판에 열성적이었던 그의 태도를 생각하면 부르주아 여성들과는 달리 자신에게 가르침을 준다는 프롤레타리아 여성들에 대해 아무런 기록도 남기지 않았다는 것을 이해하기란 쉽지 않다.

번스 자매 사후에 엥겔스는 하녀와 함께 생활하는데, 이 관계 역시 자유연애에서 크게 벗어나지 않았던 것처럼 보인다. 엥겔스는 결혼을 통해 여성에 대한 독점적 권리를 주장하지 않았고, 재산을 독점적으로 상속할 자녀를 갖지 않았기 때문에 자신의 소신대로 '순수하게 성에 기초한' 프롤레타리아식 사랑을 몸소 실천했다고 말할 수 있을 것이다. 그러나 문제는 그렇게 함으로써 성과 사랑의 문제가 지나치게 '사적'인 영역으로 가려지고, 동시에 '남성의 관점'에서 그렇게 된다는 것이다. 자유로운 성과 사랑이 제도적 규제에서 자유로울 뿐 아니라 여하한 종류의 규율과 규범에서도 자유로운 진공상태인 것처럼 단순화했다는 것이 문제이다.

소유와 무관한 프롤레타리아 식 사랑과 성관계 역시 남녀 간의 권력관계로부터 완전히 자유롭지는 못하다. 『영국 노동자 계급의 상태』에서 엥겔스는 가정폭력으로 나타나는 이러한 권력관계를 시야에서 놓치지 않고 있으나 그것을 '본질적인' 문제라고 생각하지는 않았다. 소유의 문제가 사회적으로 해결되면 그처럼 '2차적인' 문제들을 해결하는 것은 어려운 일이 아니라고 보았던 것이다. 그리고 바로 이 지점에서 역설적으로 엥겔스는 전후 서구 여성주의에 막대한 영향을 미쳤다. 그것은 두 방향에서 일어났는데, 하나는 성과 사랑이라는 '사적' 영역에서 이루어지는 정치가 여성주의의 핵심이라고 보고 엥겔스를 근본적으로 비판하는 것이다("개인적인 것이 정치적인 것이다"). 다른 하나는 엥겔스의 논리를 색다르게 이해함으로써 엥겔스를 통해 엥겔스를 비판하는 방향이다. 이것은 엥겔스의 『가족, 사유재산, 국가의 기원』을 '계급론'의 관점이 아니라 '성과 계급'의 이중 관점에서 읽음으로써 엥겔스를 서구적 '사회주의 여성해방론'의 시발점으로 재평가하는 것이었다.

역사유물론과 『가족, 사유재산, 국가의 기원』

『가족, 사유재산, 국가의 기원』은 『영국 노동자계급의 상태』와 함께 엥겔스의 대표작이다. 『영국 노동자계급의 상태』가 엥겔스의 첫 저작으로 당시 막 형성되고 있던 노동자계급의 빈곤상과 비참한 현실을 사실에 밀착해 묘사한 것이라면, 엥겔스가 64세에 저술한 『가족, 사유재산, 국가의 기원』은 짧은 분량으로 엥겔스 역사관의 핵심을 정리한 이론서이다.

이 책에서는 '사적소유'와 '계급투쟁'이 자본주의 시대의 원동력일 뿐 아니라 세계역사발전의 원동력이라고 보는 마르크스주의 역사의식, 즉

'역사유물론'이 간명하게 제시되어 있다. 뿐만 아니라 사적소유와 계급 문제가 단순히 자본주의경제와 그로부터 파생한 정치적 역학관계의 문제(경제결정론)일 뿐 아니라, '가족'과 '국가'라는 사회제도의 분화를 통해 유기적 체계를 갖추고 재생산된다고 설명함으로써 근대사회학적 인식(사회유기체론)의 단초를 보여준다. 그러나 무엇보다도 가족제도와 관련하여 여성해방의 문제를 역사유물론의 중심에 놓음으로써 마르크스주의 여성이론의 핵심을 보여주고 있다.

1884년 제1판 서문에서 엥겔스가 밝히듯이 이 책은 마르크스의 '유언집행'이라고 할 수 있다. 마르크스 사후에 그의 원고들을 정리하면서 엥겔스는 1877년 런던에서 출판된 미국 인류학자 루이스 헨리 모건(Lewis Henry Morgan, 1818~81)의 『고대사회』(*Ancient Society*)에 대한 마르크스의 요약문을 발견한다. 마르크스의 다른 유고들과 마찬가지로 이 요약문 역시 책으로 완성시키기 위해 엥겔스는 이 책을 썼다. 여기에서 그는 마르크스가 써놓았던 내용을 구석구석 수록했을 뿐 아니라, 모건의 저작과 그리스·로마 역사, 또 아일랜드와 독일 고대사에 대한 자신의 연구를 추가적으로 사용했다.

엥겔스는 이 책을 1984년 3~5월 두 달 만에 써서 그해 스위스에서 출판한다. 이탈리아어, 루마니아어, 덴마크어로 출판되었고 불어본 출판도 계획되었다. 이후 가족에 대한 당시의 연구 성과들을 종합한 서론을 보충해서 1891년 독일어본 제4판을 슈투트가르트에서 발행했다. 1891년에 보강된 서문에서는 엥겔스의 집필의도가 잘 나타나 있다.

> 1860년대 초까지는 가족사를 문제 삼을 수도 없었다. 역사과학은 이 분야에서 아직도 완전히 '모세 5경'의 영향 아래 있었다. ……그것은 일부다처제라는 점을 제외하고는 현대의 부르주아 가족과 동일시

Der Ursprung der Familie
des
Privateigenthums
und
des Staats

Im Anschluss an Lewis H. Morgan's Forschungen
von
Friedrich Engels

Zweite Auflage

Stuttgart
Verlag von J. H. W. Dietz
1886

엥겔스 역사관을 정리한 이론서 『가족, 사유재산, 국가의 기원』 독일어본 제2판. 이 책은 여성해방 문제를 역사유물론의 중심에 놓음으로써 마르크스주의 여성이론의 핵심을 보여준다.

되고 있었다. 그리하여 원래 가족이란 아무런 역사적 발전도 거치지 않았다는 것이다.[1)]

이 책을 통해 엥겔스는 가족제도가 본질적이거나 정태적인 것이 아니라 역사유물론의 지배를 받으며 진화하는 것이라고 설명한다. 엥겔스는 신화분석에 기초한 바흐오펜의 『모권론』(*Das Mutterrecht*)을 가족사 연구의 효시로 보았다. 또한 당시의 가족제도하에서는 상상하기도 힘든 그의 '무규율 성교'(난혼)와 '모권제' 개념이 가족의 역사적 진화를 설명하는 매우 중요한 개념이라고 평가한다. 바흐오펜 다음으로 중요한 가족사학자로 엥겔스는 영국의 법률가인 존 맥레넌(John F. McLennan, 1827~81)을 꼽는데, 그 역시 모권제를 최초의 친족관계로 보았기 때문이다. 이렇게 역사적으로 가정된 모권제가 실제로 존재했음이 이로쿼이 모계씨족사회를 연구한 모건의 아메리카 원주민 친족연구에 의해 입증되었다고 보고, 엥겔스는 결혼과 가족, 친족제도 역시 기술문명 및 소유관계에 따라 변화한다는 자신과 마르크스의 역사관이 이미 멀고 먼 미 대륙에서 자신들과는 무관하게 확인되고 있다고 환영을 표시한다.

원시 모권제 씨족이 문화민족 부권제 씨족의 선행단계라는 이 새로운 발견은 생물학에서 다윈의 진화론이나 정치경제학에서 마르크스의 잉여가치론과 동일한 의의를 원시사에서 차지한다. 이 발견으로 모건은 처음으로 가족사를 개괄할 수 있었다.[2)]

진화론적 인류학의 친족연구: 모건의 『고대사회』

모건은 과거 이로쿼이족의 정착지였던 뉴욕의 한 지역에서 태어나서 자랐다. 그는 법률가이자 철도 및 광산 사업가였으며 뉴욕 주 상원의원직을 역임하기도 했다. 그는 세네카 부족 인디언 출신 법률가 파커(Ely S. Parker)와 친구 사이였는데, 그의 도움으로 이로쿼이 인디언의 문화와 사회를 배울 수 있었다. 모건은 이로쿼이족의 전사가 되어 그들의 의식에 참여하기도 하고 파커와 함께 인디언 보호구역을 지키는 데 앞장서기도 했다.

사업과 정치를 하며 틈틈이 인디언 사회와 문화를 연구하면서 친족이 사회의 기초라고 생각했던 모건은 친족관계에 대한 비교연구를 수행했다. 그는 세계 도처의 학자들, 선교사들, 인디언 기관, 식민지 기관, 군장교들과 교류하며 구조화된 설문지를 사용해 자료를 모으거나 또는 몇 달씩 현지를 여행하는 식으로 참여관찰을 했다. 모건은 참여관찰방법에

모계제 씨족사회인 이로쿼이 인디언에
대한 참여관찰을 기초로 『고대사회』를
저술한 미국의 인류학자 모건.

기초한 친족연구를 최초로 수행했기 때문에 초창기 인류학자로 분류되기도 하지만, 친족관계의 생물학적 측면(혈연관계)과 사회문화적 측면(사회적 구성)을 구별하지 않았고 또 무리한 진화론적 설명을 시도했다는 이유로 인해 현대 문화인류학에서는 비중 있게 다루지 않는다. 모건은 유럽을 여행하며 다윈과 영국의 인류학자들을 만나기도 했지만 대학에 재직하지는 않았다. 마르크스는 모건이 사망한 해인 1881년에 그의 저작 『고대사회』를 읽기 시작했다. 모건은 다윈과 마르크스, 프로이트 등 유럽 학자들이 인용한 당시의 유일한 미국 사회이론가였다.

모건은 미국 인디언들의 친족용어뿐 아니라 세계 도처의 친족용어를 수집하고 체계화했다. 친족용어가 실제의 혈연관계를 반영한다는(현대 인류학에서 부정되는) 가정하에, 근친상간 금기가 존재하지 않는 무규율 성교(바흐오펜의 '난혼')가 최초의 가족형태라고 보았다. 가족제도 진화의 원동력으로 '근친상간 금기의 적용대상 확대 및 그에 따른 혼인 형태의 변화'라는 단순한 생물학적 잣대를 사용하기 때문에 현대 문화인류학에서 그의 진화론은 설명력을 잃었다. 그러나 그가 연구한 이로쿼이족의 강력한 모계제 씨족사회의 존재는 현대 인류학에서도 부정되지 않고 있다.

모건은 특히 가족구조와 사회제도가 식량 확보 기술의 발전과 관련된 특정 단계들을 걸쳐 진화한다는 이론을 제창하고, 이후 그리스와 로마의 고전들을 연구하여 1877년 『고대사회』를 저술했다. 이 책에서 그는 기술진보가 사회진보를 가져오는 기초라고 보았고, 가족과 소유관계가 사회구조의 핵심임을 강조했다. 기술진화와 가족관계, 소유관계, 사회구조 및 정치체제, 인지발전 간의 상관관계에 기초하여 인류의 발전단계를 야만(식량의 자연약탈 단계)과 미개(원시생산 단계), 문명(소유와 권력의 발생)의 3단계로 나누었다. 혼인과 가족의 진화와 관련된 부분을 제외할 때, 크게 보아 이러한 발달단계는 현재까지도 유효한 것으로 받아들여지고 있다.

모건은 미국사회에서 점점 소유와 권력이 집중되는 현상에 대해 우려하면서 아메리카 인디언과 원시사회의 공동체적 소유 및 민주주의에 향수를 가졌다. 그리하여 문명 이전에 존재했던 자연적 형태의 자유, 평등, 박애가 미래사회에서 새로운 형태로 부활하기를 기대했는데, 이 점에서 마르크스와 엥겔스는 그를 대서양 너머의 동지로 여기게 된다.

모권적 원시공산체제에서 부권적 계급사회로

엥겔스가 모건과 마르크스주의의 관심이 놀랍게도 일치한다고 평가했던 것처럼, 실제로 역사발전 또는 사회진화에 대한 그들의 관심은 유사했다. 다만 모건은 공산주의자라기보다는 급진적 민주주의자였다고 보는 것이 옳을 것이다. 모건이 향수를 가졌던 원시 공동체 소유와 원시 민주주의를 엥겔스는 『가족, 사유재산, 국가의 기원』에서 원시 공산주의 사회로 개념화했다. 또 원시적 자유, 평등, 박애가 문명사회에서 새로운 형태로 부활하기를 기대한 모건의 바람을 헤겔의 '정-반-합' 변증법 틀에 맞춰 '원시공산주의-계급 사회-공산주의 사회'의 진화론적 도식으로 설명했다.

흥미로운 것은, 모건에게나 엥겔스에게나 원시공동체적 소유와 무계급사회의 중심에 모권제가 자리 잡고 있다는 점이다. 그리고 모권제('모권제'라는 표현 자체가 어폐가 있다는 지적은 끊임없이 존재했고 또 유효하다)의 기초는 모계제, 즉 여성의 출산력이 사회적 권한체계의 중요한 요소로 인정된다는 것이다. 비록 모계제 사회에서 가족과 혼인의 형태를 설명하는 데서는 모건이 실패했으나(예컨대 '대우혼 가족'), 모계제 사회의 존재를 확인시킴으로써—그것도 모계씨족 사회 중에서도 여성의 권한이 매우 강한 이로쿼이족을 통해 그렇게 함으로써—모건은 부계제 가족의 '자연주의' 및 그와 관련된 여성종속의 '당연함'이라는, 문명사회의 사회적 구성물을 깨뜨리는 데 절대적으로 공헌했다.

엥겔스가 이 책에서 '모권제'(정확히는 모계제)와 '무규율 성교'라는 개념의 중요성을 강조하는 이유도 바로 그와 같은 것이다. 최초의 사회적 관계는 소유관계도 아니고 지배관계도 아니고 부자관계도 아니라 어머니와 자식의 생물학적 관계라는 전복적 사고를 분명히 하기 위해서 (당시로서는) 비도덕적인 그러한 개념들을 엥겔스는 목적의식적으로 사용했다.

이제 이 책의 내용을 자세히 살펴보도록 하자. 1장 「선사시대 문화의 단계들」에서 엥겔스는 모건의 야만, 미개, 문명 3단계 설을 그대로 받아들여 설명한다. 2장 「가족」에서는 모건이 제시한 가족과 친족의 진화론을 역시 마찬가지로 설명하고 있다. 위에서도 재차 언급했듯이 '가족'에 대한 설명은 인류학적으로 이미 틀렸음이 입증되었다. 그렇지만 여성주의와 관련하여 2장이 가장 핵심적이기 때문에 여기에서는 이 장을 중심으로 『가족, 사유재산, 국가의 기원』의 내용을 소개하도록 한다.

위에서도 언급했듯이 모건은 친족체계가 진화하는 것으로 보았으며 그 핵심에 혼인형태(가족)의 진화가 놓여 있다고 보았다. 예컨대 그가 '대우혼'(이혼이 자유로운 일부일처제)이라고 부르는 이로쿼이의 결혼형태에서는 어머니뿐 아니라 생물학적 아버지 역시 확인 가능하다. 그러나 그 사회의 친족체계는 모계제이기 때문에 부계와 모계의 친족용어가 대칭을 이룰 수 없다. 친족은 모계로만 인지되고 부계는 친족으로 인지되지 않기 때문이다. 모건은 현대의 인류학자들처럼 친족체계를 중심에 놓고 혼인 가능 범주를 설명하는 것이 아니라, 거꾸로 혼인형태를 중심에 놓고 친족체계를 설명하려고 했기 때문에 이로쿼이의 모계제 친족체계(친족용어)가 '대우혼'을 통해 인식될 수 있는 생물학적 친족관계(부계 포함)와 모순된다고 생각했다.

즉 모건이 보기에 대우혼은 생물학적 아버지를 확인할 수 있는 혼인제도이기 때문에, 그는 대우혼에 상응하는 친족관계는 부계와 모계를 동일하게 인지하는 것이어야 한다고 본 것이다. 그리하여 모계제는 현재 이로쿼이의 대우혼에 상응하는 친족관계가 아니라 과거 혼인제도의 흔적이라고 생각하게 되었고, 모계제에 상응하는 과거의 혼인제도는 한 어머니에게서 태어난 형제자매 간에, 또는 더 나아가서는 모계 사촌 간의 혼인을 금지하는 푸날루아 가족이라고 생각했다.

푸날루아 가족 이전에는 부모세대와 자식세대 간에만 혼인이 금지되어 있어서 모든 부모세대가 부모이고 모든 자녀세대가 자녀인 공동체관계 즉 부모, 자녀로만 이루어진 친족형태가 존재했을 것으로 생각했다.

거기에 상응하는 혼인형태는 '혈연가족'으로서 한 세대가 모두 형제자매가 되며 그런 형제자매 사이에서 혼인이 이루어지는 것으로 보았다. 혈연가족 이전에는 부모자식 관계도 인지되지 않기 때문에, 즉 근친상간 금기가 존재하지 않았기 때문에 '동물 상태로부터 인간 상태로 이행하는 데 상응하는 무규율 성교'가 존재했다고 보았다.

이와 같이 모건은 가족과 친족의 진화를 근친상간 금지 범위의 확대과정으로 보았고, 엥겔스는 그 이유를 (엉뚱하게도) 수컷의 질투억제능력 형성에서 찾았다. 수컷이 질투를 억제하게 되면서 인간은 집단혼을 할 수 있었고, 이후에는 근친상간 금기의 범위가 넓어지면서 혈연가족에서 푸날루아 가족, 불안정한 일부일처제 형태인 대우혼을 거쳐 일부일처제로 발전하게 되었다는 것이다.

> 대우혼 가족은 그 자체가 아직 미약하고 견고치 못하기 때문에 독자적인 세대를 가질 것을 요구하거나, 심지어 그렇게 할 생각조차 하지 못했다. 따라서 이전부터 전해 내려온 공산주의적 세대를 결코 해체하지 못한다. 그러나 공산주의적 세대는 가정에서 여성의 지배를 의미한다. 이것은 친아버지를 확실히 알 수 없는 조건하에서 친어머니만을 인정하는 것이 여성에 대한, 즉 어머니에 대한 높은 존경을 의미하는 것과 마찬가지이다. 사회발전의 초기에 여자가 남자의 노예였다고 하는 견해는 18세기 계몽사상에서 물려받은 지극히 불합리한 관념의 하나이다.[3)]

대우혼에서 일부일처제로 진화하는 과정을 설명하기 위해 엥겔스는 아메리카 원주민에게서 유럽의 씨족으로 눈을 돌린다. 여기에서 엥겔스는 가축을 길들이고 사육하면서 부가 축적되는 것이 진화의 원동력으로 작용한다고 본다.

> 목축, 금속가공, 직조, 마지막으로 전야 경작 등이 시작됨에 따라 사태는 달라졌다. ……아내가 이제는 교환가치를 ……지니게 되어 매매되는 것과 마찬가지로, 노동력도 그와 같이 되었다. ……이러한 재부는 일단 개별적 가족의 사적소유로 넘어가서 번식이 빨라지자 대우혼과 모권 씨족에 입각한 사회에 강력한 타격을 주었다. ……당시의 사회적 관습에 의하여 남편은 새로운 식료원천인 가축의 소유자이기도 하였으며, 후에는 새로운 노동도구인 노예의 소유자이기도 하였다. 그러나 ……그 자녀들은 그의 상속자가 될 수 없었다. ……여계에 의한 혈통 결정과 모권적 상속은 폐지되고, 남계에 의한 혈통 결정과 부권적 상속이 도입되었다. ……이 혁명은 전적으로 선사시대에 있었던 일이다.[4)]

이렇게 하여 선사시대에 이미 모권제(모계제)에서 부권제로 이행이 이루어지며, 역사를 통해 확인할 수 있는 최초의 형태는 '가부장제 가족'이다. 그리하여 여기서부터는 비교법학을 통해 가족연구가 가능해진다고 한다. 가부장제 가족은 자유민과 비자유민이 토지와 가축의 소유자인 가장의 권력하에 가족으로 조직되는 것을 말하며, 대우혼에서 일부일처제 가족으로 이행하는 데서 나타나는 중간 형태로 파악된다. 엥겔스는 이렇게 이루어진 모권의 전복을 '여성의 세계사적 패배'라고 표현했다.

> 일부일처제 가족은 남편의 지배에 따른 것으로 아버지의 혈통이 확실한 아이를 낳자는 명확한 목적을 가지고 있다. 그리고 혈통이 확실해야 할 필요성은 아이들이 후에 직계 상속인으로서 아버지의 재산을

소유해야 했기 때문이다.[5]

일부일처제는 자연적 조건이 아니라 경제적 조건에 기초한, 즉 원시적 · 자연발생적 공동소유에 대한 사적소유의 승리를 기초로 한 최초의 가족형태였다.[6]

일부일처제는 사적소유에 기초한 문명의 세포로서 간통을 동반할 수밖에 없는 것이지만 동시에 최대의 도덕적 진보를 수반하는 변증법적인 것이라고 한다. 즉 예전에는 어느 세계에도 없던 '개인적' 성애가 일부일처제와 함께 가능해졌음을 의미한다. 그러나 현실적으로 남편의 지배하에 있는 일부일처제에서 개인적 성애는 오히려 불가능하고, 남편의 지배를 지원해줄 물적 토대가 없는 피억압계급에서 일부일처제가 이성간의 규범이 될 수 있다고 엥겔스는 본다.

특히 당시의 프롤레타리아 가정에서는 여성들의 공장노동으로 남편의 지배는 경제적 기초를 박탈당했고 또 아내는 이혼의 권리를 실질적으로 회복했다(물론 여성에 대한 폭력이 여전하다는 것은 부정하지 않고 있다). 따라서 엥겔스는 프롤레타리아의 혼인이 어원학적으로는 일부일처제이지만 역사적 의미에서는 이미 일부일처제를 넘어선 형태라고 본다. 즉 일부일처제로 인해 가능해진 개인적 성애를 실현할 수 있는 단혼의 형태를 띠되 남성지배의 경제적 기초는 박탈된 포스트 일부일처제를 의미한다. 이것은 공산주의적 씨족공동체에서 행해진 대우혼에 가장 가까운 형태이다.

이렇게 혼인과 가족에 대한 진화론의 결론으로 엥겔스는 마르크스주의 여성해방의 핵심이 되는 다음과 같은 결론을 도출한다. "여성해방의 첫째 조건은 여성 전체가 사회적 노동에 복귀하는 것이며, 그러기 위해서는 또한 개별가족이 사회의 경제적 단위로 되지 않아야 한다".[7]

3~8장에서는 평등한 씨족공동체에서 특히 토지의 사적소유를 통해 불평등한 고대, 중세 사회로 이행하는 과정을 다룬다. 그 과정에서 사적소유를 보장하는 두 가지 제도인 가족(사적소유의 세대적 지속)과 국가(소유계급의 정치권력)가 어떻게 변화, 또는 형성되는지를 그리스, 로마, 게르만의 역사를 통해 설명하고 있다. 마지막으로 9장에서는 이러한 과정을 이론적으로 정리하며 역사유물론의 관점을 요약한다.

전후 서구 여성해방이론과 엥겔스

엥겔스의 『가족, 사유재산, 국가의 기원』이 현실적으로 가장 큰 영향력을 발휘한 것은 무엇보다도 과거 사회주의 혁명 속에서였다. 혁명의 일환으로 진행된 사회주의 여성정책은 기본적으로 이 책에서 드러나는 엥겔스의 논리에 기초한 것이었다. 여성해방을 위해 가장 중요한 전제조건은 소유관계의 철폐, 즉 계급해방이었고, 그와 동시에 여성정책의 방향은 '여성의 노동참여'와 '가사노동의 사회화'라는 두 가지로 제시되었다. 이로쿼이 씨족에서처럼 여성들이 사회적 노동에 참여해야 하고, 또 성별분업에 기초한 여성들의 일이 더 이상 집안일이 아니라 사회적 노동이어야 한다는 엥겔스의 논지가 그렇게 정책으로 연결되었다.

또한 순수하게 성애에만 기초한 가족관계를 옹호하고 이혼이 자유로운 '대우혼'을 가장 이상적으로 보았던 엥겔스의 논리와 마찬가지로 이혼과 낙태의 자유 등이 주장되었다. 물론 각 사회별로 구체적으로 여성정책이 변화를 겪으며 상이하게 실행되었으나 기본적인 출발점은 엥겔스의 『가족, 사유재산, 국가의 기원』에서 나타난 입장과 크게 다르지 않았다.

그러나 흥미롭게도 이 책은 1960년대 서구에서 여성운동의 제2물결이 일어나면서 오히려 서구 여성해방진영에서 더 활발한 논의의 대상이 되었다. 물론 기본적으로 근본적 비판 또는 비판적 계승의 방향에서 읽혀졌다. 그럼에도 엥겔스의 이 책은 서구 여성주의자들이 가장 많이 인용하거나 언급했던 책이었고, 어떤 식으로든 그 영향력에서 벗어나지 못한 책이었다.

엥겔스와 이 책에 대한 가장 격렬한 비판은 급진적 여성해방론으로부터 왔다. 앞서도 언급했듯이 양성 관계에서 남성 지배를 가능하게 하는 물질적 토대를 박탈할 경우 양성 간에는 성과 사랑에만 기초한 자유로운 관계가 성립될 것이라고 엥겔스는 생각했다. 이런 입장에 의해 '성과 사랑'의 영역은 순수하고 자발적인 비정치적 영역으로 간주되었는데, 급진적 여성해방론에서는 성과 사랑이라는 심리적, 신체적 영역이 오히려 양성 간 권력관계의 핵심이라는 반론이 제기되었다. 특히 가정폭력과 성폭력, 포르노, 성매매, 성희롱, 동성애 등 '성과 사랑' 자체에 내재하는 권력관계가 엥겔스에 의해서는 체계적으로 간과되었다는 비판이 영향력을 얻게 되었다.

또한 『가족, 사유재산, 국가의 기원』의 내용과 논리에 대해서도 많은 비판이 이루어졌는데. 무엇보다도 이 책은 남성 저자의 여성에 대한 편견을 가감 없이 드러내고 있다는 것이다. 예컨대 집단혼의 성립이 수컷의 질투와 관련된다든가, 여성들이 정조의 권리를 자발적으로 원했다든가, 그렇기 때문에 일부일처제로의 이행은 오히려 여성들이 바라던 바였고 그래서 평화적인 방법으로 가능했다든가, 자유로운 이성애가 남성의 자유라는 관점에서만 설명되고 있다든가 등등에서 여성들이 쉽게 수긍할 수 없는 내용과 표현들이 적지 않기 때문이다.

그러나 동시에 이 책은 쉽게 포기되지도 못했는데, 그것은 이 책이 성별 분업의 역사적 의미, 가족제도와 여성억압과의 관련성, 계급문제와의 관련성 등 거시적인 문제들을 체계적으로 제시한 중요한 이론서였기 때문이다. 그리하여 서구의 마르크스주의 여성해방론자들뿐 아니라 마르크스주의에 비판적인 여성해방론자들에게도 지대한 영향을 미치게 된다.

특히 여성해방에서 자본주의 비판이 중요하지만 여성억압은 자본주의 체제와 소유의 문제만으로는 설명할 수 없다는 입장을 개진한 사회주의 여성해방론, 특히 그 중에서도 가부장제 역시 자본주의체제 못지않게 나름의 '물적 토대'와 독립적 구조를 가진다는 이중체계론 진영에서 이 책이 널리 인용되었다. 이중체계론의 입장에서 이 책은 오히려 가부장제의 요체인 가족과 재생산 문제를 자본주의 및 생산의 영역과는 또 다른 차원에서 독립적으로 다룬 기초문헌이라고 평가받기까지 했다. 그러한 평가의 근거가 되었고, 그리하여 널리 인용되었던 부분은 이 책의 제1판 서문에 들어 있는 다음의 내용이다.

> 유물론적 개념에 따르면, 역사에서 결정적인 요소는 궁극적으로 직접적인 생활의 생산과 재생산이다. 다시 이것은 이중의 특성을 가지는데, 한편으로는 생존수단의 생산, 즉 의식주와 그것의 생산을 위해 필요한 도구들의 생산이며, 다른 한편으로는 인류자체의 생산 즉 종의 번식이다. 특정한 역사적 시대, 특정한 나라에서 사람들이 살고 있는 사회조직은 두 종류의 생산에 의해—한편으로는 노동의 발전단계, 다른 한편으로는 가족의 발전단계에 의해—결정된다. 노동의 발전이 미약하고 그 생산물의 양이 한정될수록, 결과적으로 사회의 부가 제한적일수록 사회질서는 더욱더 친족집단에 의해 지배된다. 그러나 친족집단에 기초한 이러한 사회구조 속에서 노동의 생산성이 점차적으로 증가하고 그와 함께 사적소유와 교환, 빈부의 차이, 타인 노동력의 사용 가능성, 따라서 계급적 기초가 점차 발전한다. 이 새로운 요소들은

수 세대를 거치면서 낡은 사회질서를 새로운 조건에 적응시키려 하며, 마침내는 이들의 양립불가능성으로 인해 완전한 격변이 도래한다. 새로이 발전한 사회계급들 간의 알력 속에서 친족집단에 기초한 구 사회는 붕괴된다. 그 대신 통제력을 국가에 집중시킨 새로운 사회가 등장한다. 그 사회의 하부단위는 더 이상 친족결합체가 아니라 지역결합체이며, 그 내부에서 가족체계는 소유체계에 의해 완전히 지배되고 지금까지 모든 **기록된** 역사의 내용을 이루어온 계급적대와 계급투쟁이 이제 자유롭게 전개된다.[8](강조는 원저자)

마르크스의 『자본』이 자본주의 사회와 그 이전 사회의 경제구조를 구별해주는 생산력과 생산관계의 논리를 설명하는 목적을 가진다면, 위의 인용문에 나타난 엥겔스의 의도는 그보다 한층 더 포괄적이다. 모계제 씨족사회였던 이로쿼이 사회의 예를 통해 선사시대 사회조직의 핵심을 자연약탈(수렵채취)에 기초한 (출산 중심) 친족체계로 설명하는 반면 고대 그리스와 로마, 그리고 중세 게르만 국가형성과정의 핵심을 (잉여생산을 가능하게 하는) 기술문명과 생산체계에서 찾음으로써, 그는 자연적 재생산과 물질적 생산을 대립시키고 그것들 간의 역사적 단절을 설명하고 있다. 그리고 물질의 승리와 자연의 패배(착취)가 결국 남성에 의한 여성의 종속을 초래한 것으로 본다.

엥겔스에 따르면 '문명'이란 문자의 발명과 문자로 기록된 역사를 의미하는데, 문명의 발생에서 가장 중요하게 작용하는 것은 모건이 설명하는 바와 마찬가지로 기술의 발전 및 노동생산성의 비약적 향상이다. 문명 이전에는 기술발전이 완만하여 인간은 자연의 생산물을 단순히 약탈하는 단계(수렵채취의 '야만'시기)에서 자연의 생산물을 길들이는 단계(목축과 원시농경의 '미개'시기)로 서서히 진화했다. 이 시기에는 '노동'

이라는 개념이 존재하지 않았거나 혹은 원시적 형태에 불과했기 때문에 사회생활이 공동체 원리에 의해 조직되었고, 사회의 가장 중요한 구성요소는 '인간' 자체였다. 따라서 사회관계는 인간재생산(혼인과 가족)을 중심으로 규정되었고, 출산과 육아는 지극히 사회적인 성격을 가질 수밖에 없었다는 것이다.

반면에 문명기에는 인간이 생산을 통해 자연을 가공한다. 노동력을 투입하여 자연을 인간의 목적에 맞게 변화시키고, 생산을 계획한다. 결과적으로 노동생산성의 차이가 부각되는데, 노동생산성의 차이는 한편에서는 성별로, 다른 한편에서는 개인별로 일어난다. 그리하여 노동생산성의 격차로 인해 여성은 남성의 지배를 받는 '세계사적 패배'에 이르고, 남성 개인들 간의 생산력 차이는 결국 공동체적 씨족제도를 위협하고 부유한 개인과 그 가족들을 중심으로 사적소유를 정당화한다. 공동체적 씨족제도에 대항하여 사적소유를 관철시키기 위해 국가가 발생한다. 따라서 문명사회를 구성하는 가장 중요한 요소는 생산력과 생산관계이고, 사회는 남성들의 계급투쟁을 중심축으로 해서 진화한다.

엥겔스의 이와 같은 설명은 역사를 계급투쟁의 역사로 보는 마르크스주의 사관에 충실한 것이지만 마르크스주의의 여타 문헌과는 달리 계급발생과 계급재생산에 있어서 성별격차를 부각시킨다. 뿐만 아니라 그러한 성별격차는 우연의 지배를 받는 것이 아니라 구조화된 것이며, 또 역사적으로 구성된 것이다. 즉 애초에는 우연적이고 자연적인 차이에 불과했던 성차와 성별분업이 생산력 발전과 사적소유에 의해 구조적이고 사회적인 차이로 재구성되는데, 거기서는 친족의 사회적 성격이 개별적 가족관계로 강등되는 가족의 사유화가 중심축으로 작용한다.

이처럼 궁극적으로는 소유관계를 여성억압의 역사적 원천으로 보면서도 동시에 여성억압을 매개하는 자체적 영역(가족)이 존재함을 강조했기 때문에 엥겔스는 마르크스주의의 경제중심주의를 비판하는 현대 여성주의 학자들에게 지대한 영향을 미치게 된다. 가족과 친족이 문명 이전에는 오랜 세월 자율적 진화를 거듭한 고유의 행위논리('인간재생산')를 갖는 영역이라는 설정—물론 인류학자들에 의하면 진화한 것이 아니라 문화적으로 구성되었다고 보는 것이 더 타당하지만— 또한 그것이 본래적으로는 공동체적이고 양성평등한 것이었다는 설정, 또 역사 속에서 왜곡되고 변화했다는 설정은, 인간 재생산이 물질생산 못지않게 사회적 의미를 갖는 행위이며 또한 가족관계가 생산관계 못지않게 중심적인 사회관계라는 여성주의자들의 인식을 뒷받침해주는 것으로 받아들여졌다.

마르크스주의는 기본적으로 토대-상부구조 반영이론과 경제결정주의로 인해 비판된다. 엥겔스의 『가족, 사유재산, 국가의 기원』 역시 애초에는 '가족'과 '국가'라는 비경제적 영역, 분화된 사회영역들이 어떻게 사유재산제도라는 경제적 토대를 반영하는지를 설명하고자 한 것이었다. 그런 의미에서 본다면, 이 책이 서구 여성해방론자들에게 오히려 '가족'이라는 자율적 제도를 강조한 고전으로 받아들여졌다는 것이 매우 역설적이다.

어쨌든 마르크스주의 여성해방론은 경제결정론에 불과하다고 비판했던 사회주의 여성론자들 역시 마르크스주의 여성론자들과 마찬가지로 『가족, 사유재산, 국가의 기원』에 크게 의존했다. 그들은 이 책을 통해 인간재생신에 관한 논의를 페미니즘의 중요 영역으로 격상시켰고, 그에 기초하여 가족과 가부장제에 대한 논의를 체계화했다. 이중체계론자들의 경우에는 특히 인간재생산과 가족에 기초한 가부장제가 역사 속에서 자본주의 경제체계와 '접합'하거나 상호작용한다고 설명하기도 했다. 그리하여 '성'과 '계급'의 상호관계에 대한 거시적 차원의 이론적 논의들이 활발하게 이루어졌고, 여성억압은 계급문제로 환원될 수 없는 고유의 '유물론적' 메커니즘을 갖는 것으로 설명되었다.

여성인류학자들의 엥겔스 비판

사회주의 여성해방론자들이 엥겔스의 역사유물론을 여성주의적으로 재해석하여 마찬가지로 거시적인 '가부장제의 역사유물론'을 발전시키고자 했다면, 여성인류학자들은 엥겔스의 역사유물론과 진화론, 거시적 접근방법이 근거 없다고 비판하는 데 초점을 두었다. 여성인류학자들에 의한 엥겔스 비판은 특히 그가 차용하는 모건에 대한 비판에서부터 출발한다. 구조기능주의 인류학이 주류를 형성했던 시절에 현대 인류학은 매우 구조적이고 정적인 성격을 보여서 경험연구와 경험사실의 맥락에 충실한 연구를 옹호했기 때문이다. 여성인류학자들이 엥겔스를 비판한 항목들을 정리하면 다음과 같다.

혼인과 가족의 진화에 대한 비판

혼인과 가족의 진화에 관한 모건의 설명은 현대 인류학에서 완전히 폐기된 부분이다. 앞서도 언급했듯이 현대 인류학에서 친족체계에 대한 설명은 모건의 설명과는 완전히 정반대의 방향(문화적 구성주의)에서 이루어진다. 사회체계로 작동하는 친족체계에서 중요한 것은 인간의 생물학적 관계가 아니라 사회적으로 인지된 관계, 즉 문화적으로 구성된 관계이기 때문이다. 예컨대 모건과 엥겔스는 '대우혼' 단계에서 생물학적 아버지가 인지되는데도 불구하고 친족체계가 모계로 형성되는 것이 '모순'이라고 보았는데, 그것은 친족체계의 '문화적' 성격을 적절히 이해하지 못했기 때문이다. 친족이란 문화적 인지에 기초하는 것이기 때문에 모계제 친족체계에서 생물학적 아버지는 중요하지 않다. 생물학적 아버지를 알 수 없기 때문이 아니라 출계가 어머니 쪽으로만 인식되기 때문에 아버지의 혈연은 친족체계에 포괄되지 않는 것이다.

또한 모건과 엥겔스는 가족형태의 진화가 근친상간 금기의 범위 확장(부모자녀 간 금기 → 형제자매 간 금기 → 여타 친족 간 금기)에 의해 이루어지는 것으로 설명하고, 이 과정에서 우생학적인 자연도태가 작용하는 것으로 본다. 이러한 생물학적 설명 역시 인류학에서는 전혀 근거가 없는 것으로 비판되고 있다.

모계제에서 부계제로 진화한다는 주장

인류학의 현지조사 방법으로는 모계제가 부계제에 선행한다는 주장을 입증할 수 없다고 한다. 오히려 '미개'에 해당되는 원시농경사회에서는 모계제가 일반적인데 비해 '야만'에 해당되는 수렵채취사회에서는 남성중심의 조직형태(부계제 군단)가 나타나기도 한다. 현대 인류학에서는 친족체계가 여러 대륙에 걸쳐 보편적으로 진화하는 유기체라고 보지 않는다. 오히려 제한된 맥락에서 형성된 고유한 문화적 지식으로 이해하고 있다. 이런 의미에서 인류학에서는 오히려 문화상대주의가 지배적이다.

모권제와 원시공산체의 존재 가설

엥겔스가 바흐오펜으로부터 차용한 '모권제'라는 개념은 여성인류학자들에 의해 집중적인 비판을 받는다. 여성인류학자들에 의하면 가부장제에 비교될 정도의 권력을 여성들이 가지는 모권제는 존재하지 않는다. 여성의 지위가 비교적 강한 모계제 친족에서조차도 정치적 · 사회적 권력은 어머니인 여성이 아니라 그 여성의 남자형제에게 있다는 것이 오히려 정설로 인정되고 있다. 또한 모건이 연구한 이로쿼이족은 모계제 중에서도 여성의 권한이 예외적으로 강한 흔치 않은 경우라고 한다.

전반적으로 여성인류학자들은 현재 관찰되는 친족중심사회에서 남녀가 평등한 사회는 없다고 결론을 내린다. 국가가 존재하지 않고 위계관계가 권력관계를 수반하지 않는 평등한 사회에서조차 공/사 구별이 존재하며, 여성은 사적인 영역에 남성은 공적인 영역에 종사하기 때문에 오히려 '공/사 분리'가 양성관계의 보편적 인지구조라고 주장하기도 한다.

또한 전반적으로 공동체적 성격을 갖는 씨족 내부에서도 존재하는 소유와 상속의 문제, 위계와 계층의 문제를 어떻게 해석할 것인가라는 문제도 쟁점이 된 바 있다.

원시공산체가 양성평등의 필요충분조건이 아니라는 비판

소유의 문제와 관련해서는 친족공동체가 공산체의 성격을 가진다고 할 수 있어도 그 내부에 성별, 연령별 위계관계가 존재하거나, 때로는 남성연장자에 의한 여성 및 연소자 착취가 제도적으로 가능하다는 주장도 있다.

또한 강간과 성폭력의 문제가 제기되기도 한다. 수렵채취 사회에서조차 우연적이기는 하지만 숲속에서 집단강간이 벌어지는 경우도 있기 때문이다. 평등한 사회일 경우에도 사회적 규범이 잘 미치지 않는 장소에서는 여성에 대한 폭력을 완전히 배제할 수 없다고 지적한다.

부계제 또는 가부장적 가족의 의미에 대한 이견

엥겔스는 부계제 또는 가부장적 가족이 모권제에서 남성지배적인 일부일처제로 이행하는 과정에서 일어나는 과도기적 형태라고 보았다. 부계제의 경우에는 그리스, 로마, 게르만의 부계씨족을 살펴봄으로써 설명하고 있고, 가부장적 가족의 경우에는 로마에서 나타난 특수한 형태의 가족이라고 보고 있다. 모계에서 부계로 진화를 이끈 원동력은 가족형태의 진화(무규율 사회에서 모계제 사회로의 진화에 해당)를 설명할 때와 는 달리 사회적인 것으로 설명된다. 기술발달로 이미 어느 정도의 잉여와 교환이 발생한 사회에서 그러한 잉여생산과 교환을 담당한 남성들이 모계씨족에 대립하여 부계원리로 상속함으로써 부계제가 형성되었다는 것이다. 가부장제 가족은 여기에서 더욱 진전된 단계를 보여주는 것으로서 일부일처제의 초기형태에 해당된다. 즉 개별 남성이 부계제 씨족에 대립하여 사적소유를 관철시키는 과정에서 여성뿐 아니라 노예까지 가구원으로 소유하는 경우를 의미한다.

우선은 이러한 진화론적 이행 가설이 경험적으로 뒷받침될 수 없다는 이유로 인해 비판받지만, 부계제나 가부장적 가족에 대한 여성인류학자들의 비판은 단지 거기에서 그치지 않는다. 사적소유가 제도화되기 이전에 이미 부계제나 가부장적 가족제도 하에서 오히려 여성의 억압이 시작되었다고 볼 수 있다는 것이다. 특히 부계제는 모계제와는 달리 부거제와 결합된 경우가 많아서 여성들이 체계적으로 소외될 수 있고, 여성의 노동력과 재생산 능력이 남성들의 지배하에 놓이게 된다는 것이다. 이렇게 볼 때 여성억압의 시작은 계급발생과 동시적이 아니라, 계급발생 이전에 이미 여성의 성 통제에 기초한 '가부장제'에 의해 관찰된다는 것이다. 이런 관점에서는 위에서 살펴본 사회주의 여성해방론에서와 마찬가지로 계급과 생산관계에 대해 자율적인 가족과 재생산의 관계를 여성억압의 기제로 본다.

마르크스주의 여성인류학

엥겔스에 대한 위와 같은 비판들에 대해 엥겔스의 역사유물론 관점을 옹호하며 인류학적 성과 위에서 『가족, 사유재산, 국가의 기원』을 새롭게 해석한 여성인류학자도 있다. 대표적으로 리콕(Eleanor Leacock,

여성인류학자 리콕이 엥겔스를
인류학적 관점에서 재해석하여
서문을 쓴 『가족, 사유재산, 국가의 기원』
1972년판.

1922~87)은 1972년 엥겔스를 인류학적으로 재해석하는 논문을 쓰고, 그것을 서문으로 삼아 『가족, 사유재산, 국가의 기원』을 새로 출판했다. 이 서문에서 리콕이 가장 높이 평가하는 것은 무엇보다도 변화 지향적인 엥겔스의 방법론이다. 리콕은 인류학에서 이미 입증된 이 책의 오류들과 아직도 논쟁거리인 부분들을 정리하고, 엥겔스를 인류학적 관점에서 재해석했다. 그녀가 재해석하는 엥겔스는 모건을 그대로 따라 가족의 진화를 설명하는 진화론자 엥겔스가 아니라, 여성억압을 철폐할 수 있는 궁극적 고리를 설명하는 혁명가 엥겔스이다.

리콕은 이 책이 가족제도의 진화를 설명하기 때문이 아니라 오히려 부족적 소유관계에서 사적소유로 이전되는 역사적 단절을 이론적으로 설명하기 때문에 의미 있는 역사유물론적 성과라고 재해석한다. 그녀는 특히 원시공산제 존재의 불가능성을 확신하는 인류학에 대해 비판적인데,

그것은 인류학이 오직 현존하는 사회들만을 연구 대상으로 삼기 때문이다. 현존하는 단순사회들은 이미 서구 자본주의의 영향하에 들어온 지 오래되었으며 또한 식민지적 관계를 형성한 경험이 있기 때문에, 그러한 사회를 대상으로 한 경험연구는 왜곡될 수밖에 없다고 판단한다. 따라서 원시 공산체의 가능성을 상상하는 유토피아적 가설을 부정하지 않는다.

또한 모계제 사회가 아닌 경우에도 많은 부족들에게 여성의 출산능력에 대한 신화적 숭배가 존재했다는 것, 또 남성중심의 수렵채취 사회조직에서도 여성들의 식량채집이 수렵 못지않게 중요한 역할을 했다는 것, 정치조직이 분화되지 않아 의사결정이 공동체적으로 이루어졌다는 것 등을 들어서, 리콕은 문명 이전 시대에 여성들이 남성들과 완전히 동등하지는 않아도 체계적으로 억압되지는 않았을 것이라고 주장한다. 이를테면 부계제 사회에서 일어나는 여성에 대한 성 통제는 공산체 씨족형태 속에서는 보다 우연적인 성격을 가질 뿐 지속적이고 구조적인 억압기제로 작용하지는 않았으리라는 입장이다. 그리하여 여성해방의 일차적 조건은 무엇보다도 여성이 피부양자이기를 거부하는 것이라고 본다.

현실사회주의의 몰락과 엥겔스 다시 읽기: 독일통일의 예

엥겔스가 『가족, 사유재산, 국가의 기원』에서 주장한 여성해방의 논리는 과거 모든 사회주의 국가에서 동일한 정책으로 실현되지는 않았지만, 사회주의 여성정책을 정당화하는 원천으로는 작용했다.

과거 사회주의 사회에서 여성을 '혁명동지'로 격상시킨 이유는 대체로 혁명지지 세력이 필요해서라거나 여성노동력에 대한 수요 때문이라고 알려져 있다. 물론 여성을 진정으로 해방시키고자 하는 숭고한 의도도 존재했겠지만 그러한 의지는 현실 속에서 차츰 왜곡되었다. 사회에 따라 또 시기에 따라 다양하지만, 과거 사회주의 사회에서 이루어진 여성정책의 공통점은 대략 1)사적소유 철폐, 2)여성의 경제활동 및 정치참여, 3)모성보호, 4)양육과 가사노동의 사회화로 요약된다. 이것들은 엥겔스가 주장했던 바와 같이 여성들의 노동이 사회적 성격을 회복하도록 하기 위한 방법들이다. 그러나 엥겔스가 꿈꾼 '남녀 간의 성애에만 기초한 가족'을 실현한 경우는 일반적이지 않다. 낙태와 이혼이 자유로운 사회도 있었으나, 출산을 장려하고 보수적인 가족관이 고취되는 사회 역시 존재했다.

예컨대 구동독은 엥겔스의 논리에 가장 가까운 사회였다. 낙태와 이혼의 자유, 90퍼센트 이상의 여성 경제활동 참여율, 광범위한 보육시설 제공, 모성보호와 여성가장에 대한 배려 등. 서구 여성들이 구동독을 비판한 점은 여성들의 일/가정 이중노동과 전업주부가 될 자유의 부재, 두 가지뿐이었다. 구동독의 몰락을 이끈 자유의 부재나 경제적 공급부족이라는 체제의 문제를 논외로 한다면 말이다.

구동독의 몰락과 독일통일로 양독의 여성과 여성운동세력이 대면하게 되었는데, 구동서독 여성들은 서로를 매우 이질적으로 느꼈고 구동서독 여성운동 간에는 소통이 쉽지 않았다. 통일 후 구동독의 상황은 역사적 실험실이라고 얘기되었는데, 여성들의 경우에 특히 그랬다. 서구의 비판자들이 기대했듯이 여성들이 전업주부가 될 자유를 추구할 것인가가 관심의 대상이었다. 그러나 통일 이후 20여 년이 지난 현재까지도 구동독 여성들은 별로 변화하지 않았다는 것이 대부분의 관찰결과이다. 여성들의 노동의욕은 여전히 높고 남성이나 가족에 의존하려는 정서는 찾기 힘들다. 가장에게 취업기회를 몰아주는 대신 남녀 둘 다 취업하기 위해 높은 혼외자녀 출생률을 감수한다. 서독여성들을 전업주부로 만드는 데 기여한다는 악명 높은 조세제도(소득세 부부합산제도)의 도입에도 불구하고, 또 높은 실업률 속에서도 구동독 여성들은 전업주부가 되지 않고 구직을 계속한다. 시간제 일자리가 대부분인 경우에도 전일제 일자리에 대한 희망을 버리지 않는다. 또한 여성들이 가구소득에 기여하는 바가 절반에 육박한다. 구서독의 경우에는 여성들이 가구원의 수입이나 재산에 의존하는 비율이 높은 반면 구동독의 경우에는 자신의 소득이나 국가보조에 의존하는 경우가 많다.

구동독 지역에서는 아직까지 재산소득의 격차가 크지 않고, 특히 남성의 경우 고소득 직업이 많지 않다는 특징을 보인다. 즉 여성들의 높은 노동의욕은 경제적 필요와 무관하지 않다. 높은 혼외자녀 출생률 역시 빈곤과 무관하지 않다. 그렇지만 구동독 여성들에게서 나타나는 특징은 엥겔스의 『가족, 사유재산, 국가의 기원』과 관련하여 흥미로운 생각거리를 준다. 예컨대 사적소유의 철폐가 여성해방의 전제라는 엥겔스의 테제가 오류임이 드러난 것이 아닐까? 특히 그것이 하향평준화 궤도의 출발점일 경우에는 말이다. 여성들 역시 가난한 무계급 사회보다는 자유와 경제적 번영을 원했고, 또 그런 이유로 인해 사회주의는 몰락했다.

그러나 가족이 사적소유의 경제적 단위가 될 때, 즉 여성의 노동이 사적단위에서만 이루어지고 그리하여 여성이 가장 남성에게 경제적으로 종속되면 양성평등이 불가능하다는 엥겔스의 진단은 어떨까? 1960년대 서구여성운동의 제2물결과 함께 서구사회에서도 지속적으로 주장되었던 이 논리는 좌우익 간 체제대립이 사라지면서 서구에서 오히려 확산되는 역설을 경험하고 있다. 물론 신자유주의와 빈곤의 확산으로 여성의 노동시장 참여가 강요되는 효과를 배경으로 하면서 말이다. 어쨌든 현재 맞벌이는 점점 더 정상적인 것이 되고 있다. 그리하여 경제적 자립을 경험했고, 여전히 경제적 자립을 지키려는 구동독 여성들의 태도는 더 이상 단순한 경제적 강요나 구질구질한 '빈곤의 문화'라고만 여겨지지 않는다.

가족이 더 이상 경제적 단위가 아니라면 가족은 순수하게 성애에 기초한 관계가 되리라는 엥겔스의 주장은 어떨까? 구동독 여성들은 '순수하게 성애에 기초한 사적 관계'를 구서독 여성들에 비해 훨씬 당연하게 생각하는 것 같다. 구동독 남녀의 개인적 성애 관계에서 케이트 밀레트가 관찰한 바와 같은 가부장제의 권력관계가 문제로 제기되지는 않는다. 오히려 구서독 여성주의자들은 구동독 여성들의 여성의식이 지나치게 사회정책 지향적이라고 비판한다. 성과 사랑, 일상과 관련된 차별과 폭력의 문제에 대해 구동독 여성들이 너무 무감하다는 것이다. 아마도 이것은 구동독 사회가 과거 사회주의 사회들 중에서 가장 현대적인 체제였다는 사실과 무관하지 않을 것이다. 구동독 사회에서는 이혼과 낙태가 자유로웠고 미혼모도 지원받았기 때문이다.

신자유주의와 엥겔스

사회주의 여성해방론자인 하이디 하트만은 산업사회에서 가부장제와 자본주의가 '불행한 결혼' 관계에 있다고 했는데, 현재 신자유주의 시대에 들어서면서 이 둘은 드디어 황혼이혼에 돌입한 것 같다. 그리하여 가부장제와 자본주의의 '경합'에 대한 논의가 등장하기도 한다.

불행하게 결합되어 있는 '가부장적 자본주의'의 특징은 여성의 전업주부화와 산업예비군화이다. 가족모델은 남성단독부양 모델이다. 과거에는 이 모델에 거역한 세력이 사회주의였지만 현재에는 신자유주의가 이 모델을 거스르는 역풍의 주역이다. 서비스 사회화, 정보사회화, 고령화, 저출산 추세 속에서 발전국가들은 여성의 경제활동 참여를 고취하고 일과 가족 양립의 당위성을 주장한다. 유럽연합은 2010년까지 여성취업률을 60퍼센트로 끌어올린다는 구체적인 목표까지 제시한 바 있다.

말하자면 '사적소유의 철폐'만을 제외한다면, 신자유주의 시대에는 엥겔스의 여성해방논리가 이미 상식이 된 사회가 도래한 것 같다. 여성의 경제활동을 지원하기 위해 양육과 보육을 지원하고, 가사노동은 최대한 시장에서 해결한다. 가사노동을 넘겨받은 서비스업은 일자리 창출의 주역이 되어 여성노동력을 가정으로부터 흡수한다. 자본주의는 가부장제를 지지하는 것이 아니라 약화시켜서 여성의 '개인화'를 실현하려는 것 같다. 그러나 사적소유가 철폐되기보다는 오히려 강화되는 추세 속에서 가부장제의 약화는 일률적인 '여성해방'이 아니라 여성지위의 다양화로 귀결되고 있다. 전업주부는 허드레 가사노동을 외주화하고 재산투자와 교육투자에 매진하는 가정관리자로 승격되거나 장/단시간 근로와 가사노동, 육아를 겸업하는 비정규직 여성노동자로 양분되고, 맞벌이 가족은 전문직 고급 맞벌이 부부와 비정규직 빈곤 맞벌이 부부로 양분된다.

가부장제가 약화되면서 여성의 재생산 능력에 대한 가족의 통제 역시 약화되고 있으나 여성의 재생산 능력은 신자유주의 시장의 통제하에 놓이게 된다. 경력을 위해 맞벌이를 하는 경우에는 시간부족 때문에, 빈곤으로 맞벌이하는 경우에는 비용문제로, 또 가정관리자의 경우에는 높은 기대수준 때문에 여성의 재생산 능력이 억제되고 있다. 신자유주의 시대의 자본주의는 여성의 재생산 능력을 착취하는 것이 아니라 퇴화시키고 있다.

여성의 재생산 능력이 직접적으로 시장의 지배를 받게 될 경우에 대해 엥겔스는 예측하지 못했다. 시장의 지배를 받는 무소유 프롤레타리아에게 (사적소유를 전제하는) '가족'은 존재하지 않아도 자녀는 존재했다. 여성의 재생산 능력이 다시 사회의 재화로 등장할 가능성에 대해 엥겔스는 생각하지 않았다. 문명의 발생과 함께 역사를 결정짓는 것은 더 이상 자연의 힘인 재생산이 아니라 인간의 힘인 생산이라고 보았기 때문이다. 그러나 오늘날 신자유주의가 여성들을 개인화하고 과거와 같은 형태의 가부장제를 약화시키면서, 역설적으로 재생산 능력이 생산 능력(노동력) 못지않게 중요한 자원으로 재등장하고 있다. 오히려 생산 능력이 재생산 능력을 고갈시키고 있다.

그렇다면 여성의 재생산 능력이 이처럼 중요해질 때, 노동력보다 출산이 더 중요한 재화를 제공했던 원시공산체 사회에서처럼 양성이 한층 더 평등한 사회로 진입할 수 있을까? 이것은 엥겔스는 물론 사회주의 여성해방론자도, 이중체계론자도, 여성인류학자들도 제기하지 못한 질문이다. 그러나 오늘날 모든 여성의 생애에서 실존적으로 제기되는 문제가 되었다.

현대문명의 지속가능성과 엥겔스

엥겔스는 헤겔의 정-반-합 변증법에 따라 문명 이전의 원시적 평등사회, 문명기의 불평등사회, 불평등을 지양함으로써 한층 고양된 문명사회라는 세 형태로 인간사회의 발달단계를 나누었다. 그리고 문명기의 계급사회에서 고양된 문명의 공산체사회로 이행하는 계기를 근대 계몽주의자답게 '자연과 역사법칙에 대한 완전한 지식의 전유'에서 찾았다. 그러한 지식의 전유를 통해 마르크스와 함께 엥겔스 역시 인간이 '필연의 세계'에서 해방되어 '자유의 세계'로 진입하게 될 것이라고 기대했다.

'필연'과 '자유'의 관계는 엥겔스에게 매우 단선적인 것이었다. 사회는 평등했으나 자연에 일방적으로 의존할 수밖에 없었던 원시 약탈사회의 '필연성'으로부터 인간은 노동과 생산의 발명을 통해 '자유'의 영역으로 진입한다. 그러나 생산된 잉여는 기술력의 제한으로 인해 만인에게 자유를 제공할 정도로 풍부하지 못했다. 그리하여 일부의 지배계급에 의해 잉여가 전유되고 자유는 지배계급의 전유물이 된다. 근대 자본주의는 폭발적인 생산력 향상으로 과잉생산을 체계화함으로써 생산력의 측면에서는 만인을 물질적 필요('필연성')로부터 해방시킬 잠재성을 갖추었으나, 이번에는 억압적 소유관계(생산관계)에 의해 여전히 자유는 지배계급의 전유물로 남는다.

근대 자본주의사회의 생산력 향상을 가능하게 했던 과학기술의 발달과 그로 인한 역사의식 및 지식의 발전을 엥겔스는 어떤 면에서는 '역사의 종말'과 비슷한 것으로 보았다. 즉 더 이상의, 질적으로 비약적인 과학기술과 지식은 없을 것이라고 보았다. 그리하여 만인의 생존욕구를 충족시킬 정도의 생산력을 과시하는, 당대의 '합리화된' 기술수준이 사회적으로도 '합리화'된다면, 즉 만인을 궁핍으로부터 해방시킬 수 있다면, 사회는 '자유의 세계'로 충분히 진입할 것이었다. 즉 핵심적인 것은 생산관계로 표현되는 사회구성의 합리화였다.

이와 같이 엥겔스는 (기술) 합리화에 의해 이루어진 문명의 문제(불평등)를 더 많은 (사회) 합리화를 통해 해결하려는 전형적인 '단순 근대'의 역사의식을 보여준다. 이것은 현대문명의 열매를 얼마나 자유롭게 향유할 것인가 뿐 아니라, 현대문명 자체, 즉 현대문명의 지속가능성이 문제가 되고 있는 현재의 문명단계에서 볼 때는 지나치게 일면적인 역사의식이 아닐 수 없다. 그러나 필자가 보기에 여성의 '세계사적 패배'와 관련해서는, 마치 사회주의 여성해방론자들이 계급론자 엥겔스로부터 가부장제 설명체계를 도출했듯이, 엥겔스의 '단순 근대적' 역사인식을 근대성에 대한 비판으로 전환시킬 가능성이 아예 없는 것은 아니다. 왜냐하면 생존의 '필연성' 문제와는 달리 여성지위와 긴밀하게 관련되는 출산이라는 자연의 필연성과 관련해서 엥겔스는 단순한 기술 합리성과 사회합리성 이상의 어떤 다른 차원을 보여주기 때문이다.

엥겔스의 설명에서 여성의 세계사적 패배는 생산과 분배의 합리성과 직접적으로 연관되기보다는 '소유관계에 의한 출산기능의 식민지화'와 관련된 문제이다. 즉 문명의 비합리성이 아니라 문명의 자연착취가 문제되는 부분이다. 엥겔스가 그랬듯이, 또 과거 현실사회주의에서 그랬듯이 이 문제를 기술 합리성과 사회 합리성에 기초해서 해결하려고 할 경우에는 1) 출산이라는 자연필연성에 대한 기술 합리적 지배(낙태), 2) 사적소유와 가족의 철폐, 여성의 생산노동 참여, 가사노동의 사회화라는 사회주의적 정책만이 가능할 것이다.

그러나 엥겔스가 예컨대 이러한 정책들을 통해 도달할 수 있으리라고 보았던 여성들의 자유의 세계는 다름이 아니라 여성들의 출산과 성별분업이 사회적 활동으로 평가받던 문명 이전의 문화를 회복하는 것이었다. 즉 출산기능과 성별분업에 의한 여성노동이 '가족'이라는 사유화된 집단으로부터 해방되어 공동체적 의미와 가치를 돌려받는 것이었다. 그렇게 출산기능과 여성노동의 공동체적 가치가 인정되어야 비로소 여성개인들이 남성과 동등한 주체로 인정받을 수 있으리라고 본 것이다.

생산세계를 중심으로 고도 합리화되는 동시에 인간의 재생산 기능까지도 점차 고도의 기술적 지배하에 포섭하고 있는 현대사회에서도 출산과 양육, 돌봄의 인간 재생산 분야는 여전히 사적 가족의 '개인사정'으로 치부된다. 신자유주의 시대에 여성노동이 활발해지고 맞벌이 가족이 증가하면서 양육과 돌봄에 대한 사회적 지원이 약속되기도 하지만, 동시에 인간 재생산 활동이 사적 가족의 지배뿐 아니라 과학기술과 거대 기업의 이해관계에 새롭게 종속되는 복합적 과정이 진행되고 있다. 인간생명이 과학기술과 기업의 이해관계에 직접적으로 종속됨으로써 지속가능성의 문제가 제기될 뿐 아니라, 출산과 양육이 사적 가족에 종속되는 보다 전통적인 문명형태로부터도 새로운 지속가능성의 문제가 제기되고 있다.

말하자면 저출산과 그것이 야기하는 노동사회 재편에 대한 요구는 단순히 종족 멸종의 위기나 또는 자국민 노동자 중심주의의 문제만은 아니다. 이것은 여성의 종속을 정당화한 현대문명이 스스로에게 초래한 결과이며, 생명과 미래에 대한 한 사회의 태도와 관련된 문제이다.

이러한 문명의 부작용 문제와 관련해서도, 문명 이전과 문명시기의 단절을 여성지위 변화와 관련하여 분석한 엥겔스의 『가족, 사유재산, 국가의 기원』이 여전히 읽을거리가 될 수 있을 것이다.[9)]

알렉산드라 콜론타이, 『여성문제의 사회적 기초』 외

사회주의 혁명에서 여성해방을 꿈꾸다

한정숙 ▌서울대 교수 · 서양사학

콜론타이는 마르크스주의적 여성해방론을 기본전제로 삼으면서, 여성노동보호론, 모성보호론을 통해 그 내용을 풍부하게 했으며, 더 나아가 성의 자유, 성해방을 주창했다. 이로써 사실상 여성주의의 모든 조류를 수용하고, 가장 급진적인 흐름까지 예고하는 혁명적인 여성주의를 창시했다.

일러두기

이 글은 『러시아 연구』 18권 2호(2008)에 게재된 필자의 글 「알렉산드라 콜론타이와 여성주의 – '부르주아' 여성주의 비판에서 사회주의적 · 급진적 여성해방론으로」의 내용을 수정보완한 것이다.

여성해방을 위해 싸운 볼셰비키 혁명가

알렉산드라 콜론타이(Aleksandra M. Kollontai, 1872~1952)는 볼셰비키 혁명가 중에서도 여성해방의 대의를 위해 열렬히 싸운 투사로 잘 알려져 있다. 그녀가 마르크스주의와 여성주의를 결합시킨 인물이었다는 평가는 오늘날 많은 연구자들이 공유한다.[1] 여성주의의 조류들을 정리한 한 여성주의 철학 안내서의 집필자들은 콜론타이를 이렇게 소개하고 있다. "알렉산드라 콜론타이는 러시아 볼셰비키 당에서 활동한 뛰어난 사회주의적 여성주의(socialist feminist) 사상가이자 조직자였다."[2] 또 어느 외국인 관찰자는 1926년에 발표한 글에서 콜론타이를 "러시아에서 가장 으뜸가는 여성주의 지도자(feminist leader)"라고 칭한 바 있다.[3] 그런데 정작 콜론타이 자신은 '여성주의' '여성주의자' 등의 말에 거부감을 보였다. 그녀의 저작과 활동을 종합적으로 검토할 때 우리는 그녀를 어떻게 이해해야 할까?

콜론타이는 에너지와 열정으로 가득 찼던 삶의 굽이마다 주변과의 정면대결을 마다하지 않았고 또 이로 인해 발생하는 불화와 생채기를 피하지 않았던 인물이었다.[4] 여성문제에서도 마찬가지였다. 1920년대 소련 정권과 그녀의 불화는 그녀의 여성해방론에 대한 몰이해와 폄훼 그리고 속류적 인식을 초래하는 요인이 되었다. 그러나 여성주의의 제2의 물결이 인 이래 그녀의 사상은 특히 러시아 바깥에서 뜨거운 관심의 대상이 되었고, 여성해방의 투사 콜론타이의 참모습을 찾기 위한 시도가 다각도로 이루어지게 되었다. 그런 한편 여성문제에서 정권과 대결했던 볼셰비키 지도자로서의 콜론타이 상은 페레스트로이카 이후 러시아에서도 금기의 영역 바깥으로 걸어 나오게 되었다.

이 글은 콜론타이가 사회주의 사회의 새로운 삶의 방식을 이론적으로

볼셰비키 혁명가 콜론타이는 여성해방론과 사랑, 결혼, 가족관계 및 성적 관계의 새로운 원칙, 곧 일상적 삶의 새로운 원칙을 제시했다.

정립하고자 노력하는 과정에서 제시한 여성해방론과 사랑, 결혼, 가족관계 및 성적 관계의 새로운 원칙, 곧 일상적 삶의 새로운 원칙을 그녀의 저작을 통해 검토하고자 한다. 콜론타이는 대표작 하나를 적시하기 어려울 정도로, 오랜 기간에 걸쳐 다양한 저술 활동을 해왔다. 따라서 초기 대표작이라 할 수 있는 『여성문제의 사회적 기초』(*Sotsial'nye osnovy zhenkogo voprosa*, 1909)를 비롯하여, 그녀의 활동의 중요한 국면에서 집필된 여러 저작의 내용을 차례로 검토하는 것도 의미가 없지 않다. 콜론타이가 제시한 '프롤레타리아 계급의 새로운 성도덕'은 여성해방론과 어떻게 연결되었으며, 그녀의 주장은 어찌하여 그토록 큰 굉음을 내며 사회적 논란거리로 부상했던 것일까? 사회적 질서와 삶의 방식을 전면적으로 재편성하고자 했던 볼셰비키 혁명은 가장 일상적이고도 가장 심층적인 인간관계에서는 어떠한 시도들을 낳았던 것일까, 적어도 콜론타이의 여성해방론이 그 하나의 모습을 이해할 수 있게 해주리라는 것이 이 글 안에 담겨 있는 또 다른 기대이다.

누가 어떤 콜론타이에 관심을 가졌나

콜론타이는 러시아어 외에 독일어, 영어, 스웨덴어 등 여러 언어로 활발하게 글을 썼기에 그녀의 글은 일찍부터 러시아 바깥에 알려졌다. 그런 데다 귀족출신인 그녀는 볼셰비키 혁명 직후 유일한 여성각료였고, 열일곱 살 연하의 농민출신 동료 각료 드이벤코(Pavel Dybenko, 1889~1938)와 결혼했다가 헤어졌으며, 브레스트-리토프스크 조약 체결 반대와 노동자 반대파 활동으로 레닌과 정면으로 대립하였고, 그 후 세계 최초의 여성대사가 된 것 등등으로 수많은 화제를 불러일으킨 '뉴스메이커'의 한 사람이었다. 소련에서 가장 유명한 여성이었던 그녀의 삶과 활동의 다양한 면모를 살피는 글들은 그녀의 생존 당시부터 발표되었다.

그러한 콜론타이의 여러 모습 가운데 변함없이 가장 큰 관심의 대상이 된 것은 성 혁명의 제창자, 부르주아 가족의 비판자이자 새로운 도덕의 제창자로서의 면모였다.

서방에서는 특히 1960~70년대 여성주의의 두 번째 물결 이래 사회주의자들과 급진적 여성주의자들이 콜론타이를 자기 진영으로 모셔오기 위해 노력했다. 콜론타이의 소설 영역본이 출판되었을 때, 사회주의 성향의 여성사 연구자인 쉴라 로우보텀이 그 발문을 쓴 것은 콜론타이를 사회주의적 여성주의의 대표자로 여겼기 때문이다.[5] 68혁명의 여파가 가시지 않고 일상혁명과 새로운 섹슈얼리티 담론의 추구가 활발하게 이루어지고 있던 시기인 1970년대 초반에 프랑스 학자 스토라-상도르는 콜론타이를 마르크스주의와 성 혁명의 결합을 시도한 인물로 보고 이와 관련된 그녀의 글들을 모아 프랑스어 선집을 펴냈다.[6] 1970년대 이후에는 특히 영미권 연구자들이 콜론타이에 대해 많은 연구 성과를 내놓았는데, 그 대부분은 여성주의와 관련된 것이다. 그녀는 공산주의를 통해 여성해방을 꿈꾼 인물로 부각되었다.[7]

그렇다면 한국에서는 어떠했던가? 식민지 시대 조선 지식인들은 근대사회 형성의 길을 찾는 과정에서 근대 여성주의를 접하였고 콜론타이에 관심을 가지게 되었다. 한 연구자의 조사 결과로는 1927년에서 37년 사이에 조선에서 발간된 잡지에는 콜론타이에 관한 글이 14편 게재되었다.[8] 그 중 일부는 단순한 여성 활동가로서가 아니라, 양성관계 및 가족제도 변화, 성해방, 자유연애 등과 관련하여 새로운 길을 개척한 인물로서 콜론타이를 부각시키고 있다. 그녀가 여성문제(당시의 용어로는 '부인문제')를 다룬 소설에서 "대담불경한 태도로 성문제를 취급한" 것을 의미 있게 부각시키고 있는 어느 논자의 평이 이를 보여준다.[9] 콜론타이의 자유연애론을 위험시, 불온시한 논자들도 적지 않았으나 김온, 서광제 등은 콜론타이를 낡은 성 관습과 부르주아적 가족제도의 파괴자이자 자유로운 인간성의 찬미자로서 높이 평가했다.[10] 식민지 조선의 지식인들이 현실을 넘어서는 길을 모색하는 과정에서 당시 소련 마르크스주의자들과 여성해방론자들의 논의를 비롯한 세계 최첨단의 지적 조류에 대해 개방적인 자세를 가지고 있었음을 알 수 있다.

해방 이후 한국에서는 1980년대에 이르러서야 비로소 콜론타이가 다시 조금씩 관심을 끌기 시작했는데, 이때는 주로 혁명운동사의 관점에서 볼셰비키 사회주의자 콜론타이의 모습이 부각되었고 예외적인 경우에 여성운동가로서의 그녀의 활동이 조명되었다.[11] 그러다가 한국 여성주의의 성장으로 콜론타이 또한 역사 속 여성주의자로 각광을 받기 시작했다. 2000년대 들어 몇몇 연구자들이 여성주의 시각에서 그녀의 삶과 여성해방 사상을 조명하고 있는 것이 이를 말해준다.[12)]

예언자는 고향에서 박해를 받는다지만, 콜론타이도 모국에서는 반드시 공정한 평가를 받았다고 보기 어려웠다. 그녀는 생존 당시에나 사망 후에나 깍듯한 예우를 받았으며, 스탈린 체제하에서 숙청된 다른 많은 볼셰비키 혁명가들과는 달리 소련 시절의 역사 연구 및 서술에서도 무시되지는 않았다. 그러나 소련 해체 이전까지 그녀는 여성운동가, 여성해방 사상가가 아니라 주로 볼셰비키 혁명가, 외교관으로 인식되었고 그녀의 저작집이나 전기도 이러한 관점에서 편찬되었다. 소련 시절 전성기에 나온 전기 제목은 『혁명가, 호민관, 외교관』(*Revoliutsisioner, tribun, diplomat*)이다.[13)] 1970년에 출간된 전기적 기록인 『세계의 여성 제1호』(*Pervaia v mire*)[14)] 또한 400쪽에 가까운 적지 않은 분량인데도, 여성주의와 관련된 맹렬한 논란에 대해서는 전혀 언급하지 않은 채 전반부는 성장기와 혁명 활동에 대한 서술로, 후반부는 외교관으로서의 활동에 관한 서술로 지면을 채우고 있다. 이러한 전기에서 콜론타이는 볼셰비키 지도부의 열성적인 일원이자 레닌의 헌신적 동지였으며 사회주의 모국의 성과를 외교활동을 통해 널리 알렸던 성실한 여성 공인(公人)으로만 모습을 보이고 있다.

콜론타이의 여성주의적 면모는 오히려 소련 학계에는 곤혹스러운 요소였다. 소련 시대에는 공식 학계나 여성운동계에서도 '여성주의'라는 말은 기피의 대상이었다. 소련 체제는 콜론타이와 같은 걸출한 여성운동 지도자가 현장에서 사라진 이후에는 여성운동을 왜소화시키고 관제화시켰으며, 그렇게 축소된 테두리에 포섭되지 않는 여성해방 관련 논의들을 폄훼의 대상으로 삼아버렸다.[15)] 1972년에 편찬된 『콜론타이 저작선집』[16)]이나 소련의 관영 출판사가 외국 독자들을 위해 펴낸 『콜론타이 저작의 영역 선집』[17]에는 섹슈얼리티, 사랑, 결혼, 가족제도에 대한 글이 한 편도 실려 있지 않다. 그러한 글들은 '여성주의적 편향성'을 드러내기 때문에 일반 대중이 접해서는 안 될 것으로 여겨졌기 때문이다.

그런데 소련 체제가 붕괴한 후 러시아에서 가장 큰 관심을 끌고 있는 것은 바로 여성주의자로서의 콜론타이이다. 러시아 학자들은 여성주의에 관한 콜론타이의 글들을 수록하여 마르크스주의적 페미니스트로서의 면모를 살필 수 있게 하는 저작집을 새로 펴내고,[18] 그녀에 관한 국제학술행사를 열고 있다.[19] 이들은 선풍을 불러일으켰던 그녀의 연설 제목 중 유명한 표현을 따서 '날개 달린 에로스'에 길을 열어준 인물 콜론타이를 새롭게 불러내고 있다.[20]

러시아의 연구자들 가운데 흥미로운 면을 보여주는 이는 러시아 여성주의 역사의 연구자인 유키나다. 그녀는 러시아혁명 이전 시기 자유주의적 여성주의자들의 활동을 긍정적 관점에서 조명하고 있는 연구자인데,[21] 콜론타이에 대한 시각은 다르다. 즉 유키나는 콜론타이가 이들 페미니스트들과 협력하지 않고 대결했다는 이유로 그녀를 대단히 비판적으로 평가하고 있다.[22]

사실 콜론타이의 여성해방론을 제대로 평가하자면, 그녀의 여성해방론을 긍정적으로 평가하는 러시아 바깥의 기존 연구를 참조하는 것은 물론이고, 콜론타이는 여성주의자들에게 적대적이었다는 유키나의 비판과 콜론타이는 여성주의적 편향에 빠졌다는 소련 쪽 일부 논자들의 비판 사이에서 길을 제대로 찾아들 수 있게 해줄 지도를 그려보아야 한다.

19세기 러시아 여성운동의 정신적 유산

혁명 활동에 첫 발을 디뎠을 때 콜론타이는 주로 노동문제, 핀란드 독립 문제 등에 관심을 가지고 글을 썼다. 그러나 곧 주된 활동영역의 하나가 된 것은 사회주의적 여성운동이었다. 그녀는 사회주의 관점에서 여성노동자들이 여성으로서, 노동자로서 겪는 어려움을 해결하기 위한 해결책을 찾고자 했다. 여성노동자들을 조직하고자 하는 혁명세력이 거의 없었던 19세기 말~20세기 초 러시아 제국에서 콜론타이의 등장은 여성운동의 방향을 바꾸어놓는 한 전환점이었다.

이 과정에서 콜론타이는 특징적인 모습을 보이게 되었다. 즉 그녀는 자유주의적 여성운동가(이른바 여권운동가)들과 대결했을 뿐 아니라 그들을 '페미니스트'라 부르면서 공격했다.[23] 페미니스트, 페미니즘에 대한 콜론타이의 비판과 공격은 이후에도 변함없이 계속될 터였다.

여기서 콜론타이와 '여성주의'의 관계를 제대로 짚어볼 필요가 있다. 콜론타이는 '여성주의' '여성주의자'라는 말을 부정적인 의미로만 사용했다. 여성주의라는 말의 기의와 기표 사이에 차이가 있음을 알 수 있다. 오늘날 한국어 사용자들이 일반적으로 여성주의라고 번역하는 페미니즘이라는 말은 '여성적 특질'을 가리키는 프랑스어 féministe에서 유래한 것으로 19세기 중엽까지는 대개 이 의미로 사용되었다. 그런데 1892년 파리에서 열린 제1차 국제여성회의를 전후한 시기부터 페미니즘은 양성평등이라는 이념에 바탕을 두고 여성의 동등권을 옹호하는 신념체계를 가리키는 말로 사용되기 시작하였다. 영어의 '페미니즘'은 19세기 말~20세기 초 영국과 비국 등 영어권 국가들에서 여성참정권운동 참여자들을 가리키는 데 주로 사용되었으나, 그 후 이 말의 의미는 크게 확대되었다.[24]

1920년대까지 계속된 여성참정권운동을 주로 가리키는 여성주의의 제1의 물결에 이어 1960년대 말과 1970년대 초에는 여성참정권운동의 좁은 테두리를 넘어서는 여성주의의 제2의 물결이 일어나면서 보다 포괄적인 여성권리신장운동이 전개되었다. 그리하여 오늘날에는 프랑스혁명기 이래 광범한 영역에 걸쳐서 진행되어온 다양한 성격의 성차별 철폐(여성해방) 운동이나 여성의 시각으로 세계를 다시 해석하고 변화시키고자 하는 다양한 이념체계들을 '여성주의적'인 것으로 통칭하고 있다.[25] 여성주의 내에도 자유주의적 여성주의, 전통적 마르크스주의적 여성주의, 사회주의적 여성해방론, 급진적 여성해방론 등 다양한 흐름이 있고 논쟁이 있다. 여성주의에서 마르크스주의적 여성해방론과 사회주의적 여성해방론을 구분할 때는 여성억압의 원인과 그 극복방법을 논의하는 데서 경제적 요인만을 중시(마르크스주의적 여성해방론)하는가, 그렇지 않으며 경제적 요인 외에 가부장제로 일컬어지는 남성중심적 지배구조도 여성억압을 지탱하는 한 축으로 인정하고 이를 극복대상으로 간주(사회주의적 여성주의)하는가를 구분의 근거로 삼기도 한다.[26] 상당수 논자들은 마르크스주의적 여성해방론과 사회주의적 여성해방론을 엄밀히 구분하지 않고 혼용하기도 한다.

그런데 혁명기 러시아 마르크스주의자들은 페미니즘이라는 말을 19세기 말, 20세기 초의 용법대로 여성참정권운동과 동일시하면서 이를 '부르주아 여성주의'라는 의미로만 사용하였다. 콜론타이도 마찬가지였다. 그러나 그녀가 혁명가로서 활동하고 특히 여성운동가로서 두각을 나타낼 수 있었던 것은 그 이전에 러시아 여성주의자들이 이루어놓은 성과에 힘입은 것이었다.

19세기 러시아 제국은 정치-사회경제적으로 서유럽 사회보다 후진적이라 여겨졌지만 여성문제를 둘러싼 논의, 여성운동 영역에서 이루어진 성과에서는 서유럽보다 훨씬 앞선 면도 있었다. 러시아에서는 1830~40년대에 처음으로 여성문제가 논의되기 시작한 이래 여성의 교육 및 취업에 관한 다양한 논의들이 등장하였다.[27] 여성의 교육기회를 확대하고 여성을 남성과 동등한 사회적 · 공적 존재로 끌어올리기 위해 노력하기 시작한 사람들이 자유주의적 여성주의자들이었다. 그들은 19세기 후반부터 여성의 참정권, 고등교육권 획득을 요구하면서 법적·제도적 남녀평등을 지향하는 운동을 활발하게 전개해왔다.

자유주의적 여성주의자들은 여성문제가 독자적으로 존재하며 주로 법적·제도적 측면에서의 체제내적 개량을 통해 여성의 지위가 궁극적으로 향상될 수 있다고 믿었는데, 이들의 활동 덕분에 1860년대 말, 70년대에 이르러 여성에게도 베스투제프-류민 강좌를 비롯한 고등교육강좌가 제공되었고, 중등교육의 기회도 확대되었다.[28] 이는 여성 혁명가들의 출현을 가져온 요인이기도 했다.

러시아 여성들은 1860년대부터 인민주의 운동에 적극적으로 참여했다. 베라 자술리치(Vera Zasulich)나 소피야 페로프스카야(Sofiia Perovskaia) 같은 열혈 여성 혁명투사들이 이 속에서 배출되었다. 차르 암살을 모의한 페로프스카야는 최상층 명문집안 출신이었다. 당시 일정 수준 이상의 교육을 받은 여성들은 상응하는 수준의 교육을 받은 남성들에 비해 혁명 활동에 기울어지는 비율이 더 높았다. 이는 당시 러시아 사회가 이들에게 교육수준에 상응하는 활동공간을 제공하지 못했을 뿐 아니라 차르 체제가 그들의 염원을 억압했다는 점도 작용했다.[29] 이들은 여성도 혁명가, 정치적 존재가 될 수 있다는 사실을 입증했으며 이 점에서 다음 세대 여성 혁명가들에게 남긴 정신적 유산은 강력했다.

콜론타이는 이러한 사회, 이러한 시대의 딸이었다. 귀족출신 장군의 딸로 태어난 그녀는(결혼 전 성은 도몬토비치Domontovich) 열여섯 살에 베스투제프 강좌에 입학을 시도했던 적이 있으며, 그 후 이를 포기하고 사립교육기관에서 잠시 공부하다가 독선생을 초빙하여 집에서 교육을 받았다.[30] 콜론타이와 그녀의 언니 제냐를 가르친 가정교사 마리야 스트라호바(Mariia Strakhova)는 혁명사상을 접했던 여성 지식인으로, 어린 콜론타이에게 강력한 인상을 남겼다.[31] 콜론타이가 결혼 후 사회활동을 하고 싶어했을 때 이동 박물관이나 일요학교에서 강의할 기회를 소개해주었던 것도 스트라호바였다.[32] 그런가 하면 콜론타이의 어머니는 결혼제도에 대한 여성의 저항이 차르 체제에 대한 저항처럼 여겨지던 분위기에서 첫 남편과의 결혼을 파격적인 방식으로 종식시키고 콜론타이의 생부와 재혼한 여성이었다.[33] 콜론타이 자신은 결혼 3년 만에 남편 블라디미르 콜론타이와 어린 아들을 남겨두고 정치경제학(마르크스주의 경제학)을 공부하기 위해 스위스로 떠나 취리히 대학에서 유학한 후 귀국했으며, 그 후 사회주의자로서 혁명 활동에 뛰어들었다.[34] 그녀는 선배여성들이 획득해놓은 여성의 교육기회 및 혁명 활동, 결혼에 대한 인식 변화라는 토양 위에서 혁명가로, 여성운동가로 활동하기 시작했다.

자유주의와 마르크스주의 여성운동의 대립

그럼에도 콜론타이가 자유주의적 여성주의자들에 맞섰던 것은 여성노동자들에 대한 영향력 행사라는 문제가 있었기 때문이다.

러시아에서 1880년대 초부터 빠른 속도로 공업화가 진행된 이래 여성노동력의 비중은 점차 커졌다. 1885년에는 여성노동자의 비율이 전체 노동자의 22퍼센트였는데 1909년에는 거의 31퍼센트였다.[35] 여성노동자들은 노동자 일반이 겪는 어려움에 덧붙여 여성으로서의 특수한 어려움을 겪고 있었다. 미숙련노동에 주로 종사하였고, 같은 노동을 해도 남성노동자들보다 더 적은 임금을 받았으며, 노동조합에 받아들여지지도 않았다.

남성동료, 작업반장, 관리자들로부터 가해지는 성적 폭언, 신체적 모욕도 견디기 힘들었지만 더욱 심각한 것은 임신 · 출산 · 자녀양육의 문제였다. 여성노동자들이 결혼을 하고도 공장노동을 계속하는 추세는 점점 늘어났지만, 임신 · 출산의 이유로 유급휴가를 받을 수 없었다. 그들은 출산 직전까지 일하고, 출산을 하자마자 며칠 만에 다시 일하러 나와야 했다.[36] 19세기 말, 20세기 초에 러시아의 유아 사망률은 유럽에서 가장 높았는데, 농민들 사이에서보다 공장 노동자들 사이에서 유아 사망률이 훨씬 더 높았다.[37] 여성노동자들에게 '모성보호'는 절박한 관심거리였다.

여성노동자의 권리 투쟁은 1890년대에 시작되어 점점 활발해졌다. 특히 1905년 혁명이 일어나자 여성노동자들은 모성보호와 남녀 최저임금 등을 요구하며 빈번하게 파업을 벌였다. 여성노동자 운동은 일시적 소강기를 빼고는 1차 대전 때까지 계속되었다.[38]

이러한 상황에서 여성노동자들을 향해 가장 먼저 적극적으로 손을 내민 사람들은 자유주의적 여성운동가들이었다. 이들은 러시아에서 여성참정권을 관철하고자 노력하던 중이었다. 의사 · 교사 · 저술가 등 지식인 여성의 상당수가 자유주의적 여성운동에 참여했다. 1905년 5월 모스크바에서는 약 70명의 지식인 여성들이 모여 여성평등권연맹을 결성했다.[39] 이 단체는 존립 목적을 "전반적인 정치적 해방을 촉진하고 남성과 동등한 여성의 권리를 쟁취하기 위해 노력하는 것"이라고 천명했으며[40] 성별 · 종교 · 민족의 차별을 두지 않는 보통선거권을 요구했다.

자유주의적 여성주의자들은 기층여성에게도 영향력을 미치기 시작했다. 그들은 여성이 계급과 상관없이 여성으로서 공통의 고통을 겪는다고 보았으며 프롤레타리아 계급 남성들도 자기 부인에게는 주인으로 군림하다고 주장했다. 그리고 여성들 자신의 일치된 노력에 의해서만 여성문제를 해결할 수 있다고 여겼다. 자유주의적 여성지식인들은 프롤레타리아 계급 여성들을 '여동생'으로 간주하면서[41] 일찍부터 관심을 보여 왔는데, 여성평등권연맹 회원들은 여성노동자들의 시위에 함께 참여하고 여성노동자 정치클럽을 조직하기도 했다. 이들은 농민여성과 하녀층을 대상으로 한 선전활동에서도 적지 않은 성과를 거두었다.

'계급을 초월한 모든 여성의 단결'을 호소하는 평등권론자들의 주장은 광범한 호응을 얻었다. 이들은 1908년 제1차 전(全)러시아 여성회의를 개최하면서 여성의 일반적 법적, 정치적 권리, 결혼과 가족 등의 문제뿐 아니라 여성의 경제적 지위, 여성노동자나 하녀와 같은 기층여성의 경제 상태 문제까지 다루는 프로그램을 만들어냈다.[42]

이들의 활동 및 성과는 여성 사회주의자들에게도 큰 자극을 주었다. 마르크스주의 여성운동가들은 마르크스 · 엥겔스의 『공산당 선언』, 엥겔스의 『가족, 사유재산, 국가의 기원』 및 베벨의 『여성과 사회주의』(이 책 4장에서는 『여성론』으로 번역)에서 여성문제에 대한 논의와 해결의 준거틀을 찾았다. 마르크스주의적 여성주의의 특징은 엄밀한 의미에서는 '독자적 여성운동' 체계로서의 여성주의를 인정하지 않는다는 점이다. 마르크스주의에서는 농민문제, 여성문제 등 개별분야에서 해결되어야 할 문제들을 마르크스주의적 관점에서 해석하면서 이를 사회주의 혁명을 통해 해결하고자 했으며, 그 문제들이 독자적인 발생구조와 해결방식을 가지는 것을 인정하지 않기 때문이다.

마르크스주의적 여성주의의 이론체계는 기본적으로 '여성문제'를 역사적인 시각에서, 그리고 계급과의 관련성 속에서 파악하는 것으로 다음과 같은 핵심 주장을 가지고 있었다.[43] 여성의 억압은 사유재산제의 성립, 곧 계급의 발생과 더불어 시작되었고 사유재산제의 존속에 의해 유지되고 있으며 사유재산제의 철폐와 더불어 소멸될 것이다. 부르주아적 결혼 · 가족제도는 사유재산제의 유지를 위해 존재하는 제도로 사유재산제가 철폐될 때에만 이 제도는 붕괴되고 여성은 해방될 것이다. 사회 · 경제구조와 분리되어 별개로 존재하는, 계급을 초월하여 존재하는 독자적인 여성문제란 있을 수 없다. 여성문제 해결의 단초는 공적 노동에 여성이 대대적으로 투입되고 있다는 사실 속에 주어져 있으니, 자본주의에 의해 유지되고 있는 여성억압 상황을 극복하기 위해서는 여성노동자들과 남성노동자들이 사회주의 사회를 실현하기 위해 함께 노력해야 할 것이다. 즉 여성해방을 위한 투쟁에서 여성노동자의 동맹자는 다른 계급의 여성이 아니라 노동계급 남성이다.

이런 점에서 마르크스주의 여성해방론자들은 자유주의적 여권론식의 남성-여성 이분법에 거부감을 가졌다. 콜론타이는 자유주의적 여성주의자들이 여성노동자들에게 접근하여 이들에게서 지지를 얻으면 이들이 사회주의 혁명운동 대열에서 이탈할 우려가 있다고 보았다. 그녀는 무계급적인 여권론에 반대하면서, 남성노동자들과 다른 성별 특징을 가지는 여성으로서, 그리고 부르주아 여성들과 다른 계급적 요구를 가지는 노동자로서, 여성노동자들을 독자적으로 조직하고자 했다. 그리하여 1907년 가을에는 동료들과 함께 최초의 여성노동자 클럽을 조직했다. 그녀의 의도는 "노동계급 여성 사이에서 선동의 자율성을 유지하면서 당 조직 내에 노동계급의 각 절반인 남성들과 여성들을 융합하는 것"이었다. 그런데 콜론타이는 다른 한편으로는 같은 편인 사회주의 운동세력과도 싸워야 했다. 많은 당 동료들은 그녀가 지나치게 "여성적인" 문제에 집착한다고 비판했기 때문이다.[44]

콜론타이는 이러한 상황에서 우선 마르크스주의적 여성운동의 이론틀을 확립하고자 했다. 이를 위해 집필한 것이 『여성문제의 사회적 기초』이다. 이 소책자는 여성문제에 대한 엥겔스, 베벨, 체트킨(Klara Zetkin)의 기존 이론을 충실히 이어받고 있었으며, 콜론타이만의 독창적인 생각을 담고 있었다고 보기는 어렵다.[45] 그러나 이 책은 마르크스주의 이론가로서의 그녀의 명성을 확고하게 해주었고 마르크스주의 여성운동의 지침이 되었다. 이 책에서 콜론타이는 사적유물론자로서, 여성종속의 우선적 원인은 경제적 요인이며 여성이라는 생물학적(자연적) 성질은 그 부차적인 요인일 뿐이라고 주장했다. 그리고 여성의 진정한 해방(자유와 평등의 획득)은 '여성종속을 가져온 경제적 요인이 철폐되고 사회적 생산적 질서가 전면적으로 변화'해야만 가능해질 것이라고 주장했다.[46)]

콜론타이는 이 책에서 차르 정부의 검열을 의식하여, 마르크스주의에 특유한 어휘는 될 수 있는 한 피하고 암시적인 표현을 많이 썼다. 그렇더라도 여기에서 그녀가 말하는 경제적 요인이 사유재산제의 성립과 유지를 뜻하고, 새로운 사회적 생산적 노선에 입각한 세계의 재조직이란 사회주의 사회의 수립을 의미한다는 것은 누구나 알 수 있었다. 그녀는 기존체제 내에서 여성지위의 개선이 이루어질 수 있다는 가능성을 부인하지 않으면서도 "남녀 평등권론자"들을 비판했는데, 왜냐하면 그녀 생각으로는 이 "여성주의자"들이 자신들의 부르주아 계급적 이해관계에 매달리고 있었기 때문이다.[47)] 콜론타이는 이들이 체제 내에서 자신들의 지위 향상만을 꾀하고 있다고 보았다. 그러다 보니 물질적 상태를 개선하기 위한 무산계급 여성들의 투쟁에 일반적(부르주아) 페미니스트 운동이 기여한 사실은 찾아내기 어렵다는 이야기였다.[48)] 콜론타이는 여성억압 철폐를 위해 여성을 예속시켜온 전체 사회경제 구조의 거대한 변동을 요구했다.[49)] 사회민주주의 정당(당시 마르크스주의 정당을 일컫던 용어)이야말로 여성을 보호하는 데 가장 앞장서온 정당이었으며, 노동계급 여성들이야말로 '노동의 고된 가시밭길을 걸음으로써 진정한 해방이라는, 멀리서 손짓하는 목표를 달성할 수 있는 사람들'이었다.[50)]

1908년 12월 노동자 그룹을 이끌고 전 러시아 여성대회에 참석한 콜론타이는 상호적대적인 경제적 계급에 속하는 여성들을 망라하는 단일한 정치조직은 불가능하다고 주장하면서 사회전체의 변혁 속에서 여성문제의 해결을 지향하는 자신의 지론을 되풀이했다.[51] 콜론타이는 자유주의적 여성주의자들의 영향력을 차단하기 위해 그들이 주도하는 전국적인 여성조직의 결성에 반대했을 뿐 아니라 여성의 참정권 요구를 그들과 함께 제기하는 것도 거부했다.

이 같은 콜론타이의 태도는 여성참정권운동이 보여준 한계 때문일 수도 있다. 뉴질랜드와 오스트레일리아에서는 여성참정권운동이 19세기 후반에 활발하게 이루어졌고 그 덕분에 세계에서 가장 일찍, 19세기 말에서 20세기 초에 여성참정권이 인정되었다(뉴질랜드 1893년, 오스트레일리아 1902년). 그러나 여성운동계는 참정권 획득이라는 목표를 달성하고 나자 여성해방을 위한 의제설정의 동력을 더 이상 찾지 못한 채 한동안 침체상태에 빠져버렸다. 여성침정권의 획득이라는 성과 자체만으로는 여성의 삶의 질 향상에도 별다른 진전이 이루어지지 않을 수 있다는 사실도 드러났다.[52]

『여성문제의 사회적 기초』는 큰 성공을 거두었다. 여성노동자 운동의 중요성을 역설하는 콜론타이의 목소리도 차츰 관심을 끌기 시작했다. 그녀는 망명 생활 중에도 러시아의 여성노동자들과 긴밀한 접촉을 유지했다. 1913년 2월 국제 여성의 날을 기념하여 쓴 글에서 그녀는 다시 한 번 여성노동자 운동의 중요성을 강조했다. 여성주의자들은 자본주의 체제 내에서 남성들과 같은 세력, 권리를 얻고자 하며, 남성노동자들은 의식수준이 낮은 여성노동자들은 제외한 채 자신들만이 반자본주의 투쟁의 과제를 짊어져야 한다고 생각하였으나, 여성노동자 운동은 이 두 가지 편향 모두를 극복하여 여성노동자들의 의식수준을 높이고 사회주의적 미래를 향한 투쟁으로 나아가야 한다는 것이었다.[53]

여성노동자들의 활발한 독자적 운동은 사회주의 정당 관련자들의 인식에 영향을 미쳤다. 1차 대전 직전에는 볼셰비키와 멘셰비키 두 분파가 모두 이 문제를 진지하게 다루기 시작했고 두 종의 정기간행물이 나오게 되었다.

콜론타이는 여성노동자들을 사회주의 혁명을 위한 단순한 동원 대상으로 여기지 않았다. 이는 그녀가 여성노동자들의 모성보호 문제에 관심을 기울여 방대하고 체계적인 연구결과를 내놓은 데서도 확인할 수 있다. 그녀의 저작 『사회와 모성보호』(*Obshchestvo i materinstvo*)는 원래 두 권으로 구상되었으나 그 가운데 1권만 출간되었다. 1916년 '국가의 모성보호'라는 부제를 달고 출판된 이 책은 인쇄본으로 641쪽에 이르는 방대한 분량이며, 모성보호의 기본정신과 원칙을 밝힌 데 이어 러시아, 독일, 영국, 프랑스, 스위스, 이탈리아, 오스트리아, 헝가리, 룩셈부르크, 노르웨이, 보스니아, 세르비아, 루마니아, 오스트레일리아 등 세계 각국의 모성보호 입법을 소개하고 있다.[54] 나아가 모성보호를 위한 제2회 국제사회주의 여성협의회의 결의문과 콜론타이 자신이 제3회 국제사회주의 여성협의회에 제안하기 위해 쓴 모성보호결의안 초안도 수록하고 있다. 저자가 이 책의 집필을 위해 러시아어 자료는 물론 영어, 독일어, 프랑스어, 이탈리아어, 핀란드어 등 수많은 외국어 자료들을 읽고 사례를 살폈음은 방대한 참고문헌 목록이 보여주고 있다. 콜론타이는 "인류의 운명은 '여성인 어머니'의 운명에 달려 있다. 여성인 어머니는 사회적 공동체의 눈으로 보았을 때 새롭고도 뚜렷한 사회적 가치를 획득하고 있다"고 말하면서 모성보호의 중요성을 강조했다.[55]

1차 대전이라는 상황을 눈앞에 두고 콜론타이는 모성보호의 사명에 역행하는 전쟁의 참상과 여성노동을 값싸게 부려먹고자 하는 각국 정부의 정책도 강하게 비판했다. 그 때문에 『사회와 모성보호』는 모성보호라는 온건해 보이는 주제를 다룬 책인데도 머리말을 비롯한 몇몇 페이지에는 검열로 인해 삭제된 부분이 적나라하게 표시되어 있다.[56] 콜론타이는 높은 아동사망률, 어머니인 여성노동자의 노동조건과 생활여건이 아동사망률에 미치는 영향을 통계수치를 통해 분석하면서 여성노동자의 모성보호를 위한 입법조치의 도입을 강력하게 주장했다.[57]

독립적인 정신과 의지: 콜론타이의 신여성론

콜론타이는 여성주의를 거부하고 마르크스주의적 관점에서 '여성문제'를 말했다. 그러나 그녀가 거부한 것은 좁은 의미의 여성주의, 곧 참정권운동 위주의 여성주의였지 여성의 해방을 위한 노력 자체는 결코 아니었다. 콜론타이는 여성의 지위나 상태, 여성의 삶이 사회경제 체제의 변화에 의해 자동적으로 변화된다는 결정론적 사고를 하고 있었던 것은 아니다. 그녀는 실제로는 여성문제의 독자적 성격을 인식하고 있었다. 이것이 처음으로 가장 뚜렷한 형태로 표현된 것은 1913년에 쓴 「신여성」(Novaia Zhenshchina)이라는 글이었다.

두 부분으로 나뉘어져 있는 이 글에서 콜론타이는 새롭게 등장하고 있는 여성의 유형을 주로 문학작품 속 여성 등장인물들을 통해 살펴보고 있다. '신여성'이란 종래의 가부장적, 남성중심적 지배체제를 거부하고 독립적인 삶을 선택하는 여성이다. "신여성이란 누구인가? …… 이들은 지금까지 알려지지 않았던 전적으로 새로운 '다섯 번째' 유형[58]의 여주인공들로서 삶에 대한 독립적 요구를 가지고 자신의 개성을 주장하며, 국가, 가족, 사회 내 여성의 보편적 예속에 맞서서 저항하며 여성이라는 성의 대표자로서 그들의 권리를 위해 싸우는 여주인공들이다. 점점 더 자주 이 유형을 결정짓는 존재로 등장하고 있는 이는 독신녀들이다. …… 독신녀는 이 같은 예속적 역할을 하기를 그쳤고 더 이상 남자의 반영물이기를 그만두었다. 그녀는 일반적 인간적 관심사로 가득한 독특한 내적 세계를 가지고 있으며, 내적으로 독립적이고 외적으로 자립적이다."[59)]

콜론타이는 이러한 독신녀, '신여성'이 현실 속에 존재하는 살아 있는 인물들이라고 보았다. 이들은 러시아에서는 1870~80년대부터 등장하여 여성적 '자아'를 주장한 존재로서, 투르게네프의 유명한 산문시 「문지방」[60)]에서 뚜렷하게 형상화되었으며 20세기 초가 되면서는 이미 도시의 사무실, 일터에서 수백만의 독립적 독신녀들이 일하고 있었다는 것이다.[61)] 콜론타이가 보기에 신여성에게 중요한 것은 독립적인 정신과 의지였다. 신여성의 유형은 다양하지만 각 나라마다 신여성을 그린 문학작품을 가지고 있었다. 카를 하우프트만(Carl F.M. Hauptmann)의 소설 『마틸데』(*Mathilde*)의 동명 여주인공, 막심 고리키의 소설 「한 여자」(Zhenshchina)의 주인공인 타치아나, 그레테 마이젤-헤스(Grete Meisel-Hess)의 작품 『지식인들』(*Die Intellektuellen*)의 여주인공인 '대담하고 총명하며 정열적인 올가', 같은 작가의 작품 『목소리』의 여주인공인 '분주하고 격정적인 마야' 등 수많은 여성 등장인물이 콜론타이가 보기에는 신여성의 특징을 보여주고 있었다.[62)] 이들은 사랑을 할 능력이 있고 자신의 내면에서 원할 때는 사랑에 정열을 불태우기도 하지만, 결코 사랑에 모든 것을 걸지 않으며 학문이건 사회주의 선전선동이건 자신의 일을 하며 거친 운명에 당당하게 맞서는 여성들이었다.

'신여성'이 주로 독신여성이라고는 하지만 나그로드스카야(Evdokiia Nagrodskaia)의 소설 『디오뉘소스의 분노』(*Gnev Dionisa*)의 여주인공인 예술가 타냐의 경우처럼 기혼여성도 신여성 유형에 속하는 경우가 있다.[63)] 타냐는 남편과 한 지붕 아래 살지만 자유롭고 자립적이며 인간으로서 "자기 자신으로" 산다. 슈니츨러의 작품 『자유로의 길』(*Der Weg ins Freie*)의 여주인공 테레자는 사회주의 선전선동 활동 때문에 투옥되었다가 석방된 후 다시 혁명 활동에 열중한다. 그녀에 대해 콜론타이는 이렇게 쓰고 있다. "그녀의 수많은 남자동료들의 경우와 마찬가지로 테레자에게도 사랑이란 삶의 길에서 단지 하나의 단계, 단지 하나의 짧은 휴식에 지나지 않았다. 그녀의 삶의 목표와 내용은 당, 이념, 선동 그리고 일이었다."[64)]

콜론타이의 「신여성」에 등장하는 새로운 유형의 여성들은 사회주의 운동이나 노동운동과 관련 있는 경우도 있지만 전혀 관련이 없는 경우도 있다. 더 중요한 것은 사회경제적 위치보다 독립적 인격체로 살고자 하는 여성개인의 결단이고, 이 결단을 가능하게 하는 그녀의 자각, 의식, 성격이다. 콜론타이는 "그들의 새로운 심리적 감각, 새로운 요구, 새로운 감정"에 주목했다.[65)] 이는 가부장제를 넘어서고자 하는 여성 개인들의 심리, 요구, 감정을 의미한다. 『디오뉘소스의 분노』의 여주인공인 예술가 타냐는 "남편이 자기 친구들에게 그녀 자신의 이름을 대지 않은 채 그녀를 소개하는 일이 있으면 이맛살을 찌푸리"는 여성이다.[66)]

콜론타이는 여성문제 해결을 위한 주체적 활동으로 여성노동자들의 집단적 · 조직적 활동을 강조하면서도, 실제 그녀의 지적 작업에서는 단순한 사회경제적 변화의 종속요인이 아닌 여성 심리를 인정하였고, 이런 점에서 이미 일반적인 마르크스주의적 여성문제 논의의 테두리를 크게 넘어서 있었다.

사회주의 건설기의 급진적 여성주의

볼셰비키 혁명 후의 여성 정책

1917년 러시아에서 2월 혁명이 일어나자 콜론타이는 망명생활을 접고 러시아로 돌아왔다. 귀국 후에는 여성노동자들을 위한 활동을 재개하여 전쟁과 고물가에 맞서 싸우는 그들의 투쟁을 조직했다.

이 시기 자유주의적 여권론자들은 여성참정권을 인정받기 위한 집회와 시위를 이어갔다. 여성의 투표권 획득 및 제헌의회 참여를 기치로 내건 자유주의적 여성운동가들의 집회와 시위에는 많은 지지자들이 참여했다. 그 결과 이들은 그해 7월 임시정부로부터 여성 투표권을 얻어내는 데 성공하였다.[67] 러시아는 또다시 여성의 법적 평등권 획득이란 면에서 다른 많은 유럽 국가들의 앞장을 서게 된 것이다. 그러나 자유주의적 여성운동가들은 볼셰비키 혁명의 성공 후 세력을 상실하게 되었다.

10월 혁명 시기에 콜론타이는 볼셰비키 당중앙위원회 위원이었으며, 무장봉기 찬성파에 속하는 인물로서, 거사의 필요성을 주장하는 연설을 하며 다녔다. 1917년 10월 소비에트 정권이 수립되면서 그녀는 볼셰비키 내각의 사회복지 인민위원이 되었다. 그녀는 자신이 내각의 유일한 여성구성원이자 세계 역사상 최초의 여성각료였다는 사실을 몹시 자랑스럽게 여겼다.[68]

콜론타이는 1917년 10월부터 1918년 3월까지 사회복지 인민위원 직무를 수행했는데, 사회취약계층에 대한 배려를 위해 애쓰는 한편 모성보호와 자녀(영아) 양육을 국가가 책임지게끔 제도화하는 일에 주력했다. 산전산후조리와 갓난아이의 보호를 국가가 보장해주도록 하자는 그녀의 구상과 실천은 "여성의 국유화"라는 반대파의 비난에 시달렸고 출산을 앞둔 여성의 조리를 위한 기구로서 준비를 갖춰가고 있던 기관은 한밤중에 방화로 추정되는 불로 소실되기도 하였다.[69] 사회복지 인민위원직에서 물러난 후 콜론타이는 강연과 저술을 통해 "새로운 여성" "새로운 도덕"을 전파하기 시작했다. 이제야말로 여성해방을 위한 활동이 필요했기 때문이다.

10월 혁명으로 집권한 볼셰비키 정권은 여성문제 해결에 대해 차르정권과는 크게 다른 모습을 보였다. 우선 혁명정부는 봉건적 · 가부장적 성격을 지녔던 옛 가족법을 개정했다. 1917년 12월에 제정된 이혼법과 1918년에 제정된 가족법에 따라 여성과 남성의 동등권이 선포되었고, 결혼절차는 아주 간소해졌으며, 이혼도 용이해졌다. 혼외관계에서 출생한 자녀도 정식부부 사이의 자녀와 같은 법적 대우를 받았다. 여성이 남성에게 경제적으로 의존하는 것을 막기 위해 배우자는 상대방 부양의무를 지지 않고 자기 자신만을 경제적으로 책임지게 되었다.[70] 여기에는 모든 시민이 노동의 의무를 지도록 규정한 1918년 헌법에 따라 여성도 사회적 노동에 참여하여 최저임금을 보장받으므로[71] 경제권을 가진다는 생각이 전제되고 있었다. 1920년에는 낙태합법화법이 제정되어 낙태를 원하는 여성은 무료로 수술을 받을 수 있게 되었다.

그러나 콜론타이는 법적인 권리에도 불구하고 여성이 실제로는 여전히 멍에 아래 살고 있다고 판단하였다. 그녀는 여성의 일상생활을 구체적으로 개선하고 개별 가사노동의 짐에서 해방시켜야 한다고 생각했다. 그녀의 설득으로 1919년 8월 모스크바 당 여성위원회는 볼셰비키 당 중앙위원회 여성부(Zhenskii otdel, 약칭 젠옷젤zhenotdel)로 승격하였다. 콜론타이는 1920년 말부터 이 기구를 지도했다.

여성부는 여성노동자의 어머니로서의 권리를 보호하고, 여성을 가사노동으로부터 해방하기 위해 탁아소, 거주공동체, 공동취사장 및 식사장을 설치하는 일에 노력을 기울였다.[72] 콜론타이가 이끌던 시절의 여성부는 농촌여성과 특히 회교도여성을 전통적 생활방식에서 벗어나게 하는 일을 주요 과제로 삼았다.[73] 그런 한편 신경제정책이 도입된 후 여성의 실업이 늘어나면서 여성의 경제적 상태가 전반적으로 악화되자, 여성부는 이를 해결하기 위한 논의의 중심기구가 되었다.[74]

이처럼 볼셰비키 정권의 집권으로 여성문제를 둘러싼 정치적 · 법률적 · 사회경제적 여건이 크게 변한 상황에서 콜론타이는 논문과 연설문, 소설을 통해 여성문제에 대한 자신의 의견을 개진했다.

그런데 그녀의 글을 읽다보면 여성문제에 대한 그녀의 견해에서 시간의 흐름에 따른 변화가 읽혀진다. '여성문제의 상대적 독자성'에 대한 생각이 1920년대를 거치면서 좀더 뚜렷이 드러나게 되는 것이다.

앞에서 이야기했듯이, 콜론타이는 혁명운동 과정에서 주로 정통 마르크스주의의 견지에서 여성문제를 논했다. 그녀는 사회적 불평등이 해소되고 사회주의 사회가 수립되어야 여성문제도 해결될 수 있다고 역설하였다. 이것이 그녀가 『여성문제의 사회적 기초』에서 주장한 바였다. 그러나 진지한 마르크스주의 여성해방론자 혹은 여성운동가에게 필연적으로 제기되는 것은 과연 생산수단의 사회화가 이루어지면 '자동적으로' 여성문제도 해결되는가라는 문제였다. 이는 '사회주의 혁명, 사회주의 사회의 건설은 여성문제 해결의 필요조건인가 혹은 곧 그 자체가 충분조건인가'의 문제이다. 그리고 여성문제의 상대적 독자성을 인정하는가의 문제이기도 하다.

이 문제에서 콜론타이는 러시아혁명 이후 양면적인 모습을 보이게 되었다. 한편으로는 여성문제에 대한 경제우위론적 태도를 고수했으며, 여성주의의 독자적 위치를 인정하고자 하지 않았다. 그녀는 혁명 이후 한때 활동을 계속하고 있던 자유주의적 여성주의자들의 활동을 억압하기까지 하였다. 이 때문에 후대의 연구자는 콜론타이의 태도가 독선적이었다고 비판한다.[75] 그러나 다른 한편으로 콜론타이는 1920년대를 거쳐가면서 사회주의가 자동적으로 여성문제를 해결해주지는 않는다는 것을 느끼게 된 것으로 보인다. 그녀는 사회경제적 체제와 별개로 존재하는 여성문제, 양성관계의 문제에 대해 천착하기 시작하였다. 사회주의 건설기에는 여성문제를 다루면서 상하부구조론이 아니라 심리적 요인론에 기울어지는 경향도 보였으며, 그 때문에 다른 볼셰비키에게 비판받기도 했다.

콜론타이가 러시아혁명 후 가족과 결혼, 사랑 문제에 대한 논구에서 여성문제를 어떻게 보고 있었는지 좀더 가까이 살펴보기로 하자.

콜론타이의 대안 I: 공산주의와 가족, 결혼, 성매매 문제

내전이 끝나가기 시작하던 시기부터 콜론타이는 공산주의 사회에 합당한 새로운 가족제도의 틀을 제시하는 데 진력했다. 「성별 관계와 계급투쟁」(Otnoshenie mezhdu polami i klassovaia bor' ba, 1919), 「공산주의와 가족」(Kommunizm i sem' ia, 1920), 「결혼관계 영역에서 공산주의 도덕에 관한 테제들」(Tezisy o kommunisticheskom morali v oblasti brachnykh otnoshenii, 1921), 「매춘과 그 대책」(Prostitutsiia i mery bor' by s nei, 1921) 등이 1919년부터 1920년대 초까지 공산주의적 가족관계, 여성론과 관련하여 집필되거나 새로 출판된 대표적 논저이다.

콜론타이가 이들 글에서 주장한 내용은 다음과 같은 몇 갈래로 나눌 수 있다. 1) 부르주아 가족 및 결혼 비판, 2) 가사노동의 사회화와 아동 양육의 사회화, 3) 여성의 공적 노동 참여, 4) 모성보호.

콜론타이가 부르주아적 가족을 비판하는 근거는 그것이 이기적-경제적 타산의 산물이며 여성을 예속시킨다는 데 있었다. 그녀는 가족 형태는 불변하는 것이 아니라 역사적으로 변천하며, 당시 러시아 사회에서 노동자들이 당연하게 여기고 있던 가족형태는 과거의 유산일 뿐이라고 보았다. 그녀에 따르면 전통적 가족형태는 남편 혹은 아버지가 가족의 경제적 부양자이고, 가족경제가 그 구성원 모두에게 필요하며, 자녀가 부모에 의해 양육된다는 이유로 유지되어왔다.[76] 그런데 이는 부르주아 사회의 산물이었다. 근대 초기에 부르주아지는 가족 단위로 생산했기 때문에 이 계급을 위해 아내와 남편의 정서적 유대와 협력이 대단히 중요했다. 가족이 경제활동의 기본단위라는 점이 사회와 격리된 생활단위로서의 가족의 견고한 구성을 지탱해주었다. 그러나 차츰 부르주아 가족이 생산 단위이기를 그치고 소비단위가 되면서 여성은 사회적으로는 유용성을 가지지 못하는 가사노동에만 전념하게 되었다.[77]

그런데 볼셰비키 혁명 후 러시아 사회에서는 대부분의 여성이 사회적·공적 노동에 종사하기 시작했고 이는 가족의 급격한 변화를 초래하였다. 점점 많은 여성이 직장에 다니면서 가족이 깨지기 시작한 것이다.[78] 콜론타이는 가사노동을 사회화하여 여성으로 하여금 가사노동의 짐에서 벗어나게 하고, 자녀양육은 가족의 책임이 아니라 전 사회의 책임 아래 두어야 한다고 여겼다. 또한 이에 상응하는 제도적 장치를 마련해야 한다고 생각했다. 이는 전통적 가족의 틀을 벗어나 가족이 담당하던 역할을 전사회적 차원으로 확대한다는 의미를 가졌고 사회주의 건설이라는 과제와 부합하는 제안이었다.

콜론타이는 양성 관계 혹은 성적 관계도 기존 가족 형태의 좁은 테두리를 벗어나 새롭게 정립될 필요가 있다고 보았다. 여기에서 전제로 한 것은 성적 욕망의 자연스러운 성격을 인정하는 것이었다. 그녀는 「결혼관계 영역에서 공산주의 도덕에 관한 테제들」에서 이렇게 말하였다.

> 성적 행동은 수치스럽거나 죄스러운 무엇인가가 아니라, 굶주림이나 목마름 등 건강한 유기체가 느끼는 다른 욕구들과 마찬가지로 자연스러운 것이라고 보아야 한다.[79]

이 구절 자체는 독창적인 것이 아니라 성적 욕구에 관한 아우구스트 베벨의 이미 널리 알려진 견해를 사실상 답습한 것이었다.[80] 베벨은 『여성과 사회주의』에서 이렇게 말한 바 있다. "인간이 가진 모든 자연적 충동(Naturtrieb) 가운데, 생존을 위해 필요한 식욕을 제외한다면 성적 충동(Geschlechtstrieb)이 가장 강력하다. 종족보존의 충동은 "삶을 향한 의지"의 가장 강력한 표현이다. 이 충동은 정상적으로 발달한 인간존재라면 누구에게나 깊숙이 뿌리내리고 있으며, 성인이 된 후에는 이를 충족시키는 것이 신체적 정신적 복지를 위해 불가결하다."[81] 베벨은 성욕을 죄악시하는 기독교 교회의 전통에 맞서 그것의 자연스러운 성격을 인정했다. 또 이를 뒷받침하는 의미에서 '자연적 충동에 저항하는 것은 사람이 먹지도 말고 마시지도 말고 잠자지도 말아야 한다고 주장하는 것과 다를 바 없다'고 본 마르틴 루터의 견해를 인용하기도 했다.[82] 베벨의 책은 사회주의의 고전 가운데 하나로서 러시아 사회주의자들 사이에서 널리 읽혔다. 이와 같은 담론 전통 위에서 콜론타이는 성적 욕구를 죄악시할 필요가 없다는 생각을 표현했을 뿐이고, 성적 욕구를 그 자체로 인정하자고 말했을 뿐이다. 그녀는 이러한 전제 위에서 보다 섬세한 문화적 · 사회적 요소들을 고려하게 될 터였다.

콜론타이는 매춘문제에 대해서는 비교적 전통적인 견해를 표명했다. 그녀는 사회적 생산노동과 사회구성원의 건강 그리고 도덕성이란 관점에서 이 문제에 접근했다. 혁명 직후 러시아에서는 성매매가 상당히 널리 퍼져 있었는데, 그녀는 여성들이 직업적으로 성매매를 하기보다는 생계 보완을 위해 하는 경우가 더 일반적이라고 보았다. 콜론타이는 성매매로 인해 성병이 퍼지고, 성매매는 공산주의의 도덕에 맞지 않는다는 점을 매춘에 반대하는 이유로 꼽았다.[83] 그러나 그녀가 성매매에 반대하는 가장 큰 이유는 성이란 기본적으로 매매의 대상이 될 수 없다는 판단에 있었다.

그녀는 노동력이 있으면서도 유용한 사회적 생산노동이나 자녀양육

등의 노동에 종사하지 않고 섹슈얼리티를 제공하는 대가로 남성의 경제력에 의존해서 생활하는 것을 매춘이라 보았다. 한 남성에게만 성을 팔건 여러 남성에게 성을 팔건 본질적인 차이는 없었다. 노동력이 있으면서도 무위도식하는 가정주부가 있다면 그녀 또한 본질에서는 성을 파는 여성일 따름이었다. 콜론타이는 직업적인 성매매 여성이나 혹은 유용한 사회적 노동에 종사하지 않는 가정주부는 모두 강제적으로라도 사회적 노동에 종사하게 해야 한다고 주장하기도 했다.[84] 그녀는 여성이 성매매에 종사하는 데는 경제적 곤궁이 일차적 원인임을 지적하면서 여성의 경제적 능력을 향상시키기 위해 기술교육을 시킬 것을 제안했고, 여성의 정치적 의식수준을 높이기 위한 노력도 게을리하지 말아야 한다고 주장했다. 여성부가 성매매 여성들 사이에서도 선전활동을 해야 한다는 그녀의 제안은 이와 관련된 것이었다.[85]

콜론타이의 대안 II: 새로운 시대의 사랑과 성

콜론타이는 사랑과 성의 문제가 경제적 변화나 넓은 의미의 사회구조의 변화에 따라 자동적으로 변화하는 종속변수에 불과한 것이라고 여기지는 않았다. 앞에서도 살펴보았듯이 콜론타이는 「신여성」을 비롯해서 이미 혁명 전에 발표한 글들에서도 사회경제적 변화와 관련시키지 않은 채 여성의 독자적 심리, 감정, 자아의 독립 문제를 다루었다. 전 주민의 동원 체제를 강제했던 내전이라는 비상상황이 끝나자 콜론타이는 이 문제를 좀 더 본격적으로 다루기 시작했다. 1921년에 발표된 「성적 관계와 계급투쟁」에서도 인간관계에서 심리적 · 정서적 요인을 중시하면서 그 바탕 위에서 사랑과 양성관계의 새로운 방향을 제시하고자 했다.[86] 그녀는 당대 사회는 어느 때보다 심각한 성적 위기를 겪고 있으며 이는 단순히 사회경제적인 상황 때문에 일어나는 현상이라기보다 양성관계 혹은 성 문제에 대한 근대적 심리와 관련되어 있는 것이라고 보았다.

콜론타이의 견해로 여기에는 세 가지 요인이 작용하고 있었다. 첫째가 극심한 이기주의요, 둘째가 상대를 절대적으로 소유하고자 하는 경향이며 셋째는 성애문제에서 남녀에 대해 이중기준을 적용하는 태도였다. 그녀는 부르주아 사회에서 통용되었던 것처럼 맹목적이고 일방적인 소유욕에 바탕을 둔 사랑 개념을 거부했다. 근대적인 사랑 개념은 부르주아 사회의 산물인데, 이는 남성이 여성을 소유의 대상으로 보는 데서 비롯된 것이며 물적 대상 일반에 대한 부르주아지의 절대적 · 배타적 소유개념과 동일하다는 것이다. 질투의 감정은 그 필연적인 귀결이다. 이러한 사랑 대신 그녀는 사랑과 성적 관계에서 소유욕이 아닌 섬세함, 상대에 대한 배려의 감각, 연대의식 등을 요구했다. 그녀는 사람이 이러한 감각을 갖추고 있을 때 사랑의 능력이 더 커지고, 개인 관계에서 자유의 이상이 실현되며, 동료애의 원칙이 전통적인 불평등과 종속보다 우세하게 될 것이라고 보았다. 따라서 그녀는 심리적 면에서 근본적인 재교육 없이는 성적 문제들은 해결되지 않는다고 보았다.[87]

1923년 봄에 『젊은 근위대』(*Molodaia Gvardiia*)지에 발표한 「날개 달린 에로스에 길을 열어주길!」(Krylatyi Eros)에서 콜론타이는 소련의 젊은이들을 위해 노동계급의 이념과 세계관에 부합하는 새로운 성도덕, 사랑의 원칙을 더욱 확실하게 제시하고자 했다. 이를 위해 도입한 개념이 '날개 달린 에로스'이다. 그녀는 성애에 대한 금욕주의적 태도도, 부르주아적 소유욕에 바탕을 둔 사랑 개념도 거부하였다. 사랑하는 사람들 사이에서 한 당사자의 몸과 영혼은 모두 상대에게 귀속되어야 한다고 요구하는, 배타적이고도 "모든 것을 포괄하는 사랑"은 프롤레타리아의 이념에는 부합하지 않는다고 주장했다.[88] 다른 한편으로는 사랑과 섬세함이 결여된 거친 신체적 욕망에만 바탕을 둔 '날개 없는 에로스'도 거부했다. 한 남자가 여러 여자와, 또는 한 여자가 여러 남자와 성관계를 가지는 것은 상대에 대한 세심한 배려도 없고 상대와 공유하는 이상과 열망, 희망도 없는 날개 없는 에로스를 의미했다.[89]

콜론타이는 성적 관계에서 부르주아적 사회가 부과한 외적 형태를 거부했다. 사랑의 관계는 섬세함, 상대와의 감응(感應), 다른 사람을 도우려는 자세 등을 특징으로 하는 새로운 문화에 바탕을 두어야 한다고 보았다. 또한 이러한 새로운 관계가 사랑하는 남녀 두 사람에게만 한정되지 않고 사회전체 구성원들에 대한 연대의식, 동료애로 확대되는 것이 프롤레타리아적 사랑이라고 보았다.[90] 그리고 소련 사회에서 젊은이들의 사랑이 이러한 '에로스의 날개'를 달고 훨훨 날기를 원했다.

1920년대 콜론타이의 여성소설

사랑과 젠더관계에 대한 콜론타이의 이 같은 논의는 1921~22년 노동자 반대파 논란에서 패배한 후 정치적으로 무력해진 콜론타이의 입장과도 무관하지 않았다. 권력의 핵심에서 멀어진 쓸쓸한 상황에서 젊은 남편 드이벤코와도 헤어진 후, 콜론타이는 정책 담당자가 아니라 정치에서 한발 물러선 지식인으로서 당시 소비에트 사회에 대해 성찰적 태도를 가지게 되었다. 그녀는 사랑과 성적 관계, 양성관계에서 여성이 겪는 어려움, 여성들 간의 연대, 남성과의 사랑에서 벗어난 여성의 인간적 · 인격적 독립이라는 문제 등의 주제를 한결 깊숙이 탐구하기 시작하였다.

이에 대한 생각은 콜론타이가 쓴 일련의 소설에서 찾아볼 수 있다. 1923년에 출판된 작품집 『일벌의 사랑』(*Liubov' pchel trudovykh*)에 실린 세 편의 소설에서는 노동계급 여성의 사랑이 중심소재를 이루며 1927년에 발표한 『위대한 사랑』(*Bol'shaia liubov'*)은 지식인 여성의 사랑과 인격적 독립을 다루고 있다.

『일벌의 사랑』에는 「바실리사 말릐기나」(Vasilisa Malygina), 「삼대의 사랑」(Liubov' trekh pokolenii), 「자매들」(Sestry) 등 세 편의 작품이 수록되어 있다. 세 작품의 여주인공들은 콜론타이가 생각하고 있던 모범적인 여성노동자들이다. 그녀들은 노동자 계급의식이 투철하고 독립적이고 에너지가 넘치고 성실하며 사회주의 건설에 헌신적이며, 자신의 일을 사랑하지만 공동체의 일을 자신의 개인적인 이익보다 중시하는 여성들이다. 「삼대의 사랑」의 중심인물 가운데 하나인 올가 세르게예브나는 평화주의자이기도 하다.

「바실리사 말릐기나」는 1925년 리가의 출판사에서 단독으로 출판되었다. 이때는 『자유로운 사랑』(*Svobodnaia liubov'*)이라는 제목을 달고 있었으며 그 아래 괄호 안에 '일벌의 사랑'이라는 또 하나의 제목이 부기되어 있었다.[91] 이러한 사실에서 보듯이 이 작품은 소설집 『일벌의 사랑』을 대표하는 동시에 콜론타이의 이른바 '자유로운 사랑'론을 가장 집약적으로 보여주는 소설로 여겨졌다.[92] 이 소설에서 헌신적인 볼셰비키 활동가인 여성노동자 바실리사는 혁명동지였던 남편 블라디미르가 신경제정책의 진행과정 속에서 물질적 안락함에 집착하는 것에 대해 고민하다가, 남편이 다른 여성과 혼외관계를 맺고 있음을 알게 된다. 그녀와 남편 사이에서는 사랑의 기억, 동지애 등의 정서적인 유대와 배타적인 사랑의 감정의 충돌 때문에 지루한 갈등이 계속되지만, 결국 바실리사는 남편이 상대 여성인 니나를 사랑하고 있고 니나도 남편에게 감정적으로 절대 의존하고 있음을 알게 된 후 남편을 떠난다. 자기는 남편 없이도 살 수 있지만 니나에게는 그가 꼭 필요하다는 것을 알게 되었기 때문이다. 그녀는 니나에게 질투심을 느끼지 않으며, 그녀에게 남편과 결혼할 것을 권유하면서 필요한 일이 있으면 자기에게 연락하라는 제안까지 하는 편지를 쓴다.[93] 그리고 자신은 공동주거제도의 완비와 노동계급 여성의 생활 지원이라는 일에 전념하면서 아이를 혼자 기를 것을 결심하게 된다.[94] 바실리사는 남자에 대한 사랑에 집착하지 않으면서 공적 영역에서 자기 일을 헌신적으로 수행하고, 남편의 연인에 대해 단순한 관용을 넘어서서 사회적 공동체의 일원이자 여성으로서 배려와 연대감까지 표현하는 전혀 새로운 유형의 여성이다.

「삼대의 사랑」은 제정시대 이래 10월 혁명 후까지 러시아의 여인 삼대에 걸쳐 사랑과 양성관계에 대한 태도가 어떻게 변해왔으며, 혁명 후 소비에트 사회에서 젊은 세대가 정서적으로 어떠한 상황에 있는지를 보여준다. 이 소설에서 할머니 마리야 스테파노브나는 낭만주의적이고 배타적 · 독점적인 사랑을 고집한 귀족여성이다(정치적으로는 인민주의자). 그녀의 딸 올가 세르게예브나는 볼셰비키 혁명에 헌신한 여성노동자, 혁명운동가인데, 같은 혁명가인 남편을 사랑하면서도 남편과 떨어져 있는 사이에 다른 남자에게 끌려 그와 관계를 맺고 그 사이에서 딸 제냐를 얻게 된다. 올가는 두 사람과 동시에 사랑을 나누지는 않았으되, 두 사람을 다 진심으로 좋아했다. 제냐의 생부인 M에게는 주로 관능적인 면에서 이끌렸지만 그 이끌림은 진정한 것이었다. 즉 그녀는 배타적 · 독점적인 사랑은 거부하되 사랑에서 진정성은 대단히 중요하다고 믿었다. 그러한 그녀도 결국 두 남자와 모두 헤어진 후, 한참 연하인 안드레이와 사랑하고 함께 살게 된다.

그런데 올가의 딸로서 스무 살 전후의 젊은 소비에트 여성인 제냐는 남녀 간의 사랑이 독점적 소유의 대상이 아닐 뿐 아니라 성적 관계는 감정적인 이끌림과도 무관하다고 생각하고 이를 행동 속에서 보여주는 인물로 등장한다. 제냐는 남자들에게 사랑을 느끼지 않으면서도 그들과 성관계를 가진다. 심지어 어머니의 연인인 안드레이와 성관계를 가지면서도 어머니에 대해 미안한 느낌조차 가지지 않는다. "안드레이와 너의 관계에 대해 내가 어떤 기분일지 생각해본 적이 없니?" 어머니 올가의 물음에 제냐는 이렇게 답한다. "그렇지만, 그 때문에 달라질 게 뭐가 있어요? 우리가 가깝게 지내길 바란 것은 바로 엄마고, 우리가 친구가 되니까 엄마가 그렇게 좋아했잖아요. 도대체 경계선이 어디죠? 우리가 이런 것 저런 것을 모두 함께하고 같이 즐거워하는 것은 괜찮지만 같이 자서는 안 된다는 이유는 뭐지요? 마치 우리가 엄마에게서 뭔가를 빼앗은 것 같잖아요. 하지만 안드레이는 언제나처럼 엄마를 숭배하고 있어요. 나는 엄마에 대한 그의 사랑을 단 한 톨도 빼앗지 않았어요. 그렇담 문제될 게 뭐죠? 엄마에게는 매한가지 아네요?"[95]

이러한 제냐가 성관계에서 두려워하는 유일한 것은 성병에 걸리는 일이었다.[96] 제냐는 자신은 사랑에 빠질 시간이 없다고 항변한다. 사랑은 여유가 있는 사람이 하는 것인데, 자신처럼 밤낮 없이 일해야 하는 처지의 사람은 사랑에 빠질 여유조차 없다고 그녀는 주장하는 것이다.[97]

「삼대의 사랑」은 위기에 처했던 모녀관계가 회복되고 딸인 제냐가 어머니인 올가에 대한 깊은 사랑을 토로하는 것으로 이야기가 끝난다. 남자인 안드레이 때문에 손상되었던 모녀관계는 아무 문제없이 다시 회복될 것으로 보인다. 안드레이도 올가에게 다시 돌아갈 것으로 보인다. 약간 지나치게 낙관주의적으로 끝나서 아쉬운 느낌을 주기는 하지만, 콜론타이가 일관되게 주장하는 '여성이 여성을 용서한다'는 주제는 이 소설에서도 뚜렷이 드러난다. 콜론타이는 이 작품에서 제냐의 인물 됨됨이를 호의적으로 묘사했을 뿐 아니라 그녀를 벌하지도 않고 고통 속에 빠뜨리지도 않았다. 이로써 그녀는 성윤리는 상황에 따라, 시대에 따라 바뀔 수 있다는 것을 보여주고자 했다. 비록, 이 작품이 몰고 온 회오리바람은 그 같은 단순한 이해를 용납지 않을 정도로 격렬하고 그녀에 대한 적대적 태도를 강화시키는 것이기는 했지만.

그렇다고 해서 콜론타이가 성애에 대한 제냐의 태도를 정당화한 것은 아니다. 그녀가 보기에 제냐는 '날개 없는 에로스'에 매달렸던 것이다. 콜론타이는 이렇듯, 날개 없는 앙상한 에로스에 집착하는 새로운 세대의 태도를 어떻게 이해해야 할지 고심했다. 사실, 이 소설이 얼마나 당대 젊은이들의 섹슈얼리티관을 직접 반영하는 것인지는 명확하게 답하기 어렵다. 그러나 적어도 전통적인 성적 금기가 사라진 후 새로운 규범이 확립되지 않은 상태에서 과거와는 전혀 다른 섹슈얼리티 관념과 관행들이 나타나고 있었던 것은 분명하였다. 소비에트 초기 사회의 젊은이들은 성적 절제를 "소시민주의"라 칭하며 경멸하는 태도를 보였다.[98] 이는 젊은 세대의 급변한 성애관을 보여주는 것이었다. 이 점에서 본다면 적어도 젊은 세대 일부는 성애 문제에서 급진파였던 콜론타이 자신의 견해(올가 세르게예브나의 견해와 유사한)보다도 훨씬 파격적이고 급진적이었던 셈이다. 결국 이 소설은 혁명 후 젊은 세대가 부딪친 현실과 그들에게 강요되었던 생활방식, 그 속에서 형성된 그들의 심리구조와 행동방식을 이해해보려는 노력의 산물이었다.

「자매들」은 여성노동자와 젊은 성매매 여성 사이의 자매애를 다룬 짧은 소설이다.[99] 여주인공은 실직을 한데다 어린 딸을 잃는 아픔까지 겪고 있는 여성노동자이다. 그녀의 남편 네프만(Nepman)[100]은 바실리사의 남편 블라디미르처럼 돈맛을 알게 된 인물로, 차츰 방탕한 생활에 젖어들게 된다. 점점 난잡해져가는 남편의 생활태도, 자신의 실직, 아기의 죽음, 쌓여가는 가사노동 등이 겹쳐져 절망감을 느끼고 있던 여주인공은 남편이 한밤중에 집으로 데리고 온 성매매 여성 앞에서 정신이 혼미해지지만, 사정을 알고 난 후 두 사람 사이의 감정은 급격히 호전된다. 가난과 실업, 노모 부양의 책임감 때문에 성매매의 길로 내몰린 열아홉 살의 성매매 여성, 더구나 남편이 자기는 자유로운 몸이라고 거짓말을 했기 때문에 집으로까지 따라왔던 이 젊은 소녀에게는 남편의 부인이 적대감을 느낄 이유가 없었다. 성구매 남성의 부인은 성매매 소녀에게 차라리 동병상련의 아픔을 느낀다. 그녀는 나아가 이 젊은 소녀의 절박한 경제적 처지를 이용하여 자신의 육체적 욕망을 충족시키고 쾌락을 누리고자 한 자기 남편에게 적대감과 분노를 느끼게 된다. 그리고 자기에게 문제가 생기면 찾아가겠으니 그때 만나자는 제안을 하며 소녀와 헤어진다. 여성연대가 맺어지는 순간이다. 비록 두 사람이 다시 만나지 못한 채 소설은 끝나지만.

성매매 여성과 그녀를 성적으로 이용하고자 하는 남자의 부인 사이의 연대는 여성연대의 가장 최후 지점이고 어쩌면 가장 나중에 이루어지는 동맹일 것이다. 콜론타이는 이를 전면에 배치한다. 그녀가 보기에 여성들 사이에는 적대감이 생길 이유가 없었다. 책임이 있다면 성매매 여성이 아니라 가난에 있는 것이며, 이를 이용하는 남성에게 있는 것이다. 그러나 이렇듯 어렵고 각박하며 참담한 현실 속에서 여성연대는 맺어질 수 있지만 상황은 절대로 녹록하지 않다. 그녀에게는 당장의 진로가 보이지 않는다.

이처럼 『일벌의 사랑』에 수록된 세 작품에서 주요 여성 등장인물들은 모두 남성에 대한 사랑에 집착하지 않고 오히려 동지애를 추구하며, 사랑에서 자신의 경쟁자였던 다른 여성에 대해서도 결국 질투심 대신 연대의식을 느끼고 협력할 것을 다짐한다. 노동계급에 속하는 그녀들은 어려운 사정을 다른 여성동료에게 터놓고 대화를 통해 해결책을 모색하며 심리적 안정을 찾는다.

한편 『위대한 사랑』에 실린 세 편의 소설에서는 지식인 여성의 사랑과 일이 중심 모티브를 이룬다. 「위대한 사랑」에서 여주인공 나타샤는 콜론타이 자신이 삶의 어느 지점에선가 겪었을 법한 정신적 방황과 결단의 경험을 문학적으로 복기하고 있는 인물인 듯이 보인다. 기혼남성과의 대책 없는 비밀스러운 사랑에 빠져 허우적거리다가 이에서 마침내 벗어나는 것이다.[101] 「삼대의 사랑」에서 어머니 세대의 대표이자 콜론타이 자신의 분신이라고도 할 수 있는 올가 세르게예브나의 첫 남편(법적인 남편은 아니지만 사실상의 남편)이었던 콘스탄틴과 「위대한 사랑」의 남자 주인공인 세묜 세묘느이치는 한때 콜론타이의 연인이었던 멘셰비키 경제학자 표트르 마슬로프(Piotr Maslov, 1867~1946)의 특징과 실제 면모를 나누어 표현하고 있는 것으로 보인다. 세묜 세묘느이치는 아내와 가정에 집착하면서도, 독립적이고 지적인 여성 나타샤와의 혼외관계를 몇 년째 이어가고 있던 우유부단한 기혼 남성지식인이다. 그는 나타샤에 깊이 매료되고 정신적 동반자로서의 그녀에게 크게 의존하지만, 그러면서도 불행한 부부관계를 청산할 생각은 하지 않는다. 콜론타이는 망명 시절 유럽에서 만난 마슬로프와 연인관계를 유지하다가 1913년에 헤어졌는데, 마슬로프는 「삼대의 사랑」의 콘스탄틴과 마찬가지로 1차 대전 시기에는 조국방위파(혹은 사회배외주의)에 속해 전쟁을 지지하였으며, 그 후에는 정치 활동을 접고 교사가 되었다.[102] 나타샤는 세묜에 대한 사랑에서 심신이 소모되는 고통을 겪는데 이는 세묜의 자기중심성에서 비롯한다. 이기적이고 일방적인 그의 요구에 순종한 채 비밀스러운 사랑을 이어가던 나타샤는 마침내 자기 일인 저술활동과 혁명운동에 헌신할 것을 결심하고 이별을 고한다. 결국 '위대한 사랑'은 없었던 것이다. 콜론타이는 '위대한 사랑'에 대해 회의적이다. '위대한 사랑'은 맹목적, 헌신적, 의존적 사랑과 동의어이다. 그녀는 「성적 관계와 계급투쟁」에서도 '위대한 사랑'이라는 말을 약간 냉소적인 태도로 언급하고 있다.[103]

소설집 『위대한 사랑』에 수록된 「삼십이 페이지」(Tridtsat' dve stranitsy)는 짧은 소설로, 한 지식인 여성이 자기중심적인 남편과의 결혼생활을 유지하느라 학위논문 작성이 중단되고 있는 것 때문에 괴로워하다가 결국 그와 헤어져서 학문 에 전념하는 편을 택하기로 결심하는 이야기를 다루고 있다.[104] 그리고 「엿들은 대화」(Podslushannyi razgovor)는 지식인 기혼여성이 연하의 애인과 헤어지는 장면을 묘사하고 있다. 애인은 씩씩하고 정력적이되 역시 자기중심적이어서 그녀가 겪었을 마음고생을 짐작하게 해준다.[105]

콜론타이의 소설들에서 지식인 여성 등장인물들은 노동계급 여성보다 훨씬 더 고립되어 있으며, 그들의 고통에 대한 해결책을 찾는 과정에 동료의 도움이 아무 역할도 하지 않는다. 지식인 여성은 다른 여성과 소통하는 모습으로 등장하지 않는다. 그러나 그녀들도 훨씬 어렵기는 할 망정 결국은 자력으로 남성에 대한 정서적 의존에서 벗어나 홀로서기를 하기로 결단한다.

콜론타이는 혁명 러시아를 위해 새로운 성도덕의 원칙을 세우고자 하였다. 로우보텀의 표현을 빌리자면 내적 전환을 통해 "공산주의 아래 새로운 에로스, 전 인류에 미치는 사랑"이 태어나게 하기를 원했다.[106] 콜론타이는 연인이나 부부관계에서 우정, 신뢰를 단순한 성애적 관계보다 더 중요하게 여겼다. 그리고 '우정과 함께 있음의 창조적 원칙'(creative principle of friendship and togetherness)이 신체적 관계보다 중요하다고 여겼다.[107]

이처럼 콜론타이는 1920년대를 통해 발표된 글들을 통해 성적 관계는 사회경제적 관계 위에 세워지는 단순한 상부구조가 아님을 주장하였다.[108] 이는 그녀가 여성문제는 사회경제적 구조에 대해 상대적 독자성을 가지는 것으로 여기고 있었음을 의미한다. 정권이 바뀐다고 결혼생활에서 남녀관계가 바뀌지는 않는다! 사회경제적 조건의 변화와는 별개로 여성이 사랑과 결혼생활에서 경험하는 심리적 고통이나 남성과 여성의 차이, 혹은 여성들의 연대에 대한 발언은 그녀가 노동자 반대파 사태를 겪고 난 후에 발표한 글들에서 훨씬 더 분명하게 나타났다. 특히 젊은 남편 드이벤코와 헤어진 일이 여성적 경험에 대한 그녀의 사고에 영향을 미쳤을 것이다.

1920년대, 특히 1923년 이후에 콜론타이는 사랑과 섹슈얼리티의 문제에서 여성의 자율성과 자기결정권을 강조하는 방향으로 나아갔다. 그녀는 섹슈얼리티와 관련해서 피임을 비롯한 기술적 문제는 거의 거론하지 않았다. 그러나 금욕을 거부하고 사랑의 권리를 추구하면서 동시에 자신의 신체와 인격에 대해 자기통제권과 자기결정권을 가지는 여성을 논의의 중심에 놓고자 했다는 점에서 콜론타이의 여성해방론 및 성 담론은 현대 급진적 여성주의의 핵심적 주장과 만나게 된다. 그러면서도 마르크스주의의 틀은 여전히 고수하고 있었기 때문에 콜론타이의 여성해방론은 사회주의적-급진적 여성해방론의 성격을 띠게 되는 것이다.

콜론타이의 자유연애론을 둘러싼 논란들

새로운 사회의 성윤리와 자유로운 사랑에 대한 콜론타이의 견해는 센세이션을 불러 일으켰다. 콜론타이의 결혼 비판, 모성 중시, 자유로운 사랑의 제창은 이네사 아르만드(Inessa Armand)의 견해와 비교해보더라도 훨씬 더 급진적이었다. 혁명 전인 1915년 초 망명생활 중이던 아르만드는 사랑, 가족, 결혼에 대한 저술 집필을 시작했다가 레닌의 반대에 부딪쳤고, 그 이유 때문인지는 모르나 글을 미완으로 남겼다. 이 글에서 그녀는 자유연애를 여성이 배우자를 자유의사에 의해 선택할 수 있는 권리, 계약이 아니라 사랑에 바탕을 둔 평등한 두 남녀의 결혼 정도로 이해하고 있었다. 또한 종교적 · 사회적 편견에서 벗어난 일부일처제를 옹호했다.[109] 아르만드 자신은 개인적인 애정 문제에서 파격적 행보를 보인 여성이지만, 글에서는 꽤 착실하고 보수적인 입장을 견지했던 것이다.

이에 비하면 콜론타이의 자유연애론은 훨씬 급진적이다. 오히려 무정부주의자인 엠마 골드만(Emma Goldman)의 자유연애론에 더 가까웠다. 골드만은 이미 콜론타이 이전에 '부르주아 여권운동가'들의 참정권운동의 한계와 그 지도자들의 정신적 편협성을 지적하기도 했지만, 성윤리-성도덕과 관련해서도 콜론타이와 유사한 주장을 했었다. 골드만은 부르주아적 결혼과 가족의 위선적 성격과 그 내부에서의 여성의 종속을 신랄히 비판하고 "자유로운 사랑"을 주창했던 것이다.[110]

다른 한편, 콜론타이의 주장은 당시 소비에트 러시아 젊은이들의 성적 태도나 관행에 비추어볼 때 결코 상식을 넘어서는 것은 아니었다. 앞에서도 말했듯 러시아혁명은 성적 관계에서도 혁명적인 변화를 불러일으킨 시기이기도 하였고, 젊은 층 사이에서는 성과 관련하여 사회적으로 합의된 규범이나 원칙이 없이 성관계가 이루어지면서 원치 않은 임신이나 성병이 만연해져 사회적으로 감당할 수 없는 문제를 불러일으키기도 했던 것이다.[111]

콜론타이는 그런 현실을 감안하여 성적 관계에서 격변이 일어나고 있는 상황에서 젊은 세대의 성도덕에 어떤 기본원칙을 마련할 수 있을까를 고심한 인물이었다. 그녀는 무엇보다 이를 여성해방과 연결시켜서 생각하고자 하였고, 책임감 있고 자유로운 사랑, 여성의 사회적 활동, 자녀양육의 사회적 책임과 모성보호를 그 답으로 내놓았다. 그녀는 볼셰비키 혁명가들이 혁명 활동 기간 중에 견지해온 금욕주의적 태도가 젊은 세대의 삶의 지침이 될 수 없다고 생각했다. 젊은 세대와는 생물학적 연령차에 따른 욕구의 차이도 있었거니와, 억압적인 차르 체제 아래서 지하 혁명 활동을 하던 세대가 견지하였던 개인적 생활방식은 혁명으로 수립된 새로운 체제 아래서 성장기로 접어들고 있는 청년세대의 생활방식과 다를 수밖에 없었기 때문이다. 이런 견지에서 콜론타이는 자기 자신의 통제 아래 자연스럽게 충족되는 성적 욕구, 타인에 의존하거나 집착하지 않는 성숙한 인간관계를 권했다. 그것이 '날개 달린 에로스'론의 기본주장이었다.

그러나 콜론타이의 이 같은 논의는 볼셰비키 지도부와 논객들의 맹렬한 반대에 부딪쳤다. 가족문제에 대한 그녀의 초기 논의들은 마르크스주의 여성론, 가족론에 비추어 격론을 일으킬 만한 것은 아니었지만, 문제는 섹슈얼리티에 관한 글들이었다.

콜론타이의 성 담론 자체를 대상으로 삼아 격렬한 비판의 포문을 연 사람은 젊은 여성 볼셰비키 활동가였다. 1923년 가을 『붉은 처녀지』 6호(10~11월호)에 실린 「도덕, 성, 일상의 문제와 콜론타이 동지」는 30쪽에 이르는 긴 논문으로, 당시 이십대 초반이던 폴리나 비노그라드스카야(Polina Vinogradskaia)의 펜 끝에서 나온 것이었다.[112] 비노그라드스카야는 1923년 6월 『프라브다』지를 통해 가족문제에 관한 트로츠키의 글을 비판하는 참에 콜론타이의 에로스론을 짧게 비판적으로 언급한 후, 가을에 『붉은 처녀지』를 통해 그녀에 대한 본격적 공격에 나선 것이다. 비노그라드스카야는 여성부의 활동가로 일하면서 한때 콜론타이와 긴밀히 협력했을 뿐 아니라 그녀를 본받으려 애쓴 적도 있는 인물이었다. 예컨대 콜론타이식으로 연설하고자 노력하기도 했었다.[113] 이러한 그녀가 콜론타이의 '날개 달린 에로스'론을 향해 표출한 가장 강한 불만은 콜론타이의 글이 당시 소련 사회 젊은이들의 관심사를 제대로 반영하고 있지 못하며, 또한 소련 사회의 절박한 과제와도 상관없는 내용이라는 것이었다.[114]

비노그라드스카야는 당시 상황에서 성문제를 진심으로 절실한 문제로 여기는 젊은이가 과연 몇 명이나 될 것인지 의문이라는 말과 함께 공격의 포문을 열었다. 그녀가 보기에 젊은 세대의 관심사는 사랑, 섹스가 아니라 가난, 생계 해결이었다. 젊은 학생들은 가난과 물자 부족, 숙소 부족, 교재 부족에 시달리면서 이를 해결하고자 애쓰고 있었고 노동계급 젊은이들도 궁핍 때문에 고통스러워하고 있었다. 게다가 양성관계는 그녀가 보기에 그다지 혼란스러운 것도 아니었다. 더 중요한 것은 아직 사회주의 건설이 완수되지 않았기 때문에 이를 건설하기 위해 매진하는 일이었다. 그녀는 트로츠키의 말을 빌려 "우리는 진군하고 있는 병사들이다. ……가장 중요한 싸움이 우리를 기다리고 있다"고 선언했다.[115] 이 같은 상황에서 연애 이야기나 하고 있다니, 비노그라드스카야가 보기에 콜론타이는 개인적 취향을 떠벌리는 조르주 상드 같은 인물에 지나지 않았다. 비노그라드스카야는 콜론타이가 일처다부제 혹은 일부다처제를 주장한다고 해석하면서 격렬히 비판하였다. 요컨대 콜론타이는 마르크스주의적 공산주의적 직관이 없는 인물이라는 것이었다.[116] 또한 비노그라드스카야는 성, 사랑이란 자녀 출산, 양육과 관련된 것인데 콜론타이는 이를 심리적 문제이기만 한 것처럼 다루면서, 자녀 양육시설, 낙태, 고아원 등의 문제를 무시하고 있다고 공격했는데, 이는 정당한 비판은 아니었다. 콜론타이야말로 이들 문제의 해결을 위해 헌신한 인물이니 말이다.

비노그라드스카야의 공격은 콜론타이의 소설을 향해서도 쏟아졌다. 특히 「자매들」을 비판의 대상으로 삼았는데, 성매매 문제가 노동계급 여성들이 직면한 중요한 문젯거리가 아닌데도 이 문제를 소재로 삼고 있다는 것 자체가 그녀에게는 불만이었다. 비노그라드스카야의 콜론타이 비판은 그 어조가 필요 이상으로 격렬한 경향이 있었다. 「자매들」의 여주인공이 남편이 집으로 데려온 성매매 여성에게 연대의식을 느끼는 것을 두고, 이 소설은 포르노 냄새를 풍기며, "남성타도"를 외치고 있는 작품이라고 비난한 것은 그 한 예일 뿐이었다.[117)]

유명한 여성시인 안나 아흐마토바(Anna Akhmatova)에 대한 콜론타이의 호의적인 평가도 날선 비판을 불러 일으켰다. 아흐마토바는 볼셰비키 정부 수립 이후 고난의 나날을 보내고 있었다. 1921년에는 그녀의 남편 니콜라이 구밀료프가 반(反)소비에트적이라는 이유로 처형당했고 1922년부터는 그녀에게도 '부르주아적 분자'라는 비난이 쏟아지고 있던 상황이었다. 그런데도 콜론타이가 아흐마토바를 옹호한 것은 그녀의 성담론을 못마땅해 하던 사람들에게는 더할 수 없이 좋은 공격거리였다. 아르바토프라는 사람은 『젊은 근위대』 4~5호에 「아흐마토바 공민과 콜론타이 동지」라는 글을 실었다. 그는 아흐마토바를 젊은이들이 읽어서는 안 되는 '부르주아 시인'으로 규정하면서, 콜론타이가 여성의 인격 문제에 대한 관심 때문에 아흐마토바를 옹호하는 것은 잘못이라고 지적했다. 그가 보기에 콜론타이는 사회주의하에서 가장 중요한 관심사인 새로운 인간적 개성의 발달을 위해 노력하지는 않으면서 '새로운 여성'의 형성을 운위하고 있었으며 이로써 '여성주의적' 성향을 드러낸 인물이었다.[118)] 여성주의자들을 비판했던 콜론타이가 그 스스로 여성주의적이라는 이유로 비난을 받은 적은 그전에도 있었지만, 1920년대에 그녀를 향한 이러한 비난은 더욱 배가되었다.

비노그라드스카야가 '산업역군 양성소' 모범생의 태도로 콜론타이를 비난했다고 한다면, 아론 잘킨드(Aron Zalkind)는 그에게 최고 평점을 주곤 하는 모범교사의 눈으로 사회주의적 엄숙주의를 제창했다. 그리고 그 나름의 방식으로 콜론타이의 글이 젊은 세대에게 미칠지도 모르는 영향을 차단하고자 노력했다. 잘킨드는 마르크스주의 신경정신학자 협회를 창설한 의사로서 볼셰비키 중에서는 드물었던 프로이트 전문가였다.

그는 혁명 전부터 프로이트에 관심을 갖고 연구해왔으며 「프로이트주의와 마르크스주의」라는 논문을 통해 양자의 결합을 시도하기도 하였다. 이 시기 러시아에서 프로이트 이론은 성욕을 자제하고 혁명을 위해 성적 에너지를 승화시키기를 권하는 근거로 활용되는 경향이 많았는데, 잘킨드는 그 선봉에 선 인물의 하나였다.[119)]

잘킨드는 사랑과 성애는 계급 에너지의 경제학에 의해 기능하며 고정자본과 마찬가지로 한도가 정해져 있는 것이라고 보았으며, 따라서 지나치게 성애에 몰두하면 노동과 계급지향적 활동에 투입되어야 할 에너지가 낭비된다고 주장했다. 게다가 그는 섹스의 가장 중요한 역할은 자녀를 낳는 일이라고 보았다. 그러므로 당장 가정을 꾸릴 형편이 안 되고 혁명과 공동체를 위한 사랑에 전념해야 할 청소년들이 성적으로 일찍 발달하는 것은 사회적으로 큰 손실이라고 여겼다. 그는 청소년들의 성적 방종을 막고 이들에게 '모범적'인 성도덕을 확립시키기 위해 '잘킨드의 12계명'이라 일컬어지는 행동준칙을 마련하였다.[120)] 이는 전통적 · 보수적 · 금욕적 성격을 가진 권고로, 혼전 성관계를 삼갈 것은 물론 결혼생활에서도 성에 지나치게 탐닉하지 말 것을 권유했으며 일부일처제가 가장 자연스러운 제도라고 주장했다. 잘킨드의 권고는 콜론타이를 비롯한 개방적인 성 담론 지지자들에 대한 대안으로 나온 것이었다. 기성세대는 젊은이들의 관심을 혁명 활동으로 돌리기 위한 노력을 배가하게 되었고, 젊은이들의 연애를 막기 위해 학교에서 감시감독을 강화하기 시작했다.

비노그라드스카야나 잘킨드 같은, '사회주의로 진군하는 장병'의 배후에서 그들의 헌신성과 정연한 대오를 지켜보며 이를 독려하는 지휘관들은 스탈린 같은 볼셰비키 지도자들이었다. 콜론타이의 자유연애론과 관련하여 비판론자들이 자주 인용하는 것은 레닌의 발언이다. 레닌은 여성해방에 관심이 있었을 뿐 아니라 직접 이 문제에 대한 글을 남기기도 했는데, 1920년에 체트킨과 나눈 대화에서는 섹슈얼리티 문제에 대해서도 견해를 표명하였다.[121] 그는 일부 마르크스주의자들이 제기하는 '성적 자유'론에 대해 비판적인 입장을 취하면서 프로이트 이론의 유행에 대해 비판적 태도를 보였다. 또한 혁명 후 소비에트 사회에서 젊은이들이 추구하고 있던 "새로운 성생활"은 "순수히 부르주아적이고 부르주아 매춘굴의 연장일 뿐"이며 공산주의자들이 이해하는 사랑의 자유와는 아무 관계도 없는 것이라고 비판했다. 흔히 콜론타이와 결부되어 인용되는 레닌의 발언은 바로 이다음에 이어진다.

"공산주의 사회에서는 성적 욕구와 사랑의 충족은 그저 물 한 잔 들이키는 것처럼 간단하고 사소한 일이 될 것이라고 주장하는 유명한 이론을 틀림없이 아시겠지요. 이 '물 한 잔' 이론은 우리 젊은이들을 미치게, 아주 미치게 만들었어요. 이 이론은 수많은 남녀 젊은이들에게 치명적인 영향을 미쳤소이다. 그 추종자들은 이게 마르크스주의적이라고 주장해요. 하지만 사회의 이념적 상부구조에서 일어나는 모든 현상과 변화를 직접, 그리고 곧바로, 경제적 토대에 기인하는 것으로 갖다 붙이는 그런 마르크스주의는 사절이올시다. 실상은 그렇게 간단하질 않아요. ……나는 물 한 잔 이론은 전혀 마르크스주의적이지 않을 뿐 아니라 반사회적이기까지 하다고 생각합니다. ……이념 전체와의 상관관계는 고려하지도 않은 채 양성관계의 변화를 사회의 경제적 토대와 직접 연결시키려 하는 태도는 마르크스주의가 아니라 합리주의올시다. 갈증은 물론 충족되어야 하지요. 그렇다 한들 정상적인 상황 속의 정상적인 사람이라면 시궁창에 누워 웅덩이 물을 마시거나 혹은 수많은 사람들이 마셔서 가장자리가 지저분한 물잔으로 물을 마시려고 하겠소? 하지만 가장 중요한 것은 사회적 측면이올시다. 물을 마시

1918년 초 열린 인민위원회에 참석한 콜론타이. 그녀는 레닌의 왼쪽에 자리했고, 남편 드이벤코는 그녀의 왼쪽 뒤편에 서 있다.

는 것은 물론 개인적인 일입니다. 하지만 사랑에는 두 사람의 삶이 얽혀 있고 여기에다 세 번째, 곧 새로운 생명이 발생하지요. 사랑이 사회적 관심사가 되게 하는 것, 공동체를 향한 의무를 형성시키는 것은 바로 이 점이란 말이외다."[122)]

레닌은 '모든 것에는 때가 있다'는 명제 아래, 당시는 사회주의 건설을 위해 각별한 노력을 기울여야 할 시기라고 주장했다. "혁명은 집중을 요구해요. 힘의 배가를 요구하지요. 대중에게서도 개인에게서도 말입니다. 난교(亂交) 파티 같은 여건을 허락하지 않소이다. ……프롤레타리아는 상승하는 계급입니다. 마약이나 흥분제로 중독시킬 필요가 없는 것이지요.” 이 대담에서 레닌은 여성해방과 관련해서는 성적 해방이 아니라 가사노동으로부터 여성을 해방시킬 필요성을 주로 역설했다. 레닌은 여성을 사회주의 건설을 위한 동원 대상으로만 여긴 것은 아니지만, 그가 생각하는 여성해방의 범위는 상대적으로 협소했다.

‘물 한 잔’론에 관한 이 같은 레닌의 발언은 콜론타이를 향한 비판인 것으로 흔히 이야기되어왔고 그녀를 비판하는 논자들에게 애용되어왔지만 이는 근거가 없다. 무엇보다 레닌은 콜론타이의 이름을 직접 거론한 적이 없을 뿐 아니라, 콜론타이가 1920년까지 성욕 충족을 물 한 잔 마시는 것과 동일한 것으로 여기는 글을 쓴 적이 있었는지는 확인되지 않고 있다. 콜론타이가 성적 욕구의 자연스러움을 말하기 위해, “성적 행동은 굶주림이나 목마름 등 건강한 유기체가 느끼는 다른 욕구들과 마찬가지로 자연스러운 것”이라고 쓴 「결혼관계 영역에서 공산주의 도덕에 관한 테제들」은 이 대담이 있은 후인 1921년에 가서야 발표되었다. 레닌이 언급한 ‘물 한 잔’ 이론은 속류 마르크스주의적인 것으로, 베벨의 『여성과 사회주의』에 나오는 구절을 낮은 수준의 담론으로 뒤튼 것이다.

이는 그 함의나 생물학적 뉘앙스로 보았을 때 콜론타이와 같은 지식인 여성이 아니라 남성들 사이에서 오고갔을 담론에 훨씬 더 가깝다. 콜론타이는 여성의 섬세한 심리에 대해서 말했고 여성의 자아의식에 대해서 말했다. 정서나 감정이 개입되지 않은 순수한 육체적 관계의 옹호론은 오히려 그녀의 주장에 배치되는 것이었다. 레닌과 체트킨의 대화가 출판된 시점도 의혹을 살 만하다. 체트킨이 레닌과 이 대화를 나눈 것은 1920년인데, 이 시기에는 콜론타이가 성 해방문제를 본격적으로 거론하지 않고 있었고, 여성부의 설치와 운영에서 보듯 여성문제에 관해 레닌과 콜론타이의 관계가 비교적 협조적이었다. 그런데 이 대화가 일반에게 공개된 것은 1925년으로, 콜론타이의 ‘날개 달린 에로스’론이 화제를 불러일으키자 비판자들이 그녀를 공격하고 나섰던 시점이다.[123] 비판자들이 콜론타이를 비난하기 위해 이미 사망하고 없는 지도자의 발언의 진의를 왜곡했을 가능성이 농후한 것이다.

여하튼 콜론타이에 대한 소련 권력층의 공격은 계속되었다. 콜론타이는 1922년 외교관이 되어 소비에트 러시아를 떠난 후 계속 외국에 머무르면서 국내의 첨예한 정치 현안에 대해서는 더 이상 발언하지 않게 되었다. 그렇지만 여성문제에 대해서는 목소리를 냈다. 노르웨이에서 일시 귀국하여 1926년 가족법 개정을 위한 논의에 참여했고 여성이 남성에 의존하는 것을 막기 위해 독신여성이나 고아 등을 국가가 지원하기 위한 일반기금을 형성해야 한다고 주장하였다.[124] 나아가 성 문제에 관한 소련 지도부의 비판이 계속되고 있던 상황에서 1927년에 『위대한 사랑』을 펴냈는데, 이는 「삼대의 사랑」과 「바실리사 말리기나」에 대한 비판에 대한 콜론타이의 답이었다. 이 소설집에 담긴 이야기에서는 사랑을 포기하고 인격적 독립을 택하는 여성의 의지가 다시 한 번 선명하게 표현되고 있는 것이다.

여성주의를 넘어선 여성주의

볼셰비키 정권이 수립된 이후, 콜론타이는 여성해방은 사회주의 사회에서만 가능하다고 여전히 믿기는 했지만, 그런 동시에 여성들은 자신의 해방을 위해 사회주의 안에서 다시 싸워야 한다고 생각하였다. 여기에 자신과 같은 여성 엘리트의 역할이 있다고 그녀는 생각했다.

콜론타이는 이념의 좌우를 막론하고, 이미 러시아혁명 이전에 모성보호에 관해 가장 방대하고 체계적인 저작을 집필했던 여성 저자였다. 그녀가 여성노동자들에게 쏟은 관심은 여성노동자들이 여성으로서 겪는 어려움, 젠더적 관점에서 노동계급 내부에 존재하는 차별성을 충분히 인식하고 있었던 데서 비롯되는 것이다. 또한 콜론타이가 소설 속에서 학문적 성취와 가정생활 사이에서, 혹은 혼외관계와 자아의 독립성 사이에서 갈등하는 여성의 자아 찾기 심리를 세밀히 묘사했던 것을 보면 그녀가 여성문제에 공리주의적으로만 접근한 것이 결코 아님을 알 수 있다.

여성문제에 대한 콜론타이의 견해는 직선적인 것이 아니라 변증법적인 것으로 이해해야 한다. 사실 콜론타이 같은 사회주의자들의 입장에서라면, 자유주의적 여성주의자들이 가장 중시했던 참정권의 문제는 사회주의 사회가 수립되면 별도로 거론할 필요가 없이 해결되는 것으로 여길 만 했다. 실제로 소비에트 정권이 수립된 후에는 남성과 여성의 법적·제도적 평등권이라는 면에서는 자유주의자들의 요구는 문제될 것이 없었다. 여성참정권이 주어진 것은 물론이고, 양성관계, 결혼, 가족관계와 관련하여 소비에트 러시아 정부가 도입한 제도들은 자유주의적 여성주의자들의 요구를 뛰어넘는 것이었고 당대의 서유럽 사회의 여성-가족 관련 법률보다도 훨씬 앞선 것이었다.[125] 그런 면에서 본다면 콜론타이가 자유주의적 여성들과 연대하지 않았다는 이유 때문에 법적·제도적 차원에서 여성들이 입은 손실은 거의 없었다.

또 한 가지 흥미로운 사실은 콜론타이는 혁명 이전 오랫동안 멘셰비키의 일원으로 활동했지만, 자유주의적 여성주의자들과의 논쟁에서는 볼셰비키에 가까운 방법론을 택했다는 점이다. 즉 아직 부르주아 혁명이 달성되지 않은 상황이었는데도 콜론타이는 자유주의자들을 부르주아 혁명에서 힘을 합쳐야 할 연립 파트너로 보지 않고 그들에 대립적인 태도를 취하였고, 노동계급의 주도권을 무엇보다 강조했다. 그녀는 여성문제를 중시하되 부르주아 여성주의자들이 이를 주도해서는 안 된다고 보았다. 콜론타이는 여성문제에서 사회주의자의 주도권을 확보하기 위해 한편으로는 경쟁세력인 자유주의자들에 대한 비판에 집중하면서 다른 한편으로는 사회주의적 여성운동의 논리를 다듬어내는 데 열중했다. 그녀는 볼셰비키 진영에 합류하기 전에도 이미 정치적 접근방식에서는 볼셰비키적 특징을 강하게 드러내고 있던 인물이었다.

그러나 이는 콜론타이가 여성문제에 대한 견해 자체에서 볼셰비키적 인물이었음을 의미하는 것은 아니다. 볼셰비키 지도부는 일반적으로 좁은 의미의 마르크스주의적 여성해방론만을 인정하였으며, 이와 부합하지 않는 모든 여성주의를 거부하였다. 물론 콜론타이도 부르주아적 여성주의의 협소한 테두리는 거부하였지만 제도적 측면에서 그들의 요구 자체를 거부한 것은 아니고 오히려 제도적으로 수용하고 이를 넘어서는 여성주의로 나아가고자 하였다.

콜론타이가 1920년대에 성적 · 일상적 · 의식적 · 문화적 차원에서의 여성해방을 본격적으로 거론하고 나온 것은 소비에트 사회가 당시 선진적인 제도를 가지게 되기는 했지만 그럼에도 실질적인 면에서 격차와 제약이 있었기 때문이었다. 그런 점에서, 본인이 의식했건 그렇지 않았건 콜론타이에게서는 여성문제 해결에서 일종의 단계론이 나타났다고 할 수 있다. 즉 체계의 영역에 속하는 외적 제도의 면에서 양성관계의 변화를 먼저 이끌어낸 다음에 비로소 섹슈얼리티 · 심리 · 의식 · 일상생활 · 문화 등 생활세계에서 더욱 근본적인 변화에 대한 주장을 내놓게 된 것이다. 서방의 여성운동에서는 1960년대까지 제도적 개선에 치중한 논의들이 나오다가, 68혁명 이후에 비로소 콜론타이가 주장한 섹슈얼리티 · 일상 · 의식 · 문화 차원의 여성해방을 본격적으로 논하게 되었다는 점을 생각할 때 콜론타이가 얼마나 앞선 인물이었던가를 실감하게 된다. 콜론타이는 마르크스주의적 여성해방론을 기본전제로 삼으면서, 여성노동보호론, 모성보호론을 통해 그 내용을 풍부하게 하였으며, 더 나아가 성

주 스웨덴 대사로 재임 당시의 모습.
콜론타이는 1923년 주 노르웨이 대사로 임명됨으로써 최초의 여성 대사가 되었다.

의 자유, 성 해방을 주창했다. 이로써 사실상 여성주의의 모든 조류를 수용하고 그 가장 급진적 흐름까지 예고하는 가장 혁명적인 여성주의를 창시한 것이다.

콜론타이는 여성해방이라는 유토피아를 향한 자신의 열망과 헌신성을 언제나 숨김없이 표현하였다. 1922년 이후 사실상 소련의 중앙정치무대에서 밀려나면서 한직인 외국 주재 대사로 임명되었지만, 그 자체는 대단히 명예로운 직책임은 분명했다. 1926년에 쓴 자서전에서 콜론타이는 세계 역사상 최초의 여성대사 임명이라는 사실이 여성이라는 집단 전체에 대해 가지는 의미를 이렇게 말하고 있다.

> 오슬로 주재 러시아 대사로 임명되었을 때 나는 내가 이로써 단지 나 자신만을 위한 승리가 아니라 여성 일반을 위한 승리를 이루었다는

> 것을, 실로 여성 최대의 적인 관습적 도덕과 보수적 결혼관에 대한 승리를 이루었다는 것을 깨달았다.[126)]

콜론타이는 분명히 여성 일반을 말하고 있었다. 그녀는 남성 지배자들에 대해서는 "바로 오늘날까지 전통과 사이비 도덕성을 완고하게 고수해온 카스트"라는 표현을 쓰고 있다.[127)] 콜론타이는 여성과 남성에 대해 각기 다르게 적용되는 이중기준이 있음을 말하였고, 자기처럼 이 이중기준을 해치워가며, 그리고 그것을 전혀 숨기지 않으며 살아온 여성이 그 같은 카스트에 받아들여졌다는 사실이야말로 대단한 의미를 가진다고 자평하였다. 그것은 자신이 여성으로서 고위직에 오른 예외적 인물이면서도 남성 세계에서 느낄 수밖에 없었던 외로움과 안타까움의 토로이기도 하다.

> 내가 이 세상에서 무엇인가를 성취했다면 이를 본디 가능하게 해준 것은 나의 개인적 자질이 아니다. 나의 성취는 차라리, 여성도 결국은 이미 보편적 인정을 향해 나아가고 있다는 사실을 보여주는 한 상징일 뿐이다.[128)]

이 구절들은 여성의 자율성과 독립적 삶을 추구하는 여성주의자들의 염원을 그대로 표현하고 있다. 그런 동시에 콜론타이는 미래를 향한 희망을 버리지 않았다. 그녀는 자기는 구세대 여성이어서 구식 낭만적 사랑의 한계를 넘어서지 못하였으며 이 때문에 무익하게 시간과 에너지를 허비한 적도 많았으나 젊은 세대의 새로운 여성들은 이 한계를 넘어서서 일과 사랑을 조화롭게 결합시키며, 독립적인 인간으로 살게 될 것이라고 기대하였다.[129)]

여성문제에 관한 콜론타이의 견해는 점점 진화했고 여성문제의 상대적 독자성을 인정하는 쪽으로 나아갔다. 그녀는 결코 계급적 관점에서 여성노동자를 생산노동에 동원한다는 논리에만 갇히지 않았고, 여성해방을 성해방의 관점에서만 생각하지도 않았다. 여성해방을 다면적인 과제로 생각했고, 각각의 층위에서 여성해방을 위한 노력이 행해져야 한다는 사실을 잊지 않았다. 여성주의라는 말은 다양한 의미로 쓰였고, 논자들마다 각자 자기 관점에서 이를 편리한 대로 사용한 경향이 있(었)다. 그러나 콜론타이는 스스로 내켜서건 그렇지 않건 여성문제의 독자성을 인정하고 그 해결책을 모색했다는 점에서 다른 어떤 여성주의자보다 철저한 여성주의자였으며, 사회주의적 여성주의와 급진적 여성주의를 결합한 독특한 형태의 여성주의를 만들어낸 인물이라 부를 만하다.

시몬 드 보부아르, 『제2의 성』

여성과 여성성에 대한 실존주의적 성찰

배은경 ‖ 서울대 교수 · 여성학

보부아르는 남성들이 어떻게 여성을 '완전히 수용될 수도 부정될 수도 없는' 인간적 본성의 힘에 지배당하는 존재로 묘사해왔는지 그 다양한 방법을 탐구했고, 남성 스스로 주체가 되기 위해 여성을 타자로 위치 지어온 역사에 대한 철학적 분석을 제공했다.

배은경

서울대 사회학과에서 박사학위를 받았다. 현재 서울대 여성학협동과정 및 사회학과 부교수로 재직 중이다. 섹슈얼리티와 임신, 출산, 양육에 이르는 일련의 인간재생산 실천이 공동체, 민족, 국가, 세계적 차원에서 조직되는 과정 그리고 이것이 여성 주체의 경험과 기획에 얽혀들고 짜이는 지점을 밝혀내는 연구를 수행하고 있다.

박사학위논문인 「한국 사회 출산조절의 역사적 과정과 젠더」를 비롯하여, 「가족계획사업과 여성의 행위성」「경제위기와 한국 여성: 여성의 생애 전망과 젠더/계급의 교차」「현재의 저출산이 여성들 때문일까?」 등의 논문을 발표했다. 지은 책으로 공저인 『젠더 연구의 방법과 사회분석』『사건으로 한국사회 읽기』 등이 있고, 『현대사회의 성, 사랑, 에로티시즘: 친밀성의 구조변동』(공역), 『사랑은 지독한 혼란』(공역)을 번역했다.

현대 페미니즘의 사상적 기초를 제공한 참여적 지식인

시몬 드 보부아르(Simone de Beauvoir, 1908~86)는 1908년 프랑스 파리에서, 독실한 가톨릭 신자이며 유복한 은행가의 딸이었던 어머니와 무신론자인 변호사 아버지 사이에서 태어났다. 아버지는 언변에 능하고 연극에 대해 대단한 정열을 지닌 인물로서 상류사회를 꿈꿨지만, 재산과 가문 때문에 평범한 지위밖에 얻지 못했다. 부유했던 보부아르의 외할아버지가 파산하게 되면서 가족의 경제적 상태는 점점 나빠졌다. 아버지는 변호사 사무실을 닫고 다양한 직업을 전전했으며, 보부아르 가족은 갈수록 비좁은 아파트로 이사를 다녀야 했다.

당시 프랑스에서 상류층의 딸은 지참금을 갖고 결혼하는 것이 상례였다. 보부아르는 가톨릭 부르주아의 전통적인 가치관과 사고방식을 그대로 따르고 있던 어머니의 의지에 따라 초중등 과정을 가톨릭계 사립여학교에서 마쳤으나, 지참금 없는 가난한 가정의 딸로서 미래에 직업을 갖기 위해 1925년 소르본 대학에 진학하였다. 무신론자가 된 보부아르는 대학에서 문학과 철학을 공부했고, 졸업 후 공립학교의 교직을 갖기를 희망하였다.

철학사 학위를 받은 뒤 교직을 얻기 위해 철학교수자격시험을 준비하던 중이던 1929년 6월, 3살 연상인 장 폴 사르트르(Jean-Paul Sartre, 1905~80)[1]를 만났다. 사르트르와 보부아르는 그해 교수자격시험에 1, 2등으로 나란히 합격했으며, 당대의 스캔들이었던 2년간의 계약결혼에 들어갔다. 영혼의 정절과 관계의 투명성을 지키며 서로에게 완벽한 자유를 허용한다는 것이 계약의 내용이었다. 다른 사람과의 사랑이나 일, 앞으로의 계획, 지난 경험에 대해 거짓말하지 않고 전적으로 상대방과 공유한다는 것을 조건으로 한 이들의 관계는 처음에는 2년 기간을 약정

철학자이자 소설가였던 보부아르는 현실에 참여하는 지식인이었다.

한 계약결혼이었지만 2년 뒤에 30세까지로 연장하고, 이후로는 종신계약이나 마찬가지가 되었다. 이후 사르트르와 보부아르는 법적인 결혼을 하지 않은 채로 각자 애인을 사귀면서 죽을 때까지 계약결혼을 유지하였고, 지적 동반자로서 서로를 인정하였다. 보부아르는 마르세유, 루앙, 파리의 고등학교에서 12년간 철학 강의를 하였으며, 1944년 제2차 세계대전 종전 직전 교사생활을 그만두고 전업 작가의 길로 들어섰다. 같은 해 사르트르와 함께 『현대』(*Les temps modernes*)지를 창간했다.

1943년 장편소설 『초대받은 여자』(*L'Invitée*)가 처음 출간되면서 유행작가의 반열에 올랐지만, 보부아르가 글을 쓰기 시작한 것은 훨씬 오래전의 일이었다. 예컨대 1979년 출판된 『정신주의가 우선할 때』(*Quand Prime le Spirituel*)는 그녀의 첫 작품으로, 1937년에는 출판을 거절당했었다. 그녀에게 세계적 명성을 가져다준 책은 1953년에 영역된 『제2의 성』(*Le Deuxième Sexe*)이지만, 문인으로서의 지위는 1954년 장편소설

『레 망다랭』(*Les Mandarins*)으로 콩쿠르상을 수상하면서 확고해졌다. 그녀의 작품은 장편소설, 철학 에세이, 사회/정치 에세이, 자서전, 중단편 소설, 희곡, 기행문 등 다양한 장르에 걸쳐 있다.

『제2의 성』은 현대 페미니즘의 고전으로 널리 인정받고 있지만, 실제 여성운동에서 그녀의 활동은 매우 늦게 이루어졌다. 1970년에 창설된 여성해방 운동기구에 참여하는 것이 본격적인 시작이었던 것이다. 즉 보부아르는 50대까지 왕성한 저술활동으로 현실에 참여하다가, 60세 이후로는 책상 앞에 앉아 있기보다 여성운동의 실천가로 활동했다고 할 수 있다. 1971년에 보부아르는 프랑스에서 합법적인 낙태의 권리를 얻어내기 위한 343명의 낙태수술자 명단에 서명했고, 여성의 피임과 출산 선택의 자유를 위한 시위대열에 참가했다. 이후 전 세계 여성운동가들의 지도적 위치에서 존경받다가 1986년, 파리에서 78세의 나이로 사망했다.

『제2의 성』: 스캔들과 재평가

1949년 『제2의 성』이 출간되었을 당시, 프랑스 여성의 지위는 성 평등과는 거리가 멀었다. 프랑스 여성들은 1945년이 되어서야 비로소 참정권을 얻었다. 1789년 프랑스대혁명 이후 150년이 훨씬 지난 뒤에야 여성들에게도 보편선거에 입각한 참정권이 주어졌던 것이었다. 그러나 이것이 여성운동의 성과였다고 보기는 어려웠다. 1944년 드골 정부가 여성참정권 법안을 통과시킨 것은 2차 대전 중 독일의 침공을 잘 견뎌낸 여성들의 역할에 대한 공로 인정이라는 면이 강했다. 그 후로도 프랑스 여성들은 대전 중 목숨을 잃은 수많은 남성들의 공백을 메우면서 조국의 전후 복구에 많은 기여를 했다고 평가받았지만, 눈에 띄는 여성운동가의 활동이나 정치적 경제적 · 권리를 위한 조직화된 행동은 나타나지 않았다.

여성의 노동 참여가 늘어나면서 여성의 사회적 지위에 대해 반성하는 조짐이 일어나기 시작했지만, 여성은 여전히 소수자, 사회적 약자의 지위를 벗어날 수 없었다. 상류계층 여성은 결혼지참금을 갖고 같은 계층 남성에게 시집을 갔으며, 고등교육을 받는 여성은 가난한 가족 출신이어서 직업을 얻어야 하기 때문이라는 인식이 강하게 존재했다. 프랑스 여성의 노동조건은 열악했다. 일하는 여성이 8주의 출산휴가를 법적으로 완전히 보장받을 수 있게 된 것은 1945년 이후였으며, 피임과 낙태 등에 대한 문제 제기가 이제 겨우 나타나기 시작하는 상태였다. 여성들이 권력과 담론을 생산하는 과정에서 상대적으로 열등한 위치에 있었던 것은 두말할 필요도 없다.

보부아르가 『제2의 성』을 집필하기 시작한 것은 1946년 10월이었고, 1949년 11월에 탈고한 것으로 알려져 있다. 두 권으로 구성된 이 책의 1권은 1949년 6월, 2권은 11월에 간행되었다. 그해에 보부아르는 42세였다. 그녀가 유행 작가로서 이름을 날리기 시작한 지 이미 여러 해가 지나고 있었지만, 『제2의 성』은 발간되자마자 프랑스 독서계에 큰 반향을 일으켰다. 주로 그녀가 사용한 적나라한 성적 표현들 때문이었다.

> "여자란 무엇이냐고? 아주 단순한 거지. 간단한 표현을 좋아하는 사람들의 말이다. 여자란 자궁이며 난소이다. 여자란 암컷이다. 이 암컷이라는 말은 여자를 정의하기에 충분하다. 암컷이란 통칭이 남자의 입에서 나올 때 그것은 경멸하는 말처럼 들린다. 하지만 남자는 자기의 동물성을 부끄러워하기는커녕, 반대로 그를 가리켜 저건 수컷이야 하면 더욱 득의만면해진다. 암컷이라는 말이 경멸의 언사로 들리는 이유는 여자를 자연 속에 놓아두지 않고 그녀의 섹스(sex) 속에 감금시키기 때문이다."[2]

"남성에게 성행위는 정복이고 승리이다. 다른 이의 발기는 자발적 행위의 시시한 촌극처럼 보이는 것이 보통이지만, 막상 자기의 경우가 되면 남자는 누구나 자기의 발기를 자랑스럽게 바라본다. 남성의 섹스 용어는 군대 용어에서 유래했다. 사랑하는 남자는 병사처럼 혈기가 왕성하고, 그의 성기는 활처럼 팽팽하며, 사정할 때에는 '발사한다'. 그것은 기관총이고 대포이다. 남성은 공격이니 습격이니 승리니 하는 말을 함부로 지껄인다. ……가장 문명화된 세계에서도 연애관계를 다룰 때면 사람들은 전쟁의 개념에 연애의 개념을 선명히 투사해서, 정복, 공격, 습격, 공방전, 패배, 항복이라는 말을 사용한다."[3]

당시로선 이런 정도의 서술마저 문젯거리가 되었다. 가톨릭 작가들은 이 책을 포르노라고 부르면서 반(反)보부아르 운동을 이끌었으며, 교육자들은 청소년들이 노골적인 성 표현을 쓴 이 책을 읽어서는 안 된다고 주장했다. 좌파들은 보부아르의 주장을 분파주의로 몰아붙였는데, 이는 엥겔스로 대변되는 마르크스주의 이데올로기에 대한 그녀의 비판 때문이었다. 알베르 까뮈조차 이 책의 출간을 '프랑스 남성의 수치'라고 불렀다. 당시 이 책에 대해 본격적인 공격을 한 사람들은 1940~50년대 프랑스를 대표한 좌우 지식인들이었다. 특히 가톨릭 진영에 속했던 문인과 지식인들의 반대는 결국 바티칸 교황청에서 『제2의 성』을 금서 목록에 올리는 것으로 일단락되었다.

『제2의 성』에 대한 비난은 주로 섹슈얼리티에 대한 표현을 꼬투리 삼아 이루어졌지만, 그 이면에는 결혼과 모성에 대한 보부아르의 신랄한 비판이 남성 지식인들의 심기를 심하게 불편하게 했다는 점이 크게 자리 잡고 있었다. 단행본이 출간되기 전에, 보부아르는 사르트르와 자신이 공동 편집자로 있던 잡지 『현대』에 책의 일부를 실었다. 1948년 2월과 7월 사이에 실린 네 편의 글은 남자들의 화를 돋우었고 즉각 논란을 불러일으켰다. 그러나 이것이 역으로 『제2의 성』을 크게 선전해준 셈이 되었다. 『제2의 성』 1권은 출간 일주일 만에 2만 2천 부가 팔려나갔으며, 2권 역시 크게 성공했다.[4)]

책이 영역되어 미국에 소개된 것은 1953년의 일이었다. 완역이 아니라 발췌번역본 3권으로 나누어 출간된 『제2의 성』은 프랑스에서보다 미국에서 더 큰 상업적 호응을 얻어서, 발간 2주일이 지나기 전에 베스트셀러 목록에 올랐다. 미국에서의 성공 소식이 외신을 타고 프랑스로 알려지면서 보부아르는 다시 한 번 뉴스의 주인공이 된다. 이듬해 1954년에는 소설 『레 망다랭』으로 콩쿠르상을 수상함으로써 프랑스 사회에서 문인으로서의 지위를 확고히 하게 된다. 1960년대에 들어설 무렵, 보부아르는 "프랑스에서 가장 미움을 받는 동시에 가장 사랑받는 여자"로 자리매김 되었다. 『제2의 성』 출간 당시 쏟아졌던 온갖 모욕, 조롱, 비난 따위를 돌파하고 그 문제의식의 참다운 가치를 인정받기 시작했던 것이다. 이후 1960년대 중반부터 1970년대를 거치면서 영미권 페미니스트들이 이 책의 논의를 기반으로 다양한 페미니즘 이론을 펼쳤고, 미국에서 이루어진 이러한 재평가가 프랑스로 재수입됨으로써 『제2의성』은 명실상부한 고전의 지위에 오르게 되었다. 현재까지 프랑스에서만 100만 부 이상 팔려 나가며 여성운동과 페미니즘의 사상적 기초를 제공했다고 평가되고 있으며, 35개 이상의 언어로 번역되어 전 세계적으로 영향력을 끼치고 있다.

제2물결 페미니즘 형성의 이론적 토대

발간 직후부터 성적 표현물이라는 이유로 비난받았던 『제2의 성』이었지만, 이 책의 진정한 기폭적 성격은 섹슈얼리티에 대한 서술에 있는 것이 아니었다. 보부아르는 이 책에서 남성들이 어떻게 여성을 '완전히 수용될 수도 부정될 수도 없는' 인간적 본성의 힘에 지배당하는 존재로 묘사해왔는지 그 다양한 방법을 탐구했고, 남성이 스스로 주체가 되기 위해 여성을 타자로 위치 지어온 역사에 대한 철학적 분석을 제공하였다. 일반적으로 알려진 것과는 달리 그녀의 작업은 가부장제에 대한 여성들의 공모에 대한 분석을 포함하고 있었으며, 이를 타개하기 위한 그녀의 제안 역시 주로 남성들을 이기기보다는 그들과 함께 주체가 될 수 있기 위해 여성들이 해야 할 일에 대한 것에 집중되어 있었다. 그러나 여성을 '타자'(the Other)로 위치 짓는 문명의 기제에 대한 그녀의 분석은 결국 여성을 억압하고 열등한 위치에 묶어놓는 남성(들)의 책략을 포괄적이고도 노골적으로 폭로하는 셈이 되었다. 이것이 당시 프랑스 사회의 많은 남성들에게 이 책이 심리적 불편함을 준 이유였겠지만, 다른 한편 이 책이 현대 페미니즘의 영원한 고전으로 남을 수 있게 된 이유이기도 했다.

흥미로운 것은 보부아르가 오랫동안 자신이 페미니스트로 여겨지기를 거절했다는 사실이다. 보부아르 스스로 『제2의 성』을 쓸 무렵의 자신은 페미니스트가 아니었으며, 자신이 여성문제에 대한 책을 쓸 생각을 하게 된 것은 거의 우연이었다고 말하기도 했다.[5] 여자인 자신이 스스로를 좀 더 깊이 알아가는 과정에서 여성문제에 대해 글을 쓰게 되었다는 것이다. 1940년대 말 무렵의 보부아르는 여성문제에 대해 확고한 신념이나 이론을 가지고 있지 않았고, '페미니즘'을 여성문제를 해결할 수 있는 자원으로 생각하지도 않았다.

"나는 여자(a woman)에 대한 책을 쓰는 것을 오랫동안 주저해왔다. 이 주제는 껄끄럽고, 특히 여성들(women)에게 그러하다. 그리고 새롭지도 않다. 페미니즘에 대한 논쟁에 대해서는 많은 사람들이 글을 쓸 만큼 써서, 지금은 그 논쟁도 거의 종결되었다. 그럼에도 불구하고 그 문제는 여전히 화제에 오르고 있으며, 지난 세기동안 지껄여댄 수많은 책들의 난센스도 이 문제를 충분히 밝혀낸 것 같지는 않다."[6]

"한편 우리는 페미니스트들의 논의도 경계해야 한다. 논쟁에 대한 논의만 앞서서 거들떠볼 아무 가치가 없는 경우도 종종 있기 때문이다. 이제는 '여성 문제'에 대한 논쟁이 무익하다는 말이 들리는 것은, 남성의 오만으로 그 문제가 '논쟁을 위한 논쟁'으로 끝나기 때문이다. 게다가 일단 논쟁이 시작됐다 하면 올바른 토론이 전개되지 않는다. 지칠 줄 모르고 애써 입증하려고 하는 것은 여자가 남자보다 우수한가, 열등한가, 동등한가 하는 것뿐이다"[7]

『제2의 성』 발간 당시만 하더라도 페미니즘이라는 말은 오늘날과 같은 의미로 사용되지 않았다. '페미니스트'(feminist)라는 말이 처음 사용된 것이 프랑스에서였는데, 1871년 의학서적에서 남성 환자의 성적 발달 정지를 묘사하는 말로 사용된 것이 처음이었고, 이듬해 공화론자 알렉상드르 뒤마에 의해 남성적이라고 여겨지는 방식으로 행동하는 여성을 가리키는 말로도 쓰였다고 한다. 즉 페미니즘이란 의학적으로는 남성의 여성화를, 정치적으로는 여성의 남성화를 묘사하기 위해 쓰이던 말로서, 19세기까지만 해도 경멸적인 의미를 담고 있다. 여성들은 자신들의 정체성이나 정치적 행동을 묘사하는 말로 여성운동 혹은 여권주의라는 말을 선호했고, 스스로를 페미니스트라고 부르거나 페미니즘을 옹호하려고 하지는 않았다. 게다가 1940년대 말, 전후 복구기의 프랑스에서는 독자적인 여성운동 자체가 제대로 형성되어 있지 않은 상태였다.

페미니즘이라는 말이 오늘날의 의미로 통용되기 시작한 것은 1960년대 말부터 70년대 초 영미권의 젊은 여성들에 의해 일기 시작한 이른바 제2물결 페미니즘의 흐름 속에서였다. 보부아르의 『제2의 성』을 읽은 여성활동가들이 이 책에 나오는 '페미니즘'이라는 단어를 따와서 자신들과 자신들의 활동을 묘사하는 이름으로 사용하기 시작했던 것이다.

미국과 유럽 각국에서 반전(反戰)과 자유와 평등한 시민권을 요구하는 청년들의 목소리가 터져 나온 1968년 5월, 남성들과 나란히 바리게이트를 치고 함께 싸웠던 여성들은 그들의 투쟁 속에서 성차별을 경험하게 되었고, 이것이 제2물결 페미니즘을 형성한 동력이 되었다. 투쟁의 과정에서 여성들은 자신들이 청년문화 속에서조차 '동지인 줄 알았던' 남성들의 성적 대상에 불과하거나, 비서 혹은 요리사의 역할을 요구받는 존재임을 발견하게 되었다. 평등과 진보를 외쳤던 남성 동료들이 자신들과의 관계에 대해서는 그 원칙을 적용하지 않는다는 점을 깨달은 것이다.

여성들은 점점 더 자신들이 여성이라는 이유로 받게 되는 부당한 대우가 단지 법적 · 제도적인 면에만 존재하지는 않는다는 점을 인식하게 되었고, 독회(讀會)와 경험 나누기를 겸한 의식고양 그룹들을 통해 여성 문제에 대한 각성과 여성 정체성 갱신을 함께하면서 페미니즘 운동의 주체를 형성해갔다. 마침내 '개인적인 것은 정치적이다'(The Personal is Political)라는 슬로건 아래 뭉친 여성들은 문화와 인식과 일상생활의 당연시된 조직방식 안에 존재하는 다양한 성차별들과 투쟁하기 시작했다. 이것이 이른바 제2물결 페미니즘이라는 거대한 사회적 흐름을 형성하였던 것이다. 이런 흐름은 19세기 제1물결 페미니즘 운동이 강했던 영미권 국가에서 특히 두드러지게 나타났다.

제2물결 페미니즘의 형성 초기에 『제2의 성』은 버지니아 울프의 소설 『자기만의 방』과 베티 프리단의 『여성성 신화』(*Feminine Mistique*)[8]와 더불어, 의식고양 그룹의 주된 교재가 되었다. 출판된 여성문제 관련 학술서적이 거의 없는 상태였기 때문에, 1950년대에 이미 영어로 번역되어 명성을 얻고 있던 『제2의 성』은 젊은 페미니스트들에게 매우 귀한 텍스트가 될 수밖에 없었다. 1963년에 출간된 프리단의 『여성성 신화』조차, 여성 스스로가 자신이 타자임을 수용하는 비극을 '신비'라고 불렀던 보부아르의 표현에서 그 제목을 따온 것이었다.

『제2의 성』은 이런 방식으로 제2물결 페미니즘에 다양한 언어와 개념, 발상, 논쟁거리를 제공하는 이론적 저수지 역할을 톡톡히 하면서 1970년대 초중반 미국 페미니즘의 성전(聖典)이 되었다. 그리고 이러한 평가가 프랑스로 역수입되면서 보부아르는 비로소 세계적인 명성을 가진 여성 저술가로 자리매김할 수 있었다. 보부아르가 스스로를 기꺼이 페미니스트로 규정하면서 새로이 형성된 여성운동의 흐름에 적극적으로 참여하게 된 것은 이 시기 이후의 일이었다.

『제2의 성』에서 보부아르는 고대신화 분석은 물론 인류학, 심리학, 사회학, 생리학, 철학, 문학에 대한 해박하면서도 깊이 있는 지식을 두루 동원하면서 여성이란 무엇인가, 여성억압의 근원은 무엇인가를 규명한다. 이 책에서 보부아르는 여성 일반이 처해 있는 역사적 · 사회적 · 심리적 처지를 설명한 뒤, 여성이 이러한 처지에서 벗어나 자유로워지고자 한다면 달라져야 할 조건을 제안했다. 이 같은 논의의 구조는 여성들(women)이 겪는 억압을 문제시하고 연대와 조직적 실천을 통해 이를 극복하려는 정치적 행동주의로서의 페미니즘이 갖추어야 할 기본적인 골격을 다 갖춘 것이었다. 보부아르 이후의 모든 페미니스트들이 보부아르를 인용했다거나 혹은 그녀의 책을 알고 있었다고 할 수는 없겠지만, 적어도 페미니스트들이 다룬 문제 치고 『제2의 성』이 다루지 않았던 문제는 없다고 할 수 있다. 심지어 십 수 년 전까지도 보통의 페미니스트들이 감히 언급할 엄두조차 내지 못했던 레즈비어니즘 같은 주제까지 1940년대 말에 나온 이 책은 진지하게 다루고 있다. 『제2의 성』에서 보부아르가 드러낸 선구적인 문제의식은 가히 '모든 여성들의 모든 삶의 모든 문제'를 포괄했다고 말할 수 있을 만큼 폭넓고 다양했다.

『제2의 성』의 내용과 구성

『제2의 성』 1권은 「사실과 신화」라는 부제를 달고 있다. 1권의 1부 「숙명」과 2부 「역사」는, 남성들이 '인간'과 자신을 동일시하면서 주체의 위치를 차지하고, 여성들은 그들의 타자로서 존재해온 인간 사회의 역사를 사실로서 다룬다. 1부에서는 생물학, 정신분석학, 역사적 유물론의 논의를 통해서 여성들이 처해 있는 조건과 입장을 고찰하며, 여성 지위의 역사를 다룬 2부는 각각 유목사회, 농경사회의 정착민들, 고대의 가부장제 사회, 중세에서 18세기까지, 그리고 프랑스대혁명 이후 1947년까지를 다루는 다섯 개의 장으로 구성되어 있다. 남성작가들과 지식인들이 만들어낸 여성성의 신화가 어떻게 여성들을 미화하고 또한 폄하하는지를 다루고 있는 3부의 제목은 「신화」이다. 몽테를랑, 로렌스, 클로델, 브르통, 스탕달 등 당시 유명 작가들의 문학 작품들을 검토하면서 어떻게 여성들이 자신을 타자화하는 남성들의 덫에 걸리는가를 지적해낸 3부 2장은 문학비평의 성격을 강하게 드러내기도 한다.

2권의 부제는 「오늘날 여자의 삶」이다. 가부장 사회의 압제적 기제 안에서 여성의 삶이 이뤄지는 과정을 현상학적으로 기술하면서, 어떻게 여성들이 자신의 한계를 초월하기보다는 그 안에 내재해 있으면서 스스로 타자로서의 삶을 살고 있는지를 상세히 밝힌다. 1부는 「형성」이라는 제목을 달고 있으며, 여성들이 유년기, 소녀시기, 성숙기를 거치면서 섹슈얼한 존재로 자라나며 겪는 경험들을 묘사하면서 그들이 어떻게 여성으로 만들어져가는가를 밝힌다. 이성애적 성관계에의 입문을 다루는 3장과 레즈비어니즘을 다룬 4장은 노골적 성 표현이라는 점에서 공격을 가장 많이 받은 부분이다.

2권 2부 「상황」에서는 성인이 된 여성들이 처할 수 있는 삶의 각 상황과 장면들을 다룬다. 결혼, 모성, 여성의 사교생활, 매춘, 노년기 등 이미 '여성으로 형성된 존재'들이 어떤 상황 속에서 스스로의 틀 안에 갇혀 기투로서의 인간적 본질을 실현하지 못하게 되는지 묘사한다. 특히 결혼제도와 모성의 여성억압적 성격에 대한 보부아르의 신랄한 폭로와 비판은 그녀를 기존 질서에 대한 가장 위험한 도전자로 만들었다. 6장 「여자의 상황과 성격」은 2권 1, 2부의 요약과 정리격에 해당한다.

3부 「정당화」에서 보부아르는 이러한 억압적 상황에 대한 여성들 스스로의 자기 정당화 방식들을 다룬다. 그동안 여성의 본질적 태도인 것처럼 간주되어왔던 나르시시즘, 연애와 사랑으로의 도피 그리고 신비주의가 기실은 기존의 남성적 질서에 대항하여 독자적인 '반(反)세계'를 형성할 자신이 없는 여성들이 남성 중심의 기존 질서에 공모하며 삶을 이어가기 위해 취하는 태도일 뿐이라는 내용은 남성들 뿐 아니라 여성들에게도 많은 반발을 불러일으켰다. 후대의 페미니스트들은 여성들의 태도에 대한 보부아르의 관점이 남성 지식인들의 주장과 거의 다르지 않다며 그녀를 비판하기도 했다.

그러나 이러한 비판은 보부아르가 이런 태도를 여성의 본질로 보지 않고, 당시 여성들이 놓여 있던 상황으로부터 나온 일종의 적응적 태도로 보고 있었다는 점을 간과한 것이다. 실제로 보부아르는 4부 「해방을 위하여」에서, 집단적인 여성들의 실천과 경제력 확보 등을 통해 이러한 상황에서 벗어나는 것이야말로 여성해방과 여성의 독립을 위해 필수적인 길임을 역설하고 있다.

보부아르의 실존주의와 타자로서의 여성

『제2의 성』 서론 마지막 부분에서 보부아르는 스스로 자신의 시각이 '실존주의적 윤리학'을 택하고 있다고 말한다.

> "모든 주체는 초월의 양식(a mode of transcendence)으로 봉사하는 착취(exploits) 또는 기투(project)를 통하여 주체로서의 자기 역할을 하게 된다. 그는 다른 자유를 향한 끊임없는 도달을 통해서만 자유를 성취한다. 무한히 열려 있는 미래를 향하여 자기발전을 도모하는 것 이외에 목전의 실존을 정당화하는 길은 달리 없다. 초월이 내재성(immanence), 정체(stagnation)로 떨어질 때마다, 실존은 즉자존재(en-soi)로 전락하고 자유는 속박과 우발성으로 전락한다. 이러한 전락은, 만약 그것이 주체에 의하여 동의된다면, 도덕적 과실(過失)을 재현한다. 만약 이 전락이 주체에 대하여 강제된다면, 그것은 좌절과 억압을 의미한다. 두 경우에서 모두 그것은 절대 악이다."[9]

끝없는 초월을 향해 스스로를 던지는(=기투하는) 주체가 되기를 염원하고, 자기의 틀 안에 내재해 있거나 정체해 있는 것을 악(惡)으로 보는 보부아르의 실존주의는 사르트르의 초기저작 『존재와 무』에서의 주요 개념과 분명하게 연결되어 있다.

사르트르는 헤겔의 '자기소외로서의 영혼' 개념을 발전시켰다고 평가받는다. 즉, 인간의 의식은 관찰자로서의 자아와 피관찰자로서의 자아라는 두 개의 분열된 영역에서 존재한다는 것이다. 여기서 즉자존재와 대자존재라는 두 개의 구분되는 개념이 나온다. 사르트르에게서 즉자존재는 인간이 동물, 식물, 광물 등과 공유하는 반복적이고 물질적인 존재를 가리키며, 대자존재는 인간이 다른 인간들과 공유하는 역동적이고 의식적인 존재를 가리킨다. 각각의 대자존재는 다른 존재들을 대상, 즉 타자들로 규정함으로서 자신을 주체, 자아로 확립한다. 주체의 자기정의 과정은 타자, 즉 다른 존재들을 지배하고자 하는 힘을 추구하는 과정과 같다. 각 자아는 자신을 하나의 자아로 확립하는 과정에서 타자의 역할들을 묘사하고 미리 규정한다. 다른 말로 하면, 각 주체들은 자기 자신을 초월적이고 자유롭다고 생각하면서 타자는 보편내재적이고 노예처럼 사로잡혀 있다고 간주한다. 주체는 이러한 과정을 통해서만 주체가 될 수 있다.

그러므로 예컨대 '인간본성'과 같이, 모든 사람을 사람으로 만들어주는 정해진 공통된 본질이란 없다고 할 수 있다. 우리에게 주어진 것은 단지 상황뿐이며, 모든 인간은 자기 정의 없이 똑같이 그 속으로 던져질 뿐이다. 즉 우리는 의식적 행위를 통해 선택하고 결단하고 기투하고 실천하는 행위를 통해 우리 자신에게 필수적인 정체성을 생산해내기 전까지는 단지 무정형의 살아 있는 유기체일 뿐이다. 이것이 바로 사르트르의 유명한 명제인 "실존이 본질보다 우선한다"는 말의 의미이다.

보부아르는 실존주의 철학의 즉자(卽自)와 대자(對自), 주체와 객체, 자아와 타자, 초월과 내재라는 이분법을 활용해서 남성과 여성의 관계, 특히 여성이 제2의 성으로 자리매김 되는 것을 증명하고자 하였다. 그녀는 주체가 반드시 객체를 타자화함으로써만 주체로 선다고 말하면서, 사회적으로 남성은 주체(대자존재), 여성은 객체(즉자존재)로 존재하고 있다고 논증한다.

"타자(the Other)라는 범주(사고의 근본 형식)는 의식과 마찬가지로 근본적인 것이다. ……어떤 집단도 자기를 주체로 인식할 때에는 반드시 타자를 자기와 대립시킨다. ……유태인은 반유태주의자에게는 '타자'이고, 흑인은 미국 민족주의자에게, 원주민은 식민지 경영자에게, 프롤레타리아는 유산계급에게 각각 '타자'이다. …… 전쟁, 연회, 거래, 계약, 투쟁 등과 같은 것들은 '타자'라는 생각에서 절대적인 의미를 지워버리고, 그것이 상대적이라는 것을 알게 한다. 좋든 나쁘든 개인이나 집단도 서로의 관계에서 상호성을 인정하지 않을 수 없게 된다."[10)]

보부아르는 이와 같이 주체-타자 관계가 서로를 타자화하는 상대적이며 상호적인 특성을 내포하고 있음을 강조한다. 그런데 중요한 것은 남-녀 관계에서만큼은 이 상호성이 부인될 뿐 아니라, 여성 스스로가 타자의 자리에 순응하는 경향이 있다는 것이다. 이제 보부아르의 질문은 "여성도 인간인 한 실존을 추구하게 되어 있음에도 불구하고 타자로서 머물러 있는 이유는 무엇인가?"라는 쪽으로 향하게 된다.

"그런데 왜 남녀 사이에는 이 같은 상호성이 인정되지 않는가. 어째서 그 종 한쪽만이 자신을 유일하게 본질적인 존재로 긍정하고, 그 상호관계의 상대에 대해서는 일체의 상대성을 부정하고 순전히 타자성으로 규정하게 되었나? 왜 여자들은 남성의 지배에 항의하지 않는가? 어떤 주체도 자발적으로 비본질적인 객체가 되려고 하지는 않는다. 자기를 '타자'로 보는 '타자'가 '주체'를 정하는 것이 아니다. 자기를 주체로서 정립하는 주체에 의하여 타자는 타자로 규정되는 것이다. 그런데 타자의 위치에서 주체로 발전할 수 없다는 것은, 그 타자가 상대의

보부아르는 사르트르와
법적인 결혼을 하지 않은 채
계약결혼을 유지했고,
지적인 동반자로서
서로를 인정했다.

그러한 관점에 순순히 복종하고 있음을 의미한다. 여성의 이런 복종은 어디에서 비롯되었는가?"[11]

보부아르는 창조성과 자유를 상징하는 초월성은 대자인 남성의 영역으로 보고, 보편내재(普遍內在, 사회, 예의범절, 역할정의 등)는 즉자인 여성의 영역으로 보는 것이 현재의 상황임을 강조한다. "초월이 내재로 떨어질 때마다 실존은 즉자존재로 타락하고, 자유는 속박과 우발성으로 타락"하며 이것이 바로 절대 악이라고 보는 보부아르에게, 이 같은 현 상황은 절대적으로 해결되어야 할 문제였다. 보부아르는 이 문제를 해결하기 위해서 여성들이 ('인간'으로서 당연히 가진) 초월에 대한 의지를 발현시킬 것을 강력히 주장했다. 『제2의 성』의 주된 내용은 여성들이 그러한 의지를 발현하고자 할 때 맞닥뜨려야 하는 수많은 장애들의 상황에 대한 이야기들로 구성되어 있다.

"여성의 비극은, 부단히 본질적인 것으로 자기를 확립하려고 하는 모든 주체의 기본적인 욕구와, 그녀를 비본질적인 존재로 만들어두려는 상황의 요청 사이의 갈등이다. 여성들이 놓여 있는 상황에서 어떻게 인간 존재가 완성될 수 있는가? 여성에게는 어떤 길이 열려 있는가? 어떤 길들이 막다른 골목에 이르는가?

……말할 것도 없이 이러한 문제는 우리가 여성의 운명이 생리적, 심리적, 경제적 힘들에 의해 불가피하게 규정된다고 믿는다면 아무런 의미도 갖지 못할 것이다. 그러므로 여성에 대한 문제를 생물학, 정신분석, 역사유물론의 관점에서 토론하는데서 시작하기로 한다. 다음에 "진정으로 여성적인 것"(the truly feminine)이 어떻게 형성되었는가, 왜 여자는 타자로 규정되었는가, 남성들의 견해에서 어떤 것이 생겼는가를 실증적으로 제시하도록 노력하겠다. 그런 다음에 여성의 입장에서 여성들에게 부과된 세계를 있는 그대로 그리도록 하겠다. 그러면 현재까지 갇혀 있던 구역에서 탈출하여 인간으로서의 공존에 참여하려고(aspire to full membership in a human race) 할 때 여자들이 어떠한 곤란에 부딪히게 되는지 이해할 수 있을 것이다."[12)]

실존주의 철학에서 '실존'(existing)은 '살아가기'(living)와 대립한다. 실존주의자들에 의하면 인간은 단지 살아가는데 만족하지 않고 유의미한 실존이 되기를 갈망한다. 동물처럼 인간도 삶을 반복하지만, 실존을 통하여 삶을 초월한다. 이런 초월에 의해 인간은 단순한 반복에 내재된 모든 가치를 빼고 남은 가치를 창조한다. 보부아르 역시 이런 방식으로 사고하였다. 그녀가 보기에는 오직 '실존'만이 삶의 이유를 제공하며,

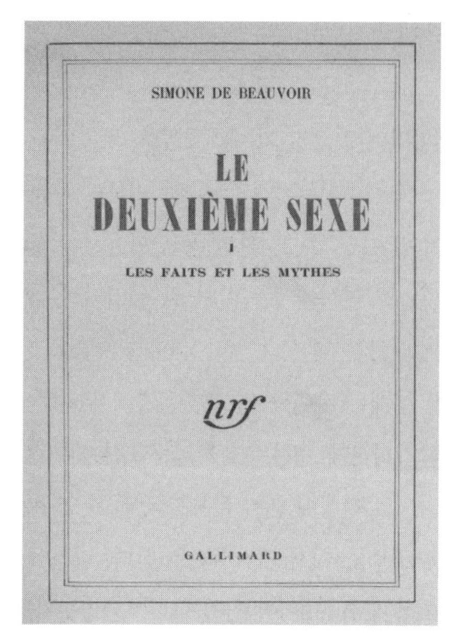

『제2의 성』 프랑스어판. 이 책은 현대 페미니즘의 고전이 되었다.

'살아가기' 그 자체는 (삶 자체보다 더 중요한) 존재의 이유를 설명하지 못하는 어떤 것에 불과했다.

실존한다는 것은 (자연력의) 수동적 대상이 아니라 창조적 주체가 되는 것이다. 그런데 (남성이 보기에) 여성은 초월, 자유, 정신, 기투와 같은 주체적 삶을 다양하게 위협한다. 여성은 음식, 옷, 집처럼 수단에 불과한 것을 생산하거나 보살피는 데만 몰두하는데, 이런 것들은 (동물적인) 삶과 (자유로운) 실존을 잇는 비본질적인 매개물에 불과하다. 따라서 여성은 "알지 못할 삶의 과정에 속박"되어 있으며, "삶에 내재할 수밖에 없다"는 것이 기존의 상황이었다.

그러나 보부아르는 여성들도 사실은 남성 못지않게 단지 '살아 있기'보다는 '실존'하려는 열망과 능력을 지니고 있다고 보았다. 그런데도 대부분의 여성은 여성을 신비롭고 말이 없는, 자연의 힘을 구현한 존재로 위치 지우려는 남성들에게 저항하지 않았다. 왜 그러한가? 그리고 어떻게 하면 이러한 상태를 극복할 수 있을까? 이것이야말로 『제2의 성』 전체를 관통하는 보부아르의 주된 질문이었다.

여성해방은 어떻게 가능한가

『제2의 성』은 보부아르가 여성으로서의 자기 존재조건을 확인하면서, 여자에 관한 책을 쓰는 자신에 대해 성찰하는 방식으로 시작된다.

"여자란 무엇인가? 문제를 제기하는 것 자체가 곧 나에게 일차적인 해답을 암시하고 있다. 내가 그런 문제를 물어본다는 것 자체가 의미 있는 것이다. 남자는 그들이 놓여 있는 특수한 상황에 대해서 글을 쓸 생각조차 하지 않을 것이다. 내가 나 자신을 규정하려면, 우선 '나는 여자다'라고 선언하지 않으면 안 된다. 이런 사실 위에서 앞으로의 모든 논의가 이뤄져야 한다."[13)]

보부아르는 '여자란 무엇인가?'라는 질문이 결코 '남자란 무엇인가'와 동일한 질문이 아니라고 지적한다. 남자가 어떤 주제에 대해 발언하기 위해 자신의 위치를 정할 때 자신의 성별에서 출발하는 일은 없다. 이는 "남자임"이라는 것은 하나의 특수한 상황이 아니기 때문이다. "남자임"은 그대로 "인간임"의 보편성과 일치한다. 반면 '여자란 무엇인가?'라는 질문에 대해 '여자도 인간이다'라고 답하는 것은 불충분하다. 여자는 인간이면서도, 그것에 그치지 않고 여자여야 하기 때문이다. 보부아르가 지적했다시피, "남자는 남자라는 것만으로 정당한 지위에 놓여 있는 것이다. 잘못된 것은 여자이다".

널리 퍼져 있는 오해와는 달리, 보부아르는 젠더(gender)라는 개념을 사용하여 자신의 논의를 진전시키지 않았다. 젠더의 개념을 오늘날과 같은 의미로 자리매김한 것 역시 제2 물결 페미니스트들 중 학계에 있었던 사람들의 성과이다. 다만 보부아르는, 암컷(female)이라는 생물학적 성별과 여성성(femininity)이라는 문화적 구성물, 그리고 여자 혹은 여성들(woman/ women)의 관계를 다음과 같이 정확히 구분함으로써 향후 젠더 논의에 대한 선구적 이론화를 가능하게 했다.

"우리는 먼저 물어야 한다. 여자(a woman)란 무엇인가? 어떤 사람들은 이렇게 답한다. '여자는 자궁이다'. 그러나 어떤 여성들의 경우에는, 자궁이 있음에도 여성이 아니라고 선언된다. 암컷(females)이 인간 종 안에 존재한다는 사실을 인정하는 것에 대해서는 모든 사람들이 동의한다. 오늘날에도 언제나처럼 암컷은 인류의 절반을 차지한다. 그러나 우리는 여전히 여성성(femininity)이 위험에 처해 있다고 듣고 있으며, 여성이어야 한다, 여성으로 남아 있어라, 여성이 되어라(to be women, remain women, become women) 하고 훈계를 듣는다.

모든 암컷 인간(female human being)이 필연적으로 여성(women)이 되는 것은 아니다. 여성으로 간주되려면 그녀는 반드시 '여성성'(femininity)이라고 알려진 미스터리하고 위협받은 영역을 공유해야 한다. 그것은 난소로부터 분비되는 그 무엇인가? 혹은 플라톤 철학의 본질, 철학적 상상의 산물인가? 그것을 지상으로 이끌어 내리자면 나부끼는 페티코트 하나로 충분한가? 어떤 여성들은 이 본질을 체현하려고 무척 애를 쓰지만, 그것은 아주 어렵다."[14]

인간 종의 암컷, 즉 몸의 생물학적 성별이 여성인 사람들이 사회적으로 인정받는 "여성"이 되려면 여성성이라는 것을 자신의 본질인 것처럼 갖추어야 하지만, 기실 실제로 들여다보면 그 여성성이라는 것은 여성들의 "본질"이 아니라, 남성을 주체로 여성을 타자로 위치 짓는 방식으로 사회적으로 만들어지고 여성들에게 강요된 것에 불과하다는 것이 보부아르의 가장 핵심적인 주장이다.

> "남성성(masculinity)과 여성성(femininity)은 법률서류와 같이 형식적인 문제(matter of form)에서만 대칭적으로 사용된다. 실제로는 양성(two sexes)의 관계는 결코 두 개의 전극 같은 것이 아니다. 남자(man)은 양극과 중성을 대표하여 homme인데, 이는 인간을 뜻하기도 한다. 대신 여자는 그 성질에 있어서 상호작용이 없고, 제한된 것으로만 생각된다. ……여자를 섹스라고 부르는 것은, 남자에게 있어 여자란 본질적으로 성적인 존재로 보인다는 것을 의미한다. 여자는 남자와의 관계에서 의미가 정해지고 그 차이가 구별될 뿐, 여성 자신으로서 생각되지 않는다. 여자는 본질적인 존재에 대한 비본질적인 존재이다. 남자는 주체이며 절대이다. 그러나 여자는 타자이다."[15]

여기서 보부아르의 실존주의가 사르트르의 그것으로부터 완전히 구별되는 일면이 드러난다. 사르트르는 모든 인간에게 본질은 없으며 실존이 늘 우선한다고 주장했지만, 보부아르는 남성은 본질적인 존재로 여성은 본질이 없는 비본질적인 존재로 위치 지어지는 이러한 상황이야말로 곧 여성의 타자성을 의미하는 것이라고 보고 이를 극복할 것을 고민했던 것이다.[16] 이런 관점에서 보부아르는 "여성으로 태어나는 것이 아니라 만들어진다"라고 주장하면서도, 여성의 '본질'로서의 생물학적 측면의 존재에 대해서는 강력히 옹호하는 입장을 취하였다. 즉, '불변의 여성적인 것'(the eternal feminine)이나 '진실로 여성적인 것'(the truly feminine) 이라는 것은 전적으로 문명에 의해 만들어진 것이고 이것이 여성들에게 내면화됨으로써 여성억압이 유지되고 있다고 주장하면서도, 다른 한편 불변하는 여성성의 근원으로서의 생물학적 본질은 "있다"고 강변하는 것이 보부아르의 입론이었던 것이다. 이는 그렇게 주장해야만 현실적으로 존재하는 피억압자로서 '여성들'의 존재를 인정할 수 있다고 그녀가 생각했기 때문이었다.

> "영원한 여성이니 검은 영혼이니, 유태적인 성격이니 하는 개념을 전적으로 부정하는 것이 오늘날 유태인이나 흑인이나 여자의 존재를 부정하는 것으로 이어지지는 않는다. 이런 부정은 그 당사자들을 편견으로부터 해방시키는 데 전혀 도움이 되지 않으며, 오히려 현실도피를 조장하게 된다. 어떤 여자도 자신의 성을 무시하고 자기를 주장하려고 하면 반드시 자기기만에 빠지고 만다."[17)]

보부아르는 『제2의 성』 프롤로그에서 인종이나 계급과 같은 다른 억압/지배 체제와 성을 비교하고 있다. 모든 피억압집단들 중에 오직 여성만이 상호성이 완전 무시된 채 즉자존재, 타자로서의 위치를 받아들이고 있다는 것이 보부아르의 관찰이다. 이것이 여성이 흑인, 유태인, 노동자 등과 같은 다른 피억압집단과 다른 점이다. 보부아르는 그 이유로 대략 다음 두 가지를 든다. 첫째, 여성은 인종, 계급, 민족, 종교, 국가별로 나뉘기 때문에 정치적으로 단결하기 힘들다. 둘째, 성의 분할은 생물학적인 조건이지 인류 역사의 한 모멘트는 아니라는 것이다. 다른 종류의 억압의 경우에는 억압자와 피억압자라는 지위가 역사적 사건이나 사회적 변화에 따른 상대적 결과일 뿐이기 때문에, 정치적인 상황변화나 집단적 연대와 투쟁을 통해 관계의 변화가 가능하지만, 여성의 경우에는 그렇지 않다.

> "프롤레타리아트가 항상 존재해왔던 것은 아니다. 그러나 여성은 항상 존재해 왔다. 여성은 그 생리적인 구조에 의해서 여자이다. 역사를 마냥 거슬러 올라가 보더라도 여자는 언제나 남자에게 종속되어왔다. 이 의존관계는 어떤 역사적인 사건이나 사회발전의 결과가 아니다. 즉 그것은 새로 발생한 것이 아니다."[18]

이러한 보부아르의 주장은 여성해방이 조직화된 대(對)남성 투쟁이나 파업, 혁명과 같은 정치투쟁의 방식으로 이루어질 수 없다고 보는 상상력의 한계로 이어진다. 보부아르는 여성해방의 목표가 여성의 예속과 압박을 종식시키는 것이라고 보았지만, 이것은 단순히 지배와 예속의 관계를 전복시키는 것을 의미하지 않고, 남녀 간의 갈등과 투쟁의 관계를 우애와 평화로운 공존의 관계로 전환시키는 것을 뜻한다고 주장했다. 그리고 이 같은 남녀관계의 변혁이 남녀 간의 '겸손한 상호인정'을 통해서만 가능하다고 보면서, 이는 오직 여성에게서 열등의식이 사라지고 남성에게서 우월감이 제거되는 경우에만 이루어질 수 있다고 말하였다. "남자와 여자가 서로 상대를 대등한 자로 인정하지 않는 한, 즉 여자라는 존재가 지금 상태를 이어가는 한 싸움은 그치지 않을 것이다. ……이 지고한 승리를 쟁취하기 위해서는 무엇보다도 먼저 남녀가 그 자연의 구별을 초월해서 분명한 우애를 나누어야 할 것이다"[19]와 같은 『제2의 성』 결론에서의 언급은, 보부아르가 여성해방에 이르는 길을 어떤 식으로 상상하고 있었는지를 잘 보여준다.

이 같은 보부아르의 정치적 상상력은, 『제2의 성』이 현대의 페미니스트들에 의해 비판받는 주된 지점이 되었다.[20] 여성을 억압하고 남성의 타자로 묶어놓는 상황에 대해 그만큼 상세하게 묘사해놓고도, 그 해결책이 남녀의 우애라는 사실은 지나친 낙관주의 혹은 소박한 환상으로 보였던 것이다. 특히 급진적인 페미니스트들은 보부아르 식으로 남녀 간의 우애적 공동체를 추구하기보다는, 여성들 간의 연대와 자매애적 공동체의 건설이 여성해방을 위한 더욱 시급하고 적합한 투쟁방식이 될 것이라고 지적하기도 했다. 그런데 실제로 그녀가 여성들 간의 연대와 집합적 실천으로서의 여성운동의 중요성을 간과했는가에 대해서는 의문이 있다. 『제2의 성』 프롤로그에서 보부아르가 한 다음과 같은 언급을 보자.

> "프롤레타리아트는 '우리들'이라고 말한다. 흑인도 마찬가지이다. 그들은 자기를 주체로 세워 부르주아나 백인을 '타자'로 바꿔버린다. 하지만 여자는 관념적인 시위에 그치는 몇몇 집회를 제외하고는 '우리들'이라고 말하지 않는다. 남자는 '여자들'이라고 말한다. 그리고 여자 쪽에서는 이 말을 자기를 가리키는 것으로 받아들이고 있다. 그러나 결코 주체로서 자기를 내세우려고 하지 않는다.
>
> 프롤레타리아트는 러시아에서 혁명을 일으켰고 흑인은 아이티에서 혁명을 일으켰으며 인도차이나인은 인도차이나에서 싸우고 있다. 그런데 여자의 움직임은 언제나 상징적인 행동에 지나지 않았다. 남자가 양보해주는 것밖에 얻지 못했으며, 스스로 자진해서 쟁취한 것은 아무것도 없다. 그들은 단지 주는 것만 받았을 뿐이다. 즉 여자는 대결하여 싸울 수 있도록 자신들을 하나로 뭉치게 하는 현실적인 수단을 갖지 못했던 것이다. 그녀들은 자신들만의 고유한 과거도 역사도 종교도 없다."[21)]

여기서 보부아르가 여성들에게 촉구하는 것은 스스로 '우리들'이라고 말하라고 하는 것, 개인으로 파편화되어 있지 말고 집단적 주체로서 여성 정체성을 적극적으로 구성하고 그 아래 뭉치라는 것이다. 그렇게 하지 못하기 때문에 여성들은 남자가 양보해주는 것밖에 얻지 못했고, 자진해서 무언가를 쟁취하지 못했다는 것이다. 보부아르가 남성과 대결하여 싸울 수 있도록 자신들을 하나로 뭉치게 할 수 있는 현실적 수단이 여성에겐 없었다는 것, 그리고 여성들이 고유한 역사도 종교도 갖지 못했다는 것을 여성해방을 어렵게 만드는 가장 큰 요인으로 지적하고 있다는 사실은, 역으로 그녀가 이 같은 조건을 마련하고 활용하여 집합적 여성 정체성과 자매애적 연대를 구성하는 것이 중요한 과제임을 인식하고 있었다는 증거로 해석될 수도 있다. 그녀가 여성들의 연대와 여성운동을 직접적인 해결책으로 내놓지 못했던 것은, 집단적 여성운동의 경험이나 이를 통해 실제 사회를 바꿔낸 성취의 누적이 적었던 집필 당시의 프랑스 사회 상황을 반영하는 것이었다.

남성들이 생산한 지식에 대한 비판

『제2의 성』 1부 「사실과 신화」에서의 보부아르의 논의는 생물학적 논의에 대한 비판, 역사유물론과 정신분석에 대한 비판, 그리고 몇몇 남성 작가들이 생산해 낸 문학적 이미지들에 대한 비판으로 구성된다. 생물학적 논의에 대한 보부아르의 비판은 남성의 신체적 강건함과 여성의 나약함, 성교에 대한 남성의 적극성과 여성의 수동성과 같은 것들을 생물학적, 생리학적 사실들로 인정한 위에서, 이러한 사실들에 부여하는 가치의 정도는 사회적인 것이므로 달라질 수 있다는 노선에 머무른다.

"종(species)에 대한 여성의 예속, 여성의 개인적 능력의 한계는 지극히 중요한 사실이다. 여성의 육체는 여성이 이 세계에서 차지하고 있는 상황의 본질적 요소 가운데 하나이다. 그러나 여자란 무엇인가를 정의하기에는 이것만으로 부족하다. 한 사회 안에서 육체는 행위를 통해서 의식 안에 받아들여질 때 비로소 실재를 획득한다. 생물학은 '왜 어성은 타자인가'라는 우리의 질문에 답을 줄 수 없다. 역서의 흐름 속에서 여성의 자연적 본성이 어떻게 파악되어왔는가를 아는 것이 중요하다."[22]

역사유물론에 대한 보부아르의 비판은 여성해방이 사유재산제도의 철폐만으로 자동적으로 이뤄지지 않으며, 여성을 지배하려는 남성 욕망의 제거 등이 필요하다는 것을 지적하는 데 집중된다. 정신분석에 대해서는 남근 선망(penis enry) 개념에 대한 비판이 중심적이다. 여성들이 페니스를 가진 사람들을 선망하는 것은 페니스 자체를 원해서가 아니라 사회가 페니스 소유자에게 부여하는 물리적 · 심리적 특권들 때문이라는 것이다. 즉 중요한 것은 페니스의 위세가 아니라 아버지의 주권이라는 사실이 제대로 인식되어야 한다고 강조한다. 문학에 대해서는 주로 여성의 비합리성, 복잡성, 불투명성, 자기희생적 여성에 대한 이상화 등에 관한 '신화'들을 창조해냄으로써 결국 남성들이 여성을 통제하게 됨을 지적했다.

여성 섹슈얼리티와 모성에 대한 이미지화

그러나 보부아르는 해부학이나 생물학이 여성 섹슈얼리티에 제공하는 특정한 경험의 효과를 무시하지는 않는다. 오히려 남성과 여성의 차이 자체가 환원불가능하다는 점을 끊임없이 강조한다. 생물학에 대한 논의에서 보부아르는 정자의 활동성과 난자의 수동성, 생명 창조에 대한 정자의 기여를 강조하는 과학적 통념이 잘못되었으며 생명 창조에 정자와 난자가 모두 똑같이 기여함을 강조하였다. 그럼에도 불구하고 그녀는 인간을 '포유류'로서의 종에 귀속시키면서, 포유류의 교미에 있어서 수컷과 암컷의 결정적인 차이를 강조한다. 문제는 그녀가 수컷은 교미를 통해 초월하지만, 암컷은 내재에 머물러 있게 된다고 본 것이다. 임신과 모성이라는 생물학적 · 사회적 경험 역시 언제나 여성을 내재의 상태에 묶어놓는 것으로 이해된다.

> "암컷은 생식에서 근본적으로 능동적인 역할을 하지만, 성기삽입과 체내수태 때문에 수동적인 교미를 강요받게 된다. ……성적 체험을 하는 짧은 시간에 정자는 수컷과는 별개의 존재가 되어 그의 몸에서 떨어져나가, 수컷의 생명이 정자를 통해 자기를 초월하여 타자가 된다는 것이다. 수컷은 자기의 개체성을 초월하는 순간에 다시 자기의 개체성을 되찾는다. 이와는 달리 난자는 성숙되어 여포에서 분리되어 난관 속에 떨어졌을 때 이미 암컷에게서 분리하기 시작한 것이 되지만, 밖에서 온 생식세포에게 침입을 당하면 자궁 속에 자리를 잡고 만다. 그러니까 암컷은 먼저 침범된 다음에, 소외되는 것이다.
>
> 자기 몸을 영양분으로 하여 키우는 타자를 밴 암컷은, 임신기간 동안 줄곧 자기이기도 하면서 동시에 자기 이외의 것이기도 하다. 출산을 한 뒤에도 암컷은 자기 유방에서 나오는 젖으로 새끼를 기른다. 그러므로 어느 시점부터 새끼를 자주적인 생명체로 보아야 할지 잘 모른다. 수정했을 때인가, 출산했을 때인가, 아니면 젖을 뗐을 때인가? ……새끼가 태어난 후에 암컷은 자주성을 회복한다. 암컷과 새끼 사이에 거리가 생기기 때문이다. 그러나 새끼에 대한 암놈의 헌신은 분

리될 때부터 시작된다. 암놈은 자진해서 지혜를 다하여 새끼를 염려하고, 다른 동물에게서 새끼를 지키기 위해 싸우기도 하며, 공격적이기도 하다. 그러나 대개의 암컷은 자기 개성을 발휘하려고 애쓰지 않는다. 수컷이나 다른 암컷에게도 강하게 대항하지 않을 뿐 아니라 거의 투쟁본능을 갖지 않는다."[23)]

"수컷의 운명은 암컷과 전혀 다르다. 수컷은 자기초월 속에 자기를 분리하면서, 자기 속에서 자기를 확립한다. ……이 생명력의 충만, 교미를 위해 발휘되는 활동력, 그리고 교미할 때 볼 수 있는 암컷에 대한 지배욕, 이것들은 모두 생명적인 초월의 순간에 개체가 개체로서 나타나는 모습이다. 이런 점에서 헤겔이 암컷은 종의 속에 갇혀 있는데 수놈에게는 주체적 요소가 있다고 본 것은 정당하다. 주체성과 분리는 곧 투쟁을 의미한다."[24)]

2부 「현대 여성의 삶」의 1편 「형성」에서 보부아르는 여성이 태어나 소녀가 되고 성적 행동을 시작하게 되고 결혼하여 어머니가 되기까지의 과정을, "현재의 (당시 프랑스의) 교육과 풍습의 단계에서" 그리고 있다. 여기서 여성의 섹슈얼리티에 대한 설명은 여러모로 정신분석의 여러 성과들에 기대고 있는데, 프로이트의 정신분석과 보부아르가 결정적으로 달라지는 부분은 아동의 어머니에 대한 욕망을 설명하는 대목이다. "부드럽고 매끄럽고 탄력 있는 여성의 육체는 성적인 욕망을 자극한다. 그리고 그 성적 욕망은 뚜렷한 형태로 드러낸다. 여자아이도 남자아이처럼 공격적인 방법으로 어머니를 포옹하고, 그 몸을 만지고 애무한다."[25)]

보부아르에게서 리비도는 부드러운 접촉이다. 그리고 여성 섹슈얼리티는 '내재성'과 '관통'으로 특징지어진다. 주변 사람들의 태도와 보상에 의해, 해부학적 차이가 여성인 자신에게는 힘과 존중이 없음을 의미한다는 것을 알게 된 여자아이들은 자신의 열등성을 내면화하게 된다. 이러한 과정을 상세히 묘사하고 나서, 보부아르는 다시한번 여성의 섹슈얼리티에 함축된 내재성의 문제를 지적한다.

> "청년(남성)의 성적 충동은 그가 자기의 육체에서 이끌어낸 자존심을 더욱 확신하게 할 뿐이다. 그는 거기서 자기의 초월과 능력의 표시를 발견한다. 처녀(여성)도 자기의 육체적 욕망을 인정할 수 있지만, 그것은 대개 수치스러운 성격을 띠고 있다. 그녀는 자신의 육체를 전적으로 불쾌한 것으로 받아들인다. 어린 시절 그녀가 자기의 '내부'에 대하여 느낀 의혹은, 월경이 시작되면 그것을 혐오스럽고 지겨운 것으로 간주하게 만든다."[26]

보부아르가 보기에 여성들에게 섹슈얼리티는 관통이며, 임신은 자기가 아닌 사람이 되는 것이어서 기본적으로 공포로 경험된다. 이후 나르시시즘이나 동성애, 여성들의 연애 성향에 대한 보부아르의 설명은 계속해서 이러한 공포를 완화하고자 하는 여성들의 심리에 대한 언급으로 채워진다. 보부아르가 모성과 이성애를 여성에게 부정적인 경험으로 이미지화하는 것은 그녀가 여성의 생물학적 본질을 강변하는 점과 엮여서, 그녀의 논의가 강력한 여성혐오로 해석될 수 있는 여지를 남긴다. 출간 당시의 가부장주의자들이 『제2의 성』을 그토록 위험시했던 것도 같은 이유에서였다는 사실이 역설적일 뿐이다.

남성 지배에 공모하는 여자들

『제2의 성』이 여타의 페미니즘 서적들과 결정적으로 다른 점은, 남성들에 의한 여성억압의 문제를 다루면서 이에 공모하는 여성들의 책임을 같이 지적하고 있다는 것이다. 보부아르는 여성들이 스스로의 타자화에 동조하여 남성 지배에 공모하는 이유는 경제적 이익, 사회적 지위를 포기하지 않기 위해서일 뿐 아니라 스스로 주체가 되기 위해 필수적인 실존적 투쟁을 회피하기 위한 목적 때문이라고 통렬히 지적한다.

> "여자들이 세계의 크고 작은 모든 일에 참여하기 시작한 오늘날에도 이 세계는 아직 남자들의 손에 꼭 쥐여 있다. 남자들은 이것을 조금도 이상하게 여기지 않는다. 여자도 거의 대수롭게 여기지 않는다. '타자'가 되기를 거부하고 남자와의 공모를 거절하는 일은, 여자들에겐 상층계급인 남성 사회가 자기들에게 부여할지도 모르는 이익을 단념하는 일이 된다. 영주(領主)인 남자는 자기 가신(家臣)인 여자를 물질적으로 보호해주고 그 생존의 정당성을 책임진다. 여자는 경제적인 위험을 회피하는 동시에, 자기 힘으로 그 목적을 달성해야 하는 자유라는 형이상학적인 위험도 회피한다."[27)]

2부의 3편 「정당화」는 내용은 여성들이 자신을 타자화하는 남성의 시선에 스스로 굴복하고 정당화하는 심리적 기제를 다루었다는 점에서, 여성의 공모가 이루어지는 방식을 여성으로서의 보부아르 자신의 시선에서 이론화한 부분이라고 하겠다. 나르시시즘, 연애와 사랑으로의 도피 그리고 신비주의가 여성의 대표적인 자기정당화 방식으로 논의된다.

보부아르는 나르시시즘이 여자의 본질적 태도라는 통념을 거부하면

보부아르는 50대까지 왕성한
저술활동으로 현실에 참여하다가,
60대 이후로는 여성운동의
실천가로 활동했다.

서, 여성들 스스로가 선택한 "극히 명료한 자기소외의 한 과정"이라고 정의한다. "남성의 진리는 그가 건축하는 집에, 그가 개척하는 숲에, 그가 치료하는 환자에게"[28] 있지만 여자는 "계획과 목적을 통해서 자기를 완수할 수가 없기 때문에 자기 인격의 내재성 속에서 자기를 파악하려고 노력"[29]하게 된다는 것이다. 자기에게 최고의 가치를 부여하고, 그런 가치를 지니고 있다고 믿는 자기 자신을 숭배하거나 사랑하는 태도를 취하게 되는 것, 그것이 바로 여성에게 흔히 나타나는 나르시시즘적 태도라는 것이 보부아르의 주장이다. 그런데 나르시시즘은 실제로는 거짓된 도피에 불과하다. 보부아르는 사르트르의 논의를 빌려, 나르시스트는 거울 속에 비친 자기를 숭배하면서 거울 밖에 있는 자기와 그것의 완전한 합일을 꿈꾸지만 이는 오직 신(神)만이 도달할 수 있는 경지, 즉 즉자와 대자가 결합한 상태에 대한 환상에 불과하다고 지적한다.

연애와 사랑의 경우, 보부아르는 여자가 사랑하는 남자에게 바치는 조건없는 헌신과 봉사가 여자 자신의 자기비하와 자기 대상화를 그대로 보여준다고 주장한다. 사랑하는 남자 앞에서 여성이 자기 자신의 자유와 초월을 내팽개칠수록, 스스로 더 심하게 대상화되면 될수록, 그것은 그녀의 사랑의 대상인 남자를 더욱더 강한 자로 만들게 되고, 여성이 그에게 의지하여 자신의 존재를 정당화할 수 있는 가능성은 더 커진다는 것이다. 보부아르는 사랑하는 여자가 남자에게 모든 것을 다 주면서 스스로 소멸하는 것은 그 반대급부로 존재하고 싶다는 격렬한 의지를 포함하고 있다고 본다. 여자는 자신의 우상(사랑하는 남자)에게 완전히 자신을 내맡김으로써, 즉 자신을 신의 제단 앞에 바쳐진 훌륭한 제물로 여기면서, 스스로를 "무한히 값진 보물이라도 된 것처럼"[30] 생각하기에 이른다.

그러나 사랑이 갖는 이 같은 정당화 효과는 남자의 존재론적 힘과 비례하기 때문에, 그에게 지속적으로 신성성과 절대성을 요구한다. 하지만 지구상에 존재하는 그 어떤 남자도 신이 아니기 때문에, 여자는 자신이 사랑하는 남자가 신이 아니라 인간이라는 사실을 확인하거나, 혹은 그가 더 이상 자신을 사랑하지 않는다는 점을 알게되기 마련이다. 이럴때 여자는 완전한 환멸에 빠지게 되며, 따라서 이 같은 방식의 사랑은 결코 여성들에게 진정한 사랑의 경험을 제공할 수 없다. 보부아르는 여성이 "연약함 속에서가 아니라 굳셈 속에서, 자기로부터 도피하기 위해서가 아니라 자기를 발견하기 위해서, 자기를 포기하기 위해서가 아니라 자기를 확립하기 위해서" 사랑하는 것이 가능할 때 비로소 진정한 사랑이 이뤄질 수 있다고 본다.[31] 그리고 이를 위해서는 "여자가 경제적 자립을 획득하고, 진정한 목적에 자기를 투입해 매개를 거치지 않고 공동체를 향하여 자기를 초월하는 것"이 전제되어야 한다고 주장한다.[32]

보부아르가 여성의 자기정당화의 마지막 방식으로 제시한 것이 신비주의다. 이는 "인간의 사랑을 얻지 못하든가, 배반을 당하든가, 혹은 욕망이 너무 큰"[33] 여성이 신 자체에서 신성을 숭배하려고 시도하는 것을 말한다. 남자와의 힘든 사랑이나 가정이라는 굴레 속에서의 구속과 잡무가 아니라 천국과의 혼례를 통해 무상의 쾌락에 몸을 바치는 것이다. 사춘기 시절 가톨릭 학교를 다니며 한때 수녀가 될 것을 꿈꾸기도 했던 보부아르로서는 과거 자신의 신앙심조차 초월을 회피하고 내재에 머무르고자 하는 도피적 자기정당화였다는 식으로 평가함으로써 철저한 자기반성의 태도를 드러낸 셈이다.

말하자면 2부 3편에서의 보부아르의 논의는 여성의 타자화와 억압에 대한 여성 자신의 공모가 자기애, 이성애, 숭고애라는, 대상과 성격과 방향이 다른 '사랑'의 심리기제를 통해 일어난다는 결론이다. 그래서 이러한 상황을 타개하는 방안이, 남성과 여성의 우애적 공동체라는 또 다른 사랑의 제안으로 귀결되었을 수도 있다.

남녀관계의 평등한 미래에 관한 전망

보부아르는 『제2의 성』 2부에서 여성의 형성과 상황을 다룬 1, 2편을 마치고 가부장적 압제에 대한 여성들 자신의 공모를 다룬 「정당화」로 넘어가기 전에, 「여자의 상황과 성격」이라는 제목의 한 장(章)을 넣었다. 여기서는 여성들이 평생 동안 남성에 비해 종속적이고 열등한 입장에 있는데도, 그리고 그로 인해 평생 괴로워하는데도 왜 여성은 그런 남자들에 대해 "반(反)세계"를 형성하지 못하는가의 문제를 집중적으로 다루고 있다.

이에 대한 보부아르의 대답은, 여자가 남자에 대해 상반된 이중적 태도를 갖기 때문이라는 것이다. 여자는 한편으로는 자기를 억압하는 남자에게 항상 반기를 들려고 하지만, 다른 한편으로는 항상 그 남자에 의존하고 있다는 것이다. 여성들 개인들이 아무리 억압에 대해 문제의식을 갖더라도, 또한 아무리 스스로 주체가 됨으로써 타자의 지위를 벗어나고 싶다 하더라도, 여성 개인이 남성 개인에게 의존적인 상태에서는 문제가 해결되지 않는다. 그래서 보부아르는 참다운 여성해방은 "오직 집단적이어야 한다. 그리고 무엇보다도 여자 쪽에서 경제적 발전이 이루어져야 한다"고 말하게 된다.[34]

보부아르가 여성의 경제적 자립을 여성해방의 기본조건으로 보았다는 점은 분명하다. 그러나 『제2의 성』 출간 당시의 프랑스에서는 여성들이 자립할 수 있을 정도의 보수를 받으며 일을 하기에 노동시장의 상황이 너무 열악했다. 일자리 자체가 부족했으며, 일을 한다고 해도 보수가 너무 적었다. 물론 경제적 · 사회적 자립을 얻고 특권적인 대우를 받는 여성들도 있었으나, 그런 여성들은 극히 소수였다. 게다가 그런 특권적 지위를 유지하기 위해서 일하는 여성들은 "남성들이 채택하고 있는 표준에 접근하는 방식"[35]을 따라갈 수밖에 없었다. 당시의 상황에서 직업의 추구는 여성으로서의 "성적 사명"과 갈등하는 것이었고, 이는 그녀 스스로 여성으로서의 삶과 정체성을 포기하게 만드는 것이 되었다.

보부아르는 이러한 상황에 대해 구체적인 대안을 제시하지는 않았다. 노동시장이나 노동조건을 모성이나 가족생활과 양립 가능한 것으로 만들어야 한다는 주장은 페미니스트들 사이에서도 한 세대 뒤에나 등장하게 된다. 『제2의 성』에서 보부아르가 강조한 것은, 직업의 세계나 혹은 다양한 자기 창조와 초월에서 여성이 겪는 불리한 처지는 결코 여자의 본질이 아니라 상황의 문제라는 일관된 견해였다. 여성들의 생물학적 조건이나 '불변하는 여성성', 혹은 이와 밀접하게 연계된 비논리성, 수동성, 어리석음, 무능력 등과 같은 정신적 조건이 여성들을 불리하게 만드는 것이 아니라, 어디까지나 사회적으로 만들어졌고 역사적으로 변화하는 상황이 그렇게 하고 있다는 것이다. 보부아르는 남녀가 대립하고 여성이 불리한 위치에 있는 당시의 상황을 '선천적 저주'가 아닌 '일시적 과도기'라고 보며,[36] 그럼으로써 미래의 변화 가능성을 열어놓는다.

남녀가 평등해지면 남성과 여성 사이의 차이가 없어질 것이고 그럼으로써 "인생의 짜릿한 소금 맛"이 사라지게 될지도 모른다는 남성들의 우려에 대하여, 보부아르는 다음과 같이 희망적인 메시지를 남긴다.

> "설사 여성이 대자적으로 살아가더라도 역시 남성과 대립하여 살게 될 것이다. 서로 주체로 인정하면서 상대방에게는 어디까지나 타자이다. 남녀관계의 상호성은 인간을 두 종류로 나누는 데서 생기는 기적, 즉 욕구, 소유, 사랑, 꿈, 모험 등을 없애버리지 않는다. 그리고 우리를 감동시키는 말들, 준다, 정복한다, 결합한다는 말은 여전히 그 의미를 잃지 않을 것이다. 반대로 인류의 절반인 노예상태와 그것이 내포하고 있는 모든 위선적인 사회구조가 폐지될 때 비로소 인류를 둘로 나눈 '분할'의 참된 의미가 밝혀져 한 쌍의 남녀가 그 진정한 모습을 발견하게 될 것이다."[37]

남녀가 공히 초월을 향해 나아가는 주체로서 서로를 존중하며 자유를 향한 평등한 관계를 맺어가더라도, 남녀 간의 차이는 사라지지 않을 것이며 오히려 그 차이의 진정한 의미와 가치는 그때 가서야 구현되리라는 것이 『제2의 성』이 제시하는 미래의 비전인 것이다. 보부아르의 사상을 여성성의 가치를 폄하하고 성차를 부인했던 단순한 "평등의 페미니즘"으로 이해하기 어려운 이유가 바로 여기에 있다. 남성에 의한 여성의 타자화와 억압의 실상, 거기에 공모하고 스스로 자신의 자유를 포기하는 여성의 무력한 모습을 그토록 샅샅이 묘사하고 폭로해낸 뒤에도, 보부아르는 남녀의 차이가 보전된 채 양성간의 평등과 조화를 달성할 수 있다는 희망을 포기하지 않았다.

어쩌면 보부아르는 이 책이 말 그대로 "여자에 대한 책"이었기에, 여성해방과 평등의 달성을 위해 여성의 주체화와 남성의 인정을 강조했을지도 모른다. 그녀의 논의를 발전시켜 보자면, 남녀의 평등은 남성에게도 유익한 것이 된다. 여성을 타자화하고 자신을 신격화하는 여성의 시선 속에서 가짜 주체가 되기보다는, 스스로 주체로서 자유와 초월성을 누리는 여성과 상호 주관적 인정의 관계를 만들어나가는 것이 남성들 자신이 진정한 주체가 되는 데에도 훨씬 유리한 길일 것이기 때문이다. 『제2의 성』 출간 이후 60년이 넘는 시간이 흐른 지금, 이제는 감히 보편적 인간의 지위를 참칭하지 않고 오롯이 '남성'으로서, 남성의 자격으로 저간의 젠더 관계를 성찰하는 책이 남성 저자에 의해 나올 때도 되지 않았나 생각해보게 된다.

베티 프리단, 『여성성 신화』

냉전기 미국의 중산층 여성주의

한정숙 ▌서울대 교수 · 서양사학

프리단은 남녀의 근본적 · 생물학적 차이를 강조하는 담론이 여성성 우상숭배를 낳았고, 겉으로는 여성을 높여준다는 이 체계가 여성의 다양한 활동기회와 가능성을 박탈하고 여성억압으로 귀결된다고 보았다. 따라서 있는 그대로의 여성, 인간으로서의 여성을 보아줄 것을 요구했다.

일러두기

베티 프리단의 주저 *Feminine Mystique*(1963)를 한국에서는 흔히 『여성의 신비』라고 번역하고 있다. 두 차례 나온 한국어 번역본*에서 모두 이 책을 그렇게 부르고 있고, 일반 독자들도 프리단을 『여성의 신비』의 저자라고 알고 있다. 그러나 이것은 그리 적합한 번역으로 보이지 않는다. 'Mystique'는 사전적으로 '(어떤 개인을 감싸고 있는) 신비스러운 분위기' '비법' 등으로 정의되는데, 책의 내용을 볼 때 이는 여성다움(여성성)을 과장되게 강조하고 이에 대한 고착된 관념을 형성하는 인위적 담론과 '여성성 띄우기' 혹은 '여성성 우상숭배' 등을 통해 그러한 것을 조장하는 사회적 인프라 체계 등을 의미한다고 할 수 있다. 한 단어로 번역하기는 어렵고, '조작되어 고정된 담론, 신화, 이미지' 등의 의미를 담아낼 수 있는 말을 찾아내야 한다. 'feminine mystique'는 이렇게 해서 형성된 신비 분위기를 담은 여성상이자 이에 관한 담론체계를 아울러 일컫는 말이라 할 수 있다. 만약 이 책을 새로 번역한다면 한국어 제목으로는 '여성성 신화' 혹은 '여성다움의 신화'가 어떨까 한다.** 이 글에서는 『여성성 신화』로 번역하기로 한다.

* 베티 프리단, 김행자 옮김, 『여성의 신비』 상 · 하, 평민사, 1978; 김현우 옮김, 『여성의 신비』, 이매진, 2005.

** 최근 한국의 몇몇 젊은 연구자들은 *Feminine Mystique*를 『여성다움의 신화』라고 번역하는 쪽을 택하고 있다. 오민경, 「1960년대 미국 여성운동의 성격: 베티 프리단과 전국여성협회의 활동을 중심으로」, 조선대 교육대학원 석사학위논문, 2008; 이은정, 「제2차 세계대전 이후 미국에서 여성의 위치에 대한 논쟁 고찰: "여성다움의 신화"(Feminine Mystique)와 "페미니즘"(Feminism)의 재자리매김」, 전남대 대학원 석사학위논문, 2003.

20세기 미국 여성운동의 신기원을 연 한 권의 책

베티 프리단(Betty Friedan, 1921~2006)은 글로리아 스타이넘(Gloria Steinem, 1934~)과 더불어 1960년대 이후 미국 여성운동을 이끈 가장 유명한 지도자로 손꼽힌다. 프리단이 이 역할을 맡게 된 것은 1963년에 출간된 『여성성 신화』가 불러일으킨 엄청난 성공과 반향에 힘입은 것이라 할 수 있다.

이 책에 쏟아진 엄청난 관심과 열광적 평가는 짧은 지면에 다 소개할 수 없을 정도다. 앨빈 토플러는 이 책을 일컬어 역사의 방아쇠를 당긴 책이라 격찬했는데,[1] 역사의 방아쇠까지는 아닌지 몰라도 여성운동에서 한 새로운 단계의 출발을 알린 책인 것은 분명하다. 이 책은 미국 근대 여성주의의 가장 중요한 전환점이 되어주었다고 평가되기도 하고[2] 1960년대 후반에 일어난 서구 여성주의 운동(이른바 여성주의 제2의 물결)을 이끌어낸 기폭제라고 일컬어지기도 한다.[3] 프리단이 2006년 2월 사망했을 때 『뉴욕타임스』지의 부고기사는 다음과 같이 시작하였다. "여성주의의 십자군 용사이자 1963년 현대 여성운동을 작열시킨 뜨거운 첫 저서 『여성성 신화』의 저자이며, 그 결과 미국과 세계 각국의 사회구조를 영구히 변화시킨 인물인 베티 프리단이 사망했다."[4]

이 책은 '여성성 신화'라는 큰 주제를 가지고 있는데, 구체적으로 이는 현모양처에 대한 과장된 숭배와 찬양 현상을 말한다. '여성성 신화' 혹은 '여성다움의 신화'란, 여성은 단일한 속성인 여성성을 가지고 있고 이는 오로지 현모양처 역할을 통해서만 발현된다고 하는 담론에서 비롯되는 현상들이다. 이 담론을 유포하는 것은 지배계급의 남녀이고—실제로는 남성과 이에 동조하는 일부 엘리트 여성—이를 받아들여 현실에 적용해야 하는 것은 모든 계층의 남녀인데 실제로는 중간계급이 그 영향을

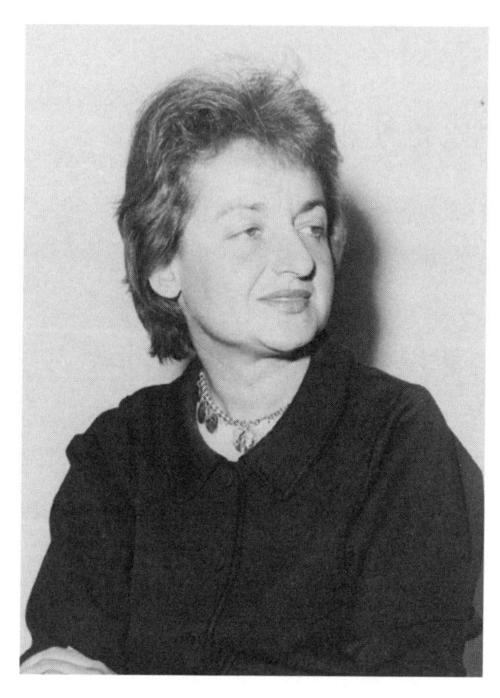

미국 중산층 주부들의 정체성 위기를
심층 추적한 프리단의 『여성성 신화』는
냉전시대 미국적 여성주의의
기폭제가 되었다.

가장 많이 받는다. 문제는 여성이 이 담론과 이것이 만들어낸 현실 때문에 고통을 받는다는 데 있다. 프리단은 이 현상을 드러내 보여주었다. 『여성성 신화』는 2차 대전 이후, 구체적으로는 1950년대, 60년대 초반 미국의 백인 중산층 기혼여성, 그 중에서도 이른바 교외에 거주하는 전업주부들이 이 여성성 신화 아래서 고통받는 상황을 드러내고 있다. 2000년대 들어 미국 ABC 방송을 통해 방영된 후 전 세계적으로 인기를 끌었던 TV 드라마 「위기의 주부들」(Desperate Housewives)의 이론판이라고 할 수 있다.

『여성성 신화』는 중산층 여성의 문제를 주로 다루고 있지만, 프리단이 이 책을 집필하게 된 정신적, 지적 배경은 2차 대전 이후 냉전 보수주의 하에서 새로운 좌표를 찾고 있던 노동운동 세력을 비롯한 미국 진보운동 세력의 암중모색과도 무관하지 않다. 이 글에서는 『여성성 신화』가 등장할 때까지 프리단의 지적 활동과 미국 여성주의의 전개과정을 살펴본 후 이 책의 내용을 소개하기로 한다. 이어서 『여성성 신화』 이후 여성운동은 어떤 지향성을 가지게 되었고 어떤 쟁점들이 뜨거운 논쟁의 장에서 다루어지게 되었는지 간략하게 살펴보기로 한다.

중산층 여성주의의 상징 프리단의 삶과 저작

1921년 2월 4일 미국 중북부 일리노이 주 피오리아에서 태어난 프리단은 결혼 전 이름은 베티 나오미 골드스틴(Bettye[5] Naomi Goldstein)이었는데, 골드스틴, 곧 골드슈타인이라는 성에서 짐작할 수 있듯이 그녀의 집안은 유대계 혈통을 이어받고 있었다. 아버지 해리는 우크라이나에서 미국으로 이주해온 보석상이었고,[6] 어머니 미리암은 헝가리 출신 이민자의 딸로 태어나 대학교육을 받았으며 지역신문의 여성면 담당기자로 일하기도 했으나 결혼과 함께 직장을 그만두고 전업주부가 된 여성이었다.[7] 어머니는 지역사회 사교활동에 활발히 참여하면서 아버지의 가게 일을 돕기도 했다. 베티 아래로는 여동생과 남동생이 한 명씩 있었다. 가족은 모두 교회에 정기적으로 출석하는 유대교 신자들이었다. 베티는 유복한 중산층 가정의 맏딸로, 방이 많은 집에서 하녀와 보모 등의 시중을 받으며 성장했다. 아버지의 사업은 대공황기에 큰 타격을 받기도 하였으나, 베티는 계급 구분이 뚜렷이 존재하는 피오리아에서 상층계급의 일원으로 자랐다.[8]

베티는 호오의 감정표현이 분명한 격렬한 기질의 소유자였다. 이런 성격이라 성장기에는 전형적인 사교계 여성으로서 유한부인과 같은 생활방식과 대인관계를 유지해오던 어머니와 적지 않은 감정적 마찰을 겪기도 하였다. 그녀는 자기 어머니와 같은 여자로 성장하고 싶지는 않다고 생각했다.[9] 그러나 나중에는 어머니의 심리상태의 원인을 이해하게 되었고 이것이 어떤 면에서는 그녀의 여성주의 연구의 출발점이 되기도 했다. 즉 어머니는 결혼과 함께 언론인 활동을 억지로 중단하게 되면서 심리적으로 억눌린 상태에 놓이게 되었고 이것이 특정한 형태로 표현되었음을 딸이 이해하게 된 것이다. 프리단은 노년의 인터뷰에서, 어머니는 대장염을 앓아 오래 병석에 누워 있곤 했으나, 아버지가 건강악화로 일을 못하게 되어 어머니가 가게 일을 주도하게 된 후에는 어머니 병이 그냥 나아버렸다고 회고했다. 어머니는 일요학교나 지역사회 여성회를 운영하기도 했고 골프를 비롯하여 온갖 스포츠에 몰두하기도 했으나 자신의 에너지와 의지를 쏟아 부을 진정한 일거리를 얻지 못하여 병이 났던 것이다.[10]

베티는 10대 시절 '유대인이고 외모가 그리 매력적이지 않은데다 똑똑하기까지 하다는 세 겹의 약점' 때문에 친구들 사이에서 은근히 차별을 당했고 이것이 그녀에게 "열등감"을 안겨주기도 했다. 다른 한편 이러한 차별을 겪으면서 그녀는 사회적 불의에 대한 반감과 정의에 대한 열렬한 관심을 가지게 되었다.[11] 그러한 만큼 자연히 저널리스트로서의 활동에 관심을 가지게 되었다. 그녀는 피오리아에서 고등학교를 다니던 시절에는 학내 언론에 활발하게 기고하면서 정치적 급진파, 유대인 서클에서 활동하기도 했다.

베티 골드스틴은 1938년 스미스 여대에 진학했다. 이곳은 미국에서 가장 큰 여자대학이자 상류층 집안 딸들이 주로 다니는 명문[12]으로, 학생들은 졸업 후 조건 좋은 남자와 결혼하는 것을 인생 최대의 목표로 여겼고 자신의 일이나 취업에는 큰 관심이 없었다. 그래서 그들의 학위는 흔히 사모님 학위(MRS degree)라 풍자되기도 하였다. 베티는 이곳에서 대학신문 기자로 일했으며 평화주의자가 되었다. 1941년 제2차 세계대전에 미국이 참전하기로 결정하였을 때는 스미스 여대 학생총회에서 평화주의자인 자신은 참전에 반대한다는 연설을 하기도 하였다.

베티 골드스틴은 1942년 스미스 여대를 졸업한 후 1943년에는 버클리 대학 대학원에 진학하여 심리학을 전공하기 시작했다. 버클리에서도 인민전선 활동에 참여하는 등 정치적으로 진보적인 입장을 견지했으며, 이 대학에서 가르치던 에릭 에릭슨의 심리학에 상당한 관심을 가지게 되었다.[13] 그녀는 심리학도로서 우수한 성적을 받았고 박사과정에 진학할 수도 있었으나, 1943년 초 아버지가 별세한 충격과 정신적인 갈등 속에서 장학금을 포기하고 대학을 떠났다. '노동운동계, 그중에서도 노동신문'에서 언론인으로서 활동하기 위해서였다.[14]

베티 골드스틴은 처음에는 스콧 니어링을 비롯한 진보 지식인들이 주도한 평화운동 및 노동운동 언론인 『연합신문』(*Federated Press*)에서 일했으며, 2차 대전이 끝나고 나서는 1946년부터 전기노동자연맹(United Electrical Workers, UE)의 기관지인 『전기연맹 소식』(*UE News*) 기자로 활동했다. 전기노동자연맹은 1940년대 미국에서 세 번째로 규모가 큰 산별노조였으며, 여성조합원 수가 가장 많은 조직이었다.[15] 이러한 사실들은 이 시기 베티가 학창시절에 이어 진보진영의 활동에 동참하고자 하는 의지를 여전히 강하게 가지고 있었음을 보여준다. 1947년 베티는 친구의 소개로 만난 연극제작자 칼 프리드만과 결혼했는데, 역시 유대인이었던 칼은 유대인 티를 덜 내기 위해서 자기 성 Friedman에서 m을 지우고 'Friedan'이라는 성을 사용하고 있었다. 그래서 베티 골드스틴도 남편 성을 따라 베티 프리단이라 불리게 되었지만, 결혼 후에도 기자로 활동하는 동안에는 베티 골드스틴이라는 이름을 계속 사용하였다.

결혼생활은 평탄하게 영위되는 듯했다. 그녀는 세 자녀를 출산해서 모두 사회적으로 성공할 수 있도록 헌신적으로 뒷바라지하며 키워냈으며 뉴욕 근교 허드슨 강변에 아담한 이층집을 마련하여 살게 됨으로써 '행복한 교외주택 주부'(happy suburban housewife)의 삶을 누리는 것 같아 보였다. 그러나 그것은 허상이었다. 그 이면에는 1950년대 냉전적 보수주의가 지배하던 미국 사회의 불평등한 젠더관계가 있었고 이로 인해 고통 받는 영혼이 있었기 때문이다.

프리단은 이 관계의 가장 취약한 구조 속에서 정체성의 위기를 겪고 있었다. 우선 그녀는 두 번째 아이를 임신한 지 다섯 달째 되었던 1952년 11월 직장인 전기노조연맹신문사에서 해고당했다. 일을 잘못했다는 것이 아니라 임신했다는 것이 그 이유였다. 매카시 선풍 아래서 재정적인 어려움을 겪고 있던 회사는 그녀에게 일 년 동안의 모성휴가를 주고 싶지 않았던 것이다. 그녀는 해고당한 것에 화가 났지만, 다른 한편으로는 '커리어우먼의 여성답지 못함'에 대해 쏟아지고 있던 온갖 비난을 생각해볼 때 직장을 그만둔 것이 차라리 잘된 일이라 여기고 안도감을 느끼기도 했다.[16] 신문사를 그만둔 후 수입이 줄자 가족은 경제적인 문제에 부딪쳤고 베티는 심한 천식이 재발하여 병원치료를 받아야 했다. 결국 그녀는 여성잡지에 자유기고가로서 글을 싣기 시작했고 이 일은 여러 해 동안 계속되었다. 남편과의 관계에서도 긴장과 마찰이 생겼다. 남편인 칼은 부인의 활동을 격려하고 적지 않게 지원해주기도 했지만[17] 지적이고 독립적인 부인에 대해 부담스러워하기 시작했고, 의견 마찰이 있을 때는 부인을 구타하기도 했다.[18] 두 사람의 결혼관계는 결국 1969년 이혼으로 끝났다.[19] 칼은 얼마 후 가정적인 여성과 재혼해서 아주 만족스러워했으며, 베티와 같이 지적인 여성은 존중하기는 해야 할 테지만 그러한 여성과 결혼할 것은 아니라고 극구 주장하기도 했다.[20]

프리단은 여성잡지를 위해 글을 쓰면서, 또한 매사가 순조롭지만은 않은 자신의 결혼생활을 돌아보면서 자신과 비슷한 처지의 다른 여성들은

1977년 텍사스 휴스턴에서 열린 전미국 여성대회에서 다른 참가자들과 함께 행진하고 있는 프리단(오른쪽 끝). 그녀는 1960~70년대 미국 여성운동의 강력한 상징이었다.

어떻게 살고 자신의 삶에 대해 어떻게 느끼고 있는지 심층적으로 분석해 나갔다. 모교인 스미스 여대 졸업생에 대한 설문조사에서 출발하여 중년 주부들의 정체성 위기 문제를 심층적으로 추적했고 여러 해에 걸친 작업 끝에 드디어 『여성성 신화』를 출간하였다.

이 책은 출간되자마자 엄청난 반향을 불러일으켰다. 많은 여성들이 "이 책은 나의 삶 전체를 변화시켰다"고 외쳤다.[21] 책이 사람들의 의식을 바꾸고 현실을 바꿈으로써 새로운 활동의 가능성이 열렸다. 프리단은 여성권리신장을 위한 조직적 활동에 적극적으로 나서게 되었다. 그녀의 활동 시기는 미국에서 여성주의의 두 번째 물결이 일고 확산되어간 시기와 일치했다. 그녀는 1966년 미국전국여성조직 NOW(US. National

Organization For Women)를 결성하고 초대 회장이 되었다(회장직은 1970년까지 맡음). 또한 1969년에는 동지들과 함께 전국낙태법철폐협회 NARAL(National Association for the Repeal of Abortion Laws)을 결성했다. 미국은 독립을 전후한 시기에는 낙태 문제에 관해 명백한 법조항을 마련하지 않았으나 19세기를 거쳐오면서 낙태를 불법으로 규정하는 주가 점점 늘어났고, 20세기에 들어서면서는 거의 대부분의 주에서 낙태를 범죄로 규정했다. 강간을 당한 경우 혹은 산모의 생명이 위험한 경우 등 아주 예외적인 경우를 제외하고는 낙태수술을 받은 여성을 처벌대상으로 여겼던 것이다. 낙태법 철폐 협회의 여성들은 합법적 낙태권을 위한 투쟁을 전개했다.

프리단의 이름은 1960~70년대 미국 여성운동의 가장 강력한 상징의 하나가 되었다. 1973년 미국 대법원은 이른바 '로 대 웨이드 사건'(Roe vs. Wade)에서 낙태가 여성의 신체 자유권과 관련된 것으로 판결했다. 낙태를 처벌하는 법률들은 미국 수정헌법 14조 '적법절차' 조항에 의한 '사생활의 헌법적 권리'에 대한 침해이며, 따라서 위헌이라고 명시한 것이다. 이로 인해 낙태를 금지하거나 제한하는 미국의 모든 주와 연방의 법률들이 폐지되었다. 그 외에도 NOW는 자유주의적 여성운동의 대표적 단체로서 남녀평등을 위한 법제도 개선을 위해 노력했다. 여성의 사회적 활동을 돕기 위한 직업훈련 프로그램, 시설 확대, 부부간 성별분업 극복을 위한 활동을 전개했다.

프리단은 집필활동도 꾸준히 이어갔다. 1976년에는 『그것이 나의 삶을 바꾸었다』(*It Changed My Life*)를 발표하였다. 그런데 프리단은 1980년대에 이르러 그녀의 여성주의가 변화된 모습을 보였다는 평가를 받기도 한다. 1981년에 발표한 『두 번째 단계』(*The Second Stage*)는 여성을 위해 가정이 중요하다고 강조함으로써 보수적 시각을 드러냈다는 것이다. 이후 프리단은 자신의 생애주기가 바뀜에 따라 지적 활동의 주제도 상응하게 바꾸어갔다. 일흔 살이 넘어 발표한 『노년의 샘』(*The Fountain of Age*, 1993)에서는 노령의 문제를 집중적으로 탐구했다. 2000년에 펴낸 자서전 『이렇게 살아온 삶: 회고록』(*Life So Far: A Memoir*)에서 그녀는 자신이 복이 많은 삶을 살았다고 자평했다. 자녀 셋은 사회적으로 성공했고 모두 행복한 결혼생활을 영위하였으며 특히 맏아들 다니엘 프리단은 초끈이론(superstring theory)에 관한 연구업적을 발표하면서 물리학자로서 큰 명성을 얻었다. 프리단은 손자손녀들과 즐거운 시간을 보내는 할머니로서 노년을 지내다 2006년 2월 4일 사망했다. 사인은 심장마비였다.

이미 생전에 그녀에 관한 여러 편의 평전이 씌어졌으며 특히 『여성성 신화』와 관련해서는 수많은 논문이 발표되었다. 20세기 이전의 여성주의자들이 험난한 삶을 거쳤던 것과 비교하면, 프리단은 확실히 선배 여성주의자들이 닦아놓은 길을 따라 좀더 쉽게 대중에게 다가가고 호응을 얻을 수 있었던 상당히 운 좋은 여성주의자였던 셈이다. 그 같은 행운은 그녀의 여성주의가 중산층 여성주의의 테두리 안에 머물러 있었던 사실과도 무관하지 않을 것이다.

『여성성 신화』 이전의 전통적 여성 담론

이 책이 20세기 후반 여성 담론의 한 획을 그은 저서인 만큼, 이전까지 서양사회에서 지배적이었던 여성 담론의 전통을 들여다보자.

전통적인 여성 담론의 두 방향 가운데 하나는 여성혐오적, 여성비하적 담론이고 다른 하나는 여성숭배적 담론이다. 첫 번째 담론은 여성은 열등한 존재 혹은 사악한 존재라고 하는 주장이다. 아리스토텔레스의 견해로는 여성은 '선천적인 결핍성'을 특징으로 하는 존재이자 '번식력 없고 불완전하며 기형적인 남성'이다. 그는 남성이 '뜨거움'을 가지고 있는 데 반해 여성은 '차가움'을 가지고 있다고 주장했으며, 인간의 재생산에서조차 여성은 수동적 역할을 한다고 보아 여성이 담당하는 역할을 최소화시키고자 하였다.[22] 기독교의 초기 교부 가운데 가장 영향력이 큰 아우구스티누스는 여성을 그 자체로서 열등한 존재라고 보았다기보다 남성에게 성욕을 불러일으킨다는 점에서 악한 존재라고 보았다. 그는 원죄 이전 상태의 인간에게는 남녀의 우열이나 차별이 없음을 인정하였지만, 현실계에서는 여성은 남성을 오도하는 존재라고 보았다. 그것은 여성이 사악한 의도를 가지고 있기 때문이 아니라 그저 육체의 아름다움으로 남성을 유혹하기 때문이다. 몸을 가진 여성의 존재 자체가 남성에게는 위험하다고 본 것이다.[23] 이는 성욕을 죄악시하는 금욕적인 유대-기독교적 전통에서 비롯되는 것이자, 젊은 시절을 방탕하게 보냈던 아우구스티누스가 기독교를 받아들이는 열렬한 개종 과정에서 여성에게 성적 유혹의 책임을 지우는 방향으로 과잉 회개한 탓이기도 하다. 프로이트는 여성이란 자기의 신체에 결핍된 요소, 즉 남근을 선망하면서 결국 열등의식을 가지게 되는 존재라고 규정하였다.[24]

이와는 반대로 여성을 숭배하는 전통도 있었다. 그리스에서는 농경시대 초기의 여신 숭배 전통에서 아테네 여신 숭배가 비롯되었는데, 이는 그리스 고전철학에서 젠더담론 전체로 보면 남성우위의 담론에 밀려났다. 반면 기독교 전통에서는 성모 마리아 숭배가 여성을 신성시하는 경향을 낳기도 하였다. 이에서 비롯되는 여성 숭배는 중세 기사도의 여성 숭배와 결합되었고, 19세기 영국 빅토리아 여왕 시대에도 인위적으로 여성을 숭배하는 경향을 낳았다. 여성 숭배는 여성을 무성적(無性的, asexual) 존재, 즉 섹슈얼리티가 배제된 존재로 보며, 이 담론 속에서 여성은 정숙한 존재, 나아가 죄 없고 신성한 존재, 세계를 구원하는 존재가 된다. 괴테가 말하는 '영원한 여성성'(Das Ewig Weibliche)론도 그렇지만, 빅토리아 시기의 문학평론가, 미술평론가, 사회개혁자였던 존 러스킨에게서 '죄 없는 신성한 여성'론의 전형을 찾아볼 수 있다. 러스킨은 죄 없는 존재로서의 여성을 부각시킨 후 세상이 타락하면 이를 못 막은 여성의 책임이라고 말하기까지 할 정도로 여성을 과잉 찬양하고 과잉 신성화하였다.[25] 이는 인간으로서의 여성을 있는 그대로 본 것이 아니라 여성에 대한 허상을 만들어내고 이에 대한 숭배를 인위적으로 조장하는 것이었다. 라파엘 전파(Pre-Raphaelite) 예술가들이 그려낸 여성의 모습에서도 이러한 신비화되고 신성화된 여성상을 찾아볼 수 있다.[26]

어느 담론에서나 여성은 현실에 존재하는 그대로의 인간으로서가 아니라 극단화되고 왜곡된 모습으로 나타났다. 여성을 사악시하는 전통 아래서도 여성은 폄하되고 경멸받으므로 당연히 고통 받지만, 여성을 신성시하는 전통 아래서도 여성은 있는 그대로의 자신의 자연스러운 욕구와 기질과 희망에 따라 사는 것이 아니라 주어진 상에 맞추어 내숭 떨며 살아야 했다. 문제는 이런 두 극단적인 여성상이 모두 여성 자신이 만든 것이 아니라 남성이 만들어낸 것이라는 데 있었다. 여성은 여성이 누구인지를 스스로 말할 수 없었다.

이처럼 대비되는 담론들 속에서 공통되게도 사회 내 여성의 지위는 모두 현모양처, 가사의 담당자로 규정되었다. 근대 여성주의는 여성이라는 존재를 이처럼 협소하게 규정하는 전통적 견해에 대한 반발로 일어났다. 초기 여성주의자들은 여성의 교육권, 정치적 권리, 법률적 권리를 주장했고, 여성도 남성과 같이 공적 영역에서 활동할 수 있어야 한다고 주장했다. 이러한 주장은 많은 반발 속에서도 차츰 호응을 얻기 시작했다.

1960년대 이전 미국 여성운동의 전개 양상

여성운동의 첫 번째 물결

미국 여성운동은 대략 1820년대 말, 1830년대에 노예제 폐지운동과 더불어 시작했다고 볼 수 있다.[27] 루시 스톤, 엘리자베스 스탠튼, 루크레티아 모트와 같은 여성들이 열성적으로 노예제 폐지운동에 나섰으나 이들은 여성이라는 이유로 남성 운동가들에게서 배척당했다. 1840년 세계 노예제 반대대회에 여성대표도 참석하고자 했으나 이들의 참석은 금지되었다. 여성 노예제 폐지론자들은 자신의 처지가 노예와 다를 바 없다고 생각했고 노예제 폐지운동과 더불어 여성해방을 위한 운동을 전개하였다.

1848년 7월 14일 세네카 폴즈에서 '여성 권리 대회'가 개최되었고 이 자리에서 스탠튼, 모트 등이 주도한 「여권선언」이 발표되었다. 그 첫 부분은 다음과 같다. "우리는 모든 남성과 여성이 평등하게 창조되었고 창조주로부터 양도할 수 없는 몇 가지 권리를 부여받았으며 그 가운데 생명, 자유, 행복추구에 대한 권리가 있다는 것을 자명한 진리로 선언한다."[28] 이는 제퍼슨이 기초한 「미국독립선언문」에서 all men을 all men and women으로 바꾸어놓은 것이며, 올랭프 드 구즈가 1789년 프랑스 혁명의 초창기에 라파예트가 기초한 「인간과 시민의 권리선언」의 구조를 그대로 차용하여 1791년 「여성과 여성시민의 권리선언」을 발표했던 것을 연상케 한다. 세네카 폴즈 대회 개최일이 7월 14일이라는 것도 상징적이다. 즉 미국의 여성운동은 미국 독립운동과 프랑스혁명의 이념에 바탕을 두고 여성의 정치적 · 시민적 권리와 남녀동등권을 획득하려는 운동으로 출발하였다.

이후 미국의 여성운동가들은 여성의 참정권과 교육권을 비롯한 법적 · 정치적 권리 획득을 위한 운동을 활발히 전개했고, 마침내 1920년 제9차 수정헌법에서 여성참정권이 허용되었다. 즉 유럽에서와 마찬가지로 미국에서도 여성운동의 첫 번째 물결은 여성참정권 획득이라는 성과를 거두었다. 그 결과 제한적이나마 경제생활, 공적생활에 여성이 참여할 수 있는 기회가 주어졌다. 여성은 행정을 담당하고 공장에서 일하고 들에 나가 일했다. 학교에서도 남성과 마찬가지로 교육받았고 비록 일부에 한정된 것이기는 하나마 여성이 직업생활과 가정생활을 병행하는 것을 받아들이는 분위기가 형성되었다. 성애와 관련된 여자들의 태도도 더 개방적이 되었다.[29]

1차 페미니즘 물결과 2차 페미니즘 물결 사이

참정권 획득이라는 획기적인 성과를 거둔 이후 유럽에서와 마찬가지로 미국의 여성운동도 더 이상의 큰 목표를 설정하지 못한 채 침체기에 빠져들었다.[30] 여성의 지위가 근본적으로 변하지는 않았고 불평등이 지속되었지만, 여성주의자들은 새로운 의제를 설정하여 전면적인 운동으로 확산시킬 동력을 찾아내지 못하고 있었다.

제2차 세계대전은 여성 지위와 관련하여 상당한 변화를 가져왔다. 여성노동력의 고용을 꺼리던 미국 산업계가 일본의 진주만 공격과 이에 따른 미국의 참전 후 태도를 바꾸었다. 1942년 4월 정부가 지원하는 직업교육을 받는 여성의 비율은 1퍼센트에서 13퍼센트로 늘어났으며, 경영자들이 여성 노동력을 고용할 용의가 있다고 밝힌 직장의 수는 일곱 달 만에 29퍼센트에서 55퍼센트로 늘어났다.[31] 남자들이 전쟁터로 나가자, 여성은 남성을 대신하여 생산에 종사하고 사회를 지탱하는 역할을 하였다.

그런데 전쟁의 종료와 더불어 상황이 바뀌었다. 남성이 전장에서 돌아오자 여성은 몇 가지 점에서 남성에게 봉사해야 했다. 첫째로 여성은 남성에게 일자리를 내주어야 했다. 둘째로, 여성은 남성을 따뜻하게 맞이하여 안온한 가정의 분위기를 맛볼 수 있게 해주어야 했고, 무엇보다 성적 서비스를 제공해야 했다. 이를 위해서는 여성을 가정으로 돌려보내고 가정에 매어두어야 했다. 1920년대에는 여성해방을 긍정적으로 보던 미국사회가 1950~60년대에는 가정주부로서의 여성을 찬미하기 시작하였다. 황금기라 일컬어지는 1950년대 전후복구사업에 힘입은 미국 경제의 호황에 따라 미국의 백인 중산층의 생활수준은 크게 향상되었다. 여성은 전업주부로서 도시를 떠나 교외주택에서 믿음직한 남편과 사랑스러운 자녀들에게 둘러싸인 영리한 주부로서 꿈같은 세월을 보내게 되는 것 같았다. 포드주의의 전성기에 소비가 장려되었고 가정에는 냉장고, 청소기, 식기세척기, 믹서 같은 신형 가전제품들이 쏟아져 들어오기 시작했다. 1950년대는 근대화의 지표로서 미국이 찬양받던 시절이었고 스탠더드 팝송과 할리우드 영화가 말해주는 안온하고 달콤한 분위기 속에서 황금기가 끝없이 이어지는 것 같았다. 이 같은 보수적인 분위기 속에서 여성운동가들은 운동의 핵심적인 의제설정을 이루어내지 못했다. 여성은 가정에 머물러야 하는 존재라는 성역할 구분론이 지배하는 사회에서 여성운동가들은 침묵했다.

그러나 1960년대 케네디 행정부에 들어와 민권운동이 전개되고 미국사회에 다시 진보적인 움직임이 활발해지면서 여성운동도 새로운 물결을 이루기 시작했다. 이른바 여성운동의 제2의 물결이었다. 프리단의 『여성성 신화』는 이 시기 여성운동을 상징하는 저작이다. 1960년대 초에 프리단은 전업주부의 위기를 주장하고 나섰다. 모든 것은 여성성 우상숭배 속에서 조작되었을 뿐이며 허상 아래서는 상처와 고름이 넘치는 비극이 펼쳐지고 있다는 것이었다.

교외의 주부들은 왜 행복하지 못한가

『여성성 신화』는 서론과 14개 장(chapter)으로 구성된 본문 그리고 에필로그로 이루어져 있다. 책은 이론적이라기보다 경험적이고 실증적이어서 난삽한 편은 아니고, 강조를 위해서 그렇게 했는지 몰라도 더러 중복된 내용들도 있어서 많은 분량이 주는 부담감에 비하면 완독하기가 어렵지 않다.

이 책은 대학교육을 받았거나 대학을 중퇴한, 혹은 적어도 고등학교 교육까지는 받은 주부들을 대상으로 조사한 심층면접과 냉전시기 미국에서 널리 읽혔던 출판물들의 여성관련 담론의 분석 결과에 바탕을 두고 있다. 프리단이 주부들을 상대로 인터뷰를 하게 된 동기는 마리냐 판햄과 퍼디난드 런드버그가 쓴 『현대 여성: 상실된 성』(*Modern Women: The Lost Sex*, 1947)이라는 책에 대한 비판적 문제의식이었다. 프로이트 심리학을 추종한다고 자처하고 있던 이 저자들은 미국 여성이 여성의 역할에 적응치 못하는 것은 너무나 많은 교육을 받은 때문이라고 주장하였다. 특별히 바쁠 것도 없이 안락하고 풍족한 삶을 사는 미국 교외주택 전업주부들이 행복을 느끼지 못한다면 그 원인은 그들이 교육을 받았다는 데 있다는 것이었다.[32)]

판햄과 런드버그는 이 책에서 『여권의 옹호』의 저자 메리 울스턴크래프트는 불행한 영혼의 소유자이자 "심한 강박증 환자"였고 페미니즘 이념은 그녀의 병에서 나왔으며, "울스턴크래프트 이후의 페미니스트들은 줄곧 모든 남성을 지옥에나 가야 할 괴물로 치부함으로써 자신들의 아버지를 상징적으로 살해해왔다"고 주장했다. 그리고 '심리적으로 아주 비정상적인 여자들만이 『여권의 옹호』에서 순수한 지혜를 배울 것'이라고 주장하기도 했다.[33)] 근대 여성주의에 대한 그들의 반감이 뿌리 깊은 것이었음을 보여준다. 프리단은 판햄과 런드버그의 책을 읽고 격분했다. 그녀는 자신이 받은 교육이 현모양처가 되는 데 도움이 되고 있다고 보았기에 『현대 여성: 상실된 성』에 대한 반론을 쓰기로 결심했고, 이를 위해 동문인 스미스 여대 졸업생들에 대한 설문조사를 활용하기로 하였다. 마침 스미스 여대 졸업 15주년 동창회를 맞아 설문조사를 해달라는 의뢰를 받은 참이었다. 프리단은 친구 두 명(마리오 잉거솔 호월, 앤 매더 몬테로)의 도움을 받아 여러 문항에 걸친 설문지를 마련하여 졸업생들에게 보냈다. 질문은 예를 들어 다음과 같았다.

결혼에 대해: 당신의 결혼은 진정 만족스럽습니까? 결혼에 대한 당신의 기대와 비교하면 어떻습니까? 결혼생활은 시간이 지나면서 어떻게 변했습니까? 자신의 가장 깊은 감정에 대해 남편과 어느 정도까지 이야기를 나눕니까? 이런 일들이 중요하다고 여깁니까? 당신은 중요한 결정을 어떻게 내립니까(같이, 혹은 어떨 때 남편이, 어떨 때 당신이 결정합니까?) 등등.

자녀에 대해: 자녀의 출산을 계획했습니까? 임신을 기뻐했습니까? 임신 후 우울증에 빠졌습니까? 출산이 두려웠습니까? (중략) 모유수유를 했습니까? (중략) 자녀와 재미있게 지냅니까? 어머니로서 당신이 보통 느끼는 감정은 '귀찮다' '순교자가 된 것이다' '만족스럽다' 중 어떤 것입니까? 좋은 어머니가 되기 위해 열심히 노력합니까, 혹은 되는 대로 그냥 둡니까? 스스로 좋은 어머니라고 느낍니까, 혹은 그렇지 않아서 죄책감을 느낍니까?

삶의 다른 부분에 대해: 당신은 커리어에 대한 야심이 있었습니까? 그것은 무엇이었습니까? 그것을 적극적으로 추구하고 있습니까? 당신은 그것을 포기했습니까, 아니면 아이들이 클 때까지 연기했습니까?

당신이 일을 한다면 돈을 벌기 위해서입니까, 당신이 원하는 것이기 때문입니까, 아니면 둘 다입니까? 일을 할 때 치르는 대가는 무엇입니까? 일을 하는 동안 자녀와 가사는 어떻게 합니까? 자녀를 두고 일하러 갈 때 죄책감을 느낍니까? 일을 하지 않는다면 그 이유는 본인이 원해서입니까, 자격이 되지 않아서입니까? 일을 하면 자녀에게 죄책감을 느낄 것 같습니까? 당신은 좌절감을 느낍니까? 당신은 집 밖에서 만족스러운 관심사를 추구할 기회가 있었습니까? 당신은 자원 활동이 전문 직업만큼 만족스럽다고 느낍니까? 등등.

지적 생활: 지난해에 몇 권의 책을 읽었습니까? 매일 신문을 읽습니까? 정기적으로 시청하는 텔레비전 프로그램은 무엇입니까?

개인 생활: 외모가 바뀌었습니까? 의상에 대한 관심도는 어떠합니까? 본인, 남편, 자녀가 심리치료를 받은 적이 있습니까? 심리치료의 필요를 느낍니까? 한 인간으로서 당신은 대학시절 이후 내면에서 어떠한 변화를 겪었습니까? 여성으로서 자신의 역할을 수행하는 데서 어떠한 어려움을 겪었습니까? 지금 당신 삶에서 가장 큰 만족과 가장 큰 좌절은 무엇입니까? 자녀 성장 후의 당신 삶은 어떠할 것이라고 그립니까? 그것을 위해 지금 무엇인가를 하고 있습니까? ……나이 먹는 것이 싫습니까? 등등.

그밖에도 질문지에는 성생활(서른다섯에서 서른일곱 살 사이에 성생활이 끝났다고 느끼는지 아니면 오히려 여성으로서 만족감을 느끼기 시작했는지 여부 등), 가사(가사노동에 들이는 시간, 가사노동의 구체적인 종류, 남편이 부인의 집안일 처리에 만족스러워하는지, 답변자의 성장기와 지금 가정의 차이 등), 재정(부인과 남편 중 누가 가족의 재정을 관리하는지, 돈 걱정을 하는지, 소득 대비 씀씀이 정도 등), 정치생활(투표를

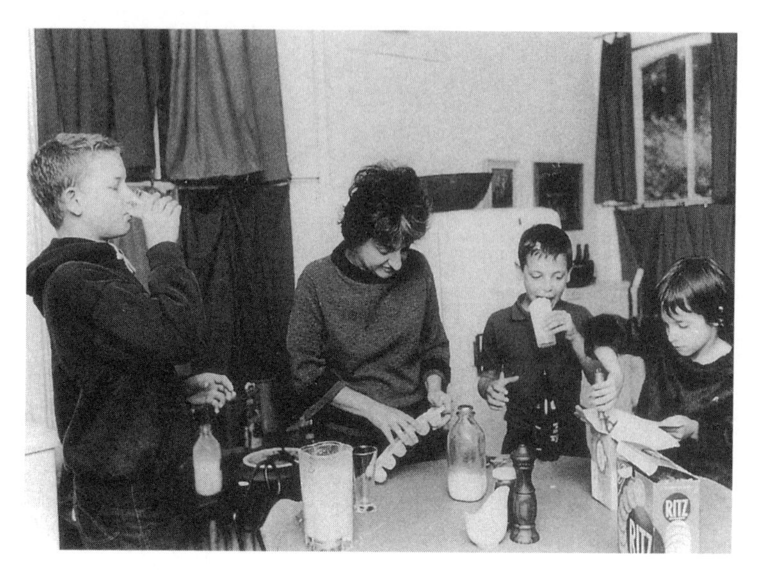

1963년, 세 자녀와 함께 한 잡지에 실린 사진. 『여성성 신화』의 집필은 프리단 자신이 직접 느꼈던 중산층 전업주부의 '이름붙일 수 없는 문제'에서 비롯되었다.

정기적으로 하는지 여부, 지지 정당, 정당 활동 여부, 부부의 정치적 성향 일치 여부 등), 종교생활(교회 출석 여부, 신을 믿는지 여부 등), 사회생활(저녁 시간과 주말을 어떻게 보내는지, 혼자 있는 시간은 얼마나 되며 이는 충분한지, 생활이 분산된다고 느끼는지, 다른 사람과 수다만 떠는지 진정한 소통을 하는지 여부, 자기의 가치관과 달리 유행에 따라 행동하는지 여부 등) 등에 대한 많은 질문을 포함하고 있었다.[34)]

이는 여성의 내면에 대한 세세한 탐구를 포함하는 질문들로서, 주부도 가족 구성원들과 별개의 독자적 욕구와 갈망을 지닌 개인이요 인간이라는 것을 전제하고 있었다. 그 전에는 누구도 중년 여성의 눈을 공감의 시선으로 들여다보면서, 그리고 영혼의 가닥가닥을 짚어가면서, 어디가 얼마나 아프고 힘든지 혹은 삶이 견딜 만한 것인지 세세히 물어보는 이런 구체적인 질문을 한 적이 없었다.

프리단은 설문에 대해 이백 부 정도의 회신을 받을 수 있었다. 여기서 그녀는 예상치 못한 답을 발견했다. 답변자 중 자신이 받은 교육의 가치를 가장 높이 평가하고 활발하고 열성적이며 건강한 삶을 사는 이는 이른바 여성의 역할대로만 살지는 않는 이들이었다. 반면 아내, 어머니로서의 삶만을 사는 이들은 가장 의기소침한 상태였고 좌절감을 느끼고 있었다. 또한 여러 관심사를 추구하며 여러 활동을 하는 여성이 자녀, 가정, 결혼생활에 더 큰 즐거움을 느끼고 있었다.

프리단은 문제는 여성이 교육을 받았다는 사실에 있는 것이 아니고 "여성의 역할"을 지나치게 협소하게 규정하는 것이야말로 바로 미국여성이 "여성으로서의 역할에 적응하는 것"을 방해하는 요인이라고 판단했다. 그녀는 '행복한' 교외주택 주부의 이미지가 허상임을 간파했다. 여자들이 이유도 없이 병을 앓고 의사에게 '만성피로증후군'을 호소하는 현상이 어디에서 비롯되는지 숙고하기 시작했다. '여성문제'가 눈앞에 불려나오게 된 것이다.[35]

프리단은 스미스 여대 졸업생에 대한 설문조사 내용을 중심으로 중산층 여성들의 교육과 삶, 심정을 분석하는 기사를 작성하여 여성잡지에 투고했다. 그러나 『매콜』『레이디스 홈 저널』『레드북』 등 그녀가 접촉했던 모든 잡지 편집자들이 이 글의 게재를 거부했다. 그녀는 그럴 때마다 더 많은 여성들을 면담하고 현실진단을 심화시켰다. 그녀는 많은 교육을 받은 여성들만이 아니라 수많은 주부들이 같은 문제를 안고 살아가고 있음을 깨달았다. 주부들은 이렇게 말하곤 했다. "나는 짐의 아내, 제니의 엄마, 기저귀 갈아주고 눈옷 입혀주는 사람, 밥 해주는 사람, 어린이 야구장에 데려다주는 운전사입니다. 하지만, 한 인간으로서 나는 누구이지요? 세상이 마치 나 없이 돌아가고 있는 것 같아요."[36]

주부들의 문제는 자녀와도 결혼과도, 집과도, 섹스와도 관계없었다.

전문가들은 여성이 어떻게 남성을 사로잡고 붙잡아둘 수 있는가, 모유수유를 어떻게 할 것인가, 자녀의 배변훈련을 어떻게 시킬 것인가, 어떤 식기세척기를 구입하고 빵을 어떻게 구울 것인가 등등만을 가르쳐왔을 뿐, 수많은 주부들이 안고 있는 그 문제에 대해서는 다룬 적이 없었다.[37] 훗날 프리단은 이를 '이름 붙일 수 없는 문제'(The problem that has no name)라 명명했다. 곧 정체성의 문제였다. 버클리 대학원 시절 에릭슨에게 배웠던 우수한 심리학도였던 그녀의 지적 수련은 결코 헛되이 사장된 것이 아니었다. 프리단은 이 이름 붙일 수 없는 문제는 프로이트도 마르크스도 또 그들의 해석자들도 설명하지 못했고 심지어는 인지하지조차 못했지만 분명 실재하는(real) 문제라고 보았다.[38] 그리고 이러한 사회적 현상은 게슈탈트 심리학에서 가르치는 대로 그 문화적 맥락 속에서 이해되어야 한다고 보았다.

프리단은 특히 이른바 여성의 '남근 선망'(Penisneid, penis envy)론에 바탕을 둔 프로이트의 여성심리론을 쟁점으로 부각시키면서, 이는 19세기 후반 빅토리아풍 성별담론과 관념이 지배하던 빈의 문화적 분위기에 바탕을 둔 것일 뿐이며 보편적인 것이 될 수 없다고 지적하였다. 그리고 프로이트의 젠더담론의 영향을 받은 마거릿 미드나 탈콧 파슨즈 같은 미국 사회과학자들의 젠더 담론 역시 2차 대전 이후 미국에서 '생계부양자로서의 남편/전업주부로서의 아내, 행위자로서의 남성/존재하는 자로서의 여성'이라는 기능주의적 이분법을 만들어냈을 뿐이라고 지적하였다.[39] 프리단은 여성들이 가정 내에서 문제를 느끼고 불만을 가지는 것은 교육 때문이 아니라(그는 "교육은 여성을 더 나은 어머니, 아내로 만든다"고 보았다) 여성의 역할을 규제하는 사회적 편견 때문이라고 판단했다.[40] 교육받은 여성을 전업주부가 되게 하는 담론인 여성성 우상숭배, 곧 여성다움의 신화가 해당여성의 삶을 억압하고 파괴하는 원인이 된다고 본 것이다. 프리단은 그 원인과 현상을 자세히 분석한 다음 이를 해결하기 위한 현실적 방안을 제시하기로 결심했다.

여성성 신화와 정체성 위기

프리단의 개인적 경험 속 여성성 신화

프리단은 교외에 거주하는 중산층 주부로 살던 자신의 경험을 통해 비로소 여성문제에 눈을 뜨게 되었다고 강조한다. 『여성성 신화』 초판 서문에서 그녀는 이렇게 말했다. "서서히, 한참 동안은 그것이 명확하게 무엇인지 알지도 못한 채, 나는 오늘날 미국 여자들이 살고자 하는 방식이 아주 크게 잘못되고 있음을 깨닫게 되었다. 내가 그것을 처음으로 감지한 것은 한 남자의 아내이자 세 아이의 어머니로 규정되는 나 자신의 삶을 향해 던져지는 의문부호를 통해서였다."[41] 그녀는 죄의식 반 즐거움 반인 심정으로 그 느낌을 들여다보면서 개인적 질문을 제기했다고 말한다. 실제로 그녀는 남자친구[42]보다 지나치게 더 똑똑하게 보일 것을 두려워하여 버클리 대학 박사과정 진학을 포기했고 기자로 일하다가 임신과 출산 문제 때문에 직장을 그만두기도 하는 등, 외부세계가 그녀에게 요구하던 대로 선택하고 살아왔으나 그렇게 살아온 삶의 한 구비에서 무언가 정체를 알 수 없는 심각한 문제를 느꼈다.

물론 프리단은 전형적인 전업주부는 아니었다. 기자직을 그만둔 후에도 자유기고가로서 계속 글을 써왔고, 가사와 육아를 맡아주는 도우미들을 고용하고 있어서, 전형적인 '교외주택 전업주부'처럼 가사와 육아에만 전념해야 하는 상태로 내몰린 적은 없었기 때문이다. 그럼에도 결혼 후 자신이 겪는 심리적인 문제의 정체가 무엇인가, 그 원인이 무엇인가를 규명하고자 하면서 동시대 다른 여성들의 삶까지 들여다보았을 때,

자신의 문제와 다른 주부들이 겪는 고통에 본질적으로 공통점이 있음을 발견하였다. 그것이 바로 '이름 붙일 수 없는 문제' 곧 중산층 전업주부의 문제요, '여성성 신화'가 이들 여성에게 강요한 '정체성의 위기'였다. 프리단은 이 문제의 전형적 징후들을 고찰하고 이를 재생산해내는 담론과 기제들을 분석하며, 해결을 위한 방안을 제시하고자 했다. 아래에서는 책의 내용을 순서대로 따라가며 살펴보기로 하자.

행복한 주부 여주인공의 '이름 붙일 수 없는 문제'

'이름 붙일 수 없는 문제'란 구체적으로 무엇인가. 2차 대전 이후 미국 여성들의 결혼연령은 점점 낮아졌고 젊은 여성들은 사랑과 결혼을 위해 학업을 중단하거나 진학을 포기하는 경향을 보이기 시작했다. 10대 후반에 결혼하는 것이 다반사였고 고등학교 때 결혼하는 소녀들도 있었다. 여성을 위한 학위는 Ph. T(Put husbands Through)라고 불렸다.[43] 조혼과 함께 출생률이 높아졌고, 모성을 강조하면서 어머니가 모유로 수유하는 일의 중요성을 강조하는 담론이 퍼져 여성들이 이를 실천하려 애썼다. 여성들은 부엌을 자기 공간으로 여기고 남편과 자녀의 뒷바라지에서 삶의 보람을 느끼기로 작정했으며, 직장과 학교에서 물러나 공적 · 사회적 영역에서 모습을 감추기 시작했다. 교외의 멋진 주택에서 사는 주부가 미국 여성들이 꿈꾸는 자화상이자 전 세계 여성들의 이상이 되었다.[44] 소녀 시절부터 이상적인 남성과 결혼하기 위한 필사적인 노력이 시작되었고, 진지한 학문분야는 여자를 "비여성적으로"(unfeminine) 만든다는 이유로 기피되었다. 행복한 결혼생활과 가정생활을 위한 수많은 글들이 씌어졌고 '주부'는 여성의 당연하고 자랑스러운 직업으로 여겨졌다. 그런 한편 보부아르의 저작 『제2의 성』은 미국 현실에 맞지 않는 것으로 일축되었다.[45]

1971년 열린 뉴욕여성자유행진에서
발언하고 있는 프리단.

그런데 한동안 이런 생활을 하던 여성들이 표현할 수 없는 심적 고통과 고뇌를 느끼기 시작하였다. 잔디밭 깔린 좋은 집과 가구, 온갖 가전제품, 착한 아이들이 있고 사이좋은 이웃들과 환한 얼굴로 담소하며 유행따라 멋진 옷을 갖춰 입고 취미생활까지 하며 사는 여자들이 정신과 진료를 받으러 다니기 시작했다. 여자들은 감정이 격해져 울거나 집을 뛰쳐나가 거리를 헤매거나 아이들에게 소리를 지르고 화를 냈다. 신체적으로도 징후가 나타나 손과 팔에 큰 물집이 생겨 터져 피가 흐르기도 했다(세척제 문제가 아님). 이런 문제를 안은 여성들은 현모양처가 되기 위해 더욱 노력하며 정신과 치료를 받기도 했으나 문제는 해결되지 않았다. 흥미로운 것은 여성들이 존재감을 확인하기 위해 끊임없이 성적 요구를 하고 이를 통해 "살아 있음을 느끼고자 하는" 경향을 보이게 되었다는 것이다. 부인들은 성적 동물이 되어갔고 남편들은 부인에게 두려움을 느끼게 되었다.[46] 여자들이 어머니로서의 존재 확인을 위해 끊임없이 임신하고 아이를 낳는 것도 이 현상의 특징이었다.

수많은 여성이 똑같은 문제, 설명할 수 없는 문제로 고통받았고 단순히 성적인 문제는 아닌 그 어떤 심각한 문제가 있다는 것을 많은 사람이 알게 되었다. 1960년대 초부터 '행복한 가정주부'라는 이미지 아래서 들끓는 문제를 언론이 주목하게 되었고 그 처방이 모색되었는데 처방은 역시 가정생활의 테두리 내에서 개선을 꾀하는 것이었다. 여론은 이를 여자들이 너무 편해서 생기는 병쯤으로 여기는 경향이 강했고, 심지어 여자들이 교육을 받고 정치적 권리를 가지게 된 것이 원인이니, 여성에게 대학입학 교육기회를 주지 말자거나 참정권을 주지 말자는 주장까지 제기되었다.[47]

프리단은 이 문제에 대해 이렇게 말한다. "이 문제가 가진 이상하게도 새로운 성격 중 하나는 그것이 인간의 오래된 물질적 문제를 표현하는 말들, 곧 가난, 질병, 기아, 추위 등의 용어로는 이해할 수 없다는 것이다."[48] 여성들은 가난의 문제가 아니라 정체성 상실의 문제, 존재감 상실의 문제로 고통받았다. 여성의 내면에서는 "나는 누구인가?"라는 물음, "나는 남편과 아이들 그리고 가정 말고 다른 무엇인가를 원한다"는 목소리가 들려오고 있었다.

20세기 중반 미국 여성들의 문제는 기본적으로 그들의 이미지가 무엇인가를 은폐하고 만들어졌다는 데서 비롯되었다. 빅토리아 시대의 이상형이었던 정숙한 여성의 이미지는 성적 요구를 은폐하고 만들어진 것이었다. 20세기 중반 미국 여성의 이미지를 만들어낸 '여성성 신화'는 여성의 최고 가치와 유일한 책무는 오로지 자기의 여성성을 완성하는 것이라고 보는 것을 말한다.[49] 이는 가정주부가 되어 현모양처로 사는 것 이외에 여성은 어떤 지적 관심도, 가정 밖 세계에 대한 어떤 흥미도, 어떤 사회적 목표도 가져서는 안 된다는 것을 의미하였다. 프리단은 이를 두고 여성을 생물학적 역할에 묶어두고 억압했던 나치 독일의 3K(아이, 부엌, 교회: Kinder, Küche, Kirche)정책을 연상시킨다고 평했다.[50) 1920~30년대까지만 해도 새로운 것을 시도하고 독립적인 인격체가 되고자 노력하는 여성을 긍정적으로 그리는 기사나 소설 등이 여성잡지에 자주 실렸으나 종전 후부터 그러한 읽을거리는 완전히 사라졌다.

여성다움의 신화 속에서 새로운 여성상이 만들어졌다. 여성의 이미지는 원래는 둘이었다. 즉 순진하고 정숙한 가정주부상과 관능적인 창부 이미지가 그것이었다. 그런데 새로운 여성의 이미지에서는 여성적인 여성과 커리어우먼(career woman)이라는 두 이미지가 대립하였다. 여성적인 여성은 과거에는 금기시되던 성적 요소까지 가진 여성이었다. 섹시한 여성은 그 자체로서는 금기가 아니었다. 커리어우먼이야말로 악한 여성으로 여겨지게 되었는데, 독립적 자아를 가지려는 그 어떤 욕구도 악으로 여겨졌다.[51)] 여성이 직업을 가지는 것은 금지된 꿈이 되었다.

프리단의 판단으로는 이 같은 현상을 촉진한 것은 특히 1950년대 『맥콜』 『레이디즈 홈 저널』 『레드 북』 『마드무아젤』 『굿 하우스 키핑』 등의 여성잡지들이었다. 이러한 여성잡지의 편집자는 대개 남성이었으며, 여성 편집자는 소수인데다 영향력도 크지 않았다.[52)] 여성잡지들은 가정주부로서 여성의 가사에 관한 내용(그리고 립스틱의 색깔)이나 영국 왕실 여성, 여배우처럼 순수하게 여성적인 호칭으로 신분을 파악할 수 있는 기사만을 실었다.[53)]

그런데 미국 중산층 여성들이 학업을 포기하고 필사적으로 남자를 잡아서 일찍 결혼하여 교외에 집을 짓고 가사에 몰두한 결과는 여성의 정체성 위기라는 현실로 나타났다. 이 같은 정체성 위기는 인류가 중요한 역사적 전환점에서 겪는 자아의 위기의식과 같은 종류의 것이고, 마르틴 루터도 젊은 시절 이 같은 위기를 겪었다.[54] 젊은 남성의 정체성 위기에 대해서는 학자들이 이미 주목했다. 여성의 정체성 위기에 대해서는 뒤늦게 관심이 기울여졌다.

프로이트 이론의 미국식 오용

여성성 신화 아래서 여성주의자들은 조롱받고 경멸받았다. 여성주의자들은 남성을 미워하고 성에 굶주린 여자들, 여성으로서 사랑받을 능력이 없기 때문에 권리를 주장하고 남근 숭배에 사로잡혀 남자처럼 행동하려는 여자들이라고 공격받았다.[55] 그 전 시기에는 루시 스톤이나 엘리자베트 스탠튼처럼 인간으로서의 이상을 실현하기 위해 노예제 폐지운동, 여성참정권운동, 여성의 교육권 획득 운동을 벌이며 열정적인 여행을 감행하는 정열적이고 용감한 여성들도 존재하였다.[56] 그러나 1920년대 이후에 태어난 여성들에게 여성주의는 죽은 역사가 되었다. 독립적이거나 창발성을 보이는 여성은 '루시 스톤 패'라 불렸고 여성주의는 커리어우먼이라는 말과 마찬가지로 더러운 말이 되었다.[57]

여성주의자는 '남근 선망'에 사로잡힌 여자들이라는 편견, 여성의 자리는 가정이라는 고정관념은 새로운 것은 아니었지만 프리단이 보기에는 1940년대 미국에서 이러한 생각은 프로이트 이론으로 강화되었다. 프로이트는 19세기 말 빅토리아 시대 오스트리아 수도 빈의 중산층 여성들의 정신적 고통을 설명하기 위해 '남근 선망'이라는 말을 만들어냈다. 정통 프로이트 학파는 모든 노이로제는 성적 기원을 가진다고 설명한다. 그런데 프리단이 보기에 이 이론은 프로이트가 활동한 시대와 사회, 곧 여성들이 성적 억압으로 인해 히스테리 증세를 보였던 빈 사회의 문화적 산물이었다. 즉 프로이트가 보편적인 인간성의 특질로 묘사한 것들은 19세기 말 유럽중산층 남녀의 특성일 뿐이다. 그리고 현재는 성적

억압으로 인한 히스테리 현상은 드물다.[58]

현대의 생물학자, 사회과학자, 심리분석학자들은 인간적 성장의 요구(need)나 충동(impulse)이 섹스 못지않게 원초적인 인간적 요구이며, 기본적인 것이라고 본다. 그런데 1940년대 미국에서 프로이트 이론은 여성의 비정상성, 열등성, 인간적 결함을 설명하는 근거 역할을 했다.[59] 여성은 자신이 남근을 가지지 못한 존재임을 깨닫는 순간부터 남근을 부러워하고 남성성을 원하게 된다는 것이야말로 프로이트가 여성에 대해 적용한 기본 관념이었다. 게다가 여성은 본래적 결핍인 남근의 결핍에서 비롯되는 남근 선망을 극복하기 어렵기 때문에 초자아를 발전시키기 어렵고 본능을 승화시키는 능력도 더 약하다고 프로이트는 보았다. 그는 여성은 남성 성기에 대한 갈망을 자녀에 대한 갈망으로 대체하고자 한다고 주장했다.[60]

프리단은 20세기에 미국의 논자들이 여성주의를 공격하는 데 프로이트 이론을 이용했다고 보았다. 이들은 남성적인 것과 여성적인 것의 엄격한 이분법을 내세우고 여성은 여성적인 길만을 가야 한다고 주장했다. 판햄과 런드버그 등 프로이트주의 정신분석가, 사회학자들은 이렇게 말했다.

> 여성주의는 정치 강령이나 대부분의 (전부는 아니고) 사회강령에서 보듯 외적으로는 타당성을 가지지만, 그 핵심을 보면 심각한 질병이다. ……남성적 성취의 길을 따라가서 참살이(well-being)의 느낌을 얻고자 하는 것은 여성 신체기관의 능력에 속하지 않는다. ……여성들로 하여금 양육이라는 여성적인 길을 벗어나서 본질적으로 남성적인 것인 업적의 길을 가게 하도록 유도하는 것은 여성주의자들의 오류다. ……틀을 잡기 시작한 사회심리학적 규칙을 따르자면 이렇게 말

할 수 있다: 여성이 더 많이 교육받을수록 다소 심각한 성적 무질서의 여지가 더 많아진다.……한 여성 집단에서 성애의 무질서가 만연할수록 그들이 출산하는 자녀수는 더 줄어든다.[61]

헬레네 도이치[62]는 여성의 남성성 콤플렉스는 여성의 거세 콤플렉스에서 직접 유래한다고 보았다. 즉 도이치 또한 스승 프로이트와 마찬가지로, 여성에게서는 해부학이 운명이 되며 여성은 '결핍된 인간'이라 본 것이다.[63] 프로이트식으로 성애적인 측면에서만 여성의 심리를 분석하는 것은 잘못이라는 것을 인식하는 사람들이 없지 않았음에도, 미국에서 속류 프로이트 이론은 계속 보급되었다. 그 결과 여성에게는 교육, 자유, 권리가 적합하지 않으며, 여성은 가정으로 돌아가야 한다는 주장이 이의 없이 수용되었다.[64]

마거릿 미드의 여성성 담론

프리단은 프로이트주의가 여성의 생활을 제한하는 편견을 퍼뜨렸다면 미국산 사회과학은 이를 제거하지 않고 오히려 강화시켰다고 보았다. 미국의 기능주의 사회학이 바로 그 역할을 했다는 것이다. 탤컷 파슨스(Talcott Parsons, 1902~79)의 기능주의 사회학이 성역할 분리론을 통해 여성을 가정 안에 묶어두는 역할을 했으리라는 것은 충분히 짐작할 수 있는 일이거니와 일견 그렇지 않은 듯이 보이는 학자들의 연구도 그런 역할을 했다. 프리단은 마거릿 미드(Margaret Mead, 1901~78)의 인류학 연구가 그 대표적 경우라고 보았다.

프리단은 어떤 이유에서 미드의 저서들이 여성성 신화의 강화에 주요한 역할을 했다고 보는가. 미드는 세 종류의 원시사회에서 기질과 성적 역할의 차이를 발견하여 이를 기술했는데(남성과 여성이 모두 협동적이고 비공격적이며 타인의 요구와 필요에 잘 화답하는 존재가 되게끔 훈련을 받았기 때문에 그들의 인성이 '여성적'이고 '모성적'이며 성에 관해 수동적인 아라페쉬족, 남편과 부인이 모두 폭력적이고 공격적이며 성에 관해서도 적극적이고 '남성적'인 성격을 보여주는 문두구모르족, 여성이 지배적이고 감정표현을 하지 않으며 모든 일을 두루 처리하는 반려자인 반면 남성은 책임감이 별로 없고 정서적으로 의존적인 인간으로서의 특징을 드러내는 참블리족). 그녀의 연구는 점차 생물학적으로 규정된 역할을 수행하는 존재로서의 여성을 찬미하는 방향으로 나아갔다.[65] 미드는 다음과 같이 말했다.

> 남성과 여성의 차이는 인간에게 위엄과 고상함을 부여하는 다종다양한 인간문화를 형성하는 바탕이 되어주었던 중요한 조건 중 하나다. …… 우리가 알기로는, 다음 세대를 낳은 데 기여하는 방법을 제외하면 여성과 남성 사이에는 아무 차이가 없다는 생각을 명시적으로 표명한 문화는 어디에도 없다. …… 우리가 지금 다루고 있는 것은 생물학적 포유류의 천성 속에 너무나 깊이 뿌리박혀 있어서 그것을 무시하면 개인적 사회적 질병 취급을 받게 되기 때문에 감히 무시할 엄두를 못내는 그런 필수사항인가? 아니면 그렇게 깊이 뿌리박혀 있지는 않지만 사회적으로 대단히 편리하고 검증도 아주 잘 견뎌냈기에 무시할 수 없을 정도로 경제적인 그런 필수사항인가? …… 우리는 또한 성적 차이(sex differences)의 잠재력이 무엇인지 물어야 한다.[66]

미드는 (특히 1931년 이후에는) 성(性)생물학이 모든 것을 결정하고 해부학이 운명을 결정한다는 프로이트의 견해를 참조하여 인류학적 자료를 보려 했으며 그녀의 저서 『남성과 여성』(*Male and Female*)은 '여성성 신화'에 초석을 놓았다. 프리단이 보기에 미드는 '문명의 상부구조를 결정하는 생활의 결단성 있고 창조적이고 생산적인 면'을 남성성기와 등치해 생각하기 시작했고 여성의 창조력은 자궁의 '수동적 수용성'과 관련된 것으로 규정했다.[67] 미드는 모든 남성이 여성을 선망하는 사모아나 발리의 생활에서 출발하여, 미국여성을 위해 성적 편견의 불확실한 구조에 새로운 현실성을 부여해주는 이상인 '여성성 신화'를 만들었다. 프리단의 주장으로는 미드는 여성의 성적기능을 찬미한다는 방식으로 '여성성 신화'에 일조했다. 여성은 여성이고 자녀를 양육한다는 그 이유만으로 남성이 창조적 업적 때문에 얻는 것과 같은 존경을 받게 되는 세상이 미드가 꿈꾼 여성 숭배의 비전이었다는 것이다. 미드는 여성성을 사회적 이상으로 높이 들어 올렸고, 여성성은 멸종위기의 물소를 보호해야 하듯 문명의 파괴적 돌격에서 보호해야 하는 가치처럼 되어버렸다.[68] 그러나 프리단이 보기에 인간과 생물학의 관계는 그 성격이 변했다. 인간의 지식증대, 지능의 발달로 인간은 배고픔, 목마름, 성욕 같은 단순한 생물학적 요구 이외의 목표와 목적을 가지게 되었다. 오늘날의 여성이나 남성에게는 그러한 단순한 요구조차 석기시대나 남태평양 문화와 꼭같지는 않다. 이제는 생물학적 본능도 좀더 복합적인 형태의 인간생활의 일부가 되어 있기 때문이다.[69]

성차별적 교육과 그릇된 선택

대중매체와 학문적 연구가 모두 여성성 우상숭배를 조장하는 상황에서 젊은 여성들의 선택에 지대한 영향을 미친 또 다른 요소는 교육이었다. 2차 대전 후 미국의 각급학교는 여성에게 직업인, 전문가가 아니라 현모양처가 되라고 가르쳤다. 여대생들은 학문적 관심을 가질 수 없게 되었다. 어떤 유명한 여자대학이 채택한 구호는 "우리는 여대생을 학자가 되도록 교육시키지 않는다. 부인과 어머니가 되도록 교육시킨다"였다. 학생들은 이를 줄여서 WAM(wives and mothers) 슬로건이라 조롱했다.[70] 여대생들은 인문학, 사회과학, 자연과학을 진지하게 탐구하지 않고 외모를 가꾸는 데 관심을 두고 남자친구를 얻는 일에만 몰두했다. 여대생들이 진실을 추구하도록 고무했던 학자들은 명예가 손상되었다. 어느 미국 중서부 대학에 다니는 1학년 여대생의 70퍼센트가 대학에서 얻고자 하는 목표는 "나를 위한 남자를 찾는 것"이라 답하였다.[71]

여학생들에게 대학은 사교장, 무도회장이 되었다. 성차별적 교육자들은 여성이 직업을 가지는 것은 여성의 성적 적응을 방해한다고 두려워했고 따라서 젊은 여성의 취업을 말렸다. 여성 교육의 목적은 지적 성장이 아니라 성적 적응으로 확정되었다. 프리단은 이런 교육을 받은 소녀들에게는 섹스조차도 진실한 것이 아니라 일종의 순응일 뿐이라고 보았다.[72]

프리단이 보기에는 여성성 신화는 2차 대전 후의 미국에서 전형적인 형태로 발생했다. 어느 사회에서나 전쟁이 끝난 후에는 베이비붐이 일어나지만 그렇다고 이 현상이 반드시 여성성 신화와 함께 일어나는 것은 아니다.[73] 2차 대전 후 미국여성들은 가정으로 돌아갔는데, 일자리가 없기 때문에만 그런 것은 아니다. 대공황 때도 여성들은 편견과 싸워가며 일자리를 지키곤 했었다. 반면, 전후 미국의 인구폭발은 10대 여성의 결혼 및 출산 증가와 밀접한 연관을 가진다.[74]

여성성 신화는 전쟁 중 군인들이 겪은 경험과도 관계가 있다. 수백만의 미국 군인들은 심리적으로 전쟁의 충격을 직면하고 '엄마'(mom)[75]에게서 떨어진 삶을 직면할 수 없는 상태에 있었다.[76] 남성들의 심리적 문제의 원인은 어머니들에게 있다는 진단이 내려졌다. 어머니가 너무 지배적이거나 잔소리가 많거나 과보호를 하거나 불안정한 데서 남자들의 심리적인 문제가 생긴다는 것이다. 이는 어머니가 남성화되어서 지나치게 독립적이거나 이것이 이루어지지 못해 좌절감에 빠지는 것이 자녀의 심리상태에 치명적 영향을 미친다는 식의 주장이었다. 따라서 어머니가 자녀를 위해 모든 시간을 바쳐야 한다는 결론이 내려졌다. 프리단이 보기에는 교육수준이 높은 미국 여성들 가운데 성적 오르가슴을 느끼지 못하는 이가 많다고 한 초기 킨제이 보고서의 잘못된 내용도 여성의 독립과 지적 활동을 부정적으로 보게 하는 데 기여했다.[77]

주부의 영혼을 잠식하는 상품판매 전략

여성이 가정주부로서 담당하는 정말 중요한 역할은 가정을 위해 더 많은 물건을 사는 일이다. 가정주부라는 존재가 지속성을 가지게 되고 여성성 우상숭배가 강화되는 것은 비즈니스의 주된 고객이 여자들이라는 사실과 관련을 가진다. 기업들은 자기네가 만든 제품이 여성을 집안일에서 해방시키고 집안일을 창조적으로 만든다고 선전한다. 이를 위해 미국 기업은 여성의 감정을 조종하는 전문가를 고액의 연봉을 주고 고용한다. 이들은 조사보고서를 작성하는데, 그에 따르면 미국 가정주부들은 공허하고 목적 없고 비창조적이고 성적 희열조차 없는 생활을 영위한다. 그런데 해당 기업에서 만든 제품을 구입하면 정체성, 목표, 창조력, 자아실현의 느낌에다 성적 희열까지 얻게 된다. 미국여성은 전체 구매력의 75퍼센트를 행사하며[78] 이로써 상품소비적 존재가 된다.

이 때문에 주부를 겨냥한 상품 광고가 중요해진다. 판촉을 위한 여성심리 조종자들은 커리어우먼 혹은 커리어우먼이 되고자 하는 여성을 불건강하며 바람직하지 못한 여자로 보고 이들이 늘어나지 못하게 하는 것이 유리하다고 경고한다.[79] 상품 광고는 소비자의 존재감을 겨냥한다. 제품을 사용하는 것이 여성의 성취감과 자아의 고양감을 제공해주는 양 선전한다. 예컨대 믹서 광고는 "이 믹서는 치유적인 가치도 가지고 있으며, 이 믹서를 사두면 당신은 다른 여성보다 더 행복한 여성이 될 것이다"고 선전한다. 가전제품들은 가사가 전문적인 직업이며 주부가 이들 제품을 통해 현대의 과학세계와 접촉한다는 느낌도 들게 한다. 이 같은 선전이 효력을 가짐으로써, 주부는 새로 나온 액체 청정제를 사용하면서 여왕이 된 것 같은 기분을 느끼게 된다.[80] 상품광고의 상징조작을 통해 여성은 소비함으로써 존재 자체의 고양과 창조적 욕구의 충족을 경험하게 되는 것이다.

또한 젊은 주부들이 구매를 하면서 죄책감을 가지지 않게 하기 위해, 자신이 가족과 가정을 위해 상품을 구매한다는 느낌을 갖게 하는 것이 중요하다. 백화점의 상술도 주부의 소비를 촉진시키는 것과 관련된다. 백화점은 주부의 성취감을 충족시켜주기 위한 교육장 역할을 한다. 바겐세일 또한 주부의 성취욕을 충족시켜준다.[81]

원시사회에서 부족들이 어린 소녀를 신에게 바치는 것처럼 미국사회는 소녀들을 여성성 신화에 희생시키고 여성을 겨냥하는 판매술을 통해 어린 소녀들을 상품 소비자가 되게끔 준비시킨다. 이 상품들을 수지맞게 판매하는 일에 미국 국민 전체가 혼신의 힘을 다하고 있다. 여자들을 인민(people)이 아니라 주부로 만들기로 선택한 사회는 병들었거나 아니면 미성숙한 사회일 것이라고 프리단은 비판한다.[82]

교외주택에 사는 중산층 전업주부들은 여성성 신화 분위기 속에서 이상적인 주부 역할을 하고 있는 듯 보인다. 그러나 그들에게서는 수많은 문제가 드러났다. 프리단이 면담한 전업주부 28명 중 16명이 정신과 치료를 받고 있었고, 8명은 신경안정제를 복용하고 있었으며 몇 명은 자살을 기도한 적이 있었다. 12명이 혼외정사를 하고 있거나 환상 속에서 이를 꿈꾸고 있었다. 그들은 학부모회 일에 미친 듯이 몰두하거나 끊임없이 집안일에 몰두하기도 한다.[83] 주부들은 이렇게 말한다. "나는 나를 만족시켜줄 일을 찾고 있어요. 일을 하고 유용한 존재가 되는 것이야말로 이 세상에서 가장 멋있는 일이라고 생각해요. 하지만 무슨 일을 어떻게 할지 모르겠어요." 이들은 직업을 가진 여성을 부러워한다. 직장여성들은 할 일이 있기 때문이고 자기가 원하는 것이 무엇인지를 아는데 전업주부인 자신은 스스로 원하는 것이 무엇인지를 모르기 때문이다. 임신을 하고 아이가 어렸을 때는 자신도 중요한 존재인 어머니였지만, 자녀가 성장하면 그 존재감이 달라지며 그렇다고 해서 항상 임신만 하고 있을 수는 없기 때문에 괴로워한다.[84]

이 때문에 전업주부들은 끊임없이 집안일에 몰두한다. 집안일은 끝이 없는 것 같아 보인다. 그러나 실제로는 다른 일에 종사하면서 가사를 처리하더라도 훨씬 빠른 시간 안에 다 할 수 있다. 전업주부들은 시간을 죽이기 위해 끊임없이 일을 연장하고 있을 뿐이다.[85] 시간을 때우기 위해 가사 일을 연장시키고 어머니 역할을 연장시키며 섹스를 연장시킨다. 그래서 주부들은 끊임없이 임신하고 출산한다.[86] 노동절약적인 가전기구를 가진 여성들은 그런 기구가 없는 여성보다 더 많은 시간을 가사에 쏟는다. 도시 규모가 커질수록 그곳에 거주하는 주부가 가사에 쏟는 시간은 늘어난다. 여성들은 자신만의 일을 가지고 있지 않기에 혼자 있기를 두려워하고 혼자만의 공간을 가지지 않는다.[87] 공허감을 메우기 위해 술에 의존하거나 끊임없이 먹는 사람도 있다. 알코올 중독과 신경쇠약, 비만이 여기서 비롯된다. 다른 현상으로 주부들은 집안일 전문가가 되어 가족을 지배하기 시작한다. 전업주부의 가족 지배는 그들의 어머니 세대보다 더 심하다.

교외주택 주부의 왜곡된 성애

인간적인 독립과 자율의 기회를 박탈당한 중산층 교외거주 주부들은 성에 집착하는 경향을 보인다. 프리단이 접촉한 몇몇 주부들은 성이야말로 "살아 있음을 느끼게 하는" 유일한 것이라고 여겼다.[88] 남편이 더 이상 그런 느낌을 주지 못해서 주부들이 혼외관계에 집착하는 경우가 적지 않다. 당시 여대생들이 과학, 학문, 예술, 사회에 대한 관심은 접어둔 채 결혼에 대한 성적 환상을 가지는 것처럼 기혼여성들은 좀더 큰 인간적 목적을 추구하는 대신 정력적 에너지를 탐욕스러운 성애 추구에 쏟았다. 그것이 여성성 신화가 여성들에게 허용하는 유일한 영역이었기 때문이다.

성은 시간 때우기나 공허감을 극복하기 위한 것으로써 추구된다. 그런데 이렇게 추구된 성은 즐겁지 않은 것, 의무가 되어간다. 소설이나 광고에서 성애묘사와 성기노출을 비롯한 신체노출은 점점 더 노골화되어 간다. 또한 성이 가장 좁은 생리학적 범위로 한정되어 이해되는 경향도 나타난다.[89] 대중문화에서는 여성을 갈망하는 남성의 이미지 대신 남성을 갈망하는 여성이라는 새로운 이미지가 들어선다. 미국 여성, 특히 교외 주부들은 성애를 실제로 찾아내기보다 이를 얻으려 애쓰는 일이 더 많다. 남성들이 대부분의 시간을 성적인 문제가 아닌 것을 추구하면서 보내는 데 반하여 여성은 성애에 목을 매게 되는 것이다.[90]

교외 중산층 주부들은 낯선 사람, 이웃에게서 성을 추구하고 남편을 한낱 가구(家具)로 만들어버린다. 낭만을 추구하는 주부에게 이웃 남자는 영웅이 되어버린다. 그 이웃 남자도 자기 집에서는 가구에 불과한데도 말이다.[91] 주부들의 성적 갈망과 이를 충족시킬 수 없는 남편 사이의 갈등으로, 여성성 신화가 만연하면서 성에 대한 남편의 무관심, 여성에 대한 남성의 분노가 오히려 늘어난다.[92]

안락한 수용소로서의 가정

정체성을 가지지 못하고 불안한 정신상태에 놓인 어머니 아래서 자란 자녀들은 타율적 인성을 가지는 경향이 강하다. 청년세대의 감정적 수동성, 목표 상실, 열정의 결여 등은 그들 어머니의 문제와 밀접한 연관을 가진다. 한국전쟁기 미군포로들의 수동성, 적응능력 부재는 그 두드러진 예이다.[93] 자식에 지나치게 집착하는 어머니가 자녀의 인격적 미성숙을 낳는다. 자녀는 어머니에게서 독립하지 못하고 어머니와의 인격적 공생 속에서 산다. 흔히 사랑으로 오해하지만 이는 인격적 성장의 회피일 뿐이다. 청소년 범죄를 보더라도 이를 막는 데는 공생적 사랑(symbiotic love), 다시 말해 여성성 신화가 유행하던 시기에 특징적으로 나타났던 어머니의 몰입적 사랑만으로는 불충분하며 자녀에게 사회적 양심과 강한 성격을 길러주는 것이 더 중요하다.[94]

여성성 신화 분위기에서 산 중년 여성들 사이에서 신경쇠약 현상이 심각한데, 이들은 자녀들과의 병적이고 슬픈 연애 상태에서 산다. 주부의 인격적 미성숙은 자녀 학대나 자녀에 대한 질투로 이어지기도 한다. 이들의 자녀들도 약하고 수동적이고 비독립적인 성격을 가진다. 어머니들에게 아이들을 더 사랑하라고, 더 '여성적'이 되라고 권하지 말고 자발적으로 자신의 관심거리를 가지게 도와주어야 한다.[95] 교외거주 중산층 전업주부들은 안락한 수용소에 사는 것과 다를 바 없다. 그들은 음식이나 물건과 같이 인간적으로 낮은 수준에서 살기 위해 성인다운 준거 틀(frame of reference)을 포기했다.[96] 미국의 주부들은 올가미에 갇혀 있다. 자신의 인간적 자유를 행사해 자아의식을 회복해야 한다. 나치 수용소에서 가스실에 들어가기 위해 줄을 서 있다가 수용소 지휘관이 춤을 추라고 명령하자 춤을 추면서 그를 죽인 전직 댄서처럼, 자기 자신을 찾아야 한다.[97]

실존주의 철학자들은 "개인이 되려는 용기"를 중시한다.[98] 이름 붙일 수 없는 문제로 고통받으며 죽음의 일상을 겪는 주부들은 여성성 우상숭배에 따라 여성성은 성취했지만 정작 자신의 인간적 존재는 위험에 빠져 있는 사람들이다. 그들은 인간이 갖는 욕구의 서열 가운데 고차원의 욕구를 차단당한 사람들이다. 가정주부라는 직업에 아무리 찬양을 퍼붓더라도, 이 직업이 여성 능력의 충분한 실현을 요하거나 허용하지 않는다면 이는 자아존중감을 제공할 수 없고 더 높은 차원의 자아실현의 길로 인도해줄 수도 없다.[99]

자아성취의 정도는 성적 성취감 혹은 만족도와도 밀접한 관련을 가진다. 1930년대 후반 매슬로우(A.H. Maslow)의 조사에 따르면 자아존중감이 더 높은 여성(매슬로우는 이를 지배감이 더 높은 여성이라 표현)일수록 성적 만족을 느끼는 정도도 더 높았다(초기 킨제이 보고서 내용과 상반되는 것). 이는 사랑에서 즐거움을 느끼고 외부세계, 다른 사람과 소통하는 정도를 말하는 것이며(프리단은 소통이라는 말을 직접 쓰지는 않음), 성욕의 정도와는 상관없다.[100] 매슬로우가 말한 것과 같은 "사랑할 수 있는 능력과 다른 사람에 대한 존중 및 자아 존중의 결합"이 바람직하다.[101] 심리적으로 공허감을 느끼고 수동적인 사람, 곧 "적절한 자아를 발전"시키지 못하고 "자신의 정체성에 대한 인식이 거의 없는" 사람들은 자신의 비존재성에 대한 두려움으로 인해 성적 오르가슴을 수용하지 못한다.[102] 여성성 신화는 성애에서 여성이 객체가 아니라 주체가 되고 여성의 적극적이고 의욕적인 참여를 통해 남성도 더불어 즐거움을 느낄 수 있다고 주장하지만, 이는 인간평등에 이르는 여성해방 없이는 성취될 수 없다.[103] 여성은 안락한 수용소를 부수고 생물학의 한계와 가정이라는 협소한 벽을 극복하여 독립된 인간으로서 가능성을 이행해야 한다. 이를 통해 아내와 어머니로서도 진실한 성취를 이룰 수 있다.[104]

삶을 위한 새로운 계획이 필요하다

전업주부 여성들은 새로운 무엇인가를 추구하고 있다. 터무니없이 참아내고 사랑을 쏟아내는 철저한 어머니가 되는 것으로 만족하려 하지 않는다. 자기의 일을 발견하고 이를 추구하면, 과거에 지겨워하던 가사노동과 자녀 돌보기가 짜증스럽지 않게 되고 이를 즐길 수 있게 된다.[105)]

전업주부들이 겪는 고통, 곧 "이름 붙일 수 없는 문제"를 해결하기 위해서는 가정주부 이미지에 대해 단호하게 "아니"라고 말해야 한다. 그리고 새로운 삶의 계획을 세워야 한다. 그 첫째 단계는 가사가 직장(career)이 될 수 없고 가능한 빠르고 능률적으로 해내야 하는 일이라고 인식하는 것이다. 둘째 단계는 여성성 신화가 강요하는 식의 결혼에 대한 야단스러운 찬미의 장막을 걷어버리고 결혼을 있는 그대로 보는 것이다.[106)] 자녀와의 관계도 바뀌어야 한다. 어머니 이외의 독립적 인격체가 됨으로써 가족들 특히 아이들과의 관계도 훨씬 더 좋아진다.

여성이 자신을 알고 자아를 발견하는 길은 여성 스스로의 창조적인 일을 찾는 것 외에는 없다. 보수가 없고 보조적인 일을 하는 자원봉사만으로는 안 된다.[107)] 사회적으로 인정받는 자신만의 직업을 찾아야 한다. 이를 가로막는 장애는 "직장여성은 남편과 자식에게 소홀해진다"는 편견과 다른 주부들의 적대감이다. 그러나 여성이 야망을 가지는 것을 죄악시해서는 안 된다. 여성이 올가미에서 벗어나는 열쇠는 교육에 있다. 중년 이후의 주부들도 새로운 인생계획을 세워야 한다. 여성의 재교육 혹은 계속교육을 위해 군인장학금(GI bill)과 같은 국가적 교육계획이 필요하다. 수업료, 책값, 여비, 기타 보조금(필요한 경우에는 가정보조금까지)을 제공해야 한다.[108)] 미국에서는 여성의 권리획득을 위해 더 이상 투쟁할 것이 없으며, 여성은 이미 권리를 획득했다고 하는 생각을 거두어야 한다. 남성과 여성은 자녀와 가정, 정원과 생물학적 역할의 성취뿐 아니라, 인간의 미래를 창조하는 일에 대한 책임과 정열 그리고 인간이 어떤 존재인가에 대한 전면적인 지식도 나누어 가져야 한다.[109]

'여성성 신화'를 낳은 사회, 받아들인 사회

『여성성 신화』가 분석대상으로 삼은 것은 제2차 세계대전이 끝난 후 냉전체제 속에서 반공주의적 보수주의가 지배하던 시기 미국 중산층의 전업주부들의 삶과 그들의 심리였다. 경제적으로는 미국 자본주의가 새로운 팽창국면에 들어서면서 호황을 맞이하게 되었고, 대공황과 전쟁 시기 동안 짓눌려 있던 미국 사회는 활기를 띠면서 중산층의 확대를 목격하게 되었다. 군대에 갔던 남자들은 귀환하여 안정된 직장과 안정된 가정을 누리면서 보상을 맛보고자 했다. 여성들은 여기에 발맞출 줄 아는 조력자가 되어야 했다. 자본주의권 전체의 새로운 이상향으로 떠오르게 된 미국이 가장 바람직한 사회의 모범으로서, 미국적 체제의 우수성을 드러내 보여주어야 할 시점이었다. 세계만방을 향해 미국의 꿈과 가치를 과시하고자 하는 상황에서 행복한 가정은 안정되고 번영하는 사회를 든든히 받쳐줄 바탕이 되어야 했다. 여성은 가정의 기둥이 되어야 했고 이를 위해 오로지 가정에만 헌신하는 존재가 되기를 요구받았다. 그 대신 풍부한 소비재가 제공되었다. 1950년대 여성성 신화는 소비주의의 푹신한 소파에 안겨 있었다.

1920년대까지 전개되었던 여성운동의 결과 여성들은 참정권만 획득한 것이 아니었다. 여성들의 자아존중감이 높아졌고 좀더 많은 교육기회가 주어졌다. 그렇지만 증대한 여성의 독립성과 각성된 의식, 자립심은 전장에서 귀환한 남성들의 행복과 미국의 꿈에 방해가 되는 것으로 보였다. 2차 대전 이전 시기에 비해 1950년대 미국사회와 언론이 보수적인 여성관을 강조했던 것은 바로 그 때문이었다. 그전에 거두었던 여성운동의 성과를 뒤로 돌리면서 여성은 여성적인 존재가 되어야 하며, '홈 스위트 홈'을 위해 헌신해야 한다고 주장하였던 것이다.[110] 그러나 전쟁 이전시기에 비해 보더라도 오히려 퇴영적이었던 보수적 여성관은 여성들에게 행복을 가져다주지 않았다. 프리단이 분석대상으로 삼았던 것처럼 여성의 정신적 상처가 심해지는 것은 어쩔 수 없는 현상이었다.

프리단은 원래 좌파적 성향을 가진 저널리스트였지만, 『여성성 신화』에서는 중산층 여성으로 그리고 심리학으로 선회했다. 여성성 신화 자체를 수용하고 내면화했던 자기 자신에 대한 성찰에서 출발하던 그 시점에서는 이것이 가장 정직한 접근법이라고 생각했을 것이다.

이 책이 불러일으킨 반향은 대단했다. 가정주부들은 부엌에서 이 책을 탐독했고, 이 책에서 서술된 것이 바로 자기 자신의 문제, 삶의 문제임을 깨달았다. 프리단이 자유주의적 여성운동 단체인 미국여성연합을 결성하자 이에 호응하는 수많은 여성들이 일어나 거대한 물결을 이루었다. 그러나 프리단의 자유주의적 여성주의는 1970년대에 이르러 급진적 여성주의의 도전에 부딪쳤다. 1971년 프리단은 급진적 여성주의자들과 함께 전국여성정치협회 NWPC(National Women's Political Caucus)를 결성했는데, 이 조직에서 프리단은 온건노선을, 벨러 앱저그 등은 급진적 노선을 대표했다.

프리단을 둘러싼 쟁점들

여성주의는 동일한 질문을 반복하는가?

20세기 후반에 집필된 프리단의 『여성성 신화』를 읽을 때 독자는 이 책이 18세기 후반에 출판된 울스턴크래프트의 『여권의 옹호』와 놀라운 유사성을 가지고 있음을 발견하게 된다. 두 사람 모두 여성 개인의 인간적 성숙과 자아실현을 목표로 삼은 자유주의적 여성주의자라 불릴 수 있다. 그들은 여성성 찬미가 여성의 인간적 성장을 저해하기 때문에, 여성은 가정에 유폐되고 성에 집착하며 나쁜 어머니가 된다고 보았다. 울스턴크래프트에게 루소가 주된 논쟁 상대였다면 프리단에게는 프로이트가 사상적 주적(主敵)이다. 루소와 프로이트는 전혀 다른 계열의 사상가이지만 여성의 이상적 역할을 현모양처로만 한정짓고 있는 점에서는 쌍생아적인 모습을 보였다. 울스턴크래프트와 프리단은 여성성 찬미가 여성에게는 질곡이 되고 있다고 보았다. 그들은 여성의 독립성, 인격적 성숙, 지적 · 사회적 활동을 중시했고, 여성에게 이것이 가능하다는 것을 믿었다. 울스턴크래프트가 계몽시대의 평등사상과 인권론을 여성권리론의 바탕으로 삼고 있었다면 프리단은 50년대 말부터 60년대 초까지 미국을 휩쓴 인간 잠재 심리학(human potential psychology)—그녀가 자주 언급한 매슬로우 교수도 이 학파에 속한다—을 기둥으로 삼았다.[111)]

프리단이 겪은 애로는 울스턴크래프트 등이 주장했던 여성교육, 여성취업을 위한 제도적 조건 등이 이미 성취된 후에 다시 유사한 성격의 여성문제를 제기해야 한다는 점이었다.[112)] 여기에서 여성주의적 과제는 끊임없이 되풀이되는 순환적 문제인가, 그렇지 않으면 하나가 해결된 후 다른 문제가 제기되는 형태를 가진 단계론적 문제인가 물을 수 있다. 물론 18세기 후반과 20세기 후반에 여성문제가 구조적으로 유사한 면을 가지고 있다고 하더라도 완전히 동일한 것은 아니다. 법적 · 제도적 측면에서 두 시대의 여성 지위는 다르다. 그럼에도 울스턴크래프트와 프리단이라는 두 저자가 여성성 찬미의 억압적 성격을 비판하고 나섰다면, 이를 읽는 이는 변화 속에서 지속되고 있는 상수의 존재를 떠올릴 수밖에 없을 것이다. 그것이 가부장성이라 불리든, 남성중심주의라 불리든 이름이 중요한 것은 아니다. 두 사람은 모두 공통되게 외쳤다. "여자는 무엇보다도 인간이다"라고.

자유주의 여성운동의 테두리

『여성성 신화』는 60년대 후반에 출판되어 충격파를 던진 또 하나의 여성학 고전인 케이트 밀레트(Kate Millet, 1934~)의 『성의 정치학』(*Sexual Politics*, 1968)과 대조된다. '가장 개인적인 것이 정치적이다'라는 구호는 두 책에 모두 적합한 것일 수 있다. 그러나 밀레트는 좁은 의미의 섹슈얼리티 관계 속에서 드러나는 남성과 여성 사이의 권력관계를 분석하고 이를 극복하기 위해 급진적 여성주의의 길로 나아간 데 반해, 프리단은 전업주부의 실존적 위기를 분석하고 이를 극복하기 위해 자유주의적 해결책을 제시하였다. 섹슈얼리티 문제를 직접 다루지 않고 법 제도에 초점을 맞추고 있다는 점에서 프리단은 여성참정권 운동가들이 쟁취하고자 했던 목표의 연장선상에 있었다고 할 수 있고 운동 스타일도 비슷한 면을 많이 가진다. 게다가 프리단은 저서에서 특정한 유형, 특정한 성격의 여성만을 선호하는 경향을 보인다. 양보심 있고 조용하고 내성적인 여성은 활동적이고 공격적인 여성에 비해 뒤떨어지는 것처럼 평가하고 있는데, 명백히 한쪽에 치우친 평가라 할 수 있다.

계층적 한계

프리단은 백인 중산층 여성문제만을 다루었고 수많은 유색인 여성, 여성동성애자, 노동계급여성, 여성 활동가, 피고용(employed)[113)]여성, 비혼 여성의 경험을 도외시했다는 비판을 받는다.[114)] 실제로 『여성성 신화』는 여성이 기존 체제에 통합되어 사회적으로 상승하고 주류의 일원이 되기를 기대하는 시각에서 씌어졌다. 따라서 이 책에 관한 한 프리단은 철저하게 부르주아적이다.

그런데 프리단은 50년대 초에 노동운동에 참여하였고, 여성노동자의 권익옹호를 목표로 하는 글을 썼다. 그녀의 여성의식이 50년대 노동운동에서 각성되었음을 지적하는 연구자도 있다.[115] 프리단 자신은 『여성성 신화』에서는 과거의 정치적 지향성과 여성주의적 각성의 관련성을 전혀 인정하지 않았다. 다만 1976년에 발표된 『그것이 나의 삶을 바꾸었다』에서는 자신이 2차 대전 직후에만 해도 정치에 대한 관심이 아주 많아서 인종차별문제, 노동운동을 비롯하여 급진적 정치-사회 운동에 깊은 관심을 가졌다고 술회하였다. 그러다가 1940년대 말 이후 정치적 관심을 잃어버리고 스스로 여성성 신화를 받아들였다는 것이다.[116] 급진적 여성지식인의 생애에서 지적 관심이 바뀔 수는 있을 것이나, 이를 오랫동안 인정하지도 않으려고 했던 것은 그녀 스스로가 매카시 선풍이 몰아친 이래 미국 보수주의의 공격 대상이 될 것을 두려워했기 때문일까. 혹은 적어도 그렇게 하는 것이 냉전시대 미국 대중에게 접근하기에 더 수월할 것이라고 생각했기 때문일까.

심리분석의 장점과 한계

프리단은 미국식으로 해석된 프로이트 정신분석학을 대결대상으로 설정했다. 실제로 40년대 미국 정신분석학계는 '해부학이 운명이다'(Die Anatomie ist das Schicksal)라는 프로이트의 명제[117]를 속류적으로 해석하여 젠더관계를 생물학적 결정론으로 몰고 가는 경향이 있었다. 프리단은 프로이트 심리학이 미국에서 여성성에 대한 고정관념을 심어주고 여성성 신화를 조장한다고 보았다. 이는 많은 여성주의자들에게 지지를 받았으며, 정신분석학과 여성주의의 불화는 프리단에 이르러 가장 고조

되었다고 할 수 있다.

그런데 60년대 중반 프리단과도 긴밀하게 협력하였던 여성주의 이론가 줄리엣 미첼은 정신분석학이 여성주의 이론화를 위한 이론적 장치로서 유효하다고 주장하여 프리단의 프로이트론에 반기를 들었다.[118] 미첼은 1974년에 출판된 『정신분석과 여성주의』에서 정신분석학은 가부장제 이데올로기가 어떻게(의식의 층위뿐 아니라 무의식의 층위에서까지) 작용하고 여성에 대한 폄훼가 어떻게(의식적으로뿐 아니라 무의식적으로까지) 이루어지는지를 분석한 이론이라고 보았다.[119] 즉 미첼은 정신분석학이 가부장제(남성중심주의)를 옹호하기 위한 이론이 아니라, 가부장제 사회를 기술하고 분석한 것이라고 보았다. 미첼은 프로이트의 분석은 생물학적 존재가 사회적인 남성적/여성적 주체로 구성되는 방식을 설명하는 데 탁월한 설명력을 가진다고 보았다.[120] 이러한 관점에서 볼 때 프리단의 프로이트 이해는 평면적인 것이고, 프로이트 정신분석학을 통해 성역할의 사회적 규범이 형성되는 과정을 분석할 수 있음을 간과한 것이다. 정신분석학의 도움 없이 이루어진 프리단의 여성성 신화형성 분석은 성인 여성이 많은 양의 매스미디어 기사에 노출되는 것이 성역할의 이분법적 규정을 수용하는 데 충분하다는 의미가 된다. 정신분석학적 시각에서 보면 오히려 프리단의 여성성 신화 담론이 여성성/남성성 구분론의 복합적이고도 뿌리 깊은 의식구조와 문화를 고려하지 않는 단순한 주장으로 보일 수도 있게 되는 것이다.

여성성과 자아의 대립

프리단은 여성성과 자아가 대립하는 것이라고 보고 있다. 그리고 교육이나 매스미디어 등을 통해 유포되는 지배담론을 통해 여성이 자아를 포기하고 여성성 신화를 내면화했다고 본다. 바울비는 여성이 조종되고 세

뇌되어서 여성성을 선택하게 된 것이라는 주장에 회의적 시선을 보낸다.[121] 사실 이는 여성의 주체성, 능동성과 관련하여 논쟁을 야기할 수 있는 문제이다. 프리단은 여성이 공적 활동을 택하는 경우에만 자아를 실현하는 것으로 보는데, 이는 그야말로 프로이트식으로 '남근선망적'인 것이라 할 수 있다. 그리고 해방을 인간해방의 다른 차원에서 찾기보다 현실태 속에서 남성과 같이 되는 것에서 찾는데, 이를 두고 바울비는 프리단이 '승리주의적 해방 수사'(triumphalist rhetoric of emancipation)를 구사했다고 지적한다.[122] 2010년대의 한국식 담론에서는 성공주의로 바꾸어 말할 수 있을 것이다.

이 같은 비판에 대해, 프리단은 여성성 자체가 아니라 과장되고 강요되고 일방적으로 주입된 여성성을 비판했다고 옹호할 수 있을 것이다. 즉 그녀는 사회적으로 단일한 선택지로 주어진 여성성을 비판한 것이다. 한 가지 문제가 있다면, 프리단이 사회적으로 인정받고 경제적 보수와 연결되는 공적 활동만을 가치 있는 것으로 제시한다는 점이다(예컨대 그녀는 자원봉사 활동은 여성의 정체성 위기 극복의 방법이 될 수 없다고 보았다). 자본주의적 보상체계 내에서만 사고한 것이다. 이에 따라 그녀 자신이 곧 헌신적으로 종사하게 될, 조직적 여성운동과 같은 것은 『여성성 신화』 속에서는 그녀의 시야 안에 전혀 들어오지 않았다. 사회변혁적 운동에 대해 생각이 미치지 않았던 것은 체제내적 개량을 지향하는 인물로서 프리단을 특징짓는다. 이는 프리단이 18년 뒤 보수적 여성주의론으로 나아가는 출발점이 되었을지도 모른다.

제2차 세계대전 후 여성의 상황과 여성 담론

『여성성 신화』의 영향력이 워낙 강력했기에, 이 책에서 말하고 있는 대로 제2차 세계대전 후에는 여성다움의 신화를 강요하는 분위기가 지배적이었다는 해석이 그대로 받아들여지는 경향이 있었다. 그러나 일부 연구자들은 프리단의 서술과는 달리 당시 미국에서 '여성=행복한 주부' 식의 등치론이 지배했던 것은 아니라고 주장한다.

이들의 주장에 따르면, 이 시기 여성잡지에는 불행을 느끼는 전업주부 이야기나 주부들의 불안정한 심리를 다룬 글도 자주 실렸다.[123] 학교와 사회가 여성을 가정으로 몰아넣는 경향을 프리단이 과장했다는 것이다. 사실, 1955년 흑백분리에 반대하여 몽고메리 버스 파업을 이끌어낸 흑인 여성 로자 파크스의 용감한 투쟁을 생각해보더라도, 1950년대 미국 여성들이 수동성, 가정성 속에서만 살았다는 것은 사실이 아니다. 디이크스트라는 1950년대 미국사회에서 모성을 강조했음에도 상당수 여성은 계속 취업을 선호하였고, 이처럼 지배적 담론과 여성의 현실적·경제적 역할 사이에 괴리가 일어났던 것이 여성주의의 재생을 가져왔다고 보고 있다.[124] 여성노동운동을 고찰한 연구자들도 1950년대 여성노동운동가들의 투쟁이 여성성 신화 분위기에 압도되지 않고 계속 이어져, 1960년대 여성운동의 제2의 물결의 도래에 기여했다고 지적하였다.[125] 특히 주목되는 것은 조앤 미어로위츠의 연구이다. 역사학자인 미어로위츠는 1946년에서 1958년에 이르기까지 미국의 정기간행물 여덟 종에 실린 글들을 정량적으로 분석한 후, 프리단이 판햄과 런드버그의 저서나 여성잡지의 소설들의 영향을 중시했지만 실제로 전후 미국의 대중문화 속 여성 담론은 훨씬 다양했음을 지적하고 있다. 사회적으로 성공하거나 역경을 이기고 사회적으로 의미 있는 일을 성취한 여성들에 대한 기사도 자주 실렸다는 것이다.[126]

그러나 적어도 프리단의 저서와 관련된 역사적 현상을 이해하는 데는 양적 분석만으로는 충분치 않은 것으로 보인다. 직장생활과 가정성을 모두 중시하는 글이 실릴 때 수용자가 어떤 면을 선택하는가는 간행된 기사나 소설의 양만이 아니라 수용자가 이 가운데 현실적으로 고려할 수 있는 선택지에 의해 좌우될 수 있다. 가장 중요하게는 취업 전망이 어떠한지, 그리고 가장 가까운 사람들(부모, 친구나 애인, 학교 선생 등)의 성향이 어떠한지를 살펴보아야 한다. 2010년대 한국에서는 여성주의 담론이 일정하게 뿌리를 내림에 따라 여성의 사회적 진출을 장려하고 심지어 찬양하기까지 하는 담론이 넘쳐나지만 여성의 취업 자체가 아주 어려운 상황 속에서 젊은 여성들이 생계해결을 위한 수단으로서 결혼을 선택하는 현상—그것이 성공하는가 여부와는 별개로—을 적지 않게 목격할 수 있다. 이를 이른바 '취집'(취업으로서 시집가기)이라 부른다는 것은 언론을 통해서도 빈번하게 소개되고 있다.[127]

다른 한편으로, 소수의 글만이 가정생활의 행복만을 찬미했더라도 이러한 글들이 심어주는 환상도 경우에 따라서는 과잉된 영향을 미칠 수 있다. 따라서 프리단이 분석대상으로 삼은 2차 대전 후 미국 여성들이 처해 있던 상황에서 여성성을 강조하는 글만이 출판되었다는 것이 아니라, 여성성을 중시하는 글들이 과잉대표성을 가지면서—프리단의 저서 한 권이 베스트셀러가 되면서 대중의 정서에 영향을 미친 것과 크게 다르지 않게—여성을 가정으로 돌려보내자는 사회적 압력을 강화시키는 역할을 한 것은 아닌지 살펴볼 필요가 있다. 예컨대 한국에서 여성주의가 활발하게 전개되던 시기에도 유명한 여성 탤런트가 텔레비전 광고 한편에서 '남자는 여사하기 나름이에요'라고 행복한 얼굴로 미소 띠며 말한 것이 행복한 결혼생활에 대한 여자들의 환상을 증폭시켰던 것처럼 말이다.

프리단이 주요 분석대상으로 삼았던 백인 중산층 여성들이 주로 접했던 젠더담론은 이들을 목표집단으로 삼았던 여성지에 실린 글들을 중심으로 좀더 구체적으로 살펴볼 필요도 있을 것이다. 미국 백인 중산층 주부들이 부딪친 문제는 여성성 신화 담론에 의지하여 전업주부의 길을 택했던 그들이 여성에 대한 다른 담론, 여성이 택할 수 있는 다른 삶의 가능성을 접하고 느끼는 정신적 갈등을 의미하는 것은 아닐까. 그렇다면 반드시 모든 대중매체에서 여성성만을 찬미했던가 그렇지 않은가 하는 문제는 오히려 중요하지 않은 것일 수도 있다.

동성애 문제

프리단은 『여성성 신화』에서 이미 동성애(특히 남성동성애)에 대해 비판적인 시각을 드러냈다.[128] 그녀는 남성동성애는 남성이 여성화하여 일어난 것이라고 보았고, 사이비 성애(pseudo-sex)라고 비난했다. 물론 이 책의 초판이 1963년에 출판되었고 그때까지는 미국에서 동성애 문제가 인권문제로 다루어지지 않았었다는 것을 감안해야 하겠지만, 이는 그녀의 여성주의가 주류지향적인 것이었음을 보여주는 또 하나의 예가 될 것이다. 프리단은 남성동성애뿐 아니라 여성동성애도 탐탁지 않게 여겼다. NOW 활동과정에서도 상당기간 여성동성애자들과의 협력을 거부했고 여성동성애의 위협(라벤더의 위협)에 대해 경고했다. 다만 많은 비판에 부딪히자 후일 여성동성애에 대한 부정적 견해는 철회했다.

개량주의적 · 보수적 여성주의

프리단은 온건한 여성주의자였다. 그녀의 책에는 여성의 관점으로 세계를 새롭게 바라본다든가 여성의 힘으로 세계를 바꾼다는 시각은 없다. 여성문제를 초래한 사회구조 전체나 여성종속의 긴 역사에 대해서는 아무런 언급이 없다. 섹슈얼리티의 관점에서나 사회경제적 관점에서나 프리단은 결코 심층을 주시하지 않았다. 그녀의 해법은 1963년에도 결코 급진적이지 않았다. 여성성 신화로 초래된 여성의 억압을 극복할 해법을 여성 개개인의 의지와 결단에서 찾았다. 그녀는 여성이 가정주부 이미지를 거부하고, 결혼의 실상을 직시하고 가사노동을 가능한 한 신속하게 처리하면 문제가 풀릴 수 있는 것처럼 썼다. 즉 여성은 자신의 삶의 길을 마음대로 선택할 수 있는 존재로 상정되는 것이다.

여성문제에서 여성의 자각이 중요함은 말할 필요도 없겠지만, 개인 여성이 여성 이미지를 거부하는 것만으로 여성문제가 해결될 수 없음은 자명하다. 여성의 억압이 구조적 원인에서 비롯되었다면 이 구조를 바꾸어야 하고 이를 위한 집단적 노력이 필요함은 말할 나위도 없다. 프리단은 여성교육, 재교육의 강화를 중시했는데, 이 또한 여성개인의 소양과 의식을 개선하는 데 초점이 맞춰져 있다. 이 때문에 그녀의 대안은 지나치게 단순하고 다소 피상적으로 보일 수밖에 없다.[129] 프리단은 체제 내 개혁으로도 여성문제 해결이 가능하다고 생각했다.

1980년대에 프리단의 관점은 더욱 보수화했다. 『두 번째 단계』에서 프리단은 가정의 중요성을 강조하고 가정 내 성별 분업의 극복 필요성을 역설했다.

냉전시대 미국적 여성주의의 기폭제

크리스틴 드 피장 이래 많은 여성문인들이 여성에 대해 가해지는 부당한 비난과 폄훼에 대해 반발하고 이를 거부하는 글을 썼다. 여성에게는 지적 능력, 판단력이 없다는 것이 가장 중요한 비판 중 하나였을 것이다. 그런데 프리단은 여성에 대해 가해지는 비판 때문이 아니라 오히려 여성에게 쏠리는 찬양과 숭배 때문에 여성이 겪는 고통과 여성의 비인간화에 대해 분석했다. 사실 비난과 경멸이건 찬양과 숭배이건 나타나는 현상은 비슷했다. 그것은 곧 현모양처 이데올로기였다.

1985년 케냐 나이로비에서 열린 유엔(UN)여성회의에 참가한 프리단. 그녀는
여성다움의 신화를 극복하고 있는 그대로의 인간으로서의 여성을 보아줄 것을 주장했다.

프리단이 말하는 여성성 신화란 것은 여성의 다양한 인간적 특징을 무시하고 여성의 생물학적 기능, 곧 '어머니 되고 아내 됨'이라는 성격만을 들어올려 숭배의 대상으로 삼는 것이었다. 프리단을 따른다면 이는 20세기 중반 미국에서 프로이트 정신분석학, 구조 기능주의, 마거릿 미드의 인류학 연구 등을 바탕으로 삼아 새로운 형태를 얻게 되었다지만,[130) 여성의 역사를 조금만 들여다보면 실제로 그 본질은 과거의 여성억압 이데올로기와 다를 바 없다는 것을 알 수 있다. 즉 여성은 많이 공부하거나 공적 생활을 할 필요 없이 결혼하여 자녀를 출산하고 양육하는 재생산자로서의 역할을 담당해야 한다는 것이었다. 참정권을 비롯한 법적 · 제도적 개혁 요구, 남녀동등권 요구 등을 내건 여성운동이 성과를 거두고 난

후 사회적 변화가 진전된 끝에 여성과 관련된 이데올로기는 원을 그리며 출발점에서 멀어졌지만 20세기 중반의 미국에서 이 이데올로기는 여성성 신화라는 현상과 함께 완전한 360도를 이루며 출발점으로 돌아와버렸다.[131]

결국 프리단은 여성과 남성의 근본적 · 생물학적 차이를 강조하는 담론이 여성성 우상숭배를 낳았고 겉으로는 여성을 높여준다는 이 체계가 여성의 다양한 활동 기회와 가능성을 박탈하고 여성에 대한 억압으로 귀결된다고 보았다.

물론 여성주의의 등장 이후 본질주의적 성별 차이 담론은 오히려 여성의 사회적 참여를 장려하는 역할을 하기도 한다. 예를 들어 '여성이 더 도덕적이고 더 청렴하다'는 평가가 여성의 공적 활동의 가능성을 높여주고 있는 것이 사실이다.[132] 그러나 이것은 극히 최근의 일로서, 프리단이 『여성성 신화』를 쓸 때는 본질주의적 젠더 담론에서 그와 같은 기능을 기대할 수는 없었다. 그녀는 여성을 숭배할 필요가 없다고 보고, 있는 그대로의 여성, 인간으로서의 여성을 보아줄 것을 요구했다. 성별 차이론이 생물학적 차이론으로 나아가고 또다시 여성억압으로 귀결되는 데 대한 비판이 『여성성 신화』 전체를 관통하고 있다.

사실 프리단이 이 책에서 제기한 문제의식과 해법은 새롭지도 않고 분석과 통찰이 그리 심오하지도 않다. 디이크스트라는 프리단의 『여성성 신화』가 보부아르의 『제2의 성』을 '번안'한 것이라거나 그 사생아라고 칭함으로써[133] 『여성성 신화』의 독창성을 아주 낮게 평가한다.[134] 그럼에도 미국 공중의 폭발적 반응을 받은 것은 이 책이 철저히 미국적인 성격을 가지고 있기 때문이다. 디이크스트라는 보부아르와 프리단의 차이를 다음과 같이 정리한다. 즉 보부아르는 이론적이고 철학적이어서 대중이 쉽게 다가가기 어려운 데 반해 프리단은 실용적이고 저널리스트적인 면을 강하게 가지고 있었다. 프리단 자신은 보부아르가 자신의 여성주의 형성에 미친 영향을 인정하지 않았다. 또한 매카시 선풍이 몰아닥쳤던 미국의 단세포적인 정신세계 속에서 보부아르는 마르크스주의적 저자라는 이유로 경고의 대상이 되었던 반면, 프리단은 미국의 국가적 이익을 염려하는 논조로 글을 썼다.[135] 보부아르가 공공복지적 논의를 전개했음에 반해 프리단은 미국 저자답게 개인주의적인 윤리의 차원에서 논했다. 보부아르는 기본적으로 급진적 사상가였음에 반해 프리단은 탈급진적이었고 급진적 해결책을 개량주의적 해결책으로 바꾸어놓았다.[136] 따라서 프리단의 책이 미국 대중에게는 훨씬 더 높은 접근성을 가지고 있을 수밖에 없었다.

어찌 되었건, 2차 대전 후 1960년대 초에 이르기까지 미국의 전형적인 중산층 여성의 삶의 방식을 들여다볼 때 찾아낼 수 있는 통절한 진실이 있다. 이 여성들은 여성성 신화에 영혼을 저당 잡히는 대신 풍성한 물질적 소비를 얻었다. '소비주의' '여성성 신화' '미국의 꿈'은 몸 하나에 달린 세 개의 머리 같은 것이었다. 소비주의는 냉전적 보수주의가 여성을 가정 지킴이로 만드는 대가로 제공해준 반대급부였다. 여성은 한동안 그 공모자가 되었고 이 같은 태도는 미국 국가주의와 소비재 산업의 성장에 훌륭한 자양분 역할을 하기도 하였다. 그러나 그것은 영혼의 영구한 안정과 평화를 주지는 못했다. 여성은 저당 잡힌 자신의 영혼을 '정체성'과 '인격적 발전의 잠재력'을 추구함으로써 되찾고자 했다. 그것을 그린 책이 프리단의 『여성성 신화』이다.

슐라미스 파이어스톤, 『성의 변증법』

성 계급과 급진적 여성해방론

고정갑희 ▌한신대 교수 · 영문학

급진적 페미니즘은 '개인적인 것은 정치적인 것'이라는 슬로건 아래 여성의 성 역할과 이데올로기에 대한 근본적인 변혁을 통해 여성해방이 이루어진다고 주장했다. 파이어스톤의 텍스트는 이러한 급진적 페미니즘 운동과 이론에 핵심 개념을 제공했다.

고정갑희

한신대에서 이론과 영시, 아프리카와 서인도제도의 문학을 가르치고 있다. 여성문화이론연구소 창립과 『여/성이론』 창간을 주도했고 여성주의 출판사인 도서출판 여이연을 시작했다. 현재 성노동자권리모임지지의 멤버로 활동하고 있고, 지구지역행동네트워크, 글로컬페미니즘학교 집행위원장을 맡고 있다. 이론과 현장을 연결하기 위한 행동이론으로서 '적녹보라 패러다임'과 '감성경제 섹슈얼리티' 패러다임 구축에 관심을 갖고 있다.

「여성주의 이론 생산과 여성운동, 사회운동: 가부장체제의 사막에서 이론의 오아시스를 찾아나가다」「성매매방지법과 여성주의자들의 방향감각」「여자들의 공간과 자본: 지구화시대 한국사회의 여성적 빈곤과 공간적 대응」외 다수의 논문을 발표했으며, 저서 『성이론』과 공저인 『성·노·동』 『페미니즘 어제와 오늘』 *Work and Sexuality* 등이 있다. 그밖에 『페미니즘과 정신분석학 사전』(공역)을 번역했다.

급진적 페미니즘과 『성의 변증법』

흔히 '급진적'이라 불리는 페미니스트들과 페미니즘을 대표적으로 보여주는 책이 슐러미스 파이어스톤(Shulamith Firestone, 1945~)의 『성의 변증법』(*Dialectic of Sex: A Case for Feminist Revolution*, 1970)이다. 파이어스톤이라는 이름은 급진적 페미니즘을 상징적으로 보여준다고 생각한다. 불과 돌의 결합, 이것이 1960년대 후반에 시작된 급진적 페미니즘의 성격이라 할 수 있다. 불 같으면서도 돌 같은 단단함을 간직한 흐름이었던 것이다. 급진적 페미니즘이 보여주는 한계들 또한 이 시점에서 이야기되어야 하겠지만, 파이어스톤과 『성의 변증법』을 소개하는 이 글에서는 먼저 급진적 페미니스트들이 무엇을 하였는지를 살펴보려 한다. 특히 파이어스톤을 중심으로 진행된 운동을 통해 급진적 페미니즘을 살펴보고, 그러한 운동의 바탕에 깔린 사상을 제공한 『성의 변증법』의 내용을 살핌으로써 페미니즘의 '제2물결'을 이룬 주동력의 하나인 급진적 페미니즘을 이해해보고자 한다.

급진적 페미니즘은 여성억압의 주체인 남성 위주의 사회체제를 변혁시키기 위한 정치적 행동주의를 실천하는 여성운동과 그 이론을 말하며, 또한 급진적 페미니스트들의 행동과 성을 중심으로 한 일련의 사상체계라 할 수 있다. 운동으로서 급진적 페미니즘은 여성의 권리와 정치적·경제적·사회적 지위를 향상시키기 위한 사회운동으로 시작하여 남녀의 성별(性別)에서 오는 모든 차별을 철폐하려는 여성해방운동으로 발전하였다. 60년대 후반에 대두한 급진적 페미니즘은 1967년부터 1971년에 걸쳐 가장 왕성한 활동을 펼쳤으며 이후 흐름을 형성했다.

이러한 흐름이 촉발된 직접적인 동기는 50년대와 60년대에 전개된 인종차별 철폐운동을 주도한 인권운동가 및 급진적 좌파운동을 주도한 뉴레프트(New Left) 활동가들과 함께한 여성들이 자신들을 억압하는 지점을 이 운동들이 대변하지 못한다는 자각을 함으로써 시작되었다. 이들은 기존의 운동은 여성을 억압당하는 계급으로서 보지 않았다고 주장하면서 '레드스타킹스'(Redstockings)를 비롯하여 '뉴욕 급진적 여성'(New York Radical Women), '급진적 페미니스트'(Radical Feminist) 등의 그룹을 결성했다. 이 그룹들은 여성을 하나의 계급으로 간주하고 가부장제를 성적 제도로 보면서 억압의 주체인 남성에게 지배되는 사회체제의 변혁을 지향하는 정치활동을 전개하였다.

파이어스톤과 함께한 페미니스트들은 가부장제에 기초한 법적 · 정치적 구조와 사회 · 문화적 제도가 여성억압의 한 원인일 뿐만 아니라 생물학적인 성(性)이 여성의 정체감과 억압의 주된 원인이므로, 여성해방은 출산 · 양육 등의 여성 역할에 대한 근본적인 변혁을 통해 이루어질 수 있다고 주장하였다. 급진적 페미니스트들은 사회 공공영역에서의 변화를 추구하는 동시에 '개인적인 것은 정치적인 것'이라는 슬로건 아래 결혼, 가사노동, 육아, 이성애 등은 가부장제에서 비롯된 여성억압의 원인이므로 여성해방은 출산, 양육, 낭만적, 이성애적 사랑과 같은 여성의 성 역할과 이데올로기에 대한 근본적인 변혁을 통해 이루어질 수 있다고 주장했다.

파이어스톤은 이와 같은 급진적 페미니즘의 초기 행동파 가운데 한 명으로, 앨리스 에콜스(Alice Echols), 앤 코앳트(Anne Koedt), 엘렌 윌리스(Ellen Willis) 등과 함께했다. 이들은 다른 급진파들과 마찬가지로 혁명과 대중운동 조직에 몸담고 있었으나 다른 좌파 운동가들과는 달리 모든 억압의 원형을 파이어스톤이 말한 '성의 변증법'에서 찾고 있다. 흐름의 계보를 찾는 일은 더 세심한 판단이 필요할 것이라 생각되지만 60~70년대의 급진적 페미니스트들의 영향을 받지 않은 페미니즘이나

파이어스톤은 1960년대
후반에 대두하여 이후
흐름을 형성한 급진적 페미니즘의
대표적 사상가 · 행동가였다.

페미니스트들은 없다고 해도 지나치지 않다.

1970년대 초반 이후 급진적 페미니즘은 현대사회에서 '성'의 문제를 더욱 중요한 문제로 부각시킨 힘이었다. 급진적 페미니즘의 특징으로 가장 먼저 꼽을 수 있는 것은 '성'을 중심에 둔다는 점이다. '성의 변증법' '성의 정치' '성적 계약' '성의 매춘화' 등으로 '성'을 본격적으로 전면에 내세운 사상이 급진적 페미니즘이라 할 수 있다. 이렇게 '성'을 전면에 내세운 페미니스트들로 앞에서 언급한 이름들을 넘어 1980년대와 1990년대에 안드레아 드워킨, 캐서린 맥키넌, 캐롤 페이트만 등 다양한 이론가들을 들 수 있을 것이다.

급진적 페미니즘은 기존 남성중심적 이론의 틀을 확실하게 바꾸는 것을 목표로 하였다고 할 수 있다. 맥키넌은 이 입장을 잘 보여준다. 맥키넌은 페미니즘에서 '성'이 갖는 중요도는 마르크스주의에 노동이 갖는 중요도와 같다는 취지의 말을 한 적이 있다.

> 여성주의와 섹슈얼리티의 관계는 마르크스주의와 노동의 관계와 같다. …… 그것은 섹슈얼리티의 틀과 방향과 표현이 사회를 여성과 남성이라는 두 개의 생물학적 성으로 체계화한다는 주장이다. …… 여기에서 성별은 차이가 아니라 지배의 문제이다. …… 나는 주어진 사회가 성화(sexualize)하는 것은 무엇이든지 섹슈얼리티라고 정의한다. …… 젠더가 여성을 생물학적 성을 통해 억압하는 사회에서 이성애가 성별화된 섹슈얼리티의 형태라면 섹슈얼리티와 이성애는 동일한 것이다. …… 춘화를 생각하지 않고 미학을 말할 수 없고 강간을 생각하지 않고 섹슈얼리티나 욕망에 대해 말할 수 없다. 과학의 전제인 남성성에 대해 말하지 않고 과학을 비판할 수 없으며 남성의 지배를 이해하지 않고 헤게모니를 말할 수 없다.[1)]

이러한 맥키넌의 입장은 마르크스주의에서의 노동과 페미니즘에서의 성(섹슈얼리티)을 대칭으로 놓으면서 페미니즘의 성격을 규정한다. 즉 페미니즘이 성을 본격적으로 중심에 두는 사상이고, 이론임을 드러내고자 한 것이다. 이러한 급진적 페미니즘은 실상 사회주의와 마르크스주의에서 분리되어 나온 것임을 알 수 있다. 오늘날 사회주의 페미니즘과 급진적 페미니즘의 뿌리가 같다는 것은 새삼스럽게 다가온다. 이는 파이어스톤의 『성의 변증법』이 갖는 위치에서 나온다. 1970년에 출판된 이 책은 이듬해 출간된 케이트 밀레트의 『성의 정치학』과 함께 급진적 페미니즘의 출발을 알리는 중요한 이론서다. 또한 이 책은 60년대 후반부터 본격적으로 시작된 여성운동에 기반한다. 이 여성운동은 단체와 다양한 시위를 통해 전개되었다.

급진적 페미니즘의 흐름을 주도한 파이어스톤

“이제 우리는 지상에 파라다이스를 다시 창조할 지식을 가지고 있다. 그 외에 가능한 것은 그 지식을 통하여 자살하는 것, 망각이 뒤따르는 지구상의 지옥을 창조하는 것이다”라는 엄청난 말을 『성의 변증법』에서 던진 파이어스톤은 유태계로 1945년 캐나다 오타와에서 태어났다. 파이어스톤은 텔쉬 예쉬바의 야브니와 워싱턴 대학, 시카고 예술대학에서 학위를 받았다.[2] 예술학교 시절에는 실험 작가의 다큐멘터리 영화에 등장하기도 했다. 이 내용은 90년대에 엘리자베스 수브린(Elisabeth Subrin)이 「슐리」(Shulie)라는 작품으로 재구성했는데, 이 작품은 한국에서도 여성영화제를 통해 상영되었다. 1970년 『성의 변증법』이 출판될 즈음에는 공식적 활동을 멈추게 되었고, 정신병원을 수차례 드나들었다. 이 시절에 쓴 단편소설집인 『숨 막히는 공간들』(*Airless Spaces*)[3]은 1998년 출판되었다. 그녀는 미국 급진적 여성해방운동과 사회주의 여성해방운동 사이에서 급진적 여성해방운동을 선택하며 방향을 튼 것으로 보인다.

『성의 변증법』을 출간하기 이전에 파이어스톤은 여성단체에서 활동하거나 직접 단체를 창립하였다. ‘시카고 여성해방조합’(Chicago Women’s Liberation Union)의 전신인 ‘웨스트사이드 그룹’(West Side Group)과 ‘뉴욕 급진적 여성들’(New York Radical Women), ‘레드스타킹스’와 ‘뉴욕 급진적 페미니스트들’(New York Radical Feminists) 등이 그녀가 활동한 단체들이다. 그 중 ‘뉴욕 급진적 여성들’은 1967~69년 사이 활동했던 초기 페미니스트 그룹으로, 1967년 가을 뉴욕 시에서 파이어스톤과 팸 앨렌(Pam Allen)에 의해 세워졌다. 이 단체가 주도한 가장 눈에 띄는 저항은 1968년 1월 15일 워싱턴 D.C.에서 열린 지넷 랜킨 여단 시위(Jeannette Rankin Brigade Protest)[4]에 참가한 것이라 할

1968년 1월 15일 워싱턴 D.C.에서 열린 지넷 랜킨 여단 시위.
미국 최초의 여성 하원의원이자 평화주의자인 지넷 랜킨과
그녀를 지지하는 2천여 명의 여성이 함께한 베트남전 반대시위였다.

수 있다.[5)]

이 그룹의 멤버들은 미국의 알링턴 국립묘지에서 '전통적 여성상 매장' 이벤트를 벌이기도 했는데, 이 시위는 베트남전쟁을 지지한 여성들에 반대하기 위해 열렸다. 참여자들은 꽃을 가져오지 말고, 죽음을 애도하는 울음도 울지 말고, 전통적 여성의 역할들을 매장할 준비를 해오라는 내용의 초대장을 받았다. 그러나 많은 여성들이 이 장례식에 거부감을 느꼈고, 시위는 그다지 성공적이지는 못했다고 전해진다.[6)]

한편 '뉴욕 급진적 여성들'은 여성들의 해방을 위해 미국 뉴저지 주 애틀랜타 시에서 열린 '미스아메리카 반대시위'에도 참가했다. '미스아메리카는 이제 그만'이라는 문구는 1968년 9월 7일에 행해진 이 시위를 홍

보하기 위해 배포된 책자의 제목이었다. 페미니스트들은 대회장 밖에서 미스아메리카대회가 여성들의 명예를 손상시킨다고 외치면서 시위를 벌였다. 페미니즘 제2의 물결의 상징처럼 된 '브라 태우기 신화'도 이 대회에서 처음 나온 것이다. 시위참여자들은 여성억압을 상징하는 물건인 하이힐, 웨이브 기계, 거들, 브라 등을 모아 쓰레기통에 버렸다. 처음에는 불에 태우려 했으나 지역경찰이 화재위험을 경고하며 저지했다고 한다. 뉴욕 급진적 여성들이 주도한 이 시위로 인해 여성해방운동은 전국적으로 관심의 대상이 되었다.[7)]

'뉴욕 급진적 여성들'의 내부는 급진적 페미니스트파와 사회주의 페미니스트파로 나누어져 있었다. 1969년에는 이미 이념적 경향이 다른 사람들 사이에 차이를 좁히지 못한 것으로 보인다. 로빈 모건(Robin Morgan) 같은 사회주의 페미니스트들은 '지옥으로부터 온 여성들의 국제적 테러리스트 음모'(Women's International Terrorist Conspiracy from Hell)의 약자를 딴 '마녀'(W.I.T.C.H.)를 창립했고, 파이어스톤을 위시한 급진적 페미니스트들은 '레드스타킹스'를 창립한다. 사회주의 페미니스트들과 급진적 페미니스트들이 나누어지는 지점에 대한 구체적인 정보는 더 찾아야 하겠지만, '급진적 여성들'이라는 이름 아래 모였던 페미니스트들이 다시 사회주의와 급진주의자로 나누어졌다는 사실은 흥미롭다. '뉴욕 급진적 여성들'은 1969년 파이어스톤이 새롭게 시작한 '뉴욕 급진직 페미니스트들'과 구별해야 한다. 또한 1967년에 결성되어 활동해온 사회주의 페미니스트 조직인 '급진적 여성들'(Radical Women)과도 구별해야 한다.[8)]

1969년 12월 뉴욕의 급진적 페미니스트들이 '뉴욕 급진적 페미니스트'라는 단체를 결성하면서 발표한 선언문은 급진적 페미니즘과 파이어스톤의 입장을 분명하게 보여준다.[9)] 그 일부를 살펴보면 다음과 같다.

급진적 페미니즘은 여성억압을 근본적인 정치적 억압으로 인식한다. 근본적인 정치적 억압으로서 여성억압은 여성들을 성(sex)에 기반하여 열등한 계급으로 규정한다. 이러한 성 계급(sex class) 체계를 파괴하고자 정치적으로 조직적인 활동을 하는 것이 바로 급진적 페미니즘의 목표다.

급진적 페미니스트들인 우리는 우리가 남성들과의 권력 투쟁에 연루해 있다고 인식하며, 남성이 남성역할에 주어진 우월적 특권들에 스스로를 동일시하면서 그 특권들을 수행하는 한에서 여성억압의 행위자는 남성이라고 보는 바이다. 우리가 여성해방이 궁극적으로, 억압자로서 남성들의 파괴적인 역할로부터 남성들을 해방하는 것이라는 점을 인식하고 있기는 하지만, 그렇다고 해서 우리가 남성들도 투쟁 없는 이러한 해방을 환영하리라는 순진한 환상을 가지고 있는 것은 아니다.

급진적 페미니즘은 정치적이다. 급진적 페미니즘은 개인들로 이루어진 한 집단 (남성들)이 여성들 위에 군림하기 위한 권력을 쟁취하고자 함께 체계적으로 조직해왔다는 점을 인식하기 때문에, 남성들이 남성지배의 권력을 유지하고자 사회 전반에 걸쳐 제도들을 확립해 왔다는 점을 인식하기 때문에 정치적이라는 것이다.

정치적 권력 제도란 어떤 목적을 위해 설립되는 것이다. 우리는 남성 오로지주의(chauvinism)의 목적은 일차적으로 심리적인 자아만족을 획득하고자 하는 것이라고 보며, 이것은 오로지 이차적으로만 스스로를 경제적 관계들에서 드러낸다고 본다. 이러한 이유로 우리는, 자본주의 혹은 여하한 다른 경제적 체계가 여성억압의 원인이라고 보지 않으며, 또한 순수하게 경제적인 혁명의 결과로 여성억압이 사라질 것이라고 보지도 않는다. 여성에 대한 정치적 억압은 그 나름의 동적인 계급 역학을 지닌다. 이러한 역학은 이전이라면 "비정치적인" 것, 즉

(여성) 자아의 정치학이란 측면에서 이해되어야 한다.

남성권력집단의 목적은 하나의 욕구를 충족시키는 것이다. 이 욕구는 심리적인 것이며, 남성 정체성에 대한 남성우월주의적 가정들로부터 파생한 것이다. 즉, 남성 정체성은 여성 자아 위에 군림하는 권력을 지니는 능력을 통해서 유지된다. 남성은 자신의 자아가 여성의 자아 위에 군림하게 하는 능력에 직접적으로 비례해서 자신의 "남성성"을 확립하며, 남성은 이러한 과정을 통해서 스스로의 강함과 자기존중감을 도출한다. 이런 점에서 남성의 욕구는, 비록 파괴적인 것이긴 하지만, 비개인적인(impersonal) 것이다. 남성의 욕구는 남성이 지배하고 파괴하려는 여성에게 상처를 입히려는 욕망에서 나온 것이 아니다. 오히려 그것은 남성이 필연적으로 여성의 자아를 파괴하고 여성의 자아를 자신의 자아에 복종적인 것으로 만들어야만 권력을 지닌다는 식의 인식으로부터 나온 것이다. 여성들에 대한 적개심은 이러한 인식의 이차적인 효과이며, 남성권력에 대한 이러한 가정들을 남성 스스로가 충족시키고 있지 못하는 한 남성은 여성들을 증오한다. 마찬가지로, (예컨대 가난한 백인 남성처럼) 다른 남성들 사이에서 자기 자신을 출중한 존재로 확립하지 못하는 남성의 실패는 그 남성으로 하여금 그가 맺는 여성들과의 관계에 적대감을 돌리도록 한다. 여성들은 그가 여전히 권력을 실행할 수 있는 몇 안 되는 정치적 집단들 중 하나이기 때문이다.

여성들인 우리는 남성권력구조 속에서 살고 있으며, 여성으로서 우리의 역할은 필연적으로 남성들의 한 기능이 된다. 우리가 제공하는 서비스들은 남성 자아에게 바쳐지는 서비스이다. 이러한 서비스들을 얼마나 잘 수행하느냐에 따라서 상벌이 주어진다. 우리의 솜씨—우리의 전문 업종—은 여성적이 될 수 있는 우리의 능력이다. 즉, 섬약한, 부드러운, 수동적인, 무기력한, 언제나 주는, 섹시한 등등. 달리 말하자면, 남성이 최고라는 점을 남성에게 재삼 확신시키는 데 도움이 되는 모든 것을 할 줄 아는 능력 말이다. 이런 것들을 성공적으로 수행해야만 우리의 솜씨는 보상받으며, "잘 결혼하고" 너그러운 온정주의로 대해지며, 성공한 여자들이라고 여겨지고, 심지어 "위대한 여성들"로 기록될 수도 있을 것이다.

우리가 남성 자아를 위한 이러한 서비스를 잘 수행하지 않기로 선택하고서 대신 스스로를 가장 중요한 것으로 여기고 스스로를 주장할 경우 우리는 우리의 자아를 주장할 수 있는 대안들에 접근하는 데 필수적인 것들을 박탈당한다. 다양한 직장에서 의사결정 권한이 있는 자리들은 여성들인 우리에게 폐쇄되어 있다. 정치 영역은 (좌파건 우파건 자유주의자들이건) 보조적 역할을 제외하면 여성들에게 차단되어 있다. 여성들의 창조적인 노력들은 단지 여성이라는 이유로 처음부터 진지하게 고려되거나 판단되지 않는다. (급진적 페미니스트들인) 우리가 "진정한(real) 여성"이 되지 못해서 우리의 나날의 삶은 실패라고들 한다.

여성들의 노동이 남성보다 훨씬 낮은 보수를 받는다는 점에서 여성에 대한 거부는 경제적인 것이다. 그것은 또한 감정적인 것이기도 하다. 우리가 복종적인 여성 역할을 담당하기를 거부하기로 선택했다는 이유로 인간관계를 차단당한다는 점에서 말이다. 우리는 낯선, 소외시키는 체계의 덫에 갇혀 있다. 자본주의하에서 노동자가 그 자신의 이해관계에 반대되도록 설립된 체계 속에서 자신의 경제적 서비스들을 팔도록 강제되듯이 말이다.

앞에서 본 '뉴욕 급진적 페미니스트'의 선언문 이전에 '레드스타킹스'

의 선언문이 발표된다. 빨간색을 의미하는 레드와 블루스타킹스[10]의 합성어인 '레드스타킹스'는 혁명좌파와 지식인 여성을 폄하하는 데서 유래한 용어다. 레드스타킹스는 1969년 2월 파이어스톤과 엘렌 윌리스(Ellen Willis)가 뉴욕 급진적 여성들과 결별 후 세운 단체로, 70년대에 활발하게 활동하였다. 뉴욕 시에서 주로 활동하였으며 1970년에 샌프란시스코에서 시작된 '서부 레드스타킹스'(Redstockings West)와는 다른 미 동부의 독립단체다. 이 단체는 1970년에 해체하고 다시 1973년에 캐시 사라칠드(Kathie Sarachild) 등에 의해 세워진다. 70년대에 이 그룹은 낙태권에 대한 항의와 거리 연극을 혼합한 방식의 활동으로도 잘 알려져 있다. 이러한 저항 몸짓은 80년대 초반 '착한 여자는 이제 그만'(No More Nice Girls)에 의해 채택된 방식이기도 하다. 레드스타킹스는 70년대에 영향력이 있었지만 단명한 급진적 페미니스트 그룹들 중 하나로, 여성운동과 관련한 유명한 문구들을 탄생시킨 활동을 많이 했다. 이들이 배포한 팸플릿들은 이러한 문구들을 잘 보여준다. 한 팸플릿에는 '페미니스트 혁명'이란 제목하에 '자매애는 강하다'(Sisterhood is Powerful), '의식화'(Consciousness-Raising), '개인적인 것은 정치적인 것이다'(The Personal is Political), '가사노동의 정치학'(The Politics of Housework), '미스아메리카에 대한 항의'(The Miss America Protest), '여성친화적 계보'(The Pro-Woman Line) 등의 문구가 적혀 있다.

'레드스타킹스'의 선언문은 급진적 페미니즘의 문구들의 의미를 더 확실하게 부각시킨다고 할 수 있다. 1969년 7월 7일 발표된 이 선언문은 여성이 억압받는 계급임을 강조하고, 남성 우위로부터의 해방의 필요성을 주장했다.

1. 개인과 이전의 정치적 투쟁의 세기가 지난 후, 여성들은 남성 우

브라 태우기 시위.
급진적 페미니스트들은 여성 억압을 상징하는 물건들을 불태우는 시위를 벌였다.

위로부터 자신들의 마지막 해방을 달성하기 위해 뭉치고 있다. '레드 스타킹스'는 이러한 연합을 형성하고 우리의 자유를 쟁취하기 위해 헌신하기로 한다.

2. 여성들은 억압받는 계급이다. 우리의 억압은 우리 삶의 모든 국면들에 영향을 미치면서, 전면적이다. 우리는 섹스 대상으로, 양육자로, 가정의 하인으로 그리고 값싼 노동으로 착취당한다. 우리는 열등한 존재로 간주되며, 우리의 유일한 목적은 남성들의 삶을 좋게 만드는 것으로 간주된다. 우리의 인간성은 거부당한다. 앞에서 말한 우리의 행동은 신체적 폭력의 위협에 의해 강요된다. 우리는 우리로부터 격리되어 억압자들과 너무나도 친밀하게 살아왔기 때문에 우리의 개인적 고통을 정치적 조건으로 보는 것이 어려웠다. 따라서 여성이 자신의 남자와 맺는 관계가 두 사람만의 독특한 인격 사이의 상호작용 문제이며 개인적

으로 해결할 수 있는 문제로 착각하게 만들었다. 현실에서 모든 각각의 관계는 계급 관계이며, 개별 남성과 여성 사이의 갈등들은 집단적으로 해결될 수밖에 없는 정치적 갈등들이다.

3. 우리는 억압의 행위자로 남성을 지목한다. 남성우월은 지배의 형태 중 가장 오래되고 가장 기초적인 형태다. 다른 형태의 모든 착취와 억압(인종주의, 자본주의, 제국주의 등)은 남성 우월의 연장선에 있다. 남성은 여성을 지배하며, 몇몇의 남성은 나머지를 지배한다. 역사를 통해서 모든 권력구조는 남성지배적이며 남성편향적이었다. 남성은 모든 정치적, 경제적 그리고 문화적 제도들을 통제해왔으며 물리적 힘으로 이 통제를 받쳐왔다. 그들은 여성을 열등한 위치에 머무르도록 힘을 사용해왔다. 모든 남성은 남성우월로부터 경제적, 성적 그리고 심리적 이득을 취해왔다. 모든 남성은 여성을 억압해왔다.

4. 책임의 짐을 남성들로부터 제도나 여성들에게 덜어놓으려는 시도들이 있어왔다. 우리는 이러한 논쟁들을 도피로 비난한다. 제도들은 그 자체만으로 억압하지 않는다. 그들은 억압자의 도구에 불과하다. 제도들을 비난하는 것은 남성과 여성들이 똑같이 희생당했다는 것을 암시하며, 남성들이 여성을 종속시키면서 이득을 취해왔다는 사실을 흐려버린다. 그리고 남성들에게 그들은 억압자들이 되도록 강요받았다는 변명을 가능하게 한다. 이와는 반대로, 어떤 남성도 그의 우월한 위치를 포기할 수 있는 자유가 주어져 있다. 그가 다른 남성들에게 여성과 같은 대우를 기꺼이 받을 각오가 되어 있다면.

우리는 또한 여성들은 그들 자신의 억압에 동의했다는 생각 혹은 책임이 있다는 생각을 거부한다. 여성들의 종속은 세뇌, 바보 같음 혹은 정신적 병의 결과가 아니라 남성들로부터 지속적이며 일상적인 압박의 결과다. 우리는 우리를 바꿀 필요가 없고, 다만 남성들을 바꿀 필요가 있을 뿐이다.

이 중에서 가장 치명적인 회피는 여성들이 남성들을 억압할 수 있다고 말하는 것이다. 이 착각의 근저에는 정치적 맥락으로부터 떨어져 있는 개별적 관계들과 그들의 특권에 대한 합법적인 도전을 박해로 받아들이는 남성들의 경향이 있다.

5. 우리는 우리의 개인적 경험과 그 경험에 대한 우리의 감정들을 우리의 공통된 상황을 분석하기 위한 토대로 간주한다. 우리는 현존하는 이데올로기들에 의존할 수 없다. 왜냐하면 그들은 남성우위문화의 생산물이기 때문이다. 우리는 모든 일반화에 의문을 품고 우리의 경험에 의해 검증된 것이 아니면 그 어떤 것도 받아들이지 않는다.

우리의 현재 주된 임무는 경험을 공유하고, 우리를 둘러싼 제도들 모두에 기초한 성차별주의적 토대를 공적으로 드러내는 것을 통해 여성 계급의식을 개발하는 것이다. 의식화는 개별적 해결들의 가능성을 암시하며 남자–여자관계는 순전히 개인적이라고 잘못 가정하는 '치료'가 아니라 해방을 위한 우리의 프로그램이 우리 삶의 확실한 현실에 기초하고 있다는 것을 확신할 수 있는 유일한 방법이다.

계급의식을 고양시키기 위한 첫 번째 필요사항은 사적이며 공적인 차원에서의 우리 자신과 다른 여성들에게 갖는 정직함이다.

6. 우리는 모든 여성들과 동일시한다. 우리는 우리의 가장 가난한, 가장 야만적으로 착취 당한 여성의 이익이 우리의 최고의 이익이라고 정의한다.

우리는 우리를 다른 여성들로부터 구분하는 모든 경제적 · 인종적 · 교육적 혹은 신분적 특권들을 거부한다. 우리는 우리가 다른 여성들에게 가질지도 모르는 어떤 편견도 인정하고 제거할 각오가 되어 있다.

우리는 내적 민주주의를 달성하는 데 헌신할 것이다. 우리는 우리

운동에서 각 여성이 참여하고, 책임을 질, 그리고 그녀의 정치적 잠재력을 개발할 동등한 기회를 갖도록 할 수 있는 것은 무엇이든지 할 것이다.

7. 우리는 우리의 자매들 모두가 투쟁을 함께 할 것을 요청한다.

우리는 모든 남성들이 우리 인류의 이익과 그들 자신의 이익을 위해 자신들의 남성특권들을 포기하고 여성들의 해방을 지지하도록 요청한다.

우리의 해방을 위해 싸우는 데 있어 우리는 항상 여성들의 억압자들에 대항하고 여성들 편에 설 것이다. 우리는 여성들에게 좋은 것이면 그것이 '혁명적'인지 아니면 '개량적'인지 묻지 않을 것이다.

개별적 계략(skirmishes) 시대는 지나갔다. 이 시대는 집단적 계략의 시대다.[11]

이와 같은 선언문을 작성하고 활동을 한 파이어스톤이 『성의 변증법』 이후 달리 크게 활동하지 않아 많은 궁금증을 자아낸다. 20대 초반에 극렬한 활동을 하는 단체를 둘이나 만들고 『성의 변증법』 같은 엄청난 책을 세상에 던진 그녀는 왜 그 이후 활동을 하지 않았을까. 어쩌면 하지 않은 것이 아니라 하지 못한 것이 아닐까. 1998년에 단편소설집을 낸 것 외에는 페미니스트로서의 활동을 접은 파이어스톤의 삶에 대해서는 공상이나 소설을 쓸 수밖에 없다. 필자가 써본 소설은 대략 이러하다. 생물학적 가족을 공격하고 출산을 거부하는 쪽으로 방향을 잡은 파이어스톤이 혹 그 무게로 인해 사회적 역할을 접고 페미니즘 진영에서 자취를 감춘 것은 아닐까. 가족적 정서가 강한 유태계 집안에서 태어나, 가족을 뿌리부터 해체하려는 책을 썼지만, 그 급진성을 감당하기 힘들어 정신병원을 드나들게 된 것일까. 아니면 유토피아까지 다 쓰고 나니까 더 이상 쓸 것이 없어져 자취를 감춘 것일까. 그것을 운동으로 만들어가는 일이 지난한 과정임을 알기 때문에 자취를 감춘 것일까. 어쩌면 그녀가 할 수 있는 일을 한꺼번에 했기 때문일지도 모른다. 그녀의 급진적 이념과 행동이 자리하기에 현실사회는 너무 '숨 막히는 공간들'이기 때문일지도 모른다. 그러나 확실히 말할 수 있는 것은 『성의 변증법』은 뿌리를 건드리는 책이라는 점이다. 문제는 뿌리부터 공격되지 않았고, 그녀는 뿌리를 공격하였다. 그녀가 건드린 뿌리는 어떤 뿌리인가? 그 뿌리를 보기 위해서는 『성의 변증법』에서 드러나는 몇 가지 쟁점들을 살펴볼 필요가 있다.

『성의 변증법』이 제기한 쟁점들

낭만적 사랑과 생물학적 출산

『성의 변증법』은 여성억압의 핵심에 출산을 놓는다. 물론 프로이트주의를 비판하는 뒷부분에서는 낭만적 사랑이 출산보다 더한 억압이라고 말한다. 그러나 파이어스톤은 『성의 변증법』 전반에서 출산이 억압임을 강조하고 출산으로부터의 자유를 주장한다. 그녀는 출산을 생물학적 성으로 놓고, 이 생물학적 성에 기반한 계급을 성 계급이라고 한다. 생물학적 가족과 그것을 받쳐주는 결혼제도 그리고 그것에 기반하여 여성에게 맡겨진 양육, 여성과 어린이의 유대가 여성과 어린이를 자유롭지 못하게 한다고 본다. 따라서 출산양식의 변화, 즉 사이버네틱 혁명과 기계에 의한 인간의 생산이 여성을 자유롭게 할 것이라고 주장한다.

파이어스톤은 출산 자체에 대해 한 장을 할애하지는 않지만, 출산이 여성억압의 원인이라는 생각은 이 책 전반에 깔려 있다. 페미니즘 내부에서는 출산이 여성억압이라 보는 쪽과 출산이 여성의 능력이므로 그 점을 강조해야 한다고 보는 쪽이 있다. 생명공학 시대, 인공생식의 문제를 여성의 해방으로 놓는 관점을 어떻게 볼 것인가. 이는 올더스 헉슬리의 『멋진 신세계』와 『아일랜드』 『인공지능』(A.I.), 마거릿 애트우드의 『시녀 이야기』, 마지 피어시의 『시간의 벼랑에 서 있는 여인』 등과 함께 생각해 볼 여지가 있다.

아동기와 학교제도

『성의 변증법』은 아동기와 학교제도에 대한 독창적인 분석을 제시한다. 이 책에 따르면[12] 아동기는 아이들을 하나의 계급으로 격리시키며, 그들을 성인으로부터 격리함으로써 여성과 아동을 같이 묶어 가정이라는 공간에 위치 지을 수 있게 된다. 이는 여성억압의 핵심적 원인을 자녀 출산과 양육이라고 보는 관점과 연결된다. 아동기라는 신화를 만들어냄으로써 아동은 연약하고 보호해야 할 대상이 된다. 그 보호의 일차적 책임은 여성에게 부과된다. 그 책임을 지는 공간은 가정이다. 아이들은 출산과 양육이라는 여성의 역할과의 관계에서 정의되고 그 관계에 의해 심리학적으로 형성된다. 이 책에서 파이어스톤이 비판하는 프로이트의 정신분석은 이러한 심리적 형성을 받쳐주는 역할을 한다. '오이디푸스 콤플렉스' 이론은 이러한 가부장적 현실을 진단하는 동시에 남성성인 권력이 굳히고자 하는 가부장제를 강화하는 역할을 한다. 아이들이 성인이 되어 어떤 관계를 형성하는가는 가정에서의 관계와 연결되어 있다. 이 관계의 형성은 그들이 성인이 되어 건설할 사회를 결정하게 된다.[13]

이 책에 따르면 학교는 아동기를 현실화한 제도다. "학교의 이데올로기는 아동기의 이데올로기다".[14] 학교는 아동기의 약함과 순진무구함을 주장하면서 성인세계로부터 아이들을 분리하고, 양육의 기능을 담당한다. "학교란 아이들을 사회의 나머지 부분으로부터 효과적으로 격리시킴으로써 아동기를 구조화하는, 그리하여 성인기로 성장하는 것과 사회에서 유용한 전문화된 기술을 발전시키는 것을 방해하는 제도였다".[15] 아동심리학이나 아동교육이라는 분야가 등장했고, 아이들은 특수한 방식으로 다루어야 하는 특수한 존재라는 가정은 그들을 한 공간에 묶어놓고 훈육과 교육을 하는 명분을 제공한다. 그리하여 같은 나이의 아이들이 학교라는 특수한 공간에 함께 묶이고 갇히게되는 것이다.

아동기와 학교제도는 가부장적인 가정과 가족관계를 강화하는 역할을 한다. 학교라는 공간에 갇힌 아이들은 점점 더 오랜 기간 동안 경제적으로 의존적이게 되었으며, 가족유대는 파괴되지 않고 남아 있게 된다.[16] 아동중심적인 핵가족의 시작과 함께 아이들을 가능한 한 오래 부모의 지배 아래 있게 하는 '아동기'를 구조화하는 데 학교라는 제도가 필수적인 것이 되었다.[17] 현대가족의 발달이란 크고 통합된 사회가 작고 자기중심적인 단위인 부부단위로 바뀌었음을 의미한다. 이 단위에서는 아이의 존재는 중요해진다. 아이는 그 단위의 산물이며 그것이 유지되는 근거이기 때문이다. 아이들이 새로운 가족단위를 만들 준비가 될 때까지 그들을 심리적으로 경제적으로 그리고 감정적으로 가능한 한 오래 가족단위에 묶어두기 위해서, 가정에 되도록 오래 머물게 하는 것이 바람직해진 것이다.[18]

파이어스톤은 학교가 구조적으로 억압적인 제도라고 본다. 아이들에게 자유를 주고, 아이들의 행복을 추구하고, 아이들이 흥미 있어할 문제들을 찾으려고 노력한다 해도 "오늘날의 학교는 구조적으로 정의할 때 억압하기 위해 존재한다".[19] 그녀에 의하면 현대의 아동기를 이해하게 하는 핵심용어는 '행복'이다. 아이들은 살아 있는 행복의 실체여야 한다. 음침하거나 혼란스럽나 정신이상인 아이들은 행복한 아동기의 신화를 거짓으로 만들기 때문에 기피 대상이 된다. 자녀에게 기념할 만한 아동기를 주는 것이 모든 부모의 의무가 되었다. 파이어스톤은 기념할 만한 아동기의 예로 그네, 불어서 만드는 수영장, 장난감과 게임들, 캠프여행, 생일파티 등을 든다. 행복한 아동기를 마련해주고자 하는 신화의 이면에는 아이들의 격리가 존재한다. 아이들은 사회로부터 계속해서 엄격하게 분리되어야 하는 것이다.[20] 진보적인 학교에서 좋은 선생들이 아이들이 진짜로 흥미 있어할 문제들과 활동들을 찾아내려 한다 해도 학급의 질서유지, 분리된 학급의 억압적 구조 자체가 바뀌는 것은 아니다.[21]

아동기는 현대사회의 산업과도 밀접하게 연결되어 있다. 현대사회가 아동기의 신화를 확장하는 이유는 경제적인 데 있기도 하다. 20세기에 와서 교복, 학교선생의 회초리 등과 같은 모든 피상적인 억압의 상징들을 없앴다고 해도 아동기의 신화가 20세기 식으로 번성하는 이유는 아동산업의 확장에 있다. 모든 산업들이 특수 장난감, 게임, 아기음식, 아침식사용 식품, 아동서적과 만화책, 아이들이 좋아하는 사탕 등을 제조하는 데 열을 올리고 있다.[22] 이렇게 확장된 산업이 아이들의 욕망을 자극하고, 사회로부터 격리해놓기 때문에 아이들은 어른 남성에게 의존적이 될 수밖에 없게 된다. 따라서 "아동억압은 무엇보다도 경제적 의존에 근거를 두고 있다".[23]

파이어스톤이 아동기의 신화를 문제 삼는 또 다른 이유는 여성의 억압과 아동의 억압을 유비관계로 놓기 위함이다. 『성의 변증법』에 의하면 아동과 여성은 성인 남성보다 열등한 지위를 갖게 된다. 아동기의 신화와 여성의 신화는 더 잘 대응된다.[24] 아동과 여성은 각각 계급을 형성한다는 것이 그녀의 관점이다. 성인 남성들은 그들이 원하는 것을 얻기 위하여 아동성과 여성성을 사용하는 법을 배운다. 아이들에게는 성인세계에로의 모든 여행은 무서운 생존탐험이 되었다. 어른들과 있을 때의 딱딱하고 수줍은 행동과, 동료집단과 있을 때의 아이들의 자연스러운 행동 간의 차이가 이것을 증명한다. 이는 "마치 여성들이 그들끼리 있을 때는 주위에 남성들이 있을 때와 다르게 행동하는 것과 마찬가지이다"[25] 이 두 집단의 개인들은 "궁극적으로 그 자체의 특이한 법칙과 행동의 구조를 가진 인간 동물의 다른 종류로 나타난다".[26] 이와 같이 파이어스톤은 여성과 아동이 계급으로 형성되는 방식이나 내용을 파헤치고자 했다.

그녀에 의하면 남성들은 보호와 귀여워함 등으로 억압한다. "여성들과 아이들의 계급억압은 '귀여운' 표현법으로 표현되기 때문에, 공개적인 억압보다 투쟁하기 어렵다".[27] 남성들은 "아동이나 여성동물의 내면에 존재하고 있는 진정한 인격이 그들에 의해 귀여움을 받는다든가 주목받는 것을 선택하지 않을지도 모른다는 것을 그들은 생각해본 적이나 있을까?"라고 반문한다.[28] 어떤 낯선 사람이 "남성임에의 존경심 없이" 길거리에서 어른이 아이들에게 하는(등을 툭툭 두드리고, 목에서 꼴딱 소리를 내고, 아기 흉내를 내는) 방식으로 행동한다면 그가 느낄 황당함을 상상해보라고 파이어스톤은 말한다.[29] 그녀는 계속 여성과 아이를 연결하여 남성들이 어떻게 느끼는지를 제시하고자 한다.

파이어스톤은 "웃음의 보이코트"를 제안한다. 그녀는 남성들이 여성이나 아이의 투덜댐을 좋아하지 않고 그들에게 억지웃음을 요구한다고 지적한다. 비록 속에서는 화가 솟구치더라도 그들의 억압을 "좋아하는" 것처럼 보여야만 한다는 것이다. 이 대목에 오면 그녀는 여성, 아동, 흑인 또는 노동자를 한 줄에 놓는다. "웃는다는 것은 아동과 여성에게는 발을 질질 끄는 것과 마찬가지이며, 또한 희생자가 그의 억압을 묵인하는 것을 암시한다." 그렇기 때문에 여성해방운동을 위해 파이어스톤이 바라는 행동은 "'웃음의 보이코트'이다. 그것을 선언하면서 모든 여성들은 곧 '남을 즐겁게 하기 위한' 그들의 웃음을 버릴 것이고, 그 후론 오직 무엇인가가 '그들을' 즐겁게 할 때만 웃을 것이다".[30]

결론적으로 파이어스톤은 아동기를 없애야 한다고 주장한다. 그녀에 의하면 현대사회는 "아이들을 계속해서 격리시켰고, 학교를 없애거나 적어도 그 구조를 근본적으로 개편하는 데 실패했다".[31] 여성과 아동들이 겪는 특권적인 노예제도(보호)는 자유가 아니다. 왜냐하면 자유의 기초는 자기조절(Self-regulation)이며, 의존은 불평등의 기원이기 때문이다.[32]

뿌리 깊은 성 계급

『성의 변증법』은 성 계급에 관한 책이기도 하다. 파이어스톤은 여성을 성적 계급으로 본다. 그녀가 급진적인 이유는 여기에 있다. 파이어스톤은 뿌리를 보았고, 이 뿌리가 얼마나 깊은지를 본 것이다. 이 뿌리에 대한 인식은 혁명으로 이어진다.

> "성적 계급은 보이지 않을 정도로 뿌리가 깊다. 혹은 그것은 단순히 약간의 개혁으로써 또는 여성을 노동력에 완전히 포함시킴으로써 해결할 수 있는 피상적인 불평등으로 보일지도 모른다. 그러나 이에 대한 평범한 남자와 여자 그리고 어린이의 반응—'그것이라고?' '그것은' 변화시킬 수 없어! 그런 생각을 하다니 정신이 나갔군!—은 진실에 가장 가까운 것이다. 우리는 모든 면이 그처럼 뿌리가 깊은 것에 관하여 말하고 있다. 이 대담한 반응—그들이 잘 모르기는 하지만 여성해방론자들(feminists)이 근본적인 생물학적 조건을 바꾸는 것에 대해 말하고 있다는 가정—은 솔직한 것이다. 그러한 심각한 변화가 '정치적' 범주와 같은 전통적인 사고범주들 속에 쉽게 융합되지 않는 이유는 성 계급이 그러한 범주들에 적용되지 않기 때문이 아니라, 그 범주들이 충분히 포괄적이지 못하기 때문이다. 급진적 여성해방론(radical feminism)은 그러한 제한된 범주들을 극복하고 나아가는 것

이다. 만일 '혁명'이라는 말보다 더 포괄적인 말이 있다면 우리는 그것을 사용할 것이다."[33)]

파이어스톤은 여성 계급과 생물학적 현실을 연결한다. 그녀는 경제적 계급과는 달리, 성적 계급은 생물학적 현실로부터 직접적으로 발생했다고 본다. 남성과 여성은 다르게 만들어졌고, 평등하게 특권을 누리도록 창조되지 않았다. "보부아르가 지적한 대로 차이 그 자체가 계급 체계—한 집단이 다른 집단을 지배하는 것—의 발전을 필연적인 것으로 만들지는 않지만 생식 '기능'의 차이가 그렇게 만든 것이다".[34)] 파이어스톤은 현재의 가부장적 가족을 "생물학적 가족"이라 부른다. 이 가족에는 불평등한 힘의 분배가 내재해 있다. 계급의 발전을 낳게 된 권력에 대한 욕구는 남녀 사이의 기본적 불균형에 따른 개인적 성 심리의 형성에서 생겨난다는 것이다.[35)] 즉 "남녀 간의 자연적 생식의 차이는 세습적 계급의 전형(생물학적 특성에 근거한 차별)을 공급할 뿐만 아니라, 계급이 발생할 때 최초의 노동 분업을 가져왔다".[36)]

파이어스톤에 의하면 생물학적 출산과 양육의 유대는 불평등한 성별 분업을 낳고 성에 기초한 계급과 계급심리를 형성해왔다. 그리고 이 특별한 유대는 결코 단절되지 않았다. 여성들의 역할은 재정의되기보다는 확대되었다. 여성들은 상부구조인 남성경제에도 (부분적으로) 징발되었는지는 모르지만, 보통 특별하고 임시적인 노동수요에 따라서였지 여성의 역할이 사회를 통해 확산되었던 적은 결코 없었다. 그러므로 여성은 그들의 전통적인 역할을 보존했고, 어떤 경우에는 새로운 역할을 첨가시켰을 뿐이다."[37)]

엥겔스와 마르크스가 본 사적유물론은 파이어스톤에 오면 성의 변증법 그리고 생물학적 계급과 계급투쟁의 형태를 띤다.

사적유물론은 성의 변증법에서 모든 역사적 사건의 궁극적 원인과 가장 큰 원동력을 찾는 역사의 과정을 보는 방식이다. 즉 생식을 위해 두 개의 다른 생물학적 계급으로 나누어진 사회의 분화, 이 두 계급의 상호 투쟁, 이 투쟁들에 의해서 만들어진 결혼, 출산 그리고 양육의 양식에서의 변화, 성의 계급과 관계되어 육체적으로 구분되는 다른 계급들(카스트)의 발전, 그리고 '경제적 · 문화적' 계급제도로 발전한 성에 기초를 둔 최초의 노동 분업에서 역사적 사건의 원인을 찾는 방식이다.[38)]

마르크스와 엥겔스의 계급분석에 대해 파이어스톤은 다음과 같이 말한다. 파이어스톤은 엥겔스가 사적 변증법의 하부구조를 희미하게 인식했으나 성을 본격적으로 보지 못했다고 지적한다. 따라서 여성의 억압을 엄격히 경제적 해석에 의거하여 설명하려는 것은 오류라고 본다. 『성의 변증법』에서 경제적 분석보다는 낭만적 사랑과 로맨스 문화를 분석한 이유도 여기에 있을 것이다. 낭만적 사랑과 출산과 성 계급의 관계를 추적하는 파이어스톤의 의도는 기존 경제적인 계급분석이 제한적이라는 점을 지적하는 데 있다. 마르크스와 엥겔스로부터 계급분석의 틀을 빌려올 정도로 이 둘의 작업이 훌륭하다고 보지만 동시에 제한적이라고 보는 것이다. 경제적 측면에서의 계급 분석은 일차적 의미로서는 정확하지만 심층적이지 못하다는 것이다. 파이어스톤이 보기에 엥겔스는 "때때로 사적 변증법의 성적 하부구조를 희미하게 인식했으나, 모든 것을 경제적인 것으로서 환원시키면서 성은 경제적 여과기를 통해서만 볼 수 있었기 때문에, 어떤 것이든 그 자체로서 평가할 수 없었다."[39)] 파이어스톤은 엥겔스가 최초의 노동 분업은 자녀양육이라는 목적을 위하여 남녀 간에 존재했으며 가족 안에서 남편은 소유주이고 아내는 생산수단이며 자녀는 노동의 산물이라는, 즉 인간종족의 생식(reproduction)은 생산수단(means of production)과 구별되는 중요한 경제체제라는 것을 인식했다고 본다.[40] 하지만 그녀는 앞에서 말했듯이 엥겔스는 성을 본격적으로 뿌리까지 건드리면서 파고들지 않았다는 관점을 유지한다.

이와 같이 사적 변증법의 성적 구조를 본 파이어스톤은 여성해방운동이 사회주의 혁명으로 가능하지 않다고 보았다. 권력심리는 뿌리가 깊고 그 뿌리는 바로 성적 계급과 가족구조라고 보았으며, 여성들 또한 남성들과 동일시하며 살아온 과정이 있기 때문에 권력심리가 하루 아침에 없어지는 것은 아니라고 보았다. 여성들은 그들의 복종적인 본성뿐만 아니라 그들의 지배적인 본성까지 근절시켜야 하는 특이한 상황에 처해 있다고 보았다. 여성들이 지배적인 위치에 있지는 않았지만 그것까지 가야 해방이 가능할 것이라고 본 것이다.[41]

따라서 사회주의 혁명으로는 성의 혁명이 이루어지기 어렵다고 판단하여 『성의 변증법』에서는 성의 혁명, 사회적 혁명, 문화적 혁명이라는 세 가지를 따로 제시하게 된다. 그리고 사회주의 혁명의 궁극적 목적이 경제적 계급 '특권'의 제거뿐만 아니라 경제적 계급 '구별' 그 자체를 제거하는 것이듯이, 여성해방혁명의 궁극적 목적은 최초의 여성해방운동의 목적과 달리 남성 '특권'의 제거뿐만 아니라 성 '구별' 그 자체를 완전히 제거하는 것이어야 한다고 주장한다.[42] 파이어스톤이 보는 여성해방은 자유주의적 여성운동이 해온 참정권이나 교육권 등 권리의 차원 또한 넘는 것이다.

급진적 여성해방론의 관점에서 볼 때 새로운 여성해방론은 사회적 평등을 위한 심각한 정치운동의 단순한 부활이 아니다. 그것은 역사에서 가장 중요한 혁명의 두 번째 물결이다. 그것의 목적은 가장 오래되고 가장 견고한 계급-카스트 제도를 뒤집어엎는 것이다. 그것은 성에 기초를 둔 계급제도로서, 남성과 여성의 역할을 원초적으로 주어진 것으로 부당하게 정당화시키고 외면적으로도 영구화시키면서 수천 년 동안 굳어져 내려온 제도이다.[43]

성의 혁명

가장 오래되고 가장 견고한 계급-카스트 제도인 성 계급을 뒤집어엎는 일을 시작한 급진적 여성해방운동은 파이어스톤이 보기에 "역사에서 가장 중요한 혁명의 두 번째 물결"이었다. 이 두 번째 물결은 첫 번째 물결에 대한 반동적 성격의 한계를 넘어서는 것이어야 했다. 파이어스톤은 첫 번째 물결이 만든 한계를 세 가지 정도로 정리한다. 하나는 여권운동을 한 1세대들이 여성문제를 부차적인 것이며 지엽적인 것으로 보았다는 점이다. 즉 남성들이 중요하다고 본 문제 안에 숨어서 자신들의 문제를 전면화하지 못했다는 것이다. 이는 '뉴욕 급진적 여성들' 같은 단체가 사회주의 페미니스트와 급진파로 나누어진 것과도 연결된다. 경제적 문제, 계급의 문제, 인종의 문제 등의 기존 사회운동 내부에 여성의 문제를 위치시키는 것은 잘못이라고 본 것이다.

그녀는 "제1차 세계대전 전후의 여성급진주의자"들이 여성의 대의 자체를 "정당한 급진적 문제들"로 보지 않았다고 비판한다. 여성운동을 "다른 것, 즉 더 중요한 정치운동에 부수적인 것으로 파악함으로써 그들은 어떤 의미에서 그들 자신을 결함 있는 남성으로 보았다"[44]고 비판한다. "남성과 관계 있는 문제들은 '인간적'이고 '보편적'인 반면, 여성들의 문제는 '특수하고' '당파적인' 문제들로 보았다"고 지적한다.[45] 여성급진주의자들이 "남성들에 의해 지배된 운동 안에서 정치적으로 성장하면서 그들은 그 운동을 벗어나 그들 자신의 운동을 하기 보다는 그 운동 안에서 자신의 위치를 개혁하는 데 몰두하였다"[46]는 것이다. 남성들의 영향력을 벗어나지 못한 운동은 여성문제를 부차적인 것으로 보는 운동일 수 있다는 비판이다.

파이어스톤은 급진적 여성해방운동이 "여성들을 건강한 이기심을 가진 거물과는 반대되는 이타적인 여성의 전통을 가진 엘리노어 루즈벨트와 같은 여성"을 모델로 하는 첫 번째의 여성해방투쟁에 대한 반동적 성격을 띤다고 보았다.[47] 여성해방운동론자들은 여성들이 건강한 이기심을 가진 큰 존재가 되도록 해야 하는데 남성의 이익과 일치하는 운동을 하는 무리들이 있다고 본 것이다. 그렇기 때문에 이들이 하는 운동은 "권력은 아직도 그들의 손에 남아"있게 하는 운동이라고 보았다.[48] 그녀는 "권력이란 어떻게 진화되었건 기원이 무엇이건 투쟁 없이 포기되지는 않는다"[49]는 강한 발언을 잊지 않는다.

그리고 두 번째 한계는 참정권운동과 같이 선거권을 목표로 한다거나 나아가 정당정치를 목표로 하는 운동이 갖는 문제점을 지적한다. 이 한계 또한 첫 번째 한계와 연결된 지점에 있다. 여성은 "남성의 정당제도"에 참여하지 않아야 한다고 말한다. "정치의 당 제도는 진정한 문제를 감추려는 남성의 술수"라는 것이다. 여성은 정당정치 밖에서 그들이 원하는 방향으로 활동해야 한다고 보았다. 그녀가 보기에 "오래된 정치적 정당들이 여성을 받아들이는데 열정적인 이유는 여성의 영향이 내부에서 무시할 수 있는 정도의 것이기 때문"이라는 것이다.[50]

그녀가 보기에 선거권이 허용될 당시에 여성들은 선거권 싸움이 "정치권력에로의 첫걸음"으로 보고 선거권이라는 제한된 목표에 너무 오랫동안 종속되어 있었다고 본다. 이는 "여권운동을 철저하게 고갈시키는 것"이었다고 성찰한다.[51] 선거권이 허용되고 그 뒤를 이은 것은 여성해방운동이 아니라 "해방된 것처럼 보이는 성"의 시대인 "건달 아가씨들의 시대"였으며 이는 파이어스톤 자신의 시대와 닮았다고 본다.[52] 여성들은 성적 자유를 얻었다는 말을 듣게 되었으나 그것은 가부장제의 핵가족 위에 조직된 제도 안에서 얻어진 자유라는 것이다. 따라서 파이어스톤이 보기에 "여성해방운동에 의해서 선동되어 널리 퍼진 여성의 반항은 갈 곳이 없어졌다".[53] 여성들은 "너는 시민의 권리와 짧은 치마와 성적 자유를 얻었다. 너는 너의 혁명을 얻었다. 더 이상 무엇을 원하는가?"라는 말을 들었으나 그 "혁명"은 가짜 혁명이었다는 것이다. 가부장적 핵가족 제도 자체가 변화된 것은 아니기 때문이다.

세 번째는 프로이트주의의 영향으로 정리한다. 한마디로 프로이트주의는 여성해방론과 같은 역사적조건에서 발생하고 같은 현실에 기초를 두고 있지만 궁극적으로 여성해방론적 혁명을 없애는 데 사용되었다는 것이다. "사회적 적응(social adjustment)이라는 새로운 기능을 위해 다시 손질된 프로이트주의"는 "실패한 여성해방론적 혁명의 상처를 반창고로 싸매면서" "가부장제 가족에 대한 첫 번째 공격에 뒤따를 커다란 사회적 불안과 성역할의 혼란을 잠잠하게 하는 데 성공"했다는 것이다. 이러한 프로이트주의의 도움 없이 "반세기 동안 성혁명이 중간지점에서 마비된 채 남아 있을 수 있었을지는 의심스럽다." 이는 그녀가 『성의 변증법』에서 미국의 여성운동에 대한 성찰과정에서 나왔던 질문에 대해 스스로 답을 찾는 지점이라 할 수 있다. 50년 동안 여성운동이 정체되었던 이유에 대한 답으로 프로이트주의의 영향을 제시한다. 그녀가 보기에 여성해방론의 첫 번째 물결에 의해 생긴 문제들은 60년대 말에도 해결되지 않았다. 프로이트 정신분석이 보여주는 성에 대한 보수성(근친상간, 동성애, 유아성욕을 치료의 대상으로 본 점)은 가부장적 가족관계를 유지하는 틀이라고 본 것이다. 그녀가 보기에 "D. H. 로렌스와 버나드 쇼는 그들 시대에 그들이 그랬던 것과 마찬가지로 오늘날에도 상당한 의의를 가지고 있다. 빌헬름 라이히의 『성 혁명』(*the Sexual Revolution*)은 바로 하루 전에 씌어졌을 수도 있다".[54] 파이어스톤은 "가족의 폐지를 통한 근친상간 금기의 종식은 심오한 결과를 가져올 것이다"라고 쓰고 있다.[55] 성의 정의 자체가 바뀌어야 하고 정의가 바뀌면 성의 구속에서 해방될 가능성이 있으며 "우리의 문화 전체를 성애적으로 만들 것"이라고 급진적인 발언을 계속한다.[56]

과도기적 대안들: '위험하게 유토피아적인 구체적인 제안들'

파이어스톤은 혁명의 단계로 나아가기 위해서는 혁명기와 과도기를 거쳐야 한다고 보았다. 그중에서 과도기의 대안들에 초점을 맞추어 보면 파이어스톤에 대한 평가가 가능해질 수 있을 것이다. 파이어스톤은 "혁명가에 대한 고전적인 함정은 언제나 '당신의 대안은 무엇인가?'라는 질문이다"[57]라고 『성의 변증법』에서 말한 적이 있지만, 이렇게 말하면서도 대안을 생각했다. 그중 '생물학적 가족'에 대한 과도기적인 대안으로서 독신 직업인이나 동거나 가구들(households)를 제시하였다. 또한 생물학적 생식인 출산은 테크놀로지에 의한 생식인 인공생식으로 대체할 것을 제안했고 아동기가 폐지되어야 한다고 보았다.

가구들에 대해서는 7~10년의 계약기간을 두고, 아이들은 친자녀, 즉 생물학적 자녀와 인공적으로 생식된 아이들이 섞여 있는 가구형태를 과도기의 형태로 제안하였다. 인공적으로 생식된 아이들이 3분의 1 정도이면 좋겠다고 덧붙였다. 그녀가 보기에 자연분만을 하는 한 '가구'는 해방적인 사회형식이 될 수 없다. 임신소유욕과 사랑에 기초한 관계가 나이차가 많은 사람들 간의 영속적인 관계로 변화되어갈 것으로 보았다. 이렇게 되면 가족의 권력위계질서가 무너질 것으로 보았다. 그리고 어린이의 육체적 불평등은 법적으로 보상되어야 한다고 보았다. 아이가 폭력을 당할 경우 특별 '가구' 법정에 보고하고 아이들에게 즉각적인 이전 권리를 보장해야 한다고 말한다. 계약을 파기할 때에는 파기 법정을 열어서 결정할 것을 제안한다.

『성의 변증법』의 '유토피아적 사색' 즉 성 혁명의 도착점은 사이버네이션 혹은 사이버네틱 사회주의라 할 수 있다. 가사노동의 경우는 당분간 평등하게 노동을 분배하면서 서서히 사이버네이션에서 가사노동을 자동화할 것을 제안한다. 도시계획의 경우 대량생산 주택이 아니라 조립식부품으로 건축하고, 사생활을 보장하는 것으로 제안했다. 가족 구조의 종식은 경제면에서도 동시적인 변화를 가져올 것으로 보았다. 사람들은 노역이나 임금과 분리되고, '노동'으로부터 해방되며 고된 일들은 기계가 하는 것으로 만들자고 제안한다. 유희를 만끽하고 과도기 연금제도와 경제적 계급제도의 평등 또한 주장하였다. 이 유토피아에서 사람들이 할 일은 전문화된 관심사의 추구다. 파이어스톤은 시각적 수단의 단계적인 발달과 컴퓨터 은행을 제시한다. 문화제도의 타락에서 벗어나면 깊은 흥미를 발견하게 될 것이라고 예견한다. 현재 대학의 "가장 좋은 학과에서만 발견되는 종류의 사회 환경은 해방된 대중의 생활양식이 될 것"이라고 "사회적 가치만 있고 개인적 가치는 없는 일은 기계에 의해서 제거될 것"이라고 말한다.

『성의 변증법』에서 혁명은 성적 혁명/경제적 혁명/문화적 혁명 세 가지로 나누어진다. 이는 모든 가능한 방법으로 여성을 생물학적 생식의 지배로부터 해방시키고, 출산과 양육의 역할을 전체 사회에, 여성에게뿐만 아니라 남성과 다른 아이들에게도 담당하게 할 것. 모든 사람의 경제적 독립과 자결권을 가질 것. 여성과 어린이들을 사회에 완전히 통합할 것. 성적 자유와 사랑의 재통합이 이루어질 것(근친상간, 동성애, 사랑과 성의 재통합) 모든 여성과 아동들에게 성적으로 그들이 하고자 하

급진적 여성운동의 핵심 이념을
제공한 파이어스톤의
『성의 변증법』은 계급의 패러다임을
성으로 전환한 텍스트다.

는 대로 무엇이든 할 자유를 줄 것 등이 혁명의 내용이 된다.

파이어스톤이 『성의 변증법』에서 제시하는 세 가지 혁명을 더 상세히 살펴보면 다음과 같다. 먼저 성과 카스트에 대한 혁명으로 완전한 성적 자유를 목표로 하는 성적 혁명이다. 성과 카스트는 종의 생식을 위한 성의 생물학적 분화에 기초를 둔다. 이 카스트는 나이와 인종에 까지 확대된 성적 카스트다. 이 성적 카스트에 대한 사고는 『성의 변증법』에서 인종차별주의가 성차별주의에 기반하고 있다는 논리를 펴는 것과 아동기의 신화로 아동차별주의를 파헤친 것과 연결된다. 이 카스트는 가부장제를 통해 지속된다. 성 카스트에 대한 혁명은 여성해방혁명으로 가능하다. 어린아이들, 젊은이들, 억압된 인종들과 함께 가는 여성해방혁명이어야 하는데 이는 가부장제가 이러한 정체성들의 억압에 구조적 뿌리를 두고 있기 때문이다.

파이어스톤은 이러한 억압에 대해 유토피아적이고 공상적이면서도 현실적이기도 한 과도기를 제시한다. 일부일처제에서 가구의 재생산을 포함하는 다양한 사회적 선택이 가능한 사회로 그리고 인공생식의 발달로 유년기, 노화 그리고 죽음의 궁극적 제거를 가능하게 하는 사회로의 이행과정을 거칠 것이라고 제시한다. 이렇게 되면 성과 연령 그리고 인종구분과 권력심리가 사라진 완전한 성적 자유의 세계가 도래한다는 것이다.

두 번째는 계급의 해방이다. 재화와 용역의 생산을 위한 노동 분업에 기초를 둔 계급 사회는 경제적 혁명을 통해 사회주의로 이행하고 이 과도기를 거치면서 궁극적으로 계급구분과 국가주의-제국주의적 국가가 사라진다. 경제적 혁명은 프롤레타리아트 혁명으로 제국주의에 대항하는 제3세계도 포함하는 혁명이다.

세 번째로 문화적 해방이다. 심리적 분화와 관련된다. 이는 테크놀로지 양식과 미의 양식이 포함된다. 문화적 혁명의 궁극적 목표는 과학의 급격한 발달로 기존 문화적 범주의 파괴가 일어나고 예술과 현실이 일치되는 "생각할 수 있는 것은 실제로 실현되는" 사회이고 이는 기존 '문화'가 사라짐을 의미한다. 과학, 철학, 예술인 미의 양식과 상업, 건축, 정부, 법률, 의학과 같은 테크놀로지 양식 등이 분리되지 않는 단계를 거쳐 궁극적으로는 생각이 현실이 되는 단계로 승화한다. 이렇게 성적 혁명, 경제적 혁명, 문화적 혁명을 거쳐 우주적인 의식을 성취하는 것으로 나아간다고 보았다. 즉각적인 우주통신의 단계로 나아가는 것이다.

『성의 변증법』을 맥락화하기

파이어스톤의 『성의 변증법』은 패러다임을 전환한 텍스트다. 그리고 케이트 밀레트의 『성의 정치학』과 함께 급진적 여성운동 및 그 이론의 핵심 개념을 제공한 텍스트다. 계급의 변증법, 변증법적 유물론, 사회주의, 좌파가 운동의 한 축을 차지하는 역사적 시점에 계급의 패러다임을 성으로 바꾸었다는 점에서 『성의 변증법』은 중요한 의미를 갖는다. 가부장적 체제 속에서 패러다임의 전환이란 쉬운 것이 아니다. 파이어스톤과 밀레트의 텍스트는 정치에 성을 도입하고 계급을 성으로 바꾼 개념적 변혁을 이루었다. 그러나 『성의 변증법』의 마지막 부분에서 파이어스톤은 궁극적으로 성적 혁명 · 계급적 혁명 · 문화적 혁명을 분리해서 제시한다. 이렇게 함으로써 그녀가 쓰는 '성 계급'이라는 개념이 모호해지는 측면이 있다. 성 계급을 제시할 때 성이 계급인 측면과 기존 계급이라 사용된 계급과의 차이가 설명되어야 할 것이다.

여성들 사이의 차이와 관련하여 파이어스톤이 말하는 성 계급을 본다면 그 한계와 대안은 무엇인가. 여성을 일괄적으로 하나의 계급으로 말하고 있는 그녀의 성 계급 개념은 생물학적 근본주의자의 것이란 비판도 있다. 파이어스톤은 성차별주의가 인종차별주의와 연결되어 있음을 생물학적 가족과 출산에서 찾는다. 파이어스톤은 성 계급을 젠더나 섹슈얼리티가 아니라 섹스 계급으로 보고 있다. 이 계급이 형성되는 뿌리에 생물학적 가족과 출산이 있다. 생물학적 가족에 뿌리를 둔 민족, 인종의 구분은 성 계급에서 설명될 수 있는 항목이 되기도 할 것이다. 경제계급 혹은 상품생산계급으로 말해질 수 있는 '계급' 개념은 지금은 보편적 개념으로 사용되고 있다. 성 계급이란 개념은 이런 마르크스주의적 계급의 보편타당성에 문제를 제기하고, 그것의 부분성을 지적하는 개념이다. 그리고 경제계급 혹은 자본주의의 상품생산계급도 그 안에 다양한 계급분할이 이루어져 있다. 그렇듯이 여성들 사이, 혹은 남성들 사이에도 다양한 계급분할이 이루어져 있다고 할 수 있다. 이런 다양한 계급분할은 성적 정체성의 차이로 설명될 수 있는 것과는 다르다. 그리고 계급분할을 하는 주요기제로서 인종, 민족, 섹슈얼리티 등이 성 계급에 포함되어 설명될 수 있을 것이다.

섹스(Sex)에 초점을 맞춘 성의 변증법을 어떻게 볼 것인가. 페미니즘의 공로 중 하나가 젠더의 발견이고, 젠더를 계급, 민족, 인종의 반열에 올려놓은 것이라고 말한다면 파이어스톤이 굳이 생물학적 성을 문제 삼고 있는 점을 어떻게 볼 것인가. 페미니즘 이론이 진행되면서 섹스는 생물학적 성, 젠더(Gender)는 사회문화적 성이라 하였다. 후에 섹스와 젠더는 구분될 필요가 없는 것으로 말해지기도 하였다. 그러나 파이어스톤에게는 생물학적 성이라는 개념은 중요하다. 최근 트랜스젠더 문제로 오면 젠더와 섹스의 구분이 확실하지 않은 것으로 드러난다. 생물학과 성의 관계를 단지 기존의 여자/남자를 나누는 섹스로만 연결할 것인가. 최근 생명공학 논쟁을 통해서 드러나는 생명공학 기술과 성을 생각할 때, 생물학적 성이라는 개념 정의는 다시 생각해볼 문제다. 개인적으로는 섹스가 왜 남자/여자를 나누는 성별표식이면서 성행위와 이를 통해 생산되는 그 어떤 것을 일컫게 되었는지 궁금하다.

생명공학기술과 기계문명에 대한 파이어스톤의 낙관이 간과하는 지점들은 무엇인가. 유토피아적 사색이라고 자신이 말했지만, 가사노동을 대신해줄 기계와 생식, 출산을 담당할 테크놀로지가 없다면 파이어스톤의 사색은 불가능하다. 생명공학기술에서 여성 계급이 주도적이 될 수 있다는 것을 가정하지 않고서 가족의 해체와 출산으로부터의 자유를 이룰 수 있다는 것인가. 사이버네이션과 사이버네틱 사회주의를 목표로 성 계급적 모순을 해결하는 성혁명(+계급혁명+문화혁명)을 이루어야 된다는 확실한 입장을 표명하는 파이어스톤은 『성의 변증법』에서 마지막에 성적 혁명과 경제적 혁명(사회주의 계급)을 나누어 말함으로써 성 계급이라는 개념이 갖는 지점의 모호성을 보여준다. 성적 모순이 바로 계급적 모순이 되는 지점을 더 치밀하게 연결하는 것을 다음 작업으로 남겼다고 할 수 있다.

'개인적인 것은 정치적이다' '자매애는 강하다' '의식화' '가사노동의 정치학' 등의 구호로 알려진 급진적 페미니즘과 성의 변증법은 어떻게 연결 가능한가? 파이어스톤은 구조적 접근을 한다. 엘리자베스 바댕테르는 「잘못된 길」에서 90년대 이후 급진적 여성운동은 여성을 희생자화한다고 했지만, 60년대 말 급진적 여성주의 운동을 했던 파이어스톤은 여성을 '희생자화'하고 있는 것이 아니라 '성 계급'적 모순을 지적함으로써 계급적 투쟁과 혁명을 이야기했다. 물론 파이어스톤의 '여성'은 성 계급적 모순에 종속되어 있다. 그러나 계급적 특성으로 분석하는 것은 '희생자화'하는 것과는 다른 분석의 과정과 결과를 도출한다.

『성의 변증법』에서 급진적 페미니스트인 파이어스톤이 생물학적 가족과 출산, 교육, 문화를 비판적으로 보면서 구조적 변혁을 꾀하려 한 점을 본다면 급진적 페미니즘에 대한 이해를 달리해야 할 것이라 생각한다. '성 계급'을 말하면 남성을 적으로 간주한다고 생각하는 경향이 있다. 물론 이것은 남성의 성 계급적 성격을 지적하기 위한 개념이고 이런 성 계급적 모순은 지금도 크게 달라지지 않았다. 한국 사회에서도 여전히 가부장적 가족을 뿌리부터 문제 삼지 않으면서 가족 내의 폭력만을 문제 삼고, 여성과 어린이의 유대를 끊지 않으면서 매춘은 뿌리를 뽑으려 한다. 문제의 일차적 원인은 제쳐두고 이차적인 곳에 관심을 두는 형국이다. 여성운동이 대중운동으로서의 성격을 갖기 위해 가족과 출산을 어떻게 생각할 것인지 파이어스톤을 통해 다시 생각해볼 필요가 있다.

급진적 페미니즘과 사회주의 페미니즘 사이의 간극 문제 또한 생각해볼 지점이다. 이 시점에서 급진적 페미니즘과 파이어스톤의 이론이 전적으로 타당하다고 하기 힘든 지점이 있다. 성을 우선시하느라 그 이전에 문제 삼고 있던 경제적인 측면에 대해 페미니스트들이 분리적인 사고를 하게 된 것은 급진적 페미니즘의 영향으로 보인다. 여성문제와 성의 문제를 핵심에 두는 접근이 계급이나 경제적인 구조의 문제를 분리해야 되는 것은 아닐 것이다. 좌파운동으로부터 분리가 필요한 활동이나 운동의 영역은 여전히 여성운동 내부에 존재하지만 1960년대 말의 상황과 지금은 또 다른 상황이라는 것도 분명하다. 성의 문제를 핵심에 두면서 파이어스톤이 세 가지 혁명을 말한 이유를 다시 생각해볼 필요가 있다.

뤼스 이리가라이, 『하나이지 않은 이 성』

성적 차이를 사유하는 새로운 지평

김수진 ▌서울대 여성연구소 책임연구원

여성과 남성의 차이를 둘러싼 난문들에 대해 이리가라이는 간단하면서도 수수께끼 같은 답을 내놓았다. '여성과 남성은 다른데, 그 다름은 아직 도래하지 않았다'는 명제가 그것이다. 그녀는 평등주의적인 "타자가 되기를 거부함"이 아니라 가부장제의 지평에서 벗어나기 위해 "급진적으로 타자가 되기"를 요구한다.

김수진

연세대 사회학과를 졸업하고 동대학원에서 석사학위를 받은 뒤, 서울대 사회학과에서 신여성담론 연구로 박사학위를 받았다. 연세대 국학연구원 연구교수, 서울대 규장각한국학연구원 HK연구교수를 거쳐 지금은 서울대 여성연구소 책임연구원으로 있다. 한국 근대성의 혼종성과 고유성을 젠더 시각에서 이론화하는 것이 일관된 연구관심으로, 식민주의, 여성 재현과 주체성, 시각장(場)을 키워드로 하는 연구논문을 발표해왔다. 저서에는 『신여성, 근대의 과잉: 식민지조선의 신여성담론과 젠더정치, 1920-1934』를 비롯해, 공저로 『전통의 국가적 창안과 문화변용』 『세상 사람의 조선여행』 『식민지의 일상, 지배와 균열』 『기억으로 다시 쓰는 역사: 강제로 끌려간 조선인 군위안부들 4』 『젠더연구의 방법과 사회분석』 『모성의 담론과 현실』 등이 있다. 또한 『현대 영화이론의 궤적』 『현대성과 현대문화』(공역), 『모더니티의 미래』(공역)을 번역했다.

성의 차이라는 난문

"우리들 사이에는 진정 미스터리가 있다. 그렇다, 남성과 여성 사이에는 축소시킬 수 없는 미스터리가 있다. 그것은 여성과 여성 사이에 또는 남성과 남성 사이에 존재하는 미스터리와는 전혀 같지 않은 종류의 것이다."[1)]

근대 페미니즘은 '성의 차이'에 대한 질문에서 출발했다. 본성과 자연에서 여성은 다르다고, 그것도 우열을 함축한 다름이라고 도처에서 주장하는 가부장제 이념에 대해 우리의 페미니스트 시조들은 아니라고 말했다. 남성과 여성 사이에 존재하는 것으로 보이는 차이는 가부장제 문화가 만들어낸 것이며 남성과 여성은 본성적 자질과 능력에서 등가적이라는 주장이었다. 평등주의 페미니즘이라고 총칭할 수 있는 이런 접근은 교육, 직업, 성별 분업, 정치적 대표와 권력에 있어서 성적 불평등과 여성폄하의 현실을 드러냈고 여성의 삶과 사회 체계를 바꾸는 데 커다란 기여를 했다. 하여 20세기는 인류 역사상 가장 드라마틱한 성별 체계의 변화를 목도한 시대가 되었다.

이러한 엄청난 성과를 거두었지만, 우리는 여전히 '여성과 남성의 차이'라는 문제를 푸는 데 어려움을 느낀다. 강의실에서는 "여성과 남성은 생물학적 범주인 섹스(sex)가 아니라, 사회적이고 문화적인 범주인 젠더(gender)이다"라는 명제를 페미니즘의 대명률로 가르치지만, 사실 이는 '차이'라는 문제에 대해 충분한 답변을 주지 못한다. 생물학적 본질주의를 폐기하고 사회학적 결정론을 따른다고 하더라도, 질문은 남기 때문이다. 두 성의 다름이 사회적 · 문화적으로 구성된 것일 뿐이라고 한다면, 그것이 자연의 효과가 아닌 문화의 효과임을 어떻게 식별할 수 있겠는

가. 성이 사회적이고 문화적인 범주라는 말은, 노동계급과 마찬가지로 지배관계들이 소멸되고 나면 성의 차이가 사라지게 될 것임을 시사하는가. 우리는 무엇을 근거로 차이의 소멸을 확신할 수 있나. 대체 성의 차이는 어떤 범주인가.

젠더 범주에 대한 사회학적 결정론이 다다르는 궁지는 자연과 문화, 생물학적 육체와 문화적 상징이 만나는 접점의 지대를 이해하고 설명하는 이론적 도구를 만날 때 비로소 돌파구를 갖게 된다. 정신분석학과 구조주의 언어학은 그 돌파구의 공유지점이다. 1970년대 이후 페미니즘은 다른 포스트모던 사상들과 마찬가지로 정신분석학과 구조주의 언어학의 세례 속에서 이론적 자기갱신과 다양화를 이끌었고, 성적 차이(sexual difference)와 성분화된 주체(sexuate subjects)라는 새로운 개념들을 적극적으로 차용함으로써 젠더 범주를 자기 갱신할 수 있는 길을 열게 되었다. 특히 1970년대 프랑스 페미니즘이 분화하면서 만들어진 '차이의 페미니즘'이라고 불리는 조류는 대륙을 건너와 영미권에서 만개하게 되는데, 이들은 주체를 육체로부터 분리된 자기결정의 주권적인 중성성으로 사유하던 선배들과 달리, 육체와 언어를 성적 차이와 주체성을 설명하는 사유대상으로 삼기 시작했다.

프랑스 페미니즘과 차이의 페미니즘을 대표하는 사상가인 뤼스 이리가라이(Luce Irigaray)는 여성과 남성의 차이를 둘러싼 난문들(aporia)에 대해 간단하면서도 수수께끼 같은 답을 내놓았다. '여성과 남성은 다른데, 그 다름은 아직 도래하지 않았다'는 명제가 그것이다. 이리가라이의 이 명제는 바로 앞선 선배, 보부아르가 말한 '제2의 성'과 대척점에 있다. 가부장제 사회에서 여성은 제2의 성 곧 타자인데, 보부아르는 타자가 되기를 거부했다. 이리가라이가 볼 때 보부아르는 타자가 되지 않기 위해 "남자와 같아지고 싶다. 남자와 동일하고 싶다. 결국 남자이고

철학자이자 심리학, 언어학자인
이리가라이는 프랑스 페미니즘과 차이의
페미니즘을 대표하는 사상가다.

싶다. 남성주체이고 싶다"고 생각했다.[2] 이리가라이는 이러한 평등주의적인 "타자가 되기를 거부함"이 아니라 가부장제의 지평에서 벗어나기 위해 "급진적으로 타자가 되기를 요구"한다. 이렇게 '도래하지 않은 차이'라는 개념은 차이의 페미니즘 사유가 가볼 수 있는 하나의 극단이다.

1970년대 프랑스 페미니즘이나 1980년대 차이의 페미니즘에 속한 여러 페미니스트들 중에서 이리가라이가 보여주는 독특성은 그녀의 철학함에 있을 것이다. 이리가라이는 자신의 저작이 초월, 즉 철학의 영역을 재사유하는 노력이라고 말한다. 이리가라이는 정신분석과 정신언어학을 넘나들면서도 자기 작업의 본령을 철학으로 위치시키는 데 큰 중요성을 부여한다. 전통적으로 여성에게 문학적 말하기나 예술적 표현의 장은 허용되었지만, 냉정하게 논리적인 영역인 철학의 영역은 허용되지 않았다. 가부장제 문화에서 가장 거부된 것이 바로 여성의 철학함이라는 것이다.

이리가라이는 "뒤에 있지 않고 두 번째가 아니기를" 원하는, 즉 '평등의 정치'를 추구함은 여성이 철학에서 배제되는 것과 공모한다고 본다. 평등의 페미니즘은 가부장제에 의해 상대적으로 잘 수용되지만, 여성이 여성적인 것의 '자율적 정치'를 발전시키려는 노력은 여성이 철학하는 것과 마찬가지 이유에서 동일한 저항에 부딪힌다. 그래서 그녀는 "여성은 항상 내재성의 차원 안에 머물 뿐 초월할 수 없다"[3]는 견해, 다시 말해 철학을 문학보다 우월하게 놓는 젠더화된 위계를 거부하고, 서구철학의 전통이라는 전장(戰場)에서 일정한 성취를 이루기 위해 분투해왔다. 1995년 엘리자베스 히르쉬(Elizabeth Hirsh)와의 인터뷰에서 이리가라이는 자신이 단지 문학에 머무르고 싶지는 않으며 "무엇보다 새로운 사유의 길을 여는" 일을 하고 싶다고, 니체와 하이데거가 했듯이, "서양전통에서 잊혀져버린 사유의 방식" "새로운 생각의 방식, 새로운 말하기 양식을 발견"하고 싶다고 말했다.[4] 그리하여 이리가라이는 여성성/육체의 심급을 초월/형이상학에 연결시키고 이를 성적 차이의 존재론과 윤리론으로 정립하고자 했다.

사실 이리가라이는 영미권에 입성한 프랑스 페미니스트들 중 가장 많은 논란을 불러일으켰던 사상가이다. 그 논란은 여러 가지 이유에서 비롯되었을 것이다. 이리가라이가 시사하는 대로, 철학 훈련을 받은 전문가에 의해 소개되지 않았기 때문에 비롯된 오역과 오해 때문에 불필요하게 만들어진 것일 수도 있고, 그녀 자신이 의도적으로 구사하는 은유적이고 시적이며 때로는 불명료한 글쓰기 스타일 때문일 수도 있으며, 그녀 자신이 추구한 전략 자체가 가지는 생물학주의적 혐의 때문일 수도 있을 것이다. 무엇보다 중요한 문제는 이리가라이의 프로젝트가 가지는 근본주의적 기획에 있을지도 모른다. 이리가라이는 가부장제의 문화적 근간 전체를, 상상계와 상징계(언어) 그 자체와 그것을 반영한 지적 체계의 핵심을 모조리 문제 삼는다. 그 효과적인 대상, 가부장제 사회와 문화의 저변을 담당하는 것이 철학이기에, 그녀는 여성을 체계적으로 배제시켰던 남성-동일자의 표현양식인 서양 철학사와 철학전통 전체의 계보 곳곳에 깃들어있는 남성중심성을 저며내고, 성적차이를 사유하는 새로운 지평, 새로운 초월의 방식을 만들고자 30여 년이 넘는 세월 동안 지속적이고 집요하게 사유를 멈추지 않았다. 따라서 이리가라이의 방대한 작업 전체를 소개하는 것은 필자의 능력을 넘어서는 일일 뿐 아니라 이 제한된 지면에 담을 수도 없을 터이다. 이 글은 이리가라이 사상의 요체를 담은 글들로 이뤄진 모음집이자 일종의 해설본이라고 할 수 있는 『하나이지 않은 이성』(*Ce sexe qui n'en est pas un*, 1977)을 중심으로 이리가라이의 분투어린 사유의 궤적을 엿보고자 한다.[5]

지적 생애: 임상, 사유, 운동

이리가라이는 현대 프랑스 페미니즘을 대표하는 철학자이지만, 개인사에 대해서는 알려진 바가 별로 없다. 지금까지 출생을 비롯한 어떤 개인사도 스스로 밝힌 적이 없다. 왜일까. 1983년의 인터뷰에서 개인적인 질문을 사절하면서 밝힌 이유가 그 단서가 될 것이다.

> 나는 내 저작이 내가 이런저런 것을 했기 때문에 더 잘 이해될 수 있으라고 보지 않는다. 그런 정보는 책을 읽는 사람들을 방해할 위험이 크다.[6]

이리가라이가 반(反)전기론자가 된 이유는, 이리가라이 선집을 낸 마가렛 윗포드의 말대로, 단순히 방어적인 입장 때문이 아니다. 여성의 사상을 하나의 일대기로 '환원(축소)'시키는 것이 도전적인 여성사상가의 급진성을 희석시키는 하나의 방식임을 잘 알았기 때문이다. 이런 식의 배치(topos)가 바로 이리가라이의 선배 시몬 드 보부아르한테서 일어났다. 보부아르의 책은, 그녀의 외모나 그녀와 사르트르와의 관계에 관심이 집중되면서 여성의 문제로 환원되었다. 사르트르와 보부아르에 대해서, 창조적이고 대담한 남성 지식인 대(對) 헌신적이고 열심이지만 지적으로는 종속적인 여성이라는 구도가 퍼져나갔다. 이런 일을 잘 알고 있는 이리가라이로서는 전기적인 사실에 대한 준거가 여성의 신뢰성이 도전받게 만드는 방식이 될 수 있고, 따라서 어려운 싸움을 통해 지적인 논의로 진입한 여성의 성취를 폄하하는 계기로 작용할 수도 있음을 우려한 것이다. 결국 그녀는 사유의 집적물인 책을 여성의 문제로, 정치적인 것을 개인적인 것으로 환원할 수 있는 기회를 차단하기 위해 개인사에 대한 질문을 사양하겠다는 태도를 유지해왔다. 이런 이유로 이리가라이에 대한 생애정보는 지적 생애와 공적 활동에 국한되어 있다.

1932년 벨기에서 태어난 것으로 알려진 이리가라이는 1955년 루벵 대학에서 폴 발레리에 대한 논문으로 석사학위를 받은 뒤 몇 년간 브뤼셀에서 고교 교사로 일했다고 한다. 1960년대 초 프랑스로 이주해서 1961년 파리 대학에서 심리학 석사학위를 받았고, 1962년 정신병리학으로도 석사학위를 받았다. 1963년 파리 국립중앙과학연구소(CNRS)에서 연구원으로 일하기 시작하여 1998년에는 소장을 맡기도 했다. 이리가라이의 생애에서 가장 잘 알려진 사실은 라캉의 파리프로이트 학파(EFP)에서 받은 훈련과 파문이다. 그녀는 1960년대 라캉 정신분석 세미나에 참여하면서 1968년 파리 제10대학(낭테르)에서 『치매증 환자의 언어』(*Le Langage des déments*, 1973)로 언어학 박사학위를 취득했고, 1969년부터 파리프로이트 학파의 멤버가 되어 당시 페미니스트 지도자

(MLF)인 안티오넷 푸케를 분석하기도 했다. 그녀는 1974년 프로이트와 라캉 정신분석의 팔루스중심주의를 비판한, 두 번째 박사학위논문 『스페큘럼』(*Spequlum. De l'autre femme*, 1974)을 간행한다. 이 책의 출간은 이리가라이에게 명성을 가져다주었지만 직업적으로는 평생의 어려움을 가져다준 사건이기도 했다. 당시 벵센느 대학의 교수자리를 잃었고 라캉 학파에서도 파문되었으며, 말년까지도 프랑스 대학에서는 정식 교수자리를 얻지 못하게 된다.[7] 이 사건 이후 이리가라이는 페미니스트 서클을 청중으로 삼되 특정 그룹에 속하지는 않은 채 유럽 전역의 컨퍼런스에서 세미나 요청을 받으며 저작활동을 이어갔고, 에라스무스 대학, 노팅햄 대학 등에서 강의를 맡기도 했다. 그녀는 1973년부터 2008년까지 스무 권이 넘는 책을 출간했다. 불어로 씌어진 이리가라이의 책은 대부분 1985년 이후 최근까지 영어권에서 꾸준히 번역되었고, 1991년과 2004년에 영어판 저작선이, 그리고 2008년에는 이리가라이가 직접 편집한 영어판 선집이 간행되었다. 또한 후기 저작 중 몇 권은 이탈리아 여성운동에 참여하는 과정에서 씌어질 만큼, 이리가라이는 1980년대 이탈리아 여성운동에 깊은 영향을 미쳤다.[8]

이리가라이가 지적 영향력을 얻기 시작한 1970년대 말부터 1980년대는 현대 페미니즘의 인식론적 변곡점을 알리는 시기였다. 18세기부터 20세기까지 남녀평등권리 운동을 이끈 자유주의 페미니즘의 물결 대신 래디컬 페미니즘, 사회주의 페미니즘, 문화주의 페미니즘 같은 새로운 페미니즘의 조류들이 등장했다. 철학적, 정신분석학적 사유를 전개한 대륙의 페미니즘 저작들이 영어로 번역되었고 얼마 안 있어 미국에서도 주목할 만한 연구들이 나오기 시작했다. 모니크 위티그(Monique Wittig)는 1973년 『레즈비언 몸』에서 자신을 '래디컬 레즈비언'으로 부르며 '유물론 페미니즘'(material feminism)을 주창했다. 그는 '여성'이란 이성애의 사유 체계와 경제 체제에서만 의미를 가지기 때문에 레즈비언은 여성이 아니라고, 그래서 '여성'이라는 범주는 '남자' 범주와의 관계를 통해서만 존재하는 것이기에 '남자'와 관계를 맺지 않는다면 더 이상 '여성'은 존재하지 않는다는 논의를 펼쳤다. 엘렌 식수(Hélène Cixous)는 1975년 『메두사의 웃음』에서 상호텍스트로 얽힌 문학적 암시들을 사용하면서 '여성적 글쓰기'(écriture feminine)라고 불린 글쓰기 방식을 장려했다. 줄리아 크리스테바(Julia Kristeva)는 1974년 『시적 언어의 혁명』에서 멜라니 클라인과 오토 랑크, 영국의 대상관계 이론, 그리고 라캉에 준거하면서 상징계에 대립되는 기호계가 전(前)오이디푸스기와 관련된다는 논의를 펼쳤다. 위티그와 식수의 저작이 1975년 영역되고 크리스테바의 저작이 1984년 영역되면서, 1980년대 중반 미국에는 프랑스 페미니즘의 주요 저작들이 번역된 상황이 되었다. 이들은 보부아르의 다음 세대로, 지적 계보를 달리하면서 프랑스 페미니즘이라는 이름으로 불렸다.

프랑스 페미니즘은 래디컬 페미니즘, 포스트구조주의 페미니즘, 레즈비어니즘 등의 여러 가지 미묘하게 다른 색채들을 펼쳐보였지만, 공통적으로 모두 육체, 섹슈얼리티, 그리고 언어의 관계를 탐구하고 있었고, 어떤 의미에서건 프로이트와 라캉의 영향력 하에 있었다. 마치 크리스테바가 라캉의 '착한 딸'이라면 이리가라이는 '못된 딸'이듯이 여성 주체성과 성차에 대한 새로운 사유는 정신분석이 열어젖힌 새로운 대륙 위에서 꽃피웠다. 이들은 남성과 여성의 불평등 문제를 동일성의 범주가 아니라 차이라는 범주를 통해 사유하고, 문화적 · 사회학적 범주로서의 젠더가 아니라 섹슈얼리티와 주체성에 관련된 성적 차이의 문제로 접근했다. 이리가라이는 그 대표주자 중의 하나이다.

이리가라이가 35년이 넘는 기간 동안 출간한 저작과 벌인 활동은 광범위한 분야에 걸쳐 있다. 정신언어학적 연구, 정신분석 비판, 철학사 검토와 철학적 판타지들과의 겨룸, 그리고 사회형식 변화의 네 가지가 그녀가 관여해온 영역들이다. 이러한 광범위한 연구영역과 활동반경을 가지고 있지만 이리가라이의 연구를 관통하는 목표는 명확하다. 그것은 여성성과 성적 차이를 탐구하는 것이다. 서구 문화에는 여성 주체 위치가 부재한다는 것, 모든 여성적인 것을 자연/물질에 위임함으로써 결국 진정한 성적차이는 부재하다는 점을 들춰내고, 이러한 여성의 상황을 변화시키기 위한 이론적 전략을 제안하며, 문화와 정책 수준에서 성적 차이의 존중을 세우기 위한 아젠다를 제시해왔다.

이리가라이는 자신의 연구이력을 세 단계로 묘사한다. 첫째, 서구 주체의 자기-단일-중심주의를 비판하는 것으로 『스페큘럼』 『하나이지 않은 이 성』 그리고 부분적으로 『성적 차이의 윤리』(*Éthique de la différence sexuelle*, 1984)에서 집중적으로 이뤄졌다. 여기서 이리가라이는 단일 주체, 즉 전통적으로 남성주체가 어떻게 단일 시각에 따라 세계를 구축하고 해석했는지 보여주는 비판 작업을 하였다. 두 번째는 여성적 주체성을 새롭게 정의하기 위해 다른 주체를 실존시킬 수 있게 해줄 매개를 정의하는 작업이다. 이를 위해 이리가라이는 성적 차이가 젠더화된 언어 사용 안에서 작동하는 것을 입증하는 일련의 실험적 연구를 1980년대와 90년대에 걸쳐 진행하였다. 이 실험들은, 겉으로 보이는 언어 형식의 중립성을 탈신비화하고 실제로는 남성과 여성이 상이하게 언어 사용을 하고 있음을, 따라서 성적 차이의 관계가 존재함을 입증해준다. 세 번째는 서로 다른 두 주체의 관계와 철학, 윤리를 정의하는 작업으로 『둘이 되기 위하여』(*Être deux*, 1997)에 집결되어 있다.

다음에서는 이리가라이가 제시한 연구 테마의 단계를 따라 연구 관심과 결과들을 재배치하여 살펴본다. 우선 첫 번째 연구단계인 서구문화의 자기-단일-중심주의에 대한 비판 작업은 두 번째 저작에서 시작되었는데, 그 내용은 『하나이지 않은 이 성』을 다루는 다음 절에서 자세히 살펴본다. 이어서 두 번째와 세 번째 논의를 간단히 소개한다.

자기-단일 중심주의를 분석하다

서구 가부장제 문화에 대한 정신분석적, 철학적 비판을 집약하고 있는 『하나이지 않은 이 성』은 1973년부터 1976년까지 출간된 논문과 인터뷰의 모음집으로, 『스페큘럼』의 해설본 또는 대화본이라고 할 수 있다. 이리가라이는 이 책에서 서구 가부장제의 (남성)자기-단일 중심주의를 심층적인 문화적 차원에서 드러내고 새로운 성적 차이의 존재론을 예비하면서 여성의 자기존중을 주창하고 자율적인 여성 상징화 가능성을 시적으로 전망하고 있다.

『하나이지 않은 이 성』이 영역된 것은 1985년이다. 코넬 대학교 출판사에서 *This Sex Which Is Not One*이라는 제목으로 출간된 이 책은 같은 해에 영역된 대표저작 『스페큘럼』보다 영어권에서 더 많이 인용되었다. 이런 점에서 이 책은 사실상 대륙 출신의 이리가라이가 영미권에 내딛은 첫 발자국이라고 할 수 있을 것이다. 『스페큘럼』이 프로이트는 물론이고 아리스토텔레스, 데카르트, 칸트, 헤겔 등의 서양 전통 철학자들이 모두 불려나오는 두툼한 볼륨의 원환적 구조로 이뤄진 난해한 책인데 비해, 이 책은 짤막한 장들로 이뤄졌고, 분석적 비판에서부터 비유 및 시적 언어에 이르기까지 이리가라이의 기본적인 사유와 글쓰기의 전모를 담고 있기에, 이리가라이 자신이 쓴 해설본이라고도 할 수 있다.

『하나이지 않은 이 성』의 내용으로 들어가기 전에 이리가라이의 대표저작이자 핵심적인 명제를 담고 있는 책 『스페큘럼』의 제목의 의미에 대해 살펴볼 필요가 있다. 이리가라이는 1995년의 인터뷰에서 『스페큘럼』의 영어판 *Speculum of the Other Woman*(1985)에 있는 번역 오류에 대해 진지하게 지적하면서 자기 사유의 요체를 설명하였다. 이리가라이는 이 책의 제목과 부제에서 두 가지를 의도했다고 한다. 우선, 스페큘럼이라는 용어는 단지 거울이 아니라, 'speculum mundi', 즉 '세계의 거울'에 대해 말하는 유럽 저작들에 대한 환영을 함축한다는 것이다. 한국에서 처음 이 책의 제목이 소개되고 언급될 때에도 '검시경'이라는 단어가 사용됐었다. 즉 여성의 질을 들여다보는 검시경으로, 여성을 이해하는 왜곡된(검시경은 오목거울이다) 도구를 나타내는 은유적 개념으로 이해됐었다. 하지만 이리가라이에 따르면, 거울이라는 말은 자신을 들여다보는 거울이라든가, 단순히 남성주체를 이루는 데 쓰이는 은유적 개념을 염두에 둔 것이 아니라, 담론 내부에서 세상에 대한 설명을 제시하는 방식의 문제를 제시하려는 의도였다. 즉 세계를 들여다보는 거울 전체를 문제 삼으려는 의도였다는 것이다. 다음으로, 부제에 대해서는 스페큘럼이라는 단어 놀이에 집중하다가 의미 전달에 실수가 있었다고, 즉 'de l' autre: femme'라고 명시하지 않는 바람에 경험적인 두 여성들 간의 관계에 대한 이야기로 이해되는 결과를 가져왔다고 인정하고 있다. 그래서 영어번역이 'Speculum on the Other Woman'이거나 'Speculum, On the Other: Woman'으로, 즉 '다른 자(타자)인 여성에 대한 스페큘럼'으로 되었어야 한다고 말한다.

이리가라이에게 '타자'는 이중적인 의미를 가진다. 한편으로는 다른 성으로서, '동일자의 다른 쪽' 즉 가부장제 안에서/에 의해서 규정되는 바의 여성적인 것이고, 다른 한편으로는 '다른 여성', 즉 자기 자신이 자기 자신을 위해 정의하는 여성적인 것이기도 하다. 결국 이리가라이가 원하는 것은 진정한 타자, "다른 자(타자): 여성"이며, 따라서 남성과 여

성의 두 주체이다.[9]

거울의 다른 쪽 세계

이제 『하나이지 않은 이 성』으로 들어가 보자. 이 책은 전체가 거울을 통과하는 모양새를 하고 있다. 책의 서문에 해당하는 「거울, 다른 쪽에서」는 영화 리뷰이다. 남근체계 너머, 남근체계에 의해 규정된 것과 다른 여성의 욕망과 언어를 찾아가는 책의 여정이 도달하려는 목표를 이중의 비유로 톺아보는 글이다. 영화의 주인공 알리스는 이상한 나라의 앨리스와 미묘한 평행선을 이루며, '다른 쪽' 어딘가, 곧 이리가라이가 새롭게 그리는 여성 욕망의 지리적 공간에 거하고 있는 듯이 묘사된다. 이 비유적 수수께끼에 뒤이어 이리가라이는 알리스 또는 앨리스로 표상되는 여성의 여정을 회고적으로 되짚으면서 여성-그녀에게 가해지는 여러 억압체계들을 분석한다. 이 기나긴 분석의 우회로를 거쳐 도달하는 마지막은 여성들이 서로 사랑하는 관계에 들기를 촉구하는 시적 산문, 「우리의 입술이 저절로 말할 때」이다. 하지만 마지막 장은 끝남이 아니라 열려 있음이며, 멈춰 있음이 아니라 흘러나감이다. 그래서 거울의 다른쪽 세계로 돌아온다.

좀더 자세히 살펴보자. 스위스 감독 미셸 수테(Michel Soutter)의 영화 「측량사들」(Les arpenteurs, 1972)을 다루는 첫 장은 루이스 캐럴(Lewise Carrel)의 『거울 나라의 앨리스』(*Through the Looking-glass and What Alice Found There*, 1871) 3장에 있는 한 구절에서 시작한다.

……그녀는 갑자기 다시 시작했다. "그렇다면, 결국, 그런 일이 진짜로 일어났잖아! 그런데 나는 누구지? 할 수만 있다면, 꼭 기억해내고 말 거야! 꼭 그렇게 할 거야!" 하지만 그런 결심도 큰 도움이 되지는 않

았다. 그녀가 할 수 있는 말이란, 머릿속이 엄청 복잡해진 뒤에 나오는, "그래, L이야, L자로 시작하는 걸 알아"뿐이었다.[10]

앨리스는 거울을 통과하여 들어간 세계에서 사물들의 이름을 맞춰보다가 이름을 알 수 없는 나무를 만난다. 한동안 생각하던 앨리스는 문득 자신이 누구인지 잊어버렸음을 발견한다. 앨리스는 그저 자신의 이름이 'L'로 시작한다고, 발음과 철자를 혼동하여 생각할 뿐이다. 이리가라이는 영화 「측량사들」의 주인공 알리스를 이 '이상한 나라'의 앨리스에 중첩시킨다.

영화 속 알리스는 이상한 나라의 앨리스와 마찬가지로 성이 없다. 관능적이며 상냥한 갈색머리의 여성인 알리스는 어느날 금발이며 신비하고 독립적인 여자가 되어 있다. 친구와 어머니, 애인 그리고 마을을 방문한 측량사들이 아는 알리스는 하나의 알리스, 같은 알리스가 아니다. '그녀'는 아버지의 이름(the Name of the Father) 너머에 살고 있는 것이다. 이제 이야기는 알리스 또는 앨리스의 이야기가 아니라 고유명사를 갖지 않는[11] '그녀'의 이야기, '그녀들'의 이야기로 옮겨간다.

이 중첩과 전치의 사유를 실현시키는 매개는 이리가라이의 동음이의어 놀이이다. 캐롤린 버크(Carolyn Burke)는 이 동음이의어 놀이가 책 전체의 기획과 연결되어 있다고 설명한다. 이리가라이는 이 'L' 발음이자 'Alice'의 첫 발음을 불어의 여성 3인칭 대명사 'elle/elles'로 읽는다. 여기서 '그녀(들)[elle(s)]'이란 여성적 자아가 복수적이라는 것, 우리는 이미 모두 텍스트로 씌어졌음을 배우는 것을 의미한다. 일단 거울을 통과하면 통합된 자아는 환영임이 보인다. 이제 세계가 바뀌었다. 캐롤린 버크는 이리가라이의 동음이의어 놀이를 책 전체의 기획과 연결하여 설명한다. 거울을 통과한 뒤 '나'는 '그녀(들)'로서 말하려 노력하게 되고,

'우리[nous], 모두[toute(s)]' 속에서 소통하고자 노력한다. 여기서 'toute(s)', 즉 불어의 '모두'는 같은 발음의 여성형 단수이자 복수형으로, 여성들 모두를 의미하게 된다. 그래서 마지막 장 「우리의 입술이 저절로 말할 때」의 마지막 단어는 '(여성들) 우리 모두[toute(s)]'이다.[12)]

『하나이지 않은 이 성』은 거울의 다른 쪽 세계로 들어가려는 텍스트이다. 지금까지 거울이 보여주는 환영 즉, 통합된 자아로서의 '나'가 환영임을 밝히고, 거울의 다른 쪽에 있을 그녀(들)을 발견하여 그녀(들)-우리 모두가 저절로 말하게 될 세계를 상상하려는 텍스트인 것이다.

어두운 대륙, 여성 섹슈얼리티

그렇다면 오랜 분석의 우회로를 필요로 하는, 여성이 놓여 있는 억압 체계는 무엇일까. 우선 이리가라이는 여성을 규정하는 정신분석적 이해의 토대를 발견하고 드러낸다. 「하나이지 않은 이 성」에서 성적 일원론의 팔루스중심성을 논파하고, 「정신분석이론: 또 다른 시각」과 「여자는 다 그런 것」, 그리고 「액체의 '작동'」에서 정신분석의 역사를 비판적으로 재독해하면서 프로이트와 여성분석가들 및 라캉의 논의를 살펴보고 있다.

이리가라이는 성적 차이를 양성 간의 해부학적 차이 자체가 아니라 언어에 할당된 차이로 이해한다는 점에서 프로이트 이론에 대한 라캉의 해석에 영향을 받았다. 하지만 이리가라이는 서구문화에서는 지배적인 몸을 남성의 몸으로 상상하고 정체성과 통합성, 남성 해부학의 장면에 특권을 부여한다는 것, 그래서 철학, 정신분석, 과학, 의학 등의 주요 학문이 이러한 상상력 하에 있음을 드러내고자 한다. 이리가라이는 프로이트와 라캉 논의의 기본 요소들을 수긍하면서도 다른 한편으로 그것의 맹점, 이론 자체가 무의식적으로 전제하고 있는 남성중심적인 요소들이 가져온 결과에 대해 비판의 시선을 늦추지 않는 것이다.

라캉(왼쪽)과 프로이트(오른쪽). 이리가라이는 정신분석 이론의 바탕에 있는 남성중심적 상상력을 분석하고 비판했다.

특히 라캉의 주장 중 상상적 육체의 형성과 성적 차이가 언어에 지정된다고 하는 두 가지가 중요한 문제이다. 프로이트는 『에고와 이드』에서 에고(자기-의식)가 엄밀하게 정신현상도 아니고 육체현상도 아닌 것으로 묘사한다. 에고는 육체에 준거를 두고 형성되지만, 이 육체에 대한 자기 이해는 객관적인 것이 아니라 육체에 대한 마음의 이해이며, 따라서 어느 정도는 판타지와 상상에 의해 고취됨을 시사하는 것이다. 라캉은 「'나' 기능을 형성하는 거울단계」라는 유명한 글에서 프로이트의 육체적 에고 논의를 확장시킨다. 라캉은 에고 형성이 두 개의 주요단계를 거치는데, 첫 번째가 상상적 육체의 투사라고 말한다. 생후 6개월 무렵 유아는 자신의 육체를 통어하지 못한 채 파편화된 감각을 가지고 외부세계와 자신 사이에 명확한 경계감이 없는 존재인데, 이 유아는 거울에 비쳐진 자신의 이미지를 통합된 완전체로 보고 그것과 자신을 동일시하게 된다.[13]

이리가라이는 우리가 생물학을 이해하는 방식이 문화적인 영향을 받는다는 점, 따라서 라캉이 말하는 상상적 몸이라는 개념을 받아들인다. 그렇다면 무엇이 문제인가. 다음은 「하나이지 않은 이 성」의 한 대목이다.

> 여성의 섹슈얼리티는 늘 남성적 기준들을 출발점으로 삼아 고려되어 왔다. ……여성의 성감대는 중요한 페니스와 비교될 수 없는 성기-클리토리스이거나, 성교 시 페니스 주변을 감싸고 문지르는 구멍-싸개일 뿐이다. 즉 이것은 성기가 아니거나 혹은 자기 성애를 위해 성기 자신의 주변을 감싸는 남자의 성기일 뿐이다.[14)]

이리가라이가 볼 때 정신분석 이론은, 여성은 불완전한 남성이라는 가정 위에서 전개시킨 논리를 가지고 인간의 문화적 · 언어적 · 성적 질서를 설명해왔다. 그는 정신분석이론의 역사를 검토한 글인 「정신분석 이론: 또 다른 모습」에서 프로이트와 라캉 이론을 떠받치고 있는 남성중심적 상상력을 분석한다. 남성 기관, 페니스가 우위에 있다고, 그리고 리비도는 항상 남성적이라고 믿는 프로이트에게 여성의 클리토리스는 불완전한 페니스, 작은 페니스이다. 프로이트에게 페니스를 가진 남아의 자아발달은 오이디푸스 콤플렉스에 이어 거세 콤플렉스를 거치는 과정을 밟지만, 여아는 거꾸로 자신의 작은 페니스가 사실 절단된 페니스일 뿐임을 먼저 인식하고 난 뒤 페니스 선망을 가진 채 오이디푸스 콤플렉스로 진입하게 되는 복잡한 과정을 밟게 된다. 그리하여 아버지로부터 페니스를 얻고자 하는 여아의 페니스 선망은 결국 성인 여성이 남자아이를 가지려는 욕망에 의해 대체된다. 즉 남자아이는 페니스의 대체물이 된다. 결국 여성은 페니스가 없다는 조건 때문에 겪어야 했던 나르시시즘의 굴욕을 이 아이를 통해 보상받는다. 그리고 여성에게 결혼은 남편을 자신의 아이로 만드는 데 성공할 때에야 비로소 성공적이 될 수 있다.[15)]

따라서 "여아, 여성이 그녀의 '여성성'을 실현하기 위해 통과해야 하는 지난한 과정은 아들의 출산과 양육에서 정점에 이르고 그것의 논리적인 귀결로서 남편의 양육에서 정점에 이른다."[16)]

이리가라이가 볼 때 이러한 프로이트의 이론은 당시 지배적 인식틀인 '단일 성(One sex) 이론'의 영향을 보여준다. 그러므로 프로이트로서는 여성의 성욕을 이해할 수 없었기에, 여성은 정신분석학의 '어두운 대륙'이었다. 나아가 그는 여성을 남성 경험으로 환원하여, 결국 결함 있는 남성으로 보고, 이를 일반 이론으로 확대하여 모든 인간에 적용할 수 있는 것으로 만들었다.

'나'에 대한 상상적 이해의 기준이 남성의 몸이라는 비판에 이어 이리가라이는 상징계에 대한 라캉의 설명도 비판의 대상으로 삼는다. 이리가라이는 「여자는 다 그런 것」[17)]에서 상징계의 주인 기표인 팔루스는 결국 남성 육체의 투사라고 단언한다. 이리가라이는 이렇게 말한다. "팔루스 모델은 가부장제 사회와 문화에 의해 공표된 가치들, 즉 소유와 생산, 질서, 형태, 통합성, 가시성…… 그리고 발기라는 철학적 말뭉치 속에 기입된 가치들을 공유한다."

라캉에 따르면 상징계는 한 사람이 일관된 사회 정체성을 가지기 위해 들어가야 하는 몰역사적인 언어체계이다. 이때 팔루스(phallus)는 상징계의 특별한 주인(master) 기표이다. 인간이 사회적 실존을 획득하기 위해서는 이 팔루스와 관계를 가져야 하기 때문이다. 아이는 팔루스와의 관계 속에서 성적 차이를 획득하고, 이 과정에서 비로소 상징계로 진입한 언어적 주체로 태어난다. 그러므로 인간이 언어적 질서체계에 자신을 주체로 등록시키는 것과 성적 차이가 기입되는 것은 동시에 일어나는 일이다. 이때, 성적 차이는 생물학적 정언명령, 즉 네가 페니스를 가진다면 남자이고 질을 가진다면 여자라는 식의 문제가 아니다. 성적 차이는 팔루스와의 관계를 이루는 두 유형 중 하나, 즉 '팔루스를 가지느냐, 아니면 팔루스이냐'의 문제이다. 라캉은 팔루스가 남성생물학에 연결되는 것이 아니라고 주장한다. 그것은 사실상 욕망의 최종 대상이 존재하지 않음을 나타내는 결여의 기표일 뿐이다. 이러한 설명에 대해 이리가라이는, 팔루스는 순수히 상징적인 범주가 아니라 결국 프로이트의 단일 성 모델에 따른 설명을 확장하고 강화하는 것이라고 비판한다. "라캉은 여성에게서 '페니스 선망'이 갖는 의미를 문제 삼지 않고 구조적 차원에서 그것을 더욱 정교화한다."[18)]

하지만 팔루스중심성은 현실에서 정녕 그러한 것 아닌가? 그렇다면 그것이 왜 문제인가? 이리가라이는 이 팔루스중심적 설명이 "여성의 쾌락에 관한 한 매우 생소하"다고 본다. 페니스, 하나의 리비도를 잣대로 하여 정의되는 여성이라면, 여성은 자신의 욕망을 페니스 선망—(사내)아이 욕망, 남성적 문화가치들의 욕망—으로서만 경험할 것이다. 이것은 여성의 성, 상상계, 언어를 용인하지 않은 채 작동하는 여성억압체계를 사태의 전부이자 기원으로 설명하는 것일 뿐이다. 하지만 현실에서 집합적 존재, 유적 존재로서 여성들의 성, 상상계, 언어는 이 억압체계에 종속되고 저항하는 증상들을 보여준다. 프로이트(와 라캉)의 정신분석은 그것을 설명하지 못했다. 아니, 설명하지 않으려 했다. 설명하지 않으려고 하는 이 저항은 정신분석 자신의 무의식, 가부장제의 역사적 결정성 때문이다. 따라서 이리가라이는 상징계를 몰역사적이고 불변하는 것으로 묘사하는 데 동의하지 않는다. 주인기표로서 팔루스가 남성해부학으로 추적하여 올라갈 수 있다는 그 사실 자체가 상징계가 몰역사적인 것이 아니라 구성적임을 보여주는 증거라고 본다.

이리가라이의 비판 작업은, 마거릿 윗포드가 요약한대로, 정신분석이 자기 담론의 역사적 · 철학적 결정요인들을 간과하고, 자신이 분석할 수 없었던 무의식적 환상들에 의해 지배되고 있음을 보여준다.[19] 이리가라이는 라캉학파가 보편적인 것으로 부과한 상징계가 "당신들의 가상적인 것"일 뿐이며, 여성이 존재하지 않는 (남성)동성애적(hom[m]osexual)인 것이라고 간주한다. 이 상징계에는 남성들만 있다. 팔루스를 가진 남성들, 또는 거세된(결핍된) 남성, 결함 있는 남성들만 있는 것이다. 그러므로 라캉의 '여성은 없다'라는 말은 전적으로 올바르다. 단 "당신들의 가상 속에서는" 말이다.

여성억압체계

이렇게 해서 여성은 '당신들'의 상징계에서 남성과의 관계에서만 정의된다. 『하나이지 않은 이 성』이 보여주는 또 다른 거울 뒤 세계는 이렇게 남성과의 관계에서만 존재하고 정의되는 여성의 사회적 억압 상태를 묘사하고 있다. 「시장 위의 여자들」 「여자들 사이의 상품들」, 그리고 「'프랑스 여자들'이여, 더 이상 애쓰지 마라」는 여성억압체계의 근간으로 여성이 남성들 사이의 교환가치, 즉 상품으로서 존재하는 방식을 서술한다. 이리가라이가 볼 때 이 사회에서 여성은 교환주체들의 필요-욕구를 기준으로 세 가지 용도의 가치로, 즉 어머니, 처녀, 창녀로 나눌 수 있다.

> 어머니, 처녀, 창녀. 이것들이 여자들에게 주어진 사회적 역할이다. 이른바 여성 성욕의 특징은 여기서 비롯된다. 즉 번식활동과 영양공급에 대한 가치 부여, 정절, 정숙함, 무지, 게다가 쾌락에 대한 무관심, 남성들의 '활동'을 수동적으로 받아들이는 태도, 소비자들의 욕망을 부추기기 위한 유혹, 그러나 자신은 누리지 않으면서 자신을, 이 욕망에 필요한 물질적 기반으로 바친다. 어머니도 처녀도 창녀도 아닌 여성

에게는 자기 쾌락에 대한 권리가 없다.[20)]

어머니는 번식하는 자연 쪽에 머문다. 근친상간 금기는 남자들 사이의 교환 속에 자연의 개입을 금지하는 것을 나타낸다. 어머니는 자연의 가치와 용도를 가지고 있기에 상품 형태로 유통될 수 없다. 왜냐하면 인간은 자연에 대한 관계를 결코 완전히 극복하지 못하고, 따라서 이를 유지하지 않는다면 사회질서의 소멸이 일어날 수 있기 때문이다. 그러므로 이 사회가 원하는 어머니의 활동 방식은, 여성의 개입 때문에 사회질서를 변화시키지 않은 채 있는 그대로 유지하는 것이다. 반대로 여성-처녀는 순수한 교환가치에 속한다. 그녀는 남자들 간의 관계가 일어날 수 있는 가능성의 장소, 기호 이외에는 아무것도 아니다. 그녀는 그녀 자체로는 존재하지 않는다. 여성, 교환가치인 그녀는 겉모습에 불과할 것이다. 그리고 창녀. 그녀의 육체적 자질은 한 남성에 의해 소유되는 경우에만, 그리고 남성들 사이의-은밀한-관계에 이용될 경우에만 '가치'를 지닌다.

욕망-교환-의 체계는 남자들의 일이다. 그리고 이 체계는 여성들을 상징적 기능에 필요한 붉은 피/가장(假裝), 육체/중요한 겉치레, 또 질료/교환수단, 그리고 (재)생산적 본질/꾸며진 여성성 등의 구분에 복종시킨다.[21)]

여성은 레비-스트로스가 관찰하였듯이 남성들의 집단 사이를 구분하고 집단 내 형제애적 결합을 위해 교환되는 존재, 교환의 대상이다. 여성은 자신과의 관계 속에서 정의되지 않으며 사회적 결정에서 아무런 역할을 할 수도 없다. 노동자로서, 시민으로서 혹은 정치활동에서 어떠한 가치도 부여받지 못한다.

여성이 이러한 억압 상태에서 벗어나는 것은 어떻게 가능할 것인가. 이리가라이는 질서의 단순한 전복은 최종적인 팔루스 우월주의로의 회귀를 피할 수 없다고 본다. 그가 볼 때에는, 여성들이 "자신들의 자기 성애와 동성애를 간직하고 무르익게 해야" 하지만 "이성간의 성적 쾌락을 포기하는 것은 또다시 힘의 축소"를 가져올지도 모른다. 또한 여성들이 "남자들의 욕망을 방어하는 법을 배우는 것, 특히 말을 배우는 시기에 남자들로부터 거리를 유지"하거나, "매춘부라는 조건에서 벗어나기 위해 자기 생계를 꾸려"가는 것 등은 교환되는 시장노동자 상태에서 벗어나기 위한 필수불가결한 단계이지만, 여기에 그친다면 여성들은 자신의 상상계를, 언어활동을, 자신의 발생을 (재)발견하지 못한 채 결국 동일한 상태로 되돌아올 것이라고 본다. 그렇다면 어떻게 해야 할까?

미메시스와 새로운 언어

> 팔루스 위주의 사상 속에서, 또 이 사상에 의해 규정된 것과는 '다른' 여성의 성욕에 관해 뭐라고 말해야 할까? 어떻게 여성적 언어활동을 재발견하고 창조해야 하나? ……여자들이 또다시 억압받고 규제받지 않으려면 이러한 것들을 어떻게 '표현해야' 하는가? 그러나 어떻게 여자를 논할 수 있을까? 지배적인 담화를 거스르면서 말이다. …… 여자를 논한다는 것이 글로 표현될 수 있을까? 그렇다면 그 방법은……?[22]

이리가라이는 『스페큘럼』이 출간된 이후 제기된 질문들과 이에 대한 답변을 싣고 있는 「담화의 권력과 여성적인 것의 복종-대담」과 「질문들」에서, 거울 앞에 서 있는 우리들이 거울을 통과한 거울 저쪽의 세계를 어떻게 알아차리고 말할 수 있을 것인가를 다시 질문한다.

이리가라이는 사실 여성성을 재정의하지 않겠다고 말한다. 왜냐하면 여성적인 것(여성주체성, 여성적으로 상상적인 몸)을 현재의 남성적인 여성 정의를 완전히 벗어나서 묘사하기란 불가능에 가깝기 때문이다. 팔루스 중심의 언어세계에 포획되지 않으면서 여성을 말하는 방법으로 이리가라이가 채택한 전략이 미메시스이다. 미메시스는 여성에 대한 스테레오타입의 시각을 문제 삼기 위해 그 시각을 다시 내미는 과정이다. 그것은 부정적 견해를 반복하되 충실하지 않게 반복한다. 여성의 육체가 복수적이고 산포되어 있다고 간주된다면 이는, 동일성과 통합성에 가치를 부여하고 여성을 흩어지고 결여되며 보이지 않는 타자로 간주하는 데에서 비롯된 것이라고 말하는 식이다.

예컨대 이렇다. 여성의 말은 비인과적이고 모순적이며 흩어지고 반신반의의 것이자 미완성의 것, 아니면 재잘거림과 탄성이다. 그런데 이는 남성중심적인 성적 상상계와 그것을 통해 작동하는 상징계 안에서 그러할 뿐이다.

> '그녀'는 그녀 자신 속에서 영원히 타인이다. 이 사실 때문에 아마도 사람들이 그녀에 대해 광적이고 이해할 수 없고, 흥분하고 변덕스럽다고 말하는 것이리라.[23]

그래서 여성의 언어는 다른 감각의 귀로 들어야 할 말이 된다. "항상 짜여지고 있는, 말로 서로를 감싸고 있는, 그러나 거기에 정착하지 않기 위해, 고정되지 않기 위해 해체되기도 하는"[24] 그런 말로 들어야 한다.

이렇게 미메시스의 전략이 여성에 대한 부정적인 견해를 반복함과 동시에 그 견해 자체가 버려져야 한다는 식으로 가지고 놂으로써, 여성위치가 어떻게 이 문화 속에서 배제되었는지를 드러냄을 목표로 한다면,

진정한 타자로서 여성성의 정의는 미래태가 된다. 다만 이리가라이가 시도하는 것은 여성적 상상계가 될 수 있을 공간이 존재한다고 말하는 것이다.

> 남성적 상상계를 다시 가로지르려고, 어떻게 이 남성적 상상계가 우리를 침묵의 상태로, 무언의 상태로, 혹은 모방의 상태로 이끌었는가를 해석하려고 노력한다. 그리고 그로부터 동시에 여성적 상상계가 될 수 있는 공간을 (재)발견할 것을 시도한다.[25]

그는 여성을 위한 새로운 정의는 이전의 정의를 모사하는 방식으로 관계하면서 생겨날 것이고 또한 그것은 집단적인 과정이 되리라 말한다. 이 집단적 과정은 모든 여성들이 처한 동일한 경험에 기반해 있다.

> 그러나 이것은 분명 그저 '개인적' 작업은 아니다. 오랜 역사를 거치면서 모든 여성들은 성적, 사회적, 문화적으로 동일한 상황에 처해왔다. …… 모두가 똑같은 억압, 육체의 똑같은 착취, 그들 욕망에 대한 한결같은 부정을 감내한다.[26]

그리고 이리가라이는 여성을 재정의하는 과정을 도울 수 있는 약간의 재료들을 제시한다. 「하나이지 않은 이 성」에서 언급한 것은 육체에 대한 새로운 개념이다. 그는 여성의 성기와 상상계의 자족성을 묘사하고 이것이 페니스에 기반한 상상력에 의해 '침입'되는 것으로 그린다.

> 그녀의 성기가 지속적으로 서로를 포개는 두 음순으로 이루어져 있기 때문이다. 이처럼 그녀 안에서, 그녀는 이미 서로를 애무하는 둘이

다—그러나 하나씩 나눌 수 없다.

즉 침입자인 페니스에 의해 두 음순 사이는 난폭하게 벌어진다. ……이것은 남성과 그 어머니의 관계가 강요한 사도매저키즘의 상상력에 의거한다. 즉 그것은 무력으로 부수고 뚫고 들어가, 차지하고 싶은 욕망, 사람들이 그 안에 잉태되어 있었던 복부의 신비, 번식과 자신의 '기원'에 관한 비밀 같은 것들에 대한 상상들이다.[27]

침입과 자족의 대비는 이리가라이가 계속해서 사용하는 모티브이다. 이는 남아와 여아가 문화적 세계로 들어가는, 즉 언어를 습득하는 방식에 대해 이리가라이가 프로이트/라캉과는 다른 방식으로 해석할 수 있는 단서를 제시할 때 사용하는 모티브이다(자세한 내용은 다음 절에서 살펴본다).

이리가라이는 다른 성으로서의 여성은 아직 오지 않은 주체라고 말한다. 즉 남성적 상상계와 상징계에 포획되지 않은 채 여성을 말하는 주체는 아직 오지 않았다. 「우리의 입술이 저절로 말할 때」 다른 여성은 올 것이다. 우리가 저절로 말하게 되는 날을 맞이하기 위해 무엇을 할 것인가. 이리가라이는 이를 시적인 매니페스토로 표현한다.

너는 움직인다. 너는 결코 가만히 있지 않는다. 너는 결코 그렇게 있지 않는다. 결코. 어떻게 너에게 말할 수 있을까? 여전히 타자인 너에게. 어떻게 너에게 말을 걸 수 있을까? 결코 고정시키지 못하는, 얼어붙게 할 수 없는 물결 속에 있는 너에게 말이다. 이 흐름을 어떻게 말들 속으로 지나가게 할 수 있을까? 다양한 흐름을 말이다.

……

울지 마라. 우리는 우리 스스로가 말할 수 있는 날을 맞이할 것이다.

1979년 파리에서 열린 여성해방운동(MLF, Mouvement de liberation des femmes) 시위. 왼쪽에서 세번째 인물이 이리가라이.

우리가 하게 될 말은 완전한 액체인 우리의 눈물보다 훨씬 아름다울 것이다.

우리는 오로지 둘에 불과한가? 우리는 환영들, 이미지들, 거울들의 이쪽 편에서 둘로 살아간다. 우리 사이에서 한쪽이 '진짜'이면 나머지는 그 복제품이고, 한쪽이 원본이면 다른 한쪽은 그 그림자인 그런 것이 아니다. 그들의 체계에서 그토록 완벽한 모방꾼이 될 수 있는 우리는 모방하지 않고 서로 관계를 맺는다. 우리의 닮음은 위장 없이도 가능하다. 이미 우리의 육체 안에서 같아진다. 너를 만지고, 나를 만져라. 너는 '보게 될' 것이다.[28)]

여성주체성과 성적 차이의 윤리

여성주체성을 정의하는 길, 언어학적 임상

서구 주체의 자기-단일-중심주의를 비판하는 이리가라이의 작업이 정신분석과 철학에 걸쳐 있었다면, 새로운 여성주체를 존재하게 하는 매개를 찾으려는 두 번째 계기는 언어학적 임상작업에 기초해 있다. 이는 정신언어학에서 출발했던 연구영역을 기반으로 사회언어학적 임상을 축적하면서 이뤄졌다. 『스페큘럼』을 쓰기 전 이리가라이는 첫 번째 박사학위논문이자 첫 저작인 『치매증 환자의 언어』에서 남녀 정신병의 언어적 특징을 통해 말하기의 남녀 차이가 어떤 방식으로 존재하는가를 논구했다. 이 연구에 따르면 히스테리나 여성정신병의 언어적 특징은 가부장제 문화에 여성이 불안정하게 통합되지 않음으로써 나타나는 증상인 데 비해, 남성정신병에 나타나는 강박증적 언어사용은 남성에게 부여되는 위치에 개인이 과도하게 통합된 상태를 보여주는 증상이다. 그리하여 발화를 결정하는 것은 현 상징체계 내의 언어에 상정된 정체성 문제이다. 다시 말해 가부장제 상징계에서 유일하게 가능한 주체위치는 남성적이며, 따라서 여성은 상징적으로 정의되지 않는다.

이렇게 현재 서구 문화의 언어 속에서 주체위치가 언제나 남성적이라고 하는 사실은 불어의 성별 구분과 그 단어에서도 단적으로 드러난다. 예컨대 의사를 뜻하는 'médecin'은 남성형, 즉 'le médecin'이다. 이 단어의 여성형 'la médecine'는 의학이나 치료법을 뜻한다. 여성 의사를 뜻하는 단어는 존재하지 않는다. 비서를 뜻하는 'secrétaire'는 여성형 명사, 즉 'la secrétaire' 이다. 그런데 남성형 관사가 붙은 'le Secrétaire d'État'는 차관이라는 뜻이 된다. 여성 차관은 논리적으로 불가능한 단어이다. 이렇듯 불어에서 여성형은 지식이나 요법 또는 도와주는 사람 등 남성 주체가 가지는 수단과 보조라는 개념에서 파생된 의미인 경우가 많다. 적어도 불어 문법 안에서 의사이거나 정부 각료인 여성의 위치는 존재하지 않는 것이다.

그런데, 이리가라이의 언어학 연구는 여성적 주체를 위한 새로운 매개를 정의하려는 시기, 즉 연구 궤적의 두 번째 단계에서는 다른 식으로 바뀐다. 1980년대부터 이뤄진 임상연구를 통해 언어 속에서 여성의 주체위치가 부재함과 동시에 주체위치를 삭제하는 방식을 인식했을 뿐 아니라, 남성과 여성의 언어 사용방식이 상이함을, 또한 여아가 언어를 사용하는 독특한 방식을 발견하게 된다.

예를 들면 이런 식이다. 고등학교 학생들에게 'with' 전치사를 가지고 문자를 만들어보라고 하면, 소녀는 '나는 너랑 같이 오늘밤 나갈 거야'라거나 '나는 그와 살고 싶어'라는 식의 문장을 만드는데, 소년은 '나는 자전거를 타고 나갈 거야' 또는 '나는 펜을 가지고 이 문장을 썼다' 같은 문장을 쓴다.[29] 남자는 자신을 담론이나 행동의 주체로 지칭하는 반면 여성은 자신을 지우는 경향, 남자나 세계에 우선권을 준다. 여성의 말은 대화에 더 관여되어 있고, 감정적이고 주관적이며 덜 추상적이고 맥락 설명적이다.

언어사용의 성차에 대한 이야기는 오늘날 새로운 것은 아니다. 이리가라이의 이러한 관찰이 가지는 중요성은 그가, 양성간의 이 언어 차이를 동일자와 결핍의 논리로 파악하려 한 프로이트-라캉의 논의를 반박하면서, 차이 자체를 두 개의 다른 존재론적 특성으로 적극적으로 정립하는 전거로 삼는다는 데 있다. 그래서 이리가라이는 프로이트가 자신의 무의식적 상상력 때문에 억압하여 보지 못한 여아의 독특한 관계 맺기 방식을 예민하게 포착하였다. 이리가라이에 따르면 여아는 자기 엄마에게 "엄마, 나랑 놀래?"라고 말한다. 이에 비해 남아는 "나는 장난감차 갖고 싶어" 또는 "공놀이하고 싶어"라고 말한다. 남아는 여아처럼 의문문을 사용하지 않는다. 그는 '함께'와 둘에 강조를 많이 두지 않고 타자에게 자기 견해를 묻지 않는다. 반면 여아는 "'여성적인' '너'에게 말을 거는 것이 작은 '나'이고 엄마에게 반응할 권리를 남겨두고 함께 무언가를 하

자고 제안"한다.[30)]

성적 차이의 윤리론을 향하여

다음으로 세 번째 단계인 성적 차이의 윤리에 대한 비전이다. 이는 1980년대 이후 이리가라이가 이탈리아 페미니즘 정치운동에 개입하면서 얻은 성찰과 확신에서 비롯된 것이다. 『성적 차이의 윤리』에서 플라톤, 아리스토텔레스, 데카르트, 시포나, 메를로퐁티, 레비나스 같은 남성철학자들과 대화를 나누며, 남녀가 그들간의 환원할 수 없는 차이를 존중하는 법을 함께 배워야 함을 논한 뒤 『나, 너, 우리: 차이의 문화를 위하여』(*Je, tu, nous. Pour une Culture de la différence*, 1990)에서 처녀성의 권리, 모녀관계의 법적 · 문화적 권리화 같은 정책적 아젠다를 만들었다. 이어 이탈리아 남성정치인 렌조 임베니(Renzo Imbeni)와 공적 토론을 이어가면서 "진정으로 우리가 둘"임을 느끼는 최초의 경험을 한다. 이 생생한 체험과 초월적인 통찰을 토대로 이슈를 재정식화하여 『나는 너에게 사랑한다』(*Jáime à toi*, 1992)를 완성하기도 했다.

이리가라이는 자신이 전개한 일련의 비판적 분석과 임상적 연구를 종합하여, 남성과 여성의 성적 차이가 다른 어떤 차이로도 환원불가능한 존재론적 차이이며, 우리 문화의 근본적 모수(parameter)라는 점을 확신에 찬 언명으로 표현한다. 그가 볼 때 남성과 여성의 차이는 여성들 사이의 차이나 남성들 사이의 차이로 환원할 수 없고, 레즈비언과 게이의 성적 선호도와도 무관하다. 그리하여 그가 마지막으로 심혈을 기울이는 철학 작업은 성적 차이를 존중하는 상호주관성을 어떻게 구성할 것인지, 한 성이 다른 성에 종속되지 않는 새로운 남녀관계의 모델에 대한 정의를 만드는 것이다. 이와 관련하여 그가 제시한 개념은 '나-그녀'와 '나-그'라는 개념이다. 이것은 관계가 깃든 '나'이자, 하나가 아닌 두 개의 성인 '나'이다. 이리가라이는 페미니즘이 개인 경험을 순수하게 서사적이고 자서전적인 '나'라든가 또는 정서만을 표현하는 '나'의 측면에서 이해함으로써 그 권위를 물상화한 결과 페미니즘 자체를 갉아먹게 된다고 경고한다. 그녀에 따르면 경험은 대화적인 것으로, 즉 '나-그녀'의 경험으로 이해되어야 한다. "나는 나 자신의 경험을 나 스스로 오로지 혼자 단언할 수 없다. 왜냐하면 이 경험이란, 대화를 통해 그 사실 이후에 가봐야 알게 되는 어떤 것이기 때문이다. 그러므로 그것이 항상 이미 여성의 경험이라고 단언할 수 없는 것이다. 그것은 주관성과 객관성 사이의 대화여야 한다."[31)]

남성과 여성 사이에 윤리적 관계가 발생하기 위해서는 어떻게 해야 하는가. 이리가라이에 따르면 남자는 자궁을 향한 노스탤지어를 극복해야 한다. 그렇게 되면 이 관계는 여성이 자신의 고유함을 창조할 수 있는 공간을 열어줄 것이다. 나아가 우리는 타자성과 성스러움의 문제를 육체성과 결부하여 사유해야 한다. 여성은 충분히 주체가 되어야 하고 남성은 그들이 육화된 존재임을 인정해야 한다. 여성이 주체위치를 점하기 전까지는, 그리고 남성이 다른 주체들과 소통하기를 배우기 전까지는 진정한 관계는 일어나지 않을 것이다. '너를 사랑한다' 대신 '너에게 사랑한다'고 말하는 것은 타자에 대한 존중을 상징한다. 이 에두름의 언어는 두 성 사이의 참된 상호주관성을 키워갈 수 있는 프로젝트가 될 수 있다.

생물학적 본질주의 또는 전략적 본질주의

이리가라이의 저작은 영미권에 처음 소개되었을 당시 큰 비판에 직면했다. 여성의 육체를 자연화하는 담론을 반복함으로써 생물학적 본질주의로 돌아간다는 비판이었다. 실제 이리가라이는 앞서 살펴보았듯이

"그녀 안에서, 그녀는 이미 서로를 애무하는 둘이다"라고 말하며, 여성 성기를 여성적 차이의 기반으로 간주하고 있는 것처럼 보인다. 이는 여성의 차이를 여성의 몸, 해부학적 차이에서 비롯된다고 설명하는 것, "해부학은 운명이다"고 말한 프로이트와 마찬가지 말이 아닌가? 여기서 주의할 점은, 이리가라이는 프로이트를 생물학적 결정론자라고 비판하는 것이 아니라는 점이다. 이리가라이가 볼 때 프로이트의 이 명제는 성적 차이를 해부학적인 것에서 출발하여 기술하는 것이 아니라, 리비도를 '남성적' 본질로 규정하는 성적 일원론의 명제를 지지하고 있다. 요컨대 이리가라이는 프로이트의 논의는 남아의 입장에서 보여진 주체와 다른 주체의 관계를 기준으로 하여, 페니스에 기반한 성적 상상력을 보편화한다고 비판하는 것이다.

이리가라이가 볼 때 기존의 정신분석은 어머니-육체, 어머니-자궁과 맺는 관계에 대한 해석을 이론적으로 포괄하지 않았다. 예컨대 남아는 자신과 다른 여성에게서 나왔고, 그는 생산하고 출산할 수 없을 것이다. 따라서 남아는 불가해한 미스터리의 공간에 있다. 그는 자신이 흡수되고 먹히지 않도록 전략을 창안해야 한다. 그래서 그는 엄마에 대해 지배 전략을 세워야 한다. 반면 여아는 다르다. 그녀는 또 다른 여성에게서 태어난 작은 여성이다. 그녀는 자기 엄마처럼 생산할 수 있다. 그녀는 의기양양하게 자기 자신으로 존재하고 자기 자신과 논다. 반면 남아는 자기 자신을 구축하기 위해 세계를 구축할 필요가 있다. 이리가라이는 강조한다. "그것[남아와 여아는 각기-글쓴이]은 매우 다른 상황이다. 단지 해부학적 문제가 아니다. 관계의 문제이다. 해부학적인 것은 항상 관계적인 것에 얽혀 있음을 잊지 말아야 한다."[32]

이리가라이의 글에 가득한 해부학적 은유들은 '전략적 본질주의', 또는 미메시스의 전략에서 비롯된 것이다. 사라 도노반(Sarah Donovan)

은 이리가라이의 미메시스 전략이 일종의 내기라고 표현한다. 남성 지배가 서구문화를 수세기 동안 규정해왔고, 이 시간 동안 우리에게 알려진 여성주체성은 오로지 남성적 형식을 따라 지속된 기형적인 형식이라고 한다면, 무엇이 주인/주체/남성 대 노예/타자/여성의 논리를 되풀이하지 않게 만들 것인가? 지속되는 남성 지배를 뚫고 여성 주체성이 변하게 되기 전까지 남성적 형식을 따라 만들어진 논리는 변하지 않을 것이다. 그러므로 우리는 여성적인 타자의 안부를 물어야 한다. 이리가라이는 미메시스를 통해 타자의 안부를 물음으로써만 패러다임의 이동에 영향을 미칠 수 있을 것이라고 본다. 여성주체성 개념을 이행시키기 위해서는 침묵된 여성의 위치에서 말해야 한다. 예컨대 이리가라이가 여성 육체를 자연화하는 담론을 반복하거나 되풀이할 때, 그것은 가부장제 이전에 존재하는 잃어버린 여성 몸으로 회귀할 것을 제안하는 것이 아니다. 여성의 해부학적 위치는 남성동일자가 규정한 바로 그 부족한 동일자라는 위치, 타자의 위치이며, 그 위치를 발화하는 것은 그 타자의 안부를 묻는 행위이다.[33]

모녀관계와 여성계보

이러한 전략적 본질주의는 현실에서 어떻게 적용될 수 있을까? 확실한 것은 이리가라이의 논의는 서구문화에서 규정된 여성성을 새로 탄생할 여성주체성과 등가시키지 않는다는 점이다. 이리가라이는 신화 분석을 통해 1980년대의 여러 저작들에서 서구 가부장제 문화의 단일-남성중심주의가 사실상 어머니의 역능을 지배하려는 의고적 투사에 기원을 두고 있음을 지적했다. 서구사회와 문화가 모친살해를 토대로 작동한다는 것이다. 현재의 문화는 여성을 어머니로, 여성-어머니를 육체로, 그 육체(자궁)를 탐욕스러운 입이나 하수구, 팔루스적 위협, 재생산의 종속적 기능으로 폄하한다. 그러한 폄하는 남성적 상징세계를 건설하기 위한 일종의 방어기제이다. 가부장제 문화는 어머니에게 진 빚을 무화하고, 어머니에의 의존을 망각하며, 어머니의 역능을 파괴함으로써 남성동성애적 경제를 구축한다. 하지만 현재의 문화는 어머니를 숭배하지 않는가? 예수를 안고 울고 있는 마리아, 피에타 상처럼 말이다. 이때 어머니는 아들의 어머니, 모녀관계에서 찢겨 나온 어머니이다. 제우스가 자기 형이자 지하세계의 왕인 하데스를 도와 자기 딸이자 대지의 여신 데메테르의 딸인 페르세포네를 유괴한 이야기를 그린 그리스 신화처럼, 이 사회는 어머니와 딸의 관계를 끊고 여성을 아버지, 오빠, 남편과의 관계로 훔쳐감으로써, 여성계통의 상징화와 승화를 방해한다. 사회가 여성에게 요구하는 것은 "사적소유제 안에서 남성-아버지에게 봉사하고 국가에 봉사하는 기계들"로서의 어머니가 되는 것이다.[34] 그리고 그런 어머니를, 딸과의 유대를 잃어버리고 자신의 운명을 통제할 수 없는, 재생산적 육체만으로 환원되는 그런 어머니를 숭배한다.

여성주체성을 새로 탄생시키기 위해서는 여성의 상징적 자율성을 발견하고 만들어가야 하는데, 이 과정은 이중의 전략을 담아야 한다. 한편으로는 "우리를 단순한 기능으로 한정하는 분업—생산자/재생산자—에 종속된 질서에 의해 지배되는 탈주체화된 사회적 역할인 어머니 역할에 굴복하지 않"아야 하며, "어머니이기를 위해 여성이기를 단념할 필요가 없다." 그러나 다른 한편으로 "우리는 우리 문화의 기원을 위해 제물로 바쳐진 어머니를 다시 한 번 죽여서는 안 된다."[35] 이러한 과정은 우리가 어머니와의 관계를 새롭게 세워야 함을 의미한다. 이리가라이가 일관된 주제로 제시하는 모녀관계의 변화란, 딸과 엄마 둘 다 자신의 권리를 가지는 주체임을 전시하는 것, 엄마와 딸의 관계를 보호하고 결속감을 강화하는 노력을 전개하는 것으로, 개인적 차원에서는 물론이고, 언어적 작업과 법적 권리까지 포함한다.

모녀관계의 변화를 중시하는 이러한 작업은 1990년대 중반 우리 사회에 있었던 부모 성 같이 쓰기 운동과 호주제 폐지운동을 떠오르게 한다. 우리는 이 운동을 통해 기존의 성(姓) 체제가 얼마나 남성계보의 상상에 기반한 체제인지, 다시 말해 하나의 계보를 대표시키기 위해 다른 생물학적 존재를 무화시키고, 여기서 여성의 계보를 체계적으로 삭제시키는 상징체계라는 점을 비로소 인식하게 되었다. 여성이 여성에게 성(姓)을 물려준다는 것은 여성계보를 언어에 새기는 행위이다. 이 여성계보의 상징화를 법적인 권리이자 문화적 정상성의 범주로 만들게 된 사건이 한국 여성의 자존감과 자율성에 미친 영향은 정말이지 깊고도 길다. 문화운동에서 법 개정에 이르는 일련의 과정에 이리가라이의 이론이 일대일로 대응하는 식의 직접적인 영향을 미쳤다고 하기는 힘들 것이다. 한국사회에서 이리가라이의 저작은 늦은 시기에 그것도 부분적으로 번역되었을 뿐이다. 하지만 운동에 참여한 많은 페미니스트들은 여성의 상징적 자율성과 모녀관계의 중요성에 대한 감수성을 가지고 있었고, 그것은 1980년대 미국에 상륙한 프랑스 페미니즘으로부터 발생하고 숙성된 감각이었다.

보편주의와 차이의 생략

가부장제 문화의 남성단일중심성을 반복적으로 비판하고 새로운 타자성과 차이의 윤리를 주창하는 이리가라이의 논의는 한국사회에서도 감응력을 가지는 것 같다. 특히 어머니의 어두운 이면, 폄하와 숭배에 갇혀 있는 여성의 어머니 됨, 모녀 계보의 상징화 문제 등 가부장제 문화에 대한 정신분석과 정책적 아젠다는 우리 사회의 여성들을 이해하고 설명하는 데 적지 않은 시사점을 준다. 하지만 역설적이게도 이 보편성으로서의 성적 차이라는 논점은 이리가라이 논의가 가진 가장 큰 맹점이기도 하다. 이리가라이의 이론에는 실제 여성들 간의 차이를 설명할 공간이 없다. 여성의 주체위치와 새로운 여성주체성을 정의하는 작업이 이리가라이가 말한 대로 집단적이고 과정적인 작업이라고 하더라도, 그 여성주체성은 남성 주체성과 대비되는 보편적 주체성인 듯하다. 이 보편성은 계급, 인종, 민족으로 얽혀, 다른 위치에 있는 여성들 모두를 포괄할 수 있을 것인가? 이리가라이의 형이상학과 윤리론에서 이러한 '사회적' 차이들이 다뤄질 수 있는 여지는 없어 보인다.

이리가라이가 대결한 서구철학의 전통 전체에 대해 사실 우리는 그리 아는 바가 많지 않다. 프랑스-서구 사람들의 문학과 생활세계, 유적과 언어에 스며들어 있을 그리스-로마신화도, 기독교의 성모 마리아도 사실은 먼 나라 책 속 이야기로 만나는 것들이다. 하지만 무속신앙과 유교적 음양론, 그리고 성리학적 질서가 지배해온 동방의 나라에서 이리가라이의 모친살해론과 모녀관계의 복원이라는 명제는 이렇게도 잘 와닿는다. 이 차이의 시대에, 20세기 서구 페미니즘의 인종적 맹목성과 식민주의적 인식론을 넘어서서 젠더체계의 역사적 · 사회적 다양성과 차이를 설명하기를 원하는 우리들에게 이리가라이의 보편주의는 어떠한 의미를 가질 수 있을까? 이리가라이 식으로 말하자면, 침묵된 위치, 바로 이 위치에서 말할 때 우리는 이리가라이와 통하는 지점이 어디에 있었던 것인지 비로소 알게 될 것이다.[36)]

주디스 버틀러, 『젠더 트러블』

젠더는 어떻게 만들어지는가

임옥희 ▌경희대 후마니타스칼리지 객원교수

버틀러는 철학자, 페미니스트, 레즈비언이다. 정체성과 정치와 이성애 절대주의를 해체하려는 그녀의 젠더이론은 기존의 철학영역에서는 엄두도 낼 수 없었던 주제를 철학의 영역으로 포함시켰다.

임옥희

경희대에서 영문학을 전공했고 '버지니아 울프 소설에 나타난 양성성'에 관한 연구로 박사학위를 받았다. 여성문화이론연구소를 열어 페미니즘에 관한 이론과 실천 작업을 해왔다. 현재 경희대 후마니타스칼리지 객원교수로서 융합복합혼합 인문학을 가르치고 있으며, 페미니즘과 인문학의 만남에 대해 관심을 갖고 있다.

지은 책으로 『주디스 버틀러 읽기: 젠더의 조롱과 우울의 철학』 『채식주의자 뱀파이어』를 비롯해 공저인 『페미니즘과 정신분석』 『한국의 식민지근대와 여성공간』 『필름 셰익스피어』 등이 있다. 『고독의 우물』 『여성과 광기』 『뫼비우스 띠로서 몸』 등 다수의 번역서를 펴냈다.

'젠더 트러블'을 일으킨 여성철학자

전 지구적 금융자본주의 시대에 이르러 페미니즘은 무엇을, 어디서, 어떻게 할 것인가라는 고민이 깊어지고 있다. 자본이 전 지구를 통합해버린 지금, 노동운동, 생태운동, 여성운동이 연대하자는 주장이 등장하기도 한다. 하지만 노동운동은 과거의 영광을 상실했고,[1] 페미니즘은 전성기를 지나 쇠퇴기에 접어든 것처럼 보인다. 게다가 절차적 민주주의가 확립된 만큼 단지 여성이라는 이유만으로 억압받는 시대는 아니다. 이런 시대에 여성억압으로부터의 해방, 젠더불평등으로부터 자유, 평등을 아직도 외치는 페미니즘은 얼핏 보면 철지난 것처럼 보일 수도 있다. 주디스 버틀러(Judith Batler, 1956~)는 이러한 페미니즘에 또 다른 돌파구를 열었던 이론가다. 그녀의 이론이 페미니즘에 제공해줄 수 있는 것(비판이든 해체든, 도움이든)은 무엇인가.

페미니즘이라고 하면 자연스럽게 여성을 떠올리지만, 그에 합당한 보편적인 여성이 있는가, 혹은 '여성으로서' 말할 수 있는 여성의 토대는 있는가? 요즘은 여성이라는 말만 나와도 당장 '어떤 여성?'이라는 반문이 뒤따르게 된다. 그런 반문이 뒤따르는 데 지대한 역할을 한 이론가가 버틀러라고 하더라도 지나친 말은 아닐 것이다. 그녀는 성별 정체성의 정치를 해체함으로써 '젠더 트러블'을 일으킨 이론가다. 여성, 남성이 고정되어 있는 것이 아니라 다양한 범주(인종, 계급, 민족, 성별, 지역, 종교, 나이, 교육, 언어)와 규율권력에 의해 구성된다고 주장함으로써, 그녀는 페미니즘이 여성일반의 '공통된 경험'이나 보편적인 여성을 함부로 거론하지 못하도록 하는 데 일조했다.

이 글은 그녀의 젠더 철학이 어떤 현재성을 갖고 있으며 어떤 문제와 대결하고 있는지에 초점을 맞추고자 한다. 현재 활발하게 활동하고 있는 그녀의 저술과 공저들은 국내에서도 지속적으로 번역되고 있다. 『젠더 트러블』(*Gender Trouble*, 1991), 『불확실한 삶: 애도와 폭력의 힘』(*Precarious Life: The Powers of Mourning and Violence*, 2004), 『안티고네의 주장』(Antigone's Claim: Kinship Between Life and Death, 2000) 그리고 가야트리 스피박(Gayatri C. Spovak, 1942~)과의 대담집 『누가 민족국가를 노래하는가』(*Who Sings the Nation-State? Language, Politics, Belongings*, 2007) 등이 번역 소개되었다. 벌써 20여 년 전에 출판된 『젠더 트러블』을 지금 다시 읽으면 그다지 신선하게 다가오지 않을 수도 있겠지만, 출판되었을 당시 일으켰던 파장은 대단했다. 보부아르, 레비-스트로스, 푸코, 라캉, 크리스테바, 모니크 위티그의 이론에서 젠더가 어떻게 이론화되고 있는가를 분석함으로써 그녀는 혁신적인 젠더 트러블메이커가 되었다. 이 저서로 인해 버틀러는 페미니즘 이론에서 패러다임의 전환을 가져다주었다는 평가를 받았다. 1990년대 이전의 페미니즘 담론이 계급/인종/젠더의 범주가 중심이었다면, 버틀러를 경계로 포스트페미니즘 담론은 섹스/젠더/섹슈얼리티 범주로 전환되었다. 그런 방향전환의 중심에 버틀러가 있었다.

버틀러는 철학자, 페미니스트, 레즈비언이다. 정체성의 정치와 이성애 토대주의를 해체하려는 그녀의 젠더이론은 고전적인 철학과의 입장에서는 쉽게 받아들이기 힘든 것이었다. 기존의 철학영역에서는 엄두도 낼 수 없었던 주제를 철학의 영역으로 포함시켰다고도 볼 수 있다. 젠더화된 주체, 가면무도회로서의 수행성, 동성애적 우울증과 같은 개념은 인류보편의 주제를 추구하는 철학영역에서는 편협한 젠더의 이해관계를 드러내는 '정치적' 주제로 간주될 만한 것이었다. 이런 불편함과 대변하면서 철학자들은 "흥미롭지만 이건 철학적인 주제가 아니군요"라는 반응으로 일축해버리고는 했다. 혹은 '여성' 철학은 자기들만의 해방구인

버틀러는 성별정체성의 정치를 해체함으로써 '젠더 트러블'을 일으킨 이론가다.
버틀러를 경계로 포스트페미니즘 담론은 섹스/젠더/섹슈얼리티 범주로 전환되었다.

여성학과에서나 마음대로 논하라는 식으로 무시하기 일쑤였다. 여성 철학은 철학의 외부이자 타자로 취급되었다. 그런데 버틀러는 여성 철학을 철학의 영역에서 경합할 만한 것으로 만들어낸 이론가이기도 하다.

버틀러의 삶과 철학하기의 관계

『젠더 트러블』을 통해 포스트페미니즘의 논의의 물길을 바꿔놓은 버틀러는 자신의 개인적인 삶을 『젠더 해체하기』(*Undoing Gender*, 2004)에서 철학하기와의 관계 속에서 언급하고 있다. 그녀가 고백하고 있는 자전적인 삶을 재구성해본다면 이렇다.

「철학의 '타자'는 말할 수 있는가?」[2]에서 그녀는 철학의 품위에 합당한 주제는 어떤 것일까라는 의문에서부터 글을 시작한다. 철학적 주제는 어떤 것인가? 철학과 지도교수는 논문을 쓰는 학생에게 그런 것은 철학적인 주제가 아니라고 하거나 혹은 여성과 관련된 주제를 잡으면 그건 여성학과에 가서 연구하지 그래, 라고 조언해주기도 한다. 그렇다면 어떤 것은 철학적인 주제이고, 어떤 것은 아닌가? 철학적인 것인지 아닌지를 식별할 수 있는 권위는 누가 가지고 있는가? 정당하고 합법적인 지식으로서의 철학적인 범주를 정확히 알고 있는 사람은 누구인가?

이런 질문을 제기하면서 버틀러는 여성철학자로서 자기 개인사와 철학하기를 접목시킨다. 그녀는 1956년 오하이오 주 클리블랜드에서 태어났다. 그녀의 부모는 동유럽 러시아계 유대인이었다. 아버지는 군의관으로 한국전쟁에 참전했던 경력이 있었다. 어머니는 정통파 유대교에서 보수적인 유대교로 넘어갔다가 마침내 개혁파 유대교인이 되었다. 버틀러는 부모의 영향 아래 고등학교까지 유대계 학교에 다녔고 유대교 회당에 다녔다. 열두 살 때 그녀는 철학자 아니면 광대가 되겠다고 결심했다. 어린 시절 부모의 갈등을 피해 지하실로 숨어들어가 문을 잠근 채 철학서적을 탐독했다. 어머니가 대학시절 읽었던 스피노자를 읽었고, 아버지의 대학시절 애인이 선물로 주었던 쇼펜하우어를 탐독했다. 쇼펜하우어의 책 속표지에 그녀의 사인이 선명하게 남아 있었다고 버틀러는 기억했다. 지하실의 골방에 앉아 자신이 뿜어내고 있는 담배연기 틈새로 바깥 세계를 내다보면서 이 세상은 과연 철학할 만한 곳인가를 고민했다. 2010년 한 인터뷰[3]에서 그녀는 열네 살 때 윤리학 수업을 들었다고 했다. 그것은 일종의 처벌이었다. 유대교 랍비들이 볼 때 그녀는 너무 말이 많은데다 꼬박꼬박 말대답을 하는 등 얌전하게 굴지 않았기 때문이었다. 조숙하고 당돌하고 따지기 좋아했던 아이였던 모양이다. 벌로써 듣게 된 그 윤리학 수업에서 마틴 부버(Martin Buber)와 조우하게 되면서 그녀는 전율을 느꼈다고 한다. 그 수업에서 칸트, 헤겔, 스피노자를 읽게 되었다. 철학과의 첫 번째 만남이었다.

철학과의 두 번째 만남은 유대인으로서의 윤리적인 딜레마 때문이었다. 동유럽 출신 유대인을 부모로 두었던 버틀러는 2차 대전 동안 그녀 가족을 포함한 수많은 유대인들이 강제수용소에 끌려가고 홀로코스트를 경험한 참담한 역사적 기억을 공유하고 있었다.[4] 홀로코스트 앞에서 신은 과연 무엇이란 말인가? 신이 저버린 세상에서는 무슨 일이든 가능하다. 홀로코스트처럼 거짓말 같은 사실이 현실에서 일어난다면 세상에 일어나지 못할 것은 아무 것도 없다. 도무지 믿을 수 없는 거짓말 같은 일이 역사적 사실로 발생했는데도 신은 속수무책이라고 한다면 신의 뜻은 어디에 있는가? 이 세상이 과연 의미가 있는 곳일까? 만약 의미가 있다면 유대인 6백만이 가스실로 가는 것 자체도 신의 뜻이란 말인가? 네 이웃을 사랑하라는 계명은 가능한가? 타자의 윤리는 실천가능한가? 자기 목숨을 거둬갈 수도 있는 적을 어떻게 환대할 수 있다는 말인가? 이런 회의로 인해 철학은 개인적 · 집단적 고통의 문제와 연결되어 있다는 것을 그녀는 깨닫게 되었다고 한다.

예일대 학부 시절 유대인으로서 그녀는 니체를 경멸했다. 그런데 한 친구를 따라 듣게 된 폴 드만의 수업에서 니체의 『선악을 넘어서』를 읽고 그녀는 매혹과 거부감을 동시에 느꼈다. 드만의 강의실을 떠나면서 그녀는 발밑이 흔들리고 다리가 후들거려서 난간을 잡고 주저앉았다고 고백한다. 그 강의에서 그녀는 처음으로 자신의 전 존재가 무너져 내리는 것을 경험했다. 그녀는 드만의 해체론 강의가 철학이 주는 위안의 힘을 빼앗는다고 비난하면서 드만의 강의실에 발을 들여놓지 않겠다고 결심했다. 그런 결심 이후에도 드만의 강의실을 가끔씩 들락거렸지만, 결국 그녀는 대륙철학을 고수했고 칸트, 헤겔을 전공했다. 풀브라이트 장학금으로 독일에서 독일관념론을 공부하고 예일대로 돌아와서 1984년

박사학위를 받았다. 박사학위논문은 이후에 『욕망의 주체: 20세기 프랑스에서 헤겔적인 반성』(*Subjects of Desire: Hegelian Reflections in Tweentieth-Century France*, 1987)이라는 제목으로 출판되었다.

1970~80년대 북미에서 대학을 다녔던 페미니스트들이 흔히 그랬다시피 그녀 또한 학내에서 정치적인 활동을 하다가 알튀세르, 푸코를 만나게 되었다. 그녀는 철학과 정치의 관계를 탐색하면서 젠더의 문제를 어떻게 철학적으로 접근할 수 없을까를 고민했다. 게이 레즈비언 공부를 하면서 헤겔의 타자성에 줄곧 관심을 갖게 되었다. 그녀가 보기에 욕망이 추구하는 것은 타자 안에 반영된 자신의 투사다. 타자 없는 욕망은 없다. 우리의 의식은 자신을 외화함으로써 타자로서의 자신, 혹은 타자 안에서 자신을 발견하게 된다. 이런 헤겔식 반성의 결과물이 그녀의 박사학위논문으로 외화되었다.

그 이후 1991년에 출판된 『젠더 트러블』은 10만 권이 넘게 팔린, 그야말로 학계의 베스트셀러가 되었다. 1993년 캘리포니아 대학 버클리 캠퍼스로 옮기기 전에 버틀러는 조지워싱턴 대학, 존스홉킨스 대학에서 강의했고, 현재 수사학과 비교문학을 가르치고 있다. 그녀를 비판하는 사람들은 문법도 제대로 맞지 않는 난해한 문장을 쓴다고 흔히 조롱한다. 수사학을 가르치는 그녀가 문법도 모른다는 비난을 듣는 것은 아이러니가 아닐 수 없다. 『철학과 문학』(1998)이라는 저널은 '올해 최악의 글쓰기 상'을 그녀에게 돌렸다. 그러자 버틀러는 『런던 북 리뷰』(*London Review of Books*)를 통해 기존 질서를 깨고 새롭게 '세계를 형성'하려면 상식적인 글쓰기로서는 부족하다고 반박했다.

버틀러는 유대인이지만 시온주의자는 아니다. 『불확실한 삶』에서 주장하다시피 유대인과 이스라엘, 이스라엘과 시온주의를 등치시킬 수 없다고 로렌스 서머스(Lawrence Summers)를 신랄하게 비판한다. 9·11

이후 유대인이자 전 하버드 총장이었고, 클린턴, 부시, 오바마 정부에 이르기까지 경제통으로 활동하고 있는 서머스가 이스라엘 정책에 반대하는 것이면 무엇이든 반유대주의라고 한 것에 대해 그녀는 반박함으로써 정치적 액티비스트의 면모를 보여주기도 했다. 이런 경향은 그녀의 파트너이자 동료교수인 웬디 브라운(Wendy Brown, 1955~)의 영향처럼 보인다.

레즈비언으로 알려진 버틀러는 저명한 유대계 정치철학자인 브라운과 현재 파트너 관계다. 브라운은 『방어적 국가, 쇠퇴하는 주권』(*Walled States, Waning Sovereignty*, 2010), 『남성성과 정치: 정치이론의 여성주의적 독해』(*Manhood and Politics: A Feminist Reading in Political Thought*, 1988), 『상처의 상태: 후기 근대의 권력과 자유』(*States of Injury: Power and Freedom in Late Modernity*, 1995), 『관용: 다문화 제국의 새로운 통치전략』(*Regulating Aversion: Tolerance in the Age of Identity and Empire*, 2006)[5] 등으로 잘 알려져 있다. 브라운의 저서 곳곳에서 버틀러와 지적인 영향력을 서로 주고받았음이 보인다.

차이의 담론 – 섹스, 젠더, 섹슈얼리티

『젠더 트러블』은 안정된 섹스/젠더의 토대를 흔들어놓았다. 그렇다면 섹스/젠더의 교란이 계급, 인종을 대신할 만큼 페미니즘에 중대한 의미를 가지고 있는가라는 궁금증이 들 수 있다. 페미니즘 의제가 중요하다, 중요하지 않다는 '정치적' 결정은 누가 하는가라는 질문 또한 뒤따를 수 있다. 페미니즘하면 일단 여성의 이해관계를 대변하는 것으로 간주된다. 그런데 섹스/젠더를 교란시키게 되면 여성, 남성과 같은 고정된 정체성을 교란하겠다는 것과 다르지 않다. 그렇다면 여성 없는 페미니즘이 가능하다는 말인가?

여기서 버틀러가 문제 삼는 것은 여성의 자연화, 혹은 생물학적인 존재론화에 저항하는 것이다. 여성은 태어날 때부터 생물학적인 섹스로서 주어져 있는 것이 아니라 사회적으로 구성되어가는 것임을 밝히려 한다는 점에서 그녀의 입장은 보부아르의 입장과 그다지 다른 것처럼 보이지 않는다. 생물학적인 여성을 고착시키게 되면 그에 따른 우생학, 인종차별, 성차별 등을 자연스러운 현상으로 받아들여질 수 있다고 페미니즘은 경계했다. 미국이 노예제도를 유지하고 있던 시절에도 모든 사람에게 교회의 문은 열려 있었다. 다만 교회출입문에 참빗을 걸어두고, 그 빗으로 머리를 빗을 수 없는 사람은 출입이 허용되지 않았다. 그럼으로써 곱슬거리는 머리카락을 한 흑인여성은 교회 문턱을 넘을 수 없다는 인종적 차별은 은폐되었다. 이런 사례들이 보여주다시피 흑인여성은 생물학적으로, 유전적으로 열등한 존재이므로 차별받아 마땅하다는 인종차별적인 논리가 뒤따르게 된다. 이런 생물학적 결정론에 저항하면서 등장한 것이 사회구성주의 페미니즘이다.

사회구성주의 페미니스트들은 생물학적인 결정론에서 벗어나기 위해 섹스/젠더 체계를 전유했다. 섹스는 생물학적으로 주어진 것이며 젠더는 사회문화적으로 구성된 것으로 보았다. 따라서 생물학적인 대상으로서 섹스와 사회문화적으로 구성된 대상으로서 젠더가 이들의 기본전제였다. 섹스는 자족적인 자원으로서의 자연이자 물질적 하부이며, 젠더는 이데올로기적인 상부에 비견된다. 그들은 가부장적인 이데올로기에 오염된 젠더의 허위의식을 벗겨내면 그 아래 진정한 본질로서 여성이 드러날 것으로 설정했다. 이것은 물화된 표면과 심층의 본질이라는 오래된 이분법과 다르지 않았다. 사회구성주의 페미니스트들은 섹스/젠더의 이항대립에서 섹스는 물자체처럼 남겨두고 젠더 차원에서 가부장제 사회가 강요한 여성성의 문화사회적 · 정치적 변형에 초점을 맞췄고, 두드러진 성과를 거뒀다.

섹스/젠더 패러다임은 생물학적인 결정론과 투쟁하는 데 유용했으므로 사회구성주의 페미니즘은 그것에 내재된 맹점에 상당 기간 동안 맹목적이었다. 그러다 보니 본질화된 자연, 섹스와 같은 범주들을 역사화하고 정치화하는 데 실패한 지점들이 드러나게 되었다. 그런 실패는 초기 페미니스트들이 여성적 정체성, 여성성 등을 자연으로 주어진 여성의 몸에서 찾았던 탓도 있었다. 자연으로서 섹스는 가부장적 자본주의, 인종차별적인 제국주의 등의 억압과 착취로 인해 오염되지 않은 순결한 자연으로 개념화되었기 때문이었다. 자연, 영성, 여성을 동일한 범주로 결합시킴으로써 여성의 윤리적 우월성을 주장하는 것이야말로 그들이 전복시키려고 했던 바로 그 생물학적 자연에 의존하는 것과 다르지 않았다. 결과적으로 그들은 생물학적 결정론을 전복시키려 했으면서도 그것에 의존하는 아이로니컬한 상황에 빠져들게 되었다.

버틀러가 보기에 사회구성주의 페미니스트들이 정작 묻지 않았던 것은 여성이란 어떻게 만들어지는가라는 질문이었다. 여성이라는 이름으로 모든 여성이 하나가 될 수 있는가? 버틀러는 페미니즘이 계급, 인종, 민족에 따라 여성억압을 논의했지만 정작 여성이 탄생하는 데 필수적인 젠더화된 주체 문제는 당연한 것으로 설정하거나 아니면 도외시함으로써 자신들이 해체하려고 했던 바로 그 가부장제와 공모관계에 빠졌다고 주장한다. 이 지점에서 버틀러는 푸코의 논의를 끌어들여 계급적 불평등, 인종적 차별, 성차별보다는 주체 형성과정에 작용하는 권력과 욕망이라는 문화적 담론을 강조하게 된다.

버틀러 이후 포스트페미니즘에 이르면 여성으로서 공유하는 일반적 '경험'이나 '보편적인' 여성의 정체성을 주장하는 것은 소박한 본질주의 혹은 제국주의적인 기획이라고 비판받기에 이른다. 『내가 그 이름인가요?』(*Am I that name?*)라는 저서에서 데니스 라일리(Denise Riley)는 여성으로서 겪은 "경험들은 그들의 여성성 때문이 아니라 자연적 혹은 정치적 지배의 흔적으로써 여성들에게 쌓여왔을 가능성을 감춘다"[6]고 주장한다. 도너 해러웨이(Donna Haraway)의 경우, 여성으로서 "공통의 언어 갖기라는 페미니즘의 꿈은 경험에 완벽한 이름을 부여하고자 하는 다른 모든 꿈들처럼 전체화하는 것이고 제국주의적인 것이다"라고 주장한다. 이들의 주장과 목소리와 함께하면서 버틀러는 '만약 어떤 사람이 여성이라고 하더라도 그것이 그 사람의 전부는 아니다. 젠더는 다양한 역사의 문맥 속에서 일관성 있게 구성되지 않기 때문이다. 또한 젠더는 인종, 계급, 민족, 성별, 지역에 따라 수없이 다양하게 구성되는 정체성의 양식들과 교차하기 때문이다'[7]고 지적한다.

이처럼 반(反)본질주의자로서 버틀러는 페미니즘 이론에서 유토피아적인 물자체로 남아 있는 본질로서의 섹스를 해체하고자 한다. 그녀에게 젠더의 기원으로 자리 잡고 있는 자연, 생물학적인 섹스란 없다. 본질로 설정된 섹스를 해체하기 위해 버틀러는 푸코의 '규율 권력'(regulatory power) 개념을 끌어들인다. 푸코는 『성의 역사』에서 섹슈얼리티의 규제로 인해 섹스의 범주가 생산된다고 보았다. 동성끼리의 다양한 성행위는 역사상 과거에도 언제나 있었지만, 그런 성행위가 어떤 사람의 정체성을 구성하는 시대가 된 것은 극히 근대적 현상이다. 푸코는 정체성을 가진 개별 주체가 보여주는 다양한 성행위가 아니라 성적 행위에 의해서 자신의 정체성을 부여받게 되는 시대에 이르러 섹스의 범주가 발명되었다고 설명한다. 말하자면 '나'라는 주체 안에 동성애, 이성애와 같은 성적 정체성이 포함되는 것이 아니라 성적 경향성에 의해 '나'의 정체성이 구성되는 시대에 들어와서 만들어진 범주가 섹스인 셈이다. 푸코의 권력담론

『젠더 트러블』은 섹스와 젠더 사이에서 욕망이 어떻게 개입하는가에 대한 의문에서 시작한다.

장에서 보자면, 섹스는 더 이상 자연적이고 생물학적인 범주가 아니라 권력에 의해 생산된 것이다.

푸코에 의하면 섹스는 규율적인 관행을 통해 일관된 성적 정체성으로 생산된다. 그러므로 섹스/젠더가 일치하지 않는 섹슈얼리티는 배제된다. 그 결과 욕망의 이성애화가 안정적으로 재생산된다. 이런 과정을 통해 섹스는 성적 경험, 행동, 욕망의 원인으로 설정된다. 상품의 하나인 화폐가 모든 상품의 가치를 매겨주는 기준이 되는 것과 흡사하게, 젠더의 효과로 구성된 섹스가 오히려 성적 정체성을 규율하는 원인이 되어버린다. 그에 따르면 성차의 범주화에 선행하는 섹스는 역사적으로 특수한 섹슈얼리티 양식에 의해 구성된 것에 불과하다. 섹스는 어떤 실체가 있었던 것이 아니라 다양한 섹슈얼리티를 포괄하는 상위 범주로서 발명되었다. 그 결과 섹스는 젠더를 규율하는 원인이자 자연적인 성으로 자리

잡게 되면서 자신이 발명되었다는 사실을 은폐한다. 생물학적으로 결정된 남성, 여성이라는 양성밖에 존재하지 않는다면, 푸코가 분석한 바 있었던 에르퀼린 바르뱅(Herculine Barbin)[8]처럼 양성구유, 간성과 같은 제3의 성(크라프트 에빙이 분류한 120가지 성도착처럼)은 설 자리가 없어진다. 에르퀼린은 '정체성의 불가능성'을 보여주기 때문에 괴물이자 비정상이 된다.[9] 이성애가 자연적인 것으로 간주되는 의료담론 안에서 양성구유는 설명될 수 없는 예외로 취급된다.

푸코가 에르퀼린을 통해 보여준 통찰은 이성애에 바탕한 섹스는 자연의 질서가 아니라 사실은 권력과 지식을 매개로 한 미시정치학에 의해 만들어진다는 점이었다. 푸코의 권력담론의 연장선상에서, 버틀러는 성적정체성 혹은 정체성의 정치학을 부정한다. 하지만 남성과 여성으로서의 젠더는 어떻게 만들어지는가? 섹스와 젠더 사이에 욕망은 어떤 방식으로 개입하는가라는 의문은 푸코의 담론에서 여전히 해결되지 않은 채로 남아 있었다. 버틀러는 이런 물음에서부터 출발한다.

생물학적인 섹스와 사회적인 젠더가 일치하려면 생물학적인 여아는 여성다움이라는 문화적 젠더규범을 획득해야 여성이 되고, 생물학적인 남아는 남성다움이라는 문화적 젠더 규범을 획득해야 남성이 된다. 여기서 욕망과 동일시의 문제가 가세하게 된다. 욕망은 성적 리비도가 투여된 것이고, 동일시는 성적 리비도가 탈성화(desexualization)된 것이다. 섹스, 젠더가 욕망과 동일시에 의해서 섹슈얼리티와 결합할 때, 성적 정체성의 숫자는 무지개 빛깔만큼 많을 수 있다(LGBTHI, 레즈비언-게이-바이섹슈얼, 트랜스젠더, 헤테로섹슈얼, 인터섹슈얼, 트랜스섹슈얼, 등등). 제3의 성, 제4의 성, 혹은 사람 숫자만큼이나 많은 성적 정체성이 있다면, 이런 성적 정체성을 '정체성'이라고 할 수 있는가?

그런데도 얼핏 보면 많은 사람들은 자신의 섹스, 젠더, 섹슈얼리티라는 문제에 그다지 혼란을 느끼는 것처럼 보이지 않는다. 섹스와 젠더가 '그다지 문제없이' 일치하는 것처럼 보인다면 어떻게 그런 사태가 가능한가? 그것은 자연스러운 사물의 질서가 아니라 오히려 강제적인 이성애와 근친상간 금지법의 반복적인 효과로 인한 것이라고 버틀러는 주장한다. 그녀에 따르면 남아에게 가장 큰 공포는 근친을 사랑하고픈 욕망 이전에 자신이 남자를 사랑하면 어쩌나 하는 두려움이다. 말하자면 동성애 금기에 대한 두려움이 근친상간에 대한 두려움에 선행한다. 이런 두려움으로 인해 남아는 남자를 욕망하는 것이 아니라 남자와 동일시하게 된다. 남아는 동성애 금지에 의해서 아버지에 대한 욕망을 접고 아버지와의 반복적인 동일시를 수행함으로써 남자다운 남성이 된다. 또한 근친상간 금지에 의해 남자다운 남성은 어머니 아닌 다른 여성을 '당연히' 사랑해야 한다. 여자다운 여성은 어머니에 대한 욕망을 접고 어머니를 동일시하면서 아버지 아닌 다른 남성을 '당연히' 사랑해야 한다.

동성애 금지와 근친상간 금지가 반복적으로 수행되고 인용될 때, 여자다운 여성, 남자다운 남성이라는 젠더가 만들어지고 이성애가 강제적으로 형성된다. 이렇게 본다면 생물학적인 남녀, 이성애는 자연적으로 주어진 것이 아니라 근친상간 금지와 동성애 금지의 결과로 구성되어진 것이다. 그럼에도 강박적인 이성애와 근친상간 금지가 만들어낸 효과로서의 섹스가 마치 젠더의 원인이자, 필연이며, 자연인 것처럼 전도되어 있다는 것이 버틀러의 지적이다. 원인과 결과가 전도된 인과론에 입각한 것이 기존의 섹스/젠더 패러다임이다. 섹스와 젠더를 구획하는 것은 빗금(/) 쳐진 금지다. 하지만 이 금지는 일단 성립되고 나면 자기 존재의 우연성을 영도(zero)로 비워버린다. 따라서 젠더의 오랜 수행의 결과물로서 섹스는 자연적인 본질로 자리 잡게 되면서 거꾸로 젠더를 규율하는 기원으로 기능하게 된다.

섹스/젠더의 구분을 역전시킨 버틀러는 젠더 수행성과 가면무도회라는 개념을 가지고 이성애 일부일처 결혼제도를 조롱한다. 버틀러의 젠더 가장무도회(masquerade) 개념은 공연의 시학[10)]이라는 새로운 지평을 열어주었다. 버틀러의 이론에 기대어 젠더의 변신을 하나의 프로젝트로 추구하는 예술가들도 있다. 드랙킹(dragking)인 드레드 게레스탄트(Dred Gerestant)는 고정된 젠더를 조롱하고 그 경계를 넘나들면서 젠더벤딩(gender-bending)을 연출한다. 이 경우 무대 위에서 젠더는 가면무도회에서 가면을 바꿔 쓰듯 '자유롭게' 선택할 수 있는 것으로 간주된다. 물론 이때 가면의 자유로운 선택은 상황과 관습에 따라서 제한적이라는 단서 조항이 붙지 않을 수 없다. 젠더가 옷장에 걸려 있는 옷을 바꿔 입듯 가변적이라고 하더라도 옷장에 걸려 있는 옷마저도 옷의 종류, 계절, 경제력, 패션, 취향에 제약을 받는 것이나 마찬가지로 결코 무제한적일 수는 없다. 하지만 젠더가 반복, 인용으로 형성되고 선택될 수 있다는 말은 오랜 시간 동안의 노력과 수행 끝에 바꿔낼 수 있다는 말과 다르지 않다.

버틀러가 보여주는 젠더의 가면무도회는 계급적인 적대가 사라졌다는 착시현상으로 인해 여성운동이 문화운동으로 전환되는 과도기적 현상이라고 비판할 수도 있다. 사회주의 페미니스트들이 강조했던 계급과 가부장제에 기초한 여성의 경제력, 교육, 의식고양과 계몽과 같은 초기의 운동이 진부해졌다고 해서 현실적으로는 이런 문제들이 해결되었다는 말은 아니다. 문제는 해결된 것이 아니라 망각되고, 페미니즘의 의제와 질문이 바뀌면서 시대적 요청에 따라 다른 패러다임이 부각되었다. 버틀러의 논의가 그런 패러다임 전환에 중요한 역할을 한 것은 분명하다. 그로 인해 포스트페미니즘은 차이의 담론들, 즉 섹스, 젠더, 성차, 섹슈얼리티, 게이 레즈비언, 트랜스젠더, 퀴어와 같은 범주들을 강조하는 방향으로 나아가게 되었다.

국가, 법, 젠더

『젠더 트러블』에서는 젠더화된 주체를 탐색했다면, 『안티고네의 주장』에서 버틀러는 여성들에게 국가의 의미가 무엇인지를 묻게 된다. 모든 정체성의 정치를 비판하는 만큼 국가적 정체성 또한 그녀의 비판 대상에서 예외일 수는 없다. 버틀러는 『안티고네의 주장』을 분석하면서 국가, 법, 젠더의 문제를 환기시킨다. 헤겔은 친족과 사회적 영역(혹은 공적인 영역)을 이분법적으로 구획한다. 그에게 친족은 폴리스 성립의 토대가 되면서 동시에 폴리스를 위태롭게 하는 적이 되기도 하다. 헤겔은 이 양자 사이의 긴장과 갈등을 해소하는 방편으로 폴리스의 법을 상위법이라고 규정한 바 있다. 친족, 혈연에 바탕한 자연법보다 인위적인 국가법이 우월하다는 것이다. 자연법이 국가법에 종속할 때, 공적 영역으로서 시민사회가 가능해진다고 헤겔은 보았다.

국가는 여성들이 가진 재생산 능력을 통해 유지되지만, 모성은 무슨 일이 있어도 자식을 지키려고 한다. 헤겔이 말하는 모성은 국가를 위해 자식을 포기할 때 이상적인 것이 된다. 하지만 모성은 국가를 위해 자기 자식을 기꺼이 희생하려고 하지 않는다. 그것이 헤겔이 말하는 모성의 아이러니다. 그가 말하는 모성은 아들의 어머니에게서만 찾을 수 있다. 아들을 낳아서 병사로 제공할 때라야만 이상적인 모성이 되는 셈이다. 공적 영역은 사사로운 보성과 개인적인 이해관계를 억압함으로써 유지될 수 있다. 말하자면 공동체는 여성이 국가의 보편적인 목적과 이해관계를 사적인 것으로 바꾸지 않을 때라야만 가능하다. 그러므로 헤겔의 입장에서 보자면 안티고네는 사사로운 혈연의 정에 묶여 국가법인 크레온의 칙령을 어김으로써 국가와 대립하게 된다. 여기서 우리는 헤겔이 은근슬쩍 여성=모성으로 등치시킨 것을 알게 된다. 국가법의 우선성을 주장하는 헤겔의 입장에서 본다면, 안티고네는 친족과 핏줄에 묶여 있는 혈연공동체에 속한 존재다. 이 점은 크레온이 대의를 보지 못하고 국가의 칙령을 어긴 그녀를 국가보안법을 위반한 죄인으로 몰아붙이는 것과 일맥상통한다.

그런데 헤겔이 주장한 것처럼 친족/국가가 그처럼 확연하게 구분되지 않는다는 것이 버틀러의 지적이다. 친족체계를 지킨 여성전사이자 아마조네스로 안티고네를 구출해낸 이리가라이와 달리, 버틀러는 안티고네가 친족의 질서/국법질서, 남성성/여성성, 사적 언어/공적 언어 모두를 교란시키고 나아가 위배하는 인물로 설정한다. 안티고네는 근친상간으로 태어난 인물이다. 안티고네에게 오이디푸스는 아빠이자 오빠다. 이처럼 근친상간은 부계의 혈통과 질서를 혼란에 빠뜨린다. 안티고네와 오이디푸스는 부녀지간이면서 동시에 남매지간이 된다. 폴리네이케스와 오이디푸스는 부자지간이고 동시에 형제지간이기도 하다. 이오카스트의 입장에서 안티고네는 딸이자 자매다. 이로써 안티고네는 친족질서를 대표하는 것이 아니라 교란하는 존재가 된다.

반면 크레온은 표면상으로는 대의명분을 내세웠지만 그런 명분이 사실은 남자의 자존심 문제임을 드러내게 된다. 그에게 대의명분은 차선이었다. 무엇보다도 여자인 안티고네에게 질 수 없다는 경쟁심이 우선이었다. 대중의 목소리라고 할 수 있는 코러스가 그의 칙령이 오히려 사사로운 감정에 치우쳐 있음을 지적해도 그는 막무가내다. 『안티고네』에 이르면 『오이디푸스 렉스』에서 크레온이 보여주었던 합리적이고 비판적인 태도는 더 이상 찾아볼 수 없다. 코러스는 설령 적이라고 할지라도 주검을 잘 묻어주는 것이 그리스 풍습이라고 지적하면서 안티고네가 의로운 일을 했다고 말한다. 하지만 크레온은 안티고네의 주장에 자신이 밀린다면 그는 더 이상 남자가 아니라고 생각한다. 자신의 남성적 권위에 치명

타를 가한 안티고네를 용서할 수 없다. 이렇게 본다면 크레온은 국가법을 상징하는 존재가 아니라 남자로서 여자에게 질 수 없다는 오기를 발동한 것에 불과하다는 점에서 여성적인 존재로 추락한다.

그 다음으로 안티고네는 남성성/여성성이라는 젠더의 문법을 위반한 존재다. 이 점은 소포클레스의 비극 전체를 통틀어 잘 드러나 있다. 안티고네의 언어와 행동 모두 명예남성이다. 오빠들이 폴리스의 주도권을 장악하기 위해 치열하게 각축하는 사이에도 안티고네는 의연하게 눈먼 아버지의 지팡이가 되어 길을 떠난다. 그녀는 세상 끝까지 눈 먼 아버지와 더불어 방랑한다. 그래서 오이디푸스는 여자에게는 없는 덕목으로 간주된 의리, 신의, 용기를 가진 딸을 보고 '너야말로 남자로구나'라고 한탄한다.

안티고네는 크레온의 국법에 저항함으로써 공적인 담론의 장으로 들어간다는 점에서도, 사적/공적 영역의 경계 너머에 있다. 그녀는 법의 목소리를 취함으로써 법에 저항한다는 점에서도 사적언어/공적언어의 경계를 위반하는 존재라고 버틀러는 지적한다. 안티고네는 여자의 목소리로 말하는 것이 아니라 법의 목소리, 즉 공적인 담론의 목소리를 취함으로써 남성적 질서에 저항하면서도 편입하게 된다. 그녀는 자기행위에 주도권을 쥠으로써 저항하는 주체가 된다. 하지만 자신이 반대한 바로 그 권력의 언어를 사용한다는 점에서 그녀는 아이로니컬한 존재다. 안티고네는 국법에 저항함으로써 국법의 언어로 발하게 된다. 그녀의 저항은 공적이고 정치적인 언어를 통해서 이뤄지며, 공적 언어 안에서 행동함으로써 그 언어를 위배하게 된다. 안티고네가 자신의 주권과 자율성을 주장하기 위해 공적 언어를 사용하는 바로 그 순간 그녀의 자율성은 실종되는 아이러니가 또 다시 발생한다고 버틀러는 예리하게 지적한다.

국가의 욕망을 욕망하려면 합법성을 전제하고 그것에 순응해야 한다.

그럴 경우, 합법성은 언제나 배제를 포함한다. 불법성을 배제할 때 합법성이라는 것이 가능해진다. 버틀러에 의하면 가부장적인 국가는 배제와 포함의 논리에 의지하여 사회의 일정한 부분을 끊임없이 솎아낸다. 상징적인 아버지의 법(호주제 등), 관습법, 실정법 등은 자신을 초월적인 것으로 구성하면서 자신이 만들어졌다는 속성을 끊임없이 은폐한다. 일단 정초된 법은 자신의 의지에 복종하는 신민들만을 주체로 인정해준다. 한 국가가 국가의 정체성을 유지하려면 한민족, 국민, 시민 등의 호명으로부터 배제되어야 할 타자들을 반드시 필요로 한다. 순수혈통주의, 민족주의라는 이름으로 국경선과 혈연의 안팎은 구분된다. '순결한' 한겨레, '건강한' 한민족, '부강한' 국가라는 이름 아래 혼혈, 기지촌여성들, 이주노동자, 성적소수자, 장애인, 극빈자, 신용불량자, 홈리스들은 우리 사회의 '구성적 외부'가 되어버린다. 이미 우리 안에 있는 이 낯선 이방인들은 국가적 정체성을 위해 비가시화된다. 순수성, 정상성, 생산성을 기준으로 국민이라는 범주에 포함하고 보호해줄 존재와 배제하고 주변화시킬 존재를 구분하는 것이야말로 국가권력이 보여주는 폭력성이자 양가성이다.

국가의 양가성과 대면하면서도 우리는 국가를 이상화하는 '상상적' 동일시에서 쉽사리 벗어날 수 없다. 반역자의 주검과 영혼까지도 전시하고 처벌하려는 국가폭력에 맞서 안티고네처럼 죽음으로써 국가주의를 넘어설 수 없다는 점에서 그렇다. 버틀러의 논리대로라면 안티고네는 죽음으로써 오히려 국가법을 완성시키는 존재다. 결과적으로 크레온의 칙령에 가장 잘 복종한 자가 안티고네라는 말이 되어버린다. 심지어 무국적을 주장한다고 하더라도 그것은 이미 국가적 정체성을 전제로 한 불/가능성이다. 울프가 '여성에게 국가는 없다'라고 말할 수 있었던 것은 그녀가 대영제국의 신민이었기 때문에 할 수 있는 말이었다. 국적을 바꾸고 이민을 간다고 한들 조국, 한민족, 한겨레의 소환으로부터 벗어나 초민족주의, 초국가주의자가 되기는 어렵다. 그럴 경우 나의 민족적 · 국가적 정체성이 해체되는 끔찍한 외상의 순간과 대면해야 하기 때문이다.

젠더화된 주체와 동성애 우울증

버틀러는 프로이트의 우울증 개념을 가져와서 동성애 우울증으로 연결시킨다. 버틀러의 동성애 우울증을 이해하려면 먼저 프로이트에게 여성성, 남성성이 어떻게 형성되는지를 살펴볼 필요가 있다. 오이디푸스화를 중심으로 전(前)-오이디푸스 단계를 설명하는 프로이트의 방식에는 모순과 갈등이 산재한다. 하지만 프로이트가 자기 이론에서 모순을 드러내거나 예외의 지점으로 설정하는 곳이 버틀러에게는 통찰의 지점이 되기도 한다.

프로이트에 의하면 유아의 오이디푸스화가 성취되는 데 핵심은 근친상간 금기다. 아버지-어머니-나라는 가족 로망스 구도에서 남아든 여아든 상관없이 유아에게 일차적인 사랑의 대상은 어머니이다. 남자아이는 어머니를 욕망하지만 여자아이를 쳐다보면서 자신도 여아처럼 거세될지도 모른다는 거세불안에 사로잡히게 된다. 그로 인해 어머니에 대한 욕망을 접고 아버지와 자신을 동일시함으로써 언젠가 아버지의 자리에 서게 되면 어머니를 차시할 수 있을 것으로 위로한다. 오이디푸스화가 남자아이에게 초점이 맞춰져 있는 만큼 남아의 오이디푸스 과업은 여자아이에 비해 순조로운 편이다. 여자아이 역시 일차적인 사랑의 대상은 어머니이다. 하지만 여자아이에게 어머니는 동성이므로 사랑의 대상을 변경시켜야 한다. 『여성의 섹슈얼리티』에서 프로이트는 여아가 정상적인 여성성을 획득하려면 최초의 애정 대상이었던 어머니에 대한 애정을 거두고 아버지를 사랑대상으로 삼아야 한다고 주장했다. 그럼에도 전 오이디푸스 단계에서 여자아이는 어머니에 대한 일차적 욕망을 유지함으로써 사랑의 대상을 남성으로 전환시키는 데 어려움이 있다고 토로한다. '정상적인' 여성성을 획득하려면 어머니에 대한 욕망을 포기하고 사랑대상을 이성부모인 아버지로 전환시켜야 한다. 그런데 아버지를 욕망하는 것은 근친상간에 해당하므로 여자아이는 아버지를 포기하고 다시 어머니와 동일시를 해야 한다. 따라서 여아는 여성성을 획득하는 과정에서 근친상간과 동성애 금지로 인해 두 번의 좌절을 경험한다.

여기서 문제는 아이가 부모와 동성인지, 이성인지를 알려면 먼저 자신의 젠더를 인지하고 있어야 한다는 점이다. 프로이트는 유아가 이미 자신의 젠더를 알고 있다는 전제에서부터 시작했다. 유아가 자신의 젠더를 알지 못한다면 부모와 성별이 동성인지 아닌지 어떻게 아는가? 유아가 이성부모에게만 리비도를 투자하는 이유는 무엇인가? 여아의 경우 어머니에 대한 애착이 그처럼 강한데도 어머니에 대한 욕망을 접어야 하는 이유는 무엇인가? 젠더 정체성과 성적 경향성이 일치하지 않는다면 그 이유는 무엇인가? 이때 일치한다는 것의 의미는 무엇인가?

이런 질문을 염두에 둔다면, 프로이트가 이성애를 당연한 전제로 삼고 그것에 맞춰 유아의 섹슈얼리티 형성을 이론화하고 있음을 알 수 있다. 사회가 요구하는 남자가 되거나 혹은 여자가 되려면, 아이는 동성부모를 욕망의 대상으로 삼아서는 안 된다. 그럴 경우 유아는 젠더 정체성을 먼저 인지해야만 이성애가 지배적인 사회에서 이성애 규범에 합당한 성적 지향성을 갖게 된다. 그런데 부모 중에서도 왜 이성부모에게만 리비도 집중이 일어나야 하는지 관해서 프로이트는 설명하지 못한다. 동성이 아니라 이성부모에게 리비도를 투자하는 이유가 무엇인지에 대해서는 선천적인 성적 경향성에서 기인한다는 식으로 프로이트는 얼버무린다. 이

성애는 자연의 질서이므로 이미 언제나 주어진 것이 된다. 그로 인해 섹슈얼리티가 구성되는 정신적 과정을 분석하겠다는 프로이트의 야심찬 목표는 생물학적 결정론으로 퇴행하는 것처럼 보인다. 유아는 이성부모를 욕망해야만 이성애라는 정상적인 섹슈얼리티가 된다. 하지만 부모에 대한 욕망은 근친상간이므로 욕망은 접고 그 대신 동일시해야 한다. 이렇게 본다면 프로이트에게 남아, 여아로서의 젠더 정체성은 태어날 때부터 이미 결정된 것처럼 보인다.

젠더는 반복수행을 통해 힘겹게 획득되는 것으로 이해하는 버틀러에게 성적 경향성이 선천적이라는 프로이트의 주장은 받아들이기 힘들다. 프로이트는 성적 경향성을 동일시의 원인으로 보았지만 버틀러에게 성적 경향성은 동일시의 결과로 드러난 것이다. 달리 표현하자면 이성부모에 이끌리는 성적 경향성은 선천적으로 주어진 것이 아니라 그런 욕망에 대한 금지의 결과물이다. 욕망을 금지하는 법이 젠더를 구성하고 섹슈얼리티를 인지하게 만든다. 남자아이는 자신이 아버지를 욕망하면 '그건 안 돼'라는 동성애 금지 때문에 자신이 남성이라는 것을 알게 된다. 어머니에 대한 남자아이의 사랑은 이성애이므로 사랑의 목적에는 맞지만 근친상간 금지에 의해서 포기하게 된다. 이렇게 본다면 이성애는 성적 경향성으로 주어진 것이 아니라 동성애 금지와 근친상간 금지의 결과물인 셈이다. 이로써 유아는 이성부모에 대한 욕망은 접고 동성부모에 대한 동일시로 진행된다.

프로이트는 『에고와 이드』에서는 성적 경향성을 유전적으로 타고나는 것처럼 말했지만, 『섹슈얼리티에 관한 세 편의 에세이』에서는 남성성, 여성성이 획득하기 힘들고 대단히 불확실한 것임을 인정한다. 남성성, 여성성을 획득하려면 특정한 성적 애착은 체념해야 한다. 동성애 애착의 상실에 대한 애도를 금지하는 문화논리에 의해 남성성, 여성성은 사후적으로 만들어진다는 것이다. 이런 논지대로라면 이성애는 자연스러운 것이 아니라 동성애 금지로 인해 힘겹게 획득되는 것이다. 이성애의 획득은 동성애의 포기를 강제함으로써, 혹은 동성애의 애착 가능성을 원천적으로 배제함으로써 가능해진다.

여기서 버틀러는 프로이트가 말한 자아의 성격 형성과정에 주목한다. 『에고와 이드』에 이르러 프로이트는 자아의 구성 자체가 우울증적인 구조에 의존하고 있다고 주장한다. 자아는 대단히 편집증이어서 상실한 대상을 결코 떠나보내거나 체념하지 않는다. 자아는 사랑 대상을 결코 포기하지 않고 오히려 그것을 자기 안에 가두어놓음으로써 체념한다는 역설을 성립시킨다. 상실한 사랑 대상에게 투자되었던 리비도는 이제 자기 동일시로 귀환한다. "어떤 사람이 성적 대상을 포기해야만 하는 일이 발생하게 되면, 그의 자아가 변화되는 일이 종종 뒤따른다. 이와 같은 변화는 우울증에서 보다시피 자아의 내부에다 상실한 대상을 설치하기 때문인 것으로 이해할 수밖에 없다." 이렇게 파악한다면 자아의 성격은 포기한 사랑 대상이 자아의 내부에 침전된 것이다. 프로이트에 의하면 "자아의 성격"이라고 부른 것은 사랑했지만 잃어버린 대상들이 동일시에 의해서 자아 안에 해소되지 않는 슬픔의 침전물로 가라앉은 것이자 그것의 고고학적인 잔해이다.[11] 그의 논리대로라면 자아는 잃어버린 타자를 자기 안에 유령으로 합체해놓은 것일 뿐만 아니라 자아가 곧 상실한 타자라는 역설에 이르게 된다. 그렇다면 자아는 자기 안에 유령을 가지고 살아가는 존재이거나 한 걸음 더 나아가 자아가 곧 유령이자 허구적인 구성물이라는 이야기가 될 수 있다.

버틀러는 프로이트의 자아형성 과정에서 상실한 사랑의 대상이 자아에게로 귀환하여 합체된다는 점에 착안하여 이것을 동성애 우울로 전유한다. 그녀에 의하면 젠더는 동성애 애착의 거부를 통해 부분적으로 성취된다. 여아는 어머니를 욕망의 대상으로 삼는 것을 금하는 금지에 복종하면서 금지된 대상을 자아의 일부가 되도록 해주는 우울증적인 동일시를 통해 여자가 된다. 그러므로 동일시는 자기 안에 금지와 욕망을 동시에 포함한다. 동일시는 동성애 리비도 집중이라는 애도할 수 없는 상실을 체화한다. 만약 어떤 여자가 여자를 원하지 않는 한에서만 여자가 될 수 있다면, 여자를 원하는 여자는 의심스러운 여자가 된다. 따라서 여아는 어머니에 대한 사랑을 체념해야 한다. 여아의 경우 사랑의 목적과 대상 양자 모두를 미리 배제시켜야 한다. 남아의 경우 어머니를 사랑하는 것은 이성애라는 사랑의 목적에는 어긋나지 않지만 사랑의 대상(근친상간이므로)으로서는 문제가 된다. 하지만 여아의 경우 어머니에 대한 사랑은 이성애라는 사랑의 목적에도 어긋나고 어머니는 동성이므로 사랑의 대상 선택에서도 문제적이 된다. 따라서 여아는 동성애적인 애착 자체를 체념해야 여자가 될 수 있다. 버틀러에 의하면 이런 조건 아래서만 성적인 경향성이라고 부르는 이성애가 확립된다. 여아는 동성애의 배제라는 조건 아래서만 아버지와 아버지의 대리물로서 남성을 욕망의 대상으로 삼을 수 있으며, 어머니와는 불편한 동일시를 하게 된다. 게일 러빈(Gayle Rubin, 1949~)을 인용하자면 여아가 정상적인 이성애를 획득하는 과정은 자연스러운 것이 아니라 혹독한 대가를 치르고서야 가능해진다.[12]

이런 맥락에서 보자면, 이성애는 동성애를 자신의 철저한 타자라고 우길 때 가능해진다. 이성애는 자신이 부인하고픈 사랑 형태를 우울증의 형태로 자기 안에 합체함으로써 가능해진다. 이성애를 고집하는 남성은 다른 남성을 결코 사랑한 적이 없었으며 따라서 다른 남성을 결코 상실한 적도 없었다고 주장하게 될 것이다. 동성에게 사랑을 느꼈던 적은 결코 없으며 따라서 그런 사랑의 대상을 결코 상실했던 적도 없다는 이중

1971년 영국 런던에서 열린 성소수자 행진(Gay Pride Parade). 섹스, 젠더가 욕망과 동일시에 의해 섹슈얼리티와 결합할 때 성적 정체성의 숫자는 무지개 빛깔만큼 많고 다양할 수 있다.

부정에 그는 지배받는다. 이렇게 본다면 '결코-결코'라는 이중부정이 이성애 주체를 만들어낸다. 버틀러의 논리를 따라가다 보면 여자를 결코 욕망한 적도 없고 그러므로 결코 여성을 상실한 경험이 없다고 주장하는 이성애 여성이 있다면, 그녀야말로 레즈비언 우울증자가 된다. 또한 남성을 결코 욕망한 적도 없고 그러므로 결코 상실한 적도 없다고 주장하는 이성애 남성이 있다면, 그야말로 동성애 우울증자가 되는 역설에 빠져들게 된다. 거꾸로 진정한 레즈비언 우울증자는 이성애 여성이며, 진정한 게이 남성 우울증자는 이성애 남성이라는 섹슈얼리티의 전이/역전이가 발생한다. 버틀러의 의하면 젠더 정체성은 이처럼 특정한 섹슈얼리티를 금지하는 법에 의해 형성된다. 이성애는 강제적인 이성애 사회에서 자신의 정상성을 인정받기 위한 구성적 외부로 존재하는 동성애의 상실(혹은 억압)로 인한 것이다. 버틀러의 이론을 극단까지 몰고 가면 '가장 진정한' 레즈비언 우울증자는 가장 엄격한 의미에서 이성애 여성이며, '가장 진정한' 게이 남성 우울증자는 가장 엄격한 의미에서 이성애 남성이라는 희한한 역설과 만나게 된다.[13)]

여기서 우리가 유념해야 할 것은 버틀러가 게이-레즈비언 정체성을 대안으로 내세우려는 것이 아니라는 점이다. 버틀러는 레즈비언 또한 정체화하려고 하지 않는다. 버틀러의 관점에서 보자면 정체성을 긍정하는 것은 어김없이 정체성을 감시하는 것으로 귀결되며 인간행동과 욕망의 다양한 스펙트럼을 언제나 통제하고 규제하는 것으로 나가게 된다. 그녀의 목적은 남성과 여성, 게이와 스트레이트(straight)같은 이분법을 풀어헤치고 그런 범주와 분류에 저항하는 것이었다.

버틀러에 의하면 나=나라고 정체화할 수 있는 행위자 혹은 주체는 젠더에 선행하여 존재하는 것이 아니다. 젠더의 오랜 반복, 인용, 수행에 의해 젠더화된, 그리고 취약한(단단한 것과는 거리가 먼) 주체가 형성될 뿐이다. 전통적으로 휴머니즘의 정식은 '나는 나 스스로를 만든다'이다. 이처럼 단단한 보편주체가 세계를 이해하는 중심이자 토대가 된다. 하지만 단단하고 통합된 주체 혹은 감정적 일관성을 가진 주체가 되기 위해서는 타자의 공간을 주체의 시간성 속에 '적절하게' 통합해야 한다. 하지만 주체의 시간성 속에서 타자의 기억은 모호하고 불확실하다. 버틀러에게 타자의 공간은 '나 안에 너 있다'로 되돌아오지만, 그것은 통합이 아니라 상실된 대상으로 합체된다. 극단적으로 말하자면 '잃어버린 너'가 곧 '나'가 되는 셈이다. 이런 취약한 주체가 단단하거나 감정적으로 튼튼하고 일관적일 수는 없다. 인간의 취약성, 혹은 나 안에 있는 타자성이야말로 인간의 조건이기 때문이다.

버틀러는 이처럼 상실을 통해 구성되는 젠더를 설명하고자 한다. 남성성은 여성성을 부정하고, 여성성은 남성성을 부정할 때, 부정되거나 상실된 것은 사라지는 것이 아니라 몸 표면에 퇴적되어 젠더 정체성을 형성하는 한 부분이 된다. 이렇게 본다면 남성성이나 여성성은 거부된 슬픔의 불완전한 동일시를 통해 형성된다. 그와 마찬가지로 한 사회의 문화적 금기가 동성애일 때, 그것은 표출되지 못하고 내면화되어 동성애 우울증을 구성한다. 그런 욕망은 드러내놓고 슬퍼할 수 없다. 그것은 슬픔의 거부라기보다는 동성애적인 사랑의 상실을 슬퍼하는 문화적 제의의 부재로 인한 것이다. 이성애 또한 '금지된 섹슈얼리티인 동성애'를 무의식적으로 내면화할 수밖에 없으며, 개인의 성 정체성 안에 무의식적인 잔여로 남아 있다. 그렇다면 동성애는 이성애를, 이성애는 동성애를 자기의 내부에 우울증적인 잔여로 불완전하게 보존하고 있는 셈이다.

버틀러에 따르면 이처럼 상실된 대상은 작별을 고하는 것이 아니라 주체 안에 퇴적되어 우울증으로 되돌아온다. 버틀러의 우울증적인 주체의 미로에서 벗어날 수 있는 길은 어디서도 찾을 수 없을 것처럼 보인다. 프로이트의 '문명의 불만'이 버틀러에 이르면 동성애 금지에 의한 문화적 우울로 만연된다. 동성애 애착으로 인한 우울이 문화 전반의 우울로 과도하게 확장되면 이론으로서 설득력이 떨어지게 된다. 버틀러의 이론이 비판받는 이유 중 하나는 이처럼 젠더, 섹슈얼리티가 가장무도회 끝에 기괴한 퀴어가 되기 때문이다. 바로 그 때문에 그녀는 퀴어 이론가로 환영받기도 한다. 그녀의 이론을 따라가다 보면 가면으로서 여성성뿐만 아니라 가면으로서 남성성을 주장하는 방향으로 나갈 수밖에 없다. 무대화와 가면을 예외로 한다면 그녀의 이론에서 페미니즘이라고 일컬을 만한 것이 무엇인가. 이런 회의 때문에 그녀의 이론은 추상적 급진성에도 불구하고 페미니즘 내부에서 문제적인 것으로 남아 있다.

불확실한 삶과 슬픔의 정치화

버틀러의 이론은 대학이라는 안전한 장소에 머물러 있을 때나 나올 법한 이론이라는 공격을 많이 받았다. 정년이 보장된 1세계 백인 레즈비언 지식인으로서 그녀는 안정된 직장과 안정된 공간에 있으므로 국가에게 보호를 요청할 필요가 없는 것은 아닌가라는 혐의를 받기도 했다. 그녀로서는 인종차별, 성차별, 동성애혐오, 여성혐오증과 같은 온갖 혐오와 폭력에 대처하기 위해 국가와 법의 보호를 간청하지 않더라도 '자율적인' 주체로 살아갈 수도 있다. 낸시 프레이저(Nancy Fraser, 1947~)는 버틀러의 수행성 개념이 이처럼 일상생활의 어법이나 일상적인 사고방식과는 너무나 동떨어진 것이므로 왜 우리가 그런 방식으로 사고해야 하는가라는 의문을 제기한다.

동성애 우울증을 아무리 문화의 우울증과 그 불만으로까지 확대한다고 하더라도 그것만으로 설명될 수 없는 잉여의 슬픔과 우울이 있다. 남편에게 매 맞고 살해당하는 3세계 여성들의 사회적 슬픔과 폭력의 문제는 어떻게 설명할 것인가. 아무리 슬퍼도 공개적으로 애도하지 못하는 사람들. 에이즈 환자, 성적소수자, 아프가니스탄 사람들, 무국적자들, 망명객, 실향민들, 불법체류자들, 난민들, 관타나모 수용소에 갇힌 익명의 사람들의 우울과 고통은 어떻게 설명할 것인가.

자기 삶의 조건을 철학적으로 조망하면서 협소한 이해관계에 빠져 있다고 비판받았던 버틀러는 이런 비판을 의식한 듯 동성애 애도를 넘어서 이제 '전지구적인' 애도와 폭력의 문제로 눈길을 돌린다. 2001년 9·11사태 이전까지 미국은 1세계의 편안함과 안정을 위협받지 않았던 하나의 우주였다. 전지구적 자본주의 시대에 1세계의 풍요와 안정은 '3'세계(혹은 4세계)의 궁핍과 불안과는 더욱 대조되면서 세계적 불평등을 심화시켜왔다. 그 점에 주목하면서 9·11사태 이후 미국 지식인으로서의 성찰을 담은 저서인 『불확실한 삶』을 통해 버틀러는 폭력에 노출된 주체의 취약성과 그로 인한 고통과 슬픔이라는 인간의 조건을 철학적 성찰과 더불어 정치화하려고 노력한다.

국가적 애도의 문제와 관련하여 보자면 어떤 슬픔은 국가적인 차원에서 애도되고 애국심을 조장하게 된다. 반면 어떤 슬픔은 무시되고 망각되고 삭제된다. 미군이 죽였던 무수한 사람들의 이야기는 공적 재현에서 삭제되어 버린다. 반면 '정의의 전쟁'을 수행한 미국의 상실은 신성시되면서 애국심을 부추기는 서사를 만들어내고 전쟁의 명분을 제공하게 된다. 이처럼 슬픔을 정치화하는 국가적 배치를 지켜보면서 버틀러는 어떤 주체는 슬퍼할 수 있는가, 어떤 주체는 그렇지 못한가, 누구의 삶은 살아볼 만한 가치가 있는가. 누구의 죽음은 슬퍼할 만한 가치가 있는 죽음인가를 이론화하기에 이른다. 이제 그녀에게 슬픔은 빨리 극복해야 할 무기력한 개인적인 정서가 아니다. 슬픔 자체가 정치적인 것임에 주목한다.

『불확실한 삶』에서 버틀러는 '우리'라는 표현을 사용한다. 취약한 육신을 가진 '나'는 타자가 주는 고통의 관계망 속에 포획된 존재다. 우리의 몸은 이미 언제나 사회적인 것이다. 우리의 몸이 온전히 나의 것이었던 적은 없다. 우리의 몸은 타자와 연결된 것이다. 그러므로 상처와 고통에 노출될 수밖에 없다. 상처와 고통에 노출될 줄을 뻔히 알면서도 타자와 관계하고 싶어하는 것 또한 '우리'의 욕망이기도 하다. '우리'는 취약하고 불확실한 삶 속에 이미 들어와 있는 타자를 포함하는 대명사이지만, 그들과 우리로 나눌 수 없는 '우리'다. '우리'의 삶 자체가 타자에게 볼모로 잡혀 있는 불확실하고, 불안정하고 취약한 주체임을 인정할 때 오히려 정치적 커뮤니티를 만들어낼 수 있는 역설적인 힘이 나오지 않겠는가라고 그녀는 반문한다. 그것이 9·11사태를 경험하면서 1세계 백인 여성 지식인으로서 그녀가 제안할 수 있는 대안이었다.

최근의 저서인 『전쟁의 프레임』(*Frames of War*, 2009)[14]에서 버틀러는 『불확실한 삶』과 『자신을 설명하기』(*Giving an Account of Oneself*, 2005)에서 했던 논의를 되풀이하고 있다. 『전쟁의 프레임』에서 그녀는 전쟁 상황이라는 조건 아래서 호모 사케르들의 생존가능성(survivability)[15]이라는 문제에 집중한다. 이 저서에서 그녀는 『관타나모에서 온 시들』[16]이라는 제목의 시 모음집을 분석한다. 관타나모 수감자들이 썼던 대부분의 시는 미군당국에 의해 압수당했거나 파괴되었지만 이 시집에는 그런 파괴로부터 살아남은 시 22편이 실려 있다.

「족쇄에 갇혀 모욕을 당했다」를 쓴 사미(Sami al-Haj)[17]는, "나는 족쇄에 갇혀 모욕을 당했다/내가 어떻게 지금 시를 쓸 수 있겠는가? 내가 어떻게 지금 글을 쓸 수 있겠는가?/그런 족쇄와 그런 밤들과 그런 고통과 그런 눈물을 흘린 이후에/내가 어떻게 시를 쓸 수 있겠는가?[18]"라고 통탄한다. 사미는 그처럼 무수한 고문과 모멸을 당한 이후에 '어떻게 시를 쓸 수 있겠는가?' 라고 반문한다. 이런 반문은 아도르노의 말을 떠올리게 한다. 아도르노는 '아우슈비츠 이후에 시를 쓴다는 것은 야만이다' 라고 말하면서 홀로코스트 이후 시의 불가능성을 주장했다.[19] 관타나모에 수감된 자들은 인권담론에 의해 보호받을 수 없는 생명이며 '인간의 생명'으로 간주되지 않는다. 익명의 테러리스트에 불과하며 적군 대우조차 받을 수 없다. 적군이라면 국제법에 따른 포로 대우를 받지만 테러리스트로 분류되는 그들에게 인권은 사치다. 그들은 죽였어야 할 목숨들이었다. 고문당하고 죽어나가도 하소연할 곳이 없다. 이런 마당에 어떻게 시를 쓸 수 있겠는가라는 사미의 물음은 역설적이게도 시가 된다. 정의의 전쟁이라는 명문으로 그들을 고문하고, 평화의 이름으로 그들을 죽이고, 자유의 이름으로 모멸을 주는 미군의 폭력 앞에서 시가 무슨 소용이 있단 말인가? 하지만 시를 쓰는 것이 곧 그곳에서 살아남는 것이었다. '내가 어떻게 시를 쓸 수 있겠는가?'라고 반문하는 관타나모 수감자들은 그곳에서 죽어나갈 수도 있지만, 그들의 시는 그들보다 오랫동안 살아남아서 그들의 이야기를 바깥 세계에 전해준다고 버틀러는 말한다.

압둘라(Abdulla Majid al-Noaimi)는 그들이 그곳에서 느끼는 그리움, 분노, 슬픔 상실감, 고립감을 시적 도구로 삼는다. "누군가가 그리움으로 흘리는 눈물이 나에게 영향을 미쳐/나의 가슴은 그 크나큰 감정을 담을 수가 없네"[20]라고 호소한다. 버틀러는 이 구절을 읽으면서 '누구의 그리움이 화자에게 영향을 미치고 있는가?'라고 질문한다. 여기서 시적 화자인 '나'는 자신의 그리움이 아니라 누군가 다른 사람이 그리움으로 인해 흘리는 눈물을 보고 자신도 영향을 받는다. 그 눈물은 캠프에 있는 모든 사람들에게 속한 눈물이다. 이처럼 철저한 고독과 고립상태에서도 남들이 느끼는 것을 그 자신도 느낀다.

생존과 취약성에 관해서 이 시가 말해주는 것은 무엇인가? 극단적인 슬픔, 고통, 모욕, 그리움, 분노 가운데서, 이 시들은 수감자들이 '온몸으로 만들어낸 기호'이며 '몸으로 운반한 기호'다. 몸은 생존할 수 없어도 단어들은 살아남아서 많은 말들을 전한다. 온몸으로 만든 이 시들은 마침내 남들을 위한 언어가 되고 하나의 증거가 된다. 그 시들은 가까스로 파괴를 면하고 캠프 바깥으로 몰래 운반되어 '우리'에게 호소한다. 그것은 '세계와 사회적 관계를 재설정하려는 노력'이다. 심지어 세계와 관계 맺는 것이 불가능해 보이는 그런 곳에서마저도 사회적 관계를 맺으려는 노력으로 탄생한 것이 이 시들이라고 버틀러는 역설한다.

이 시모음집의 에필로그에서 아리엘 도르프만(Ariel Dorfman, 1942~)은 관타나모의 시들에 관해 이렇게 말한다. "여기에 씌어진 단어들은 영원히 숨을 쉬려는 노력과 다르지 않다. 숨결을 바위에 새기거나 종이에 적거나 스크린 위의 기호로 조명하든지 간에, 이 시들의 운율은 우리를 넘어서, 우리의 숨결보다 오래 살아남아서 고독의 족쇄를 부수고 우리의 일시적인 삶을 초월할 것이며 그 물길로 누군가의 가슴을 적실 것이다."[21] 그들은 단순히 살아남기 위해 숨 쉰다. 그런 생존의 숨결은 단어로 변형된다. 그들은 자신을 기호로 만듦으로써 그 속에서 생존의 가능성을 찾는다. 『불확실한 삶』에서도 누누이 지적했지만 『전쟁의 프레임』에서도 버틀러는 '우리'의 몸이 고문에 허약하고 상처에 취약하다는 점을 반복적으로 언급한다. 그처럼 취약한 존재가 자신의 숨결을 바위에 새기는 행위가 바로 이런 시들이다. 그 얇은 숨결은 혹독한 고문으로 멈추기도 한다. 이런 시들에서 우리는 '고독이라는 불확실한 운율을 듣는다'. 고독과 고문 속에서도 수감자들은 시를 쓰는 행위를 통해 폭력적인 상황을 견디고 생존할 수 있게 된다는 것이다.

그런데 버틀러의 이와 같은 분석이 호모 사케르들에게 무슨 도움이 될 수 있을까? 혹자는 버틀러의 이와 같은 분석이 타인의 고통을 자신의 반성과 성찰을 위한 대상으로 삼은 것이라고 비판할지도 모른다. 자신은 조금의 위험도 감수할 필요가 없는 상황에서 정치적으로 올바른 말은 누구나 할 수 있다. 하지만 타인의 고통을 단어화하고 그들의 고통을 기억하는 것은 중요하다. 그들이 시로서 소통하고 싶었던 것이 다름 아닌 '세계와 사회적 관계를 재설정'함으로써 생존하려는 노력의 하나이기 때문이다. 고독과 고문과 모멸 속에서도 세계와 관계 맺고자 하는 취약한 몸을 가진 자들의 슬픔을 정치화함으로써 그들의 조건을 바꾸고 싶다는 것이 버틀러의 염원이라고 해두자.

젠더 수행성의 한계와 버틀러 이론의 새 전망

'나는 여자이다'라는 존재에서부터 '나는 여자로 만들어진다'는 점을 인식한다고 하여 오래된 가부장적 사회를 살아가는 여성들이 어떤 정치성을 발휘할 수 있는가? 젠더의 가장무도회가 어떤 변혁을 가져다준다는 것인가? 그것은 여성으로서 경험하는 불평등과 종속적인 위치를 인식하게 해주고 그런 상황을 변혁하고자 하는 어떤 실천으로 연결되는가? '여성으로서'라는 말 자체가 이미 고정된 젠더를 전제한다면 페미니즘이 가능할 수 있을까? 정상적인 성애로 간주된 이성애가 가부장적인 사회를 유지하기 위한 이해관계의 산물임을 인식한다고 하여, 그런 인식에 따른 어떤 '올바른 실천'이 뒤따를 수 있는가? 그럴 경우 무엇이 올바른 것이라고 할 수 있는가? 버틀러를 읽다 보면 이런 의문들이 줄줄이 제기될 수 있을 것이다.

버틀러는 젠더의 해체에서 정치성을 찾았지만, 여성이라는 자신의 이름을 거부하려고 하는 사람들은 오히려 여성으로서 정체성을 가진 사람들이다. 여성이라는 젠더가 수행에 의해서 구성된다는 점을 장난스럽게 조롱할 수 있는 여성은 공연이 끝나면 안전하게 제자리로 돌아갈 수 있는 자들이다. 예를 든다면 팝가수 마돈나는 온갖 정체성을 연출하면서 수행할 수 있다. 영화 「진실 혹은 그 너머」(Truth or Dare)에서 그녀는 트랜스젠더, 트랜스베스타이트, 이성애자, 동성애자, 양성애자 등 온갖 경계들을 트랜스하면서 경계 위반의 황홀경(trans/trance)을 연출한다. 마돈나의 젠더 수행은 「파리는 불타고 있는가?」(Paris brule-t-il?)라는 다큐에서 보다시피 3세계에서 뉴욕으로 흘러들어온 불법체류 트랜스젠더, 트랜스섹슈얼처럼 목숨을 건 것은 아니기 때문이다.

버틀러의 이론에 관한 반응은 다양할 수 있다. 학계 철학자로서는 드물게 팬클럽이 있을 정도로 그녀의 이론은 대중적인 인기를 누리기도 한다. 그녀의 이론은 철학계뿐만 아니라 페미니즘과 문화계 전반에 엄청난 영향을 미친 만큼 그 비판 또한 만만치 않다. 보수화된 선배 페미니스트인 수전 구바(Susan Gubar, 1944~)의 버틀러 비판은 지엽적이기는 하지만 그녀의 글쓰기가 보여주는 무의식적인 욕망을 읽어내려 했다는 점에서 주목해볼만하다. 구바는 『젠더 트러블』에서 보여준 버틀러의 문법적인 오류에 주목한다. 버틀러가 복합주어에 단수술어를 반복적으로 사용한다는 것이다.[22] 복수주어에 단수술어의 사용은 행동을 피하고 고정된 존재태(be동사 형태)로 머물고 싶다는 마음의 무의식적인 표현일 수 있다는 것이다. 버틀러가 사용하는 주어(주체)들은 그녀의 마음속에서 단일한 세력인 것처럼 간주됨으로써 무의식적으로 단수동사를 사용하게 된다. 버틀러가 모든 단단한 것들을 흔들어놓고 경계 너머로 나가려고 하면서 그처럼 반총체성(anti-totality), 반본질주의에 촉각을 곤두세웠지만, 결국 그녀 또한 총체화(totalization)하려는 욕망을 무의식 가운데 드러낸 것은 아닐까라는 것이 구바의 비판이다.

통합된 주체를 상정하는 것이 자유주의적 허구이자 토대론적 우화에 불과하다고 아무리 강조해도 사람들은 자신을 정체화시켜줄 매듭을 원한다. 버틀러처럼 모든 정체성을 부정하게 될 때, 인간이 과연 자기 내면의 공허와 직면할 수 있을까라는 의문은 여전히 남는다. 정체화하려는 욕망과 끊임없이 그것을 부정하려는 욕망이 서로 충돌하는 공간이 인간일 수 있다. 어느 것에도 묶여 있지 않을 때 느끼는 끔찍한 자유를 견딜 수 없어서 인간은 그런 공허를 채워줄 페티시(가족, 국가, 이즘, 민족 등)를 만들어내고 그것으로 자신을 속박하려고 한다. 정체화의 모든 매듭을 풀어버린 무중력 상태 속에서 유랑하는 공포스런 비행을 견딜 수 있는 사람들은 그다지 많지 않을 것이다. 따라서 정체성은 없다는 진술은 고

정불변의 정체성이 없다는 것이지 상황적(situational) 정체성이 없다는 것은 아니다.

문자 그대로 모든 정체성을 해체한다면, 그것은 인간 욕망의 양면성을 외면하려는 또 다른 욕망과 다르지 않으며, 모든 것을 해체한 뒤 '부재의 총체성'과 대면하는 역설적 상황에 처하게 될 것이다. 구바가 버틀러에게 한 비판도 바로 그 점을 지적한 것일 수 있다. 젠더의 가면무도회를 수행한 결과 젠더는 실종되고 가면무도회만 남게 연출된다면? 여성 없는 페미니즘이라는 '그 이름'은 모순에 빠지게 될 것이다. 페미니즘 자체를 해체하지 않는 한. 버틀러가 주장한 젠더의 수행성과 젠더 가면무도회는 신자유주의 시대에 적합한 주제가 되어버린 것은 아닐까라는 혐의가 들기도 한다.

신자유주의 시대 금융자본은 국가의 경계를 넘어 자유롭게 이동한다. 그와 유비적으로, 개인 또한 무한히 변신할 수 있고 모든 것은 자기하기 나름이라고 주장하게 된다. 젠더수행으로 무한변신이 가능하다면, 자신이 원하는 자아를 얼마든지 만들 수 있다는 신자유주의적인 환상과 다를 바 없다. 버틀러의 이론이 개별 자아를 둘러싼 사회적 · 정치적인 사회세계와의 네트워킹을 강조하는 방향으로 나아가는 것도 이런 점들을 의식한 것은 아닐까 한다. 버틀러는 현재도 활발하게 활동 중인 이론가이므로 앞으로 그녀가 어떤 방향으로 나아가게 될 지는 기대를 갖고 두고볼 일이다.

주註

고전으로 살펴본 여성주의 사상의 역사

1) 「전봉관의 옛날 잡지를 보러 가다⑪: 조선 최초 스웨덴 경제학사 최영숙」, http://blog.naver.com/joba34?Redirect=Log&logNo=150004520470(검색일 2011년 9월 1일)
2) 시몬 드 보부아르, 조홍식 옮김, 『제2의 성』, 을유출판사, 1960.
3) 「압수수색 영장 발부된 서적과 유인물」, 『동아일보』, 1985년 5월 9일. 이 가운데 『여성의 지위』(동녘)와 『여성해방의 논리』(광민사)는 둘 다 미첼의 책 *Women's Estate*를 옮긴 것으로 한국어 번역본 제목만 달리한 것이다.
4) 1987년 5월의 판금도서목록은 사회과학 서적을 중심으로 하여 출판문화운동을 전개하고 있던 한 출판인의 기록에서 확인할 수 있다. 김언호, 「1987년 5월 기록한 '판금도서목록'」, http://www.ohmynews.com/NWS_Web/View/at_pg.aspx?CNTN_CD=A0000413709(검색일 2011년 8월 30일).
   1987년 10월에는 당국이 이 책들에 대해 판금해제와 사법심사를 의뢰했다. 「판금해제 사법심사의뢰 도서목록」, 『경향신문』, 1987년 10월 19일.
5) 『제2의 성』은 여성주의 고전 가운데 상당히 일찍 번역된 편이다.

1 근대 페미니즘의 출발점

1) 수많은 책 가운데서 고른 다음의 책 제목들이 이를 잘 말해준다. J. A. Carlson, *England's First Family of Writers: Mary Wollstonecraft, William Godwin, Mary Shelley*, Baltimore: Johns Hopkins University Press, 2007; William St Clair, *The Godwins and the Shelleys: The Biography of a Family*, London: Faber&Faber, 1989.
2) Ralph M. Wardle, *Mary Wollstonecraft: A Critical Biography*, Lincoln: University of Nebraska Press, 1951.
3) Janet Todd, *Mary Wollstonecraft: A Revolutionary Life*, New York: Columbia University Press, 2000, 4~5쪽.

4) 각각 다음의 책들이다. Eleanor Flexnor, *Mary Wollstonecraft: A Biography*, New York: Penguin, 1973; Margaret George, *One Woman's "Situation": A Study of Wollstonecraft*, Urbana: University of Illinois Press, 1970; Edna Nixon, *Mary Wollstonecraft: Her Life and Times*, London: Dent, 1971; Emily Sunstein, *A Different Face: the Life of Mary Wollstonecraft*, Boston and Toronto: Little, Brown&Co., 1975; Margaret Tims, *Mary Wollstonecraft: A Social Pioneer*, London: Millington, 1976; Claire Tomalin, *The Life and Death of Mary Wollstonecraft*, London: Weidenfeld and Nicolson, 1974. 이 사실은 Cynthia Richards, "Introduction", Mary Wollstonecraft, *The Wrongs of Woman; or Mary*/William Godwin, *Memoirs of the Author of A Vindication of the Rights of Woman*, Glen Allen: College Publishing, 2004, 21쪽, 각주 24에서 재인용했다.

5) 『여권의 옹호』는 한국어로도 번역되어 있다. 메리 울스턴크래프트, 손영미 옮김, 『여권의 옹호』, 한길사, 2008. 특히 이 번역본의 후반부에 첨부된 울스턴크래프트 논쟁과 비평은 훌륭한 참고자료이다. 2011년에 이 책의 또다른 번역본이 『여성의 권리옹호』(문수현 옮김, 책세상)라는 제목으로 출간되었다.

6) 오늘날의 연구자들이 울스턴크래프트를 여성주의 200년 역사의 선두에 서 있는 인물로 보고 있음은 그녀의 사망 200주년을 기념하여 출판된 다음의 책 제목을 통해서도 알 수 있다. Eileen Janes Yeo(ed.), *Mary Wollstonecraft and 200 Years of Feminism*, London and New York: Rivers Oram Press, 1997.

7) 고드윈의 『메리 울스턴크래프트 회상록』(『여권의 옹호 저자에 대한 회상』)은 그가 울스턴크래프트에게서 직접 들은 아주 구체적인 회상에 바탕을 두고 있다. 울스턴크래프트의 생애에서 중요한 체험, 인간적 교류 등에 대한 내용들을 담고 있다. 이 저작은 각주 4에서 소개한 Cynthia Richards(ed.), Mary Wollstonecraft, *The Wrongs of Woman; or Mary*/William Godwin, *Memoirs of the Author of A Vindication of the Rights of Woman*에 수록되어 있다.

이 글에서 고드윈의 회상록을 인용할 때는 Godwin, *Memoirs*로 표기한다.

8) 벤저민 실리먼이라는 미국 과학자는 "울스턴크래프트는 여성이 저지를 수 있는 최악의 범죄로 더러워진 몸"이라는 극단적 표현으로 그녀를 비난했다. 실리먼, 「『샤쿨렌의 편지』 발췌」, 메리 울스턴크래프트, 손영미 옮김, 『여권의 옹호』, 378쪽.

9) 프랑스혁명기의 「시민과 인간의 권리선언」, 미국혁명기의 「독립선언서」에서 모두 인간은 남성 'homme, man'으로 표기되고 있다. 그 이후 제정된 미국 헌법, 프랑스 국민공회 헌법에도 여성의 권리에 대한 언급은 없다. 이 점에 대해서는 박의경, 「근대 정치사상과 인권 그리고 여성」, 『한국정치외교사논총』 제30집 2호, 128~129쪽을 참조하시오.

10) Godwin, *Memoirs*, 203쪽.

11) Zillah Eisenstein, *The Radical Future of Liberal Feminism*, Boston: Northeastern University Press, 1986, 175쪽.

12) Todd, Mary *Wollstonecraft: A Revolutionary Life*, 3쪽.

13) Godwin, *Memoirs*, 204쪽.

14) Todd, Mary *Wollstonecraft: A Revolutionary Life*, 8쪽.

15) 같은 책, 5쪽.

16) Godwin, *Memoirs*, 206쪽.

17) 같은 책, 205쪽.

18) Todd, *Mary Wollstonecraft: A Revolutionary Life*, 12쪽.

19) Mary Wollstonecraft, *A Vindication of the Rights of Men and A Vindication of the Rights of Woman*, Sylvana Tomaselli(ed.), Cambridge: Cambridge University Press, 1999, 257, 263쪽 이 글에서는 토마셀리가 편찬한 이 책을 주로 이용한다. 한 권에 두 저작이 수록되어 있으나, 앞으로 출전 표기에서 『인권의 옹호』를 인용할 때는 Wollstonecraft, *A Vindication of the Rights of Men*으로, 『여권의 옹호』를 인용할 때는 Wollstonecraft, *A Vindication of the Rights of Woman*으로 각기 달리 표기하기로 한다.

20) Godwin, *Memoirs*, 210~211쪽.

21) 같은 책, 215쪽.

22) Flexnor, *Mary Wollstonecraft: A Biography*, 77~78쪽.

23) 정식 제목은 다음과 같다. 『여성교육론: 삶의 중요한 의무를 이행하는 여성의 행동에 관한 성찰』(*Thoughts on the education of daughters: with reflections on female conduct, in the more important duties of life*).

24) 조셉 존슨은 비국교도로서 인습과 기득권 세력을 거부하는 인물이었으며, 반려인, 가정교사, 학교운영자 등으로 생활하면서 고초를 겪었던 메리 울스턴크래프트에게 당시 강력한 지원을 제공해줄 수 있었던 거의 유일한 존재였다. Tomalin, *The Life and Death of Mary Wollstonecraft*, 89~90쪽.

25) Godwin, *Memoirs*, 226쪽.

26) 이것이 『메리』의 마지막 구절이다. 이 작품의 텍스트로는 구텐베르크 프로젝트에 따라 만들어진 인터넷판을 이용했다. *Mary*, by Mary Wollstonecraft, http://www.gutenberg.org/dirs/1/6/3/5/16357/16357.txt(검색일 2010년 5월 5일).

27) Godwin, *Memoirs*, 234~235쪽.

28) 같은 책, 236쪽.

29) Cynthia Richards(ed.), Mary Wollstonecraft, *The Wrongs of Woman; or Mary*/William Godwin, *Memoirs of the Author of A Vindication of the Rights*

of Woman, 239쪽 편집자의 글에서 재인용.

30) Godwin, *Memoirs*, 244쪽.

31) 같은 책, 251~252쪽.

32) 같은 책, 252쪽.

33) 고드윈은 임레이가 메리에게 이 이름을 사용하라고 부탁했으며 그것을 둘러싸고 둘 사이에 다툼이 있었다고 보고 있다. 같은 책, 273쪽.

34) 같은 책, 264쪽.

35) 토말린은 이때도 울스턴크래프트가 자살기도를 알리는 편지를 임레이에게 남겼고 이를 본 임레이가 사람을 보내 그녀를 구출케 한 것으로 보고 있다. Tomalin, *The Life and Death of Mary Wollstonecraft*, 231~234쪽.

36) Godwin, *Memoirs*, 273~274쪽.

37) 같은 책, 265쪽.

38) 같은 책, 277쪽.

39) Godwin, *Enquiry Concerning Political Justice and Its Influence on Modern Morals and Manners*, Harmondsworth: Penguin Books, 1985, 762~763쪽.

40) 고드윈에게는 울스턴크래프트가 임신했으며, 그녀의 평판을 보호할 필요가 있다는 것이 결혼의 가장 큰 이유였다. 그는 결혼생활을 하더라도 두 사람은 독립적인 생활을 영위한다는 것을 강조하였다. Godwin, *Memoirs*, 279~286쪽.

41) 에드먼드 버크, 이태숙 옮김, 『프랑스 혁명에 관한 성찰』, 한길사, 2008, 120쪽.

42) 같은 책.

43) 같은 책, 69~70쪽.

44) Wollstonecraft, *A Vindication of the Rights of Men*, 3쪽.

45) 같은 책, 11쪽.

46) 이태숙, 「프랑스혁명 논쟁자들의 영국헌정 인식—버크, 울스턴크래프트, 페인」, 『영국연구』 제14호, 2005, 185쪽.

47) Wollstonecraft, *A Vindication of the Rights of Men*, 7쪽.

48) Wollstonecraft, 같은 책, 12~13쪽.

49) 에드워드 톰슨, 나종일 외 옮김, 『영국 노동계급의 형성 I』, 창작과비평, 2000, 87쪽에 따르면 17세기 후반 이후 19세기 초까지 영국에서 재산권을 침해하는 범죄에 대해 극형을 부과하는 빈도가 높아진 것은 입법부 때문이었다. 좀도둑질, 비단직조기 파괴, 농장 울타리 파괴, 곡식더미 방화 등이 모두 사형으로 처벌받는 범죄에 해당했다.

50) Wollstonecraft, *A Vindication of the Rights of Men*, 52, 54쪽.

51) 같은 책, 36, 60쪽. 버크는 프랑스혁명 당시 진행된 교회-수도원 토지 몰수를 강하게 비판했다. 버크, 『프랑스혁명에 대한 성찰』, 183~204, 240~263쪽.

52) Wollstonecraft, *A Vindication of the Rights of Men*, 14쪽.
53) 같은 책, 15쪽.
54) 같은 책, 21~23쪽.
55) 같은 책, 22~24쪽.
56) 같은 책, 34쪽.
57) 같은 책, 39쪽.
58) 같은 책, 22~24쪽.
59) Godwin, *Memoirs*, 247쪽.
60) 샤를 모리스 드 탈레랑-페리고르(Charles Maurice de Talleyrand-Périgord, 1754~1838)는 프랑스의 외교관으로서 루이16세 시절부터 왕정복고시기에 이르기까지 수십 년에 걸쳐, 그리고 수많은 체제를 관통하여 프랑스 외교정책을 좌우한 인물이다. 그는 가톨릭 성직자 출신이면서도 프랑스혁명기에는 계몽사상의 열렬한 옹호자를 자처했으나, 나폴레옹과 관계를 단절한 후 왕정복고가 이루어진 후에는 부르봉 왕조를 위해 봉사했다. 이러한 처신 때문에 그는 흔히 변신의 귀재로 평가된다.
61) Wollstonecraft, *A Vindication of the Rights of Woman*, 79쪽.
62) 같은 책, 139~140쪽 등.
63) 같은 책, 127쪽.
64) 같은 책, 94~95쪽.
65) 같은 책, 165쪽.
66) 같은 책, 94쪽.
67) 같은 책, 123쪽.
68) 같은 책, 139쪽.
69) 같은 책, 139, 276~290쪽.
70) 같은 책, 128쪽.
71) 같은 책, 94~95쪽.
72) 같은 책, 105쪽.
73) 같은 책, 105쪽.
74) 한정숙, 『여성은 이렇게 말했다: 서양 고전과 역사 속의 여성주체들』, 길, 2008, 500~516쪽.
75) Wollstonecraft, *A Vindication of the Rights of Woman*, 276~290쪽.
76) Sylvana Tomaselli, "Introduction", Wollstonecraft, *A Vindication of the Rights of Men and A Vindication of the Rights of Woman*, xii쪽.
77) Wollstonecraft, *A Vindication of the Rights of Woman*, 110쪽.
78) 같은 책, 105쪽.
79) 같은 책, 293쪽.

80) 같은 책, 96쪽.
81) 같은 책, 91쪽.
82) 같은 책, 103~104쪽.
83) 같은 책, 87쪽.
84) 같은 곳.
85) 같은 책, 94쪽.
86) 스코틀랜드의 장로교 목사였으며, 『젊은 여성을 위한 설교집』(*Sermons to Young Women*)이라는 책으로 알려졌다.
87) 스코틀랜드의 문필가, 의사. 『아버지가 딸에게 남기는 유훈』(*A Fathers's Legacy to His Daughters*, 1774)라는 여성교육서로 유명하다.
88) Wollstonecraft, *A Vindication of the Rights of Woman*, 90쪽
89) 플렉스너의 견해로는 울스턴크래프트는 로크의 교육철학, 프라이스의 도덕철학에서 큰 영향을 받았으며, 이보다 더 큰 영향을 그녀에게 미친 저자는 『교육서한』을 쓴 캐서린 머콜리였다. Flexner, *Mary Wollstonecraft*, 162쪽. 머콜리의 『교육서한』 가운데 일부분은 메리 울스턴크래프트, 손영미 옮김, 『여권의 옹호』, 330~341쪽에 한국어로 번역 수록되어 있다.
90) Wollstonecraft, *A Vindication of the Rights of Woman*, 124쪽.
91) 같은 책, 138쪽.
92) 같은 책, 107쪽.
93) 같은 책, 132쪽.
94) 같은 책, 248쪽.
95) 같은 책, 132쪽.
96) 같은 책, 133쪽.
97) 같은 책, 122쪽.
98) 같은 책, 133~134쪽.
99) 같은 책, 127~128쪽.
100) 같은 책, 260쪽.
101) 같은 책, 149쪽.
102) 같은 책, 135쪽.
103) 같은 책, 239쪽.
104) 같은 책, 260쪽.
105) 같은 책, 260쪽.
106) 같은 책, 136쪽.
107) 19세기 이래 상당수 여성주의자들은 남성과 여성의 상보적이고 상호의존적인 관계를 중시하면서 여성은 남성과 구분되는 독자적 성질을 가졌으며 여성이자 어머

니로서 사회에 기여한다는 점을 강조했다. '개인주의적 여성주의'와 대비되는 의미에서 이러한 경향의 여성주의를 '관계론적 여성주의'라고 한다. 관계론적 여성주의자들은 타인에 대한 여성의 관계, 집단적 관계 속의 여성의 책임 등에 초점을 맞추면서, 여성과 남성 사이에는 심리적, 문화적 차이가 있다는 점을 지적해 왔다. 그들의 의미는 성별 차이를 말소시키지 않으면서도, 기독교적 원죄론의 맥락 속에서(이브의 죄) 전통적으로 폄하되어왔던 여성의 이미지를 재구성하고 '여성성의 복권'(rehabilitation of womanhood)을 이루어냈다는 데 있다. Karen Offen, "Liberty, Equality, and Justice for Women: The Theory and Practice of Feminism in Nineteenth—Century Europe", R. Bridenthal, C. Koonz, S. Stuard(ed.), -*Becoming Visible-Women in European History*, Second Edition, Boston: Houghton Mifflin Company, 1987, 338쪽. 현대에 이르러서도 '관계론적 여성주의'의 옹호자들은 상당한 목소리를 내고 있다. 예컨대 메리 베커(Mary Becker)는 여성주의 법학에서 관계론적 여성주의를 내세우는 대표적 논자의 한 사람인데, 베커는 젠더 정책의 수립에서도 여성은 자신의 독자성만을 내세우기보다 상호의존성, 돌봄, 소득재분배 등을 중시한다는 점을 고려해야 한다고 주장한다. Pamela Lauffer-Ukeles, "Selective Recognition of Gender Difference in the Law: Revaluing the Caretaker Role", *Harvard Journal Law & Gender* Vol. 31, 25쪽.

108) Wollstonecraft, *A Vindication of the Rights of Woman*, 98쪽

109) 같은 책, 99쪽.

110) 철학자의 돌(Philosopher's stone)은 연금술사들이 찾던 상상 속의 물질로서, 일반 금속을 황금이나 은 같은 귀금속으로 바꿀 수 있고 인간의 회춘도 가능케 하는 물질이라고 믿어져왔다.

111) Wollstonecraft, *A Vindication of the Rights of Woman*, 99쪽.

112) 같은 책, 100쪽.

113) 같은 책, 106쪽.

114) 같은 책, 107쪽.

115) 같은 책, 260쪽.

116) 같은 책, 110쪽.

117) 같은 책, 129쪽.

118) 같은 책, 111쪽.

119) 같은 책, 116쪽.

120) 같은 책, 238~239쪽.

121) 같은 책, 265쪽.

122) 같은 책, 260쪽.

123) 같은 책, 238~239쪽.

124) 같은 책, 240쪽.

125) 김용민, 「메리 울스턴크래프트의 페미니즘 재조명: 루소에 대한 비판을 중심으로」, 『아시아여성연구』 제43집 제2호, 2004, 120쪽.

126) Wollstonecraft, *A Vindication of the Rights of Woman*, 97쪽.

127) 같은 책, 123쪽.

128) 같은 책, 242쪽.

129) 같은 책, 243쪽.

130) 같은 책, 244쪽.

131) 같은 책, 246, 248쪽.

132) 같은 책, 246쪽.

133) 같은 책, 247쪽.

134) 같은 책, 274~275쪽.

135) 같은 책, 274쪽.

136) 같은 책, 275쪽.

137) *The Collected Letters of Mary Wollstonecraft*, Janet Todd(ed.), New York: Columbia University Press, 2003, 326쪽.

138) Godwin, *Memoirs*, 257~258쪽.

139) '감수성의 시대'란 평론가 노드럽 프라이가 영문학사에서 알렉산더 포프와 윌리엄 워즈워드 사이의 시대를 일컫기 위해 1956년에 처음 사용한 말이다. 그는 '이성의 시대'인 계몽사상 시대에 지배적이었던 과도한 이성 중시 태도에서 벗어나 개인의 감정과 감수성을 강조하는 경향이 영국의 시에서 두드러지게 나타났음을 지적하면서 이 시기에 이러한 명칭을 붙였다. 그에 따르면 이 시기에는 구체적 대상 없는 공포와 슬픔의 감정이 시와 소설 속에서 자주 표현되었다. Northrop Frye, "Towards Defining the Age of Sensibility", *ELH*, Vol. 23, No.2(Jun, 1956, 144~152쪽. 이 시기는 당대의 대표적 문인이자 울스턴크래프트의 지인이기도 했던 새뮤얼 존슨(존슨 박사)의 이름을 따서 존슨 시대라 불리기도 한다.

140) Mary Poovey, *The Proper Lady and the Woman Writer*, Chicago and London: The University of Chicago Press, 1984, 76, 78쪽.

141) Wollstonecraft, *A Vindication of the Rights of Men*, 244쪽.

142) Godwin, *Memoirs*, 245쪽.

143) 같은 책, 246쪽.

144) 같은 책, 247쪽.

145) Todd, *Mary Wollstonecraft: A Revolutionary Life*, ix쪽.

146) 같은 책, 3쪽.

147) 함종선, 「울스턴크래프트와 나혜석, 근대적 여성주체의 문제」, 『안과 밖』,vol. 21, 2006, 63쪽.

148) Rajani Sudan, *Fair Exotics: Xenophobic Subjects in English Literature, 1720–1850*, Philadelphia: University of Pennsylvania Press, 2002, 96~97쪽.

149) Wollstonecraft, *A Vindication of the Rights of Woman*, 68쪽.

150) 울스턴크래프트가 밀턴의 여성관을 비판하면서 이슬람교의 여성관에 빗대고 있는 것도 그 한 예다. 같은 책, 87쪽.

2 자유로운 삶을 위한 실천으로서 평등

1) 개혁이 지식인의 전유물은 아니었다. 1837년 발족한 차티스트(Chartist) 운동은 노동계급이 주도한 정치개혁 기획으로서, 모든 사람에게 선거권 보장, 무기명 비밀투표로 의원 선출, 의원 출마자격 중 재산소유 조건 철폐, 같은 수의 주민으로 된 선거구 등의 요구사항을 구체적으로 제시했다.

2) 존 스튜어트 밀, 최명관 옮김, 『존 스튜어트 밀 자서전』, 창, 2010, 193쪽.

3) 존 스튜어트 밀, 서병훈 옮김, 『자유론』, 책세상, 2005, 13쪽. 이하 인용은 모두 우리말 번역본을 사용했다.

4) 같은 책, 113쪽.

5) 같은 책, 209쪽.

6) 2004년에 나온 니콜라스 캐팔디(Nicholas Capaldi)의 두툼한 평전은 『여성의 종속』을 불과 두어 쪽에서 스쳐 지나가듯 형식적으로 다루고 있다. '지성사 전기'(intellectual biography)를 표방하고 밀의 사상을 체계적으로 조망하려 시도했음에도 밀의 여성문제에 대한 관심을 그의 사상에 유기적으로 통합하지 않고 비본질적이고 부차적인 것으로 간주한 것은 실망스럽다. Nicholas Capaldi, *John Stuart Mill: A Biography*, Cambridge: Cambridge Universith Press, 2004.

7) 여성참정권의 기원과 발전에 관해 다음 논문을 참조했다. Kathryn Gleadle, "The Assemblage of the Hust': The Radical Unitarians", *The Early Feminists: Radical Unitarians and the Emergence of the Women's Rights Movement 1831~1851*, New York: St. Martin's, 1995, 64~70쪽; Jane Randall, "John Stuart Mill, Liberal Politics, and the Movements for Women's Suffrage 1865~1873", Amanda Vickery(ed.), *Women, Privilege, and Power: British Politics 1750 to the Present*, Stanford: Stanford University Press, 2001, 168~200쪽.

8) 결혼계약이 성적인 지배와 가부장적 권리에 기초한 사적인 관계를 규율한다는 점을 전반적으로 짚고 있는 저서로 Carol Pateman, *The Sexual Contract*, Stanford: Stanford University Press, 1988.

9) 『여권의 옹호』는 출판되자마자 뜨거운 관심을 받았지만, 울스턴크래프트가 1797년

서른여덟의 나이에 사망한 후 남편 윌리엄 고드윈(William Godwin)이 펴낸 회고록에 실린 자유연애의 기록이 밝혀지면서 그녀의 명성은 회복할 수 없는 상처를 입게 된다. 울스턴크래프트의 삶과 사상에 대한 소개로는 Barbara Taylor, "Introduction", Mary Wollstonecraft, *A Vindication of the Rights of Women*, London: Everyman's Library, 1992, ix~xxxvi쪽.

10) 빅토리아 시대 문인 존 러스킨(John Ruskin)은 가정 이데올로기를 찬양하는 유명한 글 「여왕의 정원에 대하여」(Of Queen's Garden)에서 집을 "평화가 숨 쉬는 곳, 모든 상처로부터, 모든 공포와 의심과 분열로부터 쉬는 곳"으로 정의한다. Jonn Ruskin, "Of Queens's Garden", *Sesame and Lilies, The Two Paths, The King of the Golden River*, London: Everyman's Library, 1970, 48~49쪽.

11) 가정폭력 관련 법안으로는 1853년 이후 삼십 년 동안 여섯 번 개정된 '부녀자 아동 폭력 처벌법'(Aggravated Assaults on Women and Children Act)이 대표적이다. 가정폭력에 관한 사회지도층의 분노가 워낙 커서, 아내와 자녀를 학대하는 남편에 대한 가혹한 신체형벌이 부활했을 뿐 아니라 런던 경찰은 해마다 부녀자와 아동 학대의 통계를 의회에 보고했다. Anna Clark, "Humanity or Justice? Wifebeating and the Law in the Eighteenth and Nineteenth Centuries", Carol Smart(ed.), *Regulating Womanhood: Historical Essays on Marriage, Motherhood and Sexuality*, London: Routledge, 1992, 187~206쪽.

12) 캐롤라인 노튼 스캔들에 관해서는 빅토리아 시대 결혼법을 자세하게 분석한 다음 저서를 참조. Mary Shanley, *Feminism, Marriage and the Law in Victorian England, 1850-1895*, Princeton: Princeton University Press, 1989. 메리 푸비(Mary Poovey)는 쉐인리가 지적한 캐롤라인 노튼의 한계에 공감하면서도 그녀가 개인적인 고통을 대중적으로 공표함으로써 공사 분리에 기초한 지배 이데올로기에 도전했다는 점을 높이 평가한다.

13) 성병관리법에 관한 선구적이고 독보적인 연구서인 다음을 참조. Judith Walkowitz, *Prostitution and Victorian Society: Women, Class and the State*, Cambridge: Cambridge University Press, 1980.

14) 참고로 여성의 참정권이 가장 먼저 실현된 나라는 뉴질랜드(1893)다. 이후 오스트레일리아(1902), 핀란드(1906), 노르웨이(1915), 소련(1917), 캐나다(1918), 독일, 오스트리아, 폴란드, 체코(1919), 미국, 헝가리(1920), 미얀마(1922), 에콰도르(1929), 남아프리카공화국(1930), 브라질, 우루과이, 태국(1932), 터키, 쿠바(1934), 필리핀(1937) 등이 합류하고, 프랑스는 1944년에 여성참정권을 인정했다.

15) 존 스튜어트 밀, 서병훈 옮김, 『여성의 종속』, 책세상, 2006, 13쪽.

16) 같은 책, 40쪽.

17) 같은 책, 47쪽.

18) 같은 책, 84쪽.

19) 같은 책, 87쪽.

20) 같은 책, 88쪽.

21) Richard Reeves, "The Father of Feminism", *John Stuart Mill: Victorian Firebrand*, London: Atlantic Books, 2007, 422쪽.

22) 『여성의 종속』, 161쪽.

23) 같은 책, 182~183쪽.

24) 같은 책, 186쪽.

25) 같은 책, 178쪽.

26) 고전적 연구로는 Leonore Davidoff & Cahterine Hall, *Family Fortunes: Men and Women of the English Middle Class, 1780-1850*, Chicago: University of Chicago Press, 1987. 이 책이 나오기 전까지 18세기 이후 영국의 결혼풍습과 핵가족의 형성에 대한 연구 중 영향이 컸던 것은 1979년 나온 로렌스 스톤(Lawrence Stone)의 연구였다. 스톤은 탈가부장적이고 평등 지향적이며 애정에 기반을 둔 결혼을 부르주아 가정의 기초로 보았는데, 데이비도프와 홀은 부르주아 결혼풍속의 뿌리 깊은 불평등에 주목함으로써 여성사 연구의 물줄기를 바꾸어놓았다. Lawrence Stone, *The Family, Sex and Marriage in England 1500-1800*, New York: Pelican Books, 1979.

27) 밀의 결혼관을 '우정'이라는 키워드로 명쾌하게 분석한 글은 Mary Shanley, "Marital Slavery and Friendship: Johnm Stuart Mill's *The Subjection of Women*", *Political Theory* 9, 1981, 229~247쪽.

28) 대표적인 논문으로 다음을 참조했다. Jennifer Ring, "Mill's *The Subjection of Women*: The Methodological Limits of Liberal Feminism", *The Review of Politics* 47, 1985, 27~44쪽; Julia Annas, "Mill and *The Subjection of Women*", *Philosophy* 52, 1977, 179~194쪽, Susan Moller Okin, "John Stuart Mill, Liberal Feminist", *Women in Western Political Thoughts*, Princeton: Princeton University Press, 1979, 197~230쪽.

29) 밀의 『여성의 종속』을 19세기 서구의 자유주의 페미니즘 맥락에서 비판한 연구서로는 Zillah Eisenstein, *The Radical Future of Liberal Feminism*, New York: Lognman, 1981. 아이젠스타인은 밀의 페미니즘이 설정한 주체가 원자화된 중산층 개인이라고 지적하면서 밀의 진보성이 자유주의적 개인주의의 이데올로기에 갇혔다고 본다.

30) 밀의 페미니즘에 대한 비판이 봇물을 이루던 시대가 지나고, 밀의 전략적 측면을 적극 옹호하는 논문에 나오기 시작했다. 예컨대, Elizabeth Smith, "John Stuart Mill's *The Subjection of Women*: A Re-examination", *Politiy* 34.2, 2001,

181~203쪽.

31) 이에 대해서는 M. J. D. Roberts, "Feminism and the State in Later Victorian England", *The Historical Journal* 38, 1995, 85~110쪽. 조세핀 버틀러 같은 리더를 불편하게 느끼기 시작한 자유주의 진영 내부의 분위기가 1880년대 자유주의와 페미니즘의 불화의 징후라고 분석한 글로는 Martin Pugh, "The Limits of Liberalism: Liberals and Women's Suffrage, 1867-1914", Eugenio F. Biagini(ed.), *Citizenship and Community: Liberals, Radicals and Collective Identity in the British Isles, 1865-1931*, Cambridge: Cambridge University Press, 45~65쪽.

32) 이런 비판적 관점에서 밀의 공헌을 재평가하는 데에 물꼬를 튼 글은 이 글은 밀과 헬렌 부녀가 참정권운동의 수장으로 부상하면서 여성운동의 역사가 왜곡되었을 가능성을 신중하게 제기한다.

33) 밀과 나이팅게일의 서신교환에 관해서는 Evelyn Pugh, "Florence Nightingale and J. S. Mill Debate Women's Rights", *The Journal of British Studies* 21, 1982, 118~138쪽. 나이팅게일은 '가정의 천사'라는 유한계급 여성의 삶이 여성을 수동적이고 병적이고 아이 같은 존재로 만든다고 비판하면서 전문직업을 통한 사회참여를 주장했다. 또한 여성교육을 위해 많은 책을 썼고 늘 현장에 머물렀다. 하지만 조직화된 여성운동이나 정치활동과 거리를 둔 채 여성활동가보다 유력한 남성지도자들과 친분을 유지했고, 부유한 아버지 덕분에 넉넉한 용돈을 썼다. 이런 근거를 바탕으로, 나이팅게일의 페미니즘이 가진 계급적 한계에 대해서는 일찌감치 합의가 도출되었다. 이것과는 별개로, 최근까지도 나이팅게일 연구서가 풍성하게 쏟아져 나온다는 사실이 매우 흥미롭고 이것만으로도 19세기 여성운동사의 스펙트럼을 새삼 돌아보게 된다.

3 다시 물질과 노동으로

1) August Bebel, "Die Frau und der Sozialismus"-62. Auflage, Berlin/DDR, 1973, S. 1-557. 1. Korrektur. Erstellt am 31.1.1999. http://www.mlwerke.de/beb

2) 이에 대해서는 다음 장에 서술한다.

3) 이러한 '느슨함'이 중세 성문화를 지배하고 있음을 보카치오의 『데카메론』은 여실히 보여준다. 시민사회의 도덕률에 비추어보면 '난삽한' 에피소드들이 계속 나열되지만, 그 영역의 일이 지니는 특성상 무질서한 것이 당연하다는 정서가 바탕을 이룬다. 성적 위반이 인격적인 배반으로 진지하게 받아들여진 것은 시민사회로 접어들면서 성과 애정을 결합하는 패러다임이 자리잡고부터이다. 성애에 기초한 핵가족을 사회의 기초단위로 삼은 시민사회는 인간의 성적 무질서를 도덕적 규제의 대상으로 삼을

수밖에 없었다. 시민적 도덕이 무질서를 척결해야 할 대상으로 만든 결과, 공론장이 밀어낸 인간의 성적 무질서는 시민적 질서의 근간을 뒤흔드는 '어두운' 영역으로 자리 잡았다.

4) 괴테의 소설 『젊은 베르테르의 슬픔』은 이러한 문화적 변동에 대한 강력한 기록이다. 주인공은 친구에게 보내는 첫 번째 편지를 '그곳'을 떠나와 너무 기쁘다는 말로 시작한다. 그곳은 바로 속물들이 들끓는 직업세계와 당시 혼인시장의 역할을 했던 상류층의 사교모임들이다. '이곳'에서 문명의 피로를 회복하고자 했던 베르테르는 롯데를 통해 자연과의 합일을 이룰 가능성을 찾았으나, 일부일처제라는 제도 앞에서 좌절하자 몸을 파괴한다. 이제 사생활은 사사로운 것일 수 없게 되었다. 자연과의 합일이라는 이념을 실현하는 장(場)이어야 했다. 시민사회는 사생활의 이념을 필수불가결하게 받아들였다. 그 이념을 통해서만 공적 영역의 체계가 제대로 된 모습을 갖출 수 있기 때문이다.

5) 이 '새로운 수요'에 대해 여자들이 큰 거부감을 보이지 않은 점에 대해서는 여러 가지로 생각해볼 필요가 있다고 여겨진다. 여자들은 '사랑'이라는 매우 신비로운 일을 기꺼이 떠맡았다. 성적 신비로움으로 남자들의 창조능력을 고양시키는 '뮤즈'가 되었던 여자들도 있었다. 여자의 예술적 소양은 전문직 남자를 남편으로 얻는 데 유리한 자산으로 평가되었다. 이러한 새 시대의 정서적 수요를 충족시키는 데 시민예술은 큰 역량을 발휘하였고, 예술은 여성의 영역으로 분류되었다. 하지만 작품생산자들은 이 여성적 영역에서조차 대부분 남성이었다. 특히 시민사회의 이념을 주제로 하는 예술작품들은 절대적으로 남자예술가들의 손에서 나왔다. 플로베르의 소설 『마담 보바리』는 남녀의 성역할 분담에 기초한 시민사회의 이념이 내적으로 얼마나 불완전한가를 보여준다. 예술적 소양을 갖춘 여자와 전문직 남성의 결합은 감성과 이성의 상호보완을 통한 행복한 삶 영위라는 핵가족 이념을 실현시킬 최적의 조건이었다. 하지만 둘이 한 집에 살아도 얼마나 서로 겉돌 수 있는지를 이 소설은 절실하게 폭로한다. 반면 시민사회의 이념 자체에 대해 성찰하는 여성 예술가들은 드문 편이다. 시민사회가 자행하는 여성억압을 문제 삼는 경우에도, 사회구성 원리나 이념 자체보다는 그러한 이념에 의해 유리한 위치를 점한 남자들을 분석하고 탄핵하는 데 더 집중하였다. 또 적지 않은 여성예술가들이 사랑의 신비로움을 강화시키는 경향의 작품들을 생산하였다. 이런 현상만을 두고 본다면 여자들이 시민사회 구성원리에 근본적으로 반대하지 않았다는 결론을 내릴 수도 있다.

6) 괴테의 『파우스트』는 이 프로그램이 자연을 파괴하지 않고는 실행되지 않는다는 사실 앞에서 머뭇거리지 않는다. 괴테는 플로베르와 달리 시민사회 구성원리에 대한 메타비평을 수행하지 않았다. 정신의 자기실현 과정을 충실하게 구현하는 작품을 창작했을 따름이다. 그래서 여자들에 대해서도 솔직한 이야기를 해줄 수 있었다. 파괴할 자연을 자기 몸속에 가지고 있는 여자들에게는 인격형성의 가능성이 없다는 점을

분명히 한 것이다. 그레트헨 비극은 이미지가 되지 않고 자유의지를 발현해 실재를 확보하고자 한 여자가 처할 수밖에 없는 운명이다. 파우스트 박사와 소녀 그레트헨이 아이를 키우면서 행복하게 산다는 일이 시민사회에서는 불가능함을 이보다 더 진솔하게 드러낼 수는 없을 것이다. 정신능력의 담당자로 설정된 남자는 자신의 인격적 정체성을 확보하는 가운데 불가피하게 자연을 파괴하는 덫에 빠지고, 존재의 어쩔 수 없는 심연을 들여다본 능력으로 인격적 성숙을 이룬다. 이러한 개별 시민의 인격형성 프로그램에서 자연은 파괴 당함 그 자체가 목적이다. 하지만 자연이란 원래 무한반복이 본질이므로 크게 걱정할 필요가 없다. 그레트헨은 어딜 가나 있게 마련인 것이다.

7) 신체적 · 정신적인 면에서 남녀의 차이를 인정하고 차이점을 받아들이도록 함으로서 차별을 없애나가자는 주장은 경향적으로 내적 모순에 빠질 수밖에 없다. 가장 결정적인 난제는 개별적인 '다름'을 성적 '차이'로 분류해서 결국 차이라는 규범 속에 개인을 구속하는 결과를 초래했다는 데 있을 것이다.

8) 아우구스트 베벨, 이순예 옮김, 『여성론』, 까치, 1993, 17쪽.

9) 같은 책, 504쪽. 강조는 필자.

10) 바흐오펜, 『모권』, 『여성론』, 503쪽에서 재인용.

11) Beck, *Weltrisikogesellschaft,* Suhrkamp, 2008, 45쪽에서 재인용

12) Kritische Friedrich-Schlegel-Ausgabe/Friedrich Schlegel, Hrsg. von Ernst Behler, München, Paderborn, Wien: Schöningh; Zürich: Thomas Verlag. Bd. 1. S. 44. 참조.

13) 앞의 책, S. 35 참조.

14) Friedrich Schlegel, 위의 책, S. 34~44. *Über die Grenzen des Schönen*의 내용을 요약함.

15) *Über die weiblichen Charaktere in den griechischen Dichtern*. S. 47.

16) 위의 책, S. 59.

17) 같은 곳.

18) 같은 곳, S. 47.

19) 같은 곳, S. 59.

20) 같은 곳, S. 58..

21) 같은 책, S. 63.

22) 같은 책, S. 65.

23) *Über die Diotima*, 1795, Friedrich Schlegel, 위의 책, S. 70~115.

24) S. 115.

25) 같은 곳.

26) 안티케 예술을 근대인의 관점에서 연구한 슐레겔의 연구는 아테네의 직접민주정과 '아름다움'이라는 예술의 이상 그리고 남녀의 성역할 분담이 얼마나 유기적으로 결

합되어 한 사회구성체를 역사적으로 존재시켰는가를 확인할 수 있게 해준다. 아테네 민주정의 쇠락과 예술의 퇴락을 '아름다움'이라는 이념의 타락이라는 관점에서 서술하는 슐레겔은 사회경제적인 구조에서 비롯된 역사적 과정이었음을 전적으로 인정하고 그 토대위에서 변화의 디테일들을 추적한다. 서술의 층위와 그 층위의 움직임을 규정하는 물적 토대 그리고 서술하는 현재와 관련된 전망 등을 '복합적'으로 사유하는 낭만주의자 슐레겔은 '여성성'을 현재 눈에 보이는 생물학적 차이에 고정시키는 흐름을 증폭시키는 성 담론의 한계를 뚜렷이 부각시킨다.

27) 앞의 책, S. 75~76, S. 112~114. 참조.

28) 외동딸이 부친의 사망으로 재산을 물려받게 되면 관청이 그녀의 결혼을 주관하는데, 그 딸이 기혼인 경우 일단 이혼을 해야 했다. S. 113~114.

29) S. 112.

30) Lucinde, – Bekenntnis eines Ungeschickten, 1799.

31) 칸트가 논문 「계몽이란 무엇인가라는 물음에 대한 답변」에서 제시한 계몽의 프로그램.

32) 도로테아 슐레겔(Dorothea Schlegel, 1764~1839). 독일의 유태계 계몽주의자 모제스 멘델스존(Moses Mendelssohn)의 딸로 태어나 18세에 상인 파이트(Veit)와 결혼했으나 8세 어린 프리드리히 슐레겔과 결혼하기 위해 1799년 이혼하였다. 1804년 결혼하기까지 슐레겔과 연인관계를 유지하면서 낭만주의 문예운동을 주도하였다. 소설 『플로렌틴』(*Florentin*)을 써서 슐레겔의 문필활동을 경제적으로 뒷받침했다.

4 여성억압의 물적 토대를 찾다

1) 프리드리히 엥겔스, 김대웅 옮김, 『가족의 기원』, 아침, 1985, 9쪽.

2) 같은 책, 19쪽.

3) 같은 책, 54쪽.

4) 같은 책, 61~62쪽.

5) 같은 책, 69쪽.

6) 같은 책, 72쪽.

7) 같은 책, 82쪽.

8) F. Engels, *The Origin of the Family, Private Property and the State, withe an introduction and notes*, E. B. Leacock(ed.), New York: International Publishers, 1978, 71~72쪽.

9) 이 글 전체의 참고문헌은 다음과 같다. 케이트 밀레트, 김전유경 옮김, 『성 정치학』, 이후, 2009; 프리드리히 엥겔스, 김대웅 옮김, 『가족의 기원』, 아침, 1985; 조은, 「신자유주의 세계화와 가족정치의 지형—계급과 젠더의 경합」, 『한국여성학』 242호,

2008, 5~37쪽; 하이디 I. 하트만, 「성, 계급, 정치투쟁의 장으로서 가족: 가사노동의 예」, 이효재 엮음, 『가족연구의 관점과 쟁점』, 까치, 1988; 한정숙 · 홍찬숙 · 이재원, 『독일 통일과 여성의 사회적 통합』, 서울대학교 통일학 · 평화학 연구지원사업 연구과제 보고서, 서울대학교 여성연구소, 2011; 트리스트럼 헌트, 이광일 옮김, 『프록코트를 입은 공산주의자, 엥겔스 평전』, 글항아리, 2010; 홍찬숙, 「엥겔스의 여성억압 분석에 관한 연구」, 이화여자대학교 여성학과 석사학위논문, 1988; 홍찬숙, 「엥겔스의 『가족, 사유재산, 국가의 기원』에 대한 여성주의적 재검토: '체계'와 '개인화'의 관점을 중심으로」, 『서양사연구』 39, 2008, 27~50쪽; 홍찬숙, 「서평: 정현백 · 김정안, 『처음 읽는 여성의 역사』」, 『역사학보』 210호, 2011, 415~420쪽; F. Engels, *The Origin of the Family, Private Property, and the State*, with an introduction and notes by E. B. Leacock, New York: International Publishers, 1978; F. Engels, *The Origin of the Family, Private Property, and the State*, Resistance Books, 2004; F. Engels, *The Origin of the Family, Private Property, and the State*, with an introduction by T. Hunt, Penguin Classics, 2010; E. B. Leacock, "Introduction", F. Engels, *The Origin of the Family, Private Property, and the State*, New York: International Publishers, 1972; E. Tooker, "Lewis H. Morgan and His Contemporaries", *American Anthropologist* 94, 1992, 357~375쪽.
이 글 전체를 위해 참고한 인터넷 사이트는 다음과 같다. http://de.wikipedia.org/wiki/Der_Ursprung_der_Familie,_des_Privateigenthums_und_des_Staats; http://de.wikipedia.org/wiki/Lewis_Henry_Morgan; http://en.wikipedia.org/wiki/Friedrich_Engels; http://en.wikipedia.org/wiki/Mary_Burns

5 사회주의 혁명에서 여성해방을 꿈꾸다

1) 다음과 같은 논문 및 책 제목들은 이를 잘 보여준다. Jinee Lokaneeta, "Alexandra Kollontai and Marxist Feminism", *Economic and Political Weekly*, Vol. 36, No. 17, 2001; V.I. Uspenskaia, *Marksistskii feminizm: Kollektsiia tekstov A.M. Kollontai*, Tver: TVGU; Feminist Press-Rossiia, 2002, 2003.
2) Alison M. Jaggar&Iris Marion Young(eds.), *A Companion to Feminist Philosophy*, Oxford: Blackwell Publishers, 2000, 522쪽.
3) A Woman Resident in Russia, "The Russian Effort to Abolish Marriage", *The Atlantic Monthly*, July 1926: http://www.theatlantic.com/issues/26jul/russianwoman.htm(검색일 2008년 9월 20일).
4) 콜론타이가 남긴 여러 편의 자전적인 기록들은 영어와 독일어를 비롯한 여러 외국어로도 출판되었다. 러시아어로 된 자전기록은 『나의 삶과 활동의 기록』(A.M. Kollontai, *Iz moei zhizni i raboty*, Moskva, Izdatel'stvo 〈Sovetskaia Rossiia〉,

1974)이라는 제목으로 출판되었는데, 이 책은 독일어로는 『나는 많은 삶을 살았네…… 자전적 기록』(*Ich habe viele Leben gelebt…… Autobiographische Aufzeichnungen*, Berlin: Dietz Verlag, 1982)이라는 제목으로 번역되었다. 외국에 가장 널리 알려진 자서전은 1926년에 『내 삶의 목표와 가치』(Ziel und Wert meines Lebens)라는 제목 아래 엘가 케른(Elga Kern)이 편찬한 『유럽의 지도적 여성들』(*Führende Frauen Europas*)이라는 여성자서전 선집을 위해 집필된 것으로, 1927년에 출판된 후 독일과 영어권에서도 각기 단행본으로 출판되었다. Alexandra Kollontai *Autobiographie einer sexuell emanzipierten Kommunistin*, München, Rogner u. Bernhard; Berlin, Klaus Guhl, 1970, 1977; A. Kollontai, I. Fetscher(ed.), trans. S. Attanasio, *The Autobiography of a Sexually Emancipated Communist Woman*, New York: Herder and Herder, 1971.
콜론타이의 생애는 영어권에서 1970~80년대 초에 집중적으로 연구되어, 비슷한 시기에 세 가지 전기가 나왔다. Barbara Evans Clements, *Bolshevik Feminist: The Life of Aleksandra Kollontai*, Blumington; London: Indiana University Press, 1979; Barbara Beatrice Farnsworth, *Aleksandra Kollontai: Socialism, Feminism, and the Bolshevik Revolution*, Stanford: Stanford University Press, 1980; Cathy Porter, *Alexandra Kollontai, The Lonely Struggle of the Woman Who Defied Lenin*, New York: The Dial Press, 1980. 여성 저자들에 의해 집필되었다는 공통점을 가지는 이 세 종의 전기는 질적, 양적으로 상당한 정도의 충실성을 자랑한다. 이중 판스워스의 책은 1980년대에 한국어로 번역되었다. 판스워드, 신민우 옮김, 『알렉산드라 콜론타이』, 풀빛, 1996.
글쓴이는 최근에 콜론타이의 삶을 개관하며 혁명가로서의 활동 일반을 정리할 기회를 가졌다. 한정숙, 「알렉산드라 콜론타이: 여성해방과 평화를 위해 바친 사회주의자의 삶」, 『역사와 문화』 16호, 2008.

5) Sheila Rowbotham, "Afterword", Alexandra Kollontai, *Love of Worker Bees and A Great Love*, translated and introduced by Cathy Porter, London: Virago Press, 1999.
6) Alexandra Kollontaï, *Marxisme & révolution sexuelle*, traduit et présenté par Judith Stora-Sandor. Paris: Francois Maspero, 1973.
7) Barbara Evans Clements, "Emancipation Through Communism: The Ideology of A. M. Kollontai", *Slavic Review*, Vol 32, No.2, 1973, 323~338쪽.
8) 홍창수, 「서구 페미니즘 사상의 근대적 수용연구」, 『상허학보』 제13집, 2004, 322~323쪽.
9) 같은 글, 322쪽.
10) 같은 글, 342~346쪽.

11) 글쓴이는 일찍이 러시아혁명기의 여성운동을 개관하는 글에서 콜론타이의 활동을 살펴보았다. 한정숙, 「혁명 그리고 여성해방: 혁명기 러시아 여성운동에 대한 사적 조망」, 『여성』 제2집, 1988. 그러나 이 글은 당시 제한된 참고문헌과 글쓴이의 지식의 한계로 인해 몇 가지 사실 관계에서 오류를 드러냈다. 이 기회를 빌려 이 글의 미비점을 스스로 지적하고자 한다.

12) 「콜론타이론」, 전경옥 외, 『세계의 여성리더』, 숙명여대출판부, 2004; 김은실, 「소비에트 사회에서의 여성해방론 실험」, 『아시아 여성연구』, 43집 2호, 2004; 김은실, 「'여성해방'에 대한 콜론타이와 레닌의 정치적 갈등」, 『정치사상 연구』 14집 1호, 2008.

13) I. M. Itkina, *Revoliutsioner, tribun, Diplomat: Ocherk zhizni Aleksandry Mikhailovny Kollontai*, Moskva, Izdatel'stvo politicheskoi literatury, 1964. 이 책 제2판은 1970년에 출판되었는데, 부제에서 Ocherk가 Stranitsy로 바뀌었다.

14) Mikhail Olesin, *Pervaia v mire: Biograficheskii ocherk ob A. M. Kollontai*, Moskva: Izdatel'stvo politicheskoi literatury, 1990.

15) 이 문제에 대해서는 특히 Wendy Z. Goldman "Industrial Politics, Peasant Rebellion and the Death of the Proletarian Women's Movement in the USSR", *Slavic Review*, Vol. 55, No. 1, 1996, 54~77쪽을 참조하시오.

16) A. M. Kollontai, *Izbrannye stat'i i rechi*, Moskva: Izdatel'stvo politicheskoi literatury, 1972.

17) Alexandra Kollontai, *Selected Articles and Speeches*, ed. by I. M. Dazhina, M. Mukhamezhanov, R. Y. Tsivlina, Moscow, Progress Publishers, 1984.

18) Uspenskaia, 위의 책.

19) *Aleksandra Kollontai: Teoriia zhenskoi emansipatsii v kontekste rossiiskoi gendernoi politiki. Materialy mezhdunarodnoi nauchnoi konferentsii*, Tver', 2003(이하 *Aleksandra Kollontai*로 줄임).

20) Iu. Bezelianskii, "Poslanitsa《Krylatogo Erosa》", *Vera, nadezhda, liubov'…… Zhenskie portrety, Moskva: OAO Izdatel'stvo raduga*, 1998, 249~269쪽.

21) Irina Yukina, *Russkii feminizm kak vyzov sovremennost'*, Sankt-Peterburg: Aleteiia, 2007.

22) I. I. Yukina, "Aleksandra Kollontai i russkii feminizm", *Aleksandra Kollontai*, 29~44쪽.

23) 이 같은 태도가 가장 뚜렷이 나타난 것이 콜론타이의 초기 주저 가운데 하나인 『여성문제의 사회적 기초』이다.

24) 이 부분의 서술은 다음 글을 따랐다. Haslanger, Sally & Tuana Nancy, "Topics in Feminism", *Stanford Encyclopedia of Philosophy*, 2004.

http://plato.stanford.edu/entries/feminism-topics/ (검색일 2008년 9월 12일).

25) 여성주의의 여러 흐름을 개관하려면 위의 글과 함께 Miriam Schneir(ed.), *Feminism: The Essential Historical Writings*, New York: Vintage Books, 1994; 이효재 엮음, 『여성해방의 이론과 현실』, 창작과비평사, 1979 등을 참고하시오.

26) 앨리슨 재거, 폴라 로텐버그 스트럴 편저, 신인령 옮김, 『여성해방의 이론체계』, 풀빛, 182~279쪽.

27) 러시아 여성운동과 여성주의의 역사는 소련 시대에 본격적인 학문적 연구의 대상이 되지 못했다. 후에도 언급하겠지만 마르크스주의적인 아닌 여성주의는 부르주아적인 것으로 간주되어 부정적으로 여겨졌기 때문이다. 유키나의 책(*Russkii feminizm kak vyzov sovremennosti*)이 출판되기 전 최근까지도 러시아 여성해방 운동의 역사에 관해 가장 체계적인 연구서 역할을 했던 것은 미국의 남성 역사학자 리처드 스타이츠가 쓴 책이었다. Richard Stites, *The Women's Liberation Movement in Russia. Feminism, Nihilism, and Bolshevism 1860-1930*, Princeton: Princeton University Press, 1978.

28) Stites, 위의 책, 82~83쪽.

29) Yukina, *Russkii feminizm kak vyzov sovremennosti*, 143쪽.

30) Kollontai, *Iz moei zhizni i raboty*, 18쪽.

31) Kollontai, *Autobiographie*, 14~15쪽; Kollontai, *Iz Moei zhizni i raboty*, 42~49쪽.

32) Kollontai, *Iz moei zhizni i raboty*, 81~85쪽.

33) 같은 책, 20~21쪽.

34) 같은 책, 90~92쪽.

35) Rose L. Glickman, "The Russian Factory Woman, 1880-1914", D. Atkinson, A. Dallin, G. Warshofsky-Lapidus(eds.), *Women in Russia*, Stanford: Stanford University Press, 1986, 65, 67쪽.

36) Rose L. Glickman, *Russian Factory Woman: Workplace and Society 1880-1914*, Berkeley; Los Angeles; London: University of California Press, 1984, 123~128쪽.

37) 같은 책, 128~129쪽.

38) 같은 책, 189~218쪽.

39) Yukina, *Russkii feminizm kak vyzov sovremennosti*, 337쪽.

40) 같은 책, 338쪽. 그 후 이 단체는 입헌주의적 목표를 성취하기 위해 전문직업인들의 조직 및 노동조합 조직들이 이룬 광범한 연합체인 연맹연합(Soiuz soiuzov)의 일원으로 가입하였다.

41) Kollontai, *Selected Articles and Speeches*, 16쪽.

42) 같은 곳.

43) 재거 스트럴, 『여성해방의 이론체계』, 197~223쪽; 이와 관련해서는 마르크스주의 여성해방론의 선구자인 엥겔스의 견해를 분석한 한국 연구자의 논문도 좋은 참고가 된다. 홍찬숙, 「엥겔스의 여성억압 분석에 관한 연구-『가족, 사유재산, 그리고 국가의 기원』을 중심으로」, 이화여대 석사학위논문, 1989.

44) Kollontai, *Autobiographie*, 22쪽.

45) 이 소책자의 원고는 당시 이탈리아의 카프리 섬에서 살고 있던 막심 고리키에게 보여주고 동의를 얻은 다음 출판되었다고 한다. I. Dazhina, "An Impassioned Opponent of War and Champion of Peace and Female Emancipation," Kollontai, *Selected Articles and Speeches*, 11쪽.

46) A.M. Kollontai, *Selected Writings* translated by Alix Holt, New York&London: W.W. Norton & Company, 1977, 58쪽.

47) 같은 책, 59쪽.

48) 같은 책, 62~63쪽.

49) 같은 책, 61쪽.

50) 같은 책, 63~64쪽.

51) Clements, *Bolshevik Feminist*, 62~63쪽.

52) 리처드 에반스, 『페미니스트: 비교사적 시각에서 본 여성운동 1840-1920』, 정현백 외 옮김, 창작과비평사, 1977, 78~84, 295쪽; Schneir(ed.), *Feminism*, xiv쪽.

53) Kollontai, *Selected Articles and Speeches*, 62~65쪽.

54) A. Kollontai, *Obshchestvo i materinstvo. 1: gosudarstvennoe strakhovanie materinstva*, Petrograd, 1916.

55) 같은 책, XIV쪽.

56) 같은 책, XIV, 29~30쪽.

57) 같은 책, 23~167쪽.

58) 콜론타이는 이 구절 앞부분에서 종래에 문학작품에서 그려져왔던 네 유형의 여성 주인공을 들고 있다. 이들은 첫째, 사랑에 성공하여 성공적으로 결혼하는 순결하고 사랑스러운 소녀, 둘째, 남편의 부정 때문에 고통받거나 스스로 불륜에 빠져드는 아내, 셋째, 젊은 시절의 불행한 사랑을 한탄하는 노처녀, 넷째, 비참한 생활조건이나 향락추구적인 천성의 희생자인 성매매 여성 등이다. 새로운 유형의 여성은 이중 어느 유형에도 속하지 않기에, 콜론타이는 이들이 전혀 새로운 다섯 번째 유형의 여성이라고 보고 있는 것이다. A. Kollontaj, "Die neue Frau", *Kollontaj, Die Neue Moral und die Arbeiterklasse*, Berlin: A. Seehof & Co. Verlag, 1920, 7쪽.

59) 같은 글, 7~8쪽.

60) 투르게네프의 산문시 「문지방」은 온갖 위험을 무릅쓰고 문지방 너머 있는 미지의

세계로 들어가고자 하는 젊은 여성의 결단을 그리고 있다. 유명한 여성인민주의자 베라 자술리치를 모델로 삼았다는 설이 있다.

61) Kollontaj, "Die neue Frau", 5~6, 8쪽.

62) 같은 글, 9~17쪽.

63) 같은 글, 19~20쪽.

64) 같은 글, 13쪽.

65) 같은 글, 5쪽.

66) 같은 글, 20쪽.

67) Yukina, *Russkii feminizm kak vyzov sovremennosti*, 424쪽.

68) Kollontai, *Autobiographie*, 49쪽.

69) Kollontai, *Iz moei zhizni i raboty*, 340~344쪽.

70) Goldman, *Women, the State and Revolution*, 50~57쪽.

71) Elizabeth A. Wood, *The Baba and the Comrade: Gender and Politics in Revolutionary Russia*, Bloomington and Indianapolis: Indiana University Press, 1997, 50쪽.

72) 클레멘츠는 여성부를 지배한 정신이 유토피아적 이상주의였다고 본다. Barbara Evans Clements, "The Utopianism of the Zhenotdel", *Slavic Review*, Vol.51, No.3, 1992, 485~496쪽.

73) Stites, *The Women's Liberation Movement in Russia*, 333~340쪽.

74) Wood, *The Baba and the Comrade*, 170~193쪽.

75) *Aleksandra Kollontai*, 38쪽.

76) Kollontai, *Selected Writings*, 253쪽. 콜론타이는 1921년 스베르드롤프 공산대학에서 노동자, 농민 여성들을 위해 여성사를 강의했다. 열네 번에 걸친 이 강의에서 여성의 지위 변화를 역사적으로 개관하고 여권운동, 여성노동자 운동, 러시아혁명 이후의 변화 등을 살핀 후 여성노동의 미래를 전망하였다. Alexandra Kollontai, *Die Situation der Frau in der gesellschaftlichen Entwicklung. Vierzehn Vorlesungen vor Arbeiterinnen und Bauerinnen an der Sverdlov-Universität 1921*, Übersetzung von C. Sternberg, Fulda: Neue Kritik KG, 1975.

77) Kollontai, *Selected Writings*, 254~255쪽.

78) 같은 책, 251~252쪽.

79) 같은 책, 229쪽.

80) Clements, "Emancipation Through Communism: The Ideology of A. M. Kollontai", 336쪽.

81) August Bebel, *Die Frau und der Sozialismus*, Siebentes Kapitel: Die Frau als Geschlechtswesen, 1. Der Geschlechtstrieb.

http://gutenberg.spiegel.de/buch/4236/23(검색일 2011년 8월 28일)

82) 같은 곳.

83) Kollontai, *Selected Wirtings*, 268~269쪽.

84) 같은 책, 267쪽.

85) 같은 책, 273쪽.

86) 같은 책, 237~249쪽.

87) 같은 책, 245쪽.

88) 같은 책, 288쪽.

89) 같은 책, 287쪽.

90) 같은 책, 289쪽.

91) A. Kollontai, *Svobodnaia liubov'(Liubov' pchel trudovykh)*, Riga: Knigoizdatel'stvo O. D. Strok, 1925.

92) 「바실리사 말릐기나」는 *Red Love*라는 제목으로 영역되었고, 그래서 식민지 조선에서는 「적연」(赤戀)이라는 제목으로, 해방 후 한국에서는 「붉은 사랑」이라는 제목으로 알려졌다. 콜론타이의 소설 여섯 편은 영역되어 A. Kollontai, *Love of Worker Bees and A Great Love*, translated and introduced by Cathy Porter, London: Virago Press, 1999에 수록되었다.

93) Kollontai, *Svobodnaia liubov'(Liubov' pchel trudovykh)*, 137~138쪽.

94) 같은 책, 136, 140~141쪽.

95) Kollontai, *Love of Worker Bees and A Great Love*, 230쪽.

96) 같은 책, 233쪽.

97) 같은 책, 232~233쪽.

98) Igor S. Kon, *The Sexual Revolution in Russia. From the Age of the Czars to Today*, translated by James Riordan, New York; London etc: The Free Press, 1995, 60쪽.

99) Kollontai, *Love of Worker Bees and A Great Love*, 239~250쪽.

100) 1920년대 소비에트 러시아-소련에서 신경제정책 시기에 출현한 신흥기업가 혹은 상인.

101) Kollontai, *Love of Worker Bees and A Great Love*, 253~346쪽.

102) 「삼대의 사랑」에서 콘스탄틴은 10월 혁명 후 백위군에 가담했다가 사망한 것으로 그려졌지만, 표트르 마슬로프는 노년에 이르기까지 소련 시민으로 살며 저술활동에 종사했다.

103) Kollontai, *Selected Writings*, 241쪽.

104) Kollontai, *Love of Worker Bees and A Great Love*, 347~361쪽.

105) 같은 책, 363~366쪽.

106) Rowbotham, "Afterword", in Kollontai, *Love of Worker Bees and A Great Love*, 368쪽.

107) Kollontai, *Selected Writings*, 240쪽.

108) 같은 책, 249쪽.

109) Irina Chikalva, "I. Armand i A. Kollontai: Feminizm, kommunizm i zhenskii vopros v poslerevoliutsionnoi Rossii", *Aleksandra Kollontai*, 93쪽.

110) E. Goldman, *Anarchism and Other Essays*, New York: Dover Publications, 1969, 227~239쪽. 골드만은 섹슈얼리티를 바치는 대가로 경제적 안정을 얻는 가정부인들의 상태가 성매매와 다를 바 없다고 여기면서, 해빌록 엘리스의 다음과 같은 말을 인용하고 있다. "돈을 위해 결혼한 아내는 매춘부와 비교하더라도 진짜 너절한 존재다. 이런 아내는 보수를 더 적게 받으면서도 노동과 돌봄이라는 형태로 훨씬 더 많은 것을 돌려주어야 한다. 매춘부는 자기 자신의 인신에 대한 권리를 통째로 넘겨주는 일은 없고 자신의 자유와 개인적 권리는 보유한다. 또한 남자의 포옹에 언제나 강제로 응해야만 하는 것도 아니다." 같은 책, 187쪽.

111) Kon, *The Sexual Revolution in Russia*, 59~63쪽.

112) 비노그라드스카야의 이 글 "Voprosy morali, pola, byta i tovarishch Kollontai"는 "The Winged Eros of Comrade Kollontai"라는 제목으로 발췌 영역되어 있다. 그런데 112~120쪽에 걸쳐 이 영역본을 수록하고 있는 사료집 *Bolshevik Visions: First Phase of the Cultural Revolution*, William Rosenberg(ed.), 2nd edition, Part 1, Ann Arbor: The University of Michigan Press, 1990에는 이 글의 출전이 *Molodaia Gvardiia* No.3, May 1923, 111~112쪽이라고 잘못 기재되어 있다. 그런데 이는 바로 콜론타이 자신의 '날개 달린 에로스' 글이 처음으로 발표된 지면이다. *Bolshevik Visions*의 편찬자는 영문제목을 원제와 다르게 달면서 출전마저도 틀리게 게재함으로써 마치 비노라드스카야가 또 다른 콜론타이 비판문을 쓴 것처럼 독자들에게 오해를 불러일으키고 있다 .

113) p.S. Vinogradskaia, *Pamiatnye vstrechi*, Moskva: Sovremennaia Rossiia, 1972, 65~66쪽.

114) *Bolshevik Visions*, 112~115쪽.

115) 같은 책, 115~116쪽.

116) 같은 책, 116쪽.

117) Gregory Carleton, *Sexual Revolution in Bolshevik Russia*, Pittsburgh: University of Pittsburgh Press, 2005, 46쪽.

118) Clements, *Bolshevik Feminist*, 232쪽.

119) Carleton, *Sexual Revolution in Bolshevik Russia*, 72~74쪽.

120) Kon, *The Sexual Revolution in Russia*, 57~58쪽.

121) Clara Zetkin, "Lenin on the Women's Question", *My Memorandum Book*, http://www.marxists.org/archive/zetkin/1920/lenin/zetkin1.htm(검색일 2008년 9월 13일).

122) 같은 글.

123) 콜론타이 전기 작가인 포터나 프랑스 학자 나바이도 이미 이 점을 지적하였다. Porter, *Alexandra Kollontai. The Lonely Struggle of the Woman Who Defied Lenin*, 446쪽; Navail, "The Soviet Model", G. Duby & M. Perrot(series eds.), F. Thébaud(ed.), *A History of Women in the West Vol. V. Toward a Cultural Identity in the Twentieth Century*, Cambridge, Massachusetts: Harvard University Press, 1994, 234쪽. 그런데 최근에 볼셰비키 혁명 후 러시아에서의 성 혁명 문제를 연구한 칼튼은 레닌이 '물 한 잔' 론으로 콜론타이를 비판했다고 여전히 주장하고 있다. Carleton, *Sexual Revolution in Bolshevik Russia*, 43쪽. 선행한 연구들이 그 같은 주장을 명백히 반박하는 사실을 지적하고 있음에도 이를 고려하지 않고 통념을 답습하고 있는 것은 이해하기 어렵다.

124) 콜론타이의 이 주장은 받아들여지지 않았다. Goldman, *Women, the State and Revolution*, 250쪽.

125) 혁명 후 러시아의 성혁명을 연구한 전문연구자인 콘도 이를 인정하고 있다. Kon, *The Sexual Revolution in Russia*, 55쪽.

126) Kollontai, *Autobiographie*, 8~9쪽.

127) 같은 책, 9쪽.

128) 같은 책, 66쪽.

129) 같은 책, 12~13쪽.

6 여성은 만들어진 존재인가

1) 프랑스 실존주의의 대표적인 사상가이자 작가. 프랑스 중산계급 가정에서 태어나 철학을 공부했고 졸업 후 고등학교에서 학생들을 가르쳤다. 1939년 제2차 세계대전에 참전했다가 이듬해 독일군의 포로가 되었으나, 1941년에 풀려난 뒤 파리로 돌아와 레지스탕스 운동에 가담했다. 1943년 본격적으로 창작 활동을 시작했다. 1950년대 이후 정치무대에서 종종 모습을 드러내던 사르트르는 국내외 사회문제에 대한 자신의 입장을 표명함으로써 20세기 인류의 양심이라 불리었다.

2) 시몬 드 보부아르, 이희영 옮김, 『제2의 성』, 동서문화사, 2009. 독자의 이해를 위해 우리말 표현은 원본을 대조하여 필자가 직접 번역하였다.

3) 같은 책, 473~474쪽.

4) 변광배, 『제2의 성: 여성학 백과사전』, 살림, 2007, 91쪽.

5) Simone de Behavior, *La Force des Choses*, Gallimard, 1963, 258쪽, 변광배 옮김,

『제2의 성: 여성학 백과사전』, 살림, 2007, 78쪽에서 재인용.
6) 시몬 드 보부아르, 이희영 옮김, 앞의 책, 11쪽.
7) 같은 책, 26~27쪽.
8) 이 책의 제목은 『여성의 신비』로 알려져왔지만, 내용상 『여성다움의 신화』 『여성성 신화』가 더 적절하다. 이 책 7장 참조.
9) 같은 책, 29쪽.
10) 같은 책, 15~16쪽.
11) 같은 책, 16~17쪽.
12) 같은 책, 29~30쪽.
13) 같은 책, 13쪽.
14) 같은 책, 11~12쪽.
15) 같은 책, 13~15쪽.
16) 소니아 크럭스는 『제2의 성』에서 보부아르의 실존주의는 여성의 주관성을 "상황 속에 놓인 주체성"(situated subjectivity)으로 보고 있기 때문에 절대적 주체 개념에 기초한 사르트르의 실존주의와 다르다고 지적한다. 사르트르의 주관성이 타자들로부터 철저하게 분리되어 서로 대립하는 자아들을 전제하는 것이었다면, 보부아르의 자아 개념은 주어진 상황 속에서 구성된 여성의 경험으로부터 나오는 것으로, 상호주관적이고 육화된, 상황 안에 놓여 상호의존적이고 침투가능한 자아라는 것이다(Krucks, 1992: 92~95).
17) 같은 책, 12~13쪽. 번역 필자 수정.
18) 같은 책, 17쪽. 번역 필자 수정.
19) 같은 책, 930~932쪽.
20) 그 외 『제2의 성』에 대한 현대 페미니스트들의 비판으로는 여성의 섹슈얼리티나 임신 경험 등에 대한 그녀의 묘사가 근본적으로 여성혐오적인 남성적 견해를 되풀이하고 있다는 지적이나, 개별 여성이 내재로부터 초월하는 것을 주된 과제로 삼는 보부아르의 자유의 윤리라는 것이 결국 초월적 주관을 중시하는 (사르트르 식의) 남성적 해방 이데올로기를 보편적인 잣대로 삼고 있는 것이 아니냐와 같은 문제제기가 있다(Le Doeuff, 1980, Elshitain, 1981; Dietz, 1992). 최근에는 보부아르가 말하는 '우리 여성'이 그녀 자신과 같은 백인 중산층의 교육받은 여성들만을 지칭한다는 점을 지적하면서 그녀의 인종주의적 전제를 비판하는 경우도 있다(Spelman, 1992).
21) 시몬 드 보부아르, 앞의 책, 15~16쪽.
22) 같은 책, 64~65쪽.
23) 같은 책, 50쪽.
24) 같은 책, 51쪽.

25) 같은 책, 342쪽.
26) 같은 책, 420쪽.
27) 같은 책, 20쪽.
28) 같은 책, 809쪽.
29) 같은 책, 29쪽.
30) 같은 책, 835쪽.
31) 같은 책, 862쪽.
32) 같은 책, 861쪽.
33) 같은 책, 863쪽.
34) 같은 책, 808쪽.
35) 같은 책, 877쪽.
36) 같은 책, 914쪽.
37) 같은 책, 931~932쪽.

7 냉전기 미국의 중산층 여성주의

1) 박윤희, 「베티 프리단과 현대 미국의 여성운동—자유주의적 여성운동을 중심으로」, 단국대 교육대학원 석사학위논문, 2005, 3쪽.
2) Daniel Horowitz, *Betty Friedan and the Making of the Feminine Mystique. The American Left, The Cold War, and Modern Feminism*, Amherst: University of Massachusetts Press, 1998, 197쪽.
3) Rachel Bowl, "'The Problem with No Name': Rereading Friedan's "The Feminine Mystique"", *Feminist Review*, No. 27(Autumn), 1987, 61쪽.
4) Margalit Fox, "Betty Friedan, Who Ignited Cause in 'Feminine Mystique', Dies at 85", *New York Times*, February 5, 2006.
5) 결혼 전 이름에는 끝에 e가 붙어 있다.
6) 베티 프리단은 아버지의 보석상이 중서부의 티파니(Tiffany) 가게 같은 것이었다고 회고했다. 꽤 고급이고 고가인 보석류를 취급하는 가게였다는 의미일 것이다. Betty Friedan, *Life So Far: A Memoir*, New York: London: Simon&Schuster Paperbacks, 2000, 17쪽.
7) 같은 책, 16~17쪽.
8) "Betty Friedan Interview", http://www.pbs.org/fmc/interviews/friedan.htm (검색일 2011년 7월 5일). 이 인터뷰는 미국 공영방송인 PBS의 First Measured Century 라는 프로그램에서 방송된 것이고, 대담자는 벤 워텐버그(Ben Wattenberg)였다.
9) Friedan, *Life So Far*, 30, 47쪽.
10) "Betty Friedan Interview", http://www.pbs.org/fmc/interviews/friedan.htm

11) Horowitz, *Betty Friedan and the Making of the Feminine Mystique*, 21~23쪽.

12) 스미스 여대는 동북부의 사립명문 문리과(文理科, liberal arts) 여대들을 가리키는 일곱 자매(스미스, 바사, 웰즐리, 바나드, 래드클리프, 브린 모어 마운트 홀리오우크) 가운데 가장 규모가 크고, 프리단 자신의 평가를 빌리면 가장 좋은 대학이다("Betty Friedan Interview", http://www.pbs.org/fmc/interviews/friedan.htm). 일곱 자매는 애초에 모두 여자대학이었으나 이중 바사와 래드클리프는 남녀공학으로 전환되었다.

13) 프리단은 에릭슨에 대해, 그는 선생으로서보다는 문필가로 훨씬 더 뛰어났지만, 어쨌건 그의 심리학 개념들은 흥미로웠다고 쓰고 있다. Friedan, *Life So Far*, 59쪽.

14) Horowitz, *Betty Friedan and the Making of the Feminine Mystique*, 88~101쪽.

15) Ruth Milkman, "Before the Mystique", *The Women's Review of Books*, vol. XVI, No. 9(June), 1999, 1쪽.

16) Friedan, *Life So Far*, 79쪽; Horowitz, *Betty Friedan and the Making of the Feminine Mystique*, 141쪽.

17) 『여성성 신화』 원고를 처음으로 읽고 저자를 격려해준 이도 남편 칼이었다. Friedan, *Life So Far*, 139쪽.

18) 프리단이나 그녀의 친구들은 칼이 베티를 구타했다고 증언했지만, 칼은 자신이 아내를 구타한 적이 결코 없으며 구타설은 '완전한 날조'라고 반박했다. Margalit Fox, "Betty Friedan, Who Ignited Cause in 'Feminine Mystique', *Dies* at 85".

19) Friedan, *Life So Far*, 227쪽; Horowitz, *Betty Friedan and the Making of the Feminine Mystique*, 154쪽.

20) Horowitz, *Betty Friedan and the Making of the Feminine Mystique*, 225쪽.

21) Friedan, *Life So Far*, 138쪽.

22) Prudence Allen, *The Concept of Woman. The Aristotelian Revolution, 750 B.C.–A.D.1250*, 2nd Edition, Michigan: Cambridge UK., 1997, 4~5쪽.

23) 같은 책, 234쪽.

24) 프로이트는 '남근선망'(Penisneid), '남성성 콤플렉스'(Männlichkeitskomplex), '성적 열등성'(sexuelle Minderwertigkeit) 등의 개념이 담긴 자신의 여성론을 1932년의 『정신분석학 새 강의』에서 개진하였다. Sigmund Freud, "Neue Folge der Vorlesungen zur Einführung in die Psychoanalyse", *Gesammelte Werke XV*, Frankfurt am Main: S. Fischer Verlag, 1944, 132~145쪽. 프로이트의 여성론에 대한 여성주의적 입장에서의 분석으로는 특히 Luce Irigaray, *Speculum of the Other Woman*, translated by G.C. Gill, Ithaca, New York: Cornell University Press, 1974, 13~129쪽을 참조할 수 있다.

25) Linda M. Austin, "Ruskin and the Ideal Woman", *South Central Review*, Vol.

4, No. 4, Winter, 1987, 33쪽.

26) Jan Marsh, *Pre-Raphaelite Women: Images of Femininity*, New York: Harmony Books, 1988.

27) Suzanne M. Marilley, *Woman Suffrage and the Origins of Liberal Feminism in the United States, 1820-1920*, Cambridge Massachusetts: Harvard University Press, 1996, 16쪽.

28) Marilley, *Woman Suffrage and the Origins of Liberal Feminism in the United States, 1820-1920*, 43~50쪽; "Declaration of Sentiments and Resolutions, Seneca Falls", Miriam Schneir(ed.), *Feminism: The Essential Historical Writings*, New York: Vintage Books, 1994, 76~82쪽.

29) William Henry Chafe, *The American Woman: Her Changing Social, Economic, and Political Role, 1920-1970*, London; Oxford; New York: Oxford University Press, 1972, 94~95쪽.

30) 같은 책, 33쪽.

31) 같은 책, 137쪽.

32) Friedan, *Life So Far*, 97쪽.

33) 런드버그와 파넘, 「울스턴크래프트와 페미니즘의 정신병리학」, 메리 울스턴크래프트, 손영미 옮김, 『여권의 옹호』, 한길사, 2008, 432~435쪽.

34) Friedan, *Life so far*, 99~101쪽.

35) 같은 책, 101쪽.

36) 같은 책, 103~104쪽.

37) 같은 책, 104쪽.

38) 같은 책, 123쪽.

39) 같은 책, 123~130쪽.

40) 박윤희, 앞의 글, 18~19쪽.

41) Betty Friedan, *The Feminine Mystique*, with an introduction by Anna Quindlen, New York; London: Norton&Company, 2001, 9쪽.

42) 결혼 전 프리단은 버클리 대학에서 물리학을 전공하고 있던 밥 러빙어와 일시 사귀었는데, 그가 베티의 장학금 수령 소식을 듣고 자신은 결코 그런 장학금을 받을 수 없을 것이며 둘의 관계는 끝났다고 말하자, 남자에게 호감을 얻을 수 없게 될 것을 두려워하여 장학금을 포기했다. Friedan, *Life So Far*, 62쪽. 호로비츠는 장학금 포기와 관련하여 프리단 자신이 들고 있는 이 '여자다움의 신화'라는 요인 외에 뛰어난 교수와 학생들이 전장에 나가 있어서 강의의 질이 그리 높지 않았던 데다가, 유대인이 교수로 채용되기 힘들었던 당시 대학 분위기도 작용했을 것이라고 보고 있다. Horowitz, *Betty Friedan and the Making of the Feminine Mystique*, 99쪽.

43) Friedan, *The Feminin Mistique*, 16쪽.

44) "저 푸른 초원 위에 그림 같은 집을 짓고 사랑하는 우리 님과 한 백 년 살고 싶어"라는 남진의 한국어 노래 가사는 1960년대 한국인들도 바로 이 이상을 모방하고자 하는 욕구를 가지고 있었음을 보여주는 것이리라.

45) Friedan, *The Feminin Mistique*, 19쪽.

46) 같은 책, 29쪽.

47) 같은 책, 23쪽.

48) 같은 책, 26쪽.

49) 같은 책, 43쪽.

50) 같은 책, 37쪽.

51) 같은 책, 46쪽.

52) 같은 책, 56쪽.

53) 같은 책, 52~53쪽.

54) 같은 책, 78쪽. 에릭 에릭슨의 『청년 루터: 정신분석과 역사에 대한 연구』(*Young Man Luther: A Study in Psychoanalysis and History*, 1958)는 청년기의 정체성 위기 문제를 다룬 획기적인 저작으로, 루터의 종교개혁의 동인을 자기 정체성을 확인하려는 루터의 탐색과 결부시켜 설명하였다. 프리단의 여성 정체성 위기론도 에릭슨의 저작에서 많은 영향을 받은 것으로 보인다.

55) Friedan, *The Feminin Mistique*, 80, 82쪽.

56) 같은 책, 88~95쪽.

57) 같은 책, 100쪽.

58) 같은 책, 105~106쪽.

59) 같은 책, 107~108쪽.

60) 같은 책, 116쪽.

61) 같은 책, 120쪽.

62) Helene Deutsch(1884~1982), 합스부르크 제국 지배하 갈리시아에서 태어난 폴란드 심리학자. 1930년대 중반 이후 미국에서 활동했다. 프로이트의 제자이자 동료였으며 특히 여성 심리를 전문적으로 연구한 최초의 연구자로 알려져 있다.

63) Friedan, *The Feminin Mistique*, 121쪽.

64) 같은 책, 122~123쪽.

65) 같은 책, 137쪽.

66) 같은 책, 137~138쪽.

67) 같은 책, 138~139쪽.

68) 같은 책, 142~143쪽.

69) 같은 책, 143~144쪽.

70) 같은 책, 158~159쪽.
71) 같은 책, 165쪽.
72) 같은 책, 173~174쪽.
73) 같은 책, 183쪽.
74) 같은 책, 183~184, 186쪽.
75) 프리단은 이 부분에서 mother가 아니라 mom이라는 단어를 사용하고 있다. 성인이 되어 전쟁터에 나간 남자들이 마치 유아처럼 어머니를 엄마라고 부르고 있는 것이다.
76) Friedan, *The Feminin Mistique*, 189쪽.
77) 같은 책, 189~190, 193~194쪽.
78) 같은 책, 206~208쪽.
79) 같은 책, 209쪽.
80) 같은 책, 212~216쪽.
81) 같은 책, 222~224쪽.
82) 같은 책, 231~232쪽.
83) 같은 책, 235쪽.
84) 같은 책, 236쪽.
85) 같은 책, 238~239쪽.
86) 같은 책, 240쪽.
87) 같은 책, 247쪽.
88) 같은 책, 258~259쪽.
89) 같은 책, 261~263쪽.
90) 같은 책, 263~265쪽.
91) 같은 책, 267쪽.
92) 같은 책, 273쪽.
93) 같은 책, 285쪽.
94) 같은 책, 297쪽.
95) 같은 책, 301~304쪽.
96) 같은 책, 307쪽.
97) 같은 책, 309쪽.
98) 같은 책, 310쪽.
99) 같은 책, 314~315쪽.
100) 같은 책, 317~320쪽.
101) 같은 책, 323쪽.
102) 같은 책, 332쪽.

103) 같은 책, 329쪽.

104) 같은 책, 336~337쪽.

105) 같은 책, 340쪽.

106) 같은 책, 342쪽.

107) 같은 책, 343~347쪽.

108) 같은 책, 357, 370쪽.

109) 같은 책, 374, 378쪽.

110) 프리단은 2차 대전을 분기점으로 해서 그 전과 그 후 미국 사회의 여성관과 여성 지위에 변화가 있었다고 보았다. Rachel Bowlby, "The Problem with No Name: Rereading Friedan's "The Feminine Mystique"", *Feminist Review*, No. 27(Autumn), 1987, 61~63쪽.

111) Joanne Meyerowitz, "Beyond the Feminine Mystique: A Reassessment of Postwar Mass Culture, 1946-1958", *The Journal of American History*, Vol. 79, No. 4(March), 1993, 1455쪽.

112) Bowlby, "The Problem with No Name: Rereading Friedan's "The Feminine Mystique"", 63쪽.

113) 이는 career woman과는 어감이 전혀 다르다.

114) Meyerowitz, "Beyond the Feminine Mystique: A Reassessment of Postwar Mass Culture, 1946-1958", 1456쪽, 각주2.

115) Daniel Horowitz, "Rethinking Betty Friedan and The Feminine Mystique: Labor Union Radicalism and Feminism in Cold War America", *American Quarterly* 48.1, 1996 1쪽.

116) Betty Friedan, "It Changed My Life": *Writings on the Women's Movement*, Cambridge, Massachusetts: Harvard University Press, 1998, 8쪽.

117) 이 구절은 프로이트의 저작에서 두 번 나온다. 그는 1912년에 씌어진 「성생활 침체의 가장 일반적 경향에 대하여」와 1924년에 집필된 「오이디푸스 콤플렉스의 해체」에서 나폴레옹의 발언 '정치적인 것이 운명이다'를 변용한 형태로 이 구절을 쓰고 있다. "Über die Allgemeinste Erniedrigung des Liebeslebens", Freud, *Gesammelte Werke*, VIII, Frankfurt am Main: S. Fischer Verlag, 1945, 90쪽. Freud, "Der Untergang des Oidiouskomplexes", *Gesammelte Werke*, XIII, 400쪽.

118) E. Efe Çakmak, Juliet Mitchell, Bülent Somay, "There is never a psychopathology without the social context: An interview with Juliet Mitchell", http://www.eurozine.com/articles/2006-04-12-mitchell-en.html (검색일 2011년 7월 20일).

119) Juliet Mitchell, *Psychoanalysis and Feminism: A Radical Reassessment of Freudian Psychoanalysis*, New York: Basic Books, 1974.

120) 공선희, 「페미니즘과 정신분석학의 결합에 관한 비판적 고찰-Juliet Mitchell과 Luce Irigaray를 중심으로」, 서울대학교 석사학위논문, 1995, 33쪽; 로즈마리 통, 이소영 옮김, 『페미니즘 사상-종합적 접근』, 한신문화사 1995, 265쪽;

121) Bowlby, "The Problem with No Name: Rereading Friedan's", 70쪽.

122) 같은 글, 71쪽.

123) Meyerowitz, "Beyond the Feminine Mystique: A Reassessment of Postwar Mass Culture, 1946-1958", 1455~1482쪽; Lori E. Rotskoff, "Home-grown Radical or Home-bound Housewife? Rethinking the Origins of 1960s Feminism Through the Life and Work of Betty Friedan", *Review in American History* 28.1, 2000, 120~121쪽; Horowitz, *Betty Friedan and the Making of the Feminine Mystique*, 182쪽; Sandra Dijkstra, "Simone de Beauvoir and Betty Friedan: The Politics of Omission", *Feminist Studies*, Vol. 6, No. 2(Summer), 1980, 291쪽; Eva Moskowitz, "It's Good to Blow Your Top': Women's Magazines and a Discourse of Discontent, 1945-1965", *Journal of Women's History* 8(fall), 1996, 66~98쪽.

124) Dijkstra, "Simone de Beauvoir and Betty Friedan: The Politics of Omission", 291쪽.

125) Dorothy Sue Cobble, "Recapturing Working Class Feminism: Union Women in the Postwar Era", Joanne Meyerowitz(ed.), *Not June Cleaver: Women and Gender in Postwar America, 1945-1960*, Philadelphia: Temple University Press, 1997, 57~83쪽.

126) Meyerowitz, "Beyond the Feminine Mystique: A Reassessment of Postwar Mass Culture, 1946-1958", 1456~1457쪽.

127) "사회적 풍조에 더해 경기불황으로 인한 취업난이 젊은 층을 덮치자 어린 나이에 결혼을 서두르려는 여성들이 빠르게 늘어나고 있다. 이른바 결혼연령이 낮아지는 조혼현상과 취업 대신 시집을 가려는 '취집'이 유행하게 된 것이다." 「김태형의 신조어로 본 한국, 한국인 10 '취집'」, 『한국일보』 2011년 5월 4일, http://news.hankooki.com/lpage/people/201105/h2011050318141091560.htm(검색일 2011년 7월 27일).

128) Friedan, *Feminine Mystique*, 274~276쪽; Bowlby, "The Problem with No Name: Rereading Friedan's "The Feminine Mystique"", 67쪽.

129) Sandra Dijkstra, "Simone de Beauvoir and Betty Friedan: The Politics of Omission", 295쪽.

130) 체이프는 반여성주의적인 판햄 및 런드버그와 그들에 비하면 더 여성주의적이었던 마거릿 미드 및 미라 코마로프스키(Mirra Komarovsky)를 대비시킨다. 그는 미드가 젊은 여성은 일차적으로 여자가 아니라 인간으로 대할 이유가 더 많다고 보았으며, 여성의 지위를 결코 자녀 출산에만 국한되는 것으로 여기지 않았다고 보았다. 또한 미드와 같은 논자의 주장이 타당하다면, 여성들이 불만을 가지게 된 원인은 여성주의의 주장이 전파된 데 있는 것이 아니라 오히려 여성역할의 성격이 변화한 데서 찾아야 할 것이라고 보기도 했다. Chafe, *The American Woman*, 199~225쪽. 반면, 프리단은 미드도 여성성 신화를 조장하는 담론을 만들었다고 비판하였다.

131) 물론 프리단이 그려낸 1950년대 미국여성의 삶의 방식 중에는 지금의 미국 사회나 다른 사회에는 적용되지 않는 현상이 있다. 그들은 시간을 때우기 위해 가사 일을 연장시키고 어머니 역할을 연장시키며 섹스를 연장시켰다. 그래서 주부들은 끊임없이 임신하고 출산했다. 반면 21세기 초, 양육비용과 교육비용이 갈수록 늘어나는 사회에서 중산층 가정의 여성이 임신과 출산을 거듭하는 현상은 일반적이라고 보기는 어렵다. 미국 중산층 여성들이 가사노동에 쏟는 시간이 많았다는 것과 관련해서, 한국 사회에서는 주부들이 가사 일을 끝없이 하기보다 자녀교육에 끝없이 에너지를 쏟는 경향이 있음을 비교해볼 수 있다.

132) Meyerowitz, 앞의 글, 1468쪽.

133) Dijkstra, 앞의 글, 290, 293쪽.

134) 프리단은 자신의 여성주의가 보부아르에게서 직접적 영향을 받았다고 명시한 적이 없다. 다만 자신이 보부아르에게서 실존주의를 배웠으며, 현실과 정치적 책임에 대해 실존주의적으로 접근하는 법을 배운 것도 『제2의 성』을 통해서였다고 시인했다. Friedan, "It Changed My Life", 387쪽. 그러나 1975년 보부아르와 면담을 하고 난 후 보부아르에 대한 프리단의 평가는 그다지 호의적인 것은 아니었다. 같은 책, 388~390쪽.

135) 이 점은 바울비도 지적을 했다. Bowlby, 앞의 글, 66쪽.

136) Dijkstra, "Simone de Beauvoir and Betty Friedan: The Politics of Omission", 291~294쪽.

8 성 계급과 급진적 여성해방론

1) Catharine A. Mackinnon, "Desire and Power: A Feminist Perspective", Gary Nelson and Lawrence Grossberg(eds.), *Marxism and the Interpretation of Culture*, London: Macmillan, 1988.

2) Yavney of Telshe Yeshiva, Washington Univ. Art Institute of Chicago(BFA).

3) 이 책은 정신병원 안과 밖의 루저들과 자신들이 곤경에 처해 있다는 자각을 하게 만

드는 작은 위기들에 대한 짧은 이야기들의 모음집이다.

4) 지넷 랜킨(Jeannette Rankin, 1880~1973)은 미국 최초로 의회의원이 된 여성으로, 제1, 2차 세계대전 참전을 반대하고 여성참정권운동에 나섰다.

5) Shulamith Firestone, "The Jeanette Rankin Brigade: Women Power?", *Notes from the first year: Documents on Women's Liberation*, New York: Duke University, 1968.

6) 같은 글.

7) http://www.feministezine.com/feminist/modern/No-More-Ms-America.html, http://www.jofreeman.com/photos/MissAm1969.html#photos. "http://en.wikipedia.org/wiki/No_More_Miss_America"에서 재인용.

8) Maren Lockwood Carden, *The New Feminist Movement*, Russell Sage Foundation, 1974.

9) 「여성자아의 정치학: 뉴욕 급진 페미니스트 선언문」, Notes from the Second Year, 작성자 나무늘보.

10) 1750년경 런던에서 재색(才色)을 겸비한 사교계의 재원인 몬터규 부인, 비제 부인, 오드 부인 등이 연 문학 살롱의 별명에서 유래되었는데, 그들의 한 사람이 풍습에 맞지 않게 청색 모직 양말을 신은 데서 이런 이름이 붙게 되었다고 한다. 전통적인 여성의 역할보다 사상이나 지식에 관심을 가진 여성들을 일컫는 말. 원래 이런 여성들을 경멸적으로 부르는 말이었다.

11) 필자의 번역임. http://www.redstockings.org/php?option=com_content&view=article&id=76&Itemid=59

12) 슐라미스 파이어스톤, 김예숙 옮김, 『성의 변증법』, 풀빛, 1983. 이 부분은 책의 내용을 직접, 간접화법으로 전달한다.

13) 같은 책, 81쪽.

14) 같은 책, 216쪽.

15) 같은 책, 94쪽.

16) 같은 책, 216쪽.

17) 같은 책, 92쪽.

18) 같은 책, 93쪽.

19) 같은 책, 105쪽.

20) 같은 책, 99쪽.

21) 같은 책, 105쪽.

22) 같은 책, 98쪽.

23) 같은 책, 101쪽.

24) 같은 책, 95쪽.

25) 같은 책, 5쪽.
26) 같은 책, 95쪽.
27) 같은 책, 97쪽.
28) 같은 곳.
29) 같은 곳.
30) 같은 곳.
31) 같은 책, 216쪽.
32) 같은 책, 103쪽.
33) 같은 책, 13쪽.
34) 같은 책, 20쪽.
35) 같은 책, 19쪽.
36) 같은 책, 20쪽.
37) 같은 책, 216쪽.
38) 같은 책, 23쪽.
39) 같은 책, 16쪽.
40) 같은 책, 3쪽.
41) 같은 책, 49쪽.
42) 같은 책, 22쪽.
43) 같은 책, 27쪽.
44) 같은 책, 31쪽.
45) 같은 곳.
46) 같은 곳.
47) 같은 책, 36쪽.
48) 같은 곳.
49) 같은 책, 43쪽.
50) 같은 책, 33쪽.
51) 같은 책, 34쪽.
52) 같은 책, 71쪽.
53) 같은 곳.
54) 같은 책, 78쪽.
55) 같은 책, 69쪽.
56) 같은 곳.
57) 같은 책, 222쪽.

9 성적 차이를 사유하는 새로운 지평

1) Elizabeth Hirsh and Gary A. Olson, "'Je-Luce Irigaray': A Meeting with Luce Irigaray", *Hypatia: A Journal of Feminist Philosophy* vol.10 no.2, 1995.

2) 같은 글, 99쪽.

3) 같은 글, 113쪽.

4) 같은 글, 100쪽.

5) 이 글에서는 국내 번역본 제목인 『하나이지 않은 성』 대신 『하나이지 않은 이 성』을 사용한다. 여성을 가리키는 지시대명사의 뉘앙스를 존중하기 위해서다.

6) Margaret Whitford, "Introduction", *The Irigaray Reader*, 1991, 1쪽.

7) 이리가라이는 『스페큘럼』의 출간 직후 위기에 처했을 때 시몬드 보부아르에게 지원을 요청했는데, 보부아르에게 별 반응이 없자 이에 깊은 실망감을 느꼈다고 한다. Hirsh&Olson, 위의 글, 113쪽.

8) Bridget Holland, "Luce Irigaray: A Biography", http//www.cddc.vt.edu/Feminism/Irigaray.html 참조.

9) Hirsh and Olson, 위의 글, 98~99쪽.

10) 뤼스 이리가라이, 이은민 옮김, 「거울, 다른 쪽에서」,『하나이지 않은 성』, 동문선, 2000, 9쪽. 인용한 페이지 수는 한글본이되, 번역은 영어본과 불어본을 참고하여 경우에 따라 수정하였다.

11) 영화 「측량사들」의 줄거리는 이렇게 시작된다. 알리스는 아버지가 돌아가신 이후 유년기의 집에서 혼자 지낸다. 어머니는 이웃에, 같은 마을에는 뤼시앵과 글라디스가 살고 있다. 고속도로가 이 마을을 통과하게 되어 레옹과 막스 두 측량사들이 도착한다. 뤼시앵은 친구 레옹에게 자기가 욕망하는 여자인 알리스한테 임시 바스킷을 가져다 주라고 부탁한다. 레옹은 작은 갈색머리 백인여성인 알리스를 유혹하고는 나중에 친구에게 자기의 '범람' 을 인정한다. 레옹이 알리스의 집으로 다시 가보니, 알리스는 같은 사람이 아니다. 그녀는 금발이고 전날 본 여자와 닮지도 않았다. 관능적이지도 상냥하지도 않은 다른 신비하고 독립적인 여자다.

12) Carolyn Burke, "Irigaray through the Looking Glass", *Feminist Studies*, Vol. 7 No. 2, 1981, 288~306쪽.

13) Jaque Lacan, "The Mirror Stage as Formative of the I Function as Reavealed in Psychoanalytic Experience", *Ecrits*, New York: W.W. Norton & Co., 2006.

14) 이리가라이, 「하나이지 않은 이 성」, 위의 책, 31쪽.

15) 지그문트 프로이트, 「성욕에 관한 세 편의 에세이」, 김정일 옮김, 『성욕에 관한 세 편의 에세이』. 열린책들, 1996[1905]; 「여성성」, 임홍빈, 홍혜경 옮김, 『새로운 정신분석 강의』. 열린책들, 1996[1933] 참조.

16) 뤼스 이리가라이, 「정신분석이론: 또다른 모습」, 위의 책, 56쪽.

17) 이리가라이가 제목으로 사용한 'Cosi Fan Tutti'는 1790년 로렌조 다 폰테(Lorenzo Da Ponte)가 대본을 쓰고 모차르트가 작곡하여 초연한 오페라의 제목으로, '여자들이 하는 일이란 다 그래'라는 뜻이다. 약혼녀들의 지조를 믿는 두 젊은 장교가 내기를 걸고 변장해서 짝을 바꾸어 유혹하는 내용을 담고 있다.

18) 뤼스 이리가라이, 위의 글, 79쪽.

19) Margaret Whitford, 위의 글, 6쪽.

20) 뤼스 이리가라이, 「시장 위의 여자들」, 위의 책, 242쪽.

21) 같은 글, 244쪽.

22) 뤼스 이리가라이, 「질문들」, 위의 책, 159쪽.

23) 뤼스 이리가라이, 「하나이지 않은 이 성」, 같은 책, 38쪽.

24) 같은 글.

25) 뤼스 이리가라이, 「질문들」, 같은 책, 214쪽.

26) 같은 글, 214쪽.

27) 뤼스 이리가라이, 「하나이지 않은 이 성」, 위의 책, 32~33쪽.

28) 뤼스 이리가라이, 「우리의 입술이 저절로 말할 때」, 위의 책, 280, 288쪽.

29) Hirsh and Alson, 위의 글, 105쪽.

30) 하지만 엄마는 자신이 여아에게 받은 '너'를 묵살하고('엄마, 나랑 놀래?'라고 말하면 "텔레비전 보려면 방 치워"라고 말할 때처럼), 남아에게 의문문을 더 많이 사용한다('장난감차 갖고 싶어'라고 할 때, '자기 전에 엄마한테 뽀뽀해주련?'이라고 말할 것이다). 엄마는 대화를 억압하고 '함께 하는 것'을 억압한다. 엄마는 여아가 자기한테 준 '너'를 남아에게 더 준다. 그래서 이리가라이는 "우리 문화의 가장 파괴적인 부분은 여아의 질문들, 여아의 담론이 상실된다는 점"이라고 한탄한다(같은 글, 108~109쪽).

31) 같은 책, 105쪽.

32) 같은 책, 107쪽.

33) Sarah K. Donovan, "Luce Irigaray", *Internet Encyclopedia of Philosophy*, www.iep.utm.edu/irigaray, 2010.

34) 뤼스 이리가라이, 「여성-어머니들: 사회질서의 침묵하고 있는 기층」, 권현정 편역, 『성적 차이와 페미니즘』, 공감, 1997, 280쪽.

35) 뤼스 이라가라이, 「어머니와의 육체적 조우」, 같은 책, 267, 269쪽.

36) 이리가라이의 저작 목록은 다음과 같다. 불어본을 기준으로 형태별로 구분하여 최근 연도순으로 배열했으며, 영역본이 있을 경우 해당 저작 뒤에 기재했다. 또한 각 저작명을 국역하여 병기했다. 한글번역본 목록은 별도로 모았다.

모음집(Anthology)은 다음과 같다. *Luce Irigaray: Key Writings*(뤼스 이리가라이 저작선), London: Continuum, 2004; *The Irigaray Reader*(이리가라이 선집),

Margaret Whitford(ed.), Oxford: Blackwell, 1991; *Je, Tu, Nous: Pour une Culture de la difference*(나, 너, 우리), 1990(영역본 *Je, Tu, Nous: Toward a Culture of Difference*, Alison Martin(trans.), London: Routledge, 1993); *Sexes et parentes*(성과 친족관계). Paris: Minuit, 1987(영역본 *Sexes and Genealogies*, Gillian C. Gill(trans.), New York: Columbia University Press, 1993); *Ce Sexe qui n'en est pas une*(하나이지 않은 이 성), Paris: Minuit, 1977(영역본 *This Sex Which Is Not One*, Catherine Porter and C. Burke(trans.), Ithaca: Cornell University Press, 1985).

편저는 다음과 같다. *Luce Irigaray: Teaching*(뤼스 이리가라이의 가르침), Irigaray and Mary Green(eds.), London: Continuum, 2008.

개별 저작 및 영역본의 목록은 다음과 같다. *Entre Orient et Occident*(동양과 서양 사이), Paris: Grasset, 1999(영역본 *Between East and West: from Singularity to Community*, Stephen Pluhacek(trans.), New York: Columbia University Press, 2002); *Etre Deux*(둘이 되기 위하여), Paris: Grasset, 1997(영역본 *To Be Two*, Monique M. Rhodes and Marc F. Cocito-Monoc(trans.), London: Routledge, 2000); *La democrazia comincia a due*(민주주의는 둘 사이에서 시작한다), Editions Bollati Boringhieri, Torino, 1994(영역본 *Democracy Begins Between Two*, Kirsteen Anderson(trans.), London: Routledge, 2000); *J'aime a toi*(나는 너에게 사랑한다), Paris: Grasset, 1992(영역본 *I Love to You: Sketch of a Possible Felicity in History*, Alison Martin(trans.), London: Routledge, 1996); *Le temps de la difference. Pour une revolution pacifique*(차이의 시대), Paris: Librairie Generale Francaise, 1989(영역본 *Thinking the Difference: for a Peaceful Revolution*, Karin Montin(trans.), London: Routledge, 1994); *Parler n'est jamais neutre*(말은 결코 중성이 아니다), Paris: Minuit, 1985(영역본 *To Speak is Never Neutral*, G. Schwab(trans.), London: Routledge, 2000); *Ethique de la difference sexuelle*(성적 차이의 윤리), Paris: Minuit, 1984(영역본 *An Ethics of Sexual Difference*, C. Burke and G. Gill(trans.), London: Athlone, 1993); *La Croyance Meme*(신념 그 자체), Paris: Galilee, 1983; *L'Oubli de l'air chez Martin Heidegger*(공기의 망각-마르틴 하이데거를 중심으로), 1983(영역본 *The Forgetting of Air in Martin Heidegger*, Mary Beth Mader(trans.), Austin: University of Texas Publisher, 1989); *Le Corps-a-corps avec la mere*(어머니와의 육체적 조우), Montreal: La Pleine Lune, 1981; *Passions Elementaires*(근원적 열정), Paris: Minuit, 1981(영역본 *Elemental Passions*, Joanne Collie and Judith Still(trans.), London: Routledge, 1992); *Amante marine de Friedrich Nietzsche*(프리드리히 니체의 바다의 연인), Paris:

Minuit, 1980(영역본 *Marine Lover*, Gillian C. Gill(trans.), New York: Columbia University Press, 1991); *Et l'Une ne bouge pas sans l'autre*(그리고 하나는 다른 하나가 없이는 움직이지 않는다), Paris: Minuit, 1979(영역본 "And the One does not Stir Without the Other", *Signs* 7.1, 1981, 56~67쪽); "Cosi Fan Tutti"(여자는 다 그래), *Vel* 2, 1975(*Ce Sexe qui n'en est pas un*, Paris: Minuit, 1977에 재수록); "Des Marchandises entre elles"(여자들 사이의 상품들), *La Quinzaine litteraire* 215, 1975(*Ce Sexe qui n'en est pas un*, Paris: Minuit, 1977에 재수록); "Ce Sexe qui n'est pas un"(하나이지 않은 이 성), *Cahiers du grif* 5, 1975(*Ce Sexe qui n'en est pas un*, Paris: Minuit, 1977에 재수록); *Speculum de l'autre femme*(스페큘럼. 타자인 여성에 대하여), Paris: Minuit, 1974(영역본 *Speculum of the Other Woman*, Gillian C. Gill(trans.), Ithaca: Cornell University Press, 1985); "Retour sur la theorie psychanalytique"(정신분석이론: 또다른 모습), *Encyclopedie medico-chirurgicale, gynecologie* 3, 1973(*Ce Sexe qui n'en est pas un*, Paris: Minuit, 1977에 재수록); *Le Langage des dements*(치매증 환자의 언어), Mouton, 1973.
인터뷰의 목록은 다음과 같다. *Conversations*(대화), London: Continuum, 2008; *Why Different? Collected Interviews*(왜 차이인가?), Camille Collins(trans.), Luce Irigaray and Sylvere Lotringer(eds.), New York: Semiotext(e), 2000; "Je Luce Irigaray": A Meeting with Luce Irigaray"(나-뤼스 이리가라이), Hirsh Elizabeth, Olson, Gary A., & Brulotte, Gaeton(eds.), *Hypatia*, Vol. 10 No. 2. Blackwell Publishing Ltd, 1995, 93~114쪽; "Woman's Exile"(여성의 추방), *Ideology and Consciousness 1, The Feminist Critique of Language: a Reader*, Deborah Cameron(ed.), London: Routledge, 1977, 80~96쪽; "Pouvoir du discours, subordination du feminin"(담화의 권력, 여성의 종속), *Dialectiques* no.8, 1975(*Ce Sexe qui n'en est pas un*에 재수록).
국내 출간된 한국어 번역본은 다음과 같다. 박정오 옮김, 『나, 너, 우리: 차이의 문화를 위하여』, 동문선, 1996; 이은민 옮김, 『하나이지 않은 성』, 동문선, 2000; 이은민 옮김, 『동양과 서양 사이』, 동문선, 2000; 박정오 옮김, 『근원적 열정』, 동문선, 2001; 권현정 편역, 『성적 차이와 페미니즘』, 공감, 1997(『하나이지 않은 이 성』 『말은 결코 중성이 아니다』 『어머니와의 육체적 조우』 『성과 친족관계』에서 챕터 한 편씩이 실림).

10 젠더는 어떻게 만들어지는가

1) 이소선 여사의 죽음은 상징적으로 한국사회에서 노동운동의 조종처럼 느껴졌다.
2) Judith Butler, "Can the "Other" of Philosophy Speak?", *Undoing Gender*, New

York: Routledge, 2004, 232~250쪽.

3) Udi Aloni(February 24, 2010). "Judith Butler: As a Jew, I was taught it was ethically imperative to speak up". Haaretz. http://haaretz.com/hasen/spages/1152017.html(검색일 2010년 2월 24일).

4) 니체의 철학뿐만 아니라 프로이트의 정신분석학에 정확하고 엄격했던 유대계 여성 철학자 사라 코프만은 동유럽 유대인으로서 프랑스에 살았다. 랍비였던 그녀의 아버지는 가족들 앞에서 체포되어 강제 수용되었다가 아우슈비츠에서 사살되었고, 다섯 자매 중에서 그녀가 유일하게 살아남았다. 프랑스인이었던 할머니가 그녀의 어머니와 그녀를 숨겨둔 덕분이었다. 코프만은 최초의 자서전이자 마지막 저서가 된 『오르드네 거리와 라바 거리』(*Rue Ordner, rue Labat*)에서 유대인으로서 어린 시절의 경험을 고백한 후 '여성의 수수께끼'처럼 자살했다. 한나 아렌트가 지적했다시피 홀로코스트에서 살아남은 유대인들은 살아남았다는 사실로 인해 끊임없이 수치심에 시달린다고 했다. 그들은 수치심을 유머로 바꿔서 대단히 쾌활하게 잘 살고 있는 것처럼 보이다가 느닷없이 자살하는 일이 흔하다고 했다. 프리모 레비와 마찬가지로 코프만의 자살도 그런 이유일까?

5) 이승환 옮김, 『관용: 다문화제국의 새로운 통치전략』, 갈무리, 2010으로 번역되었다.

6) Denise Riley, *Am I That Name? Feminism and the Category of 'Women' in History*, New York: Macmillan, 1988, 99쪽.

7) 주디스 버틀러, 조현준 옮김, 『젠더 트러블』, 문학동네, 2008, 89쪽.

8) Michel Foucault(ed.), Richard McDougall(trans.), *Herculine Barbin, Being the Recently Discovered Memoirs of Nineteenth-Century Hermaphrodite*, New York: Colophon, 1980. 이 회고록에 의하면 에르퀼린 바르뱅은 1838년 프랑스에서 태어났는데, 여자로 알고 여자로 양육되었다. 그녀는 기숙학교에서 귀족출신의 다른 여자와 사랑에 빠졌다. 사춘기가 되었는데도 월경도 하지 않았고 젖가슴은 여전히 납작했다. 그 대신 입술 주변에 수염이 났다. 그녀는 의사의 진찰을 받았고 여성 생식기와 남성생식기를 다 가진 이른바 양성구유로 밝혀졌다. 그/녀가 남성이라는 법적인 결정이 내려졌다. 1868년 2월 바르뱅은 자살했고 그/녀의 침대 머리맡에 이 회고록이 남겨져 있었다.

9) 버틀러, 위의 책, 127~128쪽 참조.

10) 공연(performance)과 수행성(performativity)이란 개념은 버틀러가 대단히 구분하려고 한 것이다. 공연은 공연하는 주체가 있어야 하지만, 수행성은 행위 이전에 그런 행위의 기원으로서 행위자가 없다는 개념이다. 하지만 수행성 자체가 반복적으로 인용하고 연출하는 공연 없이는 불가능하다는 점에서 궁극적으로는 차별화되지 않는 지점이 있다. 이런 차이는 나중에 다시 언급하기로 한다.

11) Judith Butler, *The Psychic Life of Power: Theories in Subjection*, California:

Stanford University Press, 1997, 133~150쪽.

12) Gayle Rubin, "The Traffic of Women: The 'Political Economy' of Sex", Rayna Reiter(ed.), *Toward an Anthropology of Women*, New York: Monthly Review Press, 1975.

13) 임옥희, 『주디스 버틀러 읽기: 철학의 우울과 젠더의 조롱』, 여이연, 2006, 104~128쪽 참조.

14) Judith Butler, "Survivability, Vulnerability, Affect", *Frames of War*, New York: Verso, 2009.

15) 버틀러의 글쓰기를 문제 삼는 너새니얼 매흐(Nathaniel Mehr)는 『전쟁의 프레임』에서 "버틀러가 만들어낸 'survivability, injurability, precarity'와 같은 어색한 단어를 통해 더 잘 보여줄 수 있다는 것이 무엇인가? 그녀의 글쓰기를 난삽하게 만드는 데 일조하는 것은 아닌가"라는 의문을 표시하기도 한다. www.londonprogressivejournal.com 참조.

16) Marc Falkoff(ed.), *Poems from Guantanams: The Detainees Speak*, Iowa City: University of Iowa Press, 2007.

17) 알자리라 기자였으며 2001년 12월 15일 아프가니스탄 국경에서 파키스탄 군인에게 체포되어 관타나모로 이송되었다. 테러와의 전쟁을 선언한 부시 행정부는 테러리스트들을 적군으로 인정하지 않았지만 그는 적군 신분을 인정받았다. Sami al-Haj, "the banned torture pictures of a journalist in Guantánamo", www.andyworthington.co.uk

18) Judith Butler, 앞의 책, 56쪽 재인용.

19) 슬라보예 지젝은 아도르노의 말을 수정해야 한다고 주장한다. 지젝에 따르면 아우슈비츠 이후에 불가능해진 것은 시가 아니라 산문이다. 홀로코스트 생존자들은 엄청난 정신적 외상을 경험한 자들이다. 그들이 논리정연하게 자기 서사를 말한다면 도리어 이상할 것이다. 정신대 할머니들의 구술을 들으면서 역사학자들은 그들이 들려주는 말의 사실성을 믿기 힘들다는 지적을 많이 했다. 그들의 경험이 역사적 사실로서의 신빙성을 갖지 못한다는 말과 다르지 않았다. 하지만 '참담한 고통에서 살아남은 자들의 구술에는 믿지 못한 부분이 있다면, 진술된 내용이 사실과 부합하지 않다면, 바로 그 지점이야말로 진술의 진정성이 있음을 증명한다'는 지젝의 주장을 경청할 필요가 있다. 그래서 홀로코스트 이후 논리정연한 산문은 불가능할 수도 있지만, 오히려 논리가 배제되어 모순적이고 부조리하고 혼란스러운 시는 가능할 수도 있다는 것이다. 슬라보예 지젝, 이현우, 김희진, 정일권 옮김, 『폭력이란 무엇인가: 폭력에 대한 6가지 삐딱한 성찰』, 난장이, 2011, 28~29쪽 참조.

20) 같은 책, 59쪽 재인용.

21) 같은 책, 60쪽.

22) Susan Gubar, "What Ails Feminist Criticism?", *Critical Inquiry*, 24, no. 4(Summer), 1998.

"The totality and closure of language is both presumed and contested within structuralism. The division and exchange between this being and having the Phallus is established by the Symbolic, the paternal law……."

찾아보기